MARIE LOUISE FISCHER / DER JUNGE HERR JUSTUS

MARIE LOUISE FISCHER

DER JUNGE HERR JUSTUS

ROMAN

VERLEGT BEI
KAISER

Berechtigte Ausgabe für den Neuen Kaiser Verlag — Buch und Welt,
Hans Kaiser, Klagenfurt, mit Genehmigung der Autorin

Schutzumschlag: Volkmar Reiter unter Verwendung eines Fotos von Incolor, Zürich
Reproduktion: Schlick, Graz
Schrift: Times 9 Punkt
Druck: M. Theiss, 9400 Wolfsberg
Bindearbeit: Kaiser, Klagenfurt

31. Dezember 1899.

Es dämmerte schon, als Justus Weigand, Student der Medizin im letzten Semester, das Zimmer Professor Hübners verließ und zum Ausgang der Kinderklinik ging, die zum großen Komplex der Charité gehörte.

Eine Diakonisse in strenger, steif gestärkter Tracht zündete auf dem Gang die Gaslampen an. Justus Weigand lächelte sie im Vorübergehen an, ohne den sehnsüchtigen Blick der jungen Schwester zu bemerken. Er eilte weiter, ein hochgewachsener, magerer Mann von fünfundzwanzig Jahren, mit schmalem, nach hinten stark gewölbtem Schädel, dichtem dunkelbraunem Haar und ausgeprägten Jochbogen, die seine Wangen hohl erscheinen ließen. Er war mit den Argumenten Professor Hübners beschäftigt, dem Chef des Hauses, von dem er gerade kam. Sein Doktorvater hatte ihm Anregungen für die Dissertation gegeben, mit deren Für und Wider er sich nun noch auseinandersetzte.

Der alte Pförtner, ein Veteran von 1870/71, grüßte schon von weitem. »Juten Abend, Herr Doktor! Ein frohes neues Jahr wünsch ick Ihnen och!« Er salutierte militärisch, die Hand an der Mütze.

»Danke, Pachulke!« Justus Weigand lächelte beklommen. Es störte ihn nicht, daß der Pförtner ihn mit »Doktor« titulierte, obwohl er noch gar kein Examen hatte, er wußte, das war nichts weiter als die übliche Berliner Art: rauhe Höflichkeit, gewürzt mit gutmütigem Spott und sorgloser Übertreibung. Aber ihn beunruhigte die Vorstellung, daß der alte Mann wahrscheinlich ein Trinkgeld von ihm erwartete, und heute, an der Schwelle zu einem neuen Jahr, ja sogar zu einem neuen Jahrhundert, hatte er auch wohl einen gewissen Anspruch darauf. Er blieb vor der Pförtnerloge stehen und suchte in der Tasche seines fadenscheinigen Paletots widerstrebend die Geldbörse.

Der Pförtner sah seine Bewegung und deutete sie richtig. »Lassen Sie man, Herr Doktor«, sagte er gutmütig, »so ha ick es nich jemeint.«

Justus Weigand lachte, halb erleichtert, halb beschämt. Er wirkte gleich viel jünger, fast jungenhaft. »Nett von Ihnen, Pachulke, tatsächlich habe ich es nicht gerade dicke.«

»Ick weeß, Herr Doktor, ick weeß.«

»Also dann auch Ihnen, Pachulke: ein frohes neues Jahr und ein gutes Jahrhundert!« Impulsiv reichte er dem Pförtner die Hand. Pachulke schlug ein und schüttelte sie kräftig. »Ihr Wort in Jottes Ohr, Herr Doktor!« Die Runzeln seines grauen Gesichtes vermehrten sich bei seinem Lächeln, er freute sich ehrlich über diese persönliche Geste des jungen Mediziners.

Justus Weigand trat ins Freie. Die Winterluft war schneidend kalt. Er schlug sich den dicken, handgestrickten Schal, ein Geschenk seiner

Cousine Clementine vom vorjährigen Weihnachtsfest, zweimal um den Hals, warf die Enden nach hinten, bohrte die Fäuste in die Taschen, schob die Schultern vor und stürzte sich in die kalte Luft wie in ein eisiges Bad. Das Gelände des gewaltigen Krankenhauses war wie ausgestorben. Nur wenige Besucher, die sich verspätet hatten, tauchten zwischen den roten Ziegelgebäuden auf. Schwestern, Krankenpfleger und Ärzte, die zum Nachtdienst eingeteilt waren, kamen ihm entgegen.

Es war mehr als sieben Jahre her, seit er aus seinem schlesischen Heimatdorf Görzen in die Hauptstadt gekommen war. Eine Abteilung der alten Charité nach der anderen hatte nach und nach den Erfordernissen der Wissenschaft und dem Andrang der Patienten und Studenten nicht mehr genügt, war abgerissen worden und wurde neu aufgebaut. Justus Weigand kannte sich aus in diesem Gewirr von Gebäuden, von Baustellen und Bauschutt, weiten Rasenflächen und Gruppen uralter Linden und Kastanien. Seine Liebe zur Charité war frei von Sentimentalität; er bedauerte nicht, daß die historischen Operations- und Hörsäle, Laboratorien und Krankenzimmer erneuert wurden. Es lag ihm auch fern, Kritik an der neuen Charité zu üben, die da entstand. Daß der Baustil, in dem sie errichtet wurde, diese geschmacklose Neugotik mit ihren verspielten und völlig sinnlosen Erkern und Türmchen, geradezu häßlich war, ließ ihn kalt. Wichtig war ihm und den meisten seiner Kollegen nur, daß die neuen medizinischen Arbeits- und Forschungsstätten den letzten wissenschaftlichen Erkenntnissen entsprachen.

Während seines Studiums hatte er viele große Entdeckungen aus der Nähe miterlebt. Behring hatte das Heilserum gegen die Diphtherie entwickelt, Karl Ludwig Schleich die Lokalanästhesie, Röntgen die X-Strahlen, Ludwig Rehn war es als erstem gelungen, mit Erfolg eine Herznaht zu setzen, Bergmann hatte sein grundlegendes Buch über die Gehirnchirurgie geschrieben, Dreser das Aspirin eingeführt und damit die Verwendung synthetischer Heilmittel gefördert. Um die Jahrhundertwende war die Charité das Weltzentrum der Medizin, und Justus Weigand war stolz darauf, ihr anzugehören. Er fühlte sich längst als Berliner. Alles hier war in ständiger Bewegung. Altes, gestern noch hochgepriesen, wurde heute schon wieder verworfen. Grundstückspekulanten wurden reich und sanken in Armut zurück, wenn ihre Rechnung nicht aufging.

Justus Weigand ließ das stillere Klinikviertel hinter sich und war gleich im Lärm der Friedrichstadt. Noch vor kurzem begehrtestes und teuerstes gutbürgerliches Wohnviertel, hatte sie ihren Glanz schon verloren, die feinen Leute waren nach Moabit, in die Zoogegend, zum Tiergarten hin ausgewichen. Arbeiter, kleine Handwerker und Geschäftsleute waren nachgedrängt. Die Friedrichstraße selbst, einst Hauptverkehrsader der Stadt, war zur billigen Einkaufsstraße geworden. In den Läden wurden »Occasionen«, preiswerte Gelegenheitskäufe, angepriesen. Nachts lockten Kaschemmen, Bierlokale und anrüchige Cafés.

Heute, am letzten Tag des alten Jahrhunderts, ging es noch lebhafter als sonst zu. Männer eilten von der Arbeit heim, drängten nach Hause, um sich für die Silvesternacht umzuziehen. Hausfrauen mit Pompadours und riesigen bestickten Taschen, Dienstmädchen mit Henkelkörben am Arm besorgten die letzten Einkäufe. Dazwischen rannten, jagten und prügelten sich die Kinder der Straße noch übermütiger als sonst, angesteckt von der freudigen Erregung der Erwachsenen, kleine Jungen mit rotgefrorenen Nasenspitzen, Schildmützen auf dem Haar, Mädchen mit zerzausten Zöpfen, Löchern in den Knien der grauen Strickstrümpfe. Pferdebahnen, Droschken und Kaleschen ratterten über die Fahrbahn, die Hufe der Rosse knallten auf das Pflaster, der Atem stieg wie Dampf in die Dezemberluft. Dazwischen puckerte und tuckerte eines der frühen Automobile, an die sich die Menschen leichter gewöhnt hatten als die Pferde, die immer noch scheuten,wenn ihnen eines der schnaufenden Ungetüme zu nahe kam.

Justus Weigand nahm jede dieser Einzelheiten in sich auf. Die Berliner waren stolz auf ihr Tempo, aber selten hatte es ihn so beeindruckt wie heute. Wenn zwei Bekannte einander begegneten, warfen sie sich wohl einen lachenden Gruß zu, aber niemand nahm sich die Zeit zu einem Schwatz, jeder schien es eilig zu haben — nur weiter, schnell, schnell, keine Minute verlieren! —, als könnten sie es nicht erwarten, die letzten Stunden des Jahres und des Jahrhunderts endlich hinter sich zu bringen. Selbst die Menschen, die sich einsam fühlten, die gar nichts vorhatten in dieser Nacht, wurden von dem allgemeinen Schwung mitgerissen und vergaßen, wenigstens für kurze Zeit, daß sie ihr Ziel längst verloren hatten.

Heisere Jungenstimmen schrien an den Straßenecken Zeitungen aus, das *Berliner Tagblatt,* den *Berliner Lokal-Anzeiger,* die *Vossische Zeitung.*

»Große Ansprache des Kaisers vor dem Regiment Alexandra... ›Wir gehen herrlichen Zeiten entgegen‹« — »Deutschland lehnt Bündnisverhandlungen mit Großbritannien ab!« — »Heißerkämpfter Sieg der Buren?«

Justus Weigand widerstand der Versuchung, eine Zeitung zu kaufen. Das wäre eine Ausgabe gewesen, die für ihn Luxus bedeutet hätte. Er hatte sich ein Sparprogramm zurechtgelegt, an das er sich eisern hielt, denn nur so war es ihm möglich, aus den wenigen Mitteln, die er von zu Hause erhielt, und den spärlichen Einnahmen, die er durch Nachhilfestunden erzielte, sein langwieriges und teures Studium zu finanzieren. Aber er litt nicht unter den Entbehrungen, die er sich auferlegen mußte, denn sie bedeuteten ihm nichts im Vergleich zu den Hoffnungen, die er sich für die Zukunft machte. Er wußte, daß er auf dem richtigen Weg war. Wenn einmal seine Kräfte zu erlahmen drohten, dann brauchte er nur an sein Ziel zu denken: Forscher zu werden, Helfer der Menschheit und, obwohl er sich dieses Gedankens beinahe schämte, ein berühmter Mann.

Er bog in die Elsässer Straße ein und bald darauf in den Toreingang des ehemaligen hochherrschaftlichen Hauses, an dessen Vorderfront riesige

Karyatiden einen nutzlosen Balkon trugen. Der Hinterhof, auf dem in der warmen Jahreszeit einige grüne Büsche und ein kümmerliches Stückchen Rasen wuchsen, und der deshalb von dem Hausbesitzer und den Vermietern als Garten bezeichnet wurde, zeigte jetzt sein graues, ödes Wintergesitcht. Nur in wenigen Fenstern brannte Licht, die meisten waren dunkel. Im Keller war eine Schusterwerkstatt. Ganz gleich, ob Justus Weigand am frühen Abend oder spät in der Nacht nach Hause kam, hier wurde immer gearbeitet.

Er blieb kurz stehen, bückte sich, pochte gegen das Fenster. Emil Kändler blickte auf, reckte die Schultern, entblößte die gelben Zähne unter dem Walroßschnurrbart. Seine Glatze schien im Licht der Petroleumlampe mit der gläsernen Schusterkugel um die Wette zu schimmern. Justus Weigand formte mit den Lippen ein lautloses: »Guten Abend!« — Das war die Art der beiden Männer, sich zu begrüßen. Vor das Kellerfenster nebenan war der schwere Vorhang gezogen. Frau Lotte, die bis zu ihrer Verheiratung Stubenmädchen in einem vornehmen Haus gewesen war, wußte, was sich gehörte.

Justus Weigand mochte diese Leute. Die Freundschaft zwischen dem jungen Mediziner und der Handwerkerfamilie hatte auch eine praktische Seite, es bestand ein stillschweigendes Abkommen zwischen ihnen. Emil Kändler reparierte das Schuhzeug des Studenten kostenlos und steckte ihm auch gelegentlich ein Paar Stiefel zu, die vom eigentlichen Besitzer nicht abgeholt worden waren. Justus Weigand revanchierte sich dafür, indem er der Familie bei jeder kleineren oder größeren Krankheit mit Rat und Tat zur Seite stand. Tatsächlich besaß er natürlich noch nicht das Recht zu praktizieren, aber darüber machte er sich keine Gedanken. Er war sicher, daß er keinem fertig ausgebildeten Kollegen Patienten wegnahm. Kändlers hätten sich ganz sicher nur im äußersten Notfall an einen Doktor gewandt, weil sie sich die Ausgabe für Behandlung und Medizin einfach nicht leisten konnten.

Trotz des steigenden Wohlstandes in der Großstadt verdiente die breite Masse der Bevölkerung nur wenig, sie war eigentlich arm zu nennen und hatte keine Aussicht, am Reichtum der vom Schicksal Bevorzugten je teilzunehmen. In der Charité hatte er es nur zu oft erlebt, daß einfache Leute zu spät eingeliefert wurden. Sie glaubten, mit jeder Erkrankung am schnellsten fertig zu werden, indem sie sie gar nicht beachteten. Denn Kranksein bedeutete, nicht arbeiten zu können, und nicht zu arbeiten hieß nichts verdienen und möglicherweise sehr rasch Stellung und Wohnung verlieren. Justus Weigand wußte, daß er sich an diese soziale Ungerechtigkeit nie würde gewöhnen können. Aber im Moment gab es anderes, das ihm näherlag und ihn mehr beschäftigte.

Er ging durch den Torweg des sogenannten Gartenhauses, das in jeder Beziehung dem Vorhaus entsprach, nur daß seine Fassade schmucklos war, durchquerte den zweiten Hof und trat durch die breite Tür aus billigem Holz, von dem die dicke Farbschicht abblätterte, in das Stiegenhaus des zweiten Hinterhauses. Er kletterte die ausgetretenen Stufen hinauf, vorbei an den Wohnungstüren zur Linken und Rechten, die neben dem Schild des eigentlichen Wohnungsinhabers mit einer ganzen Anzahl Visitenkarten der studentischen Untermieter geradezu gepflastert waren. Er selbst wohnte im fünften Stock bei Frau Göbern. Schon hatte er seinen Schlüsselbund in der Hand und wollte die Etagentür aufschließen, als er in der Bewegung innehielt. Er hatte keine Lust zu dem üblichen Rede-und-Antwort-Duell seiner verwitweten Wirtin.

Die andere Tür führte direkt von der Treppe her in sein Zimmer, und Frau Göbern hatte ihm den Schlüssel dazu anvertraut — ein hohes Privileg, das er sich durch viele Jahre ohne Murren verdient hatte. Zu Anfang hatte er ganz am Ende der Wohnung gehaust, noch hinter dem fensterlosen Berliner Zimmer. Im Laufe der Jahre war er dann immer weiter nach vorn gezogen, bis er endlich das begehrte Zimmer mit dem Separateingang erobert hatte.

»Aber nur, weil ich weiß, daß Sie ein anständiger junger Mann sind«, hatte die Wirtin betont, als sie ihm den Schlüssel zur Freiheit aushändigte. Aber sie sah es nach wie vor nicht gern, wenn er diesen Eingang tatsächlich benutzte, heute nahm Justus Weigand jedoch keine Rücksicht auf ihre Gefühle.

Das Zimmer war finster. Die spärliche Glut im Ofen warf einen matten rötlichen Schein auf das schwarzgestrichene Blech, das den ausgefransten Teppich vor herausfliegenden Funken schützen sollte. Vor dem Rechteck des vorhanglosen Fensters sah man den Himmel im Widerschein der Großstadtlichter.

Justus Weigand schloß die Tür hinter sich. Er trat zum Ofen und hielt beide Hände flach ausgestreckt darüber. Im Vergleich zu der schneidenden Kälte draußen und im Treppenhaus war selbst die schwache Wärme, die der Ofen ausstrahlte, eine wahre Wohltat. Einige Sekunden blieb er so stehen, ohne sich zu rühren, bis sich seine Augen an das Dunkel gewöhnt hatten. Er wandte sich um, war mit zwei knappen Schritten am Tisch, ertastete die Petroleumlampe, nahm die Milchglaskugel und den Zylinder ab und legte sie sorgsam beiseite. Er bückte sich, zog Zeitungspapier aus der Kiste, in der das Brennmaterial aufbewahrt war, faltete das Blatt zu einem Fidibus zusammen und schob ihn durch die Ofentür, bis er aufflammte. Dann zündete er damit den Docht der Lampe an. Er warf das brennende Stück Papier in den Ofen, setzte Zylinder und Schirm wieder auf und schraubte den Docht niedriger, füllte dann die Blechschüssel auf der wackligen Kommode mit Wasser aus der hohen Kanne und stellte sie oben auf den Ofen. Er schob ein Stück Holz nach und gab drei Kohlen dazu. Dies alles tat er mit der Sorgfalt und Genauigkeit eines Mannes, der sich dazu erzogen hat, selbst kleinste Ungenauigkeiten zu vermeiden.

Jetzt, da die Petroleumlampe ihr mildes weißes Licht verbreitete und das kleine Feuer im Ofen prasselte, wirkte das nüchterne, kärglich möblierte Zimmer fast gemütlich; Justus Weigand, der weder Komfort noch Schönheit beanspruchte, schien es wenigstens so. Dieses Zimmer enthielt alles, was er brauchte — ein schmales Bett, einen Tisch, an dem er arbeiten und essen konnte, einen Kleiderschrank und eine Kommode für seine Wäsche und seine Bücher. Auch ein Stuhl und ein reichlich wackeliger Armsessel waren vorhanden. Mehrere Bücher — philosophische Werke, Werke über Physik und Chemie, dicke medizinische Wälzer — lagen teils aufgeschlagen oder mit eingelegten Lesezeichen auf dem Tisch, andere waren hoch oben auf dem Schrank und auf der Platte der Kommode ohne System übereinandergestapelt. Er hatte sie sich alle buchstäblich vom Mund abgespart, die meisten aus zweiter oder dritter Hand und fast immer nach langwierigem Feilschen erstanden. Wenn er über all diese Schätze hinwegblickte, fühlte er sich reich. Das lieblos eingerichtete Zimmer, das eher einer Kammer glich, bedeutete viel für ihn. Es war sein Reich, es war die Höhle, in die er sich verkriechen konnte, wenn er Ruhe suchte.

»In den Suppentopf kann einem niemand hineinsehen«, hatte seine Mutter daheim in Görzen immer gesagt, als er noch ein kleiner Junge war. Daran hielt er sich auch heute noch. Wenn unternehmungslustige Kommilitonen ihn in ein Lokal mitschleppen wollten und er nicht einmal Pfennige hatte, konnte er sie mit der Erklärung abwehren: »Nicht zu machen, ich esse zu Hause.«

Das war unwiderlegbar. Niemand konnte wissen, daß dieses Essen oft aus nichts anderem als einem trockenen Kanten Brot bestand, manchmal auch nur aus einem Glas Leitungswasser — Justus Weigand hatte die Erfahrung gemacht, daß selbst das, wenn auch nur sehr vorübergehend, den Magen füllte.

Heute jedoch konnte und mußte er sich etwas Nahrhaftes gönnen, denn eine lange Nacht lag vor ihm. Er wickelte sich aus dem handgestrickten Schal seiner Cousine Clementine und hängte ihn über den Haken hinter der Tür, zog seinen abgetragenen Paletot aus, pustete über den schwarzen Samtkragen und hängte ihn sorgfältig über einen Bügel. Diese verdammten Feiertage! Es war jedes Jahr dasselbe und diesmal doppelt schlimm: es war kein gewöhnliches Silvester, sondern eine Jahrhundertwende, und er konnte sie nicht still für sich allein bei seinen Büchern verbringen oder mit ein paar Freunden feiern, sondern er mußte sich um Cousine Clementine kümmern. Feiertage! Feiertage! Man konnte sich nichts dazuverdienen, mußte aber trotzdem noch mit jeder Menge Extraausgaben fertig werden.

Justus Weigand zog die Geldbörse aus der Hosentasche und zählte stirnrunzelnd seine Barschaft. Viel war es nicht, aber immerhin, es mußte reichen. Er holte den dunklen Brotlaib aus dem Schrank, schnitt eine dicke Scheibe ab, bestrich sie mit Schweineschmalz und streute Salz darauf. Er säuberte das Messer, indem er es durch das Brot zog. Dann biß er kräftig in seine Stulle und aß mit dem gesunden Appetit der Jugend.

Das Wasser auf dem Ofen war inzwischen warm geworden. Er schliff das Rasiermesser am Lederriemen, seifte sein Gesicht ein und schabte sich vor dem halbblinden kleinen Spiegel über der Kommode die Stoppeln ab. Dann wusch er sich von Kopf bis Fuß und schlüpfte in frische Wäsche, in sein bestes, auf der Brust gefälteltes Hemd und in die Hose seines guten schwarzen Anzuges. Aber während er dies alles tat, waren seine Gedanken schon wieder voll und ganz auf das Thema seiner Dissertation konzentriert, mit dem er zum Doktor promovieren wollte: »Kreislauf und Stoffwechsel des Säuglings«.

Professor Hübner hatte ihn darauf aufmerksam gemacht, daß er, um den Stoff wirklich in den Griff zu bekommen, nicht beim Säugling beginnen, sondern erst das ungeborene Kind darstellen müßte, das ja noch mit und von der Mutter lebt. War das richtig? Oder führte das nicht doch zu weit vom eigentlichen Thema ab? Ohne zu merken, was er tat, zog Justus Weigand den Stuhl zum Tisch, blätterte in den ersten Seiten seiner handgeschriebenen Arbeit. Mit dem Moment der Geburt, dem Moment des ersten entscheidenden Atemholens, hatte er begonnen. Aber was war vorher? Er kramte in seinen Notizen, schlug Fachbücher auf und las nach, ohne eine befriedigende Antwort zu finden. Er las und schrieb auf, die Unterlippe zwischen die Zähne gezogen, eine steile Falte über der Nasenwurzel. Er war ganz und gar in seine Arbeit vertieft.

Auch als von der Wohnung her an seine Tür geklopft wurde, sah er nicht auf. Erst beim drittenmal, als das Klopfen schon mehr einem kräftigen Fausthieb glich, hob er den Kopf.

»Herein«, sagte er mechanisch. Die Tür wurde mit Schwung geöffnet, und sein Freund, der Korpsstudent Arnold Scheer, trat ins Zimmer, im vollen Wichs der feudalen Studentenverbindung, der er angehörte. Er trug eine runde, goldbetreßte Kappe auf dem schütteren blonden Haar, glänzende schwarze Stulpenstiefel an den etwas zu kurz geratenen Beinen, eine breite farbige Schärpe, die ihn als Chargierten auswies, um den strammen Bauch und den langen Säbel in einer kunstvoll geschmiedeten Scheide an der Seite.

»Hallo, alter Junge!« dröhnte Scheer.

»Welcher Glanz in meiner Hütte!« gab Justus Weigand zurück. »Du trittst ja auf wie Lohengrin persönlich.«

Arnold Scheer schlug mit eleganter Bewegung sein großzügig geschnittenes Cape zurück. »Hab' noch eine Sitzung heute abend.«

»Ihr wollt euch doch wohl nicht etwa noch in der letzten Nacht des Jahrhunderts die Gesichter zerhacken?«

Unwillkürlich fuhr Arnold Scheers Hand an seine linke Wange und strich über den breiten, kräftigen Schmiß. »Ach wo«, sagte er, »nichts dergleichen. Es wird ein ganz offizieller langweiliger Kommers. Ein paar Alte

Herren werden die Gelegenheit wahrnehmen, weise Lehren und den Born ihrer reichen Jugenderinnerungen über uns zu ergießen.«

Justus Weigand schüttelte den Kopf. »Und da gehst du hin?«

Arnold Scheer zuckte mit den Achseln. »Was bleibt mir anderes übrig? Ich habe eben gewisse gesellschaftliche Verpflichtungen.« Obwohl er reines Hochdeutsch sprach, war sein rheinischer Tonfall, dieser gewisse schmeichelnde Singsang, der Justus Weigand immer wieder belustigte, nicht zu überhören. Arnold Scheer, Sohn aus reichem Haus, stammte aus Krefeld; er studierte schon länger in Berlin als sein Freund. Er war vorher in Heidelberg gewesen.

»Du lieber Himmel!« sagte Justus Weigand, durchaus ohne Neid.

Arnold Scheer hakte sein Cape auf und warf es über das Bett. »Jedenfalls bin ich froh, daß ich dich doch erwischt habe!« Er ließ sich in den Sessel plumpsen. »Die Göbern wollte mir doch wahrhaftig weismachen, du wärst noch nicht zu Hause. Dabei hockst du natürlich wieder über deinen Folianten, genau so habe ich mir das vorgestellt.«

Justus Weigand schob seinen Sessel zurück, um den Freund ansehen zu können. »Sie konnte es nicht wissen«, sagte er und fügte mit einer Kopfbewegung zur anderen Tür hinzu: »Ich bin durch den Geheimeingang gekommen.«

»Herrjeh!« Arnold Scheer mimte Bestürzung. »Dann störe ich wohl! Warum hast du mir nicht gleich einen Wink gegeben?« Er sah sich mit halb gespieltem, halb echtem Interesse im Zimmer um. »Wo hast du die Dame versteckt?« — Justus Weigand lachte. »Dreimal darfst du raten!«

»Im Schrank? Unter dem Bett? Also — sehr viele Möglichkeiten gibt es hier ja nun wirklich nicht!«

»Alter Schafskopf!«

»Ist wirklich niemand bei dir?«

»Natürlich nicht. Das hätte gerade noch gefehlt. Ich habe den Kopf schon voll genug.«

Arnold Scheer grinste. »Wenn du *mich* fragst, muß ich dir sagen, daß Liebe und Leidenschaft zwar nicht gerade Dinge sind, die man mit dem Kopf betreibt, aber da du ja selbst Mediziner bist, brauche ich wohl nicht ins Detail zu gehen, um dir klarzumachen ...«

Justus Weigand schnitt ihm das Wort ab. »Bestimmt nicht. Ich weiß Bescheid. Sag mir lieber ... wie kommst du mit deiner Dissertation voran?«

Arnold Scheer ließ sich wieder in den Sessel zurückfallen; er legte sein leicht aufgeschwemmtes Gesicht in kummervolle Falten. »Gar nicht.«

»Aber erlaube mal! Wir haben doch zumindest die ersten Kapitel in allen Einzelheiten durchgesprochen!«

Arnold Scheer hob die Hände und ließ sie hilflos wieder sinken. »Ja, wenn du mit mir redest, dann verstehe ich ja auch alles, alter Junge, jedenfalls kommt es mir so vor. Aber sobald ich dann mutterseelenallein vor meinem Schreibtisch sitze ...« Er seufzte.

»Du bist doch wirklich der größte Esel des Jahrhunderts«, sagte Justus Weigand freundschaftlich.

Arnold Scheer riß die Augen auf. »Des vergangenen oder des neuen?« Er legte beschwörend seine breite, gepflegte Hand auf Justus Weigands Knie. »Im Ernst, Justus, du mußt mir helfen. Ohne dich schaffe ich es einfach nicht.«

»Wenn ich nur nicht — gerade jetzt — selbst soviel um die Ohren hätte! Kannst du nicht noch ein Semester zugeben, bis ich mit den Prüfungen fertig bin?«

»Wenn's nach mir ginge... sofort! Aber mein Alter Herr fängt an, ungeduldig zu werden. Er will mich so bald wie möglich wieder in Krefeld haben. Mit oder ohne Examen.«

»Aber dann...«

Arnold Scheer ließ ihn nicht aussprechen. »Ich brauche den Abschluß. Jetzt habe ich zehn Jahre herumstudiert, und wenn ich ohne Titel nach Hause komme, mache ich mich selbst zur Witzblattfigur. Meinen Eltern wird es nicht genügen, daß ich eine herrliche Zeit hatte.« Justus Weigand wollte etwas einwerfen, aber der Freund kam ihm zuvor. »Und du«, sagte er beschwörend, »mach mir doch nichts vor, du kannst doch dringend Geld brauchen, wie? Natürlich würde ich dir auch die Moneten für den Druck der Dissertation und so weiter pumpen — aber wie ich dich kenne, wäre das doch nicht nach deinem Geschmack.«

»Ich hasse Schulden.«

»Na also. Sehr ehrenwerter Standpunkt, würde mein Alter Herr sagen. Schmink dir alle anderen Extraarbeiten ab, Justus, und konzentriere dich darauf, mich durchzuziehen — ich halte dich dafür über Wasser.«

Justus Weigand hatte durchaus noch Bedenken, aber es schien ihm unfair, den Freund länger zappeln zu lassen. »Also gut, einverstanden«, sagte er, »glaub bloß nicht, daß ich mich wie eine alte Jungfer ziere. Aber du mußt mir versprechen, daß du dir wenigstens Mühe gibst und mich nicht alles allein machen läßt... die mündliche Prüfung kann ich dir außerdem beim besten Willen nicht abnehmen.«

Arnold Scheer zeigte ungeniert seine Erleichterung. Er schlug Justus mit Vehemenz auf die Schulter. »Ich wußte ja, daß ich mich auf dich verlassen kann. Die Einzelheiten besprechen wir dann nächstes Jahr, ja? Die Frage ist nur... was fangen wir jetzt mit dem angebrochenen Abend an?«

»Ich dachte, du wolltest zu deinen Korpsbrüdern?«

»Ja, ich *muß*. Und anschließend zum Ball der Philharmonie, da trifft sich heute tout Berlin, und ich bin es einfach meinem Ruf schuldig... Aber nachher, Justus, so ab eins, können wir uns dann nicht irgendwo treffen?«

Justus Weigand fuhr sich etwas verlegen mit den Fingern durchs Haar. »Du wirst lachen«, sagte er, »aber ausnahmsweise bin ich für heute nacht vergeben.«

»Also doch eine Frau! Du, das habe ich gleich gemerkt, als ich hier hereinkam. Für so etwas hab' ich eine Nase, weißt du. Also heraus mit der Sprache! Wie alt ist sie? Wo wohnt sie? Wie hast du sie kennengelernt? Wie heißt sie?«

Justus Weigand lächelte. »Leider muß ich dich enttäuschen, Arnold. Sie ist meine Cousine ... das heißt, unsere Mütter waren Cousinen. Ich habe sie kennengelernt, als ich sieben Jahre alt war, und sie ist heute ... also ganz ehrlich, ich weiß nicht einmal, wie alt sie wirklich ist. Einundzwanzig oder zweiundzwanzig, glaube ich. Ich habe sie eine Ewigkeit nicht mehr gesehen und kann mir nicht einmal vorstellen, wie sie jetzt aussieht.«

»Eine pikante Situation«, sagte Arnold Scheer wohlgefällig. »Das Cousinchen vom Lande ist also plötzlich in der Großstadt aufgetaucht ... Du, ganz ehrlich, ist das nun die Wahrheit oder nur die Version für die Göbern?«

Justus Weigand stand auf. »Ich habe doch keinen Grund, dir etwas vorzumachen!« Er öffnete den Schrank und holte ein Paar Lackstiefeletten heraus. »Die Göbern brauche ich übrigens auch nicht zu beschwindeln, Clementine wird diese Schwelle bestimmt nie überschreiten.«

»Clementine«, wiederholte Scheer langsam.

Justus Weigand nahm einen Lappen und polierte das Lackleder. »So plötzlich, wie du glaubst, ist sie übrigens gar nicht aufgetaucht. Sie ist schon ein paar Monate hier. Ich wundere mich, daß ich dir das noch nicht erzählt habe.«

»Weil du ein Heimtücker bist.«

»Nein, wahrscheinlich, weil mich diese Tatsache bis heute kaum beschäftigt hat. Sie ist als Erzieherin mit einer Familie Thielemann aus Schlesien nach Berlin gekommen, na, und du weißt ja, wie diese armen Mädchen ausgenutzt werden. Sie hat heute zum erstenmal abends Ausgang ...«

»Nun erzähl mir bloß nicht wieder etwas von sozialer Ungerechtigkeit und daß jeder Mensch Anspruch auf eine zeitlich begrenzte Arbeitszeit und bezahlten Urlaub haben sollte und all den anderen utopischen Blödsinn«, sagte Arnold Scheer rasch, »du hast doch selbst Sorgen genug, was mußt du dir dauernd wegen anderer Leute den Kopf zerbrechen. Sag mir lieber, was du nun heute abend mit dem Cousinchen vorhast?«

»Sie hat von ihrer Gnädigen zwei Karten für den Ball der Singakademie bekommen.«

Arnold Scheer hob die blonden Augenbrauen. »Singakademie? Ziemlich fade Angelegenheit, kannst du mir glauben. Spätestens um ein Uhr wirst du die Nase gestrichen voll haben.«

»Mal sehen.« Justus Weigand schlüpfte in seine Stiefeletten und knöpfte sie zu. Er betrachtete kritisch seine Füße. »Nicht schlecht. Aber reichlich unbequem.«

»Wahrscheinlich 'ne Nummer zu klein. Dann geht dir noch eher die Puste aus. Treffen wir uns doch zwischen eins und zwei im Café Greiff, mit oder ohne Cousine.«

Justus Weigand stand auf und nahm seine schwarze Jacke aus dem Schrank. »Mal sehen. — Festlegen kann ich mich da nicht.«

Es wurde an die Tür geklopft, und fast im selben Augenblick schob sich die Witwe Göbern ins Zimmer, ein Tablett mit zwei Tassen Tee und einer Zuckerdose vor sich hertragend. »Ach, Herr Weigand«, sagte sie süßlich, »Sie sind also doch da, und ich hätte schwören können, daß Sie noch nicht nach Hause gekommen sind.«

»Wahrscheinlich haben Sie ein kleines Nickerchen gemacht«, schlug Arnold Scheer als Erklärung vor.

»Aber nein! Wo denken Sie hin! Doch nicht am hellichten Tag!« Die Witwe Göbern stellte das Tablett auf den Tisch.

»Warum nicht? Ich könnte es gut verstehen, wenn Sie sich für die Nacht stärken wollten!« Arnold Scheer umfaßte die knochigen Hüften der Witwe. »Sie haben doch sicherlich etwas vor? Oder nicht? Wie wär's dann mit uns beiden?«

Die Witwe Göbern befreite sich kichernd und einigermaßen geschmeichelt. »Aber — Herr Scheer! Immer diese Späße, Sie sind ja ein ganz Gefährlicher!« Sie lief zur Kommode, betrachtete sich in dem kleinen halbblinden Spiegel und steckte ihre grauen Strähnen fest.

»Nett von Ihnen, daß Sie uns einen Tee gemacht haben, Frau Göbern«, sagte Justus Weigand, bemüht, das Gespräch zu beenden.

»Ich habe mir gerade selbst ein Täßchen aufgegossen, und da dachte ich mir...«

»Sehr nett von Ihnen!« Er öffnete die Tür zum Gang.

Die Witwe Göbern sah sich hinauskomplimentiert. »Dann will ich nicht länger stören«, sagte sie, um sich einen guten Abgang zu schaffen.

»Aber das tun Sie doch gar nicht!« rief Arnold Scheer. »Haben Sie nicht noch ein bißchen Zeit?«

Die Witwe Göbern bedachte ihn mit dem ganzen Schmelz ihres Silberblicks. »Wenn Sie mich so fragen, Herr Scheer...«

»Wunderbar!« Arnold Scheer nahm den Paletot seines Freundes vom Bügel und drückte ihn der Wirtin in die Hand. »Dann seien Sie doch so gut und bürsten Sie Weigands Mäntelchen ein bißchen aus, ja?« Er legte den Arm um ihre mageren Schultern und schob die verdutzte Frau zur Tür hinaus.

Die beiden Männer lachten. »So muß man mit der alten Schachtel umgehen«, sagte Arnold Scheer, »in diesem Punkt könntest du etwas von mir lernen!«

Es reizte Justus Weigand, dem Freund zu erklären, daß er sich solche Scherze nur deshalb erlauben konnte, weil sein Reichtum der Wirtin imponierte. Aber er sagte nur: »Ich bin eben nicht du! Außerdem sei vorsichtig, sie ist schon ganz wild auf dich.«

Arnold Scheer zog eine Grimasse. »Mein Pech. Bei jungen Mädchen komme ich nicht an. Aber so eine alte Hexe braucht mich nur zu wittern, und schon ist es um sie geschehen.« Er nahm sein Cape vom Bett und legte es sich wieder um die Schultern. »Also, wie ist es? Bleibt's beim Café Greiff? Ganz unverbindlich, ja? Wenn wir uns verpassen, treffen wir uns morgen früh im Tiergarten zum Schlittschuhlaufen, beim Pavillon am großen See. Und erzähl mir bloß nicht, daß du arbeiten willst. Nach so einer Nacht wäre das ein Ding der Unmöglichkeit.«

»Du hast recht«, sagte Justus Weigand und zog seine schwarze Jacke zurecht. »Also abgemacht: entweder — oder...«

Arnold Scheer betrachtete ihn nachdenklich. »Eines verstehe ich nicht. Du kannst anhaben, was du willst — selbst wenn deine Klamotten aussehen wie aus der Lumpenkiste gezogen, du siehst immer blendend aus! Und ich...«

Justus Weigand klopfte ihm gutmütig auf das pralle runde Bäuchlein. »Das kommt von deinem Embonpoint. Iß ein bißchen weniger, trink nicht soviel Bier, und du wirst sehen...«

Arnold Scheer hob abwehrend die Hände. »Hungern und dursten soll ich? Was sind das für lächerliche Ideen!«

»Nur ein unverbindlicher Ratschlag. Aber ganz ehrlich, mir gefällst du so, wie du bist, und wenn ein Mädchen auch nur wagen sollte, etwas an dir auszusetzen, dann schick es zu mir...«

Arnold Scheer lachte. »Das könnte dir so passen! Nein, mach deine Eroberungen nur allein. Vor allem aber... grüß mir Cousine Clementine!«

»Wird gemacht!« Als er gegangen war, tat Justus Weigand zwei große Löffel Zucker in seine Teetasse, um sich das fade helle Gebräu schmackhafter zu machen, und leerte auch die zweite — um die Witwe Göbern nicht zu kränken. Er trank stehend und fühlte sich sehr unbehaglich, wenn er an das Wiedersehen mit seiner Cousine dachte.

Als die alte englische Uhr unten in der Diele der Villa Thielemann neunmal schlug, empfand Clementine Hergert ganz plötzlich heftiges Herzklopfen. War es die Freude der Erwartung, die sie fast schwindeln machte? Clementine wußte selbst nicht genau warum, und sie machte auch gar nicht den Versuch, es herauszufinden. Sie war ein unsentimentales, klarblickendes, energisches Mädchen, jedenfalls hielt sie sich selbst dafür, und so weigerte sie sich, unbestimmte Gefühle ernst zu nehmen oder gar darüber nachzudenken. Wenn es nur etwas zu tun gäbe, womit sie sich die Wartezeit vertreiben könnte! Alle Briefe waren längst geschrieben. Die Höschen, Hemdchen, Schürzen und Strümpfe der Kinder lagen sauber, gebügelt und geflickt in den Kästen und Schränken, wie es sich zu Ende des Jahres gehört. Zum Lesen war sie jetzt zu ungeduldig. Sie verließ ihr Mansardenzimmer. Die Türglocke klingelte noch immer nicht. Aber dann war es ihr, als ob sie doch etwas hörte, ein dunpfes Stöhnen. Sie horchte. Doch es war schon vorbei. Außer dem vertrauten Schnarren der alten Uhr war nichts zu hören. Sollte sie sich getäuscht haben? War vielleicht eines der Kinder wach geworden oder hatte einen unruhigen Traum? Es war ihr zwar so gewesen, als käme das Stöhnen hier oben aus einer der Mansarden, aber das konnte ja nicht sein. Rosa Janowitz, das Stubenmädchen, hatte seit dem Nachmittag Ausgang, und die Köchin schlief heute unten, um in der Nähe der Kinder zu sein.

Clementine lief lautlos die schmale Hintertreppe hinab und betrat die Galerie, um die die Räume des zweiten Stockes angeordnet waren. Sie huschte in das Kinderzimmer und ging von Bett zu Bett. Sie beugte sich über die beiden kleinen Mädchen und zog ihre Decken zurecht. Der achtjährige Friedrich öffnete die dunklen Augen. »Tine«, murmelte er schlaftrunken, »du bist so schön!«

Clementine errötete und lächelte über das naive Kompliment des Jungen, aber mehr noch über sich selbst, weil es ihr so wohl tat. »Das bildest du dir nur ein«, flüsterte sie und strich ihm eine Locke aus der Stirn, »ich sehe aus wie immer.«

»Ist schon das neue Jahr?«

»Erst mußt du schlafen. Wenn du morgen aufwachst, ist es da.« Sie richtete sich auf und wollte zur Tür. Aber Friedrich rief sie zurück. »Tine!«

»Ja?«

»Gehst du fort?«

»Die Mamsell bleibt nebenan. Die ganze Nacht, schlaf schön, Fritzchen.« Clementine lief wieder in ihr Zimmer hinauf. Über der Waschschüssel hing ein Spiegel, in dem sie sich lange betrachtete. Sie schämte sich ein wenig, als täte sie etwas nicht ganz Anständiges. Dennoch konnte sie sich nicht von ihrem Spiegelbild trennen, betrachtete sich sehr aufmerksam, mit leicht gerunzelter Stirn, die Lippen fest aufeinandergepreßt. — War sie schön? Es gab Männer, daheim in Görzen, die ihr das gesagt hatten. Es hatte mehr als einen gegeben, der sie gern geheiratet hätte. Aber sie hatte abgelehnt. Nicht, weil sie hoch hinaus wollte, wie böse Zungen behaupteten, sondern weil sie sich schon als halbes Kind entschieden hatte — für den Mann, den sie nicht vergessen konnte. Sie liebte Justus Weigand. Sie liebte ihn, nicht weil er studierte, nicht weil er Doktor wurde. Es hatte Zeiten gegeben, in denen sie davon geträumt hatte, daß eine schwere Krankheit oder ein anderer Schicksalsschlag ihn treffen möge, damit sie ihn pflegen, ihn seelisch hätte aufrichten müssen.

Aber Clementine wußte, daß ein Mädchen nicht ihres Charakters wegen geheiratet wurde. Viel wichtiger war, daß man etwas mit in die Ehe bringen konnte. Sie hatte Geld, wenn auch nicht viel, das Erbe ihrer früh verstorbenen Eltern, das sie nie hatte anzugreifen brauchen. Für Görzen war das eine beachtliche Summe gewesen, aber hier, in der Großstadt, schien es ihr eine armselige Mitgift. Ein studierter Mann wie Justus Weigand durfte ganz andere Ansprüche stellen. Und deshalb fragte sich Clementine Hergert an diesem Abend vor dem Spiegel, ob ihre äußeren Reize dazu angetan seien, das Herz eines Mannes zu erobern.

Ihre großen dunklen Augen gefielen ihr, und auf ihr schweres schwarzes Haar war sie stolz. Aber sonst? Die kräftige, gerade Nase war nicht häßlich. Aber das Kinn war zu ausgeprägt, die Lippen zu hart zusammengepreßt. Sie öffnete den Mund, fuhr sich mit der Zungenspitze über die Lippen. So war es schon besser. Aber immer noch wirkte ihr Gesicht streng. Hätte sie nicht doch die Brennschere benutzen sollen, wie ihr Rosa Janowitz geraten hatte? Aber nein, sie konnte damit nicht umgehen, und dann, Locken hätten auch nicht zu ihr gepaßt.

Clementine merkte gar nicht, daß sie die Lippen schon wieder zu einem schmalen Strich zusammenpreßte. — Er soll mich so lieben, wie ich bin, dachte sie, oder er soll es bleibenlassen. Im selben Augenblick wußte sie, daß das nicht stimmte. Sie hätte alles für seine Liebe getan und alles dafür gegeben. Aber mit Löckchen konnte sie auch nichts erreichen, wenn es nur irgendein Mittel gegeben hätte, um ihre bräunliche Haut heller zu machen! Für ein Bauernmädchen mochte das passend sein, aber für die Erzieherin vornehmer Kinder schon nicht mehr, und schon gar nicht für die Gattin eines Arztes.

Clementine war davon überzeugt, daß ihre gesunde Haut, die nicht einmal im Schein des weißen Gaslichtes die ersehnte zarte Blässe annahm, sie häßlich machte. Entschlossen wandte sie sich vom Spiegel ab. »Ach was, Firlefanz«, sagte sie laut, als könnte sie sich durch ihre energische Stimme selbst zur Ordnung rufen.

Und in diesem Augenblick hörte sie es wieder, das dumpfe, gequälte Stöhnen. Der qualvolle Ton schien von nebenan zu kommen. Aus der Kammer von Rosa Janowitz. Und wenn sie sich ihrer Sache auch durchaus nicht sicher war, so wollte sie doch der Sache auf den Grund gehen. Sie verließ ihr Zimmer und klopfte an der anderen Tür. Niemand antwortete.

Clementines anerzogene Zurückhaltung und ihr ausgeprägtes Verantwortungsgefühl kämpften miteinander. Dann drückte sie die Klinke nieder. Sie wußte, daß diese Tür nicht abgeschlossen sein konnte, denn das Personal im Hause Thielemann, zu dem auch sie gezählt wurde, kannte den Luxus eines eigenen Schlüssels nicht. In der Kammer war es finster, aber Clementine spürte sofort, daß sie nicht leer war.

»Rosa«, sagte sie — und nach einer kleinen Pause noch einmal: »Rosa!« Als sie keine Antwort bekam, ging sie entschlossen an die Wand zwischen ihrem und Rosas Zimmer zu, drehte an der Gaslampe, die genau gegenüber ihrer eigenen angebracht war, und entzündete sie. Rosa lag zusammengekrümmt auf ihrem zerwühlten Bett. »Rosa, was ist denn? Ich denke, du bist schon lange weg!« rief Clementine Hergert erschrocken. Obwohl sie zwei oder drei Jahre jünger war als das Hausmädchen, duzte sie sie ganz selbstverständlich, denn Rosa war einfacher Herkunft, die Tochter eines Landarbeiters.

»Gehen Sie!« rief Rosa. »Lassen Sie mich in Ruhe! Was wollen Sie denn in meinem Zimmer, Fräulein?« Sie umklammerte das Federbett mit beiden Händen und zog es bis zum Kinn.

Aber Clementine war so leicht nicht einzuschüchtern. »Hast zu Schmerzen?«

»Ich will, daß Sie mich in Ruhe lassen!« fauchte Rosa. Ihre Nase ragte spitz aus dem eingefallenen Gesicht, die Haut wirkte grünlich, tiefe Schatten lagen unter ihren Augen, die seltsam matt und glanzlos waren. Ein krampfartiger Anfall überkam sie; sie wand sich vor Qual.

Plötzlich bekam es Clementine mit der Angst zu tun. Sie wäre am liebsten davongelaufen oder hätte laut um Hilfe gerufen. Aber sie konnte Rosa nicht allein lassen, und genauso unmöglich wäre es gewesen, Herrn und Frau Thielemann, die sich jetzt unten in ihrem Schlafzimmer für den festlichen Abend umzogen, die Stimmung zu verderben.

Rosas Gesicht glättete sich wieder. »Es ist ... schon vorbei!«

Clementine trat ganz nahe an das Bett. Sie legte Rosa die Hand auf die Stirn, die von kaltem Schweiß bedeckt war. »Fieber hast du jedenfalls nicht«, stellte sie mit deutlicher Erleichterung fest.

»Es ist ...«, sagte Rosa. »Sie verstehen das nicht, Fräulein. Gehen Sie ruhig, lassen Sie mich allein. Morgen werde ich wieder ganz gesund sein.«

»Hast du das denn schon öfters gehabt?«

»Ja«, sagte Rosa, »o ja, Fräulein.« Wieder kam ein Anfall, und ihr blutloses Gesicht verzerrte sich zu einer schauerlichen Grimasse.

»Ich werde einen Arzt holen«, entschied Clementine und wandte sich zur Tür.

»Nein!« schrie Rosa mit sich überschlagender Stimme. »Keinen Arzt! Ich bin nicht krank, ich will nicht!«

»Aber natürlich bist du krank, Rosa, mir kannst du doch nichts vormachen, du hast furchtbare Schmerzen.«

»Und glauben Sie, die würden besser werden, wenn man mich hinauswirft? Wer duldet schon ein krankes Mädchen! Thielemanns nicht, die bestimmt nicht!«

»Die gnädige Frau ist sehr gut«, erwiderte Clementine unsicher.

»Aber er nicht! Er ist ... ein Teufel! Er wäre ja froh, wenn er mich rauswerfen könnte! Und dann? Was dann?« Wieder ein neuer Anfall, Rosa stöhnte keuchend. »Oh, mein Gott, wie lange denn noch? Mach ein Ende!«

Clementine stand ganz starr, die Nägel in die Handflächen gebohrt, und wartete, bis der Anfall vorüber war. Ein leiser Abscheu vor dieser nach Schmerz und Schmutz riechenden Frau erfüllte sie, gleichzeitig aber auch ein tiefes Mitleid. »Dein Leben, Rosa«, sagte sie, »nichts ist wichtiger als dein Leben!«

»Daran stirbt man nicht, Fräulein, das macht jede einmal durch! Gehen Sie doch, bitte, gehen Sie!«

Clementine wußte nicht mehr, was sie tun sollte. Hätte Rosa sie darum gebeten, wäre sie geblieben. Aber ganz offensichtlich lag dem kranken

Mädchen nichts an ihrer Gesellschaft — und wie hätte sie auch helfen können! Plötzlich wurde ihr bewußt, daß sie, während sie bei Rosa war, nicht auf die Haustürklingel geachtet hatte, sie wohl auch gar nicht hätte hören können. Vielleicht war Justus Weigand schon da, vielleicht stand er in diesem Augenblick unten und wartete darauf, eingelassen zu werden. Aber sie konnte ja doch nicht gut erwarten, daß die gnädige Frau selbst öffnen ging, zumal Frau Thielemann sicherlich noch nicht fertig angezogen war.

»Gut, Rosa, ganz wie du willst!« sagte sie hastig. »Ich lasse dich allein! Aber wenn ich heute nacht nach Hause komme, darf ich dann noch einmal nach dir sehen?«

»Das wird nicht nötig sein, Fräulein«, konnte Rosa gerade noch sagen, dann packte sie ein neuer Anfall, dessen Ende Clementine nicht mehr abwartete. Sie verließ die Kammer, lief die Hintertreppe hinunter, öffnete die Tür zur Galerie und lauschte. Kein Klingelzeichen ertönte.

Wie lange war sie bei Rosa gewesen? Sie wußte es nicht. Aber doch sicherlich nur wenige Minuten. Es war nicht möglich, daß Justus Weigand inzwischen gekommen und, da niemand geöffnet hatte, wieder gegangen war. Nein, das konnte nicht sein!

Dorothee Thielemann war seit mehr als zehn Jahren verheiratet, und dennoch war es ihr immer noch unangenehm, sich in der Gegenwart ihres Gatten auszuziehen. An gewöhnlichen Tagen vermied sie das, indem sie morgens erst aufstand, wenn er das Haus längst verlassen hatte, und abends vor ihm zu Bett ging. Aber bei gewissen Gelegenheiten, wie etwa heute, war es nicht zu umgehen.

Otto Thielemann wußte, daß es ihr peinlich war — und Frau Dorothee war überzeugt, daß er gerade deshalb die Situation ausnutzte und genoß. Das eheliche Schlafzimmer war sehr geräumig. Auf der einen Seite schloß sich ein in weißem Marmor gehaltenes Bad in der Größe eines mittleren Festsaales an, auf der anderen Seite ein Ankleidezimmer, ebenfalls von beträchtlichen Ausmaßen. Bei gutem Willen wäre für jeden Platz genug gewesen. Aber Otto Thielemann dachte nicht daran, den unausgesprochenen Wunsch seiner Frau zu erfüllen und sie, wenigstens bei den diskreteren Verrichtungen, allein zu lassen. Er wandte nicht einmal den Kopf zur Seite oder senkte die Lider, sondern betrachtete sie unentwegt aus seinen eng beieinanderstehenden schwarzen Augen, unter deren Blick sie sich herabgewürdigt und elend fühlte.

Sie tat so, als merkte sie nicht, daß er sie beobachtete, sah konsequent an ihm vorbei ins Leere, und doch war ihr auf geheimnisvolle Weise in jedem Augenblick bewußt, was er tat. Jetzt war er nackt. Dorothee Thielemann biß die Zähne zusammen. Diese gelbe Haut, dieser tierische Haarwuchs — lange schwarze Haare auf der Brust, in den Achselhöhlen, auf dem Bauch —, diese mageren, leicht gekrümmten Beine, auf die er selbst so stolz war, weil sie ihn in seinen Augen als Reiter qualifizierten, die für sie aber etwas zwergenhaft Abstoßendes hatten. Er ließ seine überlangen Arme baumeln, und jetzt kratzte er sich auf die schamloseste Weise.

Dorothee Thielemann wurde übel. Sie nestelte an den Verschlüssen ihres Korsetts herum, zog die Schnüre fester, alles mit festgeschlossenen Augen; denn sie liebte auch ihre eigene Nacktheit nicht. Sie war schlank und hätte gewiß keines Korsetts bedurft, sie trug es nur der Mode zuliebe. Ihre Taille war so schmal, auch heute noch nach zehn Jahren Ehe mit fünf Geburten — zwei ihrer Kinder waren früh gestorben —, daß Otto Thielemann sie mit beiden Händen umspannen konnte. Auf ihrem überlangen schlanken Hals saß ein sehr anmutiger und edler Kopf. Ihr schneeweißes kleines Gesicht wirkte durch die weit aufgerissenen großen Augen stets verängstigt, geradezu erschrocken, auch wenn kein Anlaß dazu bestand.

»Soll ich dir beim Schnüren helfen, Mausi?« fragte Otto Thielemann mit geschmeidiger Stimme.

Sie zuckte zusammen, als hätte er sie geschlagen — erst in dieser Sekunde war ihr bewußt geworden, daß er hinter ihr stand. Wie lange schon? Eine feine rote Welle lief wie ein warmer Hauch über ihre schneeweiße Haut — von dem kindlichen Busen über den Hals, das Kinn und hinauf bis zur Stirn. »Nein, nein, danke«, stammelte sie.

»Laß mich nur, ich verstehe mich darauf!« Er legte seine gelbliche, sehr gepflegte Hand mit dem behaarten Rücken auf ihre Schulter. Es war ihr, als erstarre sie zu Eis. Er tat, als merkte er ihren Widerstand gar nicht. »Nun, wo muß ich ziehen?«

»Ich möchte nicht... bitte, Otto, ich möchte nicht!« sagte sie verzweifelt. »Das ist... keine Beschäftigung für einen Mann!«

Sie wußte, er konnte hartnäckig sein, und sie befürchtete schon das Schlimmste. Aber anscheinend hatte er diesmal nur einer plötzlichen Laune nachgegeben. Er zog seine Hand zurück. »Dann klingle bitte nach einem Mädchen. Es ist nicht mit anzusehen, wie ungeschickt du dich anstellst«, sagte er kalt.

Der kurzen Erleichterung folgte ein Gefühl tiefer Demütigung. »Das geht nicht, heute nicht«, sagte sie, »und außerdem... ich bin ja schon fertig!« Sie band die Schnüre ihres Korsetts im Kreuz zu einer festen Schleife, die sie verknotete, erhob sich rasch und stieg in ihr Abendkleid aus braunem Samt, Ekrüseide und Spitzen, das einer Matrone königlich gestanden hätte, sie aber fast zu erdrücken schien. Außerdem machten sie die stumpfen und gedeckten Farben alt. Jetzt, da sie darangehen mußte, die unzähligen Knöpfchen auf dem Rücken zu schließen, hätte sie die Hilfe ihres Gatten brauchen können; sie machte sich mit verzweifelter Entschlossenheit selbst an die Arbeit.

Er stand vor dem großen Spiegel, zupfte sich die weiße Schleife vor dem »Vatermörder« zurecht, dem eckigen hohen Kragen, und beobachtete sie aus den Augenwinkeln. »Wo ist Rosa?« fragte er.

»Ich habe ihr Ausgang gegeben.«
»Und Clementine?«
»Sie wird von ihrem Vetter abgeholt.«
Er betrachtete prüfend den schnurgeraden Scheitel, der sein lackschwarzes Haar genau in der Mitte teilte. »Findest du nicht, daß du dem Personal gegenüber ein bißchen zu großzügig bist?«
»Aber, Otto, gerade heute...«
»Gerade heute wünsche ich, daß unsere Kinder nicht allein bleiben!«
»Die Mamsell...«
Er fiel ihr ins Wort. »... ist für die Küche und nicht für die Kinder da! Ich werde Clementine jetzt rufen, und du wirst ihr mitteilen, daß sie heute abend zu Hause bleiben muß!«
»Nein, Otto«, rief Frau Dorothee entsetzt, »das kann ich nicht, das darfst du nicht von mir verlangen! Sie hat sich so sehr auf das Wiedersehen mit ihrem Vetter gefreut, und ich habe ihr fest versprochen...«
»Dann nimmst zu dein Versprechen eben zurück und vertröstest sie auf ein anderes Mal!«
»Nein, Otto, das bringe ich nicht fertig, das mußt du ihr schon selbst sagen!«
Otto Thielemann setzte sich auf einen der kleinen Sessel, zwängte seine Füße in die glänzenden schwarzen Stiefeletten. Er hatte durchaus nicht die Absicht, Clementine eine solche Enttäuschung zu bereiten, denn er legte sehr viel Wert darauf, beim Personal beliebt zu sein und als leutseliger, wenn auch gestrenger Herr zu gelten. »Was ist dieser sogenannte Vetter überhaupt für ein Bursche?« fragte er.
»Ein Medizinstudent.«
Otto Thielemann schnalzte mit der Zunge. »Also ein versoffenes Genie. Ich hätte der guten Clementine schon etwas mehr Verstand zugetraut.«
»Er ist ein sehr anständiger und sehr strebsamer junger Mann, jedenfalls nach ihren Erzählungen. Ich werde ihn mir aber natürlich selbst ansehen, wenn er kommt.«
Otto Thielemanns stechende Augen funkelten belustigt. »Und wenn er deinem Geschmack nicht entspricht, wirst du ihn zurückschicken?«
Frau Dorothee schob das Kinn vor. »Jawohl, das werde ich! Das Mädchen ist mir von seiner Mutter anvertraut worden, und ich fühle mich für sie verantwortlich.«
»Wie rührend, meine Liebe! Wenn du dich für deine Familie nur halb so verantwortlich fühlen würdest wie für diese Proleten...«
»Das ist ein sehr häßliches Wort!« rief sie. »Willst du mir etwa vorwerfen, daß ich mich nicht genug um die Kinder kümmere?«
»O doch, *das* tust du! Ich bin es, den du vernachlässigst!«
Die Türklingel schrillte. Herr und Frau Thielemann sahen sich an. »Das ist er!« rief sie.
Otto Thielemann lief zur Tür, brüllte in die riesige Diele hinaus:

»Clementine!« Aber gerade rannte diese schon die Galerie entlang und an ihm vorbei, mit strahlenden Augen und so viel Schwung, daß er ganz überrascht war. »Donnerwetter«, sagte er, »die Kleine hat ja Temperament! Wer hätte das gedacht!«

Justus Weigand war von der Friedrichstraße her zu Fuß zum Tiergartenviertel gelaufen; ihm machte das nichts aus, er war es gewohnt, weite Strecken zu gehen. Die Thielemannsche Villa war nicht schwer zu finden gewesen, denn die Von-der-Heydt-Straße war noch zum größten Teil unbebaut, und nach der Beschreibung, die ihm Cousine Clementine in ihrem letzten Brief gegeben hatte, erkannte er den imposanten, hochmodernen Bau mit den vielen, teils überdachten, teils offenen, teils eckigen und teils runden Balkonen sofort. Er stand, ein wenig von der Straße abgerückt, in einem Vorgarten, durch den man an der linken und rechten Flanke des Hauses vorbei in den dahinter liegenden parkähnlichen Garten gelangte.

Energisch zog er an der Klingel, trat einen halben Schritt zurück und erwartete, daß nun in dem halbdunklen Fenster über der schweren Eichentür mit den Messingbeschlägen Licht aufscheinen würde. Aber es blieb, auch als die Tür aufgerissen wurde, drinnen dunkel, und der Schein der Straßenlampe fiel Clementine gerade ins Gesicht — einem Mädchen, das so sehr der kleinen Spielgefährtin vergangener Tage glich, daß er ganz überrascht war. »Tina!« rief er und breitete die Arme aus.

Eine Sekunde lang schien es, als wollte sie sich ihm an die Brust werfen. Aber dann rief eine dünne Frauenstimme aus dem Haus: »Clementine, warum machen Sie denn kein Licht an?«

»Entschuldigen Sie bitte, gnädige Frau!« Clementines Lächeln erlosch. »Ich hatte es so eilig ... ich ...« Sie wich ins Haus zurück.

Als Justus Weigand hinter ihr eintrat, schimmerten die marmorverkleideten Wände des Eingangsraumes im hellen Licht der Gaslampen. Clementine wirkte völlig verändert. Ihre Lippen waren schmal geworden, sie senkte die Wimpern über die schönen Augen und öffnete eine weißlackierte, mit Ornamenten reich verzierte Tür. »Möchtest du nicht ablegen?«

»Ich dachte, wir gehen gleich.«

»Ja, schon. Aber meine Gnädige möchte dich sprechen.«

»Warum?« fragte er. »Ich kenne Frau Thielemann ja gar nicht, und ich wüßte nicht, worüber ich mich mit ihr unterhalten sollte.«

»Das weißt du schon«, sagte sie und nahm ihm den Spazierstock aus der Hand, »ach, sei doch nicht so.«

Obwohl er sich keiner Schuld bewußt war, hatte er plötzlich das Gefühl, sich schlecht zu benehmen. Das reizte ihn. Er war nahe daran, ihr den Stock zu entreißen und wieder zu gehen. Aber dann merkte er, daß er im Begriff stand, sich wie ein ungezogener Junge zu benehmen, und nahm sich zusammen. Er ließ sich von Clementine aus dem Paletot helfen, gab ihr den weißen Schal, den er sich zur Feier des Abends um den Hals geschlungen hatte, nahm den Chapeau claque ab und legte seine Handschuhe hinein.

Sie wagte nicht, ihm in die Augen zu sehen, aus Angst, ihre Gefühle zu verraten. Er hatte sich so sehr verändert, war nicht mehr der schmalschultrige Junge mit dem blassen, eifrigen Gesicht, an den sie sich erinnerte. Er war ein Mann, ein sehr selbstbewußter, sehr selbständiger Mann. »Ich bin sehr froh, daß du gekommen bist«, sagte sie fast schüchtern.

Sie erinnerte ihn an daheim, an die Mutter, an das Dorf, an viele Dinge, die alle so unendlich weit zurücklagen. Aber er konnte dieses heftige und doch ganz unbestimmte Gefühl nicht in Worte kleiden. »Ich hatte es dir doch versprochen«, sagte er statt dessen und kam sich selbst unbeholfen vor.

Sie hatte seinen Paletot aufgehängt. Zwischen den Schränken war ein marmornes Waschbecken eingelassen, mit einem Spiegel darüber, in den er aber keinen Blick warf. Er fuhr sich mit den Fingern durch sein braunes, weiches Haar, eine Geste, mit der er das Gegenteil dessen bewirkte, was er hatte erreichen wollen, nämlich seine Frisur in Ordnung zu bringen.

Clementine hätte ihn beinahe darauf aufmerksam gemacht, dann fiel ihr aber ein, daß er es immer gehaßt hatte, zurechtgewiesen zu werden, und er sollte nicht glauben, daß es sie störe, wenn er sich vor Frau Thielemann ungünstiger präsentierte, als es notwendig gewesen wäre.

Wie eine zerbrechliche Porzellanfigur saß die Dame des Hauses inmitten der Diele. Frau Dorothees große erschrockene Augen paßten nicht zu der steifen, gebieterischen Haltung, mit der sie ihn empfing. Sie reichte ihm eine schmale Hand, ohne Kraft und ohne Wärme, und forderte ihn auf, Platz zu nehmen. Er setzte sich ihr gegenüber auf einen der hochlehnigen gedrechselten Stühle und schob Zylinder und Handschuhe unter den Sitz. Ein Frage-und-Antwort-Spiel begann, das für Justus Weigand ebenso abwegig wie lächerlich war. Mehr als einmal hatte er eine heftige oder ironische Bemerkung auf der Zunge, aber jedesmal traf ihn ein flehentlicher Blick von Clementine, und er sagte, was man von ihm erwartete. »Jawohl, gnädige Frau ... Nein, gnädige Frau ... Natürlich, gnädige Frau ... Im nächsten Jahr, gnädige Frau ... Aber ganz gewiß, gnädige Frau ...«

Und dann war es endlich überstanden. Sehr zögernd, als hätte sie einen inneren Kampf noch nicht ganz ausgefochten, reichte Dorothee Thielemann der Erzieherin ihrer Kinder einen Hausschlüssel. »Aber, bitte, trotz allem, Fräulein. Sie versprechen mir, daß es nicht zu spät wird!«

»Sie können sich auf mich verlassen, gnädige Frau!« Clementine war aufgestanden, ja beinahe aufgesprungen, als wollte sie ihrer Dienstherrin den Schlüssel aus der Hand reißen. »Vielen Dank, gnädige Frau!« Sie deutete einen kleinen Knicks an, was, wie Justus Weigand fand, bei diesem großen, starken Mädchen ungeschickt und unpassend wirkte.

Frau Thielemann erhob sich. »Sie werden gut auf sie aufpassen, Herr Weigand, nicht wahr? Ich verlasse mich auf Sie!«

»Selbstverständlich, gnädige Frau, ich werde meine Cousine rechtzeitig wiederbringen.« Justus Weigand beugte sich über Frau Thielemanns blutleere Hand und wollte einen Kuß andeuten — eine Höflichkeitsgeste, die ihm ganz und gar nicht lag und zu der er sich nur Clementine zuliebe aufraffte —, aber er kam gar nicht dazu, denn Frau Thielemann zog ihre Hand so rasch zurück, als hätte sie sich verbrannt. »Ich wünsche Ihnen einen schönen Abend, Fräulein«, sagte sie.

Justus bückte sich, zog seinen Chapeau claque unter dem Stuhl hervor, nahm die Handschuhe heraus und folgte seiner Cousine durch die breite Glastür in die Garderobe. Sie band ihm liebevoll den weißen Schal um den Hals und half ihm in den Paletot, von dessen Samtkragen sie ein Stäubchen wegpustete.

»War es sehr schlimm?« fragte sie lächelnd und verstaute den kostbaren Hausschlüssel in einer roten, kunstvoll gehäkelten und mit silbernen Perlen bestickten Tasche.

»Ich bewundere dich, daß du das aushältst«, sagte er statt einer Antwort.

»Wenn es um das tägliche Brot geht«, sagte sie heftiger, als nötig gewesen wäre, »kann man vieles.«

Er wußte, daß sie recht hatte, und ärgerte sich um so mehr, daß sie ausgerechnet ihm damit kommen mußte. »Hast du das nötig?«

Ihr Gesicht wurde überraschend weich. »Wie hätte ich denn ohne Thielemanns nach Berlin kommen können?« fragte sie zurück.

Er wurde unsicher. »Jedenfalls bin ich sehr froh, daß du jetzt hier bist«, sagte er ausweichend, »und gut siehst du aus!«

Sie zog sich das dicke wollene Dreiecktuch enger um die Schultern. »Mach dich nicht lustig über mich, ich bin nur ein Mädchen vom Lande! Aber du ... du bist richtig stattlich geworden! Wenn Tante Anna dich so sehen könnte!«

Die Erwähnung seiner Mutter berührte ihn tiefer, als er es für möglich gehalten hätte. Seit Jahren, seit vielen Jahren war er niemandem mehr begegnet, der seine Eltern kannte und mit dem er über sie hätte sprechen können. »Wie geht es ihr?« fragte er. »Ihre Briefe klingen immer so fröhlich, daß ich manchmal beunruhigt bin.«

»Beunruhigt?« fragte sie erstaunt und öffnete die Haustür.

»Verstehst du das denn nicht? Sie schreibt mir wie einem Kind, das man nicht mit ernsten Dingen belasten will, weil man weiß, daß es das doch nicht versteht. Was wirklich passiert ist, muß ich immer zwischen den Zeilen lesen.«

Clementine lachte und hängte sich bei ihm ein. »So ist sie nun mal. Für sie bist du immer noch der kleine Junge. Aber du kannst unbesorgt sein, sie wird mit dem Leben noch ganz gut fertig. Besser als sonst jemand, den ich kenne.«

»Und Vater?« fragte er.

»Erklärt noch immer alles mit erhobenem Zeigefinger. Er merkt nicht, daß das für seine Familie manchmal schwer zu ertragen ist. Das Belehren ist ihm nun mal in Fleisch und Blut übergegangen.«

»Aber er ist gesund?«

»Bis auf seine Schmerzen in den Beinen. Aber aus denen macht er sich nicht viel. Wenn unser alter Dr. Kumpmann — der ist übrigens auch schon reichlich klapprig geworden — ihm etwas dagegen verschreiben will, sagt er immer: Lassen Sie nur, Herr Doktor, das schaffen Sie doch nicht mehr weg. Warten wir lieber, bis mein Sohn ausstudiert hat und wieder heimkommt. Dann wird er uns schon zeigen, wie man mit so einem Wehwehchen fertig wird!«

»Er rechnet also fest damit, daß ich mich in Görzen niederlasse?« fragte Justus Weigand beklommen.

Sie verhielt den Schritt, sah ihn von der Seite an. »Willst du das nicht?«

»Ehrlich gestanden, ich weiß noch nicht recht...« Er löste sich aus ihrem Griff, der seine Bewegungsfreiheit einengte. »Mich zieht einfach nichts mehr nach Hause, verstehst du das?«

»Ich habe gleich gemerkt«, sagte sie leise, »daß du ein richtiger Großstädter geworden bist.«

»Großstädter!« wiederholte er. »Nein, du siehst das ganz falsch. Ich bin nicht vergnügungssüchtig, wenn du das meinst... Ich kann es an den Fingern abzählen, wann ich in all den Jahren meines Studiums mal bummeln war, dafür hätte ich auch, selbst wenn ich es wollte, gar kein Geld! Es ist einfach so: Wenn ich mich auf dem Land niederlasse, dann bedeutet das das Ende meiner wissenschaftlichen Karriere... Nein, ich bin nicht ehrgeizig, aber — ich könnte einfach nie mehr weiterkommen, verstehst du? Es käme nie, nie mehr etwas dazu... Und erzähle jetzt nur nicht, daß man auch aus medizinischen Zeitschriften und Büchern lernen kann!« Er hatte sich so in Eifer geredet, daß er sich, obwohl es kalt war, mit dem Taschentuch den Schweiß von der Stirn wischen mußte.

»Das ist nicht so schwer zu begreifen«, sagte sie ruhig.

Er blieb stehen und packte sie bei den Schultern. »Clementine, du bist ein wundervolles Mädchen! Glaubst du, daß auch Vater und Mutter es verstehen würden?«

Sie lächelte schwach. »Was wird ihnen anderes übrigbleiben?«

Er ließ sie los. »Das war eine schlechte Antwort. Ich möchte sie nicht vor ein Fait accompli stellen, ich möchte ihre Zustimmung haben. Clementine, wenn du wieder nach Görzen zurückkommst...«

Sie fiel ihm ins Wort. »Das wird in absehbarer Zeit nicht geschehen.«

»Du willst für immer hier in Berlin bleiben?«

»Wundert dich das? Du willst es doch auch — ein Grund mehr für mich.«

»Ich bin ein Mann«, sagte er, »bei einem Mann ist doch das etwas ganz anderes!«

Clementines Lippen preßten sich zusammen. »Diese Einstellung, Justus, paßt nicht zu dir. Du bist doch sonst so sehr für die Gleichberechtigung aller Menschen und für den sozialen Fortschritt.«

»Woher weißt du das?« fragte er verblüfft.

Sie lächelte. »Ich habe deine Briefe eben sehr genau gelesen, alle Briefe, die du nach Görzen geschrieben hast. Ein bißchen bist du ja wie Tante Anna. Du hast auch nichts geschrieben, um niemanden aufzuregen, aber es war deutlich genug zu erkennen, was du denkst.«

»Und Vater und Mutter haben es nicht gemerkt?«

»Nein. Die haben sich ihr eigenes Bild von dir gemacht.« Nach einer kleinen Pause fügte sie hinzu: »Ich übrigens auch. Ich dachte, du würdest anders über die Situation der Frau denken. Ich dachte, du würdest einsehen, daß auch wir ein Recht haben, uns frei zu entscheiden.«

»Das habt ihr ja«, sagte er mit dem Versuch, das Problem ins Scherzhafte zu ziehen. »Wenn ein Mann euch einen Heiratsantrag macht, dürft ihr ihn annehmen oder ablehnen.« Darauf sagte sie nichts, und sie gingen eine Zeitlang schweigend nebeneinander her. »Ich wollte dich nicht ärgern«, sagte er endlich. »Natürlich weiß ich, daß du in mancher Hinsicht recht hast. Wir müssen uns gelegentlich mal darüber unterhalten. Nur nicht heute abend.«

Sie schwieg noch immer. Im Schein einer Straßenlaterne blieb er stehen und legte ihr zwei Finger unter das Kinn; er wollte sie zwingen, ihn anzusehen. »Immer noch böse?«

Sie sah zu ihm auf. »Nein«, sagte sie, »aber ... ich muß dir etwas sagen ...«

Er verstand sie völlig falsch. »Wie heißt er?«

»Wer?« fragte sie, und dann erst begriff sie ganz. «Nein, nein«, sagte sie hastig, und ihre bräunliche Haut färbte sich einen Ton dunkler, »wie kommst du darauf? Es ist ... etwas ganz anderes ...«

»Du willst mir nicht erzählen, daß du dich verlobt hast?«

»Nein«, sagte sie und bog heftig ihren Kopf zur Seite, »es ist nur, ich muß immerzu an Rosa denken ...«

Er verstand überhaupt nichts mehr. »Wer ist das nun schon wieder?«

»Rosa Janowitz«, sagte sie, »du müßtest sie eigentlich kennen. Sie ist in Görzen in die Voiksschule gegangen, ja, sie war, glaube ich, sogar in deiner Klasse. Aber das spielt ja jetzt keine Rolle. Sie ist Stubenmädchen bei Thielemanns, und sie ist krank ...« Sie erzählte ihm, was sie über Rosas Krankheit wußte. »Kannst du dir erklären, was das ist?«

»Krämpfe?« sagte er. »Das kann alles mögliche bedeuten...«
»Denkst du an etwas Schlimmes?« fragte sie ängstlich.
»Eher ja als nein. Falls du dich nicht sehr geändert hast.«
Sie sah ihn erstaunt an. »Was hat das mit uns zu tun?«
»Früher«, sagte er, »warst du nicht leicht aus der Fassung zu bringen. Entweder bist du also... nun, sagen wir, empfindsamer geworden, oder der Zustand des Mädchens war wirklich alarmierend.«
»Ich hätte sie nicht allein lassen dürfen. Aber ich habe mich doch so auf unser Wiedersehen gefreut, und dann — sie wollte mich ja nicht da haben, und sie wollte auch nicht, daß ich einen Arzt hole!«
»Sie hat Angst, ihre Stellung zu verlieren«, erklärte Justus Weigand.
»O nein, Thielemanns setzen so ein Mädchen nicht von heute auf morgen auf die Straße.«
»Bist du da auch ganz sicher?« fragte er mißtrauisch. Sie schwieg, zog die Oberlippe zwischen die Zähne. »Also, was nun?« fragte er. »Ich kann nicht einfach losgehen und mich amüsieren, nachdem du mir das erzählt hast. Aber ich weiß auch nicht, ob es richtig wäre, Thielemanns ins Vertrauen zu ziehen, da Rosa das ganz bestimmt nicht will.«
»Der Schlüssel«, sagte sie und begann in ihrer Tasche zu kramen, »ist für die Hintertür. Wir können ins Haus, ohne daß Thielemanns etwas zu bemerken brauchten. Du könntest sie untersuchen, Justus.«
Er begriff, daß sie sich das schon so ausgedacht hatte, als sie den Namen Rosa Janowitz zum erstenmal erwähnte, und kam sich übertölpelt vor. Aber der Fall war ihm bereits wichtiger als persönliche Gefühle. »Das wäre eine Möglichkeit«, gab er zu, »aber ich habe weder ärztliches Besteck noch irgendwelche Medikamente bei mir, nicht einmal ein Fieberthermometer.«
»Temperatur hat sie nicht«, warf Clementine ein.
»Ganz abgesehen davon, daß ich noch gar nicht praktizieren darf«, gab er zu bedenken.
»Das sollst du ja auch gar nicht, du sollst nur nach ihr sehen! Wenn du feststellst, daß die ganze Sache harmlos ist, brauchen wir uns keine Gedanken mehr zu machen, und wenn nicht, können wir ja noch immer einen richtigen Arzt holen... oder alles Thielemanns sagen!« Als er immer noch zögerte, drängte sie. »Ich hätte dich auch dann gebeten, mitzukommen, wenn du nicht zufällig Medizin studieren würdest!«
Er sah sie aus schmalen Augen an. »Du hast dich wirklich überhaupt nicht verändert. Clementine mit dem Dickkopf. Du mußt immer durchsetzen, was du dir vorgenommen hast, nicht wahr?«
»Na und?« sagte sie herausfordernd, »ist das so schlecht?«
»Komm schon«, sagte er, »ich verzichte darauf, mich mit dir erst noch in eine Diskussion einzulassen.« Er drehte sich um und marschierte mit so großen Schritten zurück, daß sie ihm, behindert durch ihren langen Rock, kaum folgen konnte.

Als er die Gartentür öffnen wollte, hielt sie ihn zurück. »Vorsicht«, flüsterte sie, »wir wollen ihnen doch nicht in die Arme laufen!«

Das Haus lag genauso still da, wie sie es verlassen hatten. »Sie sind noch nicht fort«, raunte sie, »aber wir müssen es trotzdem riskieren! Oder meinst du, daß wir lieber warten sollten?«

»Du hast das Oberkommando«, sagte er ironisch.

Sie zog ihn durch die Gartenpforte und dann zu einer kleinen Treppe mit einem Eisengitter, die ins Souterrain führte. Die Tür quietschte, als sie sie aufschloß. Drinnen war es sehr dunkel. »Bleib hier stehen«, flüsterte sie.

Er hörte, wie sie sich entfernte, und mußte über die absonderliche Situation lächeln, in die er da geraten war. Wenn Frau Thielemann ihn ertappte, würde sie ihn bestimmt für Clementines Liebhaber halten. Niemals hätte er es für möglich gehalten, daß er sich jemals nachts in ein fremdes Haus einschleichen würde.

Ein Lichtschein verriet ihm, daß Clementine zurückkam. »Komm«, flüsterte sie, »siehst du genug? Du brauchst mir nur zu folgen. Den Gang entlang, dann rechts um die Ecke, und danach geht es die Treppe hinauf. Paß auf, daß du nicht stolperst!« Er folgte ihr die flachen Stufen hinauf. »Thielemanns könnten uns hören«, fügte sie ergänzend hinzu.

»Und ich dachte schon, du hättest Angst, ich würde mir die Beine brechen!«

»Es ist überhaupt nicht gefährlich«, sagte sie. Sie kannte sich auf der Hintertreppe aus, die sie täglich viele Male hinauf- und hinunterlief, aber für Justus Weigand war es erheblich schwieriger. Er war erleichtert, als Clementine endlich stehenblieb. Sie hob die Kerze hoch, und er sah, daß sie einen schmalen Gang mit etlichen braungestrichenen Türen erreicht hatten. »Wir sind oben«, sagte sie, »hier, das ist meine Kammer... und gleich daneben schläft Rosa!« Sie hielt den Atem an. »Sie stöhnt immer noch! Die Schmerzen scheinen schlimmer geworden zu sein.«

Justus Weigand kannte dieses verzweifelte Stöhnen, und er war nahe daran, eine Diagnose zu stellen, noch ehe er das Mädchen gesehen hatte.

Clementine öffnete sachte die Tür. »Rosa«, sagte sie, »ich bin zurückgekommen. Ich konnte dich nicht so allein lassen.«

Rosa Janowitz war schon zu geschwächt, um noch einmal protestieren zu können. »O Fräulein«, stöhnte sie, »mir geht es schlecht, sehr schlecht. Ich werde es wohl nicht durchstehen!«

Das Gaslicht brannte zwar immer noch in der Kammer, aber trotzdem herrschte schattenhaftes Halbdunkel. Justus Weigand sah nur undeutlich die schrägen Wände, das zerwühlte Bett, Rosas eingefallenes Gesicht, die schwarzen Ringe um ihre Augen. »Kannst du nicht für bessere Beleuchtung sorgen, Clementine«, sagte er.

Rosa Janowitz fuhr hoch. »Wer ist das?«

»Mein Vetter Justus«, erklärte Clementine, »beruhige dich, Rosa...

Du kennst Justus Weigand, du mußt dich an ihn erinnern, ihr seid zusammen in die Schule gegangen...«

»Was will er?«

»Nach dir sehen. Du darfst ihn nicht fortschicken. Wir sind die Hintertreppe heraufgekommen. Thielemanns wissen gar nicht, daß wir zurück sind.«

Rosa Janowitz ließ den Kopf auf das harte Kissen sinken. »Das ist gut.«

Clementine hatte Talg auf die Platte des Nachttisches getropft und die Kerze festgeklebt. »Heller wird es nicht«, sagte sie, »es ist keine zweite Lampe im Zimmer.«

»Könntest du nicht von dir drüben eine holen?«

Clementine schüttelte den Kopf. »Wir haben nur diese Wandarme. Ich müßte in die Küche hinunter und sehen, ob ich noch ein...«

Er fiel ihr ins Wort. »Schon gut. Ich werde es so versuchen. Bitte, laß uns allein!«

Sie zögerte, bevor sie ging, denn offensichtlich hatte sie nicht damit gerechnet, fortgeschickt zu werden.

Justus Weigand zog den einzigen Stuhl an das Bett des Mädchens, strich ihr sanft über den Leib — wie er erwartet hatte, war er schwer und gespannt. Rosa krümmte sich vor Schmerzen, und er fand seinen Verdacht bestätigt: das, was Clementine für krampfartige Anfälle gehalten hatte, waren Wehen. Allerdings schienen sie ihm nicht normal zu sein. Er fühlte den Puls des Mädchens, wartete schweigend ab, bis die Wehe vorbei war, und zählte dann die Sekunden bis zur nächsten.

»Ich weiß nicht, was mit mir los ist«, stöhnte Rosa. »Es ist alles ganz anders als sonst!«

»Es ist nicht dein erstes Kind?«

Sie schüttelte den Kopf. »Ich hatte schon mal eins...«

»Weiter!«

»Das habe ich weggegeben. Und einmal eine Fehlgeburt.«

Er unterdrückte eine Bemerkung über ihren Leichtsinn und fragte nur: »Und diesmal ist es anders?«

»Viel schlimmer.«

»Wann haben die Wehen begonnen?«

»Gestern abend.«

Er hob die Augenbrauen. »Das geht also schon seit vierundzwanzig Stunden so?«

Sie nickte. »Ich mußte arbeiten«, sagte sie, »ich mußte mich schnüren. Liegt es daran, Herr?«

Er ging auf ihre Frage nicht ein. »Und seit wann kommen die Wehen in so kurzen Abständen?«

»Ich weiß nicht... schon lange.« Sie umklammerte sein Handgelenk. »Ist das schlimm, Herr?«

»Für das Kind ist es auf alle Fälle gefährlich...«

Ihr böses Lachen wurde von einer neuen Wehe zerrissen. »Was schert mich das Kind! *Ich* will leben ... *ich!* Helfen Sie mir doch!«

Justus wartete, bis der Schmerz vorüber war, und löste dann sanft die Hände des Mädchens, die das Federbett umkrampft hielten, zog es herunter, schob ihr Nachthemd hoch. Er tastete ihren Leib ab. Er merkte sofort, daß die Bauchdecke der Schwangeren seitlich stark aufgetrieben war. Die Größe der Gebärmutter selbst war geringer, als es der Zeit entsprochen hätte. Eine Wehe unterbrach diese erste Untersuchung.

»Schon heute früh«, sagte Rosa und rang nach Atem, »dachte ich, jetzt geht's gleich los, mitten bei der Arbeit. Ich rannte hoch, aber es war nichts. Nur die Schmerzen.«

»Wann war das?« fragte Justus Weigand.

»So gegen neun ...«

Er überlegte schnell, was das bedeuten könnte, und laut sagte er: »Immer mit der Ruhe, Rosa, jetzt bist du ja nicht mehr allein, wir werden dir schon helfen!« Justus Weigand nutzte die Pausen zwischen den Wehen, um seine Untersuchung fortzuführen. Die schlaffe Bauchdecke erlaubte eine ziemlich eindeutige Diagnose. Der Kopf des Kindes stand links, der etwas weichere, weniger begrenzte Steiß rechts. Es handelte sich also um eine seltene und äußerst gefährliche Querlage. Kalter Schweiß trat Justus Weigand auf die Stirn. Er spürte eine lähmende Angst davor, der Situation nicht gewachsen zu sein, und hatte Mühe, seine Stimme in der Gewalt zu behalten. »So, jetzt weiß ich Bescheid, Rosa«, sagte er und stand auf, »ganz tief durchatmen. Versuch dich zu entspannen. Ich bin gleich wieder da.«

Clementine stand draußen auf dem Gang, gleich neben der Tür. Sie hatte auch hier das Gaslicht angezündet. »Also, was ist?« fragte sie energisch, fast munter, wobei sie ihn ängstlich und gespannt ansah.

Er sah keinen Grund, sie zu schonen. »Rosa bekommt ein Kind«, sagte er ohne Umschweife, »sie hat schon seit gestern abend Wehen.«

Clementine preßte die Hände zusammen. »Das ... das habe ich nicht gewußt!«

»Das konntest du auch nicht«, sagte er, »niemand macht dir einen Vorwurf. Aber jetzt müssen wir sofort etwas tun.«

Sie preßte ihre Handflächen noch fester gegeneinander. »Soll ich den Doktor holen?«

»Wie lange würde das dauern?«

»Zwanzig Minuten. Wenn er zu Hause ist. Und wenn er gleich mitkommt.«

»Und wenn nicht?« Justus Weigand zögerte. Die Aussicht, die Verantwortung von sich abwälzen zu können, war verlockend, aber er wußte im selben Augenblick, daß er es sich niemals würde verzeihen können, wenn durch sein Zögern Rosa oder das Kind zu Schaden kämen. »Nein«, sagte er entschlossen, »Clementine, das können wir nicht riskieren. Wir dürfen keine Sekunde verlieren. Ich muß es selbst machen. Dazu brauche ich einen großen Tisch, ich brauche heißes, abgekochtes Wasser, gutes Licht... überlege dir...«

»In der Küche«, sagte sie sofort.

»Dann müssen wir die Patientin hinunterbringen. Lauf vor und mach Licht. Heiz ein! Ob Thielemanns es merken oder nicht, ist gleichgültig.«

Rosa Janowitz die steile Hintertreppe in das Souterrain hinabzubringen war schwerer, als Justus Weigand sich vorgestellt hatte. Für ihn war dieser Transport erschöpfend mühsam, für die werdende Mutter aber eine unbeschreibliche Qual. Die Treppe war so schmal, daß Clementine nicht helfen konnte. Justus mußte Rosa auf die Arme nehmen und hinuntertragen, und sie wog mehr als er selbst. Wenn die Wehen kamen, bäumte sie sich auf und umklammerte ihn mit aller Kraft. Aber sie schrie und stöhnte nicht; auch jetzt noch besessen von dem Willen, ihre Stellung nicht aufs Spiel zu setzen.

Die hochherrschaftliche Küche war ein riesiger Raum mit einem mächtigen Kohlenherd in der Mitte und Tischen, Schränken und Spülbecken an den Wänden. Justus Weigand und Clementine zogen einen der festen, weißgescheuerten Holztische von der Wand und hoben Rosa hinauf. Es war leidlich hell in dem bis zur halben Wandhöhe ausgekachelten Raum und schon ziemlich warm, das Feuer im Herd prasselte. Er zog sich den Paletot und die Jacke seines schwarzen Anzugs aus, krempelte die Ärmel hoch. Clementine schöpfte heißes Wasser in eine flache Schüssel. Justus wusch und bürstete sich die Hände. Sie reichte ihm das Küchenhandtuch.

»Hast du nichts Sauberes?« fuhr er sie scharf an, denn seine Nervosität war von Minute zu Minute gestiegen. Er hatte das Gefühl, endlose Zeit vertan zu haben. »Entschuldige bitte«, fügte er fast im gleichen Atemzug hinzu, als er sich des scharfen Tons bewußt wurde.

Sie öffnete, während er mit nassen Händen dastand, einen Schrank und reichte ihm ein frisches Tuch. Sie war blaß unter der braunen Haut, ihre Lippen waren schmal und hart.

»Danke.« Er trocknete sich ab. Jetzt erst wurde ihm klar, daß er diese schwierige Entbindung in Gegenwart eines nichtsahnenden und wahrscheinlich sogar unaufgeklärten Mädchens durchführen mußte. Konnte und durfte er ihr das überhaupt zumuten? Aber wenn er sie aus der Küche schickte, wer würde ihm dann helfen? »Clementine«, fragte er mit rauher Stimme, »weißt du Bescheid?« Sie schüttelte den Kopf. Nein, es war unmöglich, ihr jetzt in Stichworten zu erklären, worum es ging. »Aber du hast gute Nerven?«

»Ja«, sagte sie.

»Du brauchst nicht hinzugucken«, sagte er, »du sollst es gar nicht. Stell eine Schüssel bereit, in der du das Kind nachher baden kannst. Das Wasser soll lauwarm sein. Such möglichst weiche Tücher, in die du es wickelst. Eine Schere brauchen wir noch. Und wenn du das alles beisammen hast, kannst du Rosas Hand halten und ihr gut zureden.«

»Ja.«

»Wenn du merkst, daß du es nicht durchhältst, dann geh ganz schnell hinaus. Du brauchst dich nicht zu schämen.«

In diesem Augenblick schrillte die Klingel. Clementine wurde noch um eine Nuance bleicher. »Das ist nicht die Haustür, das ist ... die gnädige Frau aus dem Schlafzimmer ...« Sie machte einen Schritt zur Tür.

»Bleib!« befahl Justus Weigand. »Sie kann ja nicht wissen ...« Aber Clementine war schon in den Gang hinausgeschlüpft.

Er sah ihr kopfschüttelnd nach, hatte aber schon eine Sekunde später Clementine und Thielemanns vollkommen vergessen, für ihn gab es nur noch Rosa und das Kind. Er untersuchte sie noch einmal. Ganz behutsam tastete er mit zwei Fingern den Leib des Ungeborenen ab, stellte fest, daß der Rücken nach vorn lag. Er sah, daß Rosa, um keinen Laut von sich zu geben, heftig in die Unterlippe biß, Blut tropfte von ihrem Kinn herab.

»Rosa«, sagte er, »um Himmels willen, schrei doch, wenn dir danach zumute ist: Was gehen uns denn diese Thielemanns an! Ich verschaffe dir eine andere Stellung, wenn du hier hinausfliegst, ich schwöre es dir!«

Rosas Augen waren geschlossen, sie atmete ganz flach, in kleinen hastigen Zügen.

Clementine kam wieder herein. »Thielemanns sind fort«, sagte sie. »Hörst du, Rosa? Die Herrschaft ist fortgefahren. Wir sind allein im Haus, außer der Mamsell und den Kindern.«

»Aber ... sie hat doch ... geklingelt«, sagte Rosa mühsam.

»Wahrscheinlich aus Versehen!«

»Verdammt noch mal!« schrie Justus, »ich will von diesen Thielemanns nichts mehr hören! Sie sind nicht wichtig, absolut nicht wichtig, könnt ihr das nicht begreifen?! Tu endlich, was ich dir sage, Clementine! Bereite alles für das Kind vor.«

»Ist es denn schon da?« fragte sie.

»Nein«, sagte er rauh, »ich werde es jetzt holen.« Aber er war durchaus nicht sicher, daß es ihm gelingen würde. Im Geist exerzierte er noch einmal durch, was Professor Hübner ihm und den anderen Studenten je über einen solchen Fall gesagt hatte. Es gab nur eine einzige Möglichkeit, das Kind zu retten: die Wendung auf dem Fuß. Justus versuchte es, aber das Kind rührte sich nicht von der Stelle, und einen Atemzug lang glaubte er, daß es ihm nie gelingen würde. Aber dann bewegte es sich doch, und langsam, ganz vorsichtig, packte er die beiden weichen Füßchen, drehte das Kind so, daß aus der Querlage eine Längslage entstand, und zog es im Rhythmus der Wehen ans Licht. Körper und Gesicht des Neugeborenen waren blau. Es war ein Mädchen. »Schere!« schrie er.

Clementine reichte sie ihm. Er durchschnitt die Nabelschnur, packte das Kind bei den Beinen, hielt es nach unten und gab ihm einen Klaps auf den Po. Es brüllte, und es war Justus Weigand zumute, als hätte er niemals einen schöneren Ton gehört. Er beobachtete selbst, wie Köpfchen und Leib sich rosa färbten. »O Tina, Tina«, rief er, »sieh her! Ist es nicht wundervoll?«

Clementine zwang sich zu einem Blick auf das kleine Wesen, das voller Falten und über und über mit Schleim bedeckt war, in ihren Augen hatte es durchaus nichts Wundervolles an sich.

»Schau dir den Kopf an«, sagte Justus Weigand begeistert, »der zeigt Charakter! Ja, Charakter hat sie, unser tapferes, kleines Mädchen! Und Glück dazu!« Das Neugeborene brüllte immer noch.

»Herr, machen Sie es doch still!« rief Rosa. »Die Herrschaft...«

»Kannst du an nichts anderes denken als an deine verdammte Herrschaft!« schrie Justus Weigand böse. »Sieh es dir doch einmal an... dein Kind!«

Aber Rosa wandte den Kopf beiseite und schloß wortlos die Augen. Justus reichte das Kind Clementine, die sich eine große Schürze umgebunden hatte. »Bade es«, sagte er, »und pack es ein. Dann wird es aufhören zu schreien. Vorerst friert es noch erbärmlich.«

Auch das mangelnde Echo, das seine Freude bei den beiden Frauen fand, vermochte seine Hochstimmung nicht zu dämmen. Nur er allein wußte, wie gefährdet das Leben dieses Kindes, das jetzt sein Unbehagen hinausbrüllte, gewesen war. Und ihm, Justus Weigand, war es gelungen, es zu retten. Das war für ihn wie ein Wunder. Während er Rosa versorgte, pfiff er unwillkürlich vor sich hin. Er wusch sich seine blutverklebten Hände, trocknete sie ab, rollte die Ärmel herunter, strich sich die graue Weste zurecht und fuhr sich glättend mit der Hand über sein braunes weiches Haar. Er trat zu Clementine hin, die das Neugeborene in Handtücher wickelte. »Erledigt«, sagte er befriedigt, »aber, was machst du denn da? Hast du noch nie ein Kind gewickelt? Laß mich mal!« Und er zeigte ihr, wie man das auch ohne Windeln einigermaßen fachgerecht machen konnte.

Das kleine Mädchen sah jetzt gesund und rosig aus. Es hatte die großen graublauen Augen geöffnet, das Mündchen wie eine Knospe zusammengezogen. Auf dem Kopf krausten sich kohlschwarze Haare. Justus Weigand hob es hoch. »Na, wie gefällt es dir jetzt, Clementine?« fragte er.

»Es ist hübsch«, sagte sie, immer noch verstört.

»Es ist eine Schönheit!« rief Justus Weigand. Er legte es der Mutter in die Arme. »Rosa, sieh dir dein Kind an!«

Rosa Janowitz hatte erschöpft, wie schlafend, auf dem harten Tisch gelegen. Jetzt blickte sie auf ihr Kind, mit glanzlosen Augen. »Was soll ich damit?«

»Rosa, es ist doch dein Kind«, sagte Justus Weigand eindringlich.

»Ich habe es nicht gewollt!«

»Danach wird jetzt nicht mehr gefragt. Das hättest du dir vor neun

Monaten überlegen sollen. Rosa, du kannst doch nicht so herzlos sein.«

Sie bewegte die Lippen, aber es dauerte einige Sekunden, bis sie ihre Worte formte, doch dann kamen sie kalt und bestimmt. »Ich will es nicht haben!«

»So, du willst es nicht?« wiederholte er. »Ja, was machen wir denn da? Am besten, wir werfen es in den Abfallkübel, nicht?« Er nahm ihr das Kind ab und tat so, als wollte er es wirklich fortwerfen. Aber er wartete vergeblich auf den Protest der Mutter.

»Machen Sie damit, was Sie wollen, Herr«, sagte Rosa ungerührt, »nur mich lassen Sie in Frieden.«

Justus Weigand kam wieder zu ihr zurück. »Du hast doch schon ein Kind«, sagte er, »zuerst wolltest du das sicher auch nicht haben. Aber später...«

Sie fiel ihm ins Wort. »Nie. Ich habe es aufs Land gegeben. Da ist es dann gestorben, und ich war froh darüber.« Ihre Stimme überschlug sich plötzlich. »Ja, froh!« schrie sie. »Was soll ein armes Mädchen wie ich mit einem Kind? Das ist was für die Reichen, die können sich Kinder erlauben, so viel sie wollen, aber unsereiner...«

Clementine unterbrach sie. »Für die verheirateten Frauen, willst du wohl sagen«, verbesserte sie scharf.

»Stimmt. Aber wer würde mich schon heiraten!« Rosa richtete sich auf, stützte sich auf ihre Hände. Ihr schwarzes Haar fiel ihr ins Gesicht. »Alle wollen nur ihren Spaß haben, alle sind nur auf das eine aus. Schöne Worte haben sie reichlich, versprechen tun sie viel. Aber wenn dann so etwas passiert, ja dann...« Sie schluchzte erstickt auf.

»Man darf ihnen nicht nachgeben«, sagte Clementine eisern.

»Ja, Sie nicht, Fräulein, Sie haben gut reden! An eine wie Sie, da traut sich ja kein Kerl heran, weil er spürt, wie kalt Sie sind. Sie sehnen sich nicht nach ein bißchen Liebe und brauchen sich nicht demütigen zu lassen wie unsereins. Sie nicht!«

Clementine wollte etwas entgegnen, aber als Justus Weigand ihr einen Wink gab, zu schweigen, gehorchte sie. Rosas Anklagen hatten sie verletzt. Nein, sie war nicht so, wie das Mädchen sie sah, sie wußte es besser. Auch sie kannte die Nächte, in denen sie in ihrer Einsamkeit keinen Schlaf fand und Träume hatte, deren sie sich schämte. Aber sahen die anderen sie so wie Rosa? Auch Justus Weigand?

»Hört auf, euch zu streiten«, sagte er, »du brauchst jetzt Ruhe, Rosa. Am liebsten würde ich dich in die Charité bringen, aber ich weiß, du wirst das nicht wollen.«

»Ins Spital? Jetzt? Wo alles überstanden ist? Nein, Herr, ich darf nicht krank sein, ich muß arbeiten.«

»Und dein Kind? Was soll damit geschehen?«

»Tun Sie damit, was Sie wollen. Oder soll ich es etwa mitnehmen in meine Kammer? Ich kann's doch nicht versteckt halten.«

»Rosa«, sagte Clementine, »was hättest du denn getan, wenn alles anders gekommen wäre? Wenn du das Kind allein hättest zur Welt bringen können? Wenn niemand etwas davon gewußt hätte?«

»Das fragen Sie, Fräulein?« Rosa Janowitz starrte Clementine aus schwarzen, glanzlosen Augen wild an, daß das Mädchen unwillkürlich einen Schritt zurückwich. »Ich hätte es nicht leben lassen.«

»Das ... das wäre ja ...«, stammelte Clementine völlig verstört.

Justus Weigand ließ sie nicht zu Ende sprechen. »Es ist gut, Rosa«, sagte er, »ich werde mich um das Kind kümmern. Aber du kannst es dir holen, hörst du? Jederzeit. Fräulein Clementine wird immer wissen, wie ich zu erreichen bin.«

»Ich will es nicht haben«, sagte Rosa noch einmal und fügte dann in anderem Ton hinzu: »Aber ich danke Ihnen, Herr. Wer weiß, ob ich es überstanden hätte, wenn Sie nicht gekommen wären. Hoffentlich bereuen Sie es nie, daß Sie mir und dem armen Wurm da geholfen haben.«

Justus Weigand reichte Clementine das Neugeborene. Dann hob er Rosa mit beiden Armen hoch und trug sie über die Hintertreppe hinauf. Oben in der Mansarde legte er sie auf ihr Bett. Rosa schloß erschöpft die Augen. Er hatte ihre Kammer noch nicht verlassen, da schlief sie auch schon. Auf seinem Weg nach unten löschte er die Lichter. Es kam ihm vor, als hätte er Stunden in der Villa Thielemann verbracht. Aber er wußte, wie wenig man in solchen Situationen seinem Zeitgefühl trauen kann.

Clementine hatte für das Kind ein provisorisches Bett aus zwei gegeneinandergeschobenen Korbsesseln zurechtgemacht. Sie war dabei, den großen Holztisch mit grüner Seife, heißem Wasser und einer Wurzelbürste zu scheuern. Ihre Wangen hatten sich gerötet, und die Anspannung, unter der sie immer noch stand, war ihr anzusehen.

»Du brauchst etwas zu trinken«, sagte er, »diese Thielemann werden doch irgendwo eine Flasche Kognak haben.«

»Kann schon sein.« Sie spülte Wasser über den Tisch. »Aber die ist nicht für mich bestimmt.«

»Sei nicht so kleinlich! In einer solchen Situation ...«

Clementine richtete sich auf. »Ist Ehrlichkeit in deinen Augen ein Vorurteil?«

»Du lieber Himmel!« Er lachte gereizt. »Bildest du dir etwa ein, Herr Thielemann verdient sein Geld auf anständige Art und Weise? Ja, ich weiß, er ist Fabrikant, Tuchfabrikant, das brauchst du mir nicht noch einmal zu erzählen. Aber gerade deshalb sage ich dir, er könnte nicht so in Saus und Braus leben, wenn er seine Arbeiter nicht ausbeutete. Hast du eine Ahnung, wie wenig er ihnen bezahlt? Und wie sie für ihn schuften müssen? Kein Mensch kann reich werden, wenn er nicht die anderen übers Ohr haut!«

Sie nahm ein großes Tuch und trocknete den Tisch ab. »Und selbst wenn er ein Verbrecher wäre«, sagte sie, »gäbe uns das noch kein Recht, ihn zu bestehlen!«

Er schlenderte in der riesigen Küche umher. »Ich sehe die Dinge anders«, erklärte er nachdrücklich, »wir haben beide eben ziemlich viel geleistet, das mußt du doch zugeben, und zwar zu Thielemanns Gunsten, denn ein totes Dienstmädchen...« Er hatte die Tür zur Speisekammer geöffnet. »Sieh da«, sagte er, sich selbst unterbrechend, »was haben wir denn da? Eine Flasche Rum... na, immerhin!«

Sie stürzte sich auf ihn. »Laß das stehen!« fauchte sie.

Er lachte, hielt die Flasche hoch in die Luft und drängte Clementine beiseite. »Zeig mir lieber, wo die Gläser sind!«

»Ich verbiete dir...«

Auf gut Glück riß er eine der Schranktüren auf und fand gestapeltes Geschirr. »Tassen sind auch nicht schlecht!« Er nahm eine heraus und füllte zwei Finger hoch Rum hinein. »Da, trink!« Er reichte es Clementine ... Sie schüttelte verbissen den Kopf. »Ich verschreibe es dir als Medizin«, sagte er, »du hast es jetzt nötig. Gib doch zu, daß dir der Schreck noch in den Knochen sitzt.« Als sie immer noch nicht trinken wollte, fügte er hinzu: »Sei nicht kindisch, Tina! Du willst doch nicht riskieren, daß du zusammenknackst? Du hast mir sehr geholfen. Ohne dich hätte ich es gar nicht geschafft. Aber jetzt tu endlich, was ich dir sage.« Er führte ihr die Tasse an die Lippen.

Zögernd nahm sie einen kleinen Schluck, Tränen stiegen ihr in die Augen, und sie mußte husten. »Das brennt!«

»Kunststück«, sagte er, »trink noch mal!« Sie gehorchte. Dann atmete sie tief durch. Er sah mit Erleichterung, daß sich ihre verkrampften Lippen lösten und ihre Augen wieder Glanz bekamen. »Na, siehst du, jetzt fühlst du dich besser, nicht wahr?« sagte er. »Immer auf den Onkel Doktor hören!« Dann trank er den Rest des Rums.

»Was wird die Mamsell morgen sagen, wenn sie merkt...«

Er fiel ihr ins Wort. »Zum Teufel mit der Mamsell! Was hätte sie gesagt, wenn Rosa gestorben wäre!? Sag ihr einfach, daß dir nicht gut gewesen ist, das ist ja die Wahrheit!«

Sie ließ Wasser in den Eimer laufen und schüttete es in den großen Topf auf dem Herd.

»Bist du noch nicht fertig?« fragte er ungeduldig.

»Sieh dir den Boden an! Glaubst du, das könnte ich so lassen? Komm, hilf mir, bitte, den Tisch wieder an die Wand zu rücken.«

Er tat es. »Wie lange brauchst du noch?« fragte er.

»Mindestens zehn Minuten.« Sie holte einen Schrubber aus dem Kämmerchen. »Justus«, sagte sie, »was soll jetzt mit dem Kind geschehen?«

»Darüber«, sagte er und goß sich noch etwas Rum in die Tasse, »denke ich schon die ganze Zeit nach. Das beste wird sein, wir bringen es in die Charité. Hast du eine alte Jacke oder etwas, worin wir es einwickeln können?«

Sie stellte eine Gegenfrage: »Und dann? Später?«

»Darüber will ich mir doch heute abend noch nicht den Kopf zerbrechen. Hauptsache, es ist zunächst einmal versorgt.«

»Das finde ich nicht«, widersprach Clementine, »ich meine, wir müssen uns überlegen, was aus dem Kind werden soll!«

»Ein Mensch, hoffe ich«, sagte er, »ein gesunder Mensch.«

Sie war damit beschäftigt, den Küchenboden aufzuwischen, und sah sein Gesicht nicht. »Das ist keine Antwort, Justus!«

»Weißt du eine bessere?« Er stöpselte die Flasche zu und brachte sie in die Speisekammer zurück.

»Nein, eben nicht«, sagte sie, »und gerade deshalb...«

Er ließ sie nicht zu Ende reden. »Ich gehe jetzt«, sagte er, zog sein schwarzes Jackett an und griff nach seinem Paletot.

»Justus!« Sie sah ihn erschreckt an. »Wo willst du hin?«

»Mich um eine Droschke kümmern. Sieh zu, daß du mit der Kleinen soweit bist, wenn ich wiederkomme!« Er schlüpfte in seinen Mantel, setzte sich den Chapeau claque auf, schlug sich den weißen Seidenschal um den Hals und verließ, nachdem er sich noch einmal über das schlafende Kind gebeugt hatte, die Küche.

Eine halbe Stunde später half Justus Weigand seiner Cousine am Neuen Tor aus der Pferdedroschke und entlohnte den Kutscher. Clementine trug das Kind, das sie in ein dickes Federkissen gesteckt hatte, auf dem Arm. Justus Weigand schob seine Hand unter Clementines Ellenbogen und führte sie. »Hast du es auch gut eingepackt?« fragte er.

»Ja doch. Es schläft wie ein Murmeltier.« Sie bemühte sich, möglichst rasch zu gehen, weil sie seine Ungeduld spürte.

Zwischen den Lichterkreisen der wenigen Laternen war undurchdringliche Finsternis. Die Gebäude der Krankenstadt hoben sich mit ihren bizarren Türmchen und Erkern wie mächtige Geisterburgen gegen den Himmel ab. Die Fenster waren dunkel. Nur hier und da flackerte eine Nachtlampe. Urplötzlich wurde es in einem Haus hell. Gleichzeitig erklangen gellende Stimmen: Flüche, Gelächter, Schmerzensschreie. Clementine blieb erschrocken stehen.

»Komm«, sagte er und wollte sie mit sich fortziehen.

Aber sie stand wie gebannt. »Was ist das?«

Eine Tür wurde von innen aufgerissen. Sekundenlang fiel eine schmale Lichtbahn auf den Weg, und eine schlanke, schattenhafte Gestalt wurde sichtbar, die gleich darauf, als die Tür sich hinter ihr schloß, in der Dunkelheit verschwand. Im Kreis der nächsten Laterne tauchte sie wieder auf. Justus Weigand und Clementine erkannten eine junge Frau, fast ein Mädchen noch. Sie trug einen dunklen Mantel über einem weißen Gewand, dessen Saum den Boden streifte. Sie versuchte mit ihren Holzpantinen zu laufen. Das Geschrei aus dem Inneren des Hauses wurde noch lauter, zorniger und schmerzerfüllter. Wieder öffnete sich die Tür, und zwei Männer sprangen heraus, rannten in dieselbe Richtung, die die junge Frau genommen hatte, geradewegs auf Justus Weigand und Clementine zu.

»Lauf!« schrie er seiner Cousine zu. »Beiseite!« Er selbst stellte sich der Frau in den Weg, mit ausgebreiteten Armen, unter denen sie durchschlüpfen wollte. Aber ihre Holzpantinen und das lange weiße Hemd hinderten sie daran. Er konnte sie festhalten, so verzweifelt sie sich auch loszureißen versuchte.

»Bitte«, wimmerte sie, »bitte, Herr! Lassen Sie mich durch! Ich habe doch nichts getan!«

Er schüttelte sie leicht. »Schön brav sein! Du weißt doch, daß man nicht ausreißen darf!«

»Ich will nach Hause... ach, Lassen Sie mich doch nach Hause! Alle dürfen heute lustig sein! Warum denn ich nicht? Warum sperrt man mich ein?«

Clementine beobachtete den Zwischenfall als stumme Zeugin. Sie sah von ihrem Vetter zu der jungen Frau, die sich in seinen Armen wand, und glaubte nichts anderes, als daß man sie widerrechtlich und wider ihren Willen gefangenhielt. »Laß sie doch laufen, Justus!« rief sie.

Auch in den Fenstern einiger anderer Häuser wurde es hell. Der Lärm steigerte sich zu einem schrillen Crescendo und brach dann mit erschreckender Plötzlichkeit ab. Die beiden Männer, die nach der jungen Frau das Gebäude verlassen hatten, erreichten jetzt Justus Weigand und die Patientin, die noch um ihre Freiheit kämpfte und bettelte. Es waren Krankenpfleger, die in ihren weißen, losen Anzügen und mit den runden, kurzgeschorenen Köpfen an japanische Ringer erinnerten. Mit wenigen, geschickten Griffen hatten sie Justus Weigand von der um sich schlagenden Frau befreit, verdrehten ihr unbarmherzig die Arme, bis sie aufschrie und auf jeden weiteren Widerstand verzichtete.

Erst jetzt konnte Clementine ihr Gesicht sehen, und sie mußte einen Aufschrei unterdrücken. Es war ein verstümmeltes Gesicht. Von der Nase war nur noch der Knochen da. Das wirkte noch grauenhafter, weil der Mund darunter jung und hübsch war und an den hellen Wimpern der Augen Tränen perlten.

»Danke och, Herr Doktor«, sagte der eine der beiden Krankenpfleger, der den jungen Mediziner erkannt hatte, »Sie haben uns da 'ne janze Menge Ärjer erspart.«

»Bei uns is heute der Deubel los«, erklärte der andere in unterwürfigem und gleichzeitig verschwörerischem Tonfall, »die Kanaillen wolln mal wieder n' Kerl!« Erst jetzt bemerkte er Clementine, die, mit dem Kind auf dem Arm, aus dem Schatten getreten war, fügte ohne Verlegenheit hinzu:

»Nichts für unjut, junge Frau!« Er lockerte den Griff, mit dem er das Handgelenk der Patientin umklammert hielt. »Na, wirst du dir jetzt wohl anständig benehmen, Berta? Oder sollen mir dir Mores lehren?«

Ein Schwall wilder und gemeiner Flüche war die Antwort; Clementine, obwohl sie kaum die Hälfte verstand, verschlug es den Atem.

»Los, weiter, was stehst du hier herum?« brüllte Justus Weigand sie an. »Ich habe dir doch gesagt, du sollst gehen!«

»Aber ich wußte noch nicht, wohin?« stammelte Clementine benommen.

Er hatte sich schon wieder in der Gewalt. »Entschuldige«, sagte er, »sei mir nicht böse, ich habe die Nerven verloren. Das war nichts für ein Mädchen wie dich.«

»Was hatte sie? Bitte, erkläre mir doch ... diese Nase! Ich habe noch nie etwas so Entsetzliches gesehen!«

Er legte den Arm um ihre Schulter. »Du machst allerhand mit heute nacht, nicht wahr? Arme Clementine! Mir scheint, ich bringe bloß einen Haufen Aufregungen in dein Leben.«

Sie ließ sich nicht ablenken. »Was war das für eine Krankheit, Justus?«

»Syphilis«, sagte er kurz angebunden.

Sie lief ein paar Schritte schweigend neben ihm her, kämpfte mit sich. »Diese ... Lustseuche?« fragte sie endlich.

Er warf ihr einen raschen Seitenblick zu. »Was weißt du davon?«

»Eigentlich nichts. Nur, daß es eine furchtbare Krankheit sein soll.«

»Ja, eine der schlimmsten. Sie kann die Haut zerstören, die Weichteile, das Gehirn ... und eigentlich endet sie tödlich.«

»Ein Glück«, sagte Clementine ahnungslos, »daß nur schlechte Menschen sie bekommen können.«

Er lachte böse. »Wirklich? Du bist auf dem Holzweg. Es gibt ehrsame Ehefrauen, denen es passiert, wenn ihr Mann nur ein einziges Mal ...« Er unterbrach sich. »Aber das sind keine Gespräche. Vergiß es, Clementine.«

Sie blieb hartnäckig. »Dieses Mädchen, diese Berta«, sagte sie, »sie war doch schlecht? Ich meine, sonst hätte sie doch nicht ...« Sie ließ den Satz unausgesprochen, schämte sich, zu deutlich zu werden.

»Du machst es dir sehr einfach«, sagte er hart. »Schlecht und gut. Man kann die Menschen nicht so simpel einstufen. Wenn du so viel Elend gesehen hättest wie ich!«

Sie reckte ihr Kinn vor. »Es gibt sittliche Werte!«

»Die gibt es gewiß. Nicht nur für dich. Nur stehen sie in keinem Zusammenhang mit Krankheit und Gesundheit. Es wäre engstirnig, das anzunehmen.«

»Na schön«, sagte sie kampfbereit, »wenn diese Lustseuche nichts mit einem schlechten Lebenswandel zu tun hat, woher kommt sie denn? Kannst du mir das, bitte, verraten?«

»Sie wird durch einen Erreger verursacht«, sagte er, »genau wie Cholera, Diphtherie, Starrkrampf, Lungenentzündung, Pest, Ruhr und so weiter.«

Er machte eine Pause. Sie schwieg. »Allerdings, der Erreger ist noch nicht entdeckt. Schon an die zwanzigmal glaubten die Wissenschaftler soweit zu sein, aber jedesmal war es ein Reinfall. Und solange der Erreger nicht erkannt ist, kann es auch keine wirksame Bekämpfung geben.«

»Ja, aber dann ...« Er ließ ihr keine Zeit, die nächste Frage zu stellen. »Gib mir die Kleine!« sagte er. Jähe Angst hatte ihn überfallen, eine Furcht, über die er mit Clementine nicht sprechen konnte. War Rosa Janowitz gesund? Er hatte die unglückseligen Wesen gesehen, von ihren Müttern mit der furchtbaren Krankheit angesteckt, die man lange Zeit für erblich gehalten hatte; sie waren zu Siechtum und Tod verurteilt schon in der Stunde ihrer Geburt.

Sie hörte die Sorge in seiner Stimme, aber sie verstand sie falsch. »Traust du mir nicht zu, daß ich es trage?«

Wortlos nahm er ihr das Kissen, in dem die Kleine steckte, aus den Armen. Sie waren bei der Kinderklinik angekommen. Er zog die Nachtglocke, und sie mußten einige Zeit warten, bis der Pförtner öffnete. Der alte Pachulke war erstaunt, aber zu gut erzogen, um Fragen zu stellen. »Juten Abend, Herr Doktor«, sagte er, »det ha ick och nich jedacht, det wir uns in diesem Jahr noch mal wiedasehn würden!«

»'n Abend, Pachulke«, sagte Justus Weigand kurz und schob Clementine in das Haus hinein. »Willst du hier unten auf mich warten? Oder kommst du mit hinauf?«

Sie straffte die Schultern. »Natürlich komme ich mit!«

Er war erstaunt über ihren heftigen Ton, der dem Anlaß nicht entsprach. »Na schön«, sagte er friedfertig, »ich wollte dir bloß die Treppen ersparen.«

Die Säuglingsstation lag im dritten Stock, ein langer Saal mit Reihen kleiner Bettchen, von denen mindestens zwanzig belegt waren. Die Säuglinge waren unruhig. Einige schrien, viele wimmerten, nur ganz wenige schliefen ruhig.

Dienst hatte Schwester Margarethe, eine ältliche Diakonisse mit harten Augen in einem grauen, müden Gesicht. Ihre Hände waren rot und verarbeitet wie die einer Waschfrau.

»Guten Abend, Schwester!« Justus Weigand zwang sich zu einem Lächeln, um die Sympathie der alten Frau zu gewinnen. »Hier bringe ich Ihnen einen Neuzugang!«

Schwester Margarethe verzog keine Miene. Ihr Blick glitt ausdruckslos von Justus Weigand zu Clementine. »Einweisung?« fragte sie.

»Na, Sie werden doch wohl nicht erwarten, daß ich in dieser Nacht einen Arzt störe, bloß um ein Neugeborenes einweisen zu lassen! Das wird alles morgen früh nachgeholt, Schwester.«

»Wollen wir's hoffen, Herr Kandidat!«

»Aber ganz bestimmt«, sagte Justus Weigand erleichtert, er war froh, nicht auf stärkeren Widerstand gestoßen zu sein. »Ich habe es erst provisorisch abgenabelt, das muß ich jetzt noch in Ordnung bringen!« Er legte das Kissen, in dem die Kleine steckte, auf den Wickeltisch am oberen Ende des Saales, packte sie aus. »Klemme, bitte, Schwester, und Verbandszeug!«

Mürrisch schob die Frau ihm zu, was er wünschte, beobachtete dann, die Hände vor dem schlaffen Leib verschränkt, wie er den Nabel dicht am Bauch der Kleinen abklemmte, desinfizierte und einen festen Verband anlegte. »Sieht ganz gesund aus«, sagte sie, »was fehlt ihm denn?«

»Es leidet an einer Dysfunktion«, sagte er wichtig.

Doch er hatte Schwester Margarethe unterschätzt. In ihrer langjährigen Tätigkeit hatte sie genug lateinische Brocken aufgeschnappt, um zu verstehen, wie lahm diese Erklärung war. »'ne Funktionsstörung?« fragte sie. »Da sieht es aber gar nicht nach aus! Und überhaupt...«

Er spielte den Empörten, um sie mundtot zu machen. »Wollen *Sie* etwa die Diagnose stellen?«

Sie zuckte mit den Schultern. »Ich habe ja nichts gesagt.«

»Bringen Sie mir lieber ein Hemdchen, Jäckchen, Windeln...« Als sie davonschlurfte, rief er ihr nach: »Und Quecksilberlösung!«

»Warum ist sie so unfreundlich?« flüsterte Clementine ihm zu. »Vielleicht hätte ich doch lieber nicht mitkommen sollen?«

Er erwiderte nichts, bog die Beinchen und Ärmchen des kleinen Mädchens, untersuchte Zehen und Händchen. Als Schwester Margarethe mit der Quecksilberlösung kam, ließ er mit der Pipette in jedes der noch blicklosen Augen einen Tropfen fallen. Die Kleine schrie auf, beruhigte sich aber bald wieder.

»Na, ob das was nutzt?« meinte die ältliche Schwester Margarethe skeptisch.

»Sie wissen genau, daß Professor Hübner es angeordnet hat«, erklärte er, »und ehe wir etwas Besseres haben...« Er wickelte das Kindchen.

»Laß mich«, bat Clementine, als er dem Kind das harte Hemdchen mit dem gerissenen und zusammengeknoteten Band anziehen wollte, das armselige Anstaltsjäckchen.

Er machte ihr den Platz an der Wickelkommode frei.

»Nu aber mal ernsthaft, Herr Kandidat«, sagte Schwester Margarethe, »wie heißt das Wurm?«

»Es ist noch nicht getauft«, sagte er.

»Und wie soll es heißen?«

»Senta«, sagte Clementine rasch — sie hatte einmal in Breslau eine Aufführung von Wagners *Fliegendem Holländer* gesehen, die einen tiefen Eindruck auf sie gemacht hatte.

Schwester Margarethe trat an ein leeres Bettchen, zog einen Kreidestummel aus ihrer Schürzentasche, malte den Namen Senta auf die schwarze Holztafel am Kopfende. »Weiter«, sagte sie, »Nachname?«

Darauf wußten weder Justus Weigand noch Clementine eine Antwort. Sie wollten Rosa Janowitz, deren Einstellung sie kannten, nicht angeben.

»Und wenn es nun keinen hat?« fragte Justus Weigand zurück. »Es könnte ja ein Findelkind sein — oder?«

Schwester Margarethe löschte mit dem Handballen den Namen wieder aus. »Gesund ist sie ja auch. Tut mir leid, Herr Kandidat, aber mich können Sie nicht verkohlen.«

Justus Weigand trat auf sie zu, nahm ihr die Kreide aus der Hand und schrieb schwungvoll auf die schwarze Tafel: *Senta Weigand, geboren am 31. 12. 1899.* Er trat dicht vor die Diakonisse, sah auf sie hinunter. »Nun? Zufrieden?«

Schwester Margarethes graues, gleichgültiges Gesicht veränderte sich; es wurde lebendig vor Interesse. »Weigand?« wiederholte sie.

»Ganz richtig«, sagte er, »sie heißt Weigand wie ich. Sie ist meine Tochter.«

»Aber... ich wußte ja gar nicht, Herr Kandidat...«

»Das glaube ich Ihnen gern. Es gibt vieles, was Sie nicht wissen, Schwester. Komm, Clementine, leg Senta ins Körbchen...« Er sah zu, wie sie das Kindchen bettete, und mußte an sich halten, nicht selbst mit Hand anzulegen. Die Kleine lag auf dem Rücken, die Händchen geöffnet, und obwohl er über die ersten Regungen von Neugeborenen weiß Gott genügend gelesen und gehört hatte, mußte er sich doch gegen die Vorstellung wehren, daß sie ihn jetzt anblickte.

»Schlaf gut, kleine Senta, schlaf in ein schönes Leben hinein!« Er zog Clementines Hand unter seinen Arm. »Passen Sie nur ja gut auf meine Tochter auf, Schwester Margarethe! Ich werde morgen wieder nach ihr sehen!«

Den Weg durch das Krankenhausgelände zurück zur Straße liefen sie, Hand in Hand, ausgelassen wie Kinder. Wieder und wieder riefen sie sich Einzelheiten des großen Abenteuers dieser Nacht ins Gedächtnis, wurden von einem nicht enden wollenden Gelächter geschüttelt, mit dem sie sich von der gewaltigen seelischen Anspannung befreiten.

»Senta!« rief Clementine lachend. »Hast du nicht gestaunt, wie ich Senta sagte? Ich weiß im Augenblick selbst nicht, wie ich dazu kam... aber ist es nicht ein herrlicher Name?«

»Ein wundervoller Name!« rief Justus Weigand. »Mir selbst hätte kein schönerer einfallen können!«

»Und wie du ihr mit glatter Stirn erklärt hast: die Kleine ist meine Tochter! Also, wirklich, ich mußte an mich halten, um nicht laut herauszuplatzen!«

»Das war *mein* Einfall«, sagte Justus Weigand, »und der war auch nicht schlecht.«

»Oje, oje!« Clementine preßte sich die Hände gegen das Zwerchfell. »Aber du mußt das morgen in Ordnung bringen, Justus, nicht wahr, du wirst daran denken?«

»Woran?«

»Nun, du kannst doch Rosas Kind nicht als dein eigenes angeben!«

»Darüber wollen wir uns heute nicht den Kopf zerbrechen!«

»Du hast doch nicht etwa vor...?«

Sie kam nicht dazu, den Satz zu beenden, denn in diesem Augenblick kündete ein noch zögernder erster Glockenschlag von der Adalbertkirche an, daß die Mitternacht hereingebrochen war. Sekunden später fielen die Glocken aller Kirchen von nah und fern mit ein. Böllerschüsse dröhnten, und am westlichen Himmel, über dem Tiergarten, gingen Feuerwerkskörper hoch.

»Das neue Jahr!« rief Clementine. »Es hat schon begonnen... und wir haben den Silvesterball versäumt!«

»Mach dir nichts draus«, tröstete er, »wir haben Schöneres erlebt!« Er zog sie in die Arme. »Ein gutes neues Jahr, Clementine, und ein großartiges neues Jahrhundert wünsche ich dir!«

»Ich dir auch!« Ihr Gesicht, dicht vor dem seinen, wurde weich. Sie erinnerte ihn mehr denn je an das kleine Mädchen, mit dem er in vergangenen Jahren gespielt und gestritten hatte; sie bedeutete Kindheit für ihn, Heimat und Familie. »Clementine!« Er küßte sie. Ihre Lippen öffneten sich mit einer Leidenschaft, die ihn bestürzte und verwirrte.

Der große Saal der Philharmonie war für den abendlichen Silvesterball aus- und umgeräumt worden. Wo sonst die Stuhlreihen für die Zuhörer standen, glänzte in dieser Nacht das blanke Parkett, über das die Lackschuhe der Herren glitten, die Stiefel der Offiziere klackten und die weiten Röcke der Damen fegten. Aber es wurde mehr promeniert, kokettiert und geplaudert als getanzt. Auch jetzt, als das Knallen der Champagnerpfropfen, das Gläserklingen und die heiteren Zurufe der mitternächtlichen Stunde schon verhallt waren, blieb die Tanzfläche leer, obwohl das Orchester einen Walzer angestimmt hatte. Man stand beisammen und trieb heitere Konversation.

Frau Dorothee Thielemann lehnte an der Brüstung des ersten Ranges, in der einen Hand einen Elfenbeinfächer, den sie unaufhörlich nervös bewegte, in der anderen das spitze, langstielige Glas mit Champagner, an dem sie kaum genippt hatte. Sie starrte auf die ständig sich auflösenden und sich wieder vereinigenden Gruppen hinunter, die sich ihr von hier oben darboten wie die bunten Steinchen in einem Kaleidoskop. Die leuchtenden Uniformen der Offiziere und Korpsstudenten bestimmten das Bild, goldene Tressen und Knöpfe, blitzendes Silber und blankgeputztes Messing. Das tiefe Schwarz der Fräcke und das blendende Weiß der gestärkten Hemden setzten harte Akzente. Die Toiletten der Damen, auch wenn sie noch so kostbar waren, konnten nur den zartfarbenen Hintergrund bilden.

Frau Dorothee sah dies alles, ohne es eigentlich wahrzunehmen. Sie hörte auch kaum, was die beiden Damen neben ihr, Frau Kommerzienrat Mehnert und Frau Bankier von Stucken, miteinander redeten. Wenn sie angesprochen wurde, gab sie nur zerstreute und unverbindliche Antworten. Ihre ganze Aufmerksamkeit war auf ihren Gatten gerichtet, der bei einer jungen Frau stand, von der sie nur den Rücken sah, einen rosigen, üppigen Rücken, einen schlanken, kräftigen Hals, kastanienbraunes Haar. Dorothee Thielemann kannte die Fremde nicht, sie wußte nichts von ihr. Sie empfand für sie leichte Verachtung. Diese Haarfarbe und dieses tiefe Dekolleté konnten keiner anständigen Frau gehören. Aber sie konnte ihre Augen nicht von Otto Thielemann lassen. Fasziniert und angeekelt zugleich beobachtete sie, wie er sich vor der Unbekannten wie ein verliebter Hahn spreizte, Bauch hinein, Brust heraus, Knie durchgedrückt, Hacken zusammen. Er zwirbelte sich den Schnurrbart, klemmte das Monokel ins Auge und ließ es mit dem Zucken der Braue wieder fallen.

Wie abstoßend und wie durch und durch gewöhnlich, wie entwürdigend sein Benehmen war. Daß er sich nicht schämte, sich in aller Öffentlichkeit so aufzuführen! Merkte er denn nicht, wie lächerlich er sich machte? Nicht einmal bei der allgemeinen Gratulation hatte er es für nötig gehalten, zu ihr, seiner Gattin, heraufzukommen. Frau Dorothee konnte nicht entscheiden, ob er sie hatte demütigen wollen oder ob er ihre Anwesenheit tatsächlich vergessen hatte. Kreisrunde rote Flecken brannten auf ihren Wangen. Sie zuckte zusammen, als Frau Kommerzienrat Mehnert ihr mit dem zusammengeklappten Fächer auf die Schulter tippte. »Ist sie nicht reizend, die Kleine?« Die Kommerzienrätin beschrieb dabei mit dem Fächer einen Bogen, der jede Dame unten im Parkett gelten konnte.

Frau Dorothee hatte keine Ahnung, von wem die Rede war. »O ja, gewiß... sehr, sehr reizend«, stammelte sie.

»Wie selbständig die jungen Mädchen heutzutage sind«, sagte die Kommerzienrätin mit einer Bewunderung, die nicht frei von Tadel war, »ich in diesem Alter... oh, ich erinnere mich noch gut, ich war schüchtern wie ein Vögelchen!«

Frau Dorothee gelang es endlich, ihren Blick von ihrem Gatten unten im Parkett zu lösen; sie mußte die Freundin ansehen. Es war fast unmöglich, sich die behäbige Frau Kommerzienrat mit dem bebenden Doppelkinn und den schimmernden Brillanten um den breiten Hals und in den fleischigen Ohrläppchen als ein schüchternes Vögelchen vorzustellen.

Frau Elvira von Stucken seufzte. »Leider, leider, ich weiß, daß meine Stefanie sich ein bißchen zu frei benimmt. Aber was wollen Sie machen? Diese jungen Leute lassen sich einfach nichts mehr sagen. Vielleicht war das Schweizer Internat, in dem sie den letzten Schliff bekommen sollte, doch nicht ganz das beste!«

Jetzt erst wußte Frau Dorothee, daß die beiden Damen von der jungen Stefanie von Stucken sprachen, die schräg unter ihnen stand, neben einer Freundin, und sich von einigen jungen Herren den Hof machen ließ. »Wie lange war sie denn in der Schweiz?« fragte Frau Dorothee mit dem mühsamen Versuch, an der Unterhaltung teilzunehmen.

»Ein Jahr«, erwiderte Frau von Stucken, »sie ist jetzt siebzehn geworden, und es ist ihre erste Saison.«

Die drei Damen schwiegen, ihre Gedanken glitten in die Vergangenheit zurück, da sie selbst noch an der Schwelle des Lebens gestanden hatten und noch reich an Illusionen gewesen waren. Keine von ihnen hatte schon das vierzigste Lebensjahr überschritten, und doch galten sie und fühlten sie sich alle bereits als Matronen und wußten, daß sie ihr Glück nur noch im Wohlergehen der Kinder zu finden hoffen durften.

»Gerade das richtige Alter«, erklärte die Frau Kommerzienrat, »ganz sicher hat sich schon mehr als ein ernsthafter Bewerber eingestellt.«

»Sie ist so wählerisch«, klagte Frau von Stucken, »manchmal benimmt sie sich ganz abscheulich, als wollte sie sich über die jungen Herren geradezu lustig machen.«

»Aber die nehmen es ihr nicht übel, möchte ich glauben«, sagte Frau Kommerzienrat Mehnert trocken, »schließlich ist Stefanie eine glänzende Partie, da sehen die Männer gern über einige Ecken und Kanten hinweg. Die lassen sich später, in der Ehe, immer noch abschleifen.«

Frau von Stucken war nicht zu beruhigen. »Sie hat den ganzen Abend mit keinem Herrn öfter als einmal getanzt.«

Der Walzer war verklungen, Stimmen und Gelächter hingen plötzlich seltsam beziehungslos über dem festlichen Saal. Der Maître de plaisir hüpfte auf das kleine Podium und klatschte in die Hände, um sich Gehör zu verschaffen. »Mesdames, Messieurs ... sehr verehrte Damen und Herren ... aufstellen zur Polonaise, bitte! Fordern Sie die Dame Ihres Herzens auf, meine Herren! Sie nehmen an einem historischen Ereignis teil! Es ist die erste Polonaise im neuen Jahrhundert!«

Otto Thielemann verbeugte sich, noch ehe der Maître ausgesprochen hatte, vor der kastanienbraunen Dame. Aber ein Offizier — Major im Regiment der Kaiserin Alexandra, wie Frau Dorothee von oben herab feststellte — entführte sie ihm vor der Nase. Offensichtlich war sie für diesen Tanz schon vergeben gewesen. Diese Brüskierung ihres Gatten bedeutete für Frau Dorothee Demütigung und Genugtuung zugleich. Ihre Kehle war trocken, sie nahm einen Schluck Champagner. Aber sie hatte das Glas zu lange in der Hand gehalten, das Getränk war lau und schal geworden. Neben ihr ließ Frau von Stucken ihr goldenes, mit Diamantensplittern besetztes Lorgnon aufspringen, hielt es vor die Augen.

Ein Korpsstudent war auf die Gruppe um Stefanie zugeprescht, verbeugte sich, die Hacken zusammenschlagend, vor ihrer Tochter und bot ihr den Arm, auf den sie ihre Hand wie auf ein Kissen legte. Ehe Frau von

Stucken noch eine Frage stellen konnte, hatte die Frau Kommerzienrat schon die Antwort parat. »Das ist der junge Scheer«, sagte sie, »stammt aus guter Familie, einziger Sohn, ein bißchen verbummelt zwar...«

»Dann hat er sich wenigstens die Hörner abgestoßen«, sagte Frau von Stucken wohlwollend, »sehr statuöse Erscheinung, finden Sie nicht auch, Frau Thielemann?«

Frau Dorothee hatte Augen und Gedanken schon wieder ihrem Mann zugewandt, der sich jetzt um Stefanie von Stuckens Freundin bemühte. »Doch«, sagte sie mechanisch, »unbedingt.«

»Ich erinnere mich«, sagte Frau von Stucken, »mein Sohn Egon hat Herrn Scheer ein- oder zweimal mit ins Haus gebracht. Was ich nur gern wissen möchte...«

Wieder gab die Frau Kommerzienrat bereitwillig Auskunft, ohne daß Frau von Stucken deutlicher zu werden brauchte. »Der Vater besitzt eine florierende chemische Fabrik, allerdings irgendwo im Rheinland, in Neuß oder Krefeld, vielleicht war es auch Xanten?«

»Aha!« Frau von Stucken schob die beiden Gläser ihres Lorgnons mit energischem Ruck wieder zusammen. »Gut, daß ich das weiß! Dann kommt er als ernsthafter Bewerber überhaupt nicht in Frage. Ich lasse mein Kind doch nicht in die Fremde ziehen.«

Arnold Scheer und Stefanie von Stucken befolgten die Anweisungen des Maître; sie reihten sich in die Schlange der Paare, die sich schon zu bilden begonnen hatte. Er sah sie von der Seite an. Ihr hellbraunes, natürlich gelocktes Haar, das sie im Nacken aufgesteckt trug, ringelte sich um die kindliche runde Stirn und die kleinen Ohren. Die kurze Nase endete in einem ganz leichten Aufwärtsschwung, die vollen roten Lippen hoben sich scharf ab von der milchweißen Haut, die so durchsichtig war, daß man das Blut blau darunter pulsen sehen konnte. »Ich bin sehr glücklich, gnädiges Fräulein, daß ich Sie endlich habe erobern können«, sagte er.

Sie schwieg und blickte geradeaus; es zuckte um ihre Lippen.

»Meine Damen und Herren, rechtes Bein vor, linkes Bein zurück!« rief der Maître de plaisir.

Die ersten Klänge der Polonaise rauschten auf. »Pampadampada! Eins, zwei, drei...« Der Zug setzte sich in Bewegung.

Arnold Scheer versuchte es noch einmal. »Wissen Sie eigentlich, gnädiges Fräulein, daß Sie reizend aussehen?«

»O ja«, erwiderte Stefanie. Diese Antwort kam so unerwartet, daß Arnold Scheer aus dem Takt geriet. »Eins und zwei und drei und vier«, sagte sie gelassen, »sollen wir zählen, Herr Scheer?«

Er hatte sich wieder in der Gewalt. »Sie sind also immer noch der kleine Frechdachs geblieben, Stefanie«, sagte er. »Dabei dachte ich, als ich Sie vorhin im Ballsaal entdeckte: Donnerwetter, aus der süßen Krabbe mit den steifen Zöpfchen ist ja eine junge Dame geworden!«

»Da sieht man mal wieder, wie der Schein trügen kann!«
»Stefanie, Sie machen sich doch nicht etwa über mich lustig?«
»Soll ich weinen?«
»Ich wünschte mir, daß Sie sanft und gefügig wären wie andere junge Mädchen Ihres Alters!«
Jetzt lachte Stefanie laut heraus; ihre Augen, hellbraun mit goldenen Funken, blitzten ihn an. »Sanft und gefügig? Du lieber Himmel! Sie haben ja Ansichten wie in der Steinzeit, Arnold!«
»Wir leben erst so kurz im zwanzigsten Jahrhundert«, sagte er steif, »daß ich mich noch nicht richtig daran gewöhnt habe!«
Ihre schmale Hand in dem langen, bis zum Ellenbogen reichenden weißen Handschuh drückte ganz leicht seinen Arm. »Seien Sie mir nicht böse, Arnold. Ich wollte Sie nicht kränken, wirklich nicht! Aber es wirkt allmählich komisch, wenn einem alle Herren dasselbe sagen!«
»Tun sie das wirklich?«
»Ja! Wie reizend ich angeblich aussehe, habe ich heute nacht schon mindestens zwanzigmal zu hören bekommen!«
»Weil es stimmt!«
»Nein, weil ihr Männer einfallslos seid. Vielleicht haltet ihr es auch nicht für nötig, an eine Unterhaltung mit einem von uns Gänschen Geist zu verschwenden! Blicken Sie sich doch einmal um, Arnold!« Sie hatten inzwischen zu den Klängen der Polonaise die Längsseite des Saales einmal abgeschritten, hatten gewendet und gingen jetzt dem Ende des Zuges entgegen. »Alle jungen Mädchen sehen reizend aus, nicht wahr? Jede hat ein schönes Kleid an, jede hat sich fein gemacht, jede genießt das Fest. Es ist also geradezu banal, so etwas zu erwähnen.«
Er lächelte über ihren Eifer. »Sie sehen aber besonders entzückend aus, Stefanie!«
Sie stampfte vor Enttäuschung mit dem Fuß auf, allerdings im Takt der Musik. »An mir ist gar nichts Besonderes! Warum kann man sich bloß mit keinem Mann richtig unterhalten?«
Er beugte sich zu ihr hinüber. »Worüber möchten Sie denn reden, Stefanie? Über die Liebe?«
»Ach, seien Sie doch still!« rief sie zornig. »Sie sind genau wie alle andern!«
Von nun an spielte sie die Unnahbare, war ganz wohlerzogene junge Dame aus gutem Haus. Er bot sein ganzes Repertoire an Scherzen auf, um ihre Laune zu verbessern. Sie lächelte, sagte an den richtigen Stellen ja und nein, aber sie blieb unnahbar. Allmählich versiegte sein Redefluß. Er spürte, wie er ins Schwitzen kam, die körperliche und die geistige Anstrengung setzten ihm gleichermaßen zu.
Stefanie hingegen wirkte genauso kühl und frisch wie zu Beginn der Polonaise. Sie war sehr schlank, zu dünn für den Geschmack der Zeit, aber ihr kleines rundes Dekolleté zeigte eine makellose Haut, festes junges

Fleisch. Sie trug ein hellblaues Seidenkleid, reich bestickt, das ganz eng in der Taille anlag, um die Hüften leicht gerafft war und am Ende des Rückens zu einem reizenden kleinen Cul de Paris ausgestopft war, der den Eindruck ihrer Zierlichkeit noch verstärkte. In den Ohren baumelten große, tropfenförmige Aquamarine, und der gleiche Stein hing auch an einem goldenen Kettchen um ihren Hals.

Die Prozession der Polonaise zog dreimal um den Saal herum und dann weiter durch das ganze Haus. Als sie gerade auf der halben Höhe der Treppe angelangt war, verlöschte das Gaslicht neben ihnen, und es wurde für Sekunden dunkel. Arnold Scheer konnte der Versuchung nicht widerstehen, ihr den Arm um die schmale Taille zu legen. Aber sie reagierte erstaunlich schnell, als ob sie darauf gefaßt gewesen wäre. Sie trat ihm mit dem Absatz ihres weißen Stiefelchens auf die Zehen. Er stöhnte leise vor Schmerz und ließ sie los. Im selben Augenblick wurde es wieder hell.

Mit unschuldigen Augen blickte sie in sein Gesicht, das jetzt sehr rot geworden war. »Oh, Pardon«, sagte sie scheinheilig, »ich habe Ihnen doch hoffentlich nicht weh getan?«

Das Paar hinter ihnen drängte; er nahm ihre Hand, und sie gingen weiter. »Sie mögen mich nicht ein bißchen«, sagte er

»O doch, sehr sogar«, versicherte sie. »Sie sind ein sehr netter Mensch, das weiß ich genau.«

»Aber?« fragte er.

»Denken Sie mal nach! Alles, was Ihnen passiert ist, haben Sie sich doch nur selbst zuzuschreiben.«

Sie erreichten den Rang und kamen bei den Müttern vorbei. Stefanie winkte lächelnd Frau von Stucken zu; Arnold Scheer verbeugte sich grüßend. »Dann kann ich Sie nur noch bitten, mir zu verzeihen!« sagte er.

»Ist längst geschehen«, erklärte sie großzügig.

»Darf ich das glauben?«

»Ganz gewiß.«

»Dann schenken Sie mir als Zeichen Ihrer Gnade den nächsten Tanz!«

Stefanie lachte. »Sie sind wirklich unersättlich, Arnold... wie mein Bruder Egon, als er jünger war, wenn es Kuchen gab!«

»Also, ich habe Ihre Zusage?«

»Nein«, sagte Stefanie entschieden.

»Sie sind mir also doch noch böse?«

»Überhaupt nicht. Das ist bei mir eine Sache des Prinzips.«

Er kam sich ihr gegenüber sehr alt vor: »Das müssen Sie mir schon näher erklären.«

»Aber Arnold«, sagte sie, »Sie wissen doch auch Bescheid, oder etwa nicht? Seit ich wieder in Berlin bin, will meine Mama mich unentwegt verkuppeln. Sie ist geradezu von dem Gedanken besessen, mich so schnell wie möglich unter die Haube zu bringen. Bisher habe ich sie noch dadurch bremsen können, daß ich meine Gunst mit größter Unparteilichkeit verteilte. Wehe, dreimal wehe, wenn ich ihr Anlaß gäbe, zu glauben, daß ich an irgendeinem jungen Herrn besonders interessiert wäre!«

»Ich habe durchaus ernste Absichten«, sagte er prompt, »und dank meinem Vater bin ich in der Lage...«

Sie blieb unbeeindruckt. »Um so schlimmer. Ich habe nichts gegen Sie, Arnold, verstehen Sie mich richtig; aber ich denke gar nicht daran, in absehbarer Zeit zu heiraten, weder Sie noch irgendeinen anderen.«

»Das wäre ein Fehler von Ihnen. Die Aufgabe der Frau liegt doch eigentlich in der Ehe, und ihr Glück...«

»Kennen Sie Ibsens *Nora*?« unterbrach sie ihn.

»Oje!« Er spielte den Entsetzten. »Sie gehören also auch zu den Emanzipierten? Kein Wunder, daß Ihre Mama Sie so streng durch das Lorgnon betrachtet und keine Sekunde aus den Augen läßt!«

»Tut sie das?« Stefanie lachte unbekümmert. »Ein Grund mehr, an meinem Prinzip festzuhalten. Ich werde nicht noch einmal mit Ihnen tanzen, Arnold! Aber trösten Sie sich doch — es gibt ja so viele reizende Mädchen hier, die Ihre Galanterien besser zu schätzen wissen werden als ich.«

»Nein, Stefanie«, sagte er, »ich werde Ihnen nicht untreu. Wenn Sie mir einen Korb geben, ziehe ich mich zurück.«

»In den Schmollwinkel?«

»Nicht direkt. Ich habe noch eine Verabredung mit einem Kommilitonen. Ihretwegen hätte ich sie sausen lassen.«

»Wie schmeichelhaft«, lächelte Stefanie von Stucken, »dann hat Ihr Freund also allen Grund, mir dankbar zu sein!«

Erst als Justus Weigand einen Platz für sich und Clementine gefunden hatte — ganz im Hintergrund des Raumes, auf einen mit rotem Plüsch bezogenen Sofa, wo sie vor dem winzigen Marmortischchen so eng nebeneinander sitzen mußten, daß ihre Knie sich berührten —, wurde ihm klar, daß es ein Mißgriff gewesen war, seine Cousine mit ins Café Greiff zu nehmen. Ihre starre Haltung, die Art, wie sie die Lippen zusammenpreßte und sich, obwohl es in dem überfüllten Lokal reichlich warm war, das graue Tuch noch enger um die Schultern zog, drückten unmißverständlich Befremden aus.

»Du verkehrst wohl häufig hier?« fragte sie und mußte husten, weil die verrauchte, verbrauchte Luft ihr in der Kehle kratzte.

»Nicht allzuoft.«

Eine hochgewachsene junge Frau drängte sich hinter einem Herrn im Frackmantel durch die Tische. Ihr dickes Haar, in das zahllose Löckchen gebrannt waren, wirkte wie eine Perücke. Das Gesicht war geschminkt, die Lippen rot gefärbt, die Brauen zu schwarzen Balken nachgezogen und die Wangen gepudert. Dennoch vermochten ihr auch diese knalligen Farben nicht den Anschein von Gesundheit zu geben. Ihre Wangen waren hohl, die nackten Schultern erschreckend mager; sie wirkte ausgezehrt. Sie winkte Justus Weigand lächelnd zu und zeigte lange, gelbe Zähne. »'n Abend, Doktorchen!«

»Guten Abend, Lilly!«

»Haben Sie heute mal Ihr Fräulein Braut mitgebracht?« Lilly blieb stehen.

Justus Weigand hievte sich mühsam hoch, verbeugte sich. »Ein gutes neues Jahr, Lilly«, sagte er, »und alles, was du dir wünschst!«

»Sieht nicht so aus, als wenn ich es bekommen würde«, entgegnete die junge Frau. »Aber man nimmt sich eben, was man kriegen kann.«

»Übertreib's nur nicht«, sagte Justus Weigand, »paß auf dich auf!«

»Wenn das was nützen würde!« Lilly reichte Clementine die Hand. Clementine tat so, als bemerkte sie es nicht. Sie sah blicklos geradeaus. Ihre Nasenflügel blähten sich. Einen quälenden Augenblick lang hing Lillys Hand in der Luft. Dann griff Justus Weigand zu, ganz fest, er zog Lilly an sich, küßte sie auf beide Wangen. »Ich wünsche dir alles Gute, du weißt es!«

»Dank dir, Doktorchen!« Lillys Stimme klang belegt, sie wandte sich rasch ab, eilte zum Ausgang hin, ihrem Kavalier nach.

Justus Weigang zog sich das Jackett glatt und setzte sich. »Das war unnötig, Clementine.«

Sie neigte ihm ihr Gesicht zu. »Daß du diese Person geküßt hast!?«

»Ich mußte das tun, um die Beleidigung wettzumachen, die du ihr zufügtest.«

»Wie edel von dir«, sagte sie kalt.

Er erhob sich abermals. »Ich glaube, es ist besser, ich bringe dich jetzt nach Hause.«

Sie machte keine Anstalten, seinem Beispiel zu folgen. »Aber warum?« rief sie und klammerte sich mit beiden Händen an das Tischchen, als müßte sie befürchten, daß er sie losreißen werde.

»Weil ich den Eindruck habe, daß es dir hier nicht gefällt.«

»Ich finde es sonderbar«, sagte sie, »daß du in solchen Lokalen verkehrst. Aber gerade deshalb möchte ich noch nicht fort, ich möchte wissen, wie es hier zugeht.«

Es lag ihm auf der Zunge, ihr zu sagen, daß er keine Aufpasserin brauchte, aber er wollte sie nicht unnötig verletzen. »Also gut«, sagte er beherrscht, »was möchtest du trinken?« Er winkte stehend, über die Köpfe der anderen Gäste hinweg, einen Kellner herbei.

»Was du willst«, sagte sie mit einer Willfährigkeit, die gar nicht sanft, sondern hartnäckig wirkte.

Er überschlug im Kopf ganz schnell seine Barschaft. Die Droschkenfahrt, mit der er nicht gerechnet hatte, war teuer gewesen. Wenn er allein gewesen wäre, hätte er sich mit einem Glas Bier begnügt. Eine Flasche Wein? Nein, so üppig hatte er es bestimmt nicht.

»Zwei Gläser Punsch, Herr Ober«, bestellte er.

Der Kellner war ein graugesichtiger, plattfüßiger und abgehetzter, aber keineswegs abgestumpfter Mann. Er warf einen abschätzenden Blick auf Clementine und sagte: »Sofort, Herr Doktor!«

Clementine saß kerzengerade, mit wachen Augen. »Jeder scheint dich hier zu kennen«, sagte sie.

»Das kommt dir nur so vor.« Justus Weigand überlegte, wie er ihr begreiflich machen sollte, daß im Café Greiff ein sehr gemischtes Publikum verkehrte und die Leute nur in ganz loser Beziehung zueinander standen. Auf der einen Seite waren da die Studenten, zu denen auch er gehörte; sie kamen, wenn es ihnen in den möblierten Zimmern zu eng wurde, tranken ruhig ein Bier und genossen den Glanz von Plüsch, Marmor und goldgerahmten Spiegeln. Für die Lebedamen, die sich hier mit ihren Beschützern trafen, waren sie als Männer vollkommen uninteressant; für die zählten nur die Herren der Gesellschaft, die hereinschauten, um neue Bekanntschaften zu machen. Aber das einem mißtrauischen und ablehnenden Mädchen zu erklären, schien ihm zu anstrengend. »Der Ober kennt mich überhaupt nicht«, sagte er statt dessen, »er schätzt mich nur als Student ein, deshalb nennt er mich Doktor.«

»Und diese Person? Diese Lilly?«

»Sie ist krank«, sagte er kurz angebunden, »schwer krank.« Und da jeder im Café Greiff um Lillys Erkrankung wußte, fügte er hinzu: »Tuberkulose.«

Der eigensinnige Zug um Clementines Mund entspannte sich. »Schwindsucht?« fragte sie. Er nickte. »Ist sie deine Patientin?«

»Ich bin kein Arzt«, sagte er, »deshalb kann ich auch noch keine Patienten haben. Aber sie hat mich einmal um Rat gebeten.«

»Und ... konntest du ihr helfen?«

»Wie denn? Wir wissen, was ihr guttun würde ... reine Luft, Sonne, Wärme, kräftige Nahrung, am besten ein Aufenthalt in der Schweiz. Aber wie soll sie sich das leisten? Und dann ... Heilung kann ihr trotzdem niemand garantieren.«

Der Ober brachte die beiden Teegläser mit glühendem Punsch. »Wohl bekomm's, Herr Doktor!«

Justus Weigand angelte in seiner Westentasche nach Geld, drückte es ihm in die Hand. Er hatte nicht mehr die Absicht, auf Arnold Scheer zu warten, es lag ihm viel mehr daran, das Zusammensein mit Clementine so bald wie möglich zu beenden. »Ich bin müde«, sagte er, »und außerdem habe ich Frau Thielemann versprochen, dich nicht zu spät nach Hause zu bringen.«

Sie senkte den Kopf mit den schweren dunklen Flechten. »Es tut mir leid, daß ich nicht freundlicher war.« — »Na ja.«

Sofort brauste sie auf. »Ich habe mich entschuldigt! Hör also auf, mir Vorwürfe zu machen!«

»Aber, Clementine...«

»Du selbst hast gesagt«, sie dämpfte ihre Stimme, weil sie merkte, daß die Umsitzenden auf sie aufmerksam wurden, »daß Krankheit und Gesundheit nichts mit gut und schlecht zu tun haben, nicht wahr, das hast du doch gesagt?«

Er versuchte einen Schluck Punsch zu nehmen, ließ jedoch das dampfende Glas wieder sinken. »Ja, und dabei bleibe ich!«

»Dann besteht aber doch auch kein Grund, einen Menschen hochzuschätzen, nur weil er krank ist. Durch Krankheit wird doch niemand besser.«

Er sah sie wortlos an. Seine Augen waren dunkelblau, von dichten, kurzen Wimpern umgeben. »Nun?« Sie hielt seinem Blick stand. »Habe ich etwas Dummes gesagt?«

»Du bist ein schwieriges Mädchen.«

»Verstehst du denn nicht?« Sie beugte sich vor und hätte beinahe nach seiner Hand gegriffen, unterließ es dann doch. »Ich möchte so gern, daß zwischen uns Klarheit herrscht. Daß wir die Dinge vom gleichen Standpunkt aus sehen. Das wäre doch wichtig. Ich könnte ja auch heucheln, dir nach dem Mund reden. Aber das brächte uns nicht weiter.«

»Ich erkenne an, daß du mir nichts vormachst«, sagte er lahm.

»Früher«, erinnerte sie ihn, »da haben wir uns doch auch gestritten, weißt du noch? Aber da hast du dir die Mühe gegeben, mich von deiner Ansicht zu überzeugen. Und du hast dir angehört, was ich zu sagen hatte, und nicht alles gleich von Anfang an abgelehnt.«

»Clementine«, sagte er, »wir sind seitdem älter geworden. Es scheint mir sinnlos, über Erkenntnisse zu streiten, deren ich ganz sicher bin. Wenn du es genau wissen willst... ich möchte mich überhaupt nicht streiten. Jedenfalls nicht mit Menschen, die mir nahestehen.«

»Stehe ich dir denn nahe?« fragte sie drängend.

»Natürlich tust du das.«

Sie ließ die Schultern sinken und streifte endlich ihr Umschlagtuch ab. »Ach, Justus«, sagte sie, »du mußt mich für sehr dumm halten.«

»Nein«, sagte er, »nur für sehr dickköpfig. Aber das warst du ja immer schon.« Er hob sein Glas. »Also trinken wir... worauf?«

»Auf unsere Zukunft«, sagte sie.

»Einverstanden! Auf die Zukunft!«

Sie nahm einen kräftigen Schluck, und ihre braunen Wangen begannen zu glühen. »Vielleicht kommt alles nur daher«, sagte sie, »daß ich eine Provinzlerin bin. Bevor ich nach Berlin kam, hatte ich noch nie — wirklich noch nie, Justus — Frauen gesehen, die sich schminken. Oder gar welche, die rauchen!« Sie beugte sich vor, flüsterte dicht an seinem Ohr: »Lach mich nicht wieder aus, bitte, sondern sag mir ganz ehrlich: Damen sind das hier doch nicht?«

»Nein«, sagte er, »da hast du recht. Es war mein Fehler, dich hierher mitzunehmen. Aber wenn man immer allein oder unter Männern lebt, dann vergißt man, an so was zu denken.«

»Macht ja nichts.« Sie lächelte und trank. »Ich finde es hochinteressant.«

Er war erleichtert, weil sie sich anscheinend entschlossen hatte, es ihm nicht mehr so schwer zu machen. »Immerhin«, sagte er, »du bist nicht die einzige anständige Frau hier. Sieh mal da drüben hin, aber unauffällig, bitte. Dort drüben, in die Ecke.« Sie folgte der Richtung seiner Augen, aber dann lächelte sie nicht, wie er erwartet hatte, sondern preßte die Lippen zusammen. »Was ist denn nun schon wieder?« fragte er, jetzt wirklich ärgerlich. »Die Kleine ist nicht geschminkt, nicht aufgedonnert, sie raucht nicht, ihr Kleid ist bis zum Hals geschlossen, sie hat sich nicht einmal die Haare gebrannt ...«

Clementine unterbrach ihn. »Sie ist höchstens sechzehn Jahre, Justus. Sag jetzt, bitte, nicht: Na und? Ein sechzehnjähriges Mädchen gehört nicht in ein solches Lokal, schon gar nicht nach Mitternacht und noch weniger in Begleitung eines jungen Herrn.«

Er mußte sich eingestehen, daß sie recht hatte, und das ärgerte ihn mehr, viel mehr, als wenn ihr Widerspruch unbegründet gewesen wäre. »Wäre es dir lieber, wenn die Kleine allein hier wäre?« fragte er gereizt.

Clementine war nicht bereit zurückzustecken. »Du weißt genau, was ich meine.«

Das Mädchen war sehr jung und rührend hübsch mit den himmelblauen Augen und dem feuerroten, glatt gescheitelten Haar. Ihr Gesicht war pausbäckig, die Figur noch ungeformt und etwas zu füllig, und die Hände mit den kurzgeschnittenen Nägeln waren kräftig, beinahe plump. Aber vielleicht wirkte sie gerade dadurch so frisch und jung und reizvoll. Ihr Kleid war einfach geschnitten, aus dunklem Baumwollstoff, mit glatter Taille und angekraustem Rock, wie es die Mädchen und Frauen aus dem Volk zu tragen pflegten. Ihr Begleiter, ein junger Mann mit schmalem Gesicht, einem blonden Bärtchen, langen, gepflegten Händen und einem tadellos geschnittenen grauen Anzug, gehörte ganz offensichtlich einer anderen Gesellschaftsklasse an. Beide merkten nicht, daß sie beobachtet wurden. Sie hatten nur Augen füreinander, steckten die Köpfe dicht zusammen und waren ganz in ihr Gespräch vertieft. Jetzt nahm der junge Mann die breite Hand des Mädchens, küßte jeden einzelnen ihrer Finger, einen nach dem anderen. Sie errötete.

»Auf alle Fälle sind sie sehr verliebt«, schmunzelte Justus Weigand, »und glücklich. Warum willst du ihnen das nicht gönnen?«

»Weil die Kleine, die dir so gut gefällt, dieses Glück bezahlen wird«, sagte sie hart.

»Seit wann bist du unter die Hellseherinnen gegangen?«

»Ich habe nicht viel Lebenserfahrung oder Menschenkenntnis«, sagte sie, »aber in diesem Fall genügt es, wenn man zwei und zwei zusammenzählen kann. Im übrigen glaube ich, daß du das genausogut weißt wie ich. Du widersprichst mir nur, weil du nicht zugeben kannst, daß du im Unrecht bist.«

Justus Weigand war nahe daran, heftig zu werden, aber sie hielt seinem Blick mit vorgestrecktem Kinn und ohne mit der Wimper zu zucken stand. Sein Zorn verflog. Er lachte. »Damit wären wir quitt.« Sie stimmte in sein Lachen ein. »So gefällst du mir«, sagte er, »du solltest nur wissen, um wieviel hübscher du bist, wenn du lachst.«

»Ich bin eine alte Rechthaberin, das weiß ich«, sagte sie, »aber du, Justus, bist auch nicht viel besser. Da zanken wir uns über wildfremde Leute. Dabei hätten wir so viel über uns selbst zu reden.«

»Das können wir ja noch nachholen«, sagte er und leerte sein Glas. »Wie wäre es, wenn wir uns noch einen Punsch bestellen würden?«

Sie lehnte ohne Koketterie ab. »Nein, wirklich nicht, ich muß jetzt nach Hause. Es wird höchste Zeit für mich.«

»Angst vor der Gnädigen?« neckte er.

»Nein«, erklärte sie, »aber ich muß doch noch nach Rosa sehen.«

»Stimmt.« Er stand auf, kämpfte sich zu seinem Mantel durch und wartete auf sie. »Du mußt mich holen, wenn etwas nicht in Ordnung ist, hörst du?« sagte er.

»Ganz sicher«, versprach sie. »Aber die kleine Senta...«

Er drückte ihren Arm. »Wir wollen doch nicht mehr über andere Leute reden, dachte ich...?«

Sie verließen das Café Greiff und traten auf die Straße. Die frische Nachtluft tat wohl nach all dem Qualm und dem Geruch von Schweiß und starken Parfüms. Auf der Friedrichstraße flanierten auch jetzt noch — es ging auf zwei Uhr — nächtliche Bummler. Aus den Kneipen und Kaschemmen drang Lärm, Gelächter und Gläserklirren. Arm in Arm schlenderten Justus und Clementine in Richtung Unter den Linden.

»Es war trotzdem ein schöner Abend«, sagte sie, »findest du nicht auch?«

»Ja, das war er!« Er schwieg eine Weile, dann spann er den Faden weiter. »Vielleicht werden wir uns später als uralte Leutchen treffen und sagen: ›Erinnerst du dich noch, Silvester neunzehnhundert‹...«

»Ich weiß natürlich, daß du noch nicht so bald heiraten kannst«, sagte sie zögernd.

»In absehbarer Zeit bestimmt nicht.« Erst als ihm die Antwort schon herausgerutscht war, hatte er sie verstanden.

»Das ist nicht schlimm«, sagte sie, »ich kann warten.«

»Das verlangt niemand von dir.«

»Aber das macht mir nichts aus, verstehst du? Nicht das geringste. Ich habe ja zu tun. Und vielleicht ist es auch ganz gut, wenn ich mir noch etwas spare.«

»Clementine...«, setzte er an. Aber dann wußte er nicht, was er weiter sagen sollte; er wollte ihr weder Hoffnungen machen noch sie vor den Kopf stoßen.

»Du weißt ja, daß ich ein bißchen Geld habe«, fuhr sie fort, »das Erbteil meiner Eltern. Das würde wahrscheinlich zur Eröffnung einer Praxis reichen, aber natürlich weiß ich nicht genau, wieviel so etwas kostet.«

»Clementine«, sagte er, »ich möchte weder eine Praxis eröffnen noch Geld von dir annehmen.«

»Sei nicht dumm! Einmal wirst du ja es doch tun. Und was könnte ich Besseres mit meinem Geld anfangen?«

Er holte tief Atem. »Jetzt hör mal zu, Tina. Wenn ich Glück habe, kriege ich nach der Promotion eine Assistentenstelle bei Professor Hübner. Dann kann ich mich Forschungsaufgaben widmen und auf meine Habilitation hinarbeiten.«

»Du willst Professor werden?«

»Ja«, sagte er ungeduldig. »Vielleicht. Aber das ist nicht das Wichtigste. Ich werde die Arbeit tun können, die mir liegt und die voller Möglichkeiten ist. Es gibt da unheimlich viel zu tun. Wir haben ja heute abend schon davon gesprochen. Der Erreger der Syphilis muß entdeckt, ein Heilmittel gegen Tuberkulose gefunden werden, das sind nur zwei Aufgaben von vielen.«

Clementine war eine gute Zuhörerin, sie stellte interessierte Zwischenfragen und verschlang jedes seiner Worte. So kam es, daß er den ganzen Heimweg, der sie über Unter den Linden, Pariser Platz und Tiergartenstraße führte, von seinen Zukunftsplänen und von seiner Dissertation erzählte. Er redete immer noch, als sie die Villa in der Von-der-Heydt-Straße bereits erreicht hatten. Das Treppenhaus war erleuchtet.

»Oje«, sagte Clementine, »die Herrschaften sind schon nach Hause gekommen.«

»Ist das schlimm?« fragte er.

»Nein, gar nicht. Ich werde mich leise wie ein Mäuschen über die Hintertreppe hinaufschleichen.«

»Kannst du mir nicht ein Zeichen geben, ob es Rosa bessergeht?«

»Doch«, versprach Clementine, »das werde ich tun. Siehst du das kleine runde Fenster, ganz oben, in der Mitte? Nein, das sieht man jetzt in der Finsternis nicht. Aber wenn ich eine Kerze von innen davorhalte, wirst du es merken. Ich decke sie mit der Hand ab, blende dreimal auf, dann weißt du, daß es Rosa gutgeht.«

»Und wenn nicht? Du mußt unbedingt Fieber messen! Falls es gestiegen ist ...«

»... komme ich wieder herunter und hol' dich.«

»Sehr romantisch«, erwiderte er, »ganz wie bei Hero und Leander.«

Sie schlang die Arme um seinen Hals und küßte ihn mit jener besitzergreifenden Heftigkeit, die ihn in dieser Nacht schon einmal verwirrt hatte. »Gute Nacht, mein Leander«, flüsterte sie, »und vergiß nicht, daß ich auf dich warte!« Dann huschte sie in den Vorgarten und verschwand im Schatten des Hauses.

Justus Weigand blieb zurück, und sein Unbehagen wuchs mit jeder Minute, die verstrich. Der Gedanke, noch ein zweites Mal in dieser Nacht die Hintertreppe hinaufschleichen zu müssen, war für ihn beklemmend. Er haßte Heimlichkeiten, und so, wie es jetzt zwischen Clementine und ihm stand, würden sie geradezu etwas Zweideutiges an sich haben. Clementine! Nein, er liebte sie nicht, aber er hatte sie gern, und es gab vieles, nicht nur in der Vergangenheit, was sie ihm nahebrachte. Davon abgesehen, fühlte er sich auch körperlich zu ihr hingezogen; sie war gesund und kräftig wie ein junges Pferd, ihre starken weißen Zähne, die braune, reine Haut, die runden schwarzen Augen waren reizvoll genug. Gerade deshalb scheute er ein nächtliches Beisammensein mit ihr in der Mansarde. Sie war trotz ihrer zweiundzwanzig Jahre und trotz ihrer Leidenschaftlichkeit in gewisser Beziehung noch kindlich naiv. Wie die meisten anständigen Mädchen ihrer Zeit hatte sie keine Ahnung, wie der männliche Organismus funktionierte. Es gab keine Bücher, in denen sie es hätte lesen können, und keinen Menschen, der mit ihr offen darüber gesprochen hätte. Auch wenn eine junge Braut ihren Freundinnen schwor, ihnen nach der Hochzeitsnacht alles zu erzählen, wurde dieser Schwur doch stets gebrochen. Mit der Jungfräulichkeit zugleich verlor sie den Kontakt zu den Gespielinnen von gestern, und was sie erlebt hatte, verschloß ihr den Mund; sie war ins Lager der verheirateten, der wissenden Frauen hinübergewechselt. Clementine jedoch war noch ein Mädchen. Sie wußte nicht, was sie tat, wenn sie sich an ihn preßte.

Er spürte eine nahezu schon schmerzhafte Erregung, wenn er sich nur vorstellte, daß er in dem engen Gang vor ihrem Zimmer wieder mit ihr allein sein würde, verbunden durch das Geheimnis, das sie miteinander teilten: ihre gemeinsame Angst um Rosa Janowitz, die Furcht vor Entdeckung und Clementines aufgestaute Liebe, deren Ziel es war, ihn ganz für sich zu gewinnen. Wenn sie begriff, daß er sie begehrte, würde sie jedoch entsetzt sein, dessen war er ganz sicher. Sie war sich der eigenen Leidenschaft nicht bewußt, würde ihn zurückstoßen, sobald sie ihn entflammt hätte; sie würde niemals ihrer eigenen Schwäche nachgeben. Er würde ein qualvolles Maß an Selbstbeherrschung aufbringen müssen...

Justus Weigand begann, die Augen auf die Mansarde gerichtet, mit kurzen Schritten auf und ab zu gehen. Was für ein Wahnsinn war das alles! Warum hatte er nicht darauf bestanden, daß Clementine ihn diesmal durch die Vordertür einließ? Jetzt, da das Kind auf der Welt war, brauchte Rosa Janowitz ja nichts mehr zu befürchten. Thielemanns durften doch wissen, daß sie krank war; sie würden sie nicht ohne weiteres auf die Straße setzen. Er drehte sich auf dem Absatz um und ging auf die Villa zu, entschlossen, zu läuten und damit selbst die Initiative in die Hand zu nehmen. Da sah er oben, im Giebel des Hauses, ein Licht erscheinen. Es verdunkelte sich, blendete auf, verdunkelte sich wieder...

Justus Weigand wartete nicht mehr länger. Das Signal konnte nichts anderes bedeuten, als daß die schwere Geburt bei Rosa ohne bedrohliche Nachwirkungen geblieben war. Er atmete auf, ungeheuer erleichtert. Er ging nach Hause, vorbei an den hellerleuchteten Villen, in denen die Nacht des Jahrhunderts gefeiert wurde.

Dorothee Thielemann lag in dem hohen, reichgeschnitzten Doppelbett unter dem vielfach gerafften Himmel aus rosa und weißer Seide. Sie hatte die Decke bis zur Kinnspitze gezogen. Es war sehr warm im Zimmer. Die Fenster waren geschlossen, die dunkelroten, schweren Vorhänge zugezogen, und in dem mächtigen Kamin aus poliertem Marmor züngelten aus Hunderten winziger Löcher blaue Gasflammen und leckten über die imitierten Holzscheite, mächtige, scheinbar bemooste und verwitterte Eichenklötze. Dennoch zitterte sie am ganzen Leib. Ihre Wangenmuskeln schmerzten in der krampfartigen Anstrengung, das Klappern ihrer Zähne zu unterdrücken. Ihr magerer Körper in dem weißen bestickten Nachthemd war eiskalt. Sie hielt die Augen geschlossen. Ihre Nerven waren bis zum Zerreißen gespannt. Dann spürte sie das leise Surren des Aufzuges und hörte eine Tür. Aber erst Minuten später, in denen sich nichts mehr rührte, wagte sie durch die Wimpern zu blinzeln.

Sie war allein im Schlafzimmer. Otto Thielemann war gegangen. Nur seine Kleidungsstücke, achtlos über einen der Sessel geworfen, teilweise zu Boden gefallen, verrieten, daß er sich hier ausgezogen hatte. Frau Dorothee haßte die unordentliche Art ihres Mannes, denn sie selbst war in allem, was sie tat, peinlich genau. Diesmal aber bereitete ihr der Anblick des zerknautschten Fracks, der baumelnden langen Unterhose, von der ein Bein nach innen gezogen war, und der umgekrempelten Socken keinerlei Unbehagen. Sie empfand nur zaghafte Erleichterung, gemischt mit bebender Angst, denn sie wagte es nicht, an ihre Befreiung zu glauben.

Otto Thielemann war wie jeden Abend noch im Schlafrock ins Erdgeschoß hinuntergegangen, um die Lichter zu löschen und sich zu vergewissern, daß Türen und Fenster geschlossen waren. Oft war dieser Gang, das wußte sie, nur ein Vorwand, um in der Bibliothek noch eine Zigarre zu rauchen und Kognak zu trinken; meist kam er erst wieder herauf, wenn sie schon eingeschlafen war. Manchmal aber kehrte er gleich zurück, und dann geschah das, was ihre Mutter ihr vor der Ehe als »etwas Peinliches, aber Unumgängliches« angedeutet hatte.

Nie, niemals würde sie den Schock jener ersten Nacht vergessen, als ihr junger Gatte, den sie bisher nur als höflichen, zurückhaltenden und wohlerzogenen Kavalier gekannt hatte, sich in ein keuchendes, schwitzendes, übelriechendes Tier verwandelte, das sich auf sie stürzte und ihr etwas Schmerzhaftes und ganz Abscheuliches antat. Bis zum Morgengrauen hatte sie wach gelegen, von Verzweiflung und Ekel geschüttelt, während er an ihrer Seite geschlafen hatte, mit schnarchenden Atemzügen, die ihre Vorstellung, eine Bestie geheiratet zu haben, verstärkte. Sie hatte sich ihrer

Mutter anvertrauen wollen, aber sie befanden sich, als es geschah, auf der Hochzeitsreise, in Paris, und es war ihr unmöglich, das zu Papier zu bringen. Erst drei Wochen später fuhren sie in die Heimat zurück, und da hatte sich das Gräßliche schon so oft wiederholt, daß ein Gefühl tiefster Scham und Entwürdigung sie zu schweigen zwang.

Erst viel später erkannte Frau Dorothee Thielemann, daß ihre Mutter sehr wohl gewußt hatte, welchen Häßlichkeiten sie sie auslieferte, als sie in die Heirat mit Otto Thielemann einwilligte. Sie wollte nachträglich weder ein Bekenntnis noch eine Klage hören. Seitdem war auch diese Brücke zerbrochen. Liebe und kindlicher Gehorsam schlugen in Haß um.

Auch als Frau Dorothee zu begreifen begann, daß ihr Schicksal keineswegs einzigartig war, sondern daß sie es mit allen ihren Geschlechtsgenossinnen teilte, milderte das die Enttäuschung über das Verhalten ihrer Mutter nicht. Sie hatte jede Fähigkeit, zu lieben und zu vertrauen, verloren. Es war, als wenn eine Feder in ihr zerbrochen wäre. Nicht einmal Friedrich, ihren kleinen Sohn, mochte sie unbefangen zärtlich in die Arme nehmen, denn von seinem ersten Atemzug an sah sie in ihm das männliche Tier, das er einmal werden würde. Sie konnte sich nicht an der arglosen Heiterkeit ihrer Töchter freuen, denn sie konnte nicht vergessen, daß auch diese dazu bestimmt waren, eines Tages Opfer männlicher Gier zu werden. Dorothee Thielemann wagte es auch in dieser Nacht erst dann sich dem erlösenden Schlaf zu überlassen, als sie wußte, daß sie vor den Forderungen ihres Mannes sicher war; dabei brannte ihr die Müdigkeit in den Augen.

Dann hörte sie plötzlich Schritte auf der Treppe, und das Zittern war wieder da. Otto Thielemann trat ein, seine Pantoffeln schlurften über den Teppich. Sie wußte, daß er jetzt auf sie zukam, näher und näher. Durch die geschlossenen Lider glaubte sie sein Gesicht zu sehen, die geröteten Augäpfel, das faunische Grinsen um die feuchten Lippen und die gesträubten Schnurrbarthaare. Nein, flehte sie innerlich, nicht schon wieder! Nicht heute! Nicht in dieser Nacht! Aber da fühlte sie schon das lastende Gewicht seines Körpers neben sich auf der Bettkante, das Gestell ächzte, eine Wolke von süßlichem Alkohol, kaltem Zigarrenrauch und beißendem Schweiß drang auf sie ein.

»Na, Mausi«, sagte er, »du schläfst doch noch nicht?«

Sie suchte nach irgendeiner glaubhaften Entschuldigung, mit der sie sich von ihm hätte befreien können, aber ihr Hirn war leer; ihr fiel nichts ein. Sie stellte sich tot wie ein Tierchen, das von der Meute verfolgte und aufgestöbert worden ist. Sie lag bewegungslos, nur die Wimpern über ihren fest geschlossenen Augen flatterten.

»So schnell«, sagte er, »kann doch meine Mausi nicht eingeschlafen sein!« Seine Hände mit dem dichten krausen Haarflaum, der vom Handrücken aus wie die Beine einer schwarzen Spinne zu den Kuppen hinauf verlief, zerrten an der seidenen Decke.

Jetzt mußte sie etwas tun, mußte sich wehren; sie flüsterte: »Bitte, Otto, nicht. Ich bin sehr müde.«

Er beugte sein Gesicht näher zu ihr herab, der Dunst von Alkohol, Rauch und Schweiß wurde betäubend. »Ich werde dich schon wachkriegen, Mausi.«

»Der Kopf tut mir so weh!«

»Wozu brauchen wir denn den Kopf?« Er riß ihr mit einem Ruck die Decke vom Leib. Obwohl ihr langes seidenes Nachthemd sie völlig bedeckte — es war am Hals und an den Gelenken mit schmalen Bündchen geschlossen und reichte bis zu den Füßen —, kreuzte sie schützend die Arme über der Brust. Er lachte, legte eine Hand in ihren Nacken, seine feuchten, heißen Lippen berührten ihren eiskalten Mund. Die andere Hand öffnete die Schleife und nestelte an den winzigen Perlmuttknöpfen ihres Hemdes.

Ihr Körper erstarrte. Seine glühende Hand schob sich in den Ausschnitt und tastete nach ihrer Brust. Dorothee lag steif, bewegungslos und fast ohne zu atmen. Seine starken Finger preßten ihren Nacken und zerrten an ihrem Haar. »Sieh mich an!« brüllte er.

Sie öffnete die Augen, übergroße, erschrockene Augen, sah sein verzerrtes Gesicht, wurde sich jetzt erst bewußt, daß es hell im Zimmer war und daß er angefangen hatte, ihr das Nachthemd von den Schultern zu reißen.

Sie schrie auf. »Mach das Licht aus!«

Seine Augen hatten sich zu Schlitzen verengt; es war ihr, als weidete er sich an ihrer Qual. »Wirst du mir dann gehorchen?« Er zerrte weiter an ihrem Gewand. »Wirst du ganz lieb zu mir sein?« Seine grausamen Finger hatten brennende Streifen auf ihrer hellen Haut hinterlassen.

»Ja«, schrie sie, »ja! Nur, bitte, mach das Licht aus!«

Als er sie losließ, schlug sie die Hände vor das Gesicht. Er löschte die Lichter, kam zurück, warf seinen schweren, schwitzenden Körper auf sie, und sie wehrte sich nicht. Er nahm sie in der Finsternis, und sie ließ es mit sich geschehen, ohne einen Laut, ohne eine Bewegung.

Als Justus Weigand die Kreuzung Unter den Linden—Friedrichstraße erreichte — zu Fuß, denn seine gewohnheitsmäßige Sparsamkeit ließ ihn die Ausgabe für eine Droschke scheuen, und Pferdeomnibusse und Straßenbahnen fuhren in dieser Stunde zwischen Nacht und Morgen nicht —, fühlte er sich zwar müde, aber noch nicht schläfrig. Trotz allem, was sich an der Wende des Jahrhunderts für ihn ereignet hatte, war ein Rest Erwartung zurückgeblieben, hatte sich in ihn eingebrannt und hielt ihn munter. In diesem Zustand, dessen war er sicher, würde er keinen Schlaf finden. Er wollte und mußte noch etwas unternehmen, nur über das Was und Wie war er sich nicht schlüssig. Noch herrschte Betrieb auf den Straßen der Innenstadt; die halbe Bevölkerung Berlins schien auf den

Beinen zu sein. Pärchen flanierten Hand in Hand und Arm in Arm, die Damen eng geschnürt in schon leicht derangierter Toilette, die Herren im offenen Frackmantel, die Zylinder schief auf dem Haupt. Studenten tanzten in langer Reihe über Fahrbahn und Trottoirs, lauthals grölend. Betrunkene schwankten, faselten vor sich hin, suchten Halt an den Laternen. Immer wieder spien die hellerleuchteten Lokale neue Menschengruppen aus und sogen andere ein.

Justus Weigand überlegte. Das Lindenkasino, Berlins vornehmstes Nachtlokal, war für ihn zu teuer, nach den schweren, südafrikanischen Weinen, die im »Kapkeller« ausgeschenkt wurden, stand ihm nicht der Sinn, aber bei dem Gedanken an ein Pilsener im Silberbecher, die Spezialität der Bar Riche, spürte er, wie durstig er war. Oder sollte er doch lieber die Friedrichstraße hinauf und zum Café Greiff tippeln? Vielleicht traf er dort Arnold Scheer, den er vorhin mit Clementine verpaßt hatte — zum Glück, wie er jetzt dachte, denn er konnte sich nicht vorstellen, daß sein gutmütiger und sorgloser Freund vor Clementines strengen Augen Gnade gefunden hätte. Umgekehrt hätte Arnold Scheer wohl kaum etwas mit dem alten Mädchen anfangen können.

Statt die Friedrichstraße hinauf, wandte er sich hinab, und als er es bemerkte, wurde ihm klar, daß alle seine Überlegungen doch nichts als Spiegelfechtereien gewesen waren. Noch an Clementines Seite hatte er sich nach Amalie Hentschel gesehnt. Er schämte sich seiner eigenen Unaufrichtigkeit. Sein Verstand sagte ihm, daß nichts Anrüchiges, Verbotenes oder Unerlaubtes an seinen Beziehungen zu der jungen Witwe war. Aber er hatte sich noch nicht aus den Fesseln seiner provinziellen Herkunft und seiner sehr bürgerlichen und moralischen Erziehung befreit, um sich zu einer vorurteilslosen Haltung durchzuringen. Wenn er zu seiner Geliebten ging, sah er sich mit den Augen seiner Mutter und fühlte sich verrucht und verworfen. Er brauchte immer einen Vorwand vor sich selbst, um Amalie zu besuchen. Diesmal fand er ihn ganz leicht; er fühlte sich plötzlich doch sehr müde. Bis zu seinem möblierten Zimmer in der Elsässer Straße war es noch weit, ein Weg von mindestens einer Stunde, aber die Taubenstraße und Amalie Hentschels Haus waren nah. Mit raschen, beschwingten Schritten, die keine Spur von Ermattung verrieten, eilte er vorwärts, und erst als er in die kurze Nebenstraße einbog, wurde ihm die Möglichkeit bewußt, daß Amalie nicht zu Hause oder nicht allein sein könnte.

Jetzt lief er fast, glaubte von weitem die »Beletage«, den zweiten Stock, dunkel vorzufinden und atmete auf, als er vom gegenüberliegenden Trottoir aus den schwachen Lichtschein vom Flur her durch das Wohnzimmerfenster schimmern sah. Er eilte über die Straße und läutete im zweiten Stock. Die Haustür hätte verschlossen sein müssen, aber sie war es nicht. Er gelangte in das dunkle Treppenhaus, tastete sich hoch, erkannte jede Stufe unter den Füßen und mit den Händen jeden Schnörkel des eisernen

Geländers, erreichte den zweiten Stock und hämmerte mit der Faust gegen die Tür.

Sie wurde aufgemacht, nur einen Spalt breit, mit vorgelegter Kette. »Ich bin es«, sagte er, »Justus Weigand.«

»Komm herein, Junge!« Die Kette rasselte, die Tür wurde weit geöffnet. Amalie Hentschel umarmte ihn. Sie preßte sich an ihn. Sie flüsterte glücklich: »Ich wollte gerade ins Bett gehen!«

»Daran«, sagte er, »will ich dich durchaus nicht hindern.«

Sie kicherte, ihre gebrannten Löckchen kitzelten seine Nase, er fühlte ihr festes kühles Fleisch und roch den vertrauten Duft von Puder und Veilchen. »Du Schlimmer!« Sie erschauerte, als seine Lippen ihren üppigen Arm hinaufwanderten.

Er trat die Tür hinter sich zu. »Ich hatte schon gefürchtet, du wärest nicht zu Hause.«

»War ich auch nicht, bin gerade erst gekommen.« Sie bedeckte sein Gesicht mit vielen kleinen, schmatzenden Küssen. »Hm, hm, hm... Aber jetzt komm endlich herein! Wir trinken noch eine Flasche Schampus zusammen, ja?«

»Ich möchte nicht...«

Sie unterbrach ihn. »Ich weiß schon, was du möchtest, du Schlingel!« Sie wand sich aus seinen Armen. »Geh schon ins Boudoir, mach es dir bequem!«

Was Amalie Hentschel als ihr Boudoir bezeichnete, war das Schlafzimmer, das sie früher mit dem verstorbenen Waldemar Hentschel, Kurzwaren en gros, geteilt hatte. Er war, wie Justus Weigand aus ihren Erzählungen wußte, dreißig Jahre älter gewesen als sie, aber durchaus noch imstande, seinen Mann zu stehen, so daß sie sich nach seinem Tod doppelt verlassen gefühlt hatte. Die schöne Wohnung und das Mietshaus in der Taubenstraße boten ihr ebensowenig Trost in ihrer Einsamkeit wie das nicht unbeträchtliche Barvermögen, das er ihr vererbt hatte.

Überall — außer im Schlafzimmer, da hatte Justus Weigand auf ihre Entfernung bestanden — blickten einem Fotografien von Waldemar Hentschel entgegen; sie zeigten einen vierschrötigen Mann mit eulenhaftem Blick und einem Vollbart, der ihm bis zum Nabel reichte. Die Lichtbilder ähnelten einander alle: Hentschel stets im Cutaway, eine Hand unter dem Bart, die andere spielerisch auf ein sechseckiges Tischchen gestützt. Der Verstorbene wirkte in dieser Haltung steif und imponierend, und es fiel schwer, sich ihn als liebenden Gatten vorzustellen. Aber Amalie schien das zu können, denn die Fotografien waren ganz matt geworden von ihren Küssen, und nahm sie eines der Lichtbilder in die Hand, stiegen ihr regelmäßig Tränen in die Augen. Im Schlafzimmer jedoch wachte Waldemar Hentschel nun nicht mehr über seine Amalie, und Justus Weigand war froh darüber, denn es war ihm immer unbehaglich gewesen, sich unter den gestrengen Blicken dieses Herrn auszukleiden. Auch der braunsamtene Hausmantel, den er in den intimen Stunden seiner Besuche bei Amalie zu tragen pflegte, stammte ohne Zweifel von dem Verstorbenen; diese Tatsache wurde zwischen ihnen jedoch niemals ausgesprochen.

Justus Weigand holte ihn aus dem Schrank, zog ihn an und überlegte, ob er schon in das verlockend aufgeschlagene Bett schlüpfen sollte, nahm aber dann doch in dem breiten, behaglichen Sessel vor der Frisiertoilette Platz.

Es gab drei Sessel dieser Art in dem nicht eben großen Zimmer, verschiedene Tischchen und gepolsterte Hocker und außer dem Doppelbett noch eine Chaiselongue. Tischchen, Sessel, Hocker und Chaiselongue waren mit geklöppelten Deckchen und einer Menge kleiner und großer Kissen in gestrickten, gestickten und gehäkelten Überzügen bestückt. Amalie, die ihre leeren Stunden mit dem Geklapper von Nadeln und dem Entwirren bunter Fäden zu füllen pflegte, hatte keinen Sinn für klare Linien und glatte Flächen. Wo sie keine ihrer Handarbeiten unterbringen konnte, hatte sie Nippesfiguren aufgestellt, wertvolle Schöpfungen der Meißner Porzellanmanufaktur und billige Andenken von einer Reise an die Ostsee und einem Aufenthalt im Harz.

Jetzt kam sie selbst ins Zimmer, rosiger und runder als jedes ihrer Püppchen, Grübchen in Kinn und Wangen, Grübchen überall. Sie schleppte einen silbernen, mit halbgetautem Eis gefüllten Eimer, in welchem eine Flasche Champagner steckte, und stellte ihn neben Justus auf den Boden. Er wollte sie auf den Schoß ziehen, aber sie entglitt ihm und trippelte wieder hinaus, kam gleich darauf mit einem Tablett zurück, auf dem zwei Gläser und ein Körbchen mit Gebäck standen.

Amalie Hentschel trug einen violetten Morgenrock, dessen Rüschen und Spitzen ihren Hals und ihre Gelenke umflossen. Justus Weigand wußte nicht genau, wie alt sie war — sie hütete ihr Geburtsdatum als ein Geheimnis, aber er schätzte sie auf fünfunddreißig. Dennoch waren ihr Gesicht und ihr Hals faltenlos wie die eines jungen Mädchens, nur daß sie besser gepolstert waren, und er wußte, daß gerade dieses Fettpolster ihr den trügerischen Anschein von Jugendlichkeit verlieh.

Sie legte den Arm um ihn und küßte ihn hinters Ohr. »Bitte, Junge«, sagte sie, »mach du die Flasche auf.«

»Mit Vergnügen!« Er schlang seinen Arm um ihre Taille.

Sie kicherte. »Hu, laß das! Du weißt, ich bin kitzlig!« Als sie zappelte, vibrierte ihr Fleisch so, daß er die Augen schließen mußte, um nicht schwindlig zu werden.

Sie benutzte diesen Augenblick, um sich ihm zu entziehen, bückte sich über den Sektkübel, zog die Flasche heraus und reichte sie ihm. »Sie ist bestimmt kalt genug... ich halt's nicht mehr aus, ich muß es mir endlich bequem machen!«

Während er mit dem Verschluß der Flasche kämpfte, beobachtete er fasziniert, wie sie ihren Morgenrock öffnete und sich an den Schnüren,

Haken und Ösen ihres Korsetts zu schaffen machte. »Soll ich dir nicht helfen?« fragte er.

»Kümmere du dich um den Schampus! Eine alleinstehende Frau wie ich wäre ja verloren, wenn sie ihr Mieder nicht aufbekäme!« Es gelang ihr fast im gleichen Augenblick, als er den Champagnerpfropfen knallen ließ. Geschickt ließ er die schäumende Flüssigkeit in die Gläser laufen, ohne einen Tropfen zu vergießen. Das Korsett fiel zu Boden. Sie rieb sich Taille, Bauch und Hüften unter dem Morgenrock und stöhnte vor Behagen. »Junge, du ahnst nicht, was das für eine Wohltat ist!«

»Ich kann es mir vorstellen.«

»Kannst du nicht, du bist ja ein Mann!«

»Ich bin Mediziner«, sagte er, »und weiß, daß Frauen an den Folgen eines zu eng geschnürten Korsetts schon elend gestorben sind.«

Sie schüttelte sich und lachte. »Das ist nicht wahr!«

»Glaub es oder glaub es nicht. Als junges Semester habe ich eine Frauenleiche seziert, bei der die Leber mitten durchgeschnitten war, und zwar durch das Korsett.«

Sie machte große Augen. »Ganz sicher? Schwindelst du mich nicht an?«

»Nö!«

»Aber das hätte das dumme Mädchen doch merken müssen!«

»Sicher hat sie das gemerkt, Amalie. Aber ihr Frauen seid ja bereit zu leiden, wenn es um eure Schönheit geht ... mit der ihr euch die Männer ködert.«

Sie nahm ihm das Glas aus der Hand und trank ihm zu. »Hast du das Gefühl, daß ich dich ködern will, Schlingel?«

»O ja«, sagte er lächelnd, nahm einen tiefen, durstigen Schluck, stellte das Glas fort und breitete beide Arme nach ihr aus, »mit Schampus und hundert kleinen Tricks!« Er nahm sie auf den Schoß, grub sein Gesicht in ihr duftendes kühles Fleisch. »Aber das hattest du gar nicht nötig«, murmelte er, »ich habe mich die ganze Nacht nur auf diesen Augenblick gefreut!«

Sie legte den Kopf zurück und bot ihre weiße runde Kehle seinen Küssen. »Ich auch, du Schlimmer ... oh, ich wäre sehr enttäuscht gewesen, wenn du nicht gekommen wärst!«

Er stand auf, schwankend unter ihrer Last, und trug sie zum Bett. »Habe ich dich je enttäuscht, Mädchen?«

»Nie!« flüsterte sie. »Nie! Du bist doch mein großer, starker Schlingel!« Sie zog ihn mit geschlossenen Augen zu sich herab, und in den kühlen Wogen ihres Fleisches fand er die Erlösung, die er suchte.

Als Justus Weigand aufwachte, fiel ein schmaler Streifen grauen Winterlichts durch die schweren Portieren. Er wußte sofort, daß es noch früh war und daß er nur wenige Stunden geschlafen hatte. Aber er war wach und ausgeruht. Da er oft bis in den Morgen hinein studierte, war er es gewohnt, mit einem kurzen Schlummer auszukommen.

Amalie Hentschel schlief neben ihm, das Gesicht auf dem dicken Arm. Ihr Mund war halb geöffnet, die Wangen hingen schlaff, und ihr Doppelkinn bebte bei jedem ihrer Atemzüge. Sie wirkte jetzt so alt, wie sie war. Ihre gebrannten Löckchen hatten sich aufgelöst; das dunkle Haar klebte glanzlos und strähnig an Schläfen und Stirn. Sie hatte keinen Reiz mehr für ihn; er betrachtete sie nachsichtig, mitleidig und nicht ohne Dankbarkeit. Dann rollte er sich zur Seite, wollte sich rasch und lautlos erheben, aber das alte Bett knarrte und knackte.

Amalie tastete mit geschlossenen Augen auf sein Kopfkissen hinüber und fand es leer. »Was ist?« murmelte sie verschlafen. »Mußt du schon fort?« — Er war in seine Unterhose geschlüpft. »Ja, Malchen«, sagte er, »aber laß dich nicht stören.«

Sie richtete sich auf dem Ellenbogen hoch und riß die Augen auf. »Aber ich kann dich doch nicht ohne Frühstück gehen lassen!«

»Und ob du das kannst.« Er trat zu ihr hin und drückte sie in die Kissen zurück. »Schlaf noch ein bißchen, du hast ja viel Zeit.« Aber als sie die Arme nach ihm ausstreckte, trat er rasch zurück. »Ich muß wirklich gehen, Malchen.«

Sie tastete nach ihrem Morgenrock, zog ihn über, schlüpfte in ihre Pantöffelchen, lächelte ihm mühsam zu, mit schlaftrunkenen Augen und aufgedunsenem Gesicht, und taumelte aus dem Zimmer.

Er wusch sich gründlich im Bad — ein Komfort, den er bei der Witwe Göbern nicht hatte — und rasierte sich mit dem Messer des seligen Hentschel. Dann schlüpfte er in sein zerdrücktes Hemd und warf sich in den für diese Stunde ganz und gar unpassenden schwarzen Anzug.

Amalie hatte indessen die Brötchen hereingeholt, Kaffee und Eier gekocht und im Wohnzimmer den Frühstückstisch gedeckt. Frisiert und gewaschen, sah sie jetzt wieder durchaus appetitlich aus. Sie bediente Justus, goß ihm Kaffee ein, reichte ihm Sahne und Zucker, und er aß mit Heißhunger. Sie selbst trank nur schwarzen Kaffee. Justus tätschelte ihre Hand und sagte mit vollem Mund: »Ich glaube, es war doch eine gute Idee von dir, aufzustehen. Es schmeckt mir großartig!«

Sie lächelte. »Und dieses Vergnügen könntest du täglich haben.«

»Wieso?« fragte er überrumpelt.

»Aber — das weißt du doch! Gib deine Studentenbude auf und zieh zu mir. Ich mach' dir diesen Vorschlag ja nicht zum erstenmal!«

Er zog seine Hand zurück und griff zur Kaffeetasse. »Sehr ehrenvoll für mich, aber leider unannehmbar.«

»Das verstehe ich nicht.« Sie beugte sich vor, und er konnte unter Rüschen und Spitzen den Ansatz ihres Busens sehen. »Du könntest das Geld für dein lächerliches möbliertes Zimmer sparen und hättest es außerdem viel bequemer.«

»Du würdest es bald bereuen«, sagte er voll Unbehagen.

»Bestimmt nicht! Es würde wunderbar werden mit uns beiden, davon bin ich überzeugt. Ich würde dir das Herrenzimmer einrichten und . . .«

Er fiel ihr ins Wort. »Amalie, und wenn du einen ernsthaften Heiratskandidaten findest, was dann?«

Sie hob die runden Schultern. »Dann könntest du ja immer noch verschwinden.«

Er lachte, wischte sich den Mund mit der Serviette ab und stand auf. »Du bist entwaffnend ehrlich, mein Schatz.«

»Bist du mir böse, weil ich dich nicht heiraten will, Junge? Das ginge doch nicht, schon der Leute wegen, und dann, mein Waldemar hat immer gesagt . . .«

»Nimm dir nie einen jüngeren Mann«, ergänzte er, »der würde dir nur Kummer bereiten und dein Geld durchbringen!« Er lachte, beugte sich über sie und gab ihr einen flüchtigen Kuß. »Nein, ich bin dir überhaupt nicht böse, du hast ja ganz recht. Ich finde es wunderbar, wie es mit uns beiden ist, wir wollen es dabei lassen. Besser könnten wir es gar nicht haben.«

Sie stand auf und folgte ihm auf den Gang hinaus, sah ihm zu, wie er sich den Paletot nahm, den weißen Schal um den Hals band; den Chapeau claque klappte er zusammen und klemmte ihn sich unter den Arm.

»Wenn du hier wohnen würdest . . .« versuchte sie es noch einmal.

Er ließ sie nicht aussprechen. »Leb wohl, Malchen, darüber reden wir ein andermal, natürlich nur, wenn es sein muß. Heute habe ich es furchtbar eilig. Ich muß noch zur Charité hinaus.«

»Am Neujahrsmorgen?«

Erst jetzt fiel ihm auf, daß er ihr gar nichts von der Geburt der kleinen Senta und den anderen Ereignissen der vergangenen Nacht mitgeteilt hatte, wie er ja überhaupt nie das Bedürfnis fühlte, ihr etwas von sich und seinem Leben zu erzählen.

»Ja, denk dir«, sagte er auch jetzt nur und küßte sie, während er die Wohnungstür schon geöffnet hatte. »Also bis dann, Malchen!« Er war erleichtert, daß sie keinen Versuch machte, eine feste Verabredung mit ihm zu treffen. Er schaute ins Treppenhaus und trat erst aus der Wohnung, nachdem er sich vergewissert hatte, daß die Luft rein war, denn er wollte Amalie nicht kompromittieren. Auf dem nächsten Treppenabsatz drehte er sich noch einmal um und warf ihr eine Kußhand zu. Dann eilte er leichtfüßig die Treppe hinunter und auf die Straße hinaus. Schon nach wenigen Schritten hatte er Amalie vergessen.

Justus Weigand nahm sich nicht die Zeit, sein möbliertes Zimmer bei der Witwe Göbern aufzusuchen und sich umzuziehen. Er fuhr mit der Straßenbahn — zähneklappernd, denn der Wagen war ungeheizt, und es zog durch Fenster und Türen — bis Oranienburger Tor und eilte von dort aus geradewegs zur Charité. Er holte mit Riesenschritten aus, denn es drängte ihn, das Kind wiederzusehen, dem er unter so dramatischen Umständen in die Welt geholfen hatte.

Auf dem Gang vor der Säuglingsstation stand ein schmaler, hoher, beräderter Tisch. Die Platte war von einem weißen Laken bedeckt, unter dem sich die Umrisse eines embryohaften Körpers, großer Kopf und geschwollener Bauch, abzeichneten. Der junge Mediziner wußte, was das zu bedeuten hatte. Eine kleine Leiche wartete auf den Abtransport zur Pathologie. Dieser Anblick war ihm nicht ungewohnt, er begegnete ihm fast täglich, und noch gestern hätte er ihn keine Sekunde erschüttert. Die Säuglingssterblichkeit in der Charité war noch immer, trotz aller Fortschritte der Wissenschaft und aller sorgsam durchgeführten Maßnahmen der Hygiene, sehr hoch.

Jetzt empfand er zum erstenmal persönliche Anteilnahme, Entsetzen und Furcht. Atemlos vom raschen Lauf, mußte er geradezu keuchend um Luft ringen. Er preßte beide Hände vor die Brust; es war ihm, als ob etwas in seinem Inneren zu zerreißen drohte. Es dauerte Minuten, ehe er imstande war, sich Gewißheit zu verschaffen. Er packte einen Zipfel des Lakens und schlug es zurück. Es war nicht Senta, die da nackt und erbärmlich vor ihm lag. Obwohl das tote Kind aufgedunsen und blau verfärbt war und seine Züge sich schon auflösten, war er dessen sicher, und er fühlte sich ungeheuer erleichtert. Rasch deckte er das arme kleine Wesen wieder zu. Froh, daß niemand ihn in diesen Momenten der Angst beobachtet hatte, eilte er weiter und öffnete die Tür zu dem langgestreckten Zimmer.

Zwei Diakonissen waren damit beschäftigt, die kranken Kinder auf Wagen zu packen, dem Tisch ähnlich, auf dem die kleine Leiche ihre letzte Fahrt antrat; sie sollten zu ihren Müttern oder Ammen gebracht werden. Oberschwester Klara, die Schwester Margarethe abgelöst hatte, führte die Aufsicht und gab Anweisungen. Sie war an die dreißig Jahre alt, ihre fraulichen Reize waren, falls sie je über solche hatte verfügen können, längst verblüht. Trotzdem oder gerade deshalb spielte sie den Ärzten gegenüber die Kindliche und gab sich gerne neckisch.

»Oh, Herr Doktor!« rief sie, als sie Justus Weigands Anwesenheit gewahr wurde. »Ich bin ja so froh! Gerade noch habe ich überlegt, ob wir Ihr Töchterchen mit zu der Mütterstation nehmen sollen oder ob... also ohne jede Anweisung war ich wirklich ganz ratlos. Sie ist ja so niedlich, die Kleine, ein ganz, ganz entzückendes Kind!«

Justus Weigand, der drauf und dran gewesen war, die Dinge richtigzustellen und die Mystifikation aufzuklären, brachte es, so direkt als Vater angesprochen, nicht mehr über sich. Ohne sich über sein Motiv Rechenschaft zu geben, schreckte er davor zurück, die kleine Senta bloßzustellen. »Und wie war die Nacht?« fragte er statt dessen nur.

»Sie hat ganz, ganz ruhig geschlafen!« erklärte Schwester Klara eifrig.

»Ich habe sie um sechs Uhr frisch gewickelt... persönlich natürlich, denn ich könnte doch niemandem die Verantwortung für Herrn Doktors Töchterchen überlassen...«

Die beiden Diakonissen, die bisher sehr beschäftigt getan hatten, obwohl ihnen anzumerken gewesen war, daß sie mit gespitzten Ohren auf jedes Wort zwischen Oberschwester Klara und Justus Weigand lauschten, blickten ihn jetzt großäugig an und kicherten unterdrückt. Schwester Klara scheuchte sie hinaus, und sie schoben ihren bepackten Wagen davon.

Justus Weigand trat zu dem Bett der kleinen Senta. Sie lag auf dem Rücken, die Fäustchen neben dem Kopf geballt, das Gesichtchen rot angelaufen, und um die Mundwinkel zuckte es. »Aber, aber, Senta, mein Liebling«, sagte er, »du wirst doch nicht weinen! Ein so schönes kleines Mädchen hat doch allen Grund zu lachen. Ja, lachen sollst du... ha, ha, ha... und kein Schnütchen ziehen!« Er wußte natürlich, daß das Kind ihn nicht verstehen, noch weniger lächeln oder gar lachen konnte. Aber seine Stimme schien eine beruhigende Wirkung zu haben. Die Augen der Kleinen trockneten, die Röte wich, und sogar die Lippen zitterten nicht mehr. Niemand war über diesen Erfolg überraschter als er selbst; er konnte ihn nicht für puren Zufall halten.

Die Oberschwester war hinter ihm an das Bettchen getreten. »Sie versteht Sie!« rief sie und klatschte in die Hände. »Nein, das ist ja ein richtiges Wunderkind... sie versteht Sie!«

Bei dem lauten Händeklatschen war Senta leicht zusammengezuckt. »Sieht ganz so aus, als könnte sie wirklich schon Laute wahrnehmen und unterscheiden«, sagte Justus Weigand so nüchtern wie nur möglich. »Allerhand. Sind Ihnen sonst irgendwelche Besonderheiten aufgefallen, Schwester?« Sie schüttelte den Kopf. »Ich möchte die Kleine gern noch einmal gründlich untersuchen«, sagte Justus Weigand, »aber...« Er zog seinen Chapeau claque unter dem Arm hervor und ließ ihn mit einem beziehungsvollen Lächeln aufspringen, »... ich bin ganz und gar nicht vorbereitet. Diese Nacht...«

»Oh, ich verstehe, ich verstehe vollkommen!« rief Oberschwester Klara auf ihre lebhafte, gezierte Art. »Ich werde Ihnen ein Stethoskop des Herrn Professors besorgen...«

»Sehr liebenswürdig. Aber erst einmal hätte ich gerne heißes Wasser, damit ich mir die Hände waschen kann.«

Er zog Paletot und Jackett aus, und Schwester Klara nahm die Kleidungsstücke in Empfang und brachte sie hinter einen Vorhang. Er wusch und bürstete sich gründlich Hände und Fingernägel, während die kleine Senta nun, ohne seinen besänftigenden Zuspruch, erst leise, dann immer lauter zu weinen und schließlich fordernd zu brüllen anfing. Justus Weigand nahm das Geschrei als ein Zeichen von Kraft und Gesundheit. »Scheint Hunger zu haben, was, Oberschwester?« sagte er. »Wie wäre es, wenn Sie ihr ein Fläschchen machen würden? Kuhmilch mit abgekochtem Haferschleim, zur Hälfte verdünnt ...«

Schwester Klara reichte ihm ein Handtuch. Außerstande, ihre Neugier länger zu bezähmen, fragte sie: »Die Mutter ist wohl ... sie will wohl nicht ... sie kann nicht ...«

»Lassen wir doch, bitte, die Mutter aus dem Spiel«, sagte er beschwörend und wandte rasch sein Gesicht ab, weil der mitfühlende und verständnisvolle Blick der Oberschwester ihn zum Lachen reizte.

»Ja, natürlich, ganz wie Sie wollen, Herr Doktor«, versicherte sie hastig, »aber ich möchte Ihnen doch versichern, daß ich ... daß wir alle ... also, Sie und das arme Kleine tun uns so leid, Herr Doktor!«

»Das ist sehr lieb von Ihnen«, erwiderte er würdevoll, »aber so ist es nun einmal. Jeder von uns hat sein Päckchen zu tragen.« Er trat wieder an Sentas Bettchen, sprach auf sie ein, und als es ihm gelang, die Mauer von Tönen, die sie um sich aufgebaut hatte, zu durchdringen, wiederholte sich das Wunder — Senta beruhigte sich, ihr Geschrei klang ab, sie schluchzte noch ein paarmal stoßweise und wurde dann still.

»So ist's recht, mein Schätzchen«, sagte er, begeistert über seinen Erfolg, den er seinen und Sentas außergewöhnlichen Fähigkeiten zuschrieb, »jetzt werden wir mal sehen, was du sonst noch alles kannst, außer schreien und zuhören!«

»Ob man ihr nicht doch«, schlug Schwester Klara vor, »eine Amme geben sollte?«

Justus Weigand zögerte mit der Antwort. »Nein«, sagte er dann, »ich möchte Professor Hübners Ernährungstheorie einmal ganz konsequent in die Tat umsetzen.«

»Ein Experiment also?« Oberschwester Klara schloß und öffnete nervös die Finger. »Mit Ihrer eigenen Tochter?« fragte sie, ohne ihn anzusehen, und sprach so seine eigenen geheimen Bedenken aus.

Dennoch antwortete er: »Wenn wir selbst kein Vertrauen zu den Ergebnissen unserer Forschungen haben, wie können wir es dann von Fremden erwarten?« Aber das war nicht oder doch nicht allein der Grund für seine Anordnungen. Tatsächlich empfand er es als geradezu abstoßend, wenn er sich seine Senta an der dicken prallen Brust einer dieser grobknochigen, im Überfluß Milch spendenden Frauen vorstellte.

»Nein«, sagte er, »tun Sie, was ich Ihnen sage, machen Sie ihr ein Fläschchen zurecht. Sagen wir, zwanzig Gramm für die erste Mahlzeit, das sollte genügen.«

Er legte das Kindchen auf den Wickeltisch, pellte es aus den Tüchern, aus dem Hemdchen und Jäckchen, untersuchte noch einmal jedes einzelne der kleinen Glieder und fand alles tadellos. Die Pulsfrequenz betrug hundertdreißig Schläge pro Minute, er zählte im gleichen Zeitraum fünfundvierzig Atemzüge und horchte Lunge und Herz mit dem hölzernen Stethoskop ab, das Oberschwester Klara ihm gereicht hatte. Er erneuerte den Verband um den Nabel, der schon abzutrocknen begann. Bei allem, was er tat, redete er ununterbrochen zärtlich und liebevoll auf das kleine Wesen ein, lobte und bewunderte es. Er ließ es sich auch nicht nehmen, Senta das erste Fläschchen selbst zu geben.

Als die beiden jungen Diakonissen mit den gebündelten Säuglingen zurückkamen, fanden sie Justus Weigand in Hemdsärmeln. Er hielt das Neugeborene, das als seine Tochter galt, auf dem linken Arm und fütterte es fachgerecht mit dem Fläschchen. Sie konnten gar nicht hingucken, so komisch fanden sie dieses Bild, komisch und rührend zugleich. Er grinste ihnen zu. »Sie werden sich an so etwas gewöhnen müssen, meine Damen«, sagte er, »es heißt ja immer, daß die Mädchen jetzt unbedingt auch zum Studium zugelassen werden wollen. Wer weiß, vielleicht kommt es noch soweit, daß wir Männer kochen und die Kinder hüten und die Frauen als Doktorinnen und Professorinnen und was weiß ich noch alles arbeiten werden.«

Die Mädchen waren dankbar, daß er ihnen einen Grund zum Lachen gab, ohne daß sie befürchten mußten, sich den Zorn der Oberschwester zuzuziehen. Sie lachten laut heraus. Sogar Oberschwester Klara stimmte mit ein. »Das ist ja zu drollig, Herr Doktor! Nein, o nein, aber so was!«

Die kleine Senta ließ sich von diesem Ausbruch allgemeiner Heiterkeit nicht verwirren; sie trank ihr Fläschchen leer. Als Justus Weigand sie hochhob, machte sie auch brav ihr Bäuerchen. Danach blieb nichts mehr zu tun, als sie ins Bett zu legen. Die Oberschwester wollte ihm diese Arbeit abnehmen, aber er ließ es nicht zu. Es machte ihm Freude, den winzigen, warmen und so wohlgebildeten Körper zu berühren, und er fühlte ehrliches Bedauern, als er sich von der Kleinen trennen mußte. Doch es fiel ihm kein Vorwand ein, sich länger in der Säuglingsstation aufzuhalten. »Vielleicht schaue ich heute abend noch mal herein«, sagte er beiläufig, als er, wieder in Jackett und Paletot, zur Tür ging; dabei wußte er schon in diesem Augenblick, daß er es ganz bestimmt tun würde.

Als Justus Weigand den großen See im Tiergarten vor sich auftauchen sah, hatte die Wintersonne fast ihren höchsten Stand erreicht: eine gelbe, leuchtende Scheibe, die die Eisfläche schimmern und die winzigen Kristalle des Schnees, der die Rasenflächen, Büsche und Bäume überpudert hatte, blitzen und funkeln ließ. Aber sie spendeten nur Licht und keine Wärme. Die Luft war sehr kalt, der Himmel fahl, und der Atem bildete kleine, dampfende Wolken.

Justus Weigand schritt, um sich zu erwärmen, kräftig aus; der hartgefrorene Boden knirschte unter seinen Füßen. Er hatte sich umgezogen und trug jetzt eine uralte, an den Knien ausgebeulte, an den Säumen ausgefranste Pepitahose, dazu einen Sweater aus dicker dunkelblauer Wolle, von den fleißigen Händen seiner Mutter gestrickt. Die Schlittschuhe baumelten ihm an einem geflickten Riemen von der Schulter herab. Auf dem

Eis wimmelte es von Kindern; nur wenige glitten auf Schlittschuhen dahin, die meisten schlitterten mit gewöhnlichen Schuhen über glattpolierte Bahnen.

Justus Weigand entdeckte Arnold Scheer schon von weitem, aber er war seiner Sache nicht ganz sicher, denn der Freund stand zwei jungen Damen zugewandt, die Justus Weigand nicht einmal vom Sehen kannte. Der breite Rücken in dem eleganten Havelock, die stämmigen Beine, der kurze Hals und der runde blonde Kopf unter der sportlichen Mütze waren ihm vertraut, dennoch fürchtete er, sich zu irren. Erst als er nahe herangekommen war, drehte Arnold Scheer sich um — suchend oder den bohrenden Blick des Freundes im Nacken spürend —, trat vor und zur Seite und gab damit die Sicht auf die beiden Damen frei. »Justus, endlich!« rief er. »Ich dachte schon, du hättest verschlafen oder hocktest am Ende schon wieder über deiner Dissertation!«

Justus Weigand sah in diesem Moment nicht das runde, freundliche Gesicht Arnold Scheers und nicht die lächelnd distanzierten Mienen der beiden Damen; seine Augen wurden wie magnetisch von dem Rock der einen von ihnen angezogen, einem weiten, in zahllose Falten gelegten Rock aus gutem englischem Tuch, dessen Kürze ihn faszinierte. Der pelzbesetzte Saum schwebte gut dreißig Zentimeter über dem Boden, gab die kleinen geschnürten Stiefelchen frei und darüber hinaus sogar den Ansatz der Waden in den aus feinem Garn gewirkten Strümpfen. Der junge Mediziner, der sich selbst für durchaus abgebrüht hielt, war schockiert. Er hatte längst gelernt, weibliches Fleisch berufsmäßig zu betasten, zu beklopfen und zu streicheln, ohne etwas dabei zu empfinden, aber dies hier war etwas anderes. Daß ein anständiges Mädchen, eine junge Dame am hellen Tag ohne Bedenken so viel von ihren intimen Reizen preisgab, empfand er als einen Schlag ins Gesicht.

»Weder — noch«, murmelte er, »du siehst, hier bin ich.« Sein Blick glitt hoch, traf die Augen der jungen Dame; es waren sehr freimütige Augen, hellbraun mit goldenen Punkten nahe der Pupille.

»Darf ich Ihnen meinen Freund und Kommilitonen Justus Weigand vorstellen?« sagte Arnold Scheer formell. Die junge Dame mit dem kurzen Rock zog ihre Hand aus dem kleinen Bibermuff und reichte sie Justus Weigand.

»Stefanie von Stucken«, machte Arnold Scheer bekannt.

Stefanies Hand war fest und warm, und Justus Weigand hätte sie gern länger gehalten.

»Lisbeth von Panwitz!«

Auch sie bot Justus Weigand die Hand, aber sie tat es so, als kostete es sie Überwindung. Es war eine flüchtige, unsichere Berührung, und flüchtig war auch der Blick, mit dem sie Justus Weigand bedachte. Lisbeth von Panwitz war einen halben Kopf größer als die zierliche Stefanie von Stucken, eine stattliche, eindrucksvolle Erscheinung mit üppigen und dennoch gebändigten Formen, wie sie dem Ideal der Zeit entsprachen. Ihr Gesicht war elfenbeinblaß, fein geschnitten und wurde von hellblauen, schmachtenden Augen beherrscht.

Sie sah blendend aus, trotzdem wandte sich Justus Weigands ganzes Interesse sofort wieder Stefanie von Stucken zu, die ihm unvergleichlich reizvoller erschien. Das hellbraune, natürlich gelockte Haar ringelte sich unter dem Bibermützchen hervor, die Kälte hatte einen rosigen Schein auf ihre Wangen gehaucht, und ihre kleinen weißen Zähne schimmerten zwischen den leicht gewölbten Lippen. »Aber warum stehen wir hier noch herum?« rief sie. »Schnell, ziehen wir die Schlittschuhe an!« Sie erwiderte Justus Weigands Blick ohne Verlegenheit, und als sie die Wimpern senkte, spürte er, daß sie es nicht aus Scheu, sondern nur in Erinnerung an die diversen Ermahnungen ihrer Erzieherinnen tat.

»Darf ich Ihnen helfen, gnädiges Fräulein?« fragte er.

»Das wäre reizend von Ihnen.«

Während die beiden Mädchen vorausgingen, flüsterte Arnold Scheer dem Freund zu: »Das sieht dir ähnlich, alter Junge! Dich darf man wirklich keinem Mädchen vorstellen, auf das man es selbst abgesehen hat!«

»Bist du an Fräulein von Stucken interessiert? Dann trete ich selbstverständlich zurück.« — »Im Ernst?«

»Aber ja. Ich habe sowieso keine Zeit für Liebeleien.« Er wechselte mit Arnold Scheer den Platz, so daß er jetzt Lisbeth von Panwitz folgte. Die beiden Mädchen hatten die Bank erreicht, wandten sich um, und blitzschnell ahmte Stefanie von Stucken das Manöver der beiden Freunde nach, so daß die Paarung wieder die gleiche wurde wie vorher.

»Da kann man nichts machen«, quetschte Arnold Scheer zwischen den Zähnen hervor.

Justus Weigand lachte. Stefanie von Stucken interessierte ihn mehr und mehr. Er hätte gern gewußt, ob sie den Stellungswechsel absichtlich arrangiert hatte oder ob es Zufall gewesen war; aber der Blick, mit dem sie ihn empfing, war so voller Unschuld, daß er nicht an ihrer Arglosigkeit zweifelte. Er ließ sich auf dem rechten Knie vor ihr nieder, und seine langen, kräftigen Finger lösten rasch und geschickt die Schleife und die Verschnürungen und zogen das Stiefelchen ab. Für eine Sekunde hielt er ihren warmen kleinen Fuß in der Hand. »Schlittschuh laufen«, sagte er und blickte zu ihr hoch, »ist eine meiner liebsten Beschäftigungen.« Er freute sich, als er sah, daß sie errötete.

»Und was treiben Sie im Sommer?«

»Leider kenne ich in der warmen Jahreszeit kein vergleichbares Vergnügen«, gab er zurück, »also warte ich auf den Winter.«

Sie reichte ihm den einen ihrer beiden Schlittschuhstiefel. »Ich treibe für mein Leben gerne Sport«, sagte sie, »Tennis und Reiten!«

Er half ihr in den Stiefel hinein. »Sie scheinen eine sehr draufgängerische junge Dame zu sein.«

»Oh, wenn ich ein Junge wäre, würde mir alles noch viel mehr Spaß machen! Wenn Sie wüßten, wie ich meinen Bruder Egon immer beneidet habe! All diese Unbequemlichkeiten, die man als Mädchen in Kauf nehmen muß, diese Ziererei und Koketterie, zu der wir erzogen werden ...«

Er lächelte zu ihr auf. »Davon«, sagte er, »habe ich bei Ihnen allerdings noch nicht sehr viel bemerkt.«

Sie blickte betroffen. »Habe ich mich schlecht benommen? Mama sagt immer ...«

»Aber keineswegs, gnädiges Fräulein«, beruhigte er sie rasch, »ich finde Ihre Offenherzigkeit ganz reizend.« — »Wirklich?«

»Halten Sie mich für einen Schmeichler?«

Sie lachte schon wieder. »Nein, ganz und gar nicht. Sie sehen aus wie ... wie ein freier Mann. Ein Mann ohne Vorurteile. Darum waren Sie mir auch von Anfang an sympathisch.«

»Sie überschätzen mich«, sagte er, und obwohl er wußte, daß er damit die Schranken der Konvention sprengte, fügte er hinzu: »Ich selbst habe mich noch vor wenigen Minuten bei einem Vorurteil ertappt.«

»Mein Rock schien Ihnen zu kurz«, sagte sie sofort, »ich habe es bemerkt. Wenn Sie es wünschen, werde ich gleich morgen zur Schneiderin laufen und ein Stück ansetzen lassen. Mama wird überglücklich sein, ich habe ihr jeden Zentimeter abringen müssen.«

Er nahm ihren zweiten Fuß. »Dann sollten Sie auch nicht freiwillig auf den errungenen Fortschritt verzichten.«

»Ich täte es ja nur Ihnen zuliebe«, sagte sie ernsthaft. »Tatsächlich finde ich diese bodenlangen Röcke einfach blöd und unbequem. Beim Schlittschuhlaufen sind sie ganz unmöglich. In Ftan sind wir nur in kurzen Röcken gelaufen.«

»Wo?« fragte er erstaunt.

»In Ftan, das ist ein Dorf in der Schweiz. Dort war ich im Pensionat, und wir haben viel Sport getrieben. Sonst war es aber sehr langweilig, mindestens so langweilig wie zu Hause.« Sie hatte jetzt beide Schlittschuhstiefel an, und er wollte ihr hochhelfen. Aber sie wehrte ab. »Nein, nein, ich warte, bis Sie soweit sind!«

Arnold Scheer kniete noch immer vor Lisbeth von Panwitz. Sein Kopf war hochrot angelaufen, nicht etwa vor Verlegenheit, sondern weil das Bücken für ihn eine Plage war.

Stefanie von Stucken beobachtete, wie Justus Weigand sich seine Schlittschuhe unter die Stiefel band; sie waren blitzblank gescheuert und frisch geschärft, aber ausgesprochen altmodisch in der Form. Sie war zu taktvoll, sich darüber lustig zu machen, aber er spürte doch, was sie dachte.

»Fast antik, nicht war?« sagte er unbekümmert. »Ich habe sie nämlich bei einem Trödler gekauft. Sie sahen greulich aus, ich habe sie mir selbst wieder hergerichtet.« Er fuhr wie liebkosend über das blanke Blatt. »Als Junge hatte ich immer nur hölzerne ...«

Sie standen Hand in Hand auf. Noch ehe er die beiden anderen zum Mitkommen auffordern konnte, zog sie ihn schon weiter. »Schnell!« Und zu seinem Ohr hochgereckt, setzte sie hinzu: »Laufen wir ihnen davon!«

»Wird Ihnen Ihre Freundin das nicht übelnehmen?«

»Bestimmt«, gab sie unbekümmert zu. »Aber daran bin ich gewöhnt. Lisbeth nimmt dauernd etwas übel. Trotzdem hab' ich sie gern und sie mich auch.«

Sie stelzten auf ihren Schlittschuhen den Abhang hinunter und auf das Eis. Als er schwieg, sagte sie. »Sie müssen mich für sehr keck halten, Herr Weigand. Mama sagt mir jeden Tag mindestens zehnmal, daß ich das bin. Aber — ich wäre wirklich lieber mit Ihnen allein.«

Er blieb stehen, lächelte auf sie herunter. »Gnädiges Fräulein, bitte... Sie machen mich ja geradezu verlegen.«

Die kleine blaue Ader an ihrer Schläfe klopfte. »Aber so habe ich es doch nicht gemeint!« rief sie. »Bilden Sie sich nur nichts ein. Sie sind mir völlig gleichgültig!«

»Schade«, sagte er trocken.

»Es ist nur, wenn man zu vieren zusammen ist, dann kommt doch kein richtiges Gespräch auf, nur Neckereien. Und ganz besonders mit Arnold. Er will mich einfach nicht ernst nehmen. Das ist immer so, wenn jemand einen schon als Kind gekannt hat.«

Er hob die Augenbrauen. »Wie lange ist das her?«

»Schon fast zwei Jahre. Mein Bruder brachte ihn mal nach Hause, bevor ich ins Pensionat kam, und jetzt bin ich ja schon wieder einige Monate zurück.« Sie sagte das in einem Ton, als ob diese kurze Zeit eine Ewigkeit umfaßte.

Er ging voraus, blieb stehen, als er das Eis erreichte, und half ihr zu sich herunter. »Der Bruder, den Sie so heiß beneiden?«

»Den ich beneidet habe«, sagte sie, »jetzt nicht mehr. Er ist Offizier geworden.« Obwohl er gar nichts dazu sagte, fuhr sie so heftig fort, als müßte sie sich gegen einen unausgesprochenen Vorwurf verteidigen: »Ich weiß, alle Mädchen schwärmen fürs Militär. Die bunten Uniformen und die blanken Knöpfe, die Verschnürungen und die Orden. Aber ich habe nun mal nichts dafür übrig; vielleicht bin ich wirklich nicht normal. Mir imponiert das ganz und gar nicht.« Sie senkte die Stimme und flüsterte geheimnisvoll: »Wissen Sie, was ich herausbekommen habe? Die meisten Militärs sind dumm.« Er lachte schallend. »Finden Sie das so komisch?«

»Nein, ganz und gar nicht. Aber Sie sollten das wirklich nicht laut sagen. Sie wissen doch, das Militär spielt die erste Geige in Preußen.«

»Und gerade das finde ich falsch! Die Wissenschaft, zum Beispiel, ist doch viel wichtiger. Gehen Sie auch so gern ins Theater, Herr Weigand?«

»Gewiß«, sagte er, »nur habe ich leider selten das Geld dazu. Ich muß jeden Pfennig zweimal umdrehen, bevor ich ihn ausgebe.«

»Sie sind arm?« rief Stefanie von Stucken ganz bestürzt und fügte, um ihren Fauxpas abzuschwächen, rasch hinzu: »Dann sind Sie mir noch lieber.«

Während dieser lebhaften Unterhaltung glitten sie nebeneinander mit gekreuzten Armen und verschlungenen Händen im gleichen Rhythmus über die Eisfläche, immer weiter vom Ufer weg. Sie waren beide gute Läufer, und nachdem sie sich aufeinander eingestellt hatten, brauchten sie keinen Gedanken an ihre Beine zu verschwenden, genossen die Schnelligkeit der Bewegung und das Gefühl der Körperlosigkeit.

»Diesen Winter«, sagte sie, »habe ich *Rosenmontag* von Hartleben gesehen. Das war einmalig! Mama wollte es erst nicht erlauben, aber ausnahmsweise hat sich mein Bruder für mich eingesetzt, und Papa habe ich recht geschmeichelt, bis er mir seine Zustimmung gegeben hat. Nur leider war es traurig, und ich habe sehr, sehr geweint. Aber es kann auch schön sein, etwas recht Trauriges zu erleben, nicht wahr?«

»Nun, wenn ich ganz ehrlich sein soll, ich erlebe lieber frohe und gute Dinge«, sagte er, »die traurigen, schlechten kommen ganz von selbst.«

»Ja, weil Sie ein Mann sind. Männer erleben immer etwas. Aber wir Frauen...« Sie sah ihn sehr ernsthaft an, und ihr zartes Gesicht wirkte kindlicher denn je, »...wir vegetierern einfach so dahin, von einem Tag zum anderen. Wenn uns ein Mann gefällt, dann dürfen wir es ihm nicht zeigen. Wenn wir ein Buch lesen möchten, dann wird es uns bestimmt verboten. So ist es immer.« Sie runzelte die Stirn und zitierte: »Das ist nichts für ein junges Mädchen... So etwas darfst du gar nicht wissen... Wie kannst du nur solche Fragen stellen!«

»Es ist einfach tragisch, wenn man es recht bedenkt«, sagte er scherzend und hatte dabei doch das Gefühl, daß sie es verdient hätte, ernstgenommen zu werden.

»Ach, wenn es das doch wäre! Aber es ist gar nichts. Man verlangt von uns, daß mir mit verbundenen Augen und Ohren durch die Welt gehen. Dann müssen wir einen Mann heiraten, der unseren Eltern gefällt. Und dann müssen wir ihm gehorchen bis ans Lebensende. Ist das denn richtig und gerecht?«

»Ich glaube nicht, daß Ihnen dieses Schicksal blühen wird, gnädiges Fräulein«, behauptete er. — »Nicht?«

»Nein, ganz sicher nicht. Sie sind bestimmt keine von denen, die sich hin und her schieben lassen und den Mund halten.«

»Und stört Sie das?«

Er holte tief Atem. »Ich finde Sie ganz, ganz reizend«, sagte er ehrlich, »und ich bedaure zum erstenmal in meinem Leben...« Er stockte, denn er erkannte, daß er im Begriff war, zu weit zu gehen.

Sie bohrte sofort nach. »Was bedauern Sie?«

»Daß ich kein reicher Mann bin«, sagte er, und dann, ehe sie auf dieses halbe Geständnis noch etwas erwidern konnte, fragte er rasch: »Wollen wir mal versuchen, ob wir einen Walzer zustande bringen?«

Sie hatten sich einem Drehorgelmann genähert, der mitten auf dem Eis stand, mit den Füßen stampfte, um sich warm zu halten, und dabei einen Walzer von Paul Lincke dudelte.

»O ja!« rief sie begeistert.

Er nahm sie in die Arme, zählte: »Eins, zwei, drei... eins, zwei, drei...« Und dann tanzten sie und vergaßen alles, was sie trennte und bedrückte, waren sich nur ihrer Jugend und dem Glück des Beisammenseins bewußt.

Arnold Scheer mußte mehr als einmal rufen, ehe Stefanie von Stucken und Justus Weigand bemerkten, daß er sie herbeizuwinken versuchte. Er stand mit Lisbeth von Panwitz schon nahe dem Ufer.

»Wir müssen zurück, fürchte ich«, sagte Justus Weigand bedauernd.

Stefanie schmiegte sich an ihn, leicht und anmutig wie eine Schneeflocke. »Schon?« fragte sie und blickte lächelnd aus ihren goldfunkelnden Augen zu ihm auf. Dann, als sie bei der nächsten Drehung selbst das Ufer zu Gesicht bekam, rief sie: »Oh, Sie haben recht, Herr Weigand. Da kommt schon mein Bruder. Er will uns abholen.« Sie löste sich aus seinen Armen, reichte ihm die linke Hand — in der anderen hielt sie ihren kleinen Muff —, und so, Hand in Hand, liefen sie auf das Paar am Ufer zu, zu dem sich jetzt auch, vom Rasenabhang her, Egon von Stucken gesellte.

Obwohl die elegante Uniform eines Leutnants vom Regiment Kaiserin Alexandra, die er jetzt trug, ihn sehr veränderte, erkannte Justus Weigand in ihm doch sogleich den jungen Herrn, der ihm in der vergangenen Nacht durch die Verliebtheit seiner blutjungen Begleiterin aufgefallen war und Clementine Hergerts Mißfallen erregt hatte.

Auf Egon von Stucken hingegen schien die flüchtige Begegnung im Café Greiff keinen Eindruck gemacht zu haben. Möglicherweise hatte er Justus Weigand gar nicht, jedenfalls nicht bewußt, gesehen; seine Miene war völlig ausdruckslos. Justus war es so recht, denn so blieb ihnen beiden eine gewisse Peinlichkeit erspart. Egon von Stucken begrüßte seine Schwester, deren Freundin und dann Arnold Scheer, der ihn mit dem Freund bekanntmachte. Der Leutnant reagierte kurz und militärisch. »Anjenehm, sehr anjenehm«.

»Ganz meinerseits«, beeilte sich Justus Weigand zu versichern.

Egon von Stucken nahm den Arm seiner Schwester, half ihr den Hang hinauf. »Hoffe, du hast dich prächtig amüsiert, Kleines«, sagte er zackig, »bedaure unjemein, das Zusammensein stören zu müssen.«

Lisbeth von Panwitz bemühte sich, die beiden einzuholen. »Aber nein, das tust du doch gar nicht, Egon«, beteuerte sie eifrig, »zu schade, daß du nicht mit uns laufen konntest!« Sie sah ihn mit zärtlichen Augen an.

Er blickte flüchtig über die Schulter zurück. »Hatte leider jewisse Verpflichtungen...«

Stefanie blieb stehen. »Aber jetzt bist du da, Egon, und kannst uns auch Gesellschaft leisten«, kam sie ihrer Freundin zu Hilfe. »Herr Scheer wird dir gewiß gern für ein Viertelstündchen seine Schlittschuhe leihen, nicht wahr? Er ist sowieso schon ganz erschöpft, der Arme!«

Arnold Scheer war tatsächlich immer noch nicht recht bei Atem und erklärte sich sofort zu diesem Freundschaftsdienst bereit. Aber Egon von Stucken winkte ab. »Bedaure außerordentlich. Habe den strikten Auftrag, die beiden Damen auf dem schnellsten Weg nach Hause zu bringen. Der Wagen wartet beim Großen Stern. Wenn ich mir erlauben darf, die Herren ebenfalls ein Stück mitzunehmen?«

»Danke, sehr liebenswürdig von Ihnen, aber wir haben es nicht so eilig«, erklärte Justus Weigand prompt, »nicht wahr, Arnold?«

Arnold Scheer zog eine Grimasse. »Ganz richtig«, sagte er. Aber als die anderen sich wieder vor ihm in Bewegung setzten, zischte er dem Freund zu: »Warum hast du das gesagt?«

Justus Weigand grinste. »Na, wir haben doch noch einiges zu bereden, oder etwa nicht?«

Arnold Scheer warf ihm einen bösen Blick zu und beeilte sich, nach vorn, an Stefanies rechte Seite, zu kommen. Doch es nutzte ihm nichts, Egon von Stucken ließ sich nicht beiseite drängen, sondern half selbst seiner Schwester beim Wechseln der Stiefeletten. Justus Weigand übernahm Lisbeth von Panwitz. Er wußte nicht recht, ob er dieses Arrangement bedauern oder sich darüber freuen sollte. Gewiß, er wäre gern noch ungestört mit Stefanie zusammen gewesen, aber anderseits war sie ihm in der knappen Stunde, die er mit ihr verbracht hatte, so nahegekommen, daß ihm die Intimität dieses Kavaliersdienstes, obwohl er durchaus im Rahmen des Herkömmlichen lag, peinlich gewesen wäre. Er hätte gern gewußt, was in Stefanie vorging; aber sie plauderte ganz unbefangen mit ihrem Bruder. Erst beim Abschied richtete sie wieder das Wort an ihn. »Auf Wiedersehen, Herr Weigand«, sagte sie und reichte ihm die Hand, »jeden Donnerstag hat Mama ihren Jour fixe. Sie würde sich gewiß freuen, wenn Sie sich bald einmal sehen ließen.« Sie sagte es gleichmütig und lächelte dabei, aber es war ihm, als wollte sie ihm mit ihren offenen, goldgesprenkelten Augen ein Signal geben.

»Das würde mir eine große Ehre sein, gnädiges Fräulein«, sagte er und verbeugte sich formell.

Sie gab seine Hand frei. »Dasselbe gilt natürlich auch für Sie, Arnold«, sagte sie.

»Die Ehre wäre ganz unsererseits«, fügte Egon von Stucken hinzu, reichte seiner Schwester den einen, Lisbeth von Panwitz den anderen Arm und führte beide den Weg entlang.

Justus Weigand sah ihnen nach. »Zwei reizende Mädchen«, sagte er.

»Du Heuchler!« Arnold Scheer stieß ihn leicht in die Seite. »Du glaubst wohl, ich hätte nicht bemerkt, daß die kleine Stucken es dir angetan hat!«

»Sie ist ja noch ein Kind.«

»Sie ist siebzehn«, erklärte Arnold Scheer, »und wie ich die Verhältnisse kenne, möchte ich wetten, daß sie möglichst noch in dieser Saison unter die Haube gebracht werden soll. Du mußt dich also daranhalten, wenn du dir den Goldfisch angeln willst.«

»Ich denke gar nicht daran.«

»Höre ich recht?« Arnold Scheer legte die Hand ans Ohr. »Du willst mir also wirklich vormachen, daß dir die Kleine gleichgültig ist?«

»Du weißt genau, daß ich nicht heiraten kann und nicht heiraten will«, erklärte Justus Weigand mit einer Härte, die bei ihm ganz ungewohnt war und mit der er mehr sich selbst als den Freund zu überzeugen versuchte. »Ich kann es nicht, weil ich nichts bin und nichts habe und auf Jahre hinaus nicht imstande sein werde, eine Familie zu ernähren. Und ich will es nicht, weil eine Heirat alle meine Zukunftspläne über den Haufen werfen und meine Hoffnungen zerstören würde.«

Arnold Scheer sah den Freund von der Seite an. »Es scheint dir Ernst zu sein.«

»Ja.«

»Obwohl Stefanie dir Avancen gemacht hat?«

»Unsinn!« behauptete Justus Weigand.

»Na, tu nicht so, als ob du's nicht selbst gemerkt hättest, Justus. Als es aufs Eis ging, hat sie dich entführt, und dann nachher die Einladung... Auf Ehre, mir ist es noch nie passiert, daß ein Mädchen sich so um ein Wiedersehen bemüht hätte.«

Justus Weigand empfand es als angenehm, daß der Freund ihm das, was er selbst gedacht und gefühlt hatte, bestätigte. Gleichzeitig aber wurde ihm klar, wie weit sich Stefanie vorgewagt hatte und wie sehr er auf der Hut sein mußte, sie nicht zu kompromittieren. »Das war alles bloße Höflichkeit«, wehrte er ab, »es liegt einfach in ihrer Art, anderen Freude zu machen und nett zu sein.«

»Na, da kenne ich sie aber von einer anderen Seite; die gute Stefanie kann verdammt spitz sein, das mußt du mir glauben!«

»Unmöglich«, widersprach Justus Weigand impulsiv und wußte gleichzeitig, daß auch diese Charakterisierung zu ihr passen könnte.

»Ich kenne sie länger als du«, sagte Arnold Scheer gutmütig, »sie ist ein Kätzchen mit Krallen.« Er seufzte. »Trotzdem war ich eigentlich schon entschlossen, mich um sie zu bemühen...«

»Soll das heißen, daß du diesen Plan jetzt plötzlich aufgegeben hast?«

»Was bleibt mir anderes übrig? Ich werde dir doch nicht ins Gehege kommen.«

»Ich habe dir schon einmal erklärt...«

»Ich will ehrlich zu dir sein, Justus, schließlich sind wir ja Freunde. Stefanie von Stucken ist eine erstklassige Partie. Der Adel ist allerdings ziemlich neu, der Kommerzienrat hat sich das Wörtchen *von* irgendwie verschafft, aber ihre Mutter stammt aus preußischem Uradel, ist eine geborene Komtesse Hachwitz, wenn dir das etwas sagt.«

»Nein, überhaupt nichts. Nun hör mich einmal an...«
»Ich bin noch nicht fertig, Justus! Das wichtigste ist, die Stuckens sind steinreich. Ich sage dir das ganz offen, damit du mir nicht eines Tages vorhalten kannst, ich hätte dich hereingelegt. Wenn Stefanie dich nimmt, dann hast du ausgesorgt, dann kannst du all deine Pläne verwirklichen und brauchst dich nicht mehr ums tägliche Brot zu sorgen. Also überleg dir's!«
»Sehr anständig von dir, Arnold, mir das zu erklären. Aber mein Entschluß steht fest. Ich will frei bleiben.«
»Ich kann also...«
»Unbedingt.«
»Du bist ein Prachtjunge, Justus!« Arnold Scheer schlug dem Freund krachend auf die Schulter. »Komm, jetzt rutschen wir nochmals über das Eis, ich habe direkt Lust, mir Bewegung zu machen! Stefanie von Stucken, das wäre eine Partie, da kämen die bei mir zu Hause aus dem Staunen nicht mehr heraus.« Er begann den Rasen hinabzuklettern. »Du bist ein wirklicher Freund, Justus.«
»Halb so wild«, versuchte Justus Weigand das Lob abzuschwächen, »es ist nicht schwer, auf etwas zu verzichten, was man in Wahrheit gar nicht besitzt. Ich kann es mir ja an den fünf Fingern ausrechnen, daß ich bei Stefanie nicht die geringste Chance habe.« Er meinte es ganz ehrlich. Tatsächlich aber bezweifelte er genauso stark, daß Arnold Scheer als ernsthafter Bewerber für die Bankierstochter in Frage kam. Doch das sprach er nicht aus, er hielt es für sinnlos, den Freund zu entmutigen.

Erst Tage später ergab sich für Justus Weigand eine Gelegenheit, mit Professor Hübner, seinem Doktorvater und Chef der Säuglingsstation in der Charité, über die kleine Senta zu sprechen.
Professor Hübner war ein überaus geschäftiger und lebendiger Herr, wurde von den Studenten geschätzt und bewundert, weil er es verstand, selbst schwierige Theorien auf verständliche Weise zu erklären, und von den Kollegen wegen seiner eigenwilligen Forschungen geachtet, die ihn freilich zugleich in immer neue wissenschaftliche Fehden verwickelten. Er war ständig von Studenten, Hospitanten, Assistenten und ratsuchenden Müttern belagert, und man bekam kaum jemals Gelegenheit, an ihn heranzukommen, wenn man nicht einen festen Termin hatte. Justus Weigand schaffte es trotzdem. Die Angst, eines Tages in die Säuglingsstation zu kommen und Senta nicht mehr vorzufinden, trieb ihn zu einer Dreistigkeit, wie sie sonst nicht seiner Art entsprach. Er erwischte den Professor, als dieser an der Spitze seines Stabes durch den langen Gang im dritten Stock des Hauses fegte, und trat ihm in den Weg. »Herr Professor, einen Augenblick, bitte...«
Der erste Assistent wollte ihn mit einer Handbewegung beiseite schieben, aber Justus Weigand rührte sich nicht vom Fleck. Der ganze

Zug geriet ins Stocken, und Professor Hübner konnte nicht anders, als von der Abwesenheit seines Doktoranden Kenntnis zu nehmen. »Eh, Weigand«, sagte er und blinzelte ihn aus seinen grauen, listigen Augen durch die scharfen Gläser seines Zwickers an, »was gibt's? Was wollen Sie?«

»Sehen Sie denn nicht, daß der Professor beschäftigt ist?« fuhr sein Assistent dazwischen.

Justus Weigand, im Brennpunkt der allgemeinen Mißbilligung, wurde unsicher und bezweifelte, ob es eine gute Idee gewesen war, sich vorzudrängen. »Es ist nur ... entschuldigen Sie, bitte ...«, stotterte er.

Der Professor machte eine Bewegung, als ob er weiterstürmen und ihn stehenlassen wollte. Dann aber verhielt er unvermittelt den Schritt. »Ah ja, Weigand«, sagte er, den Namen betonend, als würde ihm erst jetzt klar, wen er da vor sich hatte. »Ganz gut, daß Sie sich melden. Ich wollte ohnehin schon mit Ihnen sprechen. Warten Sie im Labor auf mich.« Professor Hübner setzte sich wieder in Bewegung und mit ihm sein ganzer Stab, der, abgesehen von der alten Oberschwester an seiner Seite, ausschließlich aus Männern bestand, von denen einige Justus Weigand zuzwinkerten oder zugrinsten.

Justus Weigand mußte im Labor, zwischen Tiegeln, Flaschen, Phiolen und Bunsenbrennern, mehr als eine halbe Stunde warten und hatte Gelegenheit und Zeit, sich jedes Wort, das er sagen wollte, zurechtzulegen. Endlich stürmte Professor Hübner in seiner gewohnten Lebhaftigkeit herein.

Aber der Professor riß sofort die Führung des Gesprächs an sich, und Justus Weigand kam gar nicht dazu, seine ausgeklügelten Erklärungen anzubringen. »Sie wollen mich wegen Ihrer Tochter sprechen? Nun, ich kann Ihnen versichern, ich habe das Kind gründlich untersucht, es ist völlig gesund, Sie können es noch heute mit nach Hause nehmen.«

»Gerade das«, sagte Justus Weigand, »möchte ich nicht.«

Professor Hübner stieß sein Kinn mit dem sorgfältig gestutzten weißen Kinnbart vor. »Wie soll ich das verstehen? Ist die Mutter krank? Dann gehört das Kind auf eine andere Abteilung. Es ist auf keinen Fall Patientin.«

»Ich dachte«, brachte Justus Weigand mühsam heraus, »ich hatte gehofft ... Es wäre eine einmalige Gelegenheit, die Entwicklung eines gesunden Kindes unter klinischen Bedingungen zu studieren.«

»Sie wollen Ihre eigene Tochter sozusagen als Versuchskaninchen benutzen?«

»Sie ist nicht ... Ich bin gar nicht der Vater.«

Professor Hübner setzte sich auf einen Korbstuhl, schlug die Beine übereinander, nahm den Zwicker vom Nasenrücken ab und rieb sich die Augen. »Also dann ... erzählen Sie mal ...« Und Justus Weigand berichtete wahrheitsgemäß, er spürte staunend, daß es ihm guttat, sich alles vom Herzen reden zu können. »Hm, ich verstehe«, sagte Professor

Hübner, als er am Ende angelangt war, »es besteht also zwischen Ihnen und dem Kind keine verwandtschaftliche, dafür aber eine, eh, gefühlsmäßige Bindung.«

»Ja«, sagte Justus Weigand, »ja, wirklich, so ist es.«

Professor Hübner ließ den Zwicker an der schwarzseidenen Schnur kreisen. »Glauben Sie nur nicht, daß ich das nicht begreife, Weigand. Sie halten mich wahrscheinlich für einen alten, abgebrühten Routinier, aber auch ich leide immer wieder darunter, wenn ich ein Kind, das ich geheilt, vielleicht sogar dem Tod entrissen habe, wieder in das Milieu zurückgeben muß, in dem es krank geworden ist. Als ich so jung war wie Sie, bin ich fast daran zerbrochen. Aber heute weiß ich, daß der Arzt nur für den kranken Menschen zuständig ist und nicht die Aufgabe haben kann, die Lebensbedingungen seiner Patienten zu ändern. Na, ja. So etwa.«

»Das weiß ich.«

Professor Hübner verzog den Mund zu einem Lächeln. »Wissen Sie das wirklich? Das sagt sich so leicht. Aber wenn man es am eigenen Leib erlebt... Wie gesagt, ich leide auch heute noch darunter, wenn es mich auch nicht mehr im Zentrum meiner Gefühle trifft. Ich leide wie ein alter Schauspieler, der echte Tränen vergießen kann, auch wenn er den König Lear schon zum hundertsten Male spielt.«

»Vielleicht«, sagte Justus Weigand, »sollten wir uns gar nicht damit abfinden. Vielleicht sollten wir um bessere, gesündere Lebensbedingungen für die arbeitende Bevölkerung und ganz besonders für die Kinder kämpfen. Wir wissen ja, wie tödlich die feuchten, überfüllten Wohnungen, die düsteren Höfe, die unzureichende Nahrung sind... Wir wissen es, und weil wir es wissen, sind wir doch auch mitverantwortlich!«

»Ich will nicht behaupten, daß Sie unrecht haben, Weigand«, sagte Professor Hübner, »und ich will Sie nicht davon abhalten, für das zu kämpfen, was Sie für richtig halten. Allerdings, über eines müssen Sie sich im klaren sein: Wenn Sie diesen Kampf aufnehmen, müssen Sie darauf verzichten, Arzt zu sein. Unser Beruf braucht den ganzen Menschen und der Kampf um soziale Gerechtigkeit sicherlich auch. Die Entscheidung liegt bei Ihnen, Weigand.«

Justus Weigand zog die Unterlippe zwischen die Zähne, überlegte, suchte nach Worten. Und Professor Hübner ließ ihm Zeit. »Ich glaube«, sagte der junge Mediziner endlich, »daß der Forscher mehr für den Fortschritt der Menschheit tun kann als der Revolutionär.«

»Das ist ein sehr schönes Glaubensbekenntnis.« Professor Hübner stand auf. »Aber es wird nur dann Gültigkeit haben, wenn Sie auch danach leben.«

»Dazu bin ich entschlossen.«

»Sehr gut. Dann bringen Sie das Kind dahin, wohin es gehört, zu seiner Mutter oder, wenn sie sich nicht darum kümmern will, ins Findelhaus.« Er wandte sich zur Tür, als ob die Sache für ihn damit abgetan wäre.

»Das kann ich nicht«, widersprach Justus Weigand. »Wissen Sie, wie groß die Sterblichkeit im Findelhaus ist? Nicht einmal fünfzig Prozent der Kinder erreichen das dritte Lebensjahr. Ich kann Senta nicht dem Tod ausliefern. Wozu hätte ich sie dann in die Welt geholt?«

»Solange Sie medizinische Probleme von diesem Gesichtspunkt aus betrachten, werden Sie niemals ein guter Arzt sein«, erklärte Professor Hübner hart.

»Und wenn ich es nicht täte«, entgegnete Justus Weigand, »wäre ich ein schlechter Mensch.«

Der Professor hatte sich, die Klinke schon in der Hand, ihm zugekehrt. Die beiden Männer maßen sich, Auge in Auge, und Justus Weigand dachte — bei allem Respekt — nicht daran, den Blick zu senken. »Und bis wann, dachten Sie«, fragte Professor Hübner endlich, »soll das Kind auf der Station bleiben?«

»Bis ich einen geeigneten Pflegeplatz gefunden habe.«

»Sie haben meine Genehmigung«, sagte der Professor unwirsch, verließ das Labor, schmetterte die Tür hinter sich ins Schloß und ließ einen sehr erleichterten Justus Weigand zurück.

Eine Entwicklung der Dinge, wie sie Justus Weigand weder vorausgesehen noch gewünscht hatte, enthob ihn vorläufig der Sorge, sich um einen Pflegeplatz für seinen Schützling kümmern zu müssen — die kleine Senta wurde krank. Professor Hübner stellte die Diagnose: katarrhalische Infektion, und es war nicht nur Senta, die davon befallen wurde, sondern gleichzeitig mit ihr mehr als die Hälfte aller Säuglinge der Station.

Professor Hübner tobte. Er ließ eine genaue Untersuchung anstellen, die ergab, daß eine der jüngeren Diakonissen ebenfalls erkrankt war und die Erreger eingeschleppt haben mußte. Aber man konnte ihr keinen Vorwurf machen. Sie war, als sich die ersten Anzeichen einer Erkältung einstellten, verantwortungsbewußt genug gewesen, nicht mehr zum Dienst zu erscheinen. Offenbar war die Krankheit schon ansteckend gewesen, noch ehe sie ausgebrochen war; das war das Fazit, das Professor Hübner aus dieser Kette von Ereignissen zog. Er ordnete an, daß niemand mehr — weder Schwestern noch Ärzte, noch Eltern — die Stationen der Säuglinge ohne Mundschutz betreten durfte. Das Ansehen, das er in der Charité genoß, war bedeutend genug, um die Ausführung seiner Befehle durchzusetzen, auch wenn manche Eltern dagegen zu protestieren versuchten, einige Studenten sich darüber lustig machten und nur die allerwenigsten die Notwendigkeit der Anordnung wirklich einsahen.

Aber den erkrankten Kindern nützte die Maßnahme nichts mehr, für sie kam jede Vorsicht zu spät. Ihre Haut war rot und heiß, sie fieberten, verweigerten die Nahrungsaufnahme und hatten nicht einmal mehr die Kraft, zu schreien. Professor Hübner war besorgt und betroffen, aber er wahrte wissenschaftliche Distanz. Er hielt seinen Studenten ein sehr lehrreiches Kolleg über diese Epidemie und machte ihnen klar, wie wenig es nützt zu wissen, daß eine Krankheit durch Bakterien hervorgerufen worden ist, solange man kein Medikament zur Verfügung hat, um die Erreger unschädlich zu machen und abzutöten. Es kam zu lebhaften Debatten unter den jungen Wissenschaftlern, die sich zur Forschungsarbeit aufgerufen sahen.

Justus Weigand wich nicht vom Bett seiner kleinen Senta. Er zerbrach sich nicht den Kopf darüber, wie man später einmal derartige Infektionen würde bekämpfen können, ihn interessierte einzig das Hier und Heute. Er kämpfte mit den althergebrachten Mitteln um das Leben des Kindes, für das er die Verantwortung auf sich genommen hatte. Er ließ es schwitzen, machte kalte und warme Umschläge und legte Wadenwickel an. Dabei sprach er unentwegt auf Senta ein, versuchte ihr seine Liebe zu zeigen, seine Kraft und Gesundheit auf sie zu übertragen. Schon am Tag nach dem Ausbruch der Krankheit starb das erste der Kinder, am zweiten Tag waren es gleich vier kleine leblose Körper, die die Fahrt zur Pathologie antraten, wo die Studenten schon darauf warteten, jedes einzelne ihrer Organe und jeden Muskel zu präparieren, zu untersuchen.

Senta lebte noch. Aber sie lag nahezu apathisch und mit geschlossenen Augen da. Das eingefallene Gesichtchen war blau, und ihr Körper wirkte trotz der kurzen Zeit des Hungers schon erschreckend abgemagert. Spätabends kam Professor Hübner noch einmal auf die Säuglingsstation, allein, ging von Bettchen zu Bettchen, gab seine Anordnungen. Auf die kleine Senta warf er nur einen Blick. Aber er blieb bei dem Bettchen stehen und legte seinem Schüler die Hand auf die Schulter. »Nichts mehr zu machen, Weigand«, sagte er, »es tut mir leid.«

»Es *muß* eine Rettung geben!«

»Es muß gar nichts.« Professor Hübner zog seine Hand zurück. »Eines Tages werden wir vielleicht mit solchen Infektionen auch beim Säugling fertig werden. Aber bis dahin ...«

»Ich gebe nicht auf«, beharrte Justus Weigand mit gepreßter Stimme.

»Wollen Sie ein Wunder vollbringen? Verrennen Sie sich nicht, Weigand. Ich kenne die Anzeichen, glauben Sie mir. Es ist aussichtslos.«

»Ich kann es nicht glauben.«

Professor Hübner nahm den Zwicker ab, strich sich über die müden Augen. »Und warum nicht?«

»Weil der Mensch doch Abwehrstoffe gegen solche Infektionen entwickeln muß.«

»Ja, das tut er, soviel wir heute wissen. Sehr richtig, Weigand«, sagte der Professor. »Aber in den ersten Monaten nach der Geburt anscheinend noch nicht. Da ist das menschliche Leben noch sehr unfertig und hinfällig.«

»Aber Senta hat so viel Kraft«, widersprach Justus Weigand, »sie will leben. Sonst wäre sie schon bei der Geburt umgekommen.«

»Das, lieber Freund«, sagte Professor Hübner erschöpft, »sind so unwissenschaftliche, ja nahezu mystische Gedankengänge, daß ich sie lieber gar nicht gehört haben will.«

»Ich habe gesagt, was ich denke.«

»Nein, Weigand, Sie denken nicht, Sie empfinden, und auf unsere Gefühle dürfen wir uns nun einmal nicht verlassen. Das führt uns in die Irre.« Justus schwieg. »Tut mir leid, daß ich Ihnen nicht helfen kann«, sagte der Professor, »aber glauben Sie mir, ich wünsche Ihnen von Herzen, daß Ihnen die böse Erfahrung hier erspart bleibt.«

»Danke«, sagte Justus. Er war nicht sicher, ob der Professor es wirklich ernst meinte oder ob er es nicht in Wahrheit für wünschenswert hielt, daß die harten Tatsachen des Lebens ihn, Justus Weigand, aus seinem Traum rissen.

Kaum daß der Professor gegangen war, richtete er die ganze Kraft seines Herzens auf das kranke Kind. »Hör nicht auf das, was der Professor sagt«, sprach er zu ihr, »das ist ein kluger Mann, aber alles weiß er auch nicht. Ein Mädchen wie du wird doch noch mit einer so lächerlichen Krankheit fertig werden, nicht wahr, mein Liebling?«

Sentas Gesichtchen war noch um eine Nuance blauer geworden, sie atmete mühsam, und ihr Mund stand offen. Justus Weigand nahm sie in die Arme. Er war besorgter, als er sich selbst zugeben mochte. Die Kleine war einem Erstickungsanfall nahe. Offensichtlich waren die Nasenschleimhäute angeschwollen, die Durchgänge durch Absonderungen so verstopft, daß sie keine Luft mehr durchließen. Deshalb konnte die Kleine kaum noch atmen und nicht mehr saugen. Er legte sie bäuchlings in ihr Bettchen. Senta fiel mit dem Gesicht auf das flache Kissen.

»Das können Sie nicht machen«, sagte Oberschwester Klara im Vorbeieilen, »sie wird Ihnen ersticken.«

Justus Weigand hörte gar nicht hin, er beobachtete angestrengt das Kind, das jetzt das Köpfchen anhob, es zur Seite drehte, so daß, als es wieder auf das Kissen sank, Mund und Nase frei blieben. Er hoffte, daß diese Stellung ihr eine gewisse Erleichterung verschaffte, sprach mit leiser, beruhigender, ermutigender Stimme auf sie ein.

Auf der Station brannte nur noch das Nachtlicht. Die Schwestern huschten leise hin und her. Die kranken Kinder wimmerten nicht einmal mehr. Justus Weigand war entschlossen, wach zu bleiben. Aber der versäumte Schlaf holte ihn ein. Ohne es zu merken, begann er zu dösen. Als er aufschrak, wußte er, daß er geschlafen hatte, aber nicht wie lange. Es war noch immer Nacht. Das Kind lag noch mit dem Gesicht zur Seite, aber so regungslos, daß er für einen atemlosen Moment des Entsetzens glaubte, es sei zu Ende. Dann aber sah er, daß ihr Gesichtchen wieder eine gesunde Farbe angenommen hatte. Er beugte sich über die Kleine. Auf das Kopfkissen war grünlicher Schleim geflossen; die Verstopfung hatte sich gelöst.

Oberschwester Klara teilte seine Freude mit einiger Skepsis. Sie machte ein Fläschchen zurecht, bezog das Kopfkissen frisch — während er sich bemühte, Senta zum Trinken anzuregen —, legte eine Windel darüber, die die flüssige Schleimabsonderung auffangen sollte.

Senta stieß den Schnuller einige Male von sich, nahm ihn aber, nachdem Justus Weigand ihre Lippen mit der verdünnten Milch benetzt hatte, und sie trank mit Anstrengung das halbe Fläschchen leer. Er ließ es genug sein. »Brav, Senta«, lobte er, »brav! Du bist über den Berg, mein Mädchen, du wirst wieder gesund!«

Justus wandte sich der Oberschwester zu; sein Gesicht mit den breiten Jochbogen wirkte hohlwangiger denn je, Schatten der Übermüdung lagen unter seinen tiefblauen Augen. »Sie ist über den Berg!« wiederholte er strahlend.

»Das freut mich für Sie, Herr Kandidat«, sagte die Oberschwester herzlich. »Sie hätten es wirklich verdient, daß Ihnen Ihr Töchterchen erhalten bleibt.«

»Sie wird, Schwester, sie wird!« behauptete Justus Weigand zuversichtlich. Und er behielt recht. Am nächsten Morgen hatte Senta nur noch leichte Temperatur, und sie zeigte, obwohl die Nase andauernd lief, wieder Appetit; nach wenigen Tagen hatte sie ihr Gewicht zurückgewonnen.

Professor Hübner gab sich wenig beeindruckt. »Zufall«, sagte er, »vielleicht auch eine besonders günstige Konstitution.«

»Ich bilde mir gar nicht ein, daß ich sie gerettet habe«, erklärte Justus Weigand, »ich habe nur gewußt...« Er verbesserte sich: »Nein, ich habe gehofft, daß sie es schaffen würde.«

»Tja, Sie und Ihr Wunderkind«, spöttelte der Professor.

Justus schwieg.

Von da an war nicht mehr die Rede davon, daß die kleine Senta so bald wie möglich auf ihren Platz in der Charité verzichten sollte. Justus Weigand konnte sich wieder hinter seine Bücher klemmen, obwohl sich die Sorge um die Zukunft des Kindes nicht ganz und nicht endgültig verbannen ließ. Aber es schien ihm richtig, sich vorerst auf das nächste Ziel, seine Promotion zu konzentrieren. Hatte er die hinter sich gebracht, dann würde er sich mit ganzem Einsatz der Lösung seiner anderen Probleme widmen. Tatsächlich konnte er sich private Ablenkungen im Augenblick kaum mehr erlauben. Die Abfassung seiner Dissertation war durch die Erkrankung Sentas ins Hintertreffen geraten, außerdem hatte er ja nicht nur seine eigene, sondern auch noch die Arnold Scheers auszuarbeiten. Der nächste Prüfungstermin, den die beiden jungen Männer wahrnehmen wollten, war Ende April, und das bedeutete, daß die Arbeiten mindestens Ende Februar eingereicht werden mußten.

Justus Weigand saß an seinem Schreibtisch, als Arnold Scheer in sein Zimmer eindrang, unangemeldet, wie immer, denn er kannte sich in der

Wohnung der Witwe Göbern nicht schlechter aus als jeder ihrer Untermieter. »Endlich erwische ich dich mal, alter Junge!« rief er und begann sogleich mit beiden Händen seinen Havelock aufzuknöpfen. »Nun erzähl mir, wo hast du bloß die ganze Zeit gesteckt?«

Justus Weigand ließ den Federhalter sinken und wandte sich um. »Du weißt doch, was auf der Säuglingsstation los war.«

»Ja, schon. Aber du bist doch noch gar nicht...« Erst jetzt kam ihm der Gedanke, Justus Weigands Unauffindbarkeit mit der kleinen Senta in Zusammenhang zu bringen, von der ihm der Freund erzählt hatte. »Ach so«, sagte er, »also, ehrlich gestanden, darauf wäre ich nie gekommen. Kümmerst du dich immer noch um das Wurm?«

»Ja«, sagte Justus Weigand, »und ich werde das auch in Zukunft tun.«

Arnold Scheer warf seinen Havelock mit Schwung auf das Bett und ließ sich in den ausgeleierten Sessel fallen.

»Du findest das wohl reichlich verrückt?« fragte Justus Weigand.

Arnold Scheer hob und senkte die runden Schultern. »Ich bilde mir nicht ein, alles beurteilen zu können, und versuche es daher auch erst gar nicht. Ich sage immer: jedem Tierchen sein Pläsierchen.«

»Ich hänge nun mal an dem Kind.«

»Schon gut, mir gegenüber brauchst du dich nicht zu verteidigen. Ich nehme übrigens an, daß du sie durchgebracht hast, ja? Sonst würdest du wohl ein anderes Gesicht machen.«

»Ja, sie hat es geschafft.«

»Gratuliere, alter Junge.«

Justus Weigand schob seinen Stuhl zurück und schlug die Beine übereinander. »Eigentlich bin ich ganz froh, daß du gekommen bist. Sonst hätte ich dich wohl suchen müssen. Es gibt einiges über deine Dissertation zu reden.«

»Schon wieder?« Arnold Scheer mimte Entsetzen. »Ich dachte, das wäre endlich erledigt. Wofür habe ich dich denn engagiert?«

»Um sie zu schreiben. Aber du mußt doch mindestens wissen, was drinsteht...«

Arnold Scheer legte ihm die runde, gepflegte Hand aufs Knie. »Ich werde sie ja später lesen.«

»Das genügt nicht. Du mußt so genau darüber Bescheid wissen, als ob du sie selbst verfaßt hättest.«

»Ja, ja, ich weiß, du hast natürlich recht. Also gut, ich werde mir alles bis aufs I-Tüpfelchen von dir auseinandersetzen lassen. Aber auf keinen Fall heute. Da habe ich etwa Besseres mit dir vor.«

»Ich kann dich nicht daran hindern, dich von der Arbeit zu drücken«, sagte Justus Weigand mit liebevollem Tadel, »aber mich wirst du nicht in Versuchung führen, mach dir keine falschen Hoffnungen.«

Arnold Scheer hatte beide Hände auf die etwas zu kurz geratenen Schenkel gelegt, die sehr prall in den anliegenden Hosen aus feinem grauem Stoff saßen. »Weißt du, was heute für ein Tag ist?« fragte er.

Justus Weigand nahm sich gar nicht erst die Mühe, darüber nachzudenken. »Keine Ahnung«, sagte er.

Arnold Scheer lächelte verschmitzt. »Das habe ich mir gedacht.«

Justus Weigand schwang sich auf seinem Stuhl zu ihm herum. »Paß auf, Junge, ich habe keine Zeit zum Rätselraten. Ich habe nicht einmal Zeit, mich mit dir zu unterhalten. Wenn du schon nicht arbeiten willst, dann solltest du mich wenigstens in Ruhe lassen. Ich habe dich sehr gern, also nimm's nicht persönlich. Aber ich kann dich jetzt nur um eines bitten: verschwinde. Ganz schnell. Sieh zu, daß du fortkommst. Sonst geschieht ein Unglück.«

Aber Arnold Scheer war nicht im geringsten beeindruckt; er lachte nur. »Willst du dich etwa mit mir schlagen? Dann müßte ich dir meinen Sekundanten schicken. Und durch ein Duell mit mir würdest du garantiert wesentlich mehr Zeit verlieren als durch eine harmlose Plauderei, auch wenn ich von den unvermeidlichen Folgen unseres Zweikampfes einmal absehe. Vierzehn Tage Bettruhe würden für dich mindestens dranhängen.«

Justus Weigand seufzte. »Daß ihr schlagenden Brüder immer nur an tätliche Auseinandersetzungen denken müßt! Wenn ich Unglück gesagt habe, dann habe ich damit nur die Möglichkeit andeuten wollen, daß wir beide — ganz sicher aber du, mein Lieber — durchs Examen sausen.«

»Ich danke dir für deine liebenswürdige Anteilnahme«, sagte Arnold Scheer ernsthaft, »aber wenn ich es riskiere, einen Nachmittag lang zu bummeln, dann kannst du es doch bestimmt auch, oder nicht? Komm, sei kein so penetranter Streber, gib deinem Herzen einen Stoß.«

Justus Weigand schwieg und kämpfte mit sich; er war nicht selbstsicher genug, um den Vorwurf der Streberei ohne weiteres von sich abschütteln zu können. Arnold Scheer merkte seine Unsicherheit. »Heute abend«, sagte er eindringlich und beugte sich vor, »werde ich dann ganz ernsthaft mit dir arbeiten. Das verspreche ich dir.«

»Du hast mir noch gar nicht verraten, wohin du mich eigentlich entführen willst«, sagte Justus und biß sich, kaum daß ihm der Satz entschlüpft war, auf die Lippen, denn er war sich sofort klar darüber, daß er damit schon ein halbes Einverständnis gegeben hatte.

»Heute ist Donnerstag«, erklärte Arnold Scheer mit bedeutungsvoller Betonung.

Justus Weigand durchzuckte eine Erinnerung; er merkte selbst, daß Farbe in seine Wangen stieg. Arnold Scheer hatte ihn genau beobachtet. »Also«, sagte er und lachte, »ich wußte doch, daß du die kleine Stefanie so schnell nicht vergessen haben kannst.«

»Das hab' ich nie behauptet.«

»Nun, reg dich bloß nicht auf, ich wollte ja nur sagen, es wird dir genausoviel Spaß machen wie mir, die Frau Mama an ihrem Jour fixe aufzusuchen, gib's doch zu.«

Justus Weigand hatte sich schon wieder gefaßt und schüttelte den Kopf. »Tut mir leid, mein Freund, ich halte das für reine Zeitverschwendung.«

»Weil du nicht vorhast, bei dem Bankier von Stucken um die Hand seiner Tochter anzuhalten? Ich bitte dich, Justus, das ist doch kein Grund, dich völlig von diesen Leuten zurückzuziehen.«

»Stimmt durchaus. Aber es besteht genausowenig Grund für mich, bei diesen feinen Pinkeln Männchen zu machen.«

»Ja, liegt dir denn überhaupt nichts daran, Stefanie wiederzusehen?«

»Doch«, gab Justus Weigand zu, »aber man kann nicht alles tun, was einem Spaß macht, nicht wahr? Möglich, daß dir das Schicksal diese Lehre noch nicht verpaßt hat, mir jedenfalls ist sie in Fleisch und Blut übergegangen.«

Arnold Scheer erhob sich, begann in dem kleinen Zimmer zwischen Tisch, Kommode und Kleiderschrank schweigend auf und ab zu gehen, und als er den Mund wieder aufmachte, schlug er einen veränderten Ton an. »Justus«, sagte er weich, »und wenn ich dich nun bitte...?«

»Also wirklich, Arnold, ich verstehe dich nicht! Dir kann doch nichts daran liegen, mich zu den Stuckens zu schleppen.«

»Mehr, als du glaubst«, bekannte Arnold Scheer mit Überwindung. »Ich war ja vorigen Donnerstag schon dort. Allein. Nicht um dich auszuschalten, es ergab sich einfach so. Und Stefanie hat mir deutlich zu verstehen gegeben, wieviel Wert sie darauf legt, daß ich dich mitbringe...«

»Um so schlimmer«, sagte Justus Weigand. Es schien ihm plötzlich, als hätte er sehr häufig an Stefanie von Stucken gedacht und sich sogar nach einer Begegnung gesehnt.

Arnold Scheer deutete seinen Gesichtsausdruck richtig. »Also los«, sagte er, »mach schon. Du mußt dich umziehen, denke ich, und eine frische Rasur täte dir auch gut. Fang schon an. Ich scheuche inzwischen deine Wirtin auf und sorge für heißes Wasser.«

Die *Private Commerzbank* Herrn von Stuckens hatte ihre Geschäftsräume und Comptoirs in einem alten Berliner Haus in der Fürstenstraße, das noch vor 1870 von dem Vater des Bankiers, dem Tuchhändler Gustaf Stucken, günstig erworben worden war. Sein geadelter Sohn hatte das Haus innen einige Male renovieren lassen, aber die bescheidene und würdige Fassade unverändert gelassen. Sie gab dem Gebäude wie dem Bankgeschäft den Anstrich äußerster Solidität.

Gerade drauf legte Karl Friedrich von Stucken Wert. Er, dessen Herkunft zwar durchaus bürgerlich, aber tief in der Vergangenheit Preußens verwurzelt war — er pflegte, wenn er bei Laune war, gern von einem Urahnen zu erzählen, der nachweislich unter Friedrich II. gekämpft hatte und verwundet worden war —, versuchte, sich eine Familientradition zusammenzuklittern. So hatte er auch bewußt darauf verzichtet, dem Zug der Zeit zu folgen und sich eine Villa im Tiergartenviertel zu bauen, sondern war mit seiner Frau und seinen beiden erwachsenen Kindern im alten Haus in der Fürstenstraße über der Bank wohnen geblieben. Diese Bescheidenheit war nicht frei von Snobismus, den er ließ niemals Zweifel daran aufkommen, daß er sich sehr wohl, wie jeder andere erfolgreiche Kaufmann, ein modernes Haus hätte errichten können.

Seine Gattin Elvira, die geborene Komtesse Hachwitz, erkannte durchaus die Vorzüge, die ein Wohnen in der City mit sich brachte, aber sie bezweifelte, daß ihre Freundinnen feinfühlig genug waren, sich durch diese ganz diskrete Art der Protzerei beeindrucken zu lassen. Mit unzähligen Schachzügen, mit Schmollen, Sticheln und Schmeicheleien hatte sie ihren Gatten dahin gebracht, für sich und seine Familie eine Sommervilla im Grunewald bauen zu lassen. Sie war sehr stolz auf das neue Haus und auf ihren Erfolg; daß Karl Friedrich von Stucken sich nur scheinbar so lange gesträubt hatte, ahnte sie nicht. Tatsächlich sah er in diesem Besitz vor den Toren der Stadt, wo die Grundstücke noch verhältnismäßig preiswert waren, eine gute Kapitalanlage. Er setzte darauf, daß die mächtige Stadt weiter und weiter wachse, sich nach allen Himmelsrichtungen ausdehnen und schon im Verlauf der nächsten zehn Jahre das umliegende, jetzt noch teilweise unberührte Land an sich ziehen würde.

So wohnten die Stuckens denn seit zwei Jahren während des Sommers im Grunewald und kehrten im Herbst in das alte Haus in der Fürstenstraße zurück; hier war es auch, wo Elvira von Stucken jeden Donnerstag Freunde der Familie und mehr oder weniger ernsthafte Anwärter auf die Hand ihrer Tochter und das väterliche Vermögen empfing.

Arnold Scheer und Justus Weigand stiegen die breiten Treppen zur Privatwohnung empor und klingelten. Ein kräftiges Mädchen öffnete, begrüßte die Herren mit einem Knicks und bat sie, näher zu treten. Sie trug ein langes schwarzes Kleid aus glänzendem Alpaka, das am Hals hochgeschlossen und mit einer Brosche geschmückt war, hatte eine mächtige weiße Schürze vorgebunden, und auf dem Kopf saß ein Häubchen, das das Haar aus der Stirn zurückhielt. Sie war nicht hübsch, wirkte aber sauber und gut dressiert. Sie half den Besuchern aus den Mänteln.

Justus Weigand besaß keine Visitenkarte, deshalb kritzelte Arnold Scheer auf die seine den Zusatz: *... mit einem guten Freund,* bevor er sie auf das silberne Tablettchen legte, das ihm das Mädchen reichte. Sie verschwand durch eine schwere Portiere aus dunkelrotem Samt, war sehr rasch wieder in der Diele, hielt den Vorhang auf und ließ die Herren eintreten.

Elvira von Stucken saß auf einem reichgeschnitzten, mit schwerem Damast bezogenen Sofa und hielt hof, in der einen Hand ein Gläschen Portwein, in der anderen das goldene Lorgnon, das sie an einer langen

Kette um den Hals trug und jetzt, beim Eintritt der Neuankömmlinge, aufspringen ließ und vor die Augen hob, um die beiden jungen Männer eingehend und unverhohlen zu mustern.

Justus Weigand, der sich in der pompösen Zimmerflucht zwischen all den offensichtlich glänzend situierten Leuten in seinem einzigen, reichlich abgewetzten schwarzen Anzug ohnehin nicht besonders wohl fühlte, wußte plötzlich nicht mehr, wie er sich bewegen und wohin er blicken sollte. Es war ihm, als würde er im nächsten Augenblick über seine eigenen Füße stolpern. Er verfluchte innerlich diese ihm ungewohnte, quälende Verlegenheit und konnte doch nicht dagegen an. Er merkte gar nicht, daß Stefanie mit ganz undamenhafter Eile auf ihn zuschoß; als er den Druck ihrer kleinen Hand auf seinem Arm fühlte und ihre klare Stimme hörte, wurde er sich bewußt, daß sie bei ihm war. »Herr Weigand, ich bin ja so froh, daß Sie gekommen sind!«

Der Nebel klärte sich vor seinen Augen, er sah dicht vor sich oder eigentlich unter sich — sie war einen Kopf kleiner als er — ihr junges Gesicht mit den roten, sinnlichen Lippen, der kleinen Stupsnase und den braunen Augen mit den goldenen Pünktchen. Er hätte gern eine geistreiche Bemerkung gemacht, aber ihm fiel trotz aller Anstrengung nichts ein. »Ich freue mich auch«, sagte er nur, und er meinte es ehrlich.

Arnold Scheer war inzwischen, nach allen Seiten nickend und grüßend, bis zu Frau Elvira vorgedrungen, die ihr Gläschen weggestellt und ihr Lorgnon zugeklappt hatte, damit er seinen vorbildlichen Handkuß anbringen konnte. Da sie über ihn selbst schon zur Genüge informiert war, vertat sie keine Zeit mit Redensarten. »Herr Scheer, wer ist dieser Freund, den Sie da mitgebracht haben? Woher kennt Stefanie ihn?«

»Ich habe ihn ihr im Tiergarten vorgestellt.«

Frau Elvira klappte ihr Lorgnon wieder auf, um Justus Weigand einer neuerlichen, eingehenden Musterung zu unterziehen, von der er selbst aber nichts merkte, weil er nur Augen für Stefanie hatte. »Sie schätzen ihn gewiß«, ihre Stimme klang kälter als Eis.

»Er ist ein Kommilitone von mir«, stotterte Arnold Scheer, »und außerdem mein Freund. Ein ganz gelehrtes Haus. Sie können jeden Professor fragen, Justus Weigand hat eine große Zukunft vor sich.«

»Ah, wirklich?« Frau Elvira hob ihr Lorgnon und betrachtete Justus Weigand jetzt interessierter. »Er macht zwar gar nicht viel her, aber wenn Sie es sagen...« Sie ließ ihr Lorgnon, diesmal endgültig, zuschnappen. »Steuert er den Professor an?« fragte sie leise.

»Er promoviert noch dieses Jahr und will sich später ganz der Forschung widmen.«

Frau Elvira war beeindruckt. Im Geist probierte sie aus, wie es klingen würde, wenn sie ihren Freundinnen gegenüber erwähnen könnte: Mein Schwiegersohn, der Professor! Das war nicht schlecht. Geld schien der junge Mann ja keines zu haben, aber was machte das, reich war man schließlich selbst, und ein Professorentitel war beinahe so gut wie ein Adelsprädikat. »Und wie alt ist Ihr Freund, Herr Scheer?« fragte sie mit nunmehr liebenswürdigem Lächeln.

»Fünfundzwanzig, gnädige Frau.«

»Er scheint ein sehr bemerkenswerter junger Mann zu sein«, sagte Frau Elvira und zog den Herrn zu ihrer Linken ins Gespräch: »Was meinen Sie, Graf?«

Hugo Graf Donnersberg strich sich mit seinem langen schlanken Zeigefinger über den prächtigen rotbraunen Kaiser-Wilhelm-Schnurrbart, von der Nase bis zum äußersten Augenwinkel. »Es wird doch wohl noch mindestens zehn Jahre dauern, bis dieser... ehem... Junge vom Land sein Ziel erreicht haben wird«, bemerkte er mokant, fügte aber gleich darauf in bewährter diplomatischer Manier hinzu — er war mal als Legationsrat zweiter Klasse im Auswärtigen Amt —: »Bitte, glauben Sie nicht, daß ich den Jungen nicht goutiere, gnädige Frau, im Gegenteil, ich freue mich immer, wenn ich bei der Jugend jenen entscheidenden Funken Ehrgeiz entdecke, ohne den nun mal kein Fortschritt denkbar wäre. Leider, leider verfliegt bei den meisten dieser positive Ehrgeiz nur zu schnell...«

»Sprechen Sie aus eigener Erfahrung, Graf?« fragte Arnold Scheer mit einer Bosheit, wie sie ihn nur höchst selten bemächtigte.

Graf Donnersberg ließ sich keineswegs aus der Ruhe bringen. »Aber, aber, lieber Freund!« Er starrte ihn mit seinen runden hellen Augen kalt an. »Wir wollen doch nicht persönlich werden!«

»Ah, Sie haben Ihre Bemerkungen über meinen Freund ganz unpersönlich gemeint?«

Frau Elvira machte dem Disput, der gefährliche Formen anzunehmen drohte, ein Ende. »Bitte, Herr Scheer«, sagte sie, »stellen Sie mir doch endlich Ihren Freund vor... und kümmern Sie sich inzwischen ein wenig um Stefanie.«

»Ein süffisanter Bengel«, zischte der Graf, als Arnold Scheer sich gehorsam entfernte.

»Seien Sie nicht so hart in Ihrem Urteil, Graf«, wies Frau Elvira ihn lächelnd zurecht, »Arnold Scheer ist ein sehr angenehmer Mensch. Das einzige, was mich wirklich an ihm stört, ist, daß er nach Beendigung seines Studiums nach Krefeld zurück muß. Stellen Sie sich vor — Krefeld! Das ist für mich Grund genug, mich einer Heirat Stefanies mit ihm aufs entschiedenste zu widersetzen.«

»Sie sollten mit dem Gedanken an solch eine Verbindung nicht einmal spielen, gnädige Frau! Sie wissen, daß ich...« Graf Donnersberg beugte sich über ihre Hand und drückte seine Lippen auf ihre Finger.

Sie schauderte wohlig, als seine Schnurrbarthaare sie kitzelten. »Ja, ich weiß, lieber Graf«, beeilte sie sich zu versichern, »und ich stehe ganz auf Ihrer Seite! Aber Sie kennen meinen Gatten.«

Graf Donnersberg ließ ihre Hand los, setzte sich sehr aufrecht in die

Sofaecke und schlug die Arme übereinander. »Der Herr Bankier denkt nur an Geld«, sagte er, »ihm bedeutet ein guter Name nichts.«

»Nun, ganz so liegen die Dinge doch nicht«, widersprach Frau Elvira, »nur . . .« Sie kam nicht dazu, ihren Satz zu beenden, denn in diesem Augenblick hatte Stefanie sich genähert. »Mama«, sagte sie atemlos und mit geröteten Wangen, »darf ich dir Justus Weigand vorstellen? Ich habe dir schon von ihm erzählt.«

Frau Elvira lächelte huldvoll. »Ich weiß, ich weiß, Sie sind Arnold Scheers Freund, nicht wahr? Bitte, setzen Sie sich doch zu uns, und du, Stefanie, kümmerst dich inzwischen um unsere anderen Gäste.«

»Aber, Mama, ich . . .«

»Tu, was ich dir gesagt habe.« Frau Elvira lächelte immer noch, aber ihre Stimme war hart geworden. Stefanie blieb nichts anderes übrig, als Justus Weigand seinem Schicksal zu überlassen. Es war ihr anzumerken, wie ungern sie das tat. Justus Weigand erwiderte ihren Blick und wandte sich dann ihrer Mutter zu. Frau Elvira machte ihn sogleich mit Graf Donnersberg bekannt. »Kommen Sie auch aus dem Rheinland, Herr Weigand?« fragte sie dann ohne Umschweife.

»Nein, gnädige Frau, aus Schlesien. Genauer gesagt, aus einem schlesischen Dorf namens Görzen.«

»Habe doch auf den ersten Blick gesehen, daß Sie vom Land sind«, bemerkte Graf Donnersberg.

»Das ist kein Kunststück«, sagte Justus Weigand lächelnd, »schließlich stammt nahezu die Hälfte aller Berliner aus der Provinz — die gesündere Hälfte, möchte ich fast sagen.«

»Und Ihr Vater ist . . .?« fragte Frau Elvira.

»Nein, sagen Sie nichts, lassen Sie mich raten!« rief der Graf.

Justus Weigand war es nicht gewohnt, über sich selbst zu reden, und noch weniger, nach seinem Privatleben ausgefragt zu werden; er fühlte sich sehr unbehaglich. »Dies Rätsel ist viel zu einfach für Ihren Scharfsinn, Graf Donnersberg«, sagte er, »mein Vater ist Lehrer!«

Stefanie von Stucken war inzwischen zu ihrem Bruder gegangen, der mit einigen anderen jungen Offizieren eine vertrauliche kleine Gruppe zwischen Vertiko und Stechpalme bildete. Schon der Klang ihres Lachens verriet, daß das, worüber sie sprachen, nicht für weibliche Ohren bestimmt gewesen war. Als Stefanie sich näherte, brach das Gespräch schlagartig ab. Wie auf Kommando wendeten sich die Herren ihr zu. Sie konnte es sich nicht verkneifen, einen nach dem anderen mit einem Blick zu mustern, unter dem die Herren heiße Ohren bekamen. Dabei war Stefanie in Wahrheit viel zu arglos, um sich auch nur im entferntesten vorstellen zu können, worüber junge Männer eigentlich zu reden pflegten, wenn sie sich unter ihresgleichen wußten und ungestört fühlten. Sie warf den Kopf mit dem braunen, leicht gelockten Haar in den Nacken und blickte ihren Bruder an. »Egon, kann ich dich einen Augenblick sprechen . . .«

Egon von Stucken war stolz auf seine kleine Schwester und war ihr gewöhnlich gern gefällig, aber in Anwesenheit seiner Kameraden hatte er das Bedürfnis, männliche Härte hervorzukehren. »Na, wat jibt's denn?« fragte er gönnerhaft.

»Das kann ich dir nur unter vier Augen sagen.«

Die Herren lächelten. Egon von Stucken zwinkerte ihnen zu. »Ihr entschuldigt mich wohl einen Augenblick...« Er ließ sich von seiner Schwester beiseite führen. »Soll ich mich etwa wieder mal deiner Freundin Lisbeth annehmen?« fragte er.

»Pfui, du bist ungezogen!« Sie stampfte mit dem Fuß auf. »Außerdem braucht Lisbeth dich gar nicht! Sieh doch nur, sie unterhält sich glänzend, auch ohne dich!«

Egon von Stucken folgte ihrem Blick und entdeckte, daß Lisbeth von Panwitz im Musikzimmer mit Arnold Scheer in ein Gespräch vertieft war. »Also, was dann?« fragte er.

»Du mußt Justus Weigand helfen!« platzte sie heraus. Er hob die hellen Augenbrauen. »Aber Egon«, sagte sie eifrig, »du wirst dich doch noch erinnern — der junge Mann vom Tiergarten, der Student! Du sagtest doch, er hätte einen guten Eindruck auf dich gemacht.«

»Habe ich das wirklich? Kann mich jar nich erinnern.«

Stefanie atmete tief durch; sie mußte sich zwingen, ihre Ruhe zu bewahren. »Mama hat ihn zu sich gelockt«, sagte sie, »sie unterzieht ihn einem peinlichen Verhör, sie und Graf Donnersberg. Du mußt ihn von da fortholen.!«

»Aber wie denn? Kenne ihn ja kaum.«

»Das braucht Mama doch nicht zu wissen! Tu einfach so, als wenn er ein guter Freund von dir wäre. Nimm ihn beiseite. Irgendein Vorwand wird dir schon einfallen.«

»Und wenn er nicht mitmacht?«

»Dann ist er ein Dummkopf und verdient es nicht besser, als daß wir ihn seinem Schicksal überlassen.«

Egon von Stucken betrachtete Justus Weigand mit zusammengekniffenen Augen. »Liegt dir so viel an ihm, Schwesterchen?« fragte er.

»Nein, überhaupt nichts«, erwiderte sie heftig, »er tut mir nur leid!«

Der Bruder lächelte sie an. »Scheint mir eine reichlich engagierte Art von Mitleid zu sein... aber bitte, du mußt es ja wissen.« Er klopfte ihr mit zwei Fingern auf die Wange. »Dir zuliebe tue ich alles.«

»Ich warte im Musiksalon«, sagte sie hastig, »lotse ihn, bitte, unauffällig dahin!«

»Mal sehen, was sich machen läßt.« Kerzengerade, mit weit ausholenden Schritten, marschierte er davon.

Sie wagte nicht, ihm nachzublicken, um die Sache nicht noch auffälliger zu machen, sondern zog sich eilig ins Musikzimmer zurück, das durch eine Portiere von dem großen Gesellschaftsraum halb getrennt war; sie gesellte sich zu Lisbeth von Panwitz und Arnold Scheer. Sie sah nicht, wie ihr Bruder sich zackig vor seiner Mutter und Graf Donnersberg verbeugte. »Entschuldige, Mama... Pardon, Graf...« Er reichte Justus Weigand die Hand, schüttelte sie herzlich. »Habe Sie eben erst entdeckt, lieber Junge! Ist mir ein jroßes Verjnüjen...«

Justus Weigand war verwirrt, aber nur für Sekunden. Dann sprang er auf und warf den Ball zurück. »Endlich! Ich hatte schon gefürchtet, Sie zu verpassen!«

»Du gestattest wohl, Mama«, sagte Egon von Stucken und zog Justus Weigand mit sich fort, setzte, als sie außer Hörweite waren, lächelnd hinzu: »Entführung jeglückt! Haben sehr schnell jeschaltet, Herr Weigand! Hätten Generalstäbler werden sollen!«

»Auf die Idee«, sagte Justus Weigand, »bin ich noch gar nicht gekommen. Aber jedenfalls danke ich Ihnen. Das war wirklich sehr liebenswürdig.«

»Nicht der Rede wert. Weiß aus Erfahrung, daß Mama einem tüchtig heiß machen kann, besonders, wenn es um die jeliebte Tochter jeht. Möchte doch annehmen, Sie haben ernste Absichten?«

Justus Weigand glaubte, nicht recht gehört zu haben. Aber er faßte sich rasch wieder und sagte mit fester Stimme: »Ich habe überhaupt keine Absichten, Herr Leutnant. Ich schätze Ihr Fräulein Schwester sehr. Aber ich darf auf Jahre hinaus nicht ans Heiraten denken.«

Egon von Stucken schwieg, und Justus Weigand glaubte schon, daß er besser daran getan hätte, eine ausweichende Antwort zu geben. Aber dann sagte der Leutnant überraschend: »Danke Ihnen für Ihre Offenheit, Herr Weigand. War eine blöde Frage von mir. Aber dieser ewije Heiratsmarkt bringt einen noch ganz durcheinander.«

»Das kann ich gut verstehen. Auch Ihre Sorge um Stefanie.«

»Machen Sie mir die Kleine nicht unglücklich.«

»Das verspreche ich Ihnen.«

Stefanie strahlte, als ihr Bruder Justus Weigand ins Musikzimmer brachte. Aber ihre Hoffnungen sollten sich nicht ganz erfüllen. Egon von Stucken schien vergessen zu haben, daß seine Kameraden ihn erwarteten; er reagierte auf keinen ihrer taktvollen Hinweise, sich zurückzuziehen. Auch Arnold Scheer dachte nicht daran, das Feld zu räumen, und selbstverständlich blieb Lisbeth von Panwitz ebenfalls bei der Gruppe. So kam Stefanie nicht mehr dazu, ein privates Wort mit Justus Weigand zu wechseln.

Er bedauerte das nicht weniger als sie, aber er ließ es sich nicht anmerken, denn er sah ein, es war besser so. Aber auch das allgemeine Geplauder war recht unterhaltsam und die Getränke, die angeboten wurden, vortrefflich. Der Kuchen und die anderen Leckerbissen hätten genügt, Justus Weigand eine Hauptmahlzeit zu ersetzen. Er griff ohne Scheu zu und war guter Dinge.

Dann rauschte Frau Elvira, begleitet von Graf Donnersberg, in den Musiksalon. »Aber Stefanie«, tadelte sie, »hier steckst du! Ich hatte dich doch so gebeten, dich um die anderen Gäste zu kümmern! Egon, deine Kameraden warten auf dich.« Sie legte ihre Hand fast besitzergreifend auf Justus Weigands Arm. »Im übrigen, Herr Weigand, was ich Sie noch fragen wollte...«

Egon von Stucken durchfuhr die Sturzflut ihrer Worte. »Mama«, sagte er, »du kommst gerade zur rechten Zeit — Stefanie wollte uns etwas vorspielen!«

Nichts hätte wirkungsvoller sein können als diese Behauptung; mit ihr wurde Frau Elvira aller Wind aus den Segeln genommen. »Das ist ein guter Einfall, Kind«, lobte sie widerwillig, klatschte in die Hände, um den Beginn des kleinen Konzerts einzuleiten.

Stefanie setzte sich gehorsam auf den Drehsessel, schlug den Bechsteinflügel auf und kramte in ihren Noten. Dann glitten ihre Finger über die Tasten. Das allgemeine Geplauder verstummte. Stefanie spielte den *Liebestraum* von Liszt. Sie spielte ihn flüssig und mit viel Gefühl, wenn auch nicht gerade virtuos. Für Justus Weigand, der kein Instrument beherrschte, war es ein Erlebnis. Er war einen Schritt zurückgetreten in den Halbschatten und betrachtete hingerissen Stefanies sensibles kleines Gesichtchen; beobachtete jedes Beben ihrer Nasenflügel, jedes Zucken ihrer schmalen, schön gebogenen Brauen, das Zittern ihrer dunklen, dichten Wimpern. Es war ihm, als ob dieses Gesicht eine vertraute und geliebte Landschaft wäre, nach der er sich schon seit undenklichen Zeiten gesehnt hatte. Als sie geendet hatte, wurde höflich geklatscht.

»Das war wundervoll, Fräulein von Stucken«, sagte Justus Weigand ehrlich.

Sie lachte. »Sie sind, scheint es, nicht sehr musikalisch«, neckte sie ihn.

»Musikalisch genug, um von Ihrem Spiel begeistert zu sein.«

»Aber zu unmusikalisch, um meine Fehler zu bemerken. Passen Sie auf — *das* kann ich besser!« Stefanie hob die Hände, ließ sie in die Tasten fallen und klimperte einen Tanz in einem scharfen, übermütigen Rhythmus, den Justus Weigand noch nie gehört hatte. »Das ist eine Cake walk«, sagte sie, »soeben aus den Staaten importiert!«

Jetzt erst hatte Frau Elvira gemerkt, was da im Gange war. »Stefanie!« rief sie entrüstet. »Wie kannst du nur!« Stefanie ließ die Hände von den Tasten sinken und sagte, halb lachend, halb zerknirscht: »Nicht böse sein, Mama, es war nur ein Spaß.«

Wenig später gingen die ersten Gäste. Arnold Scheer flüsterte seinem Freund zu: »Was meinst du? Ich glaube, es wird Zeit für uns.«

»Schon?« hätte Justus Weigand beinahe erwidert, aber er beherrschte sich noch rechtzeitig. »Du hast recht«, sagte er statt dessen, »wir haben ja noch zu arbeiten.«

Beim Abschied sagte Stefanie: »Sie kommen doch wieder, nicht wahr,

Herr Weigand?« Und leise fügte sie hinzu: »Oder hat Mama Sie zu sehr gequält?«

»Für Sie, gnädiges Fräulein, würde ich noch ganz andere Qualen auf mich nehmen.«

»Das war nett gesagt. Aber ich möchte, daß Sie gern kommen.«

»Das tue ich auch«, versicherte er, »ganz bestimmt.« Sie sahen sich länger in die Augen, als es eigentlich schicklich war.

Auf dem Heimweg war Justus Weigand schweigsam und gab einsilbige Antworten. »Was ist los mit dir?« fragte Arnold Scheer. »War es wirklich so schlimm, daß ich dich da hingeschleppt habe?«

»Nein, gar nicht«, wehrte er ab, »ich bin nur ein bißchen müde. Der viele Portwein.« Er war dankbar, daß Arnold Scheer nicht weiter in ihn drang. Mit einem ziehenden Schmerz in der Herzgegend wurde er sich bewußt, daß er sich gegen seinen Willen und gegen seine Vernunft in Stefanie von Stucken verliebt hatte.

Zwei Tage später wurde Justus Weigand, als er am späten Nachmittag aus der Bibliothek nach Hause kam, von der Wirtin Göbern mit den Worten empfangen: »Es ist Post für Sie gekommen, Herr Weigand!« Sie zog einen Brief aus der Schürzentasche.

»Ja, danke«, sagte er. Er streckte die Hand nach dem Brief aus, aber sie hielt ihn noch zurück. »Er ist nicht von Ihren Eltern«, sagte sie, und diese Feststellung war eine unausgesprochene Frage.

»Kann schon sein«, erklärte er ungerührt und nahm ihr den Brief ab.

»Er kommt aus Berlin!«

Er warf einen flüchtigen Blick auf den Umschlag und erkannte die Handschrift seiner Cousine. »Ja, ich weiß.«

Die Witwe Göbern versuchte einen letzten Vorstoß. »Die Dame hat Ihnen jetzt schon öfters geschrieben!«

Justus Weigand begriff die Neugier seiner Wirtin, aber er hatte keine Lust, ihr Rede und Antwort zu stehen. »Das wird sie wohl auch in Zukunft tun«, sagte er, lächelte der Wirtin Göbern zu und verschwand in seinem Zimmer. Noch im Stehen, mit dem Rücken zur Tür, riß er das einfache, ungefütterte Kuvert auf und zog den Briefbogen heraus, der in überlegter Einteilung mit Clementine Hergerts gestochen scharfen Buchstaben — Haarstrich auf, Schattenstrich ab — bedeckt war. Er kannte dieses Schriftbild, es war ihm vertraut und niemals unangenehm gewesen. Aber jetzt, zum erstenmal, war ihm, als ginge von all diesen dünnen Spitzen eine Aggression aus, die sich geradewegs gegen ihn richtete. Das peinigende Gefühl war so stark, daß es ihn fast dahin brachte, den Brief ungelesen zu zerreißen. Doch das Bewußtsein, daß Clementine eine solche Behandlung nicht verdiente, hielt ihn davon ab. Mit gerunzelter Stirn und zusammengezogenen Brauen überflog er Clementines Mitteilungen. Seine Stirn glättete sich, als er erkannte, daß sich der Inhalt des Briefes nahezu ausschließlich um Rosa Janowitz drehte, die sich, wie Clementine schrieb, einige Tage sehr elend gefühlt, aber mit bemerkenswerter Zähigkeit auf den Beinen gehalten und inzwischen wieder ganz erholt hatte. Nach wie vor aber lehnte sie, so behauptete Clementine, jede Beziehung zu dem von ihr in der Silvesternacht geborenen kleinen Mädchen ab.

Das Schreiben war sehr unpersönlich gehalten, aber gerade dadurch entstand der Eindruck, daß Clementines Gefühle so stark waren, daß sie sich zur Zurückhaltung zwingen mußte, um nicht die Grenzen der Konvention zu überschreiten.

Justus Weigand war sensibel genug, um das zu empfinden, und es setzte ihm mehr zu als die abschließenden Sätze, in denen das Mädchen dankend ein wenig aus sich herausging. »Es gäbe«, schrieb sie, »noch so manches zu besprechen. Ich würde mich freuen, lieber Justus, wenn Du mich anrufen würdest. Vor neun Uhr kommt die Herrschaft nie herunter. In Liebe, Deine...« Justus Weigand war erleichtert, als er die Lektüre hinter sich gebracht hatte, zerknüllte Briefbogen und Umschlag, öffnete das Türchen des eisernen Ofens und steckte beides in die Glut. Als das Papier aufloderte und sich krümmte, legte er drei Holzscheite und eine Schaufel voll Kohlen nach und klappte das Türchen wieder zu.

Er hatte sich gerade aus der Kniebeuge aufgerichtet, als es klopfte und die Witwe Göbern eintrat, ein Tablett mit einer Teetasse vor sich her balancierend. »Ich hoffe, Sie haben eine gute Nachricht erhalten«, sagte sie.

»Keine schlechte jedenfalls«, antwortete er und nahm ihr das Tablett aus der Hand. »Danke!«

Sie machte keine Anstalten, das Zimmer zu verlassen, sondern blieb vor ihm stehen, die Hände unter der Kattunschürze, sah ihn an, bemüht, den Blick ihrer auseinanderstrebenden Pupillen auf ihn zu fixieren. Von ihrer Zähigkeit beeindruckt, brachte er es nicht über sich, sie länger zappeln zu lassen. »Der Brief kam von meiner Cousine. Ich habe Ihnen ja schon mal erzählt, daß sie jetzt in Berlin lebt. Sie schreibt, daß es ihr gutgeht.«

»Weiter nichts?« fragte die Wirtin mit deutlicher Enttäuschung.

»Nein«, sagte er, »weiter nichts«, und schob sie mit sanftem Druck aus dem Zimmer. Als er den sehr dünnen und sehr heißen Tee trank, in vorsichtigen kleinen Schlucken, um sich die Zunge nicht zu verbrennen, fiel ihm ein, daß in dem Brief, den er verbrannt hatte, die geheime Telefonnummer der Thielemanns angegeben war. Eine Sekunde lang ärgerte er sich über seine Unachtsamkeit; aber er bedauerte sie nicht wirklich, denn er war bereits entschlossen, Clementine nicht anzurufen. Da von seiten Rosa Janowitz' keine Schwierigkeiten zu erwarten waren, sah er keinen Anlaß dazu.

Clementine Hergert hatte keine Vorstellung von der Gemütslage ihres Vetters. Sie nahm es als selbstverständlich an, daß er sich so sehr nach ihr sehne wie sie nach ihm, wenn auch auf sachlichere, männlichere Art. Für sie hatte das gemeinsame Erlebnis der Silvesternacht eine besondere Bedeutung gehabt: Es hatte sie dem Ziel ihrer Wünsche sehr nahe gebracht, und sie fühlte sich seither dem Mann, den sie liebte, noch tiefer verbunden. Sein Kuß — es waren, genau gerechnet, ja sogar zwei gewesen, einer um Mitternacht, der andere zum Abschied — besiegelte für sie die heimliche Verlobung. Es machte ihr nichts aus, daß an eine Heirat in naher Zukunft, wie er ihr deutlich zu verstehen gegeben hatte, nicht zu denken war; damit hatte sie gerechnet. Sie hatte so lange auf ihn gewartet, ohne sein Wort zu haben, daß es ihr jetzt, wo sie ihrer Sache sicher zu sein glaubte, nichts mehr ausmachte, sich noch einige Zeit zu gedulden.

Sie lief beschwingt durch die Thielemannsche Villa, treppauf, treppab, und mußte an sich halten, um nicht den ganzen Tag vor sich hin zu trällern. Sie alberte mit ihren Schützlingen und konnte sich, selbst wenn sie ungezogen waren, nur mühsam zur Strenge zwingen. Noch nie war ihr die Erfüllung ihrer Pflichten so leicht gefallen. Sie war glücklich und strahlte das Glück, das sie empfand, auf ihre Mitmenschen aus. Mit neuerwachter Eitelkeit stand sie vor dem Spiegel, betrachtete sich kritisch und versuchte ihr Aussehen zu verbessern. Sie wollte schön sein für Justus Weigand, dem zu begegnen sie jedesmal gefaßt war, sooft sie mit den Kindern zu einem Spaziergang das Haus verließ.

Es gab nicht viele Möglichkeiten, ihr Äußeres zu beeinflussen. Puder, Schminke, Lippenstift waren für jedes Mädchen und jede Frau verpönt. Sie benutzte zaghaft und mit zweifelhaftem Erfolg die Brennschere, legte ihr üppiges schwarzes Haar teils in Löckchen, teils in gleichmäßige Wellen, worauf sie aber nach ein paar Tagen wieder verzichtete, weil sie sich an den neuen Anblick selbst nicht recht gewöhnen konnte; sie fand, daß sie mit gekraustem Haar und der braunen Haut zu sehr den Landarbeiterinnen in ihrer Heimat glich, wenn sie am Samstagabend zum Tanz gingen... Aber sie bürstete von nun ab das hüftlange Haar besonders sorgfältig und begnügte sich nicht mehr damit, es in Zöpfen um den Kopf zu legen, sondern steckte es immer wieder anders auf. Sie bemühte sich auch, die Strenge ihrer dunklen Kleider mit selbstgehäkelten Manschetten und Kragen ein wenig aufzuhellen. Fransen und Troddeln, wie sie zur Zeit Mode waren, standen ihr als im Haus Angestellten nicht zu, und sie kam nicht einmal auf den Gedanken, es darin Frau Thielemann gleichtun zu wollen.

Die Hausherrin beobachtete Clementines Veränderung mit mütterlichem Verständnis und ganz ohne Beunruhigung und Mißtrauen, denn sie zweifelte nicht daran, daß es Justus Weigand war, der solchen Einfluß ausübte. »Sind Sie sicher, daß der junge Mann ehrliche Absichten hat, Clementine?« fragte sie einmal.

Das Mädchen errötete. »Ganz sicher, gnädige Frau.«

»Nun, ich freue mich, daß Sie glücklich sind, Clementine. Allerdings hoffe ich, daß Sie uns nicht zu bald verlassen.« — »Ganz bestimmt nicht«, versicherte Clementine, »an eine Heirat ist in den nächsten Jahren noch nicht zu denken. Justus muß erst seine Prüfungen machen und sich eine Existenz aufbauen.«

»Das freut mich für die Kinder, sie haben sich sehr an Sie gewöhnt.«

»Danke, gnädige Frau, ich habe sie auch sehr liebgewonnen.«

Frau Thielemann überlegte, daß Clementine mit ihren zweiundzwanzig Jahren eigentlich schon ein altes Mädchen war und es sich kaum erlauben durfte, die Eheschließung noch allzu lange hinauszuschieben. Aber sie verschwieg ihre Bedenken, um Clementine nicht zu verletzen.

Auch Otto Thielemann war nicht unempfindlich für das Strahlen, das von Clementine ausging. In der Silvesternacht, als sie Justus Weigand erwartete, war ihm zum erstenmal aufgefallen, daß auch dieses herbe Mädchen einen starken Reiz von der Art besaß, für die er besonders empfänglich war. Seitdem beobachtete er sie mit wachsendem Interesse, das er allerdings vor seiner Gattin gut zu verbergen wußte. Doch wenn er mit Clementine allein war — und er suchte in letzter Zeit solche Gelegenheiten immer häufiger und wußte sie geschickt herbeizuführen —, machte er aus seiner Anteilnahme kein Hehl. Er sah sie aus seinen eng beieinanderliegenden, stechenden Augen so lange und intensiv an, bis sie verlegen wurde und den Blick senken mußte; dabei verzog sich sein sehr roter, feuchter Mund unter dem schmalen Schnurrbart zu einem seltsamen Lächeln. Er machte ihr Komplimente und ließ anzügliche Bemerkungen fallen, versuchte auch bisweilen, den Arm um ihre Taille zu legen, was sie jedoch, geschickt ausweichend, zu vermeiden verstand. Er verfolgte und belästigte sie auf eine plumpe und lüsterne Art, die sie abstieß, verwirrte und ihr doch auch wiederum schmeichelte.

Clementine hatte so lange im Banne selbstauferlegter Enthaltsamkeit und Geschlechtslosigkeit gelebt, daß das Gefühl, begehrt zu werden, fast zu einer Notwendigkeit für sie wurde, ohne daß sie sich eigentlich Rechenschaft darüber ablegte. Vor der Begegnung mit Justus Weigand hätte sie es ohne Zweifel mit einem Blick fertiggebracht, Otto Thielemann in seine Schranken zu weisen; aber nun lebte sie in einem solchen Aufbruch und Aufruhr der Gefühle, daß die Mauer der Prüderie, mit der sie sich früher vor allen Anfechtungen geschützt hatte, von innen her bald wie durch eine Explosion gesprengt war.

Eines Nachmittags — Mitte Februar — war Frau Thielemann mit den Kindern einer Geburtstagseinladung gefolgt. Clementine benutzte die Gelegenheit, um ihre und die Unterwäsche ihrer Zöglinge zu plätten. Das Bügelzimmer befand sich im Erdgeschoß des Hauses, gleich neben der großen Küche, und Clementine und Mamsell Auguste, die an dem freistehenden Herd das Abendessen bereitete, warfen sich während der Arbeit immer wieder ein paar Worte zu. Clementine besprengte ein Spitzenunterröckchen, ließ das schwere Eisen darübergleiten, hob es, als der Druck ohne Wirkung blieb, hoch, benetzte den Zeigefinger, berührte mit ihm die Unterfläche des Eisens und stellte fest, daß das erwartete Zischen ausblieb. Das Eisen war nicht mehr heiß genug. Sie vertauschte es gegen das zweite, das inzwischen auf der Gasflamme heiß geworden war, prüfte auch bei ihm vorsorglich den Grad der Hitze mit dem feuchten Finger und schwenkte es zwei- bis dreimal durch die Luft, um es etwas abzukühlen, bevor sie es auf das Unterröckchen drückte.

»Es hat geklingelt!« rief die Mamsell durch die geöffnete Küchentür herüber.

»Na, dann öffnen Sie doch«, gab Clementine zurück, die nichts anderes glaubte, als daß das Schrillen der Glocke, das sie jetzt auch hörte, von der Haustür käme.

»Nein«, sagte die Köchin, »der Herr hat geklingelt. Aus dem Schlafzimmer.«

Clementine lief, das Bügeleisen in der Hand, in die Küche. Es gab in der Villa seit neuestem eine elektrische Klingelanlage, die jedes Zimmer der oberen Räume mit einem schwarzen Kasten verband, auf dem von einzelnen Täfelchen abzulesen war, von wo geklingelt worden war. Mamsell Auguste hatte recht gehabt: das Täfelchen mit der Aufschrift *Elternschlafzimmer* leuchtete.

»Was machen wir nun?« fragte die Köchin und stemmte die Hände in die Hüften. »Rosa ist noch schnell zum Einkaufen gelaufen.«

»Na, zuerst würde ich das Signal abstellen«, rief Clementine.

Mamsell Auguste näherte sich nur zögernd dem schwarzen Kasten, über welchem die Klingel immer noch schrillte. »Also ich weiß nicht, ich mag das unheimliche Ding nie anfassen. Das ist doch Teufelswerk, Elektrizität... Jeder weiß, wie gefährlich das ist. Es soll Häuser geben, wo sie mit Elektrizität sogar Zimmer beleuchten, aber ich sage immer...«

»Sie haben Angst«, erklärte Clementine lachend. »Aber dazu ist überhaupt kein Grund vorhanden.« Sie stellte ihr Bügeleisen auf eine Ecke der Herdplatte, schob den kleinen Hebel an der Signalanlage zurück, und das Schrillen der Glocke verstummte.

»Und nun?« fragte Mamsell Auguste.

Clementine zuckte mit den Schultern. »Wenn Rosa nicht da ist, werden Sie wohl selbst hinauf müssen.«

»Ich? Nein! Das kommt nicht in Frage!« Mamsell Auguste trommelte mit allen Fingern der rechten Hand auf den Küchentisch. »Ich bin nur für die Küche da. Das habe ich auch der gnädigen Frau gesagt — nur für die Küche!«

»Dann muß Herr Thielemann eben warten«, erklärte Clementine gleichmütig, besann sich aber, noch ehe sie es ganz ausgesprochen hatte, eines anderen und fügte hinzu: »Ach was, ich laufe rasch nach oben und frage, was er will.« Sie drückte der Köchin das Bügeleisen in die Hand, den hölzernen Griff nach vorn, eilte, ohne die große weiße Leinenschürze abzunehmen, zur Tür, lief die Hintertreppe zur Diele hinauf und dann weiter über den Vorderaufgang zum Schlafzimmer. Die Tür war nur angelehnt. Clementine klopfte trotzdem.

»Herein«, forderte sie die helle, ein wenig belegte Stimme des Hausherrn von drinnen auf.

Eine Sekunde lang fühlte sich Clementine beklommen. Dann aber stieß sie mit energischem Ruck die Tür auf und trat ein.

Otto Thielemann stand in einem seidenen, türkisch gemusterten Morgenrock vor dem Spiegel und bearbeitete mit einer Haarbürste sein pomadenglattes, lackschwarzes Haar. Er drehte sich nicht einmal um, als Clementine auf der Schwelle erschien, und unwillkürlich kam sie einige Schritte näher. »Sie haben geklingelt?« fragte sie und kam sich dabei ziemlich töricht vor.

»Wahrhaftig, das habe ich«, bestätigte Otto Thielemann und lächelte seinem Spiegelbild zu.

»Darf ich fragen, was Sie wünschen?«

»Seien Sie so freundlich und lassen Sie mir ein Bad ein.«

Clementines noch vom Bügeln erhitzte Wangen wurden um noch eine Nuance röter. »Das«, sagte sie, »gehört nicht zu meinen Aufgaben.«

Jetzt endlich wandte er sich um. »Ah, wirklich nicht?« Er trat einige Schritte auf sie zu.

Sie sah mit entsetzter Faszination, daß der Morgenrock, der sich beim Gehen öffnete, seine gelblichen, leicht gebogenen Männerbeine freigab; offensichtlich trug er nicht einmal eine Unterhose. Beinahe hätte sie sich umgedreht und wäre geflohen. Aber sie wollte sich keine solche Blöße geben; sie glaubte schon, sein faunisches Gelächter zu hören, mit dem er sie verfolgen würde, und fürchtete, daß Flucht sein böses Gefühl von Überlegenheit noch stärken würde. So blieb sie stehen, starr und mit verkrampften Muskeln, und zwang sich, ihm in die Augen zu blicken. »Nein«, sagte sie, »ich bin nur für die Kinder da«, und mußte dabei an die so häufig vorgebrachte Erklärung Mamsell Augustes — »... nur für die Küche...« — denken und wurde noch unsicherer. »Wenn Sie ein Bad wünschen«, sagte sie und hatte ihre Stimme nicht mehr ganz in der Gewalt, »müssen Sie auf Rosa warten. Sie ist nur eben zum Einkaufen gegangen und wird gleich wieder hier sein.«

Er kam noch einen Schritt näher. Der scharfe Gruch seines Körpers, gemischt mit dem süßlichen Duft der Pomade, die er zu benutzen pflegte, stieg ihr in die Nase. »Und wenn ich nun etwas ganz anderes wünschte?«

Er lächelte mit verzerrten Lippen, und Speichel sammelte sich in seinen Mundwinkeln. »Sieh mich nicht so unschuldig an, du weißt genau, was ich meine, und du wünschst es dir ja auch!«

»Bitte!« stieß Clementine heraus und hörte selbst voll Entsetzen, daß ihre Stimme kaum mehr als ein Krächzen war. »Bitte! Lassen Sie mich gehen!« Sie wollte fliehen, aber ihre Beine gehorchten ihr nicht mehr; Bleigewichte schienen an ihren Füßen zu hängen.

Er hob seine Hände. Sie glaubte, daß er sie packen wolle, und wich zur Seite. Aber er hatte etwas ganz anderes vor. Mit einem Satz war er bei der Tür, drehte den Schlüssel um, zog ihn heraus und ließ ihn in die Tasche seines pflaumenblauen Morgenrocks gleiten.

»Nein!« stammelte sie. »Nein! Das dürfen Sie nicht tun!«

Er wandte sich ihr wieder zu, immer noch dieses fatale Grinsen um die Lippen; seine Augen glitzerten. »Du wirst doch keine Angst haben«, sagte er, »ein so großes Mädchen wie du? Tu doch nicht so, als ob du es noch nie gemacht hättest! Na, komm schon, stell dich nicht so an!« Blitzschnell griff er zu und packte ihr Handgelenk.

Sie setzte sich verzweifelt zur Wehr. »Lassen Sie mich los!«

Es gelang ihr nicht, sich loszureißen, aber sie war stark genug, sein ursprüngliches Vorhaben zu vereiteln; ihr Widerstand machte es ihm unmöglich, sie zu den Ehebetten zu zerren.

Er gab überraschend auf und überrumpelte sie, indem er sie plötzlich in die andere Richtung drängte, gegen die hintere Wand des Zimmers, gerade dorthin, wo Toilettentisch und Kleiderschrank eine Art Nische bildeten. Hier stand sie nun eingekeilt. Seine rechte Hand umklammerte noch immer mit schmerzhaftem Griff ihr Gelenk, die Linke legte sich besitzergreifend auf ihre Brust, und durch das dichte Gewebe ihres Kleides spürte sie den feuchten, lüsternen Druck bis auf die Haut. Sie sah an sich herab, und seine gelben, haarigen Finger waren wie ein riesiges Insekt, das sich an ihr festsog. Sie hätte sich zur Wehr setzen können — aber sie stand wie gelähmt. In ihre tiefe und ehrliche Abscheu mischte sich ein nie gekanntes, peinigendes Gefühl der Lust.

Doch das war nicht der Grund, warum sie sich nicht mit allen Kräften verteidigte. Sie war sich zu gut der Konsequenzen bewußt, die entstanden wären, wenn sie den Hausherrn geschlagen, getreten oder auch nur beleidigt hätte. Ohne Schwierigkeiten hätte er einen Vorwand gefunden, sie vor seiner Frau schlechtzumachen und auf die Straße zu setzen. Nach diesem Hinauswurf wären ihr aber auch die Türen aller anderen guten Berliner Häuser für immer verschlossen gewesen. So flehte sie nur: »Bitte, bitte, lassen Sie mich los ... lassen Sie mich gehen!« und spürte mit wachsender Verzweiflung, daß ihr Widerstand ihn nur noch mehr erregte. Sein Atem ging in kurzen keuchenden Stößen, Schweiß perlte ihm von der Stirn, und seine kleinen Augen waren blutunterlaufen. Er wollte ihre Hand nach unten zwingen.

»Nein!« Plötzlich hatte ihre Stimme wieder Kraft. »Sie dürfen das nicht tun! Denken Sie an Ihre Frau! Wenn Sie mich nicht sofort loslassen, schreie ich!«

Er lachte und bewegte die Hüften. »Du möchtest wohl, daß uns alle so sehen, ja?«

»Sie... Sie Ungeheuer!« Ihr Stoß mit dem Knie blieb ohne Wirkung. Sein verzerrter Mund, seine heißen, sabbernden Lippen waren jetzt ganz dicht vor ihr. Sie sah die raschen, obszönen Bewegungen seiner roten Zungenspitze, die durch die Zähne schnellte. Ihre ängstlichen Bedenken wurden von einer einzigen wilden Welle der Abwehr hinweggeschwemmt. Sie holte tief Atem, schloß die Augen und sammelte all ihre Kräfte, um ihn von sich zu stoßen, ohne Rücksicht auf das, was folgen würde, selbst wenn es ihr Leben kostete — das Maß dessen, was sie an Demütigung und Beschämung vor sich selbst ertragen konnte, war überschritten.

Es dauerte Sekunden, bis ihr eine kalte, klare Stimme ins Bewußtsein drang. »Entschuldigen Sie, bitte, die Störung...«

Clementine riß die Augen auf und sah Rosa Janowitz mit versteinertem Gesicht mitten im Zimmer stehen. Otto Thielemann hatte noch nicht bemerkt, daß sie nicht mehr allein waren; blind und taub vor Leidenschaft drang er auf sie ein.

»Herr Thielemann«, sagte Rosa Janowitz mit erhobener Stimme, »Sie hatten geläutet!«

Clementine spürte, wie er schlaff wurde und von ihr abglitt. Er schwankte. Ganz langsam, wie ein kraftloser Kreisel, drehte er sich zu dem Stubenmädchen um. »Du bist es, Rosa? Das hätte ich mir denken können...«

Rosa Janowitz stand hoch aufgerichtet; ihre schwarzen Augen waren stumpf und ausdruckslos. »Sie sollten Ihren Morgenrock schließen, Herr Thielemann«, sagte sie tonlos. »Sie könnten sich erkälten.«

Otto Thielemann ließ sich in den schweren, mit rotem Samt überzogenen Sessel sinken. »... raus!« stöhnte er, und dann brüllte er: »raus, raus, raus! Alle beide! Ich will euch nicht mehr sehen! Ihr Huren, ihr geilen Frauenzimmer...«

Clementine stürzte zu der Tür, die auf die Galerie führte. Erst im Laufen fiel ihr ein, daß Otto Thielemann ja abgeschlossen hatte. Sie wandte sich um, sah im letzten Moment Rosa Janowitz im Bad verschwinden, begriff erst jetzt, daß sie auch auf diesem Weg ins Schlafzimmer gekommen sein mußte, und eilte ihr nach. Die wüsten Flüche des Hausherrn verfolgten sie bis auf die Galerie hinaus. Die beiden Frauen rannten die Treppe hinab und hielten erst inne, als sie das Souterrain erreicht hatten. Dann blieb Clementine atemlos stehen und klammerte sich an das Geländer. Sie blickte an sich herab, überzeugt, daß der lüsterne Zugriff des Hausherrn sichtbare Spuren hinterlassen haben mußte. Aber ihre weiße Leinenschürze war so fleckenlos wie zuvor. Mit beiden Händen fuhr sie sich in das schwarze Haar, tastete nach den herausgerutschten Nadeln, steckte sie fest. »Du darfst nicht glauben, Rosa...«

Das Mädchen ließ sie nicht aussprechen. »Mir brauchen Sie doch nichts zu erklären, Fräulein«, sagte sie, »ich weiß Bescheid.«

Dennoch hatte Clementine das Bedürfnis, sich zu rechtfertigen. »Ich habe das nicht gewollt, Rosa, wirklich nicht! Ich konnte nichts dafür...« Ehrlich wie sie war, verbesserte sie sich: »Oder doch! Ich habe mich dumm benommen. Ich hätte auf der Hut sein müssen.«

»Sie verstehen von diesen Dingen eben nichts, Fräulein!« Rosa zuckte mit den kräftigen Schultern.

»Ach was, schließlich bin ich kein Kind mehr!«

»Lassen Sie es nur gut sein, in manchen Dingen sind Sie ahnungsloser als ein Kind.«

»Ein verheirateter Mann«, sagte Clementine, immer noch erschüttert, »wie hätte ich da annehmen können...«

»Die sind die schlimmsten«, erklärte Rosa Janowitz verächtlich.

»Aber ausgerechnet Otto Thielemann! Wo er doch eine so gute und schöne Frau hat!«

»Vielleicht ist sie zu gut für ihn«, meinte Rosa Janowitz, »und die Schönheit hat mit solchen Sachen gar nichts zu tun.«

»Nicht?« fragte Clementine erstaunt. »Du meinst, es ist nicht wichtig, ob ein Mädchen schön oder nicht schön ist?«

»*Dafür* nicht«, sagte Rosa Janowitz, und in ihrer Stimme lag große Bitterkeit.

Clementine strich ihre Schürze glatt. »Jedenfalls werde ich mich in Zukunft in acht nehmen.«

»Tun Sie das, Fräulein, denn immer werde ich Ihnen auch nicht helfen können.«

Clementine hatte sich schon halb zum Gehen gewandt; jetzt blieb sie stehen. »Ja, glaubst du denn, er wird es noch einmal versuchen?«

»Und ob er das wird! Ein alter Kater wie der, der läßt das Mausen nicht, wenn man ihm nicht ganz fest auf die Pfoten klopft.«

»Rosa«, sagte Clementine, »ich kann mir keinen Krach erlauben...«

»Wer könnte das schon?«

»Bitte, laß mich nicht im Stich! Verhindere, daß ich mit ihm allein zusammen bin, kümmere dich um mich!«

»Ich tue, was ich kann, Fräulein, das ist doch selbstverständlich. Ich habe nicht vergessen, was ich Ihnen schuldig bin«, antwortete ihr Rosa. Diese Erklärung beruhigte Clementine ein wenig, aber doch nicht genug, um ihr nicht klar vor Augen zu führen, daß von einer Stunde zur anderen viele Begriffe für sie fragwürdig geworden waren, die sie bisher als völlig gesichert angesehen hatte.

Justus Weigand war gerade dabei, in seinen Paletot zu schlüpfen, um einer Verabredung mit Arnold Scheer nachzukommen, als es klopfte. Er öffnete und ließ die Witwe Göbern herein. Es war neun Uhr früh, und er nahm an, daß sie das Frühstücksgeschirr holen wolle. Aber als er den Ausdruck ihres Gesichtes sah, merkte er sofort, daß etwas Besonderes passiert sein mußte. »Na, was gibt's?« fragte er. »Tut mir leid, ich habe wenig Zeit, ich wollte gerade . . .«

»Ein Rohrpostbrief für Sie, Herr Weigand.«

Justus blieb gelassen. »Ach, der wird sicher von Arnold Scheer sein«, sagte er. »Wahrscheinlich ist der Faulpelz wieder einmal nicht dazu gekommen . . .« Er unterbrach sich, als er die Aufschrift des Briefes las, den seine Wirtin ihm jetzt vor die Augen hielt. »Nein, er ist von meiner Cousine.«

»Wenigstens sind Sie ehrlich«, stellte die Witwe Göbern befriedigt fest. Sie blieb stehen, sah ihm zu, wie er das Kuvert öffnete, das Schreiben herauszog und las; sie machte keine Anstalten, sich zu entfernen oder ihre Neugier zu verbergen. Als er den Brief schweigend zusammenfaltete und in die Manteltasche schob, ging sie zum direkten Angriff über. »Was schreibt sie denn?« fragte sie.

»Sie will sich mit mir treffen.«

»Und? Werden Sie hingehen?«

»Das kann ich jetzt noch nicht sagen.«

Er schob die Wirtin beiseite und öffnete die Tür.

»Also dann, bis später!«

Er ging rasch davon, ohne ihr Gelegenheit zu weiteren Fragen zu geben.

Tatsächlich war er verärgert und wurde es noch mehr, als er erkannte, wie ungerechtfertigt seine schlechte Laune war. Clementine verlangte dringend, ihn zu sprechen. Warum nahm er ihr das übel? Silvester lag jetzt schon fünf, nein, sieben Wochen zurück. Er konnte wirklich nicht behaupten, daß sie ihm in dieser Zeit lästig gefallen wäre. Sie hatte ihm einen einzigen, dazu noch sehr unpersönlich gehaltenen Brief geschrieben, den er nicht beantwortet hatte. Jetzt aber schien wirklich etwas passiert zu sein . . . Er konnte sich zwar nicht vorstellen, was es war, aber er durfte ihr ihren Wunsch nicht abschlagen. Aber gerade das machte ihn wütend. Sie hatte Tag, Stunde und Ort des Stelldicheins festgelegt — heute, fünf Uhr nachmittags, am Pariser Platz —, und er versuchte sich einzureden, daß es anmaßend von ihr sei, so über ihn zu verfügen. Aber er wußte, daß ihm unter normalen Umständen ein ohne Rücksprache getroffener Termin gar nichts ausgemacht hätte.

Was ihn wirklich traf, war die Tatsache, daß heute Donnerstag war und somit Jour fixe bei Frau von Stucken. Seit vielen Wochen schon nahm er regelmäßig an diesen Empfängen teil, die für ihn, wenn er ehrlich sein sollte, bloße Zeitverschwendung waren. Er konnte sich nicht einmal einreden, daß er aus Sparsamkeitsgründen in die Fürstenstraße ging, denn obwohl er an den Donnerstagen auf sein Mittagessen verzichtete, um später das reichliche Angebot von Kuchen und Delikatessen zu genießen, so wurde diese scheinbare Einsparung doch dadurch wieder aufgehoben, daß er mindestens jeden zweiten Donnerstag der Gastgeberin Blumen mitbringen mußte und sich sogar ein neues Hemd gekauft hatte.

Nein, es gab nur einen einzigen Grund, warum es ihn zu den Stuckens zog; er wollte mit Stefanie zusammen sein, in ihre goldfunkelnden Augen sehen und ihre schwingende Stimme hören, die Gescheites wie Naives mit erfrischender Ursprünglichkeit vorzubringen wußte. Dabei war er sich völlig im klaren darüber, daß seine Verliebtheit zu nichts führen konnte, selbst dann nicht, wenn Stefanie seine Gefühle erwidert hätte. Aber auch daran zweifelte er. Er neigte zu der Annahme, daß es ihr Freude machte, mit ihm zu spielen, und aus reiner Gutmütigkeit gerade zu ihm, dem ärmsten ihrer Verehrer, besonders freundlich zu sein. Auf jeden Fall war gewiß, daß die Kluft zwischen ihnen unüberbrückbar war. Jedesmal, wenn er die Wohnung über der Bank verließ, schwor er sich, nicht wiederzukommen. Denn jede Begegnung mit Stefanie ließ ihn die Hoffnungslosigkeit seiner Situation schmerzlich fühlen.

Dennoch schwanden dann in den nächsten Tagen alle guten Vorsätze wieder dahin. Stefanie zu sehen wurde zum unausweichlichen Bedürfnis, und Arnold Scheer brauchte keine Überredungskünste anzuwenden, um Justus zum Jour fixe bei Frau von Stucken mitbringen zu können.

Justus Weigand hatte alles versucht, um von dem jungen Mädchen loszukommen. Er hatte sich mit angestrengtem Eifer in seine Studien gestürzt und sich körperlich durch lange Winterspaziergänge ermüdet. Er hatte sich in die Arme der willigen Amalie Hentschel gestürzt, die über die neuerwachte Leidenschaft ihres Liebhabers überrascht war; aber nicht für eine Sekunde gelang es ihm, Stefanie zu vergessen. Mit offenen und mit geschlossenen Augen sah er ihr milchweißes Gesicht vor sich, mit der zarten, pochenden Ader an der Schläfe und den goldbraunen Locken um die Stirn.

Heute also sollte die Begegnung, auf die er sich eine ganze Woche lang gefreut hatte, nicht stattfinden. Wegen Clementine. Er konnte nicht um fünf Uhr gleichzeitig am Pariser Platz und in der Fürstenstraße sein. Er fühlte sich ganz elend vor Enttäuschung. Trotzdem unterlag er keine Sekunde der Versuchung, Clementine einfach zu versetzen. Clementine war mehr für ihn als eine Verwandte; sie war die Freundin aus seinen Kindertagen und durch tausend Erinnerungen mit ihm innerlich verbunden. Er hätte sie bei Thielemanns anrufen können, und er erwog das auch. Aber sie hatte seinerzeit ausdrücklich geschrieben, daß dies nur bis neun Uhr morgens möglich war. Und was sollte er auch sagen? Heute nicht, morgen? Das würde bedeuten, daß er statt nur eines Nachmittags in dieser Woche gleich zwei verlor, und das gerade jetzt, wo es auf den Abschluß der Dissertation zuging.

Nein, er hatte keine andere Wahl, er mußte für diesmal auf das

Wiedersehen mit Stefanie verzichten, und vielleicht war das ganz gut so, denn vierzehn Tage Trennung mochten vielleicht etwas erreichen, wofür eine Woche zu kurz war: entweder, daß er Stefanie vergaß oder daß seine Gefühle für sie sich wenigstens abschwächten. Denn das ersehnte er noch mehr als die Erfüllung seiner Liebe. Er hätte viel darum gegeben, wieder ein innerlich freier Mann zu sein, ein kühl denkender, sachlich handelnder Wissenschaftler, der seine Gemütsregungen gleichsam sezierte, statt sich von ihnen überwältigen zu lassen.

Clementine Hergert hatte nicht gewagt, für die Begegnung mit ihrem Vetter um Ausgang zu bitten, weil sie fürchten mußte, keine Erlaubnis zu erhalten; auch Herr und Frau Thielemann waren an diesem Nachmittag unterwegs, er in Geschäften und sie, um eine Freundin aufzusuchen. So tat Clementine etwas, was ihrer offenen und geraden Natur fremd war — sie machte sich heimlich davon. Obwohl Rosa Janowitz ihr versprochen hatte, die Kinder nicht aus den Augen zu lassen, hatte sie kein gutes Gefühl dabei. Aber ihre Sehnsucht nach Justus Weigand und ihr Bedürfnis, sich mit ihm, dem einzig vertrauten Menschen, den sie in der ihr immer noch fremden Großstadt besaß, auszusprechen, war übermächtig geworden.

Die Turmuhren hatten noch nicht fünf geschlagen, als sie den Treffpunkt erreichte. Die Weite des Pariser Platzes mit der Strenge der klassizistischen Fassade des Palais Redern beeindruckte sie und verstärkte noch ihr Gefühl der Verlorenheit. Da sie auf ihren Spaziergängen mit den Kindern bisher nicht aus dem Tiergartenviertel hinausgekommen war, war sie zum erstenmal in diesem Teil der Stadt, auf den die Berliner so stolz waren. Aber sie hatte nicht die innere Ruhe, Häuser und Menschen bewußt zu betrachten. Allzusehr war sie in ihren persönlichen Schwierigkeiten gefangen und sehnte sich nach einem verständnisvollen Wort, einem tröstenden Blick des Mannes, der ihr so viel bedeutete.

Justus Weigand erschien pünktlich. Sie erkannte ihn schon von weitem. Obwohl er nicht überdurchschnittlich groß war, schien er alle anderen Passanten zu überragen. Sie stellte sich auf die Zehen und hob winkend die Hand, um sich bemerkbar zu machen. Aber er schien mit seinen Gedanken anderswo zu sein. So beschränkte sie sich denn vorläufig darauf, ihn zu beobachten, und schon das bereitete ihr Freude. Er hatte die mageren Schultern vorgeschoben, die Hände in die Taschen seines Paletots gebohrt und schien gespannt wie eine Feder, deren Kraft noch gebunden ist, die aber augenblicklich losschnellen könnte. Sein dichtes braunes Haar stand ungebärdig um die breite Stirn, der Schwung seiner Jochbogen ließ seine Wangen hohl erscheinen, und seine tiefliegenden, von dichten, kurzen Wimpern umgebenen Augen waren von einem so tiefen Blau, daß jeder, der nicht genau hinsah, sie für schwarz oder braun gehalten hätte.

Aber Clementine kannte das Blau dieser sehr lebendigen, verträumten und gleichzeitig kühlen Augen, die jetzt geradezu blicklos wirkten. Sie wußte, was das bedeutete. So hatte er schon als Junge immer geschaut, wenn er mit einem Problem beschäftigt war. Dann hatte sie besser daran getan, ihn nicht zu stören, weil sie nur unwirsche und teilnahmslose Antworten erwarten durfte. Sie hatte vor ihm gekauert und gewartet, bis seine Augen wieder heller wurden, wie ein Gewitterhimmel, der sich nach Blitz und Donner zusehends aufklärt.

Als sie ihn jetzt so verdüstert auf sich zukommen sah, zog sie sich unwillkürlich in sich selbst zurück. Aber er zeigte ein rasches, fast reumütiges Lächeln, das ihr Herz heftiger klopfen ließ, und streckte ihr die schlanke, kräftige Hand entgegen: »Tag, Tina!«

»Ich bin ja so froh, daß du gekommen bist!«

»Du hast es wichtig genug gemacht«, sagte er und lächelte dabei, als wollte er sich für diese wenig höfliche Feststellung entschuldigen.

»Ich mußte dich sehen, Justus!«

»Ja, den Eindruck hatte ich.« Er bot ihr seinen Arm, vollzog eine Wendung und führte sie in die Richtung, aus der er eben gekommen war. »Es ist zu kalt, um hier herumzustehen«, sagte er, »also, was gibt's?«

Jetzt plötzlich schien alles, was sie ihm hatte sagen wollen, nicht mehr zu stimmen, und sie hätte gewünscht, mit ihm über allgemeinere, weniger heikle Dinge reden zu können. »Du siehst erschöpft aus«, sagte sie, »wahrscheinlich arbeitest du zuviel.« — »Stimmt«, gab er gelassen zu.

»Übertreibe es nicht! Denke immer daran, daß es dir gewiß nichts nützt, wenn du vor der Prüfung zusammenbrichst.«

»Ich höre meine Mutter reden«, sagte er halb ärgerlich, halb lachend.

»Traurig genug, daß du hier niemanden hast, der sich um dich kümmert.«

Er blieb stehen und sah sie an. Sie waren gleich groß, obwohl sie kräftiger gebaut war und er dadurch länger wirkte. Aber ihre Augen lagen auf derselben Höhe. »Ist das alles, was du auf dem Herzen hast?« fragte er, und jede Spur eines Lächelns verschwand aus seinem Gesicht.

»Nein, natürlich nicht«, beeilte sie sich zu versichern, »wo denkst du hin!«

»Also dann, heraus mit der Sprache.« Er merkte selbst, daß seine Stimme gereizt und ungeduldig geklungen hatte, und fügte weicher hinzu: »Es tut mir leid, Tina, aber du mußt meine Situation verstehen. Jede Minute ist für mich kostbar.« Und es fiel ihm wieder ein, daß er sich ohne Clementines Hilferuf jetzt im Salon der Frau von Stucken befände.

Sie ahnte nicht, was in ihm vorging. »Ich ... ich möchte dir das nicht so auf der Straße sagen«, erklärte sie hilflos. »Können wir nicht irgendwo hingehen? Vielleicht in ein Café?«

»Dazu habe ich kein Geld«, erwiderte er hart.

»Aber ich!« Und dabei hob sie ihr selbstgehäkeltes, mit Glasperlen verziertes Täschchen ein wenig in die Höhe. »Ich würde dich so gern einladen — bitte, laß es mich tun!«

»Nein«, sagte er, »das geht nicht. Absurde Idee! Außerdem können wir viel besser hier reden als in einem Lokal. Hier kann uns niemand zuhören. Oder gefällt dir die Gegend nicht?«

Sie merkte, daß diese Frage spöttisch gemeint war, wußte aber nichts darauf zu antworten. »Doch«, sagte sie, »natürlich, es ist sehr hübsch hier.«

»Das freut mich ungemein. Ich konnte leider nicht mehr veranlassen, daß die Linden blühen ...«

»Was für ein Unsinn, es ist doch Winter!«

Er hob die Augenbrauen. »Wirklich? Du hast eine bemerkenswert rasche Auffassungsgabe.«

Sie entzog ihm ihre Hand, rief zornig: »Du willst mich ärgern, Justus! Warum? Was habe ich dir getan?«

»Reg dich doch nicht auf. Du hast anscheinend noch immer nicht gelernt, Spaß zu verstehen.«

»*Deine* Späße nicht. Sie sind einfach scheußlich. Wenn du mich nur quälen willst, hättest du gar nicht zu kommen brauchen.«

Sie machte eine Bewegung, als ob sie weg wollte. Er packte sie sofort beim Arm. »Schon gut, Tina. Nun reg' dich nur nicht auf. Ich kann nun einmal solche Geheimniskrämereien nicht leiden, das weißt du doch. Erst schickst du mir einen aufregenden Rohrpostbrief, aus dem nichts hervorgeht, als daß du mich *dringend* — dringend unterstrichen — sprechen mußt, ich komme, und anstatt mir nun zu erzählen, was du auf dem Herzen hast, redest du herum.«

»Es interessiert dich gewiß gar nicht.«

»Kann sein«, sagte er ungerührt, »aber wenn du das von vornherein annimmst, dann hättest du mich gar nicht herbeizitieren sollen.« Er drückte brüderlich-herzlich ihren Arm. »Zier dich nicht länger, Tina! Hast du etwa einen schnieken jungen Mann kennengelernt?«

Sie warf ihm einen Blick zu, der ihm das Unpassende seiner Frage sehr deutlich machte. Er zuckte mit den Achseln und ließ Clementine los. »Dann nicht, liebes Mädchen. Ich sehe schon, du hast es dir anders überlegt, also ist es wohl besser, wir trennen uns wieder. Du weißt, ich habe meine Zeit nicht gestohlen.«

Sie merkte, daß er es ernst meinte. Hastig sagte sie: »Bitte, bleib, Justus, du sollst ja alles erfahren! Versteh nur, daß es mir sehr ... sehr peinlich ist.«

»Hast du etwas versiebt?« fragte er und stürmte, die Hände wieder in die Taschen geschoben, mit großen Schritten voran, auf die Ecke Friedrichstraße zu.

Sie trippelte neben ihm her und mußte sich anstrengen, sein Tempo mitzuhalten. »Nein, nein!« rief sie. Als er keine weiteren Fragen mehr stellte und sie nicht einmal ansah, entschloß sie sich, unaufgefordert weiterzureden. »Es ist wegen Herrn Thielemann«, sagte sie. »Er ... er hat es auf mich abgesehen.« Sie sah ihn von der Seite an, aber er zeigte keinerlei Reaktion. »Immer versucht er, mich ... mich allein zu kriegen. Ich zittere schon jedesmal, wenn Frau Thielemann ausgeht. Dauernd erfindet er neue Vorwände.«

Justus reagierte durchaus nicht so, wie sie erwartet hatte. »Aber eigentlich«, sagte er nüchtern, »hast du doch gar nichts mit ihm zu tun. Wenn ich dich richtig verstanden habe, bist du doch zur Betreuung der Kinder angestellt.«

»Ja, schon, aber ... er schert sich nicht darum. Er schickt Rosa Janowitz weg, unter irgendeinem Vorwand, und die Köchin beschäftigt er auch, und dann läßt er mich nach oben kommen. Er bedrängt mich, Justus, oh, er ist wirklich ein widerlicher Kerl.«

»Das glaub' ich dir gern.«

»Was soll ich nur tun, Justus? Wenn Rosa nicht wäre, würde schon längst etwas passiert sein. Sie paßt auf und ist immer, wenn es hart auf hart geht, zur Stelle. Aber er ist jetzt so ekelhaft zu ihr.«

»Was willst du eigentlich von mir hören, Clementine?«

»Ich weiß nicht«, sagte sie atemlos und verwirrt. »Wenn ich es wüßte, brauchte ich dich doch nicht zu fragen.«

»Du hättest niemals aus Görzen fortgehen sollen«, sagte er beherrscht. »Du paßt nicht nach Berlin, und du hast es ja im Grunde auch nicht nötig, dir bei fremden Leuten deinen Lebensunterhalt zu verdienen.«

»Aber nun bin ich einmal hier, Justus!«

»Ja, sicher. Aber du brauchst nicht hier zu bleiben. Kündige und fahr nach Hause zurück.«

Dieser Ratschlag traf sie wie ein Fausthieb in den Magen. Er sah sie an. »Was ist los mit dir?« fragte er. »Bist du krank?« Er verlangsamte seinen Schritt.

Sie schüttelte stumm, mit zusammengepreßten Zähnen, den Kopf. Er blieb stehen, hob mit dem Zeigefinger der Rechten ihr Augenlid und tastete mit der linken Hand nach ihrem Puls. »Das gefällt mir gar nicht, Clementine«, sagte er. »Wenn du gesundheitlich nicht auf dem Damm bist, sollte das ein Grund mehr für dich sein, nach Hause zu fahren.«

»Ich will nicht«, stieß sie gepreßt hervor. »Und außerdem bin ich ganz gesund.«

»Da bin ich nicht sicher. Ich kann dich natürlich nicht hier, mitten auf der Straße, untersuchen, und außerdem ... Weißt du was, du solltest mal in die Charité kommen. Wir können jetzt gleich einen festen Termin vereinbaren, ich erwarte dich und werde dafür sorgen, daß dich der beste Facharzt untersucht. Einverstanden?«

»Du weißt genau, daß das nicht geht«, widersprach sie. »Wie, glaubst du, würden Thielemanns es aufnehmen? Dann könnte ich genausogut gleich kündigen. Wer will schon eine kranke Erzieherin?«

»Aber irgend etwas muß geschehen!«

Sie legte zaghaft ihre Hand auf seinen Arm. »Ja, Justus, aber nicht das ... Nicht so, wie du es dir vorstellst! Könntest du nicht ...« Sie zögerte und wagte kaum, es auszusprechen. »Justus, wenn du mit Herrn Thielemann sprechen würdest?«

»Ich!?« Seine Überraschung war so ehrlich, daß sie wie eine Beleidigung wirkte. »Wie, zum Teufel, stellst du dir das vor? Was könnte ich denn Herrn Thielemann sagen?« Er befreite sich aus ihrem Griff und stürmte weiter.

Sie beeilte sich, wieder an seine Seite zu kommen. »Ihn bitten, mich in Ruhe zu lassen!«

»Du hast Begriffe! Glaubst du, ich will mich lächerlich machen?!«

»Aber du brauchst ihm doch nur zu sagen...« Sie stockte wieder.

»Was?« fragte er ungeduldig.

Sie holte tief Atem. »Daß wir verlobt sind!«

Einen Augenblick lang war es ganz still, und sie wagte nicht, ihn anzusehen. Sie wußte nicht einmal mehr, woher sie den Mut genommen hatte, das, was sie hoffte und glaubte, so unverblümt auszusprechen. Sie hatte das keineswegs vorgehabt; eine ihr selbst unbekannte Kraft hatte sie vorangedrängt, und das gab der ganzen Situation etwas Unwirkliches.

Die Kulisse der breiten, eleganten Straße, die ihr bis heute unbekannt gewesen war, verstärkte noch diesen Eindruck. Eine Menge gutgekleideter Menschen, wie Clementine sie in solcher Anzahl noch nie gesehen hatte, schlenderte die Geschäftsseite der Linden hinauf und hinunter, Damen in Pelzen, mit Paketen und Paketchen beladen, Herren, die flott ihre Spazierstöcke schwenkten. Auf der Fahrbahn die Wagen, die Pferde, und dazwischen drüben sogar eines dieser neumodischen Automobile, das wie ein Wagen aussah, dem man die Pferde ausgespannt und die Deichsel abmontiert hatte und der sich dennoch auf geradezu gespenstische Weise vorwärts bewegte. Clementine hatte dies alles noch nie gesehen, aber sie hatte davon gelesen und erzählen hören und hatte sich dieses Bild daheim in Görzen so häufig und so deutlich vorgestellt, daß die Situation für sie um so mehr wie ein Traum wirkte.

Sie kniff die Augen zu und öffnete sie wieder — nichts hatte sich verändert. Zwischen mächtige Gebäude zwängten sich schmalbrüstige Häuschen. Clementine las auf einer Schaufensterscheibe in goldverschnörkelten Buchstaben *Hromadka & Jäger;* im Fenster stand nichts als eine mit Keks gefüllte gläserne Bonbonniere auf blauem Samt. Sie nahm das alles in Einzelheiten und überdeutlich auf, als ob sie sich auf diese Weise vom Banne des Traumhaften befreien könnte. Die Sekunden des Schweigens, die auf ihren provozierenden Ausspruch folgten, schienen ihr Ewigkeiten lang.

In Wahrheit antwortete Justus Weigand sogleich, nach ganz kurzem Überlegen: »Aber das stimmt doch gar nicht, Tina.«

Dieser einzige Satz genügte, um sie in die volle Realität zurückzurufen. »Wir sind es nicht offiziell, Justus...«

»Wir sind es überhaupt nicht«, widersprach er. »Ich habe dir schon öfter als einmal gesagt, daß für mich in naher Zukunft an eine Heirat überhaupt nicht zu denken ist.«

»Aber ich will dich ja nicht jetzt heiraten — auch nicht heute oder morgen! Irgendwann. Ich habe Zeit. Ich werde warten ... Du kannst mir doch nicht verbieten, auf dich zu warten, Justus!«

»Tina«, sagte er gequält, »du steigerst dich da in etwas hinein ...«

»Du hast mir versprochen, mich zu heiraten! Damals, bevor du nach Berlin fuhrst! Hast du das etwa vergessen?«

»Das waren doch Kindereien.«

»Ich habe sie sehr ernst genommen.«

»Du versuchst mal wieder, mit deinem Dickkopf durch die Wand zu stoßen, Clementine«, sagte er. »Was ich dir jetzt sage, ist mein voller Ernst. Von einer Verlobung zwischen uns kann keine Rede sein, jetzt nicht und auch später nicht. Nimm das bitte zur Kenntnis!« Als er den Schmerz in ihren Augen sah und das Zucken um ihre fest aufeinandergepreßten Lippen, fügte er weicher hinzu: »Ich habe dich zwar von Herzen gern, Tina ...«

»Hast du das wirklich?« fragte sie wie erstickt.

»Bestimmt.«

»Dann ist alles gut.«

»Ich kann aber trotzdem nicht zu Herrn Thielemann gehen und ihn zur Rede stellen, Tina. Ich bin nicht der Mann für solche Aufgaben. Ich würde im Nu den schönsten Streit vom Zaun brechen und genau das erreichen, was du zu vermeiden suchst; man würde dich auf die Straße setzen.«

Sie lächelte ihm zu und fuhr sich mit dem Handrücken über die Augen. »Es war nur ... so eine dumme Idee von mir.«

»Du solltest nicht länger bei diesen Menschen bleiben.«

»Es macht dir also doch etwas aus, wenn ich Schwierigkeiten habe?«

»Hast du daran gezweifelt?«

»Das wollte ich nur von dir hören. Mach dir keine Sorgen um mich, Justus, ich werde mit allem fertig.«

Er betrachtete sie, lächelnd und mit gerunzelter Stirn. »Was seid ihr Weiber doch für unlogische Wesen! Erst regst du mich auf, und dann verlangst du von mir, daß ich mir keine Sorgen machen soll. Ich hatte dich immer für einigermaßen vernünftig gehalten, Clementine.«

»Verzeih mir, aber ich bin wirklich ganz durcheinander.«

»Das scheint mir auch so.«

Sie legte einige schnellere Schritte zu und vertrat ihm den Weg. »Sag mir ehrlich, Justus, es gibt doch kein anderes Mädchen, das ... Ich meine, du bist doch mit keiner anderen verlobt?«

»Hältst du mich für einen Lügner?«

»Aber Justus!«

»Ich habe dir gesagt, daß ich nicht heiraten kann, weil ich dazu die Mittel nicht habe, weil ich erst am Beginn meiner Laufbahn stehe. Ich kann nicht heiraten, weder dich noch eine andere, verstehst du mich jetzt?!«

»Ja«, sagte sie. »Bitte, verzeih mir. Ich weiß, ich bin wirklich dumm. Ich habe eine schreckliche Zeit mitgemacht, so etwas reißt schon an den Nerven. Aber jetzt ist schon wieder alles in Ordnung.«

Er hatte ein schlechtes Gewissen, als er sie so glücklich sah, und fühlte sich einmal mehr als Lügner. Aber war es nicht doch die Wahrheit, die er Clementine gesagt hatte? Wozu hätte er ihr anvertrauen sollen, daß er ein Mädchen liebte, das für ihn unerreichbar war? Sie waren beim *Café Kranzler* angelangt. »Ich glaube«, sagte er, »wir sollten unsere Pfennige doch zusammenlegen und uns eine Tasse Kaffee, vielleicht auch ein Stück Streuselkuchen gönnen. Hast du Lust, Tina?«

»O ja«, sagte sie, »das ist eine wundervolle Idee!«

Stefanie von Stucken fragte nicht nach Justus Weigand, aber Arnold Scheer erkannte an dem Blick, den sie über seine Schulter warf, daß sie den Freund suchte, der nicht mitgekommen war. Es machte ihm Freude, sie zu necken. »Seien Sie nicht zu enttäuscht, Stefanie!«

»Bin ich ja gar nicht«, protestierte sie. »Weshalb sollte ich denn?« Doch in ihre Wangen stieg ein flüchtiges Rot.

»Wenn Sie ganz lieb zu mir sind«, sagte Arnold Scheer, »verrate ich Ihnen auch, wieso Justus Weigand heute verhindert ist.« — Sie stieß einen kleinen Laut der Verachtung aus, kreiselte auf dem Absatz um die eigene Achse und wandte sich von ihm ab. »Als ob mich das interessierte!«

Arnold Scheer lachte ihr nach. »Das freut mich ehrlich, meine Liebe! Dann habe ich also doch noch mehr Chancen bei Ihnen, als ich mir ausgerechnet hatte.« Er begrüßte die Dame des Hauses und die übrigen Gäste. Um Stefanie kümmerte er sich nicht mehr; nun, da sie den Köder geschluckt hatte, war er sicher, daß sie an seinem Haken zappelte.

Später, als sich der Kreis um Frau von Stucken auflöste, fand er Stefanie plötzlich an seiner Seite. Er beobachtete sie aus den Augenwinkeln. Sie sah ganz reizend aus in dem dunkelgrünen Samtkleid, dessen Rock in einer fächerförmigen Schleppe endete und das die Taille, deren Zierlichkeit durch eine kleine Turnüre noch betont wurde, ganz eng umschloß. Ihr schlanker Hals entstieg einem Einsatz von ekrüfarbener Spitze, der sich kragenartig bis zum Kinn krauste. Es fiel ihm schwer, ein Kompliment zu unterdrücken.

»Arnold ...« sagte sie mit ganz kleiner, kindlicher Stimme.

Jetzt erst blickte er sie voll an. »Gnädiges Fräulein?« fragte er ernsthaft.

»Arnold, hatten Sie denn nicht versprochen, mir etwas zu erzählen?«

»So, hatte ich?« Er runzelte die Stirn und zwinkerte gleichzeitig mit den Augen, was ungemein komisch wirkte.

Sie lachte. »Können Sie denn nicht einmal wirklich ernst sein, Sie unmöglicher Mensch?!« rief sie.

Er schlug die Hacken zusammen, nahm Haltung an und sagte mit grabesdüsterer Stimme: »Wie gnädiges Fräulein befehlen.«

»Ich befehle Ihnen, mir sofort zu sagen, warum Ihr Freund heute nicht gekommen ist!«

»Interessiert Sie das denn? Ich dachte . . .«

Sie fiel ihm ins Wort. »Das ist nicht nett von Ihnen, daß Sie mich immer hänseln müssen, Arnold. Nein, wenn Sie so sind, dann behalten Sie Ihr Geheimnis nur schön für sich, dann will ich gar nichts mehr wissen.« Sie tat einige schnelle Schritte von ihm fort.

Er fürchtete, den Spaß zu weit getrieben zu haben, und war rasch an ihrer Seite. »Es gibt kein Geheimnis, Stefanie.«

Sie sah zu ihm auf. »So? Gibt es das nicht? Warum machen Sie es dann so spannend?«

»Ist es denn ein Verbrechen, wenn ich versuche, mich vor Ihnen ein bißchen interessant zu machen? Und wenn ich, da meine männlichen Vorzüge Sie nicht zu beeindrucken vermögen, die einzige Eigenschaft hervorhebe, die vor Ihren Augen Gnade findet?«

»Und welche Eigenschaft wäre das?« fragte sie unvorsichtig.

»Daß ich Justus Weigands Freund und Vertrauter bin«, erklärte er prompt.

»Haben Sie das denn nötig?« fragte sie ausweichend. »Sie sind doch selbst ein Mann.«

Er nahm ihre Hand, um ihre Fingerspitzen zu küssen. »Das haben Sie sehr lieb gesagt, Fräulein Stefanie . . .«

Sie sah ihn aus ihren klaren braunen Augen an, ohne mit der Wimper zu zucken. »Ich habe es auch so gemeint.«

Aber ihr naives Manöver konnte ihn nicht über die Art ihrer Gefühle täuschen. »Zur Belohnung«, sagte er, »werde ich Ihnen jetzt erzählen . . .« Es berührte ihn schmerzlich, als er schon bei dieser Ankündigung die goldenen Funken in ihren Augen aufleuchten sah.

»Ja?« fragte sie drängend.

»Justus mußte sich mit seiner Cousine treffen.«

Die Reaktion, die er erwartet hatte, blieb aus; nicht eine Spur von Mißtrauen oder Eifersucht zeigte sich in ihrem offenen Gesicht. »Ach so«, sagte sie nur.

»Er hat heute früh einen Rohrpostbrief von ihr bekommen«, fügte er erklärend hinzu, beugte sich zu ihr nieder und sagte nahe an ihrem Ohr: »Sie lebt als Erzieherin bei den Thielemanns.«

Stefanie schob nachdenklich die kleine runde Unterlippe vor. »Ich glaube«, sagte sie, »dann kenne ich sie sogar.« Sie ging von selbst auf andere Dinge über, und er mußte den Eindruck gewinnen, daß das Thema für sie erledigt war. Sie lächelte und plauderte mit ihm und den anderen jungen Leuten und ließ sich nicht anmerken, wie sehr sie sich innerlich mit Justus Weigand beschäftigte.

Aber sobald sich eine Gelegenheit ergab, nahm sie ihren Bruder beiseite, der sich bisher höflich, aber leicht blasiert mit Lisbeth von Panwitz unterhalten hatte. »Egon«, bat Stefanie, »würdest du mir einen Gefallen tun?«

»Und womit kann ich dir dienlich sein, Schwesterchen?«

»Papa hat in letzter Zeit öfters davon gesprochen, daß wir, sobald das Wetter besser ist, einmal ein Wochenende draußen im Grunewald verbringen wollen.«

»Möchtest du lieber in der Stadt bleiben?«

»Aber nein, Egon, du weißt doch, ich bin sehr gern draußen!«

»Nun, ich für meinen Teil nicht. Ich habe jar keinen Sinn für Kohl und Kartoffeln.«

»Kohl und Kartoffeln.« Sie lachte vergnügt. »Nun erzähl mir bloß, wo es im Grunewald Kohl und Kartoffeln gibt! Auf unserem Grundstück jedenfalls nicht und auch nicht in der näheren und weiteren Umgebung.« Sie legte ihre Hand auf den Arm seines eleganten Uniformrocks. »Aber ich weiß schon, was du meinst, Egon — gähnende Langeweile, nicht wahr?«

»Sehr richtig, Kleines! War nur zu wohlerzojen, es auszusprechen.«

»Aber das könnte man doch ändern«, schlug sie scheinheilig vor. »Gerade darüber wollte ich mit dir sprechen. Wie wäre es, wenn du ein paar Freunde einladen würdest?«

Er durchschaute sie sofort. »Du haste wohl jemand janz bestimmtes im Ooje?« fragte er in seinem schönsten Berlinerisch.

»Aber nein, wo denkst du hin?« rief sie. »Ich dachte nur einfach, ein paar Freunde von dir...«

»Ach nee! Du bist doch sonst nicht so für't Militär!«

»Nun, es brauchen ja auch nicht gerade deine Kameraden zu sein. Es gibt doch ganz nette Zivilisten. Arnold Scheer zum Beispiel... und Justus Weigand...«

Egon von Stucken hob die Augenbrauen. »Nachtigall, ick hör dir trapsen...«

»Du brauchst gar nicht gleich wieder so mokant zu werden!« rief sie mit einem Ärger, der nur ihre Verlegenheit überspielen sollte. »Wenn du ein paar nettere junge Herren kennst...«

Er schob seine Hand unter ihren Ellbogen und führte sie in die tiefe Fensternische, wo die schweren Vorhänge sie vor den Blicken der anderen verbargen und ihre Stimmen dämpften. »Ich habe mit Justus Weigand gesprochen«, sagte er bedeutungsvoll.

»Es gibt nichts gegen ihn einzuwenden«, sagte sie heftig, »auch wenn er aus einfachen Verhältnissen stammt und seine Cousine als Erzieherin arbeitet.«

»So? Tut sie das?« fragte er erstaunt. »Das wußte ich ja gar nicht.«

»Doch, bei Thielemanns. Aber das stört mich überhaupt nicht. Schließlich gehören wir ja auch nicht gerade zum Hochadel. Großvater war noch Tuchhändler, und Urgroßvater...«

Ihr Bruder schnitt ihr das Wort ab. »Du hast gar keinen Grund, dich so aufzuregen«, sagte er. »Du weißt sehr gut, daß ich kein Snob bin, auch wenn das in meinem Regiment so zum guten Ton gehört.«

»Aber wenn es nicht seine Herkunft ist — was hast du sonst gegen ihn?«

»Gar nichts, mein Kleines.«

Sie hob sich auf die Zehenspitzen und berührte mit ihren warmen runden Lippen seine Wangen. »Ich wußte ja, du würdest mich verstehen.«

Er schlang seinen Arm um ihre Taille und hielt sie fest. »Ich möchte nur nicht, daß du unglücklich wirst.«

»Dazu habe ich gar keine Veranlagung.«

Er ließ sie los und zupfte am hohen Stehkragen seines Uniformrocks, als sei er ihm plötzlich zu eng geworden. »Um die Wahrheit zu sagen...«, begann er unsicher.

Sie lächelte, und in ihren Wangen bildeten sich winzige runde Grübchen. »Dies scheint der Tag der Geständnisse zu sein!«

Ohne auf ihren Einwurf zu achten, fuhr er fort: »... ich habe schon einmal bei ihm auf den Busch geklopft.«

Ihr Lächeln erstarb. »Das hättest du nicht tun sollen, Egon!«

»Mag sein, daß es reichlich... voreilig von mir war. Aber à la longue wird es wohl ganz richtig gewesen sein. Auf diese Weise habe ich nämlich in Erfahrung gebracht, daß er durchaus nicht gesinnt ist, dich oder ein anderes junges Mädchen der Gesellschaft zum Altar zu führen.«

Ihre Pupillen wurden übergroß, und ihre Augen verdunkelten sich. Sie schwankte leicht. »Stefanie!« rief er erschrocken.

Ihr kleines Gesicht war bis in die Lippen blaß geworden, aber sie zwang sich zu einem Lächeln. »Es ist schon vorüber«, hauchte sie.

»Soll ich dir ein Glas Wasser holen? Einen Kognak?«

»Nur nicht«, sagte sie, an seine Schulter gelehnt. »Ich könnte es nicht aushalten, daß Mama etwas erfährt. Bitte, mach doch das Fenster auf. Justus Weigand sagt, frische Luft...«

»Na ja«, sagte er, nicht sehr überzeugt, »als Mediziner muß er det ja wissen!« Er hielt sie mit dem einen Arm fest und drehte mit der anderen Hand den Fenstergriff. Als ein Hauch eisiger Winterkälte in den Raum drang, atmete Stefanie tief durch. Aber es dauerte eine ganze Weile, ehe wieder Farbe in ihre Wangen stieg.

»Geht es dir besser?« fragte er besorgt.

»O ja.«

Er schloß den Fensterflügel. »Dann wollen wir zu den anderen zurück...«

Aber sie folgte ihm nicht, sondern klammerte sich an seinen Arm. »Sag mir nur noch eins, Egon! Ist Justus Weigand einer anderen versprochen?«

»Nein. Jedenfalls sagte er nichts davon.«

»Dann stimmt es auch«, sagte sie erleichtert, »er würde nicht lügen.«

»Du darfst dir keine Hoffnungen machen«, warnte er, »seine Stellungnahme war ganz unmißverständlich.«

»Ich mache mir ja keine Hoffnungen«, erwiderte sie ruhig. »Glaubst du, ich würde hinter einem Mann herlaufen? Ich will genausowenig heiraten wie er. Es ist einfach so ... ich unterhalte mich gern mit ihm.«

»Stefanie ...«, sagte er, und seine Stimme klang anders als sonst, fast erstickt vor unterdrückter Erregung. Sie sah ihn an, ohne irgend etwas zu verstehen. Er legte beide Hände auf ihre Schultern. »Bitte, achte auf dich!« bat er mit ungewohntem Ernst. »Ich will nicht, daß du *auch* durch diese Hölle mußt!« Er ließ sie los und stürmte davon.

Sie folgte ihm langsam und sehr nachdenklich. Als sie wieder in den Salon trat, war der Bruder nicht mehr zu sehen. Ihre Mutter winkte sie zu sich. »Ja, Mama?« fragte sie artig.

»Was ist mit Egon?«

»Ich weiß nicht, was du meinst, Mama.«

»Er ist gegangen, ohne sich zu verabschieden. Du hast lange mit ihm gesprochen, Stefanie ... hat er dir irgend etwas anvertraut?«

»Nein, Mama.«

»Du mußt es mir sagen, Liebling, ich bin in Sorge um deinen Bruder.«

»Warum?«

»Du weißt also wirklich nichts?«

»Nein, Mama.«

»Ich glaube dir.« Frau von Stucken strich über Stefanies weiches braunes Gelock. »Bitte, geh jetzt zu Graf Donnersberg. Plaudere mit ihm.«

Stefanie seufzte. »Muß ich das?«

»Du hast dich den ganzen Nachmittag noch nicht um ihn gekümmert. Er ist ein sehr lieber und hochanständiger Mensch.«

Stefanie rümpfte die Nase. »Ich finde ihn enervierend.«

Frau von Stucken tätschelte ihre Wange. »Du bist noch viel zu jung, um etwas von Menschen zu verstehen.« Sie nahm Stefanie bei der Hand und führte sie quer durch den Raum zu dem Legationsrat, der sein Monokel aus dem Auge fallen ließ und aufsprang, als sich die Damen ihm näherten.

Egon von Stucken vertauschte seine Uniform mit einem zivilen Anzug, einem Gehrock, bevor er die elterliche Wohnung verließ, und er fühlte sich dabei wie ein Schauspieler, der das Kostüm wechselte — wie ein schlechter Schauspieler, denn weder als Offizier noch als Zivilist fand er sich selbst ganz überzeugend. Seine Kameraden vom Regiment Kaiserin Alexandra fanden nichts dabei, für gewisse Gelegenheiten, bei denen sie nicht offiziell in Erscheinung treten wollten, die Uniform abzulegen, und auch für ihn hatte das noch vor wenigen Monaten nicht mehr als ein bequemes Inkognito bedeutet. Aber seitdem er Lotte Mielke kennengelernt hatte, das kleine Mädchen aus dem Blumenladen, war alles anders geworden.

Es hatte begonnen wie eine ganz gewöhnliche Liebelei. Verhältnis zwischen Offizieren und gewissen Mädchen aus dem Volk gab es und hatte es immer gegeben. Es war ein Tauschgeschäft, bei dem beide Teile nicht zu kurz kamen: Die Mädchen schenkten ihre Jugend und ihre zur Hingabe bereiten Körper, ihre Liebhaber vermittelten ihnen dafür einen Abglanz von Glück und Größe. Man wußte, daß diese Liebe nicht ein Leben lang dauern konnte, und gab sich keinen Illusionen hin. Aber gerade weil das Ende der Zärtlichkeiten schon von Anfang an abzusehen war, empfand man jede Stunde, jede Liebkosung, jedes zarte Wort als kostbar, versuchte auch das Letzte an Süßigkeit aus der schon angefaulten Frucht zu pressen. Lange Zeit hatte Egon von Stucken geglaubt, daß es gerade das war, was seine Beziehungen zu Lotte Mielke mit so milder Heiterkeit und gleichzeitig doch so leidenschaftlichem Ernst erfüllte; gerade dies und nichts anderes. *So* mußte man lieben, wenn das Ende unvermeidlich war.

Aber dann war der Tag gekommen, wo ihn wie ein heißer Sturm die Erkenntnis überkommen hatte, daß das Ende dieser Liebe für ihn geradezu unerträglich sein würde. Gleichzeitig wußte er jedoch, daß er Lotte nicht für immer an sich fesseln konnte. Es gab keine Lösung, sosehr er sich auch den Kopf zerbrach. Es half nur eines: die Augen schließen und nicht denken, so tun, als ob es nur Gegenwart gäbe und kein Erwachen und kein Morgen. Doch die Angst blieb, und auch jetzt, als er sich aus der Wohnung schlich und auf dem Weg zum Alten Schloß machte, trieb sie ihn vorwärts — die Angst, daß Lotte Mielke nicht mehr da oder nicht mehr für ihn da sein könnte.

Obwohl er innerlich darauf vorbereitet war, traf es ihn wie ein Schlag, als er sie nicht am verabredeten Treffpunkt stehen sah. Die graue Winterdämmerung verwischte die Konturen, er glaubte, sich getäuscht zu haben, und hastete voran. Es gab genug junge Frauen in der Nähe des Neptunbrunnens, Damen der Gesellschaft mit ihren riesigen Hüten, Spreewälder Ammen in ihrer ländlichen Tracht, die sich zu einem Schwatz zusammengefunden hatten, und junge Mädchen, die, wie Lotte Mielke, zur arbeitenden Bevölkerung gehörten. Aber sie selbst war nicht da. Hastig umkreiste er den riesigen Brunnen mit seinen monumentalen Figuren. Er blieb stehen, zog seine goldene Taschenuhr und ließ das Repetierwerk ablaufen; es bestätigte ihm nur, daß er sich nicht geirrt hatte und es schon einige Minuten über der verabredeten Zeit war.

Vom Alten Schloß klang Militärmusik herüber; Trommeln rasselten, und eine Trompete schmetterte helle Töne in die Winterluft. Egon von Stucken schöpfte neue Hoffnung. Er überquerte den Platz, strebte dem Schloß zu, wo gerade die Wachablösung im Gange war, ein Schauspiel, das Lotte Mielke, die für alles Militärische schwärmte, angezogen haben mochte. Es war nicht einfach, sich durch die Reihen der dichtgedrängten Menschen zu schieben, die Kopf an Kopf standen und zu dem Wachhaus und dem schmiedeeisernen Tor hinüberstarrten, fasziniert von den leuchtenden Farben der Uniformen, den spiegelnden Knöpfen und Schulterstücken, vor allem aber von der Präzision der Griffe und Schritte, die im Rhythmus der Militärmusik abschnurrten.

Egon von Stucken mußte seine Ellbogen gebrauchen und zahlreiche empörte Blicke und böse Bemerkungen — »Na, wat denn, wat denn, Jüngelken, Ihnen hat man wohl mit de Kelle jebufft!« — einstecken, bis er durch das Auftauchen von Lotte Mielkes goldrotem Schopf belohnt wurde. Obwohl er nur ihren Hinterkopf sah, bezweifelte er keinen Augenblick, daß sie es war. Bei keinem anderen Mädchen hatte er je ein Haar von so leuchtendem und doch so zartem Rot gesehen. Egon von Stucken war es, als ob der graue Abend durch den Glanz dieses Haares erhellt würde. Er legte seine Hand auf ihren Nacken, und sie wandte ihm das Gesicht zu — lächelnd und voller Vertrauen, als hätte sie ihn ganz selbstverständlich hier und in dieser Minute erwartet. Ihre zarte Haut, die sie von früh bis spät beim Austragen der Blumen jeder Witterung aussetzte, war von der Kälte zu stark gerötet, um hübsch zu sein. Ihr Mund war sehr groß, und ihre Lippen waren überdies aufgesprungen, die Nase wirkte plump und ungeformt. Aber er sah nur ihre schrägen Augen, deren Iris in einem ganz reinen, klaren Grün strahlte, von dem man glauben konnte, daß es im Dunkeln wie Katzenaugen leuchten müßte.

Seine Unruhe verflog unter ihrem Blick; von einer Sekunde zur anderen vergaß er völlig, daß er eben noch gefürchtet hatte, sie zu verlieren. »Tag, Lotte«, sagte er lächelnd.

Sie machte eine Kopfbewegung zum Schloßtor hinüber. »Det is schön, wa?«

Er nickte ihr zu wie einem Kind, dem man den Spaß nicht verderben will. Für ihn selbst, der den Stumpfsinn des militärischen Drills aus Erfahrung kannte, bot das exakte kleine Manöver nicht den geringsten Reiz. Er sah, was keinem der staunenden Zuschauer auffiel: daß einer der Soldaten sein Gewehr nicht ganz vorschriftsmäßig hielt, und er wußte, daß es für den Mann nach dem Abzug unweigerlich einen Rüffel geben würde. Er versetzte sich in die Lage des kommandierenden Offiziers und verspürte den Schatten jenes Unbehagens, das er selbst in der gleichen Situation empfunden hätte. Aber wahrscheinlich war der Kamerad da vorn gar nicht so empfindlich wie er: die meisten waren es ja nicht. Er hatte am Anfang seiner Karriere dazu geneigt, öfter einmal fünf gerade sein zu lassen, bis er erfahren mußte, daß er auf diese Weise die Achtung seiner Untergebenen verspielte, die von ihm erwarteten, für das kleinste Vergehen zurechtgewiesen zu werden.

Endlich war es vorbei. Die abgelöste Wachtruppe marschierte im Stechschritt ab, und die Menschenmenge vor dem Alten Schloß löste sich auf. Es war jetzt fast vollkommen dunkel geworden, und die ersten Gaslaternen leuchteten auf. Lotte Mielke hängte sich bei ihm ein. »Ick bin sehr stolz uff dir«, sagte sie.

Er drückte ihren Arm. »Wieso denn?«

»Weil du dazujehörst. Et jibt doch nischt Schöneret uff der Welt als det Militär.«

»Mir wäre es wohler, ich wäre nicht dabei«, sagte er ehrlich.

Sie blickte aus weit aufgerissenen Augen zu ihm auf. »Det versteh ick nich.«

»Wenn ich Zivilist wäre«, sagte er, »könnte ich dich... vielleicht... heiraten.«

»Ja, möcht'st du denn det?« fragte sie ganz erstaunt.

»Du nicht?«

Sie schüttelte den Kopf. »Nee, det kann nich sein. Und wat nich sein kann, is nich.«

Er liebte sie wegen ihrer sachlichen Einstellung, die ihn aber gleichzeitig tief beunruhigte, denn sie verstärkte seine Angst, daß ihre Bindung an ihn nicht halb so stark sein könnte wie sein Gefühl für sie. Sie spürte es nicht. »Was würdest du schon auf die Dauer anfangen mit einer wie mir«, spann sie den Gedanken weiter, »nich mal richtig Deutsch kann ick...«

»Doch, das kannst du sehr gut, wenn du nur willst!«

»Een bißken«, gab sie zu, »aber et is reichlich streng for mir.«

»Das ist bloß eine Sache der Gewohnheit.« Er blieb stehen, legte seine Hände auf ihre schmalen Schultern; ihr Körper unter dem billigen grauen Umhangtuch war so mager, daß er die Knochen zu spüren glaubte. »Lotte«, sagte er, »wenn ich dich bitten würde, meine Frau zu werden... was würdest du sagen!?«

»Det...« Sie verbesserte sich: »Daß es nicht geht!«

»Aber wenn sich eine Möglichkeit ergäbe...«

Sie bemühte sich jetzt, hochdeutsch zu sprechen. »Wie denn?«

Er ließ sie los, wandte sich ab und ging mit großen Schritten weiter. »Ich weiß es nicht«, sagte er verzweifelt, »das ist es eben... daß ich es nicht weiß. Ich könnte den bunten Rock an den Nagel hängen, glaub bloß nicht, daß mir das das Herz bräche. Aber was dann? Ich habe nichts gelernt als... nein, bei Licht besehen habe ich gar nichts gelernt, was von irgendeinem Nutzen sein könnte. Reiten, mit Waffen umgehen, kommandieren, was soll man damit schon anfangen? Und fürs Bankgeschäft habe ich weder Neigung noch Talent.«

Sie hatte ihn eingeholt und schob ihre rauhe Hand unter seinen Arm. »Bleib so, wie du bist«, tröstete sie ihn, »jrade so jefällst du mir!«

»Ach, Lotte«, sagte er mit einem lächelnden Seufzer, »wünschst du dir denn gar nichts anderes als diese verstohlenen Rendezvous? Die flüchtigen Stunden des Glücks? Diese heimlichen Zusammenkünfte in billigen Hotelzimmern?«

»Wat denn sonst?« fragte sie verständnislos. »Ick liebe dir doch!«

Er hätte sie gern in die Arme genommen, jetzt, in diesem Augenblick, sie an sein Herz gezogen und geküßt. Aber es war nicht möglich, ein Mädchen in aller Öffentlichkeit zu küssen, noch dazu Unter den Linden, wo die elegante Welt flanierte. »Gerade deshalb«, sagte er, und seine Stimme klang gepreßt vor unterdrückter Erregung.

Lottes Haar leuchtete im Licht der Straßenlaternen wie eine Flamme. »Det versteh ick nich«, sagte sie.

»Denkst du denn nie an die Zukunft?«

»Doch«, gab sie zu, »und ick fürchte mich vor ihr.«

»Na, siehst du.«

Sie überhörte seinen Einwurf und fuhr fast leidenschaftlich fort: »Ick will nich alt werden und dick und jar nischt mehr sein! Ick will nich so'n Leben führen wie meine Mutter. Arbeeten von früh bis spät und abends jeschwollene Füße und Prüjel von ihr'n Ollen! Ick möchte, det et immer so weiterjeht wie jetzt ... det et immer so bleibt mit uns beeden.«

»Dann wollen wir doch eigentlich dasselbe.«

»Kann sein«, sagte sie, mit einemmal wieder ernüchtert, »aber zwischen Wollen und Werden is 'n jewaltiger Unterschied, pflejte unser Herr Lehrer zu sajen. Nee, laß man, et is besser, wir zerbrechen uns nich den Kopp, sondern jenießen, wat uns det Leben zu bieten hat! Inverstanden?«

»Was bleibt mir schon anderes übrig«, sagte er mit einem kleinen, verzerrten Lächeln. »Also ... wohin jetzt? Bist du hungrig?«

»Immer.«

»Dann werden wir zuerst einmal essen gehen.«

»Nee«, sagte sie, »lieber danach. Erst möchte ick ... na, du weeßt schon wat ... Erst möchte ick mit dir alleene sein.« Als er schwieg, fragte sie beunruhigt: »Oder möcht'st du nicht?«

»Ach, Lotte!« sagte er. »Wenn du wüßtest, was für ein Wunder du für mich bist!«

Sie lachte und stieß ihm mit dem spitzen Ellenbogen in die Rippen. »Nu behandle mir bloß nich wie 'ne mißjestaltete Fehljeburt! Ick bin keen Kalb mit zwee Köppen, verstehste! Ick bin ebent nur — wat ick bin!«

»Und ich liebe dich so, wie du bist!«

»Denn is ja alles jut!« sagte sie vergnügt. Ihre Hand kroch in seine Manteltasche, und er zog sich rasch den Glacéhandschuh aus, um die Berührung ihrer schwieligen kleinen Faust mit seinen weichen glatten Fingern zu genießen.

Das Beisammensein mit Justus Weigand im *Café Kranzler* Unter den Linden hatte länger gedauert, als Clementine erwartet hatte. Er hatte ihr, mit der Kuchengabel fuchtelnd, die medizinischen Probleme zu erläutern versucht, die ihn beschäftigten, und sie hatte ihm mit großen Augen zugehört, ganz entspannt und glücklich. Sie hatte es nicht über sich bringen können, von sich aus zum Aufbruch zu drängen, obwohl es ihr bewußt wurde, daß sie eigentlich gar nicht hier, unter eleganten, sorglosen Menschen hätte sitzen dürfen, sondern daheim in der Von-der-Heydt-Straße bei ihren Schützlingen sein sollte.

Aber erst als sie sich getrennt hatten, überkam sie die Angst, daß Thielemanns inzwischen nach Hause gekommen und ihre unerlaubte Abwesenheit entdeckt haben könnten oder, schlimmer noch, daß Rosa Janowitz die Kinder doch nicht so gewissenhaft betreut haben könnte, wie sie versprochen hatte. Diese Angst überfiel sie so heftig, daß ihr, trotz des kalten Wintertages, siedend heiß wurde. Die letzten Schritte zur Thielemannschen Villa rannte sie fast, drückte atemlos auf die Klingel an der Hintertür, verkrampfte vor Nervosität die Hände in den grauen Strickhandschuhen und trat von einem Fuß auf den anderen, während sie darauf wartete, daß geöffnet wurde.

»Na endlich, Fräulein«, sagte Mamsell Auguste, als sie sie hereinließ.

Clementine streifte sich die Handschuhe ab und wollte an ihr vorbei. »Ist alles in Ordnung?« Die Köchin sah sie mit einem Ausdruck an, der sie beunruhigte. »Es ist doch nichts mit den Kindern?«

»Nee.« Mamsell Auguste blickte vielsagend zur Decke empor. »Dicke Luft. Der gnädige Herr möchte Sie sprechen.«

»Sind Thielemanns denn schon zurück?«

»Bloß er. Er hat gesagt, ich soll Sie sofort zu ihm raufschicken. Er ist im Herrenzimmer.«

»Und Rosa?«

»Bei den Kindern. Aber sie wartet auch schon. Sie muß ja den Tisch decken.«

Widerstreitende Gedanken schossen durch Clementines Kopf. Sie haßte es, Otto Thielemann allein gegenübertreten zu müssen. Aber immerhin konnte sie hoffen, ihn milde zu stimmen. Frau Dorothee dagegen pflegte die kleinste Ungenauigkeit im Dienst als Verbrechen zu betrachten; sie hatte kein Verständnis für Schwächen und würde bestimmt unerbittlich sein, wenn sie erfuhr, wie sehr Clementine ihre Pflicht vernachlässigt hatte, auch wenn es nur dieses eine Mal geschehen war.

»Ich an Ihrer Stelle, Fräulein«, sagte Mamsell Auguste in ihre Gedanken hinein, »würde es mir nicht so lange überlegen, sondern machen, daß ich es hinter mich brächte, bevor die Gnädige kommt...«

»Sie haben recht.« Clementine gab der Köchin ihr Umhängetuch. Sie eilte den schmalen dunklen Gang an der Küche vorbei, die Hintertreppe hinauf und durch die Diele zum Herrenzimmer. Sie klopfte. Von drinnen kam keine Antwort. Ihre Unruhe steigerte sich. Sie klopfte noch einmal. Jetzt hörte sie Otto Thielemanns Stimme: »Herein!«

Sie trat in das Herrenzimmer, einen großen Raum mit hoher Decke, die mit üppigen Stuckverzierungen — reich beblätterten Zweigen mit kleinen Äpfeln und Birnen — geschmückt war. An den Wänden zogen sich mächtige Schränke entlang, die hinter Glasscheiben alte Folianten und moderne Romane bargen. Der Parkettboden war mit Orientteppichen bedeckt, auf denen die Möbel, reich geschnitzt, schwer und dunkel standen.

Herr Thielemann saß hinter dem mächtigen Schreibtisch, der die eine Ecke des Zimmers einnahm, schräg gegenüber der Tür, und blickte Clementine aus seinen schwarzen, glitzernden Augen entgegen. Er blieb ganz bewegungslos, die gelblichen, mit schwarzem Haarwuchs bedeckten Hände flach auf die Schreibtischplatte gestützt. Clementine fühlte Unbehagen eiskalt ihre Wirbelsäule hinaufkriechen. Sie wünschte zu fliehen und ging doch, mit steifen Schritten und zusammengebissenen Zähnen, auf Herrn Thielemann zu. Er wartete, bis sie, nur noch durch den Schreibtisch von ihm getrennt, vor ihm stand. »Nun«, sagte er mit schnarrender Stimme, »was hast du mir zu sagen?«

Sie empfand die Tatsache, daß er sie duzte, als eine Beleidigung; aber sie wagte nicht, sich dagegen zu empören, und wurde sich so der eigenen Ratlosigkeit noch heftiger bewußt. »Entschuldigen Sie, bitte, Herr Thielemann«, brachte sie mühsam heraus.

»Was fällt dir ein, die Kinder allein zu lassen?«

»Ich hatte Rosa gebeten...«

»Ist das eine Entschuldigung?«

»Nein«, sagte sie schwach.

»Gib zu, du warst bei einem Kerl!«

Clementine preßte die vollen Lippen zusammen und schwieg.

Er nahm eine Reitgerte mit goldenem Knauf, den Preis einer Dressurprüfung, auf den er sehr stolz war, und bog sie mit beiden Händen. »Willst du, daß ich es meiner Frau erzähle?«

»Nein«, sagte sie, unfähig, den Blick vom Spiel seiner Hände loszureißen.

»Also... du warst bei einem Kerl?«

»Ja.«

»Ein Ja genügt mir jetzt nicht. Ich will mehr wissen. Was hat er mit dir gemacht? Hat er dir unter die Röcke gegriffen? Oder hat er...«

Das Blut stieg ihr ins Gesicht. »Nein!« rief sie. »Wir waren bei *Kranzler*. Wir haben Kuchen gegessen, das war alles. Ich... es tut mir leid, daß ich ohne Erlaubnis fortgegangen bin. Ich mußte ihn dringend sprechen. Bitte, entschuldigen Sie, daß ich das getan habe... und daß ich so spät gekommen bin... Aber ich muß jetzt...« Sie wandte sich um und wollte aus dem Zimmer laufen.

Aber seine böse, drohende Stimme hielt sie zurück. »Halt!« donnerte er. Und obwohl sie weiterlaufen wollte, hielten ihre Füße mitten im Schritt inne. »Komm her zu mir!«

Sie wandte sich langsam wieder um. Er saß nicht mehr hinter dem Schreibtisch. Er war aufgestanden und ging auf einen der Bücherschränke zu, dessen untere, offene Fächer von einem Paravent verdeckt wurden. Er hielt jetzt die Reitgerte in der rechten Hand und zeigte damit auf eine auf eine Stelle des Orientteppichs, kaum einen halben Meter vor seinen Füßen. »Hierher!«

»Die Kinder, Herr Thielemann«, sagte sie hilflos, »ich muß ...«

»Erst bittest du mich um Verzeihung!«

»Aber ich habe doch ...«

»Nichts hast du! Gestehe, daß du ein schlimmes Mädchen bist!«

»Herr Thielemann, ich ...«

»Bist du ein schlimmes Mädchen, ja oder nein?«

Mit Aufbietung all ihrer Kräfte wehrte sie sich gegen den nahezu hypnotischen Zwang, den er auf sie ausübte. »Nein!«

Er hob die Gerte, und sekundenlang glaubte sie, daß er sie schlagen wollte, und hob den Unterarm schützend vor ihr Gesicht. Aber er ließ das biegsame Leder nur pfeifend durch die Luft sausen. »Nun gut«, sagte er, »wenn du nicht willst, werden wir das Urteil meiner Frau überlassen. Vielleicht wird es ihr gelingen, dich zur Einsicht zu bringen.«

»Herr Thielemann, ich ...«

»Du bist ein schlimmes Mädchen.«

»Ja«, sagte sie gequält.

»Wiederhole: ich bin ein großes, schlimmes Mädchen ...«

»Ja ...« — »Los, sage es: ich bin ...«

»Ich bin ein großes, schlimmes Mädchen ...«

»Ich habe meinen guten Herrn geärgert«, sagte er ihr vor. Sie wiederholte es tonlos.

»Ich habe Strafe verdient!« suggerierte er ihr.

»... Strafe verdient!«

»Knie nieder!«

Alles in ihr sträubte sich dagegen, diesem Befehl nachzukommen. Aber sie dachte daran — soweit sie in ihrer alptraumhaften Situation überhaupt noch eines Gedankens fähig war —, daß Otto Thielemann bestimmt nicht davor zurückschrecken würde, sie bei Frau Dorothee schlechtzumachen. Es lag in seiner Macht, sie noch heute aus dem Haus zu werfen. Sie würde mit ihren wenigen Habseligkeiten in der kalten Winternacht auf der Straße stehen, ohne einen einzigen Menschen in der feindlichen Großstadt zu besitzen, der sich ihrer angenommen hätte. Daß Justus Weigand ihre persönlichen Sorgen nur als eine Belastung empfand, war ihr heute nachmittag klargeworden: Sie würde es nicht wagen können, ihn in einer solchen Situation um Hilfe zu bitten. Er würde sie nach Görzen zurückschicken, und das würde das Ende aller ihrer Hoffnungen bedeuten. Tatsächlich würde ihr ja nach einem Hinauswurf bei Thielemanns kaum eine andere Wahl bleiben als die Rückkehr ins Elternhaus. Es bestand nach einem solchen Hinauswurf keine Aussicht, je wieder in einer guten Berliner Familie unterzukommen, es blieb nur das Absinken in mindere Stellungen oder zweifelhafte Familien — und beides würde bedeuten, daß sie Justus Weigand verlor.

»Ich kann nicht!« stöhnte sie, aber die Beine gaben unter ihr nach, sie sank zu Boden und schlug voll Scham die Hände vor das Gesicht.

»Bitte um deine Strafe!« Otto Thielemanns Stimme drang wie von weit her durch eine Wand von Watte zur ihr.

»Bitte!« Sie beugte den Nacken, darauf gefaßt, daß er zuschlagen würde. Sie versuchte alle Muskeln zu lockern, um den Schmerz, der nun kommen würde, leichter ertragen zu können. Aber nichts geschah. Die Stille war lähmend. Ihr angstvolles Entsetzen steigerte sich. Sie krümmte sich.

»Mach die Augen auf!« befahl er. »Nimm die Hände weg!« Doch sie war vor Angst unfähig, sich zu bewegen. »Du bist ein schlimmes Mädchen«, sagte er mit geschmeidiger, lockender Stimme, »aber ich habe dir verziehen, weil ich ein guter Herr bin. Du sollst noch einmal ohne Strafe davonkommen, wenn du mir versprichst...« Er unterbrach sich. »Nun willst du jetzt nicht die Augen aufmachen und mich ansehen? Ich habe es doch wohl verdient, daß du mir danke sagst, nicht wahr?«

Sie war so erleichtert, daß sich ein kleines würgendes Schluchzen, das fast wie ein Lachen klang, aus ihrer Kehle löste... Sie ließ die Hände vom Gesicht gleiten. Dicht vor ihren Augen stand Otto Thielemanns nackter Unterleib. Er war so nahe vor ihr, fast über ihr, daß sie sein von Gier verzerrtes Gesicht nicht sehen konnte, nicht seine funkelnden Augen, deren Weiß gerötet war und die vor Erregung aus den Höhlen quollen, und nicht den roten, schlaffen, feuchten Mund. Sie sah nur sein nacktes Fleisch, und ein wilder Schrei der Abwehr stieg in ihr auf, der nie laut werden sollte. Denn in diesem Augenblick trommelten kleine Fäuste von außen gegen die Tür, und Kinderstimmen riefen: »Papa, Papa, mach auf! Dürfen wir hinein?«

Otto Thielemann sprang so hastig zurück, daß er den Paravent umriß. Er fluchte mit hochrotem Kopf und nestelte an seiner Hose. Clementine erhob sich langsam, ging schwankend zur Tür und strich dabei die Falten ihres langen Rockes zurecht. Die Klinke schon in der Hand, warf sie einen Blick zu Herrn Thielemann zurück, der seinen Anzug in Ordnung gebracht hatte und sich nun bemühte, den Paravent wieder aufzustellen. Sie wartete, bis es ihm gelungen war, dann öffnete sie.

Als die Kinder Clementine sahen, vergaßen sie, daß sie eigentlich ihren Vater hatten aufsuchen wollen, und begrüßten sie stürmisch. »Tine, Tine, bist du wieder da?« — »Wo warst du denn so lange?« — »Warum bist du nicht gleich zu uns gekommen?« — »Hast du uns etwas mitgebracht?«

Clementine hatte Mühe, sich der Kleinen zu erwehren. »Ich erzähle euch alles später«, sagte sie mühsam, »lauft jetzt zu eurem Vater und sagt ihm gute Nacht!«

Die Kinder in ihren langen Nachthemden und flanellenen Morgenröcken stürmten auf ihren Vater zu, verlangsamten aber, ehe sie ihn erreichten, die Schritte; Friedrich machte einen Diener, und die beiden Mädchen knicksten.

Rosa Janowitz, adrett im schwarzen Kleid mit weißer Schürze und Häubchen, war hinter den Kindern erschienen. Die beiden Frauen verständigten sich mit einem Blick. »Danke«, hauchte Clementine und huschte an ihr vorbei in die Diele hinaus.

Drinnen zog Otto Thielemann seine goldene Taschenuhr. »Ist es nicht noch reichlich früh für euch?«

»Das haben wir Rosa auch gesagt«, bestätigte Friedrich, »wir haben doch mittags geschlafen, aber sie wollte nicht...« Seine Stimme erstarb unter den zornigen Augen des Vaters.

Otto Thielemann funkelte Rosa Janowitz über den weiten Raum hinweg an, aber sie erwiderte seinen Blick mit weit offenen, frechen Augen. »Ich dachte, es wäre richtiger, heute früher fertig zu machen«, sagte sie.

Er kniff die Lider zusammen und ließ die Reitgerte durch die Luft sausen. Die Kinder sprangen erschrocken zurück, und das jüngere der beiden Mädchen begann zu weinen. »So, dachtest du das?« fragte er zischend.

»Ja«, sagte Rosa unerschrocken, »und es war auch wohl richtig so.«

»Ich habe dich oft genug gewarnt!« brüllte er. »Jetzt habe ich genug. Das war das letzte Mal!«

»Hoffentlich!« gab Rosa zurück. Sie ließ die Kinder, die es eilig hatten, aus der Nähe ihres wütenden Vaters zu kommen, in die Diele laufen und zog die Tür hinter ihnen und sich zu.

Clementine stand auf dem untersten Absatz der breiten, geschwungenen Treppe, umkrampfte mit beiden Händen das Geländer und beugte sich vor. »Ich weiß nicht, wie ich dir danken soll, Rosa«, sagte sie, und der ausgestandene Schreck zitterte immer noch in ihrer Stimme nach.

»Schon gut«, sagte Rosa kurz angebunden und wandte sich ab, »ich hab's nicht nur Ihretwegen getan, Fräulein!«

Clementine lief nach unten, hob das weinende kleine Mädchen zärtlich auf den Arm und trug es nach oben. Die ältere Schwester hängte sich an ihren Rock, und Friedrich stakte sehr männlich und sehr selbständig hinterher. Während Clementine der Kleinen die Tränen fortküßte, spürte sie, daß von diesem warmen, lebendigen Körper, der sich so vertrauensvoll an sie schmiegte, ein viel stärkerer Trost ausging, als sie selbst ihn zu spenden vermochte.

Am nächsten Morgen, kurz nachdem Herr Thielemann das Haus verlassen hatte, klingelte Frau Dorothee aus dem Damenzimmer. Clementine Hergert, die die Kinder zum Spaziergang angezogen hatte und gerade mit ihnen durch die Diele kam, bat den kleinen Friedrich, auf seine jüngeren Schwestern aufzupassen, und trat nach kurzem Anklopfen in den kleinen, mit Draperien reich ausgestatteten Raum.

Frau Dorothee, die nervös, das silberne Glöckchen noch in der Hand, auf und ab gelaufen war, blieb stehen und sah sie an. »Ach, Sie sind's, Fräulein«, sagte sie mit gepreßter Stimme, »nein — ich möchte Rosa sprechen.«

Clementine hatte eine Frage auf der Zunge, aber der Blick ihrer Dienstherrin ließ sie verstummen. »Sofort, gnädige Frau«, sagte sie nur und zog sich zurück. Sie lief an den Kindern vorbei nach oben, um Rosa zu holen, die gerade dabei war, die Betten zu lüften. »Du sollst zur gnädigen Frau kommen, Rosa.«

Rosa richtete sich langsam auf, hob die kräftigen Arme und streckte eine Strähne ihres schwarzen Haares im Knoten am Hinterkopf fest. »Was will sie denn?«

Clementine hob die Schultern. »Ich weiß nicht, ich konnte sie ja nicht fragen. Aber sie sah... böse aus, verkniffen.« Mit einer Impulsivität, die sonst gar nicht in ihrer Art lag, trat sie auf das Mädchen zu und legte den Arm um seine Schultern. »Ich habe Angst um dich, Rosa! Soll ich nicht mit dir kommen?«

Rosa verhielt sich ganz steif unter der ungewohnten vertraulichen Berührung. »Wozu?«

»Vielleicht... könnte ich dir helfen, dich verteidigen... erklären, wie alles gekommen ist...«

»Sie meinen also«, sagte Rosa schwerfällig, »der Herr hat mich angeschwärzt?«

»Ja«, sagte Clementine gepreßt.

»Dann können Sie auch nichts mehr für mich tun, dann ist alles aus.« Als Clementine noch etwas sagen wollte, schnitt ihr Rosa das Wort ab: »Nein, lassen Sie nur, Fräulein. Es hat wohl so kommen müssen.«

»Aber ich könnte doch...«

»Nein. Es genügt, wenn eine gehen muß, und ich schaff's besser allein als Sie.«

Clementine ließ die Hand von Rosas Schultern gleiten und sah ihr mit zusammengepreßten Lippen nach, wie sie aus dem Zimmer eilte. Langsam folgte sie ihr, während Rosa die breite geschwungene Treppe hinunterlief und durch die Diele ins Damenzimmer fegte. Sie kämpfte mit sich. Rosa hatte ihren Beistand unmißverständlich abgelehnt, und niemand würde ihr Vorwürfe machen können, wenn sie jetzt, wie sie vorgehabt hatte, die Kinder an der Hand nahm und das Haus verließ. Aber es ging ihr gegen den Strich, Rosa so einfach im Stich zu lassen. So führte sie die Kinder in die Garderobe und hielt sie unter dem Vorwand, daß sie nicht richtig angezogen seien, dort zurück. Es war sehr kühl in dem hohen, kalten Raum, dessen Wände und Boden mit weißem, graugeädertem Marmor verkleidet waren. Um die Kinder bei Laune und in Bewegung zu halten, improvisierte Clementine ein Hüpfspiel. Sie lachte und tollte mit ihnen, während sie unentwegt zur Diele hinüberlauschte, in der bohrenden Erwartung, vielleicht doch noch gebraucht zu werden.

Frau Thielemann und Rosa hatten sich sekundenlang schweigend gegenübergestanden. Der freche, herausfordernde Blick des Mädchens schüchterte Frau Dorothee ein, und sie fand nicht sogleich den Mut, ihr zu sagen, was zu sagen war. »Du weißt, daß ich immer sehr zufrieden mit dir war, Rosa«, begann sie endlich.

»Ich habe mir alle Mühe gegeben, gnädige Frau.«

»Ja, daran zweifle ich nicht...« Frau Dorothee machte sich an einem Strauß künstlicher Blumen zu schaffen, um Rosa nicht ansehen zu müssen. »Trotzdem kannst du nicht länger bei uns bleiben... schon um der Kinder willen... Ich hoffe, du verstehst, was ich meine.«

»Ja«, sagte Rosa, »das verstehe ich gut.«

Frau Dorothee atmete auf. »Dann geh jetzt hinauf, pack deine Sachen, ich will dich nicht mehr sehen.« Mit Überwindung fügte sie hinzu: »Und versuche dich zu bessern, Rosa. Niemand ist ganz verloren, auch du nicht. Es gibt immer eine Rettung.«

»Das sagen Sie gut, wo Sie mich jetzt auf die Straße werfen!«

Frau Dorothee sah Rosa an. »Deine Frechheit ziemt sich nicht nach allem, was wir für dich getan haben.«

Rosa ließ sich nicht einschüchtern. »Nun, was denn schon? Sie haben mich von morgens bis abends arbeiten lassen, und Sie haben mir etwas dafür gezahlt, gerade so viel, daß ich mir ein paar Mark habe zurücklegen können. Soll das ein Grund sein, Ihnen die Füße zu küssen?«

»Raus!«

Rosa trat auf Frau Dorothee zu. »Ich will ein Zeugnis haben, damit ich wieder in Dienst gehen kann. Ich brauche ein Zeugnis. Schreiben Sie, daß ich fleißig und sauber war, denn das bin ich doch gewesen — oder nicht?«

Frau Dorothee, einen Kopf kleiner als Rosa, wich unwillkürlich zurück. »Nein«, sagte sie, »das geht nicht!«

»Ich muß aber ein Zeugnis haben. So viele Jahre war ich bei Ihnen, Sie können mich doch nicht so fortjagen!«

Frau Dorothee rang die dünnen weißen Hände. »Es geht nicht, Rosa, ich darf dich nicht empfehlen... nach allem, was ich jetzt über dich weiß.«

»Was wissen Sie denn?«

»Bitte, Rosa, zwing mich nicht, es zu wiederholen!«

»Dann sag' ich Ihnen, was Ihnen der gnädige Herr verraten hat! Daß ich ein schlechter Mensch bin...« Frau Dorothee hielt sich beide Hände vor die Ohren, aber Rosas scharfe Stimme war nicht zu überhören. »... daß ich einen Lebenswandel führe, und ich sage gar nicht, daß es nicht wahr ist! Aber wer hat mich denn dazu gebracht? Ja, wer denn? Hat er Ihnen das auch verschwatzt, der feine gnädige Herr? Immer wenn die gnädige Frau weg war, hat er mich hergenommen...«

»Du lügst!« schrie Frau Dorothee. »Schweig!«

Aber Rosa war in Fahrt geraten. Aller Zorn, aller Haß und alle Verachtung, die sich in ihrem Herzen angesammelt hatten, mußten heraus.

Sie wollte jetzt Frau Dorothee weh tun, weil sie selbst verletzt worden war. »Ja sogar, wenn die gnädige Frau nur oben in ihrem Bett lag und Migräne hatte! Dann haben wir es im Herrenzimmer getrieben — und oben im Schlafzimmer, wenn die gnädige Frau bei ihren Freundinnen war! Der Schuft, der Lump, der Verführer! Und dann, als das Kindchen unterwegs war, da hat er gesagt, es ist nicht von ihm, ich muß mir einen anderen Vater dafür suchen... da hat er mich sitzenlassen, nachdem er mich ins Unglück gebracht hatte.« Rosa war die Luft ausgegangen, sie mußte Atem holen.

»Ein Kind?« wiederholte Frau Dorothee verstört. »Du sagtest, du hast ein Kind von ihm?«

»Ja, und das ist die Wahrheit, und wenn er tausendmal lügt, daß...«

»Wo ist denn dein Kind?« fragte Frau Dorothee mit gefährlicher Ruhe.

»Ich hab's nicht mehr.«

Frau Dorothee lachte böse auf. »Du hast nie eins gehabt! Du hast dir das alles nur ausgedacht...«

»Ich habe es zur Welt gebracht«, schrie Rosa, »unten in der Küche, in der Silvesternacht... das Fräulein war dabei, sie kann es bezeugen!«

»Clementine?« fragte Frau Dorothee noch ungläubig und doch schon halb überzeugt, denn obwohl sie Rosas Behauptungen nicht wahrhaben wollte, begriff sie doch, daß das Mädchen es niemals gewagt hätte, Clementine als Zeugin aufzurufen, wenn alles Lüge gewesen wäre.

»Ja!« schrie Rosa. »Und der junge Doktor war auch dabei! Er hat das Wurm herausgeholt und gleich mitgenommen, weil ich es nicht haben wollte.« In etwas weicherem Ton fügte sie hinzu: »Es war ein Mädchen.«

»Und wo ist es jetzt?«

Rosa zuckte die Schultern. »Wer weiß, ob's noch lebt. Vielleicht hat es Glück gehabt, und der Herrgott hat es zu sich genommen, bevor es noch schlechter werden konnte als seine Mutter... und böse wie der Mann, der es gezeugt hat.«

Frau Dorothee sank in einen der samtgepolsterten Mahagonisessel. Sie saß sehr gerade, den dünnen Hals, der aus einer Spitzenkrause stieg, hoch aufgerichtet, und bemühte sich mit äußerster Anstrengung, Haltung zu bewahren. Aber sie konnte nicht verhindern, daß sie auf einmal am ganzen Leib zitterte. Ihre schmalen, strengen Lippen hatten sich bläulich verfärbt, und ihre Zähne schlugen hörbar gegeneinander.

Rosa sah sie an und begriff erst jetzt, was sie angerichtet hatte. Sie ergriff ihre mageren Hände und bedeckte sie mit Küssen. »Oh, Verzeihung, gnädige Frau... verzeihen Sie mir!« Mit unerwarteter Kraft entriß ihr Frau Dorothee die Hände. »Verachten Sie mich nicht zu sehr, ich bin ein schlechter Mensch, aber ich bin nicht allein schuld! Er war es, der...« Rosa fuhr zurück. »Ich hätte der gnädigen Frau das nicht antun dürfen...«

»Du hast mir nichts angetan«, sagte Frau Dorothee hart, »du hast mir nichts genommen, worauf ich Wert gelegt hätte. Geh jetzt. Ich will dich nie mehr wiedersehen. Du verläßt noch in dieser Stunde mein Haus.«

»Ja«, wimmerte Rosa, »ja.«

Clementine hatte das Geräusch der zufallenden Tür gehört. Sie lief in die Diele, aber sie kam zu spät. Rosa war schon nach oben verschwunden. Dennoch war Clementine sicher, sich nicht getäuscht zu haben. Sie holte die Kinder aus der Garderobe und brachte sie zu Mamsell Auguste in die Küche. Hier war es warm und gemütlich.

Gerade wollte Clementine nach oben laufen, als die beiden Frauen eilige Schritte den Gang entlangklappern hörten. Mamsell Auguste riß die Küchentür auf. Sie sahen Rosa, die zum Hinterausgang lief. Ihre Wangen brannten, als wenn sie geschlagen worden wäre, in ihren schwarzen Augen funkelte ein wilder Glanz, und Strähnen ihres schwarzen Haares hatten sich aus dem sonst immer so fest geschlungenen Knoten gelöst und hingen ihr in die Stirn. Sie trug in der einen Hand eine bestickte Tasche und in der anderen einen Wäschesack.

»Rosa!« rief Clementine und vertrat ihr den Weg. »Wo willst du hin?«

»Fort!« Rosa versuchte sie beiseite zu schieben.

»Hast du gekündigt?«

»Aber was denn«, sagte die Köchin gemütlich, »die ist rausgeworfen worden, das sieht man doch.«

»Ist das wahr, Rosa?« fragte Clementine erschrocken. »Doch nicht meinetwegen?«

Rosa schüttelte den Kopf. »Da haben Sie gar nichts mit zu tun, Fräulein.«

»Eher der gnädige Herr, was?« warf Mamsell Auguste ein.

»Du darfst nicht so gehen«, sagte Clementine, »warte, bis ich der Gnädigen alles erklärt habe!«

»Was können Sie ihr denn schon sagen? Sie wissen ja von nichts.«

Rosa stellte den Wäschesack ab und reichte erst Clementine, dann der Köchin die Hand. »Lebt wohl. Vielleicht sehen wir uns mal wieder... Und schreiben Sie nichts nach Görzen, Fräulein, wenn es möglich ist.«

»Aber wo willst du denn hin?« rief Clementine. »Was wirst du jetzt tun?«

Rosa lächelte geradezu grimmig. »Nur keine Bange, Fräulein, eine wie ich kommt immer durch.«

Clementine trat ganz dicht an sie heran und raunte ihr so leise zu, daß die Köchin es nicht hören konnte. »Und dein Kind? Was ist damit? Wirst du dich darum kümmern?«

Aber Rosa schien jetzt alles gleichgültig zu sein. »Macht mit dem Balg, was ihr wollt«, sagte sie kalt, »von mir aus kann er verrecken!« Sie nahm ihren Wäschesack wieder auf, stieß Clementine beiseite und rannte auf die Hintertür zu. Clementine war so schockiert, daß sie keine Anstalten mehr machte, sie zurückzuhalten.

»Hui!« sagte Mamsell Auguste genüßlich. »Ein Kind hat sie also auch? Ich hatte mir schon so was gedacht, als sie im Januar plötzlich so schlank geworden war, aber ich sagte mir, was Genaues weiß man nicht, und da habe ich lieber den Mund gehalten. Warum haben Sie mir nichts davon erzählt, Fräulein?«

»Ich hole es nach, sobald ich Zeit habe. Ich *muß* jetzt mit der Gnädigen sprechen.«

Frau Dorothee saß noch immer genauso da, wie Rosa Janowitz sie verlassen hatte; sie biß die Zähne zusammen und krampfte die Hände ineinander, aber es gelang ihr nicht, das Zittern, das sie schüttelte, zu unterdrücken.

»Oh — gnädige Frau«, rief Clementine, »ist Ihnen nicht gut? Warten Sie, ich werde Ihnen etwas zu trinken holen!« Sie lief ins Eßzimmer hinüber, holte die Kristallkaraffe aus dem Schrank, goß etwas Kognak in eines der bauchigen Gläser und eilte damit zu Frau Dorothee zurück. »Hier! Trinken Sie, das wird Ihnen guttun...«

Frau Dorothee wandte ihr Gesicht ab. »Alkohol — nein!«

»Aber Sie haben es bitter nötig, gnädige Frau; es braucht Ihnen ja nicht zu schmecken, nehmen Sie es als Medizin...« Sie hielt ihr das Getränk an die Lippen. Frau Dorothees Zähne schlugen gegen den Rand des Glases, und nur mit Mühe gelang es Clementine, ihr den Kognak einzuflößen. Sie würgte, als wenn sie brechen müßte. Aber dann bekamen ihre Wangen Farbe, und das Zittern ließ allmählich nach.

»Fühlen Sie sich schon besser, gnädige Frau?« fragte Clementine. »Soll ich Ihnen noch ein Glas bringen?«

»Ich dachte«, sagte Frau Dorothee mühsam, »Sie wären mit den Kindern spazieren? Wieso sind Sie schon zurück?«

»Wir waren gar nicht fort«, bekannte Clementine.

»Aber, ich verstehe nicht...«

»Ich muß mit Ihnen sprechen, gnädige Frau.« Sie holte tief Atem. »Es tut mir unendlich leid, aber ich kann nicht länger in Ihren Diensten bleiben. Ich möchte kündigen.«

Frau Dorothees Hände umkrampften die Sessellehnen. »Sie glauben also, ich habe Rosa Unrecht getan?«

Clementine zögerte. »Ich weiß nicht, was Sie ihr vorwerfen.«

»Sie wissen es also nicht? Dann hat Rosa gelogen. Sie hat sich alles nur ausgedacht, um mich zu kränken. Um sich zu rächen.«

»Was?« fragte Clementine. »Was hat sie... behauptet?«

»Daß sie ein Kind zur Welt gebracht hätte. In der Silvesternacht.« Frau Dorothee sagte es tonlos, fügte mit einem flüsternden Keuchen hinzu: »In diesem Haus.« Erst als sie es ausgesprochen hatte, hob sie den Blick, sah Clementine an und wartete mit angehaltenem Atem auf eine Antwort.

Clementine war es, als hätte man ihr ein Messer in die Hand gegeben, um damit eine eiternde Wunde aufzuschneiden; sie zuckte zurück und wußte doch, daß es sein mußte. »Es ist wahr«, sagte sie und hielt Frau Thielemanns Blick stand.

»Also doch.« Frau Dorothee erhob sich, wandte Clementine den Rücken zu, trat an ihren Sekretär und stützte beide Hände schwer auf die Schreibplatte. Erst nach geraumer Zeit drehte sie sich wieder zu ihr um. »Warum muß ich das erst jetzt erfahren?«

Clementine hätte vieles dazu zu sagen gewußt, aber sie spürte, daß jedes Wort, das sie hätte vorbringen können, Frau Dorothee nur noch tiefer verletzten müßte. Frau Dorothee deutete ihr Schweigen falsch. »Weil Sie wußten, wer der Vater des Kindes ist!« stieß sie wie eine Anklage hervor.

»Aber nein«, sagte Clementine, »nein, wirklich nicht, gnädige Frau. Das weiß ich bis heute nicht. Rosa hat es mir niemals anvertraut.«

Frau Dorothee nestelte an ihrer Halskrause, als müßte sie sich Luft machen, um nicht zu ersticken. »Ich will Ihnen glauben«, sagte sie mühsam, »und es hätte wohl auch keinen Sinn mehr, Ihnen jetzt Vorwürfe zu machen. Aber Sie werden verstehen, daß ich ein solches Mädchen, nach allem, was geschehen ist, nicht mehr in meinem Haus dulden kann.«

»Ja«, gab Clementine zu.

»Sie haben also keinen Grund, sich auf Rosas Seite zu schlagen und mich im Stich zu lassen.«

»Aber... darum geht es mir ja gar nicht.« Clementine kämpfte mit sich. »Ich habe persönliche Gründe!« Sie spürte im selben Augenblick, wie wenig überzeugend diese Erklärung klang.

»Nennen Sie mir nur einen!«

»Es tut mir leid, gnädige Frau, aber... das kann ich nicht!«

Frau Dorothee zerrte an ihren Fingern, als ob sie jeden einzelnen ausreißen wollte. »Hängt Ihr Wunsch, mich und die Kinder zu verlassen, mit... mit meinem Gatten zusammen?«

Clementine antwortete nicht. Sie wich dem qualvoll forschenden Blick dieser hellblauen, getrübten Augen aus und schaute zu Boden.

»Sie brauchen mich nicht zu schonen«, sagte Frau Dorothee mit brüchiger Stimme, »ich habe längst alles geahnt. Seit heute *weiß* ich es. Von Rosa... Er ist der Vater ihres Kindes.«

Clementine war so überrascht, daß sie nicht gleich antworten konnte. Otto Thielemann der Vater der kleinen Senta! Sie dachte sofort an Justus Weigand und daran, wie er es aufnehmen würde. Sie hoffte sogar plötzlich, daß er sich dadurch von der Verantwortung diesem Kind gegenüber entbunden sehen würde, denn obwohl sie es sich selbst nicht eingestehen wollte, empfand sie dem kleinen Mädchen gegenüber Eifersucht. Justus Weigands Einstellung zu diesem Kind hielt sie gleichfalls für verschroben, ja ungesund.

»Sie freuen sich darüber?« fragte Frau Dorothee fassungslos.

»O gnädige Frau... nein! Ich bin nur so überwältigt, ich...« Sie sah, daß ihre Dienstherrin schwankte, und tat einen Schritt auf sie zu, um sie zu stützen.

Aber eine unmißverständliche Handbewegung hielt sie zurück. »Hat er Ihnen auch nachgestellt, Fräulein? Ich verlange die Wahrheit!«

»Ich bin wohl nicht sehr geschickt im Umgang mit Männern«, erwiderte Clementine ausweichend.

»Nein, das sind Sie wohl nicht.« Obwohl Clementine dieses Urteil selbst herausgefordert hatte, zuckte sie doch innerlich zusammen, als es ihr so kühl bestätigt wurde. »Und gerade das, Fräulein, schätze ich an Ihnen«, fuhr Frau Dorothee, nur noch mit ihren eigenen Problemen beschäftigt, fort. »Bleiben Sie bei mir und den Kindern, trotz allem. Ich bitte Sie darum.«

Clementine verstand wohl, wieviel Selbstüberwindung dieser Vorschlag Frau Dorothee gekostet hatte. Dennoch konnte sie nicht zustimmen, denn ohne Rosa würde sie Herrn Thielemanns Nachstellungen schutzlos ausgeliefert sein.

»Machen Sie sich keine Sorgen wegen Ihrer Situation in diesem Haus«, erklärte Frau Dorothee, und ihr eben noch durchscheinend weißes Gesicht war plötzlich hektisch rot. »Sie haben nichts mehr zu befürchten.« Als sie Clementines fragenden Blick sah, fügte sie mit entschlossener Stimme hinzu: »Ich werde mich nämlich scheiden lassen.«

Justus Weigand und Arnold Scheer saßen in dem behaglichen und komfortablen Wohnzimmer des Korpsstudenten; beide bemühten sich schon seit Stunden, ihr medizinisches Wissen zu vertiefen. Noch waren die Vorhänge offen, aber Arnold Scheer hatte schon die Petroleumlampe entzündet und sie mitten auf den runden Tisch gestellt, auf dem sich die aufgeschlagenen Bücher stapelten.

Scheinbar unvermittelt richtete sich Justus Weigand auf, klappte das dicke Lehrbuch *Anwendung von Röntgenstrahlen zu diagnostischen und therapeutischen Zwecken* zu, räkelte sich gähnend und sagte: »Mir langt's für eine Weile! Ich glaube, ich werd' mir mal ein bißchen die Füße vertreten!«

Sekunden später schlug die Pendeluhr, die hinter seinem Rücken auf dem Kamin aus rotem Marmor stand, sechsmal. Sechs Uhr — höchste Zeit für ihn, in die Charité zu gehen und sich um die kleine Senta zu kümmern! Justus Weigand staunte über sein eigenes Zeitgefühl.

Arnold Scheer tat einen tiefen Zug aus einer langen, gebogenen Pfeife mit dem schön geschnitzten Meerschaumkopf und stieß eine dicke Rauchwolke aus. »Mir soll's recht sein«, stimmte er gemächlich zu, »gehen wir ein Bierchen trinken.«

»Nein, ich...« Justus war nun doch verlegen.

»Gib's jetzt zu... du hast was Besseres vor!«

»Jetzt hör mal zu...«, setzte Justus Weigand heftig an, vollendete den Satz dann aber nicht.

Arnold Scheer schmunzelte. »Nun, hab dich mal nicht so, alter Junge«, spöttelte er, »meinst du denn, ich wüßte nicht, wohin du willst? Nicht nur ich, sämtliche Kommilitonen und die gesamte Professorenschaft kennen deine Marotte.«

»Wenn du's weißt, warum fragst du dann noch?« Justus Weigand war bereits dabei, in den Paletot zu schlüpfen.

»Um mich an deiner holden Verwirrung zu weiden.«

»Idiot!«

Arnold Scheer grinste breit. »Können wir uns dann nachher im *Café Greiff* treffen?«

»Ich muß unbedingt noch büffeln.«

»Gerade deshalb. Ich doch auch. Anschließend gehen wir dann wieder zu mir. Wenn's spät wird, kannst du auf meinem Kanapee übernachten.«

Justus Weigand, der seine Bücher gerade zusammengesucht hatte, legte sie wieder auf den Tisch zurück. »Einverstanden. Also dann...«

»Sagen wir in zwei Stunden? Bis dahin wirst du das Rotzig doch wohl gewickelt haben?«

Justus Weigand zog die Tür hinter sich zu, ohne zu antworten. Aber noch auf dem breiten, teppichbelegten Gang verfolgte ihn das wiehernde Gelächter des anderen. Er nahm es ihm nicht übel, er kannte Arnold Scheers Art, und er war sich ja selbst darüber im klaren, daß sein Verhalten Anlaß zu mehr oder weniger gutmütigen Neckereien geben mußte. Das ließ ihn zwar nicht völlig gleichgültig, traf ihn aber keinesfalls so sehr, daß er seine Besuche unterlassen hätte. Er brachte es nicht über sich, auch nur einen einzigen Tag vergehen zu lassen, ohne sich persönlich um das Wohlergehen der kleinen Senta — des Rotzigs, wie Arnold Scheer sich auf rheinische Art auszudrücken beliebte — zu kümmern. Meist richtete er es so ein, daß er sie am späten Nachmittag selbst badete, wickelte und fütterte. Wenn ihm das einmal aus zeitlichen Gründen nicht möglich war, fehlte ihm an diesem Tag wirklich etwas. Er hatte zu dem kleinen Mädchen inzwischen eine sehr persönliche menschliche Beziehung. Justus Weigand konnte sich nicht vorstellen, wie es wäre, ein eigenes Kind zu haben, deshalb wußte er nicht, ob Senta ihm soviel bedeutete wie eine leibliche Tochter. Jedenfalls konnte er sich ein Leben ohne sie nicht mehr vorstellen. Auch jetzt freute er sich, als er das Gelände der Charité erreichte, und rannte die Treppe zur Säuglingsstation, die zu Sentas Heimat geworden war, hinauf.

Oberschwester Klara, die gerade zwei Kinder im Arm hatte und sie aus zwei Fläschchen gleichzeitig fütterte, blickte auf, als er hereinstürmte. »Gut, daß Sie kommen, Herr Doktor.«

»Ist etwas mit Senta?« fragte er alarmiert.

»Nein, nein, gar nichts, die Kleine ist völlig gesund, aber...«

Justus Weigand ließ die Schwester nicht zu Wort kommen. »Na, Gott sei Dank«, sagte er. »Sie haben manchmal wirklich 'ne Art, einen zu erschrecken!« Er eilte zu Sentas Bettchen, und als er sich über das Kind beugte, streckte es ihm die Ärmchen entgegen. Er hob sie aus den Kissen und schwenkte sie hoch in die Luft. »Guten Abend, mein Schätzchen! Wie haben wir denn den langen Tag verbracht? Gegessen, geschlafen und ein bißchen gesungen?«

Senta gab unverständliche Laute von sich, die jedoch äußerst vergnügt und wichtig klangen, als hätte sie tatsächlich eine Menge zu erzählen. Sie krähte, als er sie hochwarf und wieder auffing, und lächelte ihn aus ihrem zahnlosen Mündchen strahlend an. »Schaun Sie nur, Oberschwester!« rief Justus Weigand. »Sie lacht, sie lacht wirklich, es war kein Zufall... sie hat mich angelacht!« Er legte die Kleine auf die Wickelkommode, pellte sie aus ihren festen Hüllen, säuberte sie zärtlich, bog und streckte die Beinchen und Ärmchen, und Senta ließ sich alles mit sichtlichem Wohlbehagen gefallen.

Sie war ein hübsches Kind, und es war so einfach, sie liebzuhaben, sie hatte ja auch die Herzen sämtlicher Schwestern gewonnen, es konnte gar nicht anders sein. Die Diakonissen, die jeden der ihnen anvertrauten Säuglinge spätestens nach drei Wochen, wenn die Mütter entlassen wurden, herausgeben oder auf die Krankenstation überweisen mußten, genossen es, einen ihrer Schützlinge ausnahmsweise einmal länger behalten, ihn wachsen und gedeihen sehen zu dürfen.

Senta hatte rundliche Arme und Beine mit winzigen Grübchen an den Gelenken, eine zarte Haut, riesige runde Schwarzkirschenaugen und dazu weiches, lockiges Haar, das in den ersten Wochen nach der Geburt seine Farbe geändert hatte: es war jetzt nicht mehr schwarz, sondern kupferrot. Sie lag nun nackt in ihrer ganzen Schönheit vor ihm, und Justus Weigand küßte sie auf das runde Bäuchlein — dabei griff sie mit ihren winzigen Fingern in sein Haar, bekam ein Büschel zu fassen, zerrte mit erstaunlicher Kraft daran und gab kleine, glucksende Laute des Vergnügens von sich.

In diesem Augenblick ertönte die Stimme von Professor Hübner, so nahe und unvermittelt, daß Justus Weigand zusammenzuckte und hochfahren wollte. Aber die winzigen Finger der kleinen Senta ließen nicht so rasch los, was sie einmal gefaßt hatten. »Reizend, wirklich ganz reizend!« Die zischenden »z« des Professors brachten seine Mißbilligung mehr als deutlich zum Ausdruck. »Eine wahre Idylle, scheint mir.«

Justus Weigand griff nach der kleinen Faust, die sein Haarbüschel immer noch unerbittlich umklammerte, und es gelang ihm endlich, sich zu befreien. Blutübergossen und verlegen stand er vor seinem Professor, der ihn bei einer ebenso unmännlichen wie unwissenschaftlichen Verhaltensweise ertappt hatte. »Entschuldigen Sie, bitte, Herr Professor...«

»Was soll ich entschuldigen? Daß Sie sich wie ein Narr aufführen oder daß Sie meinen ausdrücklichen Befehlen zuwiderhandeln?«

Noch ehe Justus eine passende Antwort gefunden hatte, kam ihm von der Oberschwester Hilfe. »Es tut mir leid, Herr Professor, aber ich habe ganz vergessen, dem Herrn Doktor auszurichten ...«

Professor Hübner ließ sie nicht aussprechen. »Seien Sie nicht so voreilig«, sagte er schneidend, »vorläufig ist dieser junge Mann noch nicht Doktor, und ich bin durchaus nicht sicher, ob er sein Ziel je erreichen wird.«

»Ich wollte doch nur erklären ...«

»Danke. Ich habe bereits begriffen, was Sie mir klarmachen wollten. Aber noch bestimme ich in diesem Haus, und ich erwarte, daß man sich nach meinen Anordnungen richtet.«

Die kleine Senta, erschreckt durch diese rauhen Töne, plötzlich aus ihrem zärtlichen Spiel gerissen und hungrig obendrein, begann zu brüllen. Ihr Gesichtchen war dunkelrot geworden, die Augen verschwanden fast vollkommen zwischen wulstigen Falten, sie war nur noch ein einziger weit aufgerissener, zahnloser Mund. Mit angewinkelten Ärmchen und geballten Fäusten lag sie da und schrie ihren Unwillen laut heraus. Justus Weigand hätte sie am liebsten tröstend hochgenommen, aber er begriff, daß er es sich nicht erlauben konnte, seinen Professor noch mehr zu reizen, und legte nur fest eine Hand auf das Bein des Kindes, um es festzuhalten.

Die Oberschwester ließ sich nicht einschüchtern. »Ich bin wirklich noch nicht dazu gekommen, Herrn Dok ...«, sie verbesserte sich geflissentlich: »... Herrn Weigand mitzuteilen, daß Sie ihn erwarten, Herr Professor!«

Professor Hübner räusperte sich. Trotz seines Zornes war er durchaus nicht bereit, sich in einen Kampf mit den unersetzlichen Diakonissen einzulassen. »Schon gut, schon gut«, sagte er gezwungen, »selbstverständlich glaube ich Ihnen, Oberschwester. Also, kommen Sie mit, Weigand, ich habe mit Ihnen zu reden.« Er wandte sich mit einer scharfen Drehung rechtsum ab und verließ die Säuglingsstation.

Justus blieb nichts anderes übrig, als ihm zu folgen, allerdings erst, nachdem er sich vergewissert hatte, daß eine der jüngeren Schwestern herbeisprang, um sich um die immer noch lautstark protestierende Senta zu kümmern.

Das Arbeitszimmer des Professors lag einen Stock höher als die Säuglingsstation. Es war ein nicht eben kleiner Raum, der jedoch durch die schweren, dunklen Möbel eng und luftlos wirkte. In einem verglasten Bücherschrank standen die Standardwerke der Medizin, auf dem Schreibtisch, auf den Stühlen und auch auf dem abgetretenen Teppich, der fast den ganzen Boden bedeckte, türmten sich Broschüren. Das Zimmer war überheizt, der Gasofen zischte, und die abgestandene Luft roch nach Tabak, Staub, Papier, und man meinte fast, noch die Angst all jener Studenten zu riechen, die hier dem Professor gegenübergesessen hatten und seinen bohrenden Fragen und seinem unerbittlichen Urteil ausgeliefert gewesen waren.

Als Professor Hübner sich zwischen Bücherschrank und Schreibtisch durchzwängte, hoffte Justus Weigand schon, er werde das staubblinde Fenster öffnen oder die Gasheizung kleiner stellen. Aber nichts dergleichen geschah. Dem Professor schien die höllische Atmosphäre dieses Zimmers so vertraut, daß er gar nicht auf die Idee kam, sie zu ändern. Er setzte sich hinter seinen Schreibtisch, rieb die langen ausdrucksvollen Gelehrtenhände gegeneinander, betrachtete Justus Weigand durch die blitzenden Gläser seines Zwickers und sagte endlich, als der junge Mann schon spürte, wie ihm der Schweiß zwischen den Schulterblättern herablief: »Setzen Sie sich!«

Justus hatte kaum Platz, sich umzudrehen. Er nahm einen Stapel Broschüren von einem Stuhl, legte ihn sorgfältig auf den Boden und nahm dem Professor gegenüber Platz, in gerader Haltung, mit sorgsam nebeneinandergestellten Füßen.

»Ich habe ihre Dissertation gelesen«, begann Professor Hübner ohne Umschweife. Justus Weigands Mund war plötzlich trocken. Seit Wochen, seit er seine sorgfältig mit der Hand geschriebene Doktorarbeit dem Professor zur Begutachtung übergeben hatte, hatte er dieser Minute entgegengefiebert, und jetzt, da sie gekommen war, empfand er nicht mehr die erwartete Erleichterung, sondern nur noch die nervenzerreißende Gewißheit, versagt zu haben. »Sie enthält«, fuhr Professor Hübner fort, »einige fundamentale Fehlerquellen.«

Justus Weigand konnte auch diese vernichtende Feststellung kaum noch erschüttern. Selbst Seine Majestät der Kaiser, dessen Porträt die Wand gegenüber dem Bücherschrank zierte, schien voll höhnischer Mißbilligung auf ihn herabzublicken.

»Sie stellen da eine Theorie auf, Weigand, nach der, wenn ich Sie richtig verstanden habe, warten Sie mal...« Der Professor schlug das Manuskript an einer Stelle auf, die er durch ein Notizblatt gekennzeichnet hatte. »Aha, hier haben wir es schon! Sie schreiben wörtlich...« Der Professor unterbrach sich und reichte Justus Weigand das Manuskript über den Schreibtisch hinweg: »Da, lesen Sie selbst! Die angestrichene Stelle.«

Justus Weigands Stimme klang heiser, als er jetzt die Sätze herunterstotterte, die ihm, als er sie niederschrieb, wie eine wichtige Entdeckung erschienen waren, jetzt aber hohl und leer in seinen Ohren dröhnten: »Entscheidend für das Gedeihen des Säuglings ist nicht nur eine sachgemäße Pflege und eine dem kindlichen Organismus entsprechende Ernährung, sondern es gilt auch, eine ganz persönliche zwischenmenschliche Beziehung herzustellen. Das ist vor allem dann unumgänglich, wenn die Mutter nicht nähren kann und auf eine Amme verzichtet werden soll. Ein Säugling, der jedesmal am Tag von einer anderen Schwester hochgenommen, frisch gewickelt und gefüttert wird, und das häufig noch, ohne je ein liebevolles, lobendes oder anspornendes Wort zu hören, muß und wird seelisch verkümmern. Diese seelischen Mangelerscheinungen werden sich auch auf das Körperliche ausdehnen. Gerade bei einem Säugling also, der aus der Flasche ernährt wird, ist darauf zu achten, daß nicht nur sein Hunger, sondern auch sein Bedürfnis nach Liebe und persönlicher Anteilnahme gestillt wird, weil sonst schwere, sogar bleibende Schäden eintreten, die ohne organische Ursachen zum Tod führen können.«

»Genug!« Professor Hübners Stimme war scharf wie ein Peitschenknall. Justus Weigand, der gerade hatte umblättern wollen, ließ das Manuskript sinken und starrte ihn an. »Wie kommen Sie dazu, solche Behauptungen aufzustellen?« donnerte der Professor.

»Ich ... gewisse Beobachtungen ...«, stotterte er mühsam hervor.

»Was für Beobachtungen? An wie vielen Kindern? Unter welchen Umständen?« Justus Weigend mußte die Antwort schuldig bleiben. »Reden Sie schon! Was für Untersuchungen haben Sie hinter meinem Rücken in meinem Institut angestellt?«

»Keine, Herr Professor.«

»Wie können Sie es dann wagen ...?«

Jetzt endlich hatte Justus Weigand sich von seinem Schock erholt. »Es ist eine Theorie«, erklärte er. »Sie sagten ja vorhin selbst: eine Theorie. Und ich könnte sie ganz gewiß untermauern, wenn ich Zeit und Gelegenheit dazu hätte ...«

»Und warum haben Sie nicht, bevor Sie sie niederschrieben, mir diese Theorie vorgetragen und mich um Rat gebeten?«

»Ich wollte Sie ganz gewiß nicht hintergehen, Herr Professor, mir kam dieser Gedanke tatsächlich ganz plötzlich.«

»Und da haben Sie ihn unbekümmert zu Papier gebracht, so als ob es sich um das Ende einer Kette sorgfältiger Überlegungen und nicht um einen schwachen Anfang handelte!«

Justus Weigand konnte den Anblick des Zwickers, der an einer schwarzen Kordel wie rasend um den Zeigefinger des Professors rotierte, nicht mehr länger ertragen, und er zwang sich, einen mächtigen Aschenbecher aus Messing zu fixieren, der mit nackten, sich nach hinten beugenden Mädchengestalten geschmückt war. »Ich sehe ein, daß es ein Fehler war«, gab er zu.

»Sie begreifen das Fragwürdige Ihrer Theorie?«

»Nein, das nicht, nur ... ich habe nicht genug Material, um sie zu stützen.«

»Sehr richtig.« Professor Hübners Stimme klang jetzt milder, der Zwicker begann sich gemächlicher zu drehen. »Sie sind lang genug mein Schüler, um zu wissen, daß man im Bereich der Wissenschaft keine Behauptungen aufstellen darf, solange man außerstande ist, entsprechende

Beweise vorzubringen. Ja, ich möchte noch weiter gehen und sagen: in der Wissenschaft kann es keine Behauptungen, sondern nur bewiesene Tatsachen geben und sonst gar nichts.«

Justus Weigand hatte das Gefühl, daß es jetzt besser wäre, den Mund zu halten und dem Professor stillschweigend recht zu geben. Aber das wäre ihm zu erbärmlich erschienen. »Meine Theorie«, sagte er starrsinnig, »würde immerhin eine Erklärung dafür bieten, warum die Kindersterblichkeit in den Spitälern und auch in den Findelhäusern immer noch so groß ist, obwohl es den Kindern, rein medizinisch gesehen, an nichts fehlt.«

»Dafür, mein lieber Weigand«, entgegnete der Professor, »gibt es noch eine andere, sehr viel näherliegende Erklärung, nämlich, daß wir rein medizinisch doch noch etwas übersehen haben.«

»Aber das kann ich mir nicht denken, ich habe alles überprüft... Gerade das macht den Hauptteil meiner Dissertation aus, und ich bin auf keinen Fehler gestoßen, der...«

Professor Hübner ließ seinen Zwicker in der Außentasche seines schwarzen Gehrocks verschwinden und beugte sich vor. »Jetzt hören Sie mir mal gut zu, Weigand«, sagte er fast väterlich, »und strengen Sie Ihren Kopf an. Es gibt für Sie nur zwei Möglichkeiten: entweder Sie ziehen Ihre Dissertation zurück, stellen neue Untersuchungen an, bis Sie soweit sind, daß Sie Ihre Theorie beweisen oder fallenlassen müssen...«

»Dazu würde ich bestimmt noch ein gutes Jahr brauchen!« platzte Justus Weigand erschrocken heraus.

»Na eben. Nutzen Sie lieber die andere Möglichkeit, überarbeiten Sie Ihr Manuskript noch einmal, streichen Sie alles heraus, was nicht hieb- und stichfest ist, und geben Sie es in Druck!«

Justus Weigand sprang auf. »Herr Professor, Sie meinen... Sie wollen sagen, daß Sie abgesehen von diesen Kleinigkeiten, mit meiner Dissertation einverstanden sind?«

Professor Hübner hüstelte hinter der vorgehaltenen Hand. »Was hatten Sie denn erwartet? Haben Sie denn wirklich so wenig Selbstvertrauen?«

»Im allgemeinen nicht, nur gerade in diesem Fall...«

»Sie können zum nächsten Termin zur Prüfung antreten, und nachher, Weigand — doch darüber haben wir, glaube ich, schon gesprochen —, fangen Sie als bezahlter Assistent bei mir an, das heißt natürlich, falls Sie keine anderen Pläne haben.«

»Nein, Herr Professor, ich danke Ihnen, Herr Professor.« Justus Weigands Gesicht glühte geradezu vor Erleichterung.

»Sie brauchen mir nicht zu danken, Weigand, Sie wissen ja so gut wie ich, daß Sie als mein Assistent nicht reich werden, ja, nicht einmal eine Familie ernähren können. Ich bin mindestens so sehr auf die Mitarbeit idealistisch denkender intelligenter junger Leute angewiesen wie umgekehrt.« Professor Hübner zog seinen Kneifer aus der Tasche, setzte ihn sehr nachdrücklich auf den schmalen Nasenrücken und blickte den jungen Doktoranden durch die blitzenden Gläser an. »Aber Sie werden in dieser Stellung Gelegenheit haben, die notwendigen Untersuchungen zu dem von Ihnen angeschnittenen Thema anzustellen; wenn Sie Glück haben, reicht es vieleicht sogar zur Habilitation.«

»Herr Professor, Sie halten es also nicht für ganz und gar ausgeschlossen?«

»Nicht, solange mir nicht ein überzeugender Gegenbeweis erbracht wird.« Professor Hübner erhob sich und reichte Justus seine schmale, knochige Hand über den Schreibtisch. »Und nun klemmen Sie sich Ihre Dissertation wieder unter den Arm und machen Sie sich noch einmal an die Arbeit.«

Justus Weigand ergriff die Hand des von ihm ebenso verehrten wie gefürchteten Mannes, verbeugte sich tief, tastete sich rückwärts zur Tür und hielt dabei sein Manuskript krampfhaft umklammert. Aber er war noch nicht endgültig entlassen. »Moment mal«, sagte Professor Hübner, »da war doch noch etwas...?« Er griff sich an die Stirn. »Ach ja, Ihr Wunderkind! Es kann auf keinen Fall noch länger auf der Station bleiben.« — »Aber Senta stört doch niemanden«, wagte Justus Weigand zu widersprechen.

»Doch. Mich. Und nicht nur mich, auch die Schwestern. Ja, ja, ich weiß, was Sie sagen wollen, die Kleine ist allen ans Herz gewachsen. Gerade deshalb muß sie verschwinden. Sie erweckt mütterliche Gefühle in unseren Diakonissen, und das ist nicht gut. Sie müssen für jeden Säugling dasein und gleichzeitig bereit sein, ihn auch wieder herzugeben. Private Bindungen sind auf meiner Station nicht möglich.«

»Ja, Herr Professor«, sagte Justus Weigand niedergeschlagen.

»Sie haben wohl noch keinen Pflegeplatz gefunden? Kann ich mir lebhaft vorstellen, das dürfte wohl auch nicht so einfach für einen mittellosen jungen Mann sein. Hören Sie auf meinen Rat: Befreien Sie sich von diesem Kind. Es zu behalten wäre ein Luxus, den Sie sich nicht leisten können!«

»Ja, Herr Professor«, wiederholte Justus Weigand scheinbar gefügig, obwohl er nicht eine Sekunde daran dachte, sich endgültig von seinem Schützling zu trennen. Aber er wußte, daß er sich eine Auseinandersetzung über dieses Thema mit seinem Professor einfach nicht erlauben konnte.

»Hallo, altes Haus!« Arnold Scheer winkte den Freund durch Schwaden von blauem Dunst zu sich heran. »Komm her zu mir, platz dich! Du bist pünktlich wie immer...« Er unterbrach seinen eigenen Redeschwall, als Justus Weigend an Plüschsofas und Marmortischen vorbei näher getreten war. »Nanu? Wie kommst du mir vor? Es muß was ganz Besonderes passiert sein. Hast du etwa eine süße Puppe aufgegabelt?«

»Wo denkst du hin«, erwiderte Justus ausweichend. Er zog seinen Paletot aus, warf ihn über einen der Fauteuils und nahm neben Arnold Scheer auf dem roten Kanapee vor dem Spiegel Platz. Das *Café Greiff* war um diese frühe Stunde noch einigermaßen leer. Die Schönen der Nacht waren noch nicht da; im Moment bevölkerten hauptsächlich Studenten das Lokal. In einer Ecke, nahe dem Fenster, saß ein hagerer alter Herr, einen blitzenden Brillanten im elegant geschwungenen Plastron; er hätte der Vater eines Studenten sein können, wäre nicht sein lauernder Blick unentwegt auf die Eingangstür gerichtet gewesen. Offensichtlich war er auf ein amouröses Abenteuer aus. »Ich habe ganz andere Sorgen«, sagte Justus.

Arnold Scheer schnippte mit den Fingern, und der Kellner begriff sofort, daß noch ein Bier gewünscht wurde.

»Irgendwas schiefgelaufen?« fragte Arnold Scheer teilnahmsvoll.

»Ja und nein. Also, bitte, ich will mich nicht interesant machen, ich kann dir genausogut alles erzählen — allerdings nicht, bevor ich mir nicht die Kehle angefeuchtet habe.«

»Dafür hast du mein volles Verständnis.« Arnold Scheer drängte den Freund nicht weiter, sondern wartete ab, bis er den ersten durstigen Zug aus dem Bierglas genommen hatte. »Nachher habe ich dir übrigens auch was zu berichten...«

Justus Weigand war noch so sehr mit seinen eigenen Erlebnissen beschäftigt, daß er diese Ankündigung gar nicht weiter beachtete, sondern sofort loslegte. Er hatte in Arnold Scheer einen aufmerksamen Zuhörer. »Ist sehr viel umzuarbeiten?« fragte der Freund, als Justus Weigand seinen Bericht beendet hatte.

»Ach, das — nicht der Rede wert. Das schaffe ich in einer Nacht.«

»Dann verstehe ich nicht, worüber du dir Sorgen machst.«

»Über Senta natürlich. Wo soll ich sie unterbringen? Wenn ich Geld hätte, wäre das eine Kleinigkeit, aber so?«

»Schaff sie dir vom Hals! Ich weiß, das klingt brutal, aber es ist der einzige Rat, den ich dir geben kann.«

»Meinst du, ich habe mich nicht schon selbst tausendmal gefragt, ob es nicht richtiger wäre, mich von der Kleinen zu trennen, nicht nur um meinet-, sondern auch um ihretwillen? Was sie braucht, ist eine Mutter, ein Zuhause, und was kann ich ihr geben? Nichts. Gar nichts.« Justus Weigand seufzte.

Arnold Scheer klopfte ihm auf den Arm. »Nimm's nicht so tragisch, altes Haus, immerhin hast du ihr gewissermaßen das Leben geschenkt, und das ist auch nicht wenig. Man soll sich niemals zu viele Sorgen machen. Die meisten Probleme lösen sich ganz von selbst, ohne unser Zutun.«

»Entschuldige, aber da muß ich dir entschieden widersprechen.«

»Ich weiß, du hast nun mal 'ne andere Lebensauffassung als ich. Die Frage ist nur, ob du es damit weiterbringen wirst.«

Justus Weigand leerte sein Glas mit einem Zug. »Unsere Startbedingungen sind zu verschieden, als daß sich da überhaupt ein Vergleich ziehen ließe.«

Arnold Scheer war durchaus nicht so dickfellig, wie er sich zu geben pflegte; er hörte sofort den Unterton der Verbitterung aus der Stimme des Freundes heraus. »Na, hör mal«, sagte er betroffen, »du bist doch nicht etwa neidisch? Es ist nicht meine Schuld, daß ich einen betuchten Papa habe, und ein reines Vergnügen ist das auch nicht immer, das kannst du mir glauben!«

»Aber das weiß ich doch«, sagte Justus Weigand begütigend, »entschuldige, bitte, meine Gereiztheit. Im Grunde genommen bin ich ja nur ärgerlich auf mich selbst. Ich halse mir Probleme auf, die ich nicht lösen kann, und dann belaste ich auch noch dich damit, obwohl ich dafür weiß Gott kein Verständnis von irgendeinem Außenstehenden erwarten kann. Ich bin wirklich ein sentimentaler Hund, aber mach mal was dran! Nichts ist schwerer, als über den eigenen Schatten zu springen.«

Arnold Scheers wohlgenährtes Gesicht verzog sich zu einem breiten Grinsen. »Ich hab' mir sogar sagen lassen, daß es unmöglich ist. Also versuch' ich's erst gar nicht.«

Es war ein Zufall, daß Justus Weigand gerade ein dem Augenblick zur Tür sah, als Lotte Mielke hereinschlüpfte. Ihre Wangen waren von der frischen Luft gerötet, und ihre grünen Augen funkelten. Sie blickte sich suchend um. Justus Weigand wußte sofort, daß er sie schon einmal gesehen hatte, aber es fiel ihm nicht ein, wo und wann das gewesen sein konnte.

Arnold Scheer hatte Lotte gleichfalls bemerkt und flüsterte Justus zu: »Kesse Kleine, was? Ist Egon von Stuckens Freundin. Kennst du sie?«

»Ich habe sie schon einmal mit ihm zusammen gesehen«, erwiderte Justus Weigand nachdenklich, »ich glaube sogar, es war hier.«

»Schon möglich. Das ist eines von den Lokalen, in denen sie beide ...« Arnold Scheer unterbrach sich. »Nanu, das sieht so aus, als tut sich was!«

Der ältere Herr mit dem funkelnden Brillanten im grauseidenen Plastron hatte sich erhoben und war auf Lotte zugetreten. Er verbeugte sich vor dem Mädchen mit altväterlicher Höflichkeit und sprach auf sie ein. Obwohl die beiden jungen Männer die Worte nicht verstehen konnten, wußten sie doch genau, worum es ging. Auch bei anderen Gästen hatte die kleine Szene Aufmerksamkeit erregt, so daß Lottes patzige Erwiderung in der plötzlich eingetretenen Stille unüberhörbar wurde. »Lassen Sie mir jefälligst in Ruhe«, sagte sie mit ihrer rauhen Stimme, »ick kenne Ihnen ja jar nich!«

Aber der lüsterne alte Knabe war nicht so leicht abzuschütteln. Wahrscheinlich erregte die ungebrochene Natürlichkeit des Mädchens ihn nur noch mehr. »Aber das läßt sich doch nachholen, mein Fräulein«, sagte er schmeichlerisch, »kommen Sie, setzen Sie sich zu mir, Sie sollen es nicht bereuen.« Er legte seine magere Hand, an der die Venen wie dicke blaue Stränge hervortraten, um ihren festen, wohlgerundeten Arm.

Das war für Lotte zuviel. »Pfoten wech!« schrie sie. »Sie altes Ekel!« Sie schlug ihm kräftig auf die Hand, riß sich los und stürmte aus dem Lokal.

Der alte Herr verlor keine Sekunde lang die Haltung. Er überhörte die Lacher und sagte im Ton milder und mitleidiger Verachtung. »Ungebildete Person.« Gemessenen Schrittes zog er sich zurück und setzte sich wieder an seinen Fensterplatz.

»Gehen wir, Arnold«, bat Justus, »ich könnte mir vorstellen, daß sie gleich mit Egon von Stucken zurückkommt, und ich möchte nicht gern...«

»Ganz deine Meinung. Momentchen, ich möchte nur noch zahlen!«

Wenige Minuten später traten die beiden jungen Männer auf die abendliche Friedrichstraße hinaus. Unwillkürlich blickten sie sich suchend um. Tatsächlich stand Lotte Mielke vor dem Schaufenster eines Lederwarengeschäftes und betrachtete scheinbar sehr interessiert die ausgestellten »Occasionen«. Ihr feuerrotes Haar schimmerte im Licht einer Straßenlaterne.

»Sie wartet auf ihn«, sagte Justus Weigand. »Eigentlich rührend...«

»Werd nur nicht gleich wieder sentimental!« warnte der Freund. »Von Stucken ist jung, hübsch, hat Geld — kein Wunder, daß sich dieses Kind aus dem Volk in ihn verknallt hat.«

»Ob das Geld dabei wirklich eine so große Rolle spielt?«

»Immer. Geld regiert die Welt. Einige von den Vorgestrigen wollen das zwar partout nicht einsehen. Sie pochen auf ihren Adel, ihre alte Familie, ihre Beziehungen zum Hof. Aber wenn kein Vermögen dahintersteht, ist das alles ganz ohne Wert.«

»Spricht da bei dir nicht vielleicht eine gewisse Verbitterung mit?« fragte Justus Weigand lächelnd.

»Du hast recht«, gab Arnold Scheer zu. »In manchen Häusern hier wird man behandelt wie ein Mensch zweiter Klasse, nur weil das Wörtchen *von* vor dem Namen fehlt. Dabei hätte mein Papa weiß Gott Geld genug, um sich in den Adelsstand erheben lassen zu können!«

»Damit würdest du auch keinen Eindruck machen«, versetzte Justus Weigand nüchtern. »An den echten alten preußischen Adel kannst du damit doch nicht tippen. Man muß bei der Eroberung der Mark Brandenburg, spätestens aber unter Friedrich dem Großem mit dabeigewesen sein, sonst ist und bleibt man Herr Niemand... aber natürlich nur in den Augen von Leuten, die für unsereinen völlig uninteressant sind. Der Adel mag die Elite der Vergangenheit gewesen sein, die Elite der Zukunft wird sich aus Wissenschaftlern rekrutieren. Hör auf mich, Arnold! Sieh zu, daß du ein anständiges Examen machst, das ist viel wichtiger, als gesellschaftlichen Erfolgen nachzujagen, die dir ohnehin nichts einbringen.«

Die beiden jungen Männer hatten die Kreuzung Georgenstraße erreicht, und Arnold Scheer wollte nach links, in Richtung seiner Wohnung abbiegen. Justus Weigand blieb stehen. »Würde es dir etwas ausmachen, wenn ich erst später nachkäme? Ich habe noch etwas zu erledigen.«

Arnold Scheer schmunzelte. »Das klingt reichlich geheimnisvoll.«

»Überhaupt nicht. Ich will nur einen kurzen Besuch bei einer Bekannten machen.«

»Also doch!«

»Nicht das, was du denkst. Also, warte auf mich, ja? Laß dir nur nicht einfallen, dich herumzutreiben. Du weißt, du hast noch einiges zu büffeln und ...«

Arnold Scheer schlug die Hacken zusammen, legte die Hand an eine imaginäre Mütze. »Zu Befehl, Herr Korporal!« sagte er stramm. Justus gab ihm einen scherzhaften Stoß in die Rippen und ging. Aber schon nach wenigen Schritten rief Arnold Scheer ihm nach: »He, Weigand! Jetzt hätte ich fast das Wichtigste vergessen!«

Justus Weigand wandte sich zögernd um. »Ja?«

»Ich will dir was zeigen, komm noch mal her.« Arnold Scheer knöpfte seinen Mantel auf, faßte in die Innentsche seine Jacketts und zog ein elfenbeinfarbenes Briefchen heraus.

»Also, ich interessiere mich wirklich nicht für deine Billets doux«, sagte Justus Weigand mit leisem Unbehagen.

»Du bist völlig falsch orientiert. Hier, lies selbst! Es handelt sich um die Frucht einer meiner fragwürdigen gesellschaftlichen Bemühungen, wie du zu sagen beliebst.«

Arnold Scheer drückte Justus Weigand eine Karte aus feinstem Büttenpapier in die Hand. Sie war nicht mit Tinte beschrieben, sondern mit gestochen scharfen Buchstaben bedruckt. Justus mußte sie hochhalten, um sie im Schein der Straßenlaterne lesen zu können: *Karl Friedrich von Stucken und Frau Elvira von Stucken, geborene Komtesse Hachwitz, geben sich die Ehre ...«* Jetzt folgte ein Einschub in leichter flüssiger Handschrift: *»Herr Arnold Scheer«*, und weiter ging es im Vordruck: *»... zu einem Dejeuner in ihrem Landhaus in Grunewald am Sonntag, den 8. März einzuladen. U. A. w. g. Berlin, Fürstenstraße ...«* Justus Weigand hatte Mühe, seine Stimme in der Gewalt zu haben, als er sagte: »Na, dann viel Spaß: Gratuliere!«

»Das klingt nicht gerade begeistert.«

»O doch, natürlich. Ich freue mich für dich.«

»Also sag mal, bist du von allen guten Geistern verlassen? Bildest du dir denn ein, ich allein hätte diese Einladung gekriegt?«

»Gewiß nicht. Ihrem offiziellen Charakter nach muß es sich ja wohl um eine größere Gesellschaft ...«

Arnold Scheer fiel ihm ins Wort. »Also wahrhaftig, manchmal kannst du stur wie ein Maultier sein! Größere Gesellschaft ... wen interessiert denn das? Die Hauptsache ist doch, wir beiden sind dabei, du und ich! Ja, kapierst du denn immer noch nicht?«

»Vorläufig«, erklärte Justus Weigand sehr steif, um seine innere Erregung zu verbergen, »sehe ich nur, daß *du* eine Einladung bekommen hast.«

»Ja, weil ich heute nachmittag zu Hause gewesen bin! Wenn du mir nicht glauben willst, dann geh doch zu der Göbern. Du wirst sehen, wie sie ein entsprechendes Briefchen aus ihrer Schürzentasche zaubert.«

»Also, so wichtig«, behauptete Justus Weigand, »ist mir die Sache auch wieder nicht. Ich werde es schon noch früh genug bekommen.«

Das war eine glatte Lüge gewesen, aber Justus hatte sie anwenden müssen, um nicht seine intimsten Regungen preiszugeben, die der Freund, der aus gröberem Stoff gemacht zu sein schien, allzugern rücksichtslos bloßzulegen pflegte.

Aber jetzt, da er allein weiterging, gestand er sich ein, daß ihm sogar sehr viel an dieser Einladung lag. Denn wenn er sich auch nach wie vor keine Hoffnungen auf die Tochter des Hauses zu machen wagte, zog es ihn doch gewaltig zu ihr hin; nur selten hatte er eine Gelegenheit zu einem Treffen ausgelassen. Am liebsten hätte er den Rat seines Freundes befolgt und wäre schnell in sein möbliertes Zimmer gegangen, um sich zu vergewissern, daß Arnold Scheers Prophezeiungen den Tatsachen entsprachen. Aber er verbot es sich. Es gehörte zu einem Programm der Selbsterziehung, das er sich auferlegt hatte, niemals unnütz Zeit zu vergeuden — und der Weg in die Elsässer Straße wäre nichts anderes gewesen — und sich auch den brennendsten Wunsch nicht gleich zu erfüllen, um sich so gegen unfreiwillige Entbehrungen abzuhärten.

So zwang er sich auch jetzt, nicht mehr an Stuckens und vor allem nicht mehr an Stefanie zu denken, sondern sich auf seine Pflichten zu konzentrieren, deren wichtigste ihm im Augenblick die Sorge für die kleine Senta zu sein schien. Seiner Schätzung nach war es kurz vor neun, als er die Taubenstraße erreichte, also wesentlich früher, als er Amalie Hentschel sonst zu besuchen pflegte. Aber das war ihm nur recht so, denn heute stand ihm der Sinn nicht nach einer Liebesstunde, sondern nach einem freundschaftlichen Gespräch. Er hatte sich jedes Wort zurechtgelegt, alle möglichen Argumente von Amalie, die er ihr aus der langjährigen Kenntnis ihres Charakters zutraute, vorweggenommen.

In der Beletage brannte Licht. Er nahm es als gutes Zeichen, sprang die Stufen hinauf, pochte gegen die Wohnungstür — zweimal lang, zweimal kurz, zweimal lang, das verabredete Zeichen. Amalie öffnete sofort. Aber der Empfang fiel nicht ganz so herzlich aus, wie er ihn gewohnt war. »Du?« fragte sie gedehnt und durchaus nicht angenehm überrascht.

Er reagierte empfindlich. »Tut mir leid, wenn du jemand anderen erwartet haben solltest.«

Sie wechselte sofort den Ton. »Aber nein, natürlich nicht! Wie kommst du darauf?« Sie zog ihn in die Wohnung und fiel ihm um den Hals. Der vertraute Duft von Milch und Veilchen stieg ihm in die Nase, ihre weichen, kühlen Arme umschlossen ihn. Aber allzu rasch löste sie sich wieder von ihm. »Bitte nicht, nicht jetzt«, sagte sie und fuhr sich mit beiden Händen in ihre hochaufgesteckten, mit der Brennschere kunstvoll gedrehten Löckchen. »Ich habe mich soeben erst schöngemacht.«

»Hast du etwas vor?«

Sie zögerte. »Ich hatte«, sagte sie dann. »Aber natürlich, da du jetzt hier bist...«

»Ich kann genausogut wieder gehen.«

»Nun sei doch nicht so empfindlich.« Sie öffnete die Tür zum Wohnzimmer und ließ ihn eintreten, auch das war neu. Sie mußte doch wissen, wie wenig er diesen Raum mit seinen steifen Möbeln, der frostigen, gutbürgerlichen, betont staubfreien Atmosphäre und den unzähligen Fotos des verstorbenen Hentschel mochte.

»Was soll das?« fragte er und wandte sich zu ihr um.

»Ach, bist du aber schwerfällig! Ich erwarte Besuch. Hast du das noch immer nicht begriffen? Ein Herr, der mich abholen will. Ich konnte ja nicht ahnen, daß du ausgerechnet heute wieder einmal den Weg zu mir finden würdest.«

»Ich mache dir ja keinen Vorwurf, nur...«

Sie ließ ihn nicht aussprechen. »Das wäre noch schöner! Also setz dich und mach ein anderes Gesicht.« Sie lächelte schelmisch und wirkte sofort um Jahre jünger. »Ich habe nie geahnt, daß du so eifersüchtig sein kannst!«

»Nein, das bin ich nicht«, stellte er richtig. »Nur... ich möchte keinesfalls stören.« Erst als er bemerkte, wie ihre Mundwinkel bebten, begriff er, daß er das Falsche gesagt und sie verletzt hatte. »Ich weiß genau, daß ich kein Recht habe, eifersüchtig zu sein«, fügte er ziemlich gleichgültig hinzu.

»Macht nichts, ich wußte ja immer, daß du mich nicht wirklich liebst.« Sie stemmte die Hände in die Hüften und stellte sich vor dem Konsolenspiegel in Positur. »Und schließlich bin ich auch nicht auf dich angewiesen. Solche wie dich könnte ich an jedem Finger zehn haben.«

»Das glaube ich dir gern. Du bist eine wunderbare Frau, und du siehst prächtig aus.«

»Meinst du das im Ernst?« Sie betrachtete wohlgefällig ihr Bild im Spiegel, machte eine halbe Wendung und versuchte, über die Schulter hinweg ihren molligen Rücken zu begutachten.

»Aber ja. Ist das Kleid neu? Ich erinnere mich nicht, es an dir schon mal gesehen zu haben. Es steht dir ausgezeichnet.«

»Geschmack«, sagte sie selbstgefällig, »war immer schon meine starke Seite.« Sie holte tief und vorsichtig Atem, denn ihre Taille war viel enger geschnürt, als es ihren natürlichen Proportionen entsprach.

Er lächelte, unterdrückte aber eine neckende Bemerkung, denn es lag ihm viel daran, ihre gute Stimmung nicht zu zerstören. »Rosa ist wirklich *deine* Farbe«, sagte er ein wenig heuchlerisch.

»Denk dir! Genau das hat der selige Hentschel auch immer gesagt!« Sie nahm ein Foto von der Konsole und drückte einen feuchten, schmatzenden Kuß darauf. »Er hat mich verstanden wie kein anderer! Nur, daß er mich so früh allein gelassen hat, das kann und kann ich ihm nicht verzeihen.«

»Ziemlich unrecht von dir, ihm daraus einen Vorwurf zu machen«, murmelte Justus. »Wahrscheinlich wäre er noch liebend gern bei dir geblieben.« Er zerbrach sich den Kopf, wie er auf sein Anliegen zu sprechen kommen sollte; weil ihm aber einfach nichts einfiel, entschloß er sich, das Gespräch auf ein andermal zu verschieben. »Es ist doch wohl besser, wenn ich jetzt gehe, Mädchen«, erklärte er. »Trennen wir uns ohne Groll im Herzen. Es soll ja nicht für immer sein. Wie wäre es mit morgen abend? Ich lasse mich auf übermorgen vertrösten...«

Ihre Unterröcke raschelten, als sie sich schwungvoll auf dem Absatz umdrehte. »Aber nein, bitte, bleib doch! Es ist mir ja direkt lieb, daß ich dir Herrn Zausler vorstellen kann. Er ist Oberbahninspektor, weißt du! Frau Oberbahninspektor«, sagte sie träumerisch. »Klingt doch nicht schlecht, wie?«

»Ist es diesmal also ernst?«

»Ich weiß nicht!« Amalie Hentschel rang die rosigen, gutgepolsterten Händchen. »Wenn ich's nur wüßte! Es gibt da verschiedene Kleinigkeiten, die mich stören, und dann... wie kann ich sicher sein, daß er es nicht in der Hauptsache auf mein Vermögen abgesehen hat?«

»Bei einer so reizenden Frau wie dir«, sagte Justus, »kann das Geld doch gar keine Rolle spielen.«

Sie riß die runden braunen Augen auf. »Meinst du das ehrlich? Ich bin gar nicht gewohnt, daß du mir schmeichelst.«

»Das tue ich ja gar nicht. Ich sage die reine Wahrheit. Wenn ich... nun, sagen wir, fünf Jahre älter wäre, würde ich dich vom Fleck weg heiraten.«

»Frechling!« Sie gab ihm einen kleinen Klaps auf die Wange. Aber es tat ihr doch sichtlich wohl, daß er sie für so jung zu halten schien. »Warte, ich hole uns einen Schluck zu trinken, ein Gläschen Sherry wirst du mir doch nicht ablehnen.« Sie wollte an ihm vorbei, aber er hielt sie fest.

»Amalie«, sagte er, »du bedeutest mir wirklich sehr viel...«

Sie stellte sich auf die Zehen und gab ihm einen flüchtigen Kuß. »Du mir doch auch, Junge!«

Er ließ sich nicht unterbrechen. »... und gerade deshalb fällt es mir schwer, mit anzusehen, wie du dich vergeblich bemühst, einen neuen Lebensinhalt zu finden.«

»Ja?« fragte sie ganz erstaunt. »Macht dir das wirklich etwas aus?«

»Ja. Ich wollte schon lange einmal allen Ernstes mit dir darüber reden.

Ich bin überzeugt, daß du es nicht nur falsch anfängst, sondern auch ein ganz falsches Ziel vor Augen hast.«

»Ich kann nichts Verkehrtes daran finden. Ich möchte mich wieder verheiraten und glücklich sein. Das ist doch ganz natürlich!«

»Nein. Was dir wirklich fehlt, Amalie, das ist kein Mann, sondern — bitte, sei mir nicht böse, wenn ich es so offen heraussage — ein Kind!« Ihm war um vieles wohler, daß er es endlich heraus hatte.

Sie nahm es ganz gelassen auf. »Ja, ein Kind habe ich mir immer schon gewünscht, einen kleinen Hentschel. Aber das hat nun einmal nicht sollen sein. Und ob es jetzt noch das richtige wäre? Vor allem müßte ich ja zuerst heiraten, also stehen wir genau wieder am Anfang des Problems.«

»Nein, Amalie«, sagte er und umschloß mit seinen schmalen kräftigen Händen ihre Arme, »ich habe nicht an ein eigenes Kind gedacht, sondern ich wollte dir vorschlagen, eines zu dir zu nehmen ... in Pflege sozusagen.« Sie wollte widersprechen, aber er ließ sie nicht zu Wort kommen. »Du bist doch eine mütterliche Frau, Amalie. Wenn du wüßtest, wieviel Kinder es gibt, die nach Liebe, Pflege, Zärtlichkeit geradezu hungern!«

Jetzt ließ sie sich nicht mehr mundtot machen. »Was für Kinder?« fragte sie.

Der scharfe Ton ihrer Stimme hätte ihn warnen sollen, aber er war so in Fahrt geraten, daß er sich nicht mehr bremsen konnte. »Waisenkinder«, sagte er, »uneheliche Kinder, von ihren Vätern nicht anerkannt, von ihren Müttern verstoßen.«

»Und so eines willst du mir aufschwatzen?« Mit einem Ruck entzog sie sich seinem Griff und trat einen Schritt zurück. »Wo andere ihr Vergnügen gehabt haben, soll ich den Dreck wegputzen?«

Es war ihm, als stünde er plötzlich einer wildfremden Frau gegenüber. »Es geht hier nicht um Dreck«, sagte er zornig, »sondern um Kinder, um junge, lebendige Menschen, die keine Schuld daran trifft, daß sie ungewollt und unwürdig zur Welt gekommen sind!«

»Aber meine Schuld ist es auch nicht, das wirst du mir wohl nicht einreden wollen! Sollen doch die sich darum kümmern, die ihren Spaß gehabt haben.«

»Amalie ...«

»Nein, nun laß mich einmal reden. Warum soll ich nicht die Wahrheit sagen? Hältst du mich etwa für doof? Ich weiß längst, worauf du hinauswillst! Deinen eigenen Bankert willst du mir unterschieben, dessen Mutter dir davongelaufen ist; sie wird schon gewußt haben, warum. Und jetzt, wo es zu spät ist, willst du dir auf meine Kosten ein gutes Gewissen verschaffen. Ich soll meine Freiheit aufgeben, mich hinstellen und Windeln für so ein Dreckmensch waschen, ich will ...«

Justus drehte sich um und ging. Er wußte, wenn er noch eine Sekunde länger geblieben wäre, hätte er Amalie mitten in ihr hysterisch verzerrtes Gesicht geschlagen.

Justus Weigand war völlig durcheinander. Nicht nur wegen Amalie Hentschels Ausbruch, sondern weil es ihm so schwergefallen war, seine Beherrschung zu bewahren. Deutlicher denn je war ihm bewußt geworden, wie es dazu kommen konnte, daß ein Mensch den Mitmenschen aus Haß und Zorn zerstörte. Erst der Gang durch die Großstadt kühlte seinen Kopf und sein Herz wieder ab. Aber er blieb deprimiert. Sich selbst zur Strafe arbeitete er mit Arnold Scheer bis tief in die Nacht hinein und gönnte sich nur wenige Stunden Schlaf auf dem höckrigen Kanapee im Wohnzimmer des Freundes.

Aber am nächsten Morgen hielt es ihn nicht mehr länger, es trieb ihn in sein eigenes möbliertes Zimmer, und es war wie eine Befreiung für ihn, als er die ersehnte Einladung der Stuckens auf seinem Tisch liegen sah — sicher von Witwe Göbern zuvor unter Wasserdampf geöffnet und wieder zugeklebt.

Plötzlich war nur noch eins wichtig: die Eltern Stefanies hatten ihn in ihre Kreise aufgenommen, und er durfte sich vorgaukeln, daß seine Liebe vielleicht doch eine Zukunft haben konnte. Er wußte, es war nur ein Traum, aber dieses Recht, zu träumen, konnte ihm niemand nehmen!

Er fand noch einen zweiten Brief vor, ein Schreiben seiner Cousine Clementine Hergert, in dem sie ihn um ein Wiedersehen bat und ein Treffen im Tiergarten vorschlug. Er beantwortete beide Briefe auf der Stelle. Er nahm die Einladung in das Landhaus im Grunewald an und sagte Clementine ab; er tat es mit schlechtem Gewissen, denn er wußte, daß sie Besseres verdient hätte. Aber er mußte reinen Tisch machen, auch auf die Gefahr hin, sie zu verletzen. Er durfte keine falschen Hoffnungen in ihr wecken, er konnte und wollte nicht länger heucheln. Als er beide Briefe auf dem Weg zur Charité aufgab, wurde ihm bewußt, daß er selbständig eine wirkliche Entscheidung gefällt hatte.

Zwischen den Eheleuten Thielemann tobte ein erbitterter Kampf. Frau Dorothee, die sich fast ein Jahrzehnt lang in das Unvermeidliche gefügt, ihren inneren Widerwillen überwunden und das, was sie als ihre Pflicht ansah, in Demut erfüllt hatte, war nun nicht mehr bereit nachzugeben und entwickelte eine Härte, die niemand der so zerbrechlich wirkenden Frau zugetraut hätte. Ihr Mann, der zwar nicht aus echter Liebe, sondern nur des Scheines wegen um eine Versöhnung rang, stieß auf eiserne Ablehnung, die sein männliches Selbstgefühl tief erschütterte. Weder Drohungen noch zärtliche Werbungen brachten ihn auch nur einen Schritt weiter, und allzubald verlor er Haltung und Beherrschung und ließ sich zu wüsten Beschimpfungen hinreißen, die an der starren Selbstgerechtigkeit seiner Frau abprallten wie an einer Mauer. Der Kampf war aussichtslos, weil Frau Dorothee ihren Mann nicht liebte und ihn nie geliebt hatte; es gab keine zarte Erinnerung in ihrem Herzen, die sie, wenn auch nur für Sekunden, nachsichtig gestimmt hätte. Aber gerade dies war für Otto Thielemann, der sich für einen Frauenliebling hielt, ganz unvorstellbar, und so tobte die Schlacht weiter.

Clementine Hergert und die Mamsell fuhren zusammen, wenn wilde und haßerfüllte Worte durch die vormals so vornehm-stille Villa gellten, wenn Türen mit hartem Knall zuflogen. Die Kinder weinten, wurden nervös und ängstlich. Sie begriffen noch nicht, was um sie her vorging, fühlten jedoch wohl, daß etwas Bedrohliches in der Luft lag. Der kleine Fritz fuhr des öfteren nachts aus dem Schlaf, tränenüberströmt, von wüsten Träumen erschreckt, und Clementine hatte Mühe, ihn zu trösten und zu beruhigen.

Zwei neue Stubenmädchen kamen und gingen während dieser Zeit. Die erste fand die gespannte Atmosphäre unerträglich und verließ sozusagen bei Nacht und Nebel das Haus, wobei sie, wie sich später herausstellte, ein Dutzend silberner Löffel mitnahm, die sie möglicherweise als gerechten Lohn für geleistete Arbeit ansah. Thielemanns verzichteten darauf, Anzeige zu erstatten. Die zweite mußte von Frau Dorothee entlassen werden, weil sie frech und anmaßend auftrat. Clementine und die Köchin teilten sich die zusätzliche Arbeit.

Alle atmeten auf, als Otto Thielemann seine lederne Reisetasche vom Dachboden holen und packen ließ. Die Pferde wurden vor den Zweisitzer gespannt, denn wichtige Geschäfte riefen den Hausherrn nach London. Clementine war die letzte, die ihn sah, denn Frau Dorothee hatte die Kinder zu einem Spaziergang mitgenommen, um zu verhindern, daß sie von ihrem Vater Abschied nahmen.

Es war an einem Spätnachmittag Anfang März. Clementine hatte die schweren Koffer heruntergeschleppt und stand nun neben dem Wagen, während der Kutscher das Gepäck verstaute. Ihre Wangen waren von der Anstrengung gerötet.

»Freuen Sie sich nicht zu sehr, Clementine«, warnte Otto Thielemann, »noch sind Sie mich nicht los. Zwischen uns beiden steht noch eine Rechnung offen.«

Clementine warf den Kopf mit dem schwarzen, hochgesteckten Haar in den Nacken und sah ihm in die Augen. »Ich habe Ihnen alles verziehen.«

Er lachte schallend. »Du — mir? Kind, du machst mir Laune!«

Ehe Clementine noch etwas entgegnen konnte, riß der Kutscher den Schlag auf und ließ seinen Herrn einsteigen. Gleich darauf schwang er sich auf den Bock, und die Pferde zogen an. Herr Thielemann beugte sich aus dem Fenster und winkte spöttisch mit einem seidenen Tüchlein zurück. Clementine stand starr, mit zusammengepreßten Lippen. Sie dachte nicht daran, auch nur die Hand zum Gruß zu heben. Aber ihre Augen verfolgten den Wagen, bis er am Ende der Straße verschwand.

Zwei Tage später erschien Rechtsanwalt Dr. Alphons Rosenbaum in der Von-der-Heydt-Straße, von Frau Dorothee zu einer Unterredung gebeten, ein sehr eleganter, etwas korpulenter Herr Anfang Vierzig, mit einer fleischigen Nase und verhangenen braunen Augen, die den trügerischen Eindruck einer gewissen Schlafmützigkeit erweckten. Clementine öffnete ihm die Tür, führte ihn in die Marmorgarderobe und half ihm aus dem Mantel.

»Ich danke Ihnen«, sagte Dr. Rosenbaum höflich, blieb, Chapeau claque und Handschuhe unter dem linken Arm, vor dem Spiegel stehen und fuhr sich mit zwei Fingern der freien Hand glättend über das dichte, dunkle Haar, das an den Schläfen die ersten weißen Strähnen zeigte. Seine Augen begegneten Clementines Blick im Spiegel. »Sie sind nicht das Stubenmädchen«, sagte er.

Clementine zuckte unter dieser unerwarteten und sehr direkten Anrede zusammen und kam sich auf seltsame Weise wie ertappt vor. »Nein«, bestätigte sie. Sein Blick, plötzlich durchaus nicht mehr verschlafen, blieb fest auf sie gerichtet.

Sie mußte seine unausgesprochene Frage beantworten. »Ich bin die Erzieherin der Kinder.«

Dr. Rosenbaum drehte sich zu ihr um und rieb sich das kräftige, glattrasierte Kinn. »Sie sind über die Vorgänge im Haus orientiert?«

»Ich weiß nicht«, behauptete Clementine einigermaßen verlegen.

»Doch, Sie wissen sehr gut. Sie wollen nur nicht mit einem Außenstehenden darüber reden. Diese Haltung ehrt Sie, bringt uns aber nicht weiter. Machen Sie sich, bitte, klar, daß ich gekommen bin, weil man mich um Hilfe gebeten hat. Ich will die Dinge, soweit das noch möglich ist, wieder in Ordnung bringen.«

»Das glaube ich Ihnen ja, Herr Doktor«, sagte Clementine und stieß die Tür zum Treppenhaus weiter auf, »aber ich kann mir nicht vorstellen, was ich dazu beitragen könnte.«

Dr. Rosenbaum übersah ihre Aufforderung, den Raum zu verlassen. »Sie können mir helfen, Klarheit zu gewinnen«, sagte er. »Hat diese Rosa Janowitz Ihnen gegenüber jemals erklärt, wer der Vater ihres Kindes ist beziehungsweise wen sie dafür hält?«

»Nein, ich habe schon der gnädigen Frau gesagt...«

Dr. Rosenbaum schnitt ihr mit einer ausdrucksvollen Geste seiner sehr weißen, fleischigen Hand das Wort ab. »Nein also. Schade. Und das Mädchen ist natürlich sofort aus dem Haus gejagt worden. Haben Sie eine Ahnung, wo sie sich zur Zeit aufhält?«

»Nein, Herr Doktor.«

»Aber Sie beide waren doch so etwas wie... nun, ich möchte nicht gerade sagen Freundinnen...«

»Rosa Janowitz stammt aus demselben kleinen Ort wie ich. Allerdings«, fügte sie hinzu, »ist sie die Tochter eines Landarbeiters, während ich im Lehrerhaus aufgewachsen bin.«

»Hat sie noch Angehörige in ihrer Heimat?«

»Ihre Mutter lebt noch.«

»Dann ist anzunehmen, daß sie sich früher oder später mit ihren Leuten in Verbindung setzen wird. Folglich müßte es Ihnen gelingen, über ihre Familie die neue Adresse des Mädchens herauszubekommen.«

»Ich will es gern versuchen.« — »Sehr gut. Schreiben Sie noch heute nach Hause. Ich verlasse mich auf Sie.« Er ging an Clementine vorbei und stieg die mit einem roten Läufer bedeckten Stufen hinauf.

Clementine folgte ihm und hatte ihn in der großen Diele eingeholt. Er blieb stehen, weil er nicht wußte, welche der vielen Türen zu Frau Dorothee führte. »Hier entlang, bitte«, sagte Clementine. Aber dann, einem Impuls folgend, vertrat sie ihm den Weg. »Herr Dr. Rosenbaum, bitte ...« Sie war überrascht über ihre eigene Kühnheit, ihre Stimme schwankte.

Er wurde durchaus nicht ärgerlich, sondern sagte geradezu ermutigend: »Nur heraus mit der Sprache! Was haben Sie auf dem Herzen?« Er sah sich in dem riesigen Raum um und zog sie dann in die Nische, die durch den Treppenaufgang gebildet wurde. »Alles, was Sie mir sagen, bleibt selbstverständlich unter uns.«

»Herr Thielemann ... er hat auch mir nachgestellt«, bekannte Clementine. »Ich bin bereit, das vor Gericht zu bezeugen, allerdings nur, wenn es anders nicht geht. Die gnädige Frau weiß nichts davon, und mein Verlobter ... es wäre mir entsetzlich peinlich.«

Dr. Rosenbaum klopfte ihr väterlich auf die Schulter. »Braves Mädchen, ich danke Ihnen für Ihre Offenheit. Aber es wird, hoffe ich, nicht dazu kommen, daß ich von Ihrem Angebot Gebrauch machen muß.«

Clementine wandte sich rasch ab. Sie lief voraus und öffnete die Tür des Damenzimmers. »Gnädige Frau, Herr Dr. Rosenbaum!« meldete sie.

Sie sah Dr. Rosenbaum auf Frau Dorothee zugehen, beobachtete, wie er sich über ihre Hand beugte, und hörte ihn beruhigend sagen: »Sie sehen, gnädige Frau, ich komme ohne Akten und ohne Schreibzeug zu Ihnen, zu einem ganz privaten Gespräch vorerst! Sie dürfen mir glauben ...«

Das Ende des Satzes wurde vom Geräusch der zufallenden Tür verschluckt. Clementine ging ein paar Schritte voran, dann blieb sie mitten in der Diele stehen. Sie hatte nicht vorgehabt, sich Dr. Rosenbaum anzuvertrauen; doch jetzt, nachdem es geschehen war, schien es ihr unvermeidlich, so als hätte sie immer gewußt, daß es dazu kommen mußte. Sie konnte Frau Dorothee nicht im Stich lassen, nicht, wenn es gegen Otto Thielemann ging, der sie selbst in so schamloser Weise gedemütigt hatte.

Ihre Entscheidung war richtig gewesen. Sie hatte gar keine Wahl gehabt. Aber was würde Justus Weigand denken, wenn er es erfuhr, Justus, der ihr schon vor langem geraten hatte, zu kündigen und nach Hause zurückzukehren? Sie hatte es nicht getan, und jetzt sah es beinahe so aus, als würde sie in einen Skandal verwickelt werden. Falls es aber so weit kommen würde, konnte sie nicht mehr erwarten, geheiratet zu werden, nicht einmal nach Görzen konnte sie dann noch zurück, wollte sie es nicht auf sich nehmen, daß die Leute mit dem Finger auf sie zeigten. Wie hatte das alles nur geschehen können, ganz ohne ihre Schuld? Oder machte sie sich selbst etwas vor? War sie schuldig geworden, ohne es zu wissen?

»Oh, mein Gott!« stöhnte sie und preßte beide Hände gegen die Schläfen, die unter der Last der schweren Haarkrone schmerzten. Erst als sie die Kinder rufen hörte, gelang es ihr, ihre Lippen zu einem starren Lächeln zu zwingen.

Zu Dr. Rosenbaums unbestrittenen Talenten gehörte es, zuhören zu können. Er kannte die Fragen, die gestellt werden mußten, um einen Menschen zum Reden zu bringen und ein Gespräch in Fluß zu halten. Dies war nicht nur eine Gabe, die er seinem immer wachen, aufmerksamen Naturell verdankte, sondern er hatte sich zusätzlich, durch jahrelange Routinearbeit, auch noch einige Kniffe angeeignet, mit denen er meistens zum Ziel kam.

Nur Frau Dorothee gegenüber gelang es ihm nicht. In bester Absicht versuchte er, sie soweit zu bringen, daß sie sich bei ihm ausweinte; er hoffte, daß sie sich dann erleichtert und milder gestimmt fühlen und vernünftigen Erwägungen zugänglicher sein würde. Aber Frau Dorothee war viel zu gehemmt, um mit irgendeinem Menschen über das sprechen zu können, was sie in ihrer Ehe durchgemacht hatte. Nicht einmal ihrer Mutter oder ihrer besten Freundin hätte sie sich anvertraut, um wieviel weniger erst einem so gut wie fremden Mann, obwohl sie sich völlig darüber klar war, daß sein Beruf ihn zum Schweigen verpflichtete. Sie saß dem Rechtsanwalt steif gegenüber, die Knie gegeneinandergepreßt, in einem dunkelgrauen, fast schwarz wirkenden Kleid, das sie wie eine Witwe aussehen ließ.

»Mein Mann hat mich betrogen; ich bin entschlossen, mich scheiden zu lassen«, war das einzige, was sie wie einen einstudierten Text mit tonloser Stimme wiederholte. »Alles, was ich darüber weiß, habe ich Ihnen geschrieben, Einzelheiten sind uninteressant.«

»Meine liebe, gnädige Frau...«, begann Dr. Rosenbaum noch einmal geduldig. — Sie unterbrach ihn brüsk. »Ich benötige weder Ihren Rat noch Ihr Mitleid. Ich bitte Sie, die technische Durchführung meiner Scheidung vorzunehmen, das ist alles.«

Er schwieg und sah sie nur mit seinen leicht verhangenen braunen Augen an.

»Die Beweise, die ich angegeben habe, genügen doch, um eine Scheidung zu erreichen, nicht wahr?« fragte sie; ihre dünnen Finger, die unentwegt an einem Spitzentüchlein zerrten, verrieten, wie nervös sie war. Dr. Rosenbaum saß ganz ruhig da und wartete ab.

»Mein Mann hat es ja selbst zugegeben, er hat es gar nicht geleugnet, daß er und dieses Mädchen...« Ihre Stimme erstickte. »Das muß doch genügen. Was verlangen Sie denn noch?«

»Gar nichts«, sagte Dr. Rosenbaum. »Sie wollen geschieden werden, und ich werde Ihre Scheidung durchführen. Wir werden diese Rosa Janowitz auftreiben, wenn es sein muß, aber wahrscheinlich wird es genügen, wenn wir so tun, als hätten wir ihre Aussage schwarz auf weiß. Ihr Gatte hat keine Chance, sich Ihrem Scheidungsbegehren zu widersetzen, gnädige Frau. Daß Sie ihm je Grund gegeben hätten, Gegenklage zu erheben, können wir wohl ausschließen...«

»Ich habe meine ehelichen Pflichten stets erfüllt«, erklärte Frau Dorothee mit steifen Lippen.

»Das habe ich auch nicht anders erwartet. Darf ich mich nach Ihren Plänen für die nächste Zukunft erkundigen?«

»Ich wüßte nicht, was das mit Ihrem Auftrag zu tun hat.«

»O doch, einiges«, erwiderte Dr. Rosenbaum. »Wollen wir einmal unterstellen, daß bis jetzt alles Recht auf Ihrer Seite liegt. Gut und schön. Dann müssen Sie sich aber trotzdem hüten, noch nachträglich Fehler zu begehen.«

»Was für Fehler?«

»Nun, falsch wäre es zum Beispiel, wenn Sie es zu einem intimen Zusammensein mit Ihrem Gatten kommen ließen...«

Eine dunkle Röte überflutete vom Hals her Frau Dorothees spitzes Gesicht. »Nie!« sagte sie mit Entschiedenheit.

Aber Dr. Rosenbaum ließ sich nicht unterbrechen. »...das könnte das Gericht nämlich so auslegen, als hätten Sie dadurch Ihrem Gatten verziehen«, fuhr er fort. »Ferner dürfen Sie auch nicht den Schatten eines Verdachtes aufkommen lassen, daß eine gewisse Beziehung zwischen Ihnen und einem anderen Herrn bestehen könnte.«

Frau Dorothee fuhr hoch. »Was erlauben Sie sich! Diese Verdächtigungen sind ja — ungeheuerlich!« Einen Augenblick lang sah es so aus, als wäre sie drauf und dran, ihm die Tür zu weisen, und Dr. Rosenbaum, der sich ebenfalls erhoben hatte, hätte das nicht einmal ungern gesehen, denn der Fall behagte ihm ganz und gar nicht. Aber Frau Dorothee beherrschte sich sofort wieder. »Setzen wir uns doch wieder«, sagte sie mit gepreßter Stimme und wickelte das Spitzentüchlein fest um ihren Zeigefinger. »Entschuldigen Sie, bitte, falls ich Sie mißverstanden habe, aber meine Nerven ... ich habe sehr viel durchgemacht.«

Dr. Rosenbaum folgte ihrem Beispiel und nahm wieder Platz. »Ich muß Ihnen alle diese etwas peinlichen Dinge sagen, weil es meine Pflicht ist, Sie vor Schaden zu bewahren.«

»Das verstehe ich ja!« Zum erstenmal sah sie ihn voll an, und mit diesem einen Blick gelang es ihr, Mitleid und Sympathie bei ihm zu erwecken. »Ich werde mit meinen Kindern zu meiner Familie zurückkehren«, sagte sie. »Falls meine Eltern bereit sind, mich aufzunehmen«, fügte sie mit gebrochener Stimme hinzu. »Ich wünsche mir nichts, als mit meinen Kindern ungestört leben zu können.«

»Dennoch dürfen Sie dieses Haus nicht verlassen, bevor wir den Scheidungsprozeß durchgefochten haben. Auch davor muß ich Sie warnen. Sonst könnte es nämlich so aussehen, als wären Sie es, die die häusliche Gemeinschaft zerstört hätte.«

»Aber ich kann nicht mehr mit ... mit diesem Mann unter einem Dach leben«, sagte Frau Dorothee. »Ich kann es nicht! Verstehen Sie mich doch, Herr Doktor! Helfen Sie mir!«

Es wurde ihm bewußt, daß sie tatsächlich am Ende ihrer Kräfte war. »Keine Sorge, gnädige Frau«, sagte er beruhigend. »Dann werden wir eben Ihrem Gatten durch eine einstweilige Verfügung das Betreten dieses Hauses verbieten. Er hat doch außerdem eine Besitzung in Schlesien, nicht wahr? Ausgezeichnet. Dann werden wir verlangen, daß er dort Aufenthalt nimmt oder aber, falls er in Berlin bleiben möchte, in ein Hotel oder eine möblierte Wohnung zieht.«

»Geht das wirklich? Ich bin Ihnen ... ich kann Ihnen gar nicht sagen, wie dankbar ich Ihnen bin.«

»Es gibt fast nichts, was ein guter Rechtsanwalt nicht erreichen könnte«, erwiderte Dr. Rosenbaum nicht ohne eine gewisse Selbstgefälligkeit. »Allerdings ...« Er stockte.

»Sie wurde sofort hellhörig. »Was wollten Sie mir sagen? Bitte, verheimlichen Sie mir nichts!«

»Könnten Sie versuchen — nur für einen Augenblick versuchen, nicht den Rechtsanwalt, sondern nur den guten Freund in mir zu sehen?« fragte er mit eindringlicher Stimme.

»Wenn ich kein Vertrauen zu Ihnen hätte«, sagte sie und tupfte sich mit ihrem Spitzentaschentuch die Augen, »würde ich Sie doch nicht mit einer so delikaten Angelegenheit betraut haben.«

»Dann werden Sie mir hoffentlich glauben, wenn ich Ihnen ganz aufrichtig sage: Liebe, gnädige Frau, verzichten Sie auf eine Scheidung!« Er ließ nicht zu, daß sie ihm ins Wort fiel, sondern fuhr fast beschwörend fort: »Es gibt andere Mittel und Wege, um das zu erreichen, was Sie wollen. Wir brauchen die Gerichte nicht zu bemühen, um eine Trennung von Tisch und Bett in die Wege zu leiten, eine private Abmachung würde genügen.«

»Nein!« Frau Dorothees Stimme war schrill. »Nein! Sie kennen Otto Thielemann nicht! Er hat sich immer und von Anfang an über meine Wünsche hinweggesetzt, hat mich gekränkt und gedemütigt, mein weibliches Schamgefühl in jeder nur denkbaren Form verletzt ... Nein! Eine private Abmachung würde ihm gar nichts bedeuten. Er würde sich mit einem Lächeln und einem Achselzucken darüber hinwegsetzen. Es würde ihm nichts ausmachen, mit Gewalt ...« Sie preßte die Faust vor den Mund, um ihr Schluchzen zu unterdrücken.

»Sie sind jetzt sehr aufgeregt, gnädige Frau, und ich verstehe das gut«, sagte Dr. Rosenbaum milde. »Aber ich muß Sie trotzdem warnen. In unserer Gesellschaft gilt die Frau nur etwas, solange sie im Schutz eines

Mannes steht. Das junge Mädchen, das keinen Gatten findet, ist zu bedauern, denn es gilt nichts und wird zu einem bedeutungslosen, oft sogar lästigen Anhängsel der Familie. Nicht viel besser steht eine Witwe da, wenn man ihr auch eine gewisse Achtung entgegenbringen wird, weil sie nicht durch eigene Schuld, sondern durch die Macht des Schicksals auf sich allein gestellt worden ist. Aber eine geschiedene Frau gilt weniger als nichts. Auch wenn sie völlig schuldlos ist, wird man ihr offen oder heimlich vorwerfen, daß sie versagt hat, daß sie es nicht verstanden hat, sich selbst und ihren Kindern den Beschützer zu erhalten. Sie wird zu einer Außenseiterin, einer Geächteten.«

»Ja, glauben Sie denn, ich wüßte das nicht, Herr Doktor? Glauben Sie denn, ich hätte mir nicht in schlaflosen Nächten wieder und wieder überlegt, ob es nicht noch eine andere, eine bessere Lösung gibt? Aber es gibt keine! Ich will wieder atmen, wieder leben können, mag die Gesellschaft über mich denken, was sie will. Ich will die Scheidung!«

Rechtsanwalt Dr. Rosenbaum erhob sich. »Unter diesen Umständen«, sagte er höflich, »erwarte ich Sie möglichst bald in meiner Kanzlei.«

Arnold Scheer hatte sich für die Einladung bei den Stuckens etwas Besonderes einfallen lassen. Die beiden Freunde hatten sich verabredet, gemeinsam zum Grunewald hinauszufahren, und Justus Weigand stand schon gute zehn Minuten im Torweg und wartete mit einer Nervosität, die langsam in Verzweiflung ausartete. Er hatte sein letztes Geld für einen pompösen Rosenstrauß geopfert, den er der Dame des Hauses zu überreichen gedachte. Endlich tauchte Arnold Scheer auf — hoch auf dem Fahrersitz eines Daimler, mit Schal, Schirmmütze und Autobrille bis zur Unkenntlichkeit vermummt. Er riß das Steuer herum, so daß Justus Weigand sich mit einem Sprung in Sicherheit bringen mußte, knatterte in den Torweg hinein und brachte das Auto gerade noch vor zwei ruppigen Buchsbäumchen, die den Hinterhof in einen Garten verwandeln sollten, zum Stehen. Fenster wurden aufgerissen, Dienstmädchen und Hausfrauen beugten sich heraus und blickten hinunter in den Hof, um das Wunderwerk zu bestaunen. Im Nu war das Auto von Kindern umringt, die, ohne auf ihren sonntäglichen Staat zu achten, den Kühler und die Hinterachse zu erklettern versuchten.

Arnold Scheer schwang sich vom Sitz, riß die Autobrille ab und schrie: »Da staunste, was? Das hättest du in deinen kühnsten Träumen nicht zu erhoffen gewagt, daß wir per Automobil zum Grunewald gondeln werden?!«

»Enorm!« Justus Weigand trat näher und musterte mit leicht zusammengekniffenen Augen das Vehikel. »Scheint mir das modernste vom Modernen zu sein. Nun sag bloß noch, daß du es erstanden hast!«

»Vorerst habe ich es mir zu einer Probefahrt ausgeliehen. Nein, laß nur, es ist kein Schwindel dabei. Wenn ich mein Examen erst in der Tasche habe, wird Papa damit herüberlangen müssen. Los, steig schon auf! Worauf wartest du noch?«

Justus Weigand legte seinen Rosenstrauß unter den Sitz. Er hatte das Gefühl, daß er in Cut und schwarzem Mantel, beides von Arnold Scheer übernommen, für eine derart sportliche Expedition nicht gerade passend angezogen war. Aber er wollte dem Freund die Freude nicht verderben.

Arnold Scheer wurde ganz von selbst darauf aufmerksam. »Nein, halt, so geht das nicht«, sagte er, griff in den Handschuhkasten, holte eine zweite Autobrille hervor und eine karierte Mütze mit Schirm und Ohrenklappen, die eines Sherlock Holmes würdig gewesen wäre. »Jetzt fehlt nur noch...« Das Ende seines Satzes ging in einem ohrenbetäubenden Hupkonzert unter. Es war Hans Kändler, der älteste Sohn der Schusterfamilie, der sich an der Hupe zu schaffen gemacht hatte und jetzt über den Erfolg selbst ganz erschrocken war. Justus Weigand schwang sich auf das Trittbrett, packte den kleinen Jungen im Genick und schüttelte ihn leicht. »Laß das, du Bengel!«

Der sah ihn aus großen Augen treuherzig an. »Aber ich wollte doch nur...«

»Ist mir egal, was du wolltest, herunter mit dir. Aber du kannst mir einen Gefallen tun: Lauf hinauf zur Witwe Göbern und hol mir einen Schal!«

»Darf ich dann nachher mitfahren?«

Justus Weigand lachte. »Ich fürchte, du bist nicht in der Position, Bedingungen zu stellen.«

»Position, was ist das?«

»Nun lauf schon, ich erklär's dir später.«

Der Junge raste ab, gefolgt von einigen Freunden, während die meisten der Kinder die Maschine doch noch interessanter fanden. Arnold Scheer und Justus Weigand hatten Mühe, sie zu verscheuchen, und sie schafften es nur mit Hilfe der Mütter, die sie vom Fenster her lautkräftig unterstützten.

Die beiden jungen Männer vermummten sich, Arnold Scheer nahm hinter dem Steuer Platz und ließ den Motor an, Justus Weigand schwang sich neben ihn. Als der kleine Hans, den Schal schwenkend, angerannt kam, schaltete Arnold Scheer geräuschvoll. Justus Weigand zog den Jungen, der auf das Trittbrett gesprungen war, zu sich herauf und hielt ihn fest. Arnold Scheer löste die Bremse. Das Automobil setzte sich in Bewegung.

»Es läuft!« schrie Hans. »Es läuft von ganz alleene!«

Justus Weigand fand diese Feststellung nicht ungewöhnlich, denn sie drückte genau das aus, was er selbst empfand: ein großes Staunen, gemischt mit einem leichten Gefühl körperlichen Schwindels, dazu das Bewußtsein, Zeuge eines wirklichen Fortschritts geworden zu sein. Erst als Arnold Scheer an der nächsten Ecke bremste, um den kleinen Jungen abzusetzen, hatte Justus Weigand Gelegenheit, sich den Schal um den Hals zu wickeln, obwohl das jetzt, mitten in der Stadt, noch nicht nötig war, denn sie fuhren gemächlich dahin, oft langsamer als die Droschken und Kaleschen, von denen sie immer wieder überholt wurden.

Erst als sie den Kurfürstendamm zur Hälfte geschafft hatten, gab Arnold Scheer Vollgas. Hier draußen an der Peripherie mit ihren zum größten Teil noch unbebauten Grundstücken, den Schrebergärten, Katen und Bauernhöfen war der Verkehr nur spärlich, und die Lastkutscher nahmen die Zügel kürzer und riefen ihren Pferden beruhigende Worte zu, wenn die Freunde in ihrem Automobil vorbeibrausten. Justus Weigand mußte sich krampfhaft festhalten; der Fahrtwind kühlte ihn bis auf die Haut. Aber das störte ihn nicht. Er gab sich ganz dem Rausch der Geschwindigkeit hin. Zum erstenmal seit langem vergaß er alles — seine Sorgen, seine Probleme, seine Verpflichtungen — und spürte mit jeder Faser seines Körpers, daß er jung war und daß das Leben voller Verheißungen vor ihm lag. Sie bogen in die Koenigsallee ein. Wälder, Parks und Gärten tauchten auf und nur selten über den Bäumen rote Dächer von Villen.

»Das ist was, wie?« schrie Arnold Scheer Justus durch Lärm und Wind zu.

»Wahrhaftig, das ist was!«

Die Straße wurde schlechter und ungepflegt, schließlich war sie kaum mehr als ein breiter, gestampfter Weg, und sie kamen nur noch holpernd und polternd voran. Sie waren in eine Staubwolke gehüllt. Justus Weigand legte seine Hand auf den Arm des Freundes. »Findest du dich zurecht?«

»Kein Problem!« behauptete Arnold Scheer. Wenig später bog er nach links ab, in eine breit angelegte Seitenstraße, in der es allerdings nur ein ganz kurzes Stück Trottoir gab, das knapp vor der breiten Einfahrt endete, in die Arnold Scheer jetzt hineinkurvte. Die beiden Flügel eines hohen, schmiedeeisernen Tores waren weit geöffnet. Sie fuhren einen Weg zwischen Büschen und Bäumen entlang, und erst nach einer Weile tauchte das Landhaus der Stuckens mit seinen Türmen, Erkerchen und Zinnen vor ihnen auf. Das Gebäude wirkte doppelt eindrucksvoll, weil es zu beiden Seiten von zwei kleinen Nebenhäusern flankiert wurde.

»Donnerwetter«, sagte Justus Weigand beeindruckt, »das ist ja geradezu fürstlich!«

»Kann man wohl sagen«, bestätigte Arnold Scheer, »die Stuckens haben es dicke! Was du da links und rechts vor dir siehst, das sind die Ställe und Remisen!«

»Warst du schon einmal hier?« fragte Justus Weigand so beiläufig wie möglich, um den Freund seine Eifersucht nicht merken zu lassen.

»Ja, vor zwei Jahren. Damals hatte ich mich gerade mit Egon angefreundet!«

»Und seitdem nicht mehr?«

Arnold Scheers Mund verzog sich zwischen Schal und Autobrille zu einem breiten Grinsen. »Und selbst wenn«, erwiderte er, »Stefanie ist ja erst im vorigen Herbst aus dem Pensionat heimgekehrt!«

»Ich frage doch nicht deswegen«, entgegnete Justus Weigand mit einer Heftigkeit, deren er sich selbst schämte, und fügte im selben Atemzug hinzu: »Entschuldige, ich fange an, mich wie ein Idiot zu benehmen!«

Einige Kutschen standen vor dem Landhaus, aber die Pferde waren abgeschirrt, und keine Menschenseele ließ sich sehen, als die beiden Freunde vorfuhren; es sah ganz so aus, als sollte Arnold Scheers großgeplanter Auftritt ohne jeden Effekt verpuffen. Er drückte versuchsweise auf die Hupe, und sogleich erschien ein Mädchen in schwarzseidenem Kleid, mit weißem Schürzchen und Häubchen in der Haustür. Aber das war es nicht, was er bezweckt hatte. Entschlossen gab er noch einmal Gas, und das Automobil setzte sich mit einem Ruck abermals in Bewegung, Justus Weigand, der schon hatte aussteigen wollen, wäre beinahe zu Boden geworfen worden. Krampfhaft klammerte er sich fest und rief: »Was hast du vor?«

»Wirst du gleich sehen!«

Äste und Zweige schlugen ihnen ins Gesicht, als sie an der Schmalseite des Hauses vorbeifuhren. Dahinter dehnte sich ein weiter Rasen, noch braun vom Winter. Arnold Scheer erkor ihn bedenkenlos als Parkplatz. Sie hielten genau unterhalb einer breiten Terrasse, auf der sich allerhand junges Volk tummelte, und waren im Nu umringt und umjubelt. Sie schüttelten Hände nach allen Seiten, schälten sich aus ihren Hüllen und sprangen ab.

Justus Weigand sah Stefanie sozusagen gleich in der ersten Minute nach seiner Ankunft, kaum daß er noch festen Boden unter den Füßen hatte. Sie trug ein schneeweißes Kleid aus Musselin, mit bauschigen Ärmeln und einem weiten Rock, das am Halsausschnitt mit roten und blauen Blumen bestickt war. Es machte sie blaß, aber ungemein zart und vornehm.

Er war so überwältigt, daß er kein Wort hervorbrachte, sondern sich nur stumm über die Hand beugen konnte, die sie ihm reichte. Als er sich aufrichtete, begegnete er ihrem Blick aus ihren klaren braunen Augen. »Ich bin sehr froh, daß Sie gekommen sind, Justus«, sagte sie in dem ihr eigenen Tonfall.

»Ich muß mich für Ihre Einladung bedanken«, erwiderte er und kam sich neben ihr sehr unbeholfen vor.

Sie lächelte ihn an. »Ganz und gar nicht. Mama hat Sie doch eingeladen, nicht ich.« Als sie merkte, daß er seiner Verlegenheit nicht Herr wurde, fügte sie freimütig hinzu: »Aber Sie haben ganz recht, ich habe schon etwas nachhelfen müssen, um Ihren Namen mit auf die Einladungsliste zu bekommen.« Damit hatte sie viel mehr gesagt, als schicklich war. Aber er besaß so wenig gesellschaftliche Erfahrung, daß er es gar nicht begriff.

»Was machen Sie nur für ein Gesicht!« neckte sie ihn. »Fast könnte man meinen, es tut Ihnen leid, daß wir Sie von Ihren Zahlen und Formeln und Experimenten weggelockt haben. Oder haben Sie etwa Angst vor dem Examen?« — »Nein, das nicht«, erwiderte er ungeschickt.

Sie legte ihre Hand auf seinen Arm und zog ihn von den anderen fort. »Ich habe es gewußt«, sagte sie, »aber ich freue mich, daß Sie ehrlich sind. Es hätte mich enttäuscht, wenn Sie versucht hätten, sich kleiner zu machen.«

»Es liegt keine Größe darin, wenn man imstande ist, nach jahrelangem Studium ein einigermaßen ordentliches Examen abzulegen.«

»Oh, meinen Sie? Ich bin sicher, daß nicht alle ihre Kommilitonen so denken. Arnold Scheer zum Beispiel. Und manche würden sich nicht einmal ein Studium zutrauen. Denken Sie nur an meinen Bruder!«

»Sie haben sehr viel Achtung vor der Wissenschaft.«

»O ja, und doch, denken Sie nur, bin ich nicht imstande, die einfachste wissenschaftliche Erklärung zu verstehen. Ist das nicht schrecklich? Nein, glauben Sie nicht, daß ich übertreibe, ich habe es versucht. Diese Dinge wollen einfach nicht in meinen Kopf. Dabei weiß ich, daß ich nicht dumm bin, mir fehlt nur jede Grundlage. Ich weiß, daß ich noch einmal ganz von vorn beginnen müßte.«

»Wozu?« fragte er unbedacht. »Sie werden ja doch bald heiraten.«

»Und Sie meinen, daß mich das jeder Pflicht zum Mitdenken entbinden würde?« Sie stand vor ihm, mit blitzenden Augen, die Wangen von der Kälte gerötet, und sah reizend aus.

»Ach, Stefanie!« Mehr konnte er nicht hervorbringen, und sein Herz zog sich schmerzlich zusammen bei der Erkenntnis, daß er dieses zauberhafte Mädchen nie, nie würde in die Arme nehmen dürfen.

Sie verstand seinen Seufzer ganz falsch und fürchtete, daß er ihr Verhalten für unweiblich halten mußte. »Verzeihen Sie«, sagte sie hastig, »mir scheint, ich rede wieder mal dummes Zeug!«

»Aber gar nicht, nur ... es ist so schwer zu sagen ...«

»Versuchen Sie es doch!«

»Sie sind so sorglos, Stefanie ... Nein, sorglos ist nicht das richtige Wort. Sie sind so leicht wie eine Feder.«

»Ja, das möchte ich wohl sein!« Sie drehte sich um sich selbst, der weite Rock ihres weißen Musselinkleides bauschte sich um sie, und sie wirkte jetzt wirklich federleicht. Nie zuvor war er sich so deutlich bewußt geworden wie hier, auf diesem prächtigen Besitztum, daß er ihr gegenüber nichts war — daß er nichts besaß und trotz all seiner Hoffnungen und hochfliegenden Pläne doch nur ein Niemand war.

Sie bückte sich plötzlich, richtete ihr strahlendes kleines Gesicht zu ihm auf und rief: »Sehen Sie nur, was ich gefunden habe! Ein Veilchen! Das allererste Veilchen!« Sie pflückte es und reichte es ihm. »Für Sie, Justus ...«

Sie versuchte, es an seinem Jackett zu befestigen, aber er nahm es ihr aus der Hand, zog seine Brieftasche aus dem Jackett und legte es behutsam zwischen zwei beschriebene Blätter. »Ich werde es trocknen und pressen«, sagte er, »und später, wenn Sie mich längst vergessen haben werden, Stefanie, wird es mich immer an Sie erinnern.«

»Aber... es muß doch nicht so kommen!« rief sie und hatte plötzlich Tränen in den Augen.

»Wer weiß«, sagte er und bemühte sich um einen leichten Ton. »Vielleicht werden Sie mich später zu Ihren Kindern holen, wenn eines Masern oder Mumps hat. Sie werden dann schon eine glücklich verheiratete Frau sein und ich ein verknöcherter alter Junggeselle.« Er machte einen krummen Rücken, stützte sich auf einen imaginären Stock und tat so, als müßte er sich ein Lorgnon vor die Augen halten, um besser sehen zu können. »Gnädige Frau«, krächzte er, »ich diagnostiziere, daß Ihr Jüngster zu viele Süßigkeiten vom Weihnachtsbaum genascht hat, und deshalb verordne ich ihm Bettruhe und eine Kanne Kamillentee.«

»Pfui!« rief sie, zwischen Lachen und Weinen schwankend. »Wie können Sie solche Witze machen. Ich bin bereit, für mein Glück zu kämpfen — und Sie?« Sie drehte sich um und lief davon. Er tat ein paar Schritte, als wollte er sie einholen, gab es aber bald auf. Hatte er denn richtig verstanden? — Nein, da war kein Irrtum möglich! Stefanie hatte ihm deutlich genug zu verstehen gegeben, daß er ihr nicht gleichgültig war.

Was mochte sie nur an ihm finden? Er war doch nur ein ganz gewöhnlicher junger Mann aus der Provinz, der einem Mädchen nichts bieten konnte als Hoffnungen. Aber sein Staunen wich einem überwältigenden Glücksgefühl. Stefanie liebte ihn! Vielleicht würden sie doch noch zusammenkommen.

Später hatte Justus Weigand keine Gelegenheit mehr, mit Stefanie zu sprechen. Sie war ständig Mittelpunkt eines Kreises, in den vorzudringen ihm nicht gelang. Arnold Scheer hatte ihn schon erwartet, gemeinsam gaben sie der Dame des Hauses ihre Blumen ab, wurden huldvoll empfangen und anderen Gästen vorgestellt. Scheer kannte die meisten der Anwesenden, aber Justus Weigand schwirrte bald der Kopf von all den Namen, die er nur halb verstanden hatte, und von den vielen Gesichtern, die schemenhaft an ihm vorüberglitten. Eine Weile blieb man noch im Garten und auf der Terrasse, wobei die jungen Damen sich mit Schirmen vor den Strahlen der Märzsonne schützten, um sich die zarte Haut nicht zu verderben.

Justus Weigand fand sich plötzlich an der Seite von Stefanies Freundin wieder, Lisbeth von Panwitz. Er hatte kein Auge für ihre statuöse Schönheit, und der Blick ihrer hellblauen Augen bereitete ihm Unbehagen. Lächelnd ging sie neben ihm her, ihren zierlichen, mit Spitzen besetzten Sonnenschirm drehend, und er kam sich wie ein Tölpel vor, weil er nicht wußte, worüber er mit ihr reden sollte. Aber sie half ihm aus der Verlegenheit und brachte das Gespräch auf das einzige Thema, das ihn hier und heute interessierte. »Sieht unsere Stefanie nicht wieder einmal reizend aus?« fragte sie. »Ich halte sonst Weiß für eine sehr gefährliche Farbe, aber Stefanie hat einen Teint, bei dem sie sich alles erlauben kann.«

»Ja«, sagt Justus Weigand, »sie sieht bezaubernd aus.«

»Haben Sie die Stickerei an ihrem Kleid beachtet? Die hat Stefanie selbst entworfen und ausgeführt. Sie hat wirklich künstlerisches Talent.«

»Alle Achtung!«

»Und sie kocht wunderbar. Die raffiniertesten Gerichte, an die wir anderen uns nie heranwagten, hat sie mühelos zustande gebracht... Saucen, hmmm, sage ich Ihnen!«

»Sie waren zusammen auf der Schule?«

»Ja, im Lyzeum und später im Pensionat. Stefanie war immer die Beliebteste in der Klasse. Und was für Streiche sie ausgeheckt hat!«

Sie waren im Schatten einer alten Buche angekommen. Lisbeth klappte ihren Sonnenschirm zu und bohrte seine Spitze in den weichen Boden. »Aber ich fürchte, ich langweile Sie«, sagte sie mit niedergeschlagenen Augen.

»Keineswegs, bitte, erzählen Sie doch weiter!«

»Nun, wir hatten zum Beispiel in Lausanne eine Erzieherin, eine Mademoiselle Devreux, für die wir Mädchen erst von der Komtesse an existierten... Das ist natürlich ein bißchen übertrieben, aber sie war wirklich sehr, sehr ungerecht. Eines Tages trafen zwei Neue ein, eine Amerikanerin aus Chikago und eine russische Prinzessin. Während Mademoiselle noch mit den Eltern sprach, überredete Stefanie die beiden, ihre Rollen zu tauschen. Ellen und Alexandra wechselten rasch ihr Gepäck und ihre Zimmer, und schon beim Abendessen trat Ellen als russische Prinzessin, Alexandra als reiche bürgerliche Amerikanerin auf.«

»Und die Mademoiselle hat nichts gemerkt?«

»Nicht gleich. Sie hat sich sehr blamiert, das dürfen Sie mir glauben. Aber auf die Dauer war das Spiel natürlich nicht durchzuhalten. Stefanie war schlau genug, die beiden ihre Karten aufdecken zu lassen, bevor Mademoiselle es selbst herausbekam... Sie hätten sie sehen sollen! Sie geriet so außer sich, daß sie all die guten Manieren vergaß, die sie uns immer predigte. Ellen und Alexandra erhielten beide vierzehn Tage Dessertentzug, und Stefanie, die alle Schuld auf sich nehmen wollte, auch.«

»War das eine sehr schlimme Strafe?« fragte Justus Weigand milde lächelnd — er war sich noch nie so erwachsen vorgekommen.

»O ja, denn die Desserts waren das Beste an den Mahlzeiten. Es war für uns Ehrensache, daß die drei Schülerinnen nicht einen Tag wirklich darauf verzichten mußten. Immer fanden sich genügend, die bereit waren, ihre Nachspeisen abzutreten. Wir kamen ja noch nachträglich aus dem Lachen nicht heraus.«

»Sie müssen eine wunderbare Zeit im Pensionat verbracht haben«, sagte Justus.

»Ach nein, im Grunde nicht. Es war sehr langweilig. Ich hatte viel Heimweh, und Stefanie litt darunter, daß man uns überhaupt keine Freiheiten ließ. Denken Sie nur, in dem ganzen langen Jahr sind wir nie ohne Aufsicht oder auch nur zu zweit oder zu dritt auf die Straße gekommen, immer nur in der Gruppe, zwei und zwei brav nebeneinander, und vorn und hinten von einer Erzieherin bewacht!« Lisbeth von Panwitz zog eine Grimasse und sagte dann weise: »Aber schließlich waren wir damals ja noch Kinder.«

»Und inzwischen sind Sie ungeheuer erwachsen geworden«, neckte Justus sie. Er fand Lisbeth doch sehr unterhaltsam und hätte sich noch gern mehr aus Stefanies Kindheit erzählen lassen. Aber auf der Terrasse erschien jetzt der Diener und schlug zeremoniell mit dem Klöppel in den weißbehandschuhten Händen gegen einen Gong, als Zeichen dafür, daß gleich serviert würde. Die jungen Leute, die sich noch im Garten befanden, schlenderten auf das Haus zu.

Der Diener hatte die buntverglasten Schiebetüren geöffnet. Im Speisezimmer suchte sich jeder seinen Platz an dem lang ausgezogenen, weißgedeckten Tisch. Zu seiner Enttäuschung saß Justus weder neben Stefanie noch neben ihrer Freundin, sondern hatte als Tischdame eine farblose Blondine, der er vorgestellt worden war, ohne ihren Namen behalten zu haben. Sie errötete jedesmal tief, wenn er sie ansprach, und das machte die Unterhaltung mit ihr nicht gerade einfach.

Überhaupt war ja gesellschaftliche Konversation nicht gerade Justus Weigands Stärke. Es irritierte ihn, daß niemals wirklich diskutiert wurde. Wortfetzen flogen wie Bälle hin und her über den Tisch, wurden gewandt zurückgeschlagen, ohne daß es zu einem echten Meinungsaustausch gekommen wäre. Völlig willkürlich sprang die Unterhaltung von Thema zu Thema. Das Bürgerliche Gesetzbuch wurde erwähnt, das seit dem 1. Januar in Kraft getreten war, die Eröffnung von Wetterstationen auf Schneekoppe und Zugspitze fand Interesse, und jemand wußte zu berichten, daß in diesem Jahr die erste Autodroschke in Berlin zugelassen worden sei. Aber ehe Justus Weigand noch eine Frage dazu stellen konnte, hatte man sich schon dem nächsten Thema zugewandt.

So wandte er denn bald seine volle Aufmerksamkeit dem gebotenen Dejeuner zu, das sich als eine volle, überreiche Mahlzeit herausstellte. Es gab zu Beginn kalte Bouillon, dann Krebse, dreierlei Braten mit verschiedenen selbsteingemachten Gemüsen, fette Saucen, Flammeris mit Sahne, Gebäck, Gefrorenes und Käse. Justus war überrascht. Unter einem Dejeuner hatte er sich eigentlich ein Frühstück vorgestellt. Er war es nicht gewohnt, so viel und so schwer zu essen, was ihn aber nicht daran hinderte, tüchtig zuzulangen, mit dem Hintergedanken, sich auf diese Weise das Abendbrot sparen zu können.

Zwei Mädchen servierten, der Diener machte unentwegt die Runde um den Tisch und füllte die Gläser; es gab erst weißen, dann roten Wein und schließlich Madeira. Justus Weigand beobachtete, daß Arnold Scheer viel trank, und hielt sich deshalb bewußt zurück; einer von ihnen mußte ja nachher noch nüchtern genug sein, um den geliehenen Daimler wieder heil in die Stadt zurückzufahren. — Das Frühstück dauerte lange. Um zwölf hatte man sich hingesetzt, und es war nach zwei, als Frau Elvira die Tafel aufhob und der Bankier die Herren in sein Arbeitszimmer bat, wo der Diener Kognak und Kaffee servierte. Justus Weigand ging sofort zu Arnold Scheer und Egon von Stucken, die in der Nähe des großen Fensters zum Park hin standen und miteinander plauderten.

»Du siehst so erleichtert aus, alter Junge«, spöttelte Arnold Scheer mit schwerer Zunge, »wie ein Mann, dem es mit knapper Not gelungen ist, einem Antrag zu entkommen.«

»Nun, um die Wahrheit zu sagen, dieses bloße Gerede um des Geredes willen ist nicht mein Fall«, gab Justus Weigand zu, »mir kommt das so sinnlos vor, möglicherweise aber auch nur deshalb, weil ich es selbst nicht kann.«

Der Diener bot auf einem silbernen Tablett Rauchwaren an, und die jungen Herren bedienten sich.

»Es *ist* sinnlos«, stimmte Egon von Stucken mit überraschender Schärfe zu, »sinnlos wie so ziemlich alles, was wir tun.«

Arnold Scheer lachte und klopfte ihm auf die Schulter. »Sie haben einen Moralischen, Junge, einen gewissen Haarspitzenkatarrh, nehme ich an. Lassen Sie sich von meinem Freund Weigand behandeln, der weiß für alles Mittelchen.«

»Es gibt Krankheiten, die lassen sich nicht durch Medikamente kurieren«, sagte Egon von Stucken und wandte sich brüsk ab.

»Nanu? Was hat er denn?« fragte Arnold Scheer verständnislos. »Habe ich denn etwas gesagt, was ihn beleidigen konnte?«

»Bestimmt nicht«, beruhigte ihn Justus Weigand, »sonst wäre er nicht gegangen, sondern hätte dich gefordert.«

»Auch wieder wahr. Trotzdem, komischer Knabe. Verdirbt einem mir nichts, dir nichts die ganze Stimmung.« Er nahm seine Zigarre aus dem Mund und betrachtete nachdenklich die feste weiße Asche. »Immerhin, dieser Glimmstengel ist ausgezeichnet.«

»Trink noch eine Tasse Kaffee. Ich fühle mich zwar durchaus imstande, uns beide in die Stadt zurückzuchauffieren, aber du solltest wenigstens noch fähig sein, mir zu erklären, wie die Maschine funktioniert.«

»Nichts leichter als...«, begann Arnold Scheer, dann unterbrach er sich mitten im Satz und flüsterte: »*Attention!* Der Herr des Hauses pirscht auf uns zu. Ganz große Ehre. Strammgestanden!«

Tatsächlich näherte sich der Bankier von Stucken den beiden jungen Männern, ein bauchiges Kognakglas in der rechten, eine brennende Zigarre in der linken Hand. Er verzog seinen schmalen, fast violetten Mund zu einem Lächeln, aber seine leicht hervortretenden Augen blickten ernst, geradezu starr. Seine Haut, vom Essen und Trinken gerötet, kontrastierte stark zu dem weißen, immer noch sehr vollen Haar. »Na, Herr Scheer«, sagte er wohlwollend, »ich hoffe, Sie fühlen sich wohl in meinem Haus.«

»Danke, Herr von Stucken«, erwiderte Arnold Scheer munter, »alles bestens!«

»Das freut mich zu hören. Wie ich sehe, haben Sie auch Ihren Freund mitgebracht.«

Auf diese Bemerkung folgte ein kurzes, peinliches Schweigen. Dann sagte Justus Weigand: »Ich habe eine offizielle Einladung bekommen, Herr von Stucken.«

»So? Haben Sie? Na, dann wird das ja wohl in Ordnung sein.«

Jetzt mischte sich Egon von Stucken ein, der das Gespräch aus einiger Entfernung mitbekommen hat. »Aber janz jewiß doch, Papa!« sagte er und versuchte, seinen Vater mit sanfter Gewalt fortzuziehen.

Aber der alte Herr sträubte sich. »Laß doch, Junge, ich bin froh, daß ich mich endlich mal mit Herrn Weigand unterhalten kann.« Mit lässiger Geste schwenkte er die Hand, in der er die glühende Zigarre hielt, und sagte: »Es sind da allerlei Gerüchte über Sie im Gange...«

»Ich weiß nicht, worauf Sie anspielen, Herr von Stucken!«

»Sehen Sie mal, ich will mich ja nicht in Ihre Privatangelegenheiten mischen, junger Mann. Wir Männer sind nun mal keine Säulenheiligen, sollen es auch gar nicht sein, aber trotzdem muß doch immer eine gewisse Form gewahrt werden. Sie verstehen doch, was ich meine?«

Justus Weigand begriff. Er hatte schon eine harte Antwort parat, aber gegenüber dem Vater des Mädchens, das er liebte, zwang er sich zur Beherrschung. »Jawohl, Herr von Stucken«, entgegnete er und fühlte sich elend und gedemütigt.

»Das ist gut so, sehr gut...« Der Bankier nahm behutsam, um den Aschenkegel nicht zu zerstören, einen Zug aus seiner Zigarre, und Justus Weigand hoffte von Herzen, daß das unerquickliche Gespräch jetzt eine andere Wendung nehmen würde. »Wissen Sie, ich nehme Ihnen ja gar nicht übel, daß Sie sich da mit irgendeiner Person eingelassen haben«, fuhr Herr von Stucken fort, »das ist ja schließlich so Usus. Aber nun gibt es nur noch eins für Sie: Pfoten weg. Keine falschen Sentimentalitäten. Was geschehen ist, ist geschehen. Wäre ja noch schöner, wenn Sie sich diesen Bankert aufbürden lassen würden. Damit soll die Person selbst fertig werden.«

Justus Weigand war nahe daran, zu explodieren. »Und wie, wenn ich fragen darf?«

Der Bankier fixierte ihn aus Augen, deren Weiß mit roten Äderchen durchzogen war. »Verlangen Sie etwa, daß *ich* mir den Kopf darüber zerbreche? Drücken Sie ihr einen Geldschein in die Hand, das ist alles, was ich Ihnen raten kann.«

»Dazu bin ich leider nicht in der Lage, ganz abgesehen davon, daß ich nicht der Meinung bin, Geld allein genügt, um sich einer solchen Verpflichtung zu entziehen.«

»So, sind Sie das nicht?«

Arnold Scheer stieß den Freund in die Seite. »Menschenskind, was soll denn das! Sag doch schon endlich, wie es wirklich ist!«

Aber Justus Weigand wäre nicht dazugekommen, eine Erklärung abzugeben, selbst wenn er es gewollt hätte. Schon ergriff der Bankier wieder das Wort. »Na, dann hat die Person ja wohl auch gewußt, was für ein Risiko sie einging. Soll sie jetzt zusehen, daß sie einen braven Kerl heiratet, oder sonst etwas unternehmen. Machen Sie sich darüber nur keine Gedanken, diese Dinger sind doch zäh wie die Katzen, die fallen immer wieder auf die Füße.«

Jetzt konnte Justus Weigand nicht mehr an sich halten. »O nein, Herr von Stucken«, widersprach er, wenn auch noch immer im Ton durchaus guter Erziehung. »Da sind Sie, scheint mir, völlig falsch orientiert. Gerade den Frauen geht es in unserer so fortschrittlichen Welt oft erbärmlich schlecht. Ausgenutzt von den Männern, im Elend verlassen...«

»Na, na, na, jetzt übertreiben Sie aber gewaltig, junger Freund. Schließlich gibt es ja auch noch anständige Frauen.«

»Zugegeben, aber den sogenannten anständigen Frauen muß es ja nicht unbedingt bessergehen. Kommen Sie nur einen einzigen Tag oder eine Nacht zu uns in die Charité, Herr von Stucken, und Sie werden staunen, wieviel Not, ausweglose Not es gibt... Nicht irgendwo weit weg in Amerika oder Afrika, sondern hier, in Deutschland, mitten in unserem schönen Berlin!«

»Daran sind diese Leute doch nur selbst schuld. Heutzutage hat jeder sein Auskommen, der sich anständig führt und arbeitet.«

»Ja, wenn er arbeiten *kann!*« rief Justus Weigand. »Aber eine werdende Mutter kann das nicht und ein Kranker und ein Kind auch nicht! Sagen Sie jetzt nur nicht, daß auch für diese Menschen gesorgt wird. Ja, ich gebe zu, es kommt nicht mehr vor, daß jemand verhungert. Und doch sind die zahllosen Patienten, die schon mit dreißig Jahren am Ende ihrer Kräfte sind und von einer an sich harmlosen Krankheit einfach weggepustet werden, die Opfer dieser Verhältnisse!«

»Ach so«, sagte der Bankier mit gefährlicher Ruhe, »Sie wollen also die Zustände ändern?«

»Ich täte es, wenn ich könnte«, bekannte Justus Weigand freimütig. »Wenn ich bloß an den letzten harten Winter denke...«

»Nun, der war wohl für niemanden von uns angenehm!«

»Angenehm?« Justus Weigand lachte. »Nein, ich spreche nicht von Annehmlichkeiten oder Unannehmlichkeiten! Ich spreche von der bitteren Not in weiten Kreisen der Bevölkerung. Die Bautätigkeit mußte, bedingt durch den starken Frost, vollkommen eingestellt werden...«

»Na, ich freue mich«, sagte der Bankier sarkastisch, »daß Sie wenigstens dafür nicht uns, sondern die Witterung verantwortlich machen!«

»Ich mache überhaupt niemanden verantwortlich«, sagte Justus Weigand, »ich spreche nur von Tatsachen. Da schätzungsweise ein Drittel der männlichen Bevölkerung während der warmen Jahreszeit mittelbar oder unmittelbar im Bauwesen beschäftigt ist, wird diese große Gruppe in der kalten Jahreszeit arbeitslos und muß mit ihren Familien den Winter über hungern.«

»Sie vergessen die Wohltätigkeitseinrichtungen. Es sind täglich warme Suppen verteilt worden.«

»Warme Suppen! Als wenn es darum ginge! Mit dieser verdammten Mildtätigkeit zwingt man ja arbeitsfähige Menschen zu betteln. Herr von Stucken, ich bitte Sie, begreifen Sie denn nicht, daß man gerade damit die Menschenwürde verletzt? Wirksam helfen kann man nur, indem man dem arbeitenden Menschen ein Recht auf Unterstützung zugesteht. Arbeitslosengeld, Kindergeld...«

»Ach nee, ich höre wohl nicht recht?« Der Bankier hatte sein Kognakglas abgestellt. Jetzt legte er die Hand ans Ohr. »Sie wollen also die Leute noch dafür belohnen, daß sie faulenzen und sich vermehren wie die Karnickel? Das sind aber sehr gefährliche Ideen, die Sie da vorbringen! Wenn ich Sie nicht für einen Wirrkopf hielte...«

»Aber Sie haben doch gerade selbst zugegeben, daß die Männer nicht aus Faulheit, sondern witterungsbedingt ihre Arbeitsplätze verlieren!«

»Das wollen die ja gar nicht anders haben! Ich habe manche... eh... Beziehung zum Bauwesen, und ich weiß Bescheid. Im Sommer saufen, im Winter auf der faulen Haut liegen, das ist doch das Ideal dieser Leute! Was glauben Sie, was die uns erzählen würden, wenn wir uns einfallen ließen, sie auch den Winter hindurch zu beschäftigen!«

»Und selbst wenn es so wäre, so wäre das noch längst keine Entschuldigung für unsere Gleichgültigkeit! Gerade dann müßte man diese Menschen aufklären.«

Das purpurrote Gesicht des Bankiers wurde um noch eine Nuance dunkler. »Na, endlich lassen Sie die Katze aus dem Sack. Darauf habe ich ja nur gewartet! Sie sind ein Linksradikaler! Nur ein Sozi kann so handeln und so sprechen wie Sie!«

Justus Weigands hohlwangiges Gesicht war ganz starr, nur eine Ader an seiner Schläfe pochte. »Nennen Sie mich, wie Sie wollen«, sagte er hart, »aber verlangen Sie nicht von mir, daß ich lüge, nur weil ich an Ihrem Tisch gegessen habe!«

Die Auseinandersetzung zwischen den beiden, die immer lauter geworden war, hatte längst die anderen Herren aufmerksam werden lassen. Die übrigen Gespräche waren verstummt, aber niemand hatte gewagt einzugreifen. In diese tödliche Stille hinein schnarrte plötzlich Hugo Graf Donnersberg: »Möchte nur wissen, ob dieser Kerl überhaupt satisfaktionsfähig ist?«

»Bitte, Fritz«, sagte Bankier von Stucken, und seine Stimme klang plötzlich müde, »bringen Sie Herrn Weigand hinaus. Er möchte gehen.«

Justus Weigand verbeugte sich kurz, drehte sich auf dem Absatz um und ging durch die Tür, die ihm der Diener öffnete. Er wußte, daß dies das Ende all seiner Hoffnungen auf Stefanie von Stucken war. Aber er bereute kein Wort.

Erst als Justus Weigand auf der verlassenen Vorortstraße stand, kam die Ernüchterung. Er fragte sich, ob dieser ganze Zusammenstoß nicht zu vermeiden gewesen wäre, wenn er von Anfang an erklärt hätte, daß Senta — denn auf seine Beziehung zu der Kleinen hatte der Bankier ja zweifellos anspielen wollen — gar nicht seine Tochter war. Aber das wäre ihm wie ein Verrat an Senta erschienen. Und dann, wie hätte er Herrn von Stucken sein Gefühl für einen Säugling erklären sollen, mit dem ihn keinerlei verwandtschaftliche Beziehungen verbanden?

Hätte er anders reagiert, wenn Stefanie dabeigewesen wäre? Justus Weigand wußte es nicht. Aber er war der Mann geblieben, den Stefanie in ihm gesucht hatte, er hatte sie nicht enttäuscht. Sie brauchte sich seiner nicht zu schämen.

Der frische Märzwind kühlte seine heiße Stirn, und erst jetzt wurde ihm bewußt, daß ihn der Hinauswurf aus dem Landhaus der Stuckens vor ein Problem stellte, an das er bisher noch keine Sekunde lang gedacht hatte. Er befand sich seiner Schätzung nach mindestens fünfzehn Kilometer von der Friedrichstraße entfernt, ohne einen Pfennig Fahrgeld in der Tasche; sein Geld war für Frau Elviras Rosen draufgegangen.

Was nun? Er schlenderte zu dem Daimler, der jetzt quer vor der Remise parkte, holte seinen Schal heraus, alles bewußt langsam, denn er rechnete im Grunde seines Herzens damit, daß Arnold Scheer jeden Augenblick das Haus verlassen würde, in welchem man ihm die Gastfreundschaft gekündigt hatte. Aber das mit ornamentalen Schnitzereien geschmückte Tor blieb geschlossen, und Justus Weigand mußte sich eingestehen, daß er sich von dem Freund zuviel erhofft hatte, dessen erklärtes Lebensziel ja nichts anderes war als Bequemlichkeit und Wohlergehen. Auf keinen Fall wollte er in dieser Situation überrascht werden, und so schlang er sich denn den Schal um den Hals, schob die Hände in die Taschen seines Mantels, wandte sich mit großen Schritten dem schmiedeeisernen Tor zu, ließ es hinter sich und begann den weiten, mühseligen Heimweg.

Aber die körperliche Anstrengung verscheuchte wenigstens seine trübseligen Gedanken. Er hielt ein gleichmäßiges Tempo ein, um nicht zu ermüden, und versuchte sogar zu pfeifen, um sich Sorglosigkeit und gute Laune vorzutäuschen. Er erreicht die Koenigsallee, und von hier an war der Weg wenigstens nicht mehr zu verfehlen, wenn sich die breite Straße auch endlos zwischen Park und Wald vor ihm hinzog.

Als hinter ihm Pferdegetrappel und Räderrollen laut wurde, drehte er sich nicht um. Ein Zweispänner überholte ihn und blieb wenige Meter vor ihm stehen. Es war Egon von Stucken, der über die Schulter zurückblickte und leicht mit der Peitsche salutierte. »Darf ich Sie ein Stück mitnehmen, Herr Weigand?« fragte er mit betonter Höflichkeit.

Justus zögerte, ihm kam der Verdacht, daß man ihm eine Falle stellen wolle, um ihn noch tiefer zu demütigen. Aber Egon von Stucken sagte überraschend: »Ich muß mich bei Ihnen entschuldijen.«

»Wofür denn? Sie haben mir doch nichts getan.« Mit zwei Schritten war Justus Weigand beim Wagen und schwang sich neben den jungen Offizier auf den Bock.

»Ich habe nich jewagt, Ihnen zuzustimmen, obwohl manches von dem, was Sie sagten, mir aus der Seele jesprochen war.« Egon von Stucken schnalzte, ließ die Zügel locker, und die Pferde setzten sich in Trab. »Aber Sie müssen vastehen, ick bin von meinem Vater abhängig.«

»Glauben Sie mir, meinen Professoren gegenüber wage ich auch nur selten den Mund aufzureißen.«

»Ich kann mir nicht denken«, sagte Egon von Stucken düster, »daß Ihre Professoren so verschrobene, rückständige Ansichten haben wie Papa.«

»Sie tun ihm Unrecht. Fast alle Angehörigen der besitzenden Klasse denken so und nicht anders. Und ich fürchte, es ist sogar etwas Wahres dran, an dem, was er sagte: Die Opfer unserer Gesellschaftsordnung kennen es nicht anders und wollen es selbst gar nicht anders.«

Egon von Stucken wandte ihm mit einem Ruck sein helles, jungenhaftes Gesicht zu: »Geht es Ihnen auch manchmal so, daß Ihnen alles verkehrt vorkommt? Daß Sie Ihr Leben ändern wollen und jar nich wissen, wo Sie anfangen sollen, weil alles keenen Sinn erjibt?«

»Nein, ganz und gar nicht. Ich denke, daß vieles auf der Welt geändert werden muß, und ich bin auch sicher, daß es geschehen wird, und zwar mit unserer Hilfe, mit der Hilfe der Wissenschaft, die unaufhörlich zu neuen Entdeckungen und Erkenntnissen vorstößt, die das Weltbild zwangsläufig auf den Kopf stellen werden. So wie es jetzt ist, kann es nicht bleiben. Die Welt von morgen muß besser werden.«

»Ich beneide Sie!«

»Dazu haben Sie ganz gewiß keinen Grund. Das, was ich da eben gesagt habe, klingt mir selbst ein bißchen großsprecherisch. Ich komme mir vor wie jemand, der im Dunkeln laut mit sich selbst redet, um sich Mut zu machen. In meinem Privatleben ist jedenfalls so ziemlich alles verfahren.«

»Durch den Streit mit meinem Vater?« fragte Egon von Stucken, ohne ihn anzusehen.

»Ja.«

»Dann bewundere ich Sie doppelt, daß Sie den Mut hatten, Ihre Überzeugung zu vertreten.«

»Wer weiß. Es gibt eine Art von Mut, die verdammt nahe an Dummheit grenzt.« Darauf antwortete Egon von Stucken nichts, und eine Weile saßen sie schweigend nebeneinander.

»Ich wollte, ich könnte Ihnen helfen«, sagte Egon von Stucken, als bereits der Bahnhof Halensee vor ihnen auftauchte. »Aber ich kann wohl nicht mehr tun, als Stefanie zu berichten, was sich tatsächlich abgespielt hat.« Die Bahnschranken standen offen, und sie rumpelten über die Geleise.

»Das wäre schon sehr viel«, sagte Justus Weigand. »Das Kind, desentwegen Ihr Vater mich zur Rede gestellt hat, ist nicht meine Tochter. Ich habe mich nur darum gekümmert, weil... Aber das ist eine lange Geschichte, und es hat gar keinen Sinn, Ihnen das zu erklären. Ich kann Ihrer Schwester nur wünschen, daß sie mich so bald wie möglich vergißt.«

Egon von Stucken hatte die Gelegenheit wahrgenommen, sich aus dem Staub zu machen, als die Herrengesellschaft sich auflöste und man zu den Damen ging, die sich inzwischen frischgemacht hatten und jetzt im Salon waren. Er hatte sich bei seinem Vater mit dem Hinweis auf eine dienstliche Verpflichtung entschuldigt, so daß niemand an seinem Verschwinden Anstoß nahm außer Lisbeth von Panwitz, die mit immer größeren Augen zur Tür blickte. »Wo bleibt denn Egon?« fragte sie tief enttäuscht. »Er wird doch nicht am Ende...«

»Ach was«, beruhigte Stefanie sie, »er steckt sicherlich mit Justus Weigand zusammen. Die beiden werden sich verplaudert haben. Komm, mach nicht so ein Gesicht. Es muß ja nicht jeder merken, daß du unglücklich verliebt bist.«

»Aber was sollen wir jetzt nur tun?« flüsterte Lisbeth.

»Lachen und vergnügt sein! Die beiden dürfen auf keinen Fall merken, daß wir sie vermißt haben. Weißt du, die Männer sind schon eingebildet genug, auch ohne daß sie ahnen, wie uns Mädchen zumute ist.« Sie zog Lisbeth an der Hand mit sich fort, und bald standen sie beide im Mittelpunkt eines fröhlichen Kreises; sie lachten und scherzten mit besonderer Ausgelassenheit. Aber als eine gute halbe Stunde verging, ohne daß ihr Bruder oder Justus Weigand auftauchte, begann auch Stefanie nervös zu werden. Sie ging zu ihrem Vater, der sich gerade mit Graf Donnersberg unterhielt, zog ihn beiseite und fragte: »Papa, wo bleibt denn Egon? Er wird schon sehnsuchtsvoll erwartet.«

»Er mußte in die Stadt zurück«, erwiderte Herr von Stucken kurz angebunden. »Eine dienstliche Verabredung.«

»Oh, immer dieser Dienst.« Stefanie stampfte unwillig auf. »Was soll ich nur Lisbeth sagen?«

»Sie wird sich einen anderen Kavalier suchen müssen.« Herr von Stucken wandte sich rasch ab, um der nächsten Frage zu entgehen, die er auf sich zukommen sah.

Aber Stefanie merkte, daß da irgend etwas nicht geheuer war. »Und wo ist Herr Weigand?« fragte sie.

Als sie sah, wie sich das Gesicht des Vaters beängstigend verfärbte, hätte sie die Frage am liebsten zurückgenommen; aber dazu war es zu spät. »Diesen Namen will ich nie wieder von dir hören«, grollte er.

Stefanie nahm allen Mut zusammen. »Warum?«

»Nie wieder«, zischte er statt jeder Antwort. »Hast du mich verstanden?«

Stefanie, die die seltenen, aber heftigen Zornesausbrüche ihres Vaters von jeher ebenso gehaßt wie gefürchtet hatte, wagte nichts mehr zu erwidern. Sie drehte dem Grafen Donnersberg, der sie ablenken wollte, brüsk den Rücken zu und eilte aus dem Zimmer. Als sie eine Viertelstunde später wieder erschien, wirkte sie strahlend und heiter wie immer. Sie tröstete Lisbeth, ließ sich den Hof machen, ja erklärte sich sogar bereit, ihr Bravourstück auf dem Klavier, den *Liebestraum* von Liszt, zu spielen, und nahm den Beifall lächelnd entgegen.

»Gott sei Dank«, flüsterte Frau Elvira ihrem Gatten zu, »die Sache geht doch nicht so tief, wie ich anfangs gefürchtet hatte.«

»Die Kleine zeigt Kontenance«, sagte Graf Donnersberg beifällig, »man merkt, daß sie aus einem guten Stall kommt.«

Erst als Stefanie ganz sicher war, daß sie niemand mehr beobachtete, zog sie Arnold Scheer mit sich in den Wintergarten. »Was ist geschehen?« fragte sie und hielt sich, scheinbar spielerisch, den Fächer vor das Gesicht.

»Meinen Sie in Politik, Kunst oder Wissenschaft?« fragte Arnold Scheer scherzend. — Sie gab ihm einen kleinen Klaps mit dem Fächer. »Seien Sie nicht ungezogen. Sie wissen genau, was ich meine. Warum ist Papa böse auf Justus Weigand?«

»Ach so, das möchten Sie gern wissen«, begann Arnold Scheer neckend. Aber unter dem intensiven Blick Stefanies wurde er ernst. »Der gute Justus hat einige seiner blöden Ideen entwickelt«, sagte er.

»Was für Ideen?«

»Verlangen Sie, daß ich Ihnen dieses Zeug wiederhole? Bitte, erlassen Sie es mir, ich habe es, ehrlich gesagt, auch nur zum Teil kapiert.«

»Haben Sie ihm deshalb nicht beigestanden? Ich habe mich schon gewundert. Aber wenn es über Ihren Verstand hinausging, dann will ich es wohl als halbe Entschuldigung gelten lassen.«

»Und womit«, fragte er und versuchte, sie hinter eine üppige Palme zu ziehen, »kann ich Ihre volle Vergebung erlangen?«

Sie schlug ihm mit dem Fächer so heftig auf die Hand, daß er sie mit einem Aufschrei losließ. »Für Verräter«, sagte sie, »gibt es kein Pardon!«

Er rieb sich die schmerzende Stelle. »Aber Stefanie — was habe ich Ihnen denn getan?«

»Ich dachte, Justus Weigand wäre ihr Freund?«

»Das ist er auch, in gewissem Sinne, aber die Sache ist nur halb so romantisch, wie Sie sich vorstellen. Es ... na, sehen Sie ... es handelt sich mehr um eine Zweckfreundschaft. Ich helfe ihm mit Geld aus, und er hilft mir bei den Vorbereitungen zum Examen.«

»Er ist also arm, und Sie sind faul und bequem. Das nenne ich eine wunderbare Ergänzung.«

»Stefanie, ich wußte nicht, daß Sie so grausam sein können.«

»Sie haben mich sehr enttäuscht, Arnold.«

»Sie tun mir Unrecht, Stefanie. Versuchen Sie doch, bitte, die Dinge realistisch zu sehen. Was ist denn geschehen? *Ich* war es ja, der Ihnen Justus Weigand vorgestellt hat. *Ich* habe ihn in dieses Haus eingeführt. Und wie hat er es mir gedankt? Indem er mich ad hoc aus Ihrem Herzen verdrängt hat.«

Sie fiel ihm ins Wort. »Irrtum, Herr Scheer! Das konnte er gar nicht, weil Sie dort niemals auch nur den kleinsten Platz hatten, und ich kann mich nicht erinnern, Ihnen je Hoffnungen gemacht zu haben.«

Arnold Scheer trat voll Unbehagen von einem Fuß auf den anderen. »Zugegeben. Aber ich habe mich um Sie bemüht, und das wußte er. Ich hatte es ihm gesagt. Das hat ihn aber nicht daran gehindert, mich rücksichtslos auszustechen und massiv um Sie zu werben.«

»Oh!« machte Stefanie und tat sehr erstaunt. »Justus Weigand soll um mich geworben haben? Wie konnte mir das nur entgehen!«

»Bong! Aber ausgestochen hat er mich trotzdem, und mir blieb nichts anderes übrig, als gute Miene zum bösen Spiel zu machen. Hatte ich da einen Grund, ihn aus der Tinte zu ziehen, als er sich mit Ihrem Herrn Papa anlegte?« — »Sie wußten, daß Papa keinen Widerspruch duldet. Sie hätten Justus einen Wink geben können ...« Trotz aller Tapferkeit konnte Stefanie nicht verhindern, daß ihre Stimme schwankte.

»Wer weiß, ob das etwas genutzt hätte. Wahrscheinlich wäre ich nur mit ihm gemeinsam hinausgeworfen worden.«

Stefanies braune Augen weiteten sich. »Hat Papa das getan? Er hat ihn regelrecht vor die Tür gesetzt?«

»Ja. Anders kann man es wohl nicht bezeichnen.«

»Das werde ich ihm nie verzeihen!« rief Stefanie impulsiv.

»Justus hat sich eben schlecht benommen ...«

Stefanie hörte ihm gar nicht zu. »Und Ihnen auch nicht, Herr Scheer! Zwar kann ich Sie nicht daran hindern, zu bleiben und wiederzukommen. Aber meine Sympathie haben Sie sich ein für allemal verscherzt.«

Sie ließ ihn stehen, rauschte davon, und als Arnold Scheer ihr folgen wollte, warf sie ihm einen so zornerfüllten Blick zu, daß er jeden Mut verlor. »Verflixte Chose«, murmelte er und versuchte durch eine Zigarre, die er zwischen die Lippen steckte, seine männliche Würde wiederherzustellen, bevor er sich erneut unter die Gesellschaft mischte.

Als Justus Weigand in die Elsässer Straße zurückkehrte, erwartete ihn in dem düsteren, fensterlosen Berliner Zimmer seine Cousine Clementine Hergert. Sie trank mit der Witwe Göbern Kaffee und hatte einen leeren Kuchenteller vor sich stehen; die beiden ungleichen Frauen schienen sich erstaunlich gut zu verstehen.

»Clementine, du?« rief Justus, mehr überrascht als erfreut.

»Ja, Ihr Fräulein Cousine wartet schon seit einer halben Stunde auf Sie, Herr Doktor«, erklärte die Wirtin, »obwohl ich ihr gleich gesagt habe, beim Herrn Weigand weiß man nie... Aber zum Glück sind Sie ja nun doch gekommen.«

Clementine war aufgestanden. »Ich bin sehr froh, Justus, daß du da bist«, sagte sie und reichte ihm die Hand, »ich muß unbedingt mit dir sprechen.« Sie hatte sich den großstädtischen Verhältnissen angepaßt, trug nicht mehr das schwere Umhängetuch über dem Kleid, sondern ein beinahe elegant zu nennendes, auf Taille gearbeitetes dunkelgraues Kostüm, unter dessen weitem Rock schwarze Knöpfschuhe zu sehen waren. Auch ihr üppiges schwarzes Haar hatte sie anders frisiert; es war nicht mehr zu Zöpfen geflochten, sondern türmte sich zu einem imponierenden Gesteck.

Er hielt ihre Hand fest, musterte sie von Kopf bis Fuß und sagte beifällig: »Donnerwetter, du hast dich aber herausgemacht, Kleine.« Sie war mit ihrer Frisur größer als er, und sie lachten zusammen mit der Witwe Göbern über diese Anrede.

»Ja, unser Berlin hat es in sich«, sagte die Witwe, »es macht Leute erst zu Menschen. Trinken Sie ein Täßchen mit uns, Herr Doktor?«

»Danke, nein. Ich habe Kaffee, Kuchen, Kognak und sonst noch alles mögliche gerade hinter mir, und da meine Cousine mir etwas so Wichtiges zu sagen hat...«

»... möchten Sie ihr gern Ihr Zimmer zeigen, ich verstehe schon!« ergänzte Frau Göbern mit wissendem Lächeln. »Ich habe ja nichts dagegen, aber lassen Sie, bitte, die Tür auf. Es ist nur wegen der anderen...«

»Am hellichten Tag?«

»Tja, von der Tageszeit ist die Moral wohl doch nicht abhängig, Herr Doktor! Ich bin eine alte Frau und habe manches gesehen.«

»Aber, aber, das hätte ich Ihnen gar nicht zugetraut, Frau Göbern«, witzelte Justus Weigand, »so kommt es heraus!« Er legte seine Hand unter Clementines Ellenbogen und führte sie in sein Zimmer. »Lassen wir die Tür also auf«, sagte er, »es ist eine große Ehre, daß dich der alte Drachen überhaupt in meine Höhle läßt. Du bist das erste weibliche Wesen, dem das bisher gelungen ist. Wie hast du das bloß fertiggebracht?«

»Wir haben uns sehr nett unterhalten.«

»Ich kann mir nicht vorstellen, worüber.«

»Wirklich nicht? Wir haben natürlich über dich gesprochen.« Clementines Direktheit verwirrte ihn so, daß er nicht gleich eine passende Antwort fand. Aber sie schien das auch gar nicht zu erwarten, fuhr mit dem

Zeigefinger fast zärtlich über den einfachen Tisch und sagte: »Hier arbeitest du also.« Ihre Hände steckten in hellgrauen Wildlederhandschuhen, die ihr zu klein waren und sich so spannten, daß sie aus den Nähten zu platzen drohten.

»Ja«, sagte er, »seit ich in Berlin bin.« Er hatte seinen Mantel an den Haken hinter der Tür gehängt und sah sich nun in dem kargen kleinen Raum um, dessen nüchterne Zweckmäßigkeit in starkem Kontrast zu der prächtigen Einrichtung des Landhauses bestand, aus dem er gerade kam. »Nichts Besonderes, wie? Und trotzdem werde ich wohl ein bißchen Wehmut empfinden, wenn ich meine Siebensachen zusammenpacken und in die Charité übersiedeln werde.«

»Das hast du also vor?« — »Ja. Sobald ich mein Examen habe. Ich fange bei Professor Hübner als Assistenzarzt an.«

»Wieviel zahlt er dir denn?« fragte Clementine mit der geschäftsmäßigen Nüchternheit eines Menschen, der sein ganzes Leben mit dem Pfennig hat rechnen müssen.

»Nicht viel mehr als ein Taschengeld«, gab Justus Weigand zu. »Dafür habe ich Essen und Wohnen frei und kann meine Untersuchungen durchführen.« Er besann sich auf seine Pflichten als Gastgeber. »Aber setz dich doch ... ja, hier in den Sessel. Er ist reichlich ausgeleiert, sei vorsichtig. Aber er ist sauber, du brauchst nicht um dein neues Kostüm besorgt zu sein.«

»Den Stoff hat mir Frau Thielemann geschenkt«, erklärte Clementine, als ob sie sich verteidigen müßte. »Ich wollte ihn nicht ungenutzt liegenlassen.«

»Das ist sehr gut. Ich finde es überhaupt richtig, daß du endlich anfängst, etwas aus dir zu machen.«

»Ich gefalle dir also?« fragte sie und wagte nicht, ihn dabei anzusehen.

»Sehr«, erwiderte er mit einer Höflichkeit, von der er nicht ahnte, wie sehr sie sie verletzte. Er zog sich den Stuhl zwischen die Beine, setzte sich, legte die Arme auf die Lehne und beobachtete Clementine lächelnd. »Das nächste Mal, wenn ich dich sehe«, sagte er, »wirst du noch mit einem Hut erscheinen! Ich kann mir das genau vorstellen ... so ein großes Rad, mit Federn, Blumen und was weiß ich noch alles.«

Sie nestelte an ihren Handschuhen. »Du scheinst prächtiger Laune zu sein.«

»Du irrst dich«, sagte er. »Galgenhumor. Ich hab' gerade einen tüchtigen Klaps auf die Birne bekommen.«

Sie war sofort alarmiert. »Was ist geschehen?«

»Nichts, was dich interessieren könnte. Überhaupt ... vielleicht war es ganz gut so. Wenn man ein bißchen Glück hat, vergißt man nur zu leicht, woher man kommt und wohin man gehört.«

Ihre großen schwarzen Augen sahen ihn fest an. »Das geht auch mir manchmal so.«

Er lachte gequält. »Vielleicht ist es eine Eigentümlichkeit unserer Familie.«

Ihr fehlte das Talent, ja zu sagen, nur um zu gefallen. »Nein«, widersprach sie, »das haben wohl alle Menschen.«

Er hatte den dringenden Wunsch, mit sich und seiner Enttäuschung allein zu sein, und er überlegte, wie er Clementine möglichst schnell loswerden konnte. Aber sie kam ihm mit einer Frage zuvor: »Wie geht es Senta?«

Er strahlte sofort, ohne sich dessen bewußt zu werden. »Tadellos«, sagte er. »Sie hat sich ganz prächtig entwickelt. Du solltest sie dir einmal ansehen. Du wärest hingerissen.«

»Ist sie immer noch in der Charité?«

»Ja, und das ist eines meiner Probleme. Professor Hübner möchte sie loswerden, und er hat recht, sie ist bereits zu groß für die Säuglingsstation. Aber wo soll ich sie unterbringen? Weißt du vielleicht einen Rat?«

»Ich meine, du solltest die Sorge für sie ihren leiblichen Eltern überlassen«, erwiderte sie unumwunden.

Er erschrak. »Hat Rosa Janowitz sich bei dir gemeldet?« fragte er beherrscht.

»Die? Wo denkst du hin! Die ist froh, daß sie das Kind los ist.«

Gott sei Dank, hätte er beinahe gesagt und biß sich auf die Lippen, um seine Freude nicht zu deutlich werden zu lassen. »Ja, dann ...«

»Trotzdem wäre es ihre Pflicht, sich um das Ding zu kümmern. Man hilft ihr nicht wirklich, indem man ihr die Verantwortung abnimmt. Damit unterstützt man nur ihren Leichtsinn.«

»Selbst wenn du recht hättest — ich fühle mich nicht zum Erzieher einer Rosa Janowitz berufen!«

»Aber zum Pflegevater eines wildfremden Kindes?«

Der Hieb hatte gesessen, und er wußte nichts zu entgegnen. »Du bist verdammt giftig«, sagte er.

»Du redest dir ein, der Kleinen helfen zu müssen«, fuhr sie fort. »Aber das sind doch alles nur Sentimentalitäten. Was kannst du ihr denn in Wirklichkeit bieten?« — »Liebe«, erwiderte er, ohne zu überlegen.

Sie preßte für Sekunden die Lippen zusammen, dann sagte sie: »Es ist sehr leicht, ein Kind zu lieben, ein Geschöpf, dessen Charakter noch ganz im Keim liegt. Das noch nicht widersprechen, keine Forderungen stellen, nichts von dem zeigen kann, was in ihm liegt. Wirst du es auch noch lieben können, wenn es selbständig zu werden beginnt? Wenn es sein wahres Gesicht zeigt?«

»Ich weiß, daß Kinder keine Engel sind«, sagte er, »auf Trotz, auf Ungezogenheiten, auf kindische Launen bin ich durchaus gefaßt.«

»Aber du glaubst, sie nach deinem Bild formen zu können.«

Er stieß den Stuhl zurück und sprang auf. »Worauf willst du eigentlich hinaus?«

»Kinder geraten ihren Eltern nach. Ich nehme an, du weißt das. Auch wenn du es jetzt nicht wahrhaben willst.«

»Wir wissen ja nicht einmal, wer der Vater ist.«

»Du irrst. Ich weiß es. Und falls es dich interessiert, will ich es dir gern sagen.«

»Wer?«

»Otto Thielemann.«

Darauf erwiderte er nichts. Mit dieser Neuigkeit mußte er erst fertig werden. Er begann wie ein gereizter Löwe in dem kleinen Raum zwischen Tisch, Schrank und Bett auf und ab zu gehen. Clementine schonte ihn nicht. »Seine Frau ist gerade dabei, sich von ihm scheiden zu lassen, weil das Leben für sie an seiner Seite unerträglich geworden ist.« Als er kein Wort dazu sagte, fügte sie hinzu: »Wenn es je einen widerlichen, schmierigen, unangenehmen, gewissenlosen und gemeinen Menschen gegeben hat, dann ist das Otto Thielemann.«

Er blieb, die Hände in den Taschen, vor ihr stehen. »Ich muß schon sagen, Clementine, du gibst dir keine Mühe, die Pille zu verzuckern.«

»Die Wahrheit ist nun mal bitter, da hilft auch kein Zuckerguß.«

Er ballte die Fäuste. »Ich werde Senta trotzdem nicht im Stich lassen! Und wenn ihr Vater ein Mörder wäre!«

»Das ist er zum Glück nicht. Im Gegenteil. Er lebt auf freiem Fuß und ist ein gutsituierter Mann. Nach den neuen Gesetzen kann Rosa Janowitz ihn auf Unterhalt für das Kind verklagen. Viel wird zwar nicht dabei herauskommen, weil Rosa selbst zur niedrigsten Bevölkerungsschicht gehört, aber immerhin mehr, als du auf absehbare Zeit für die Kleine erübrigen könntest.«

Er stand vor ihr, wippte ein wenig auf den Sohlen und starrte sie beinahe haßerfüllt an. »Du bist erstaunlich gut informiert.«

»Ich habe Rechtsanwalt Dr. Rosenbaum um Rat gefragt«, erwiderte sie, ohne mit der Wimper zu zucken. »Er vertritt Frau Thielemann in der Scheidungssache.«

»Dann bestell deinem Rechtsanwalt Rosenbaum, daß Senta längst aufgehört hat, das Kind der ledigen Rosa Janowitz zu sein. Sie ist auf dem Standesamt als meine Tochter eingetragen. Senta Weigand, Tochter des Justus Weigand, Mutter unbekannt ... Und dabei bleibt es.«

»Aber«, sagte Clementine und schluckte schwer, »das ist doch anfechtbar?«

»Stimmt. Falls Sentas Eltern Ansprüche auf das Kind erheben. Aber nach allem, was du mir da erzählt hast, ist damit doch kaum zu rechnen. Also ... wechseln wir das Thema. Oder war es das, was du mir erzählen wolltest? Entschuldige, wenn ich dich bitte, dich kurz zu fassen, aber ich habe noch zu tun.«

Sie klammerte sich mit beiden Händen an die Armstützen des Sessels. »Aber es geht doch gar nicht nur um die rechtliche Seite! Gerade du als

Mediziner, als angehender Wissenschaftler, mußt doch wissen, welche Bedeutung die Vererbung hat. Ich habe da gerade ein Buch von einem gewissen Tschermak gelesen. Er weist auf die Bedeutung der Erbgesetze von Gregor Mendel hin, auf...«

Sein Staunen war größer als seine Betroffenheit. »Das hast du gelesen?«

»Ja, warum denn nicht?«

»Weil es ganz neu ist und in keinem Fall die geeignete Lektüre für eine Frau darstellt!«

»Was meine Lektüre betrifft, so wirst du mich wohl selbst entscheiden lassen müssen, was mich interessiert und was nicht. Wenn etwas über meinen Horizont geht, werde ich es schon merken.«

»Du bist eine bemerkenswerte Frau!«

Sie erhob sich unvermittelt. »Ja, aber leider doch nur ein Mädchen. Wäre ich ein Mann, würde ich studieren wie du. Auch ohne Geld. Ich würde mich durchhungern. Aber so...?«

»Sei froh, daß dir das erspart bleibt. So lustig ist das Durchhungern gar nicht.«

Sofort wurde ihr Ton wärmer. »Brauchst du Geld?«

»Immer.«

Sie griff nach ihrem Pompadour. Er wehrte ab. »Bemüh dich nicht. Von dir würde ich unter keinen Umständen etwas annehmen.«

»Aber Justus!«

Er lächelte schief. »Denkst du denn nicht daran, daß ich es vielleicht für den kleinen Teufelsbraten verbrauchen könnte, vor dem du mich so gewarnt hast?«

»Ich habe es nur gut mit dir gemeint«, verteidigte sie sich. »Wäre es dir lieber gewesen, ich hätte gelogen? Oder geschwiegen?«

»Nein, im Gegenteil. Um einen Menschen zu lieben, muß man ihn kennen, und ich glaube, durch dich habe ich Senta heute viel besser kennengelernt.«

Sie preßte die Lippen zusammen und drehte sich um. Plötzlich spürte er, wie sehr sie trotz allem zu ihm gehörte. Er hielt sie fest und zog sie an sich: »Tina, altes Mädchen«, sagte er, »du bist mir doch nicht böse? Wir beide haben uns immer die Wahrheit sagen können, das ist ja gerade das Schöne an unserer Freundschaft. Und dabei soll es auch bleiben, ja? Sieh mich an!« Ihre schwarzen Augen waren unergründlich. »Wenn ich erst mein Examen hinter mir habe, können wir uns öfter treffen«, versprach er. »Ich bin schon sehr froh, daß du in Berlin bist.«

Sie zwang sich zu einem Lächeln, und er ahnte nicht, wieviel Kraft es sie kostete, nicht in Tränen auszubrechen.

Justus Weigands dringendstes Problem löste sich durch einen glücklichen Zufall. Mitte der Woche, als er gerade auf dem Weg zur Bibliothek den vorderen Hinterhof durchquerte, traf er Lotte Kändler, die Frau des

Schuhmachers. Wie immer grüßte er freundlich, blieb stehen und erkundigte sich nach ihrer Familie. Mit feuchten Augen berichtete sie, daß der kleine Hans die Prüfung bestanden habe, die ihm die Aufnahme in das Friedrich-Wilhelm-Gymnasium und bedingte Lehrmittelfreiheit sicherte.

Als Justus Weigand sie beglückwünschte, schüttelte sie mit einem wehen Lächeln den Kopf. »Ich weiß nicht, ich weiß nicht, ob das wirklich ein Glück für den Jungen ist. Sie kennen ja meinen Mann, er ist ganz närrisch vor Stolz.«

»Und Hans? Freut er sich nicht?«

»Gewiß, Herr Doktor, er lernt ja so gern. Aber ob er denn auch weiß, was ihm bevorsteht? Ich habe in guten Häusern gedient und kenne die feinen Herren. Die nehmen doch keinen auf, der nicht aus ihren Kreisen ist.«

»So schlimm wird es schon nicht werden«, tröstete er. »In Berlin gibt's viele Leute, die erst in der letzten Generation zu Geld gekommen sind.«

»Aber sie *haben* das Geld, und es ist ein Unterschied, ob man in gutes Tuch oder in abgelegte Klamotten gekleidet zur Schule kommt.« Sie seufzte. »Kinder sind so grausam.«

»Da mögen Sie recht haben, Frau Kändler. Aber grausam wohl nur gegen die Schwachen. Ich kenne ihren Hans, der ist ein richtiger Kerl und wird sich mit seinen Fäusten und seinem Kopf gewiß Achtung zu verschaffen wissen.«

Sie lächelte und fuhr sich mit dem Handrücken über die Augen. »Wenn man Sie reden hört, Herr Doktor, wird mit einemmal alles ganz einfach.«

»Es *ist* einfach, Frau Kändler. Hans hat seine Prüfung bestanden, jetzt kann's losgehen mit dem Studieren, und er schafft es bestimmt. Verdrehen Sie ihm nur nicht den Kopf mit Ihren mütterlichen Bedenken und Sorgen.«

Justus Weigand reichte Frau Kändler die Hand, er wollte weiter, denn er hatte schon allzuviel Zeit mit ihr verplaudert. Sie ergriff seine Hand und hielt sie zwischen ihren derben, schwieligen Fingern fest. »Da ist noch etwas, Herr Doktor ...«

»Ja?«

»Deshalb bin ich froh, daß ich Sie gerade heute getroffen habe. Mein Mann und ich, wir haben nämlich noch gestern abend im Bett lang darüber gesprochen.«

»Ist er krank?« fragte Justus Weigand sofort. »Hat er Beschwerden?«

»Nein, das nicht. Es ist wegen unserem Hans. Wir haben gedacht, wenn er jetzt aufs Gymnasium kommt und gleich anfangen muß mit den schweren Sachen ... Latein und das hohe Rechnen, von dem wir gar nichts verstehen, ja, dann können wir ihm dann auch nicht helfen, wenn er mal nicht weiter weiß, und die anderen Kinder ...«

»... haben gewiß auch nicht alle akademisch gebildete Eltern!« fiel Justus ihr ins Wort.

»Ja, aber die können ihr Schuldgeld bezahlen, da macht es nicht so viel aus, wenn es mit dem Lernen mal nicht so klappt! Ach, Herr Doktor, wir wissen, es ist eine große Bitte, und es würde mich auch gar nicht wundern, wenn Sie mich jetzt für eine unverschämte Frauensperson halten... Aber könnten Sie unserem Hans nicht helfen? Es braucht ja nicht viel, vielleicht eine Stunde am Abend, und es wäre eine so große Beruhigung für uns!«

Justus Weigand überlegte. Er wollte Frau Kändlers Bitte nicht abschlagen, denn er hatte die fleißigen und strebsamen Schustersleute gern und meinte auch, daß der kleine Hans eine wirkliche Chance verdient hätte. »Es ist nur so, daß ich in wenigen Wochen hier fortziehe«, sagte er, »und dann...«

»Sie sollen es ja nicht umsonst tun, Herr Doktor, nein, so unverschämt sind wir nun wieder nicht. Geld haben wir nicht übrig, das wissen Sie, leider, aber sonst würden wir Ihnen jeden Dienst erweisen.« Sie sah, wie Justus Weigand mit sich kämpfte, und fügte überredend hinzu: »Ich könnte Ihre Wäsche waschen und in Ordnung halten.« Sie seufzte. »Aber das ist wohl zu wenig für die Gefälligkeit, die wir von Ihnen verlangen. Nehmen Sie's nicht übel, Herr Doktor.« Sie wandte sich ab.

Justus hielt sie zurück. »Moment mal, Frau Kändler! Sie sind also tatsächlich bereit, etwas für mich zu tun? Sich eine wirkliche Arbeit aufzuhalsen, meine ich?«

»Aber gewiß doch, Herr Doktor, wenn ich nur wüßte...«

»Das werde ich Ihnen gleich sagen. Hören Sie zu. Könnten Sie ein drei Monate altes Mädchen in Pflege nehmen? Sie ist kerngesund, besondere Umstände würde sie also nicht machen, und was Sie fürs Essen brauchen, werde ich natürlich bezahlen... Sobald ich verdiene, heißt das. Denn im Augenblick muß ich verdammt froh sein, wenn ich selbst nicht verhungere.«

»Machen Sie sich deswegen keine Sorgen, Herr Doktor«, erwiderte Frau Kändler strahlend, »wo sechs satt werden, wird es ein siebtes auch noch.«

»Sie sind also einverstanden?«

»Mit Freuden. Wann bringen Sie die Kleene?«

»Noch heute nachmittag! Und dann werde ich mir auch gleich ihr Hänschen vorknöpfen.«

Als Justus Weigand die Säuglingsstation der Charité betrat, merkte er, daß etwas Besonderes geschehen sein mußte. Obwohl einige der Kinder lautstark Beachtung forderten, weil sie gefüttert werden wollten, kümmerten sich die diensthabenden Diakonissen nicht um sie, sondern standen um die mittlere Wickelkommode herum und freuten sich ganz offensichtlich.

Justus Weigands erster Gedanke galt Senta, die eine solche Behandlung durchaus nicht gewohnt war. Er eilte zu ihrem Bettchen, hob sie hoch und sagte tröstend: »Nur nicht weinen, mein Mädchen! Paß auf, wir werden diese pflichtvergessenen Damen schon auf Trab bringen!«

Sentas dunkle Augen glänzten zwar vor Tränen, aber sie tastete, beruhigt und abgelenkt, nach den Knöpfen seines Mantels. Er näherte sich, das Kind auf dem Arm, den Pflegerinnen. »Aber, aber«, sagte er, »was ist denn los?«

Sie fuhren entsetzt auseinander, beruhigten sich jedoch sofort wieder, als sie ihn erkannten. »Da haben Sie uns aber einen schönen Schreck eingejagt«, rief das jüngste der Mädchen, »ich dachte, es wäre der Herr Professor!«

»Ja, damit sollten Sie immer rechnen«, mahnte Justus Weigand. »Professor Hübner hat so eine Art, plötzlich und unverhofft irgendwo aufzutauchen, ganz davon abgesehen, daß die Kleinen alle gleich ein ohrenbetäubendes Brüllkonzert anstimmen werden.«

»Ja, ist es denn schon so spät?« rief Oberschwester Klara.

»Ja. Also räumen Sie mal schleunigst den Krempel da beiseite und machen Sie, daß Sie an die Arbeit kommen!« Er ergriff eines der kleinen Wäschestücke, die die Diakonissen auf die Wickelkommode gestapelt hatten; es war ein reizendes rosa Jäckchen. »Eine Spende?« fragte er.

»Ja«, gab die Oberschwester Auskunft, »aber nicht für die Station, sondern nur für unseren Liebling!« Sie nahm Senta aus Justus Weigands Armen. »Eine junge Dame hat die Sachen vor wenigen Minuten gebracht. Sie sind zwar schon gebraucht, aber, wie Sie sehen, von bester Qualität. Sie werden keine Risse und nicht die kleinste gestopfte Stelle entdecken.«

»Vor wenigen Minuten?« fragte Justus Weigand. »Dann hätten wir uns ja begegnen müssen!«

»Vielleicht sind Sie es, ohne daß Sie die Dame erkannt haben?«

»Es kann auch schon länger her sein, daß sie wieder gegangen ist«, räumte eine andere der Diakonissen ein, »sie hat sich die Kleine angesehen und ein wenig mit ihr gespielt. Aber als wir dann das Paket aufmachten, war sie schon verschwunden.«

Die Oberschwester nahm Justus Weigand beiseite. »Wir nehmen an, daß es die Mutter war.«

»Die Mutter?« Justus Weigand dachte an den Auszug von Rosa Janowitz aus der Thielemannschen Villa und an alles, was Clementine ihm über das Mädchen erzählt hatte. »Nein! Nie und nimmer!«

»Aber wer kann es denn dann gewesen sein? Sie hat uns ihren Namen nicht gesagt, sondern nur erklärt, Sie, Herr Doktor, wüßten schon Bescheid.«

»War sie hübsch?«

»Eine elegante Erscheinung. Tief verschleiert.«

»Dann war es gewiß meine Cousine«, behauptete Justus Weigand mit Überzeugung; ein Schleier paßte zwar nicht gerade zu Clementine, aber er konnte sich vorstellen, daß sie aus Schicklichkeitsgründen bei diesem

Vorstoß in eine andere Welt nicht hatte erkannt werden wollen. Alles andere schien zu stimmen. Sicherlich handelte es sich bei den Jäckchen, Windeln, Hemdchen und Mützen um die längst nicht mehr benötigte Ausstattung der Thielemannschen Töchter, die Clementine, mit oder ohne Einwilligung ihrer Dienstherrin, an sich genommen hatte, um sie dem illegitimen Sproß des Hauses zukommen zu lassen.

Die Oberschwester, die keine Ahnung von den Zusammenhängen hatte, fragte ungläubig: »Cousine?«

»Sie haben ganz richtig gehört«, entgegnete Justus ungeduldig, »es gibt nämlich auch, falls Sie das noch nicht wissen sollten, echte Cousinen.«

Die Oberschwester errötete, als wäre sie bei einem weiß Gott wie unanständigen Gedanken ertappt worden. »Aber, Herr Doktor...«

»Schon gut. Sehen Sie zu, daß die Kinder jetzt endlich zu ihren Mahlzeiten kommen, und dann machen Sie mir bitte Senta mit allen ihren Sachen reisefertig — ich habe endlich eine Pflegestelle für sie gefunden!«

Der Abschied der Schwestern von ihrem Schützling war herzzerreißend. Nie zuvor hatten sie ein Kind so lange behalten dürfen, und nie wieder würde das, aller Voraussicht nach, der Fall sein. Sie waren geradezu glücklich, als sich herausstellte, daß Justus Weigand unmöglich das Kind und zugleich den großen Wäschepacken tragen konnte und dankbar das Angebot, ihn zu begleiten, annehmen mußte. Es wurde zum Diakonissenwohnheim geschickt, und in Windeseile erschienen zwei Pflegerinnen, die gerade frei hatten. Eine von ihnen übernahm Senta, die andere das Bündel, und dann setzte sich die kleine Kolonne in Richtung Elsässer Straße in Bewegung. Justus Weigand war es klar, daß die Diakonissen vorhatten, auch in Zukunft ein Auge auf ihren Schützling zu haben, aber das konnte ihm nur recht sein.

Die beiden, die bei Sentas Einzug in ihr neues Heim dabei waren, überschütteten die gute Frau Kändler mit Vorschriften, Ratschlägen und Warnungen, daß Justus Weigand mehr als einmal fürchtete, sie würde ihr Angebot zurücknehmen und sich weigern, die Pflege eines so prinzessinnenhaft anspruchsvollen Wesens zu übernehmen. Vielleicht hätte Frau Kändler das auch getan, wenn nicht der kleine Hans gewesen wäre, für dessen Zukunft sie jedes Opfer bringen wollte.

Endlich gelang es Justus Weigand, die übereifrigen Mädchen zu verscheuchen. Senta wurde in ihr neues Bett gelegt, das aus der herausgezogenen und ausgepolsterten Schublade einer Kommode bestand. Senta brüllte eine Weile, aber Justus tröstete sie diesmal nicht. Sie mußte sich an ihre neue Umgebung gewöhnen, je schneller, desto besser. Er verabschiedete sich rasch, weil ihn das Geschrei des Kindes bis ins Innerste traf, und nahm den kleinen Hans gleich mit in sein Zimmer bei der Witwe Göbern, um sich in freundschaftlichem Gespräch mit seinen Kenntnissen und Anlagen vertraut zu machen. Er fand sein erstes Urteil bestätigt: Hans Kändler war tatsächlich ein aufgeweckter kleiner Bursche, dem er helfen würde.

Anschließend brachte er ihn persönlich wieder in die Schusterwohnung — angeblich, um noch etwas frische Luft zu schöpfen, tatsächlich aber, um sich nach Sentas Befinden zu erkundigen. Als er feststellte, daß sie friedlich schlief, war er endlich zufrieden. Jetzt erst wurde ihm bewußt, wie schwer ihn die freiwillig übernommene Verantwortung belastet hatte.

Die Liebe zu dem kleinen Blumenmädchen Lotte Mielke wurde für Egon von Stucken, Leutnant im Regiment Ihrer Majestät Kaiserin Alexandra, mehr und mehr zum eigentlichen Inhalt seines Lebens. Weder sein Dienst noch die gesellschaftlichen Verpflichtungen, die das Leben für einen jungen Offizier und Bankierssohn mit sich brachten, waren für ihn wichtig. Für ihn zählten nur die verstohlenen Stunden, die er mit Lotte verbringen konnte. Aus einer bedenkenlos begonnenen Liebelei war eine Leidenschaft geworden, deren Gefahr Egon in wachen Momenten durchaus erkannte.

Oft wünschte er sich, daß er nichts mehr für sie empfinden möge, und oft bildete er sich, von ihr getrennt, ein, daß es schon soweit wäre. Aber wenn er sie dann einmal vergeblich warten ließ, spürte er, daß er seine Kraft überschätzt hatte. Seine Sehnsucht nach ihr steigerte sich bis ins Unerträgliche, bis er keinen anderen Gedanken mehr hatte, als wieder mit ihr in Verbindung zu treten und eine neue Verabredung auszumachen. Da kam zuweilen die wahnsinnige Angst, sie durch eigenes Verschulden bereits verloren zu haben. Dabei war Lotte niemals nachtragend und dachte nicht daran, sich an ihm zu rächen oder ihn gar eifersüchtig zu machen. Immer wieder nahm sie es gutgläubig hin, wenn er sich fadenscheinig mit einer plötzlichen Dienstverschiebung entschuldigte. Sobald er sie dann wieder in den Armen hielt, war er glücklich und verstand gar nicht mehr, aus welcher Laune heraus er sie und sich selbst hatte quälen müssen.

Warum sollte er ein Glück mutwillig zerstören, das eines Tages ohnedies aufhören würde? Egon von Stucken hatte in seinem jungen Leben so viele Liaisons entstehen und vergehen sehen, daß er längst nicht mehr an den Bestand irgendeiner Liebe glauben konnte. Mit dieser gewollt zynischen Einstellung gelang es ihm auch immer wieder, seine Gedanken von der Problematik seiner Neigung abzulenken. Er wollte sich an der Gegenwart vorbehaltlos freuen und konnte doch nicht verhindern, daß ihm manchmal nicht ganz wohl dabei war.

Es war selbstverständlich, daß einige seiner Kameraden über sein Verhältnis zu Lotte Mielke wußten, wenn sie auch nicht ahnten, was es für Egon tatsächlich bedeutete. Sie maßen mit den eigenen Maßen und führten die Dauer der Verbindung nicht auf deren Tiefe, sondern auf eine gewisse Bequemlichkeit zurück. Sie beneideten Egon von Stucken, weil für ihn, wie sie glaubten, alles so einfach war, und verachteten ihn gleichzeitig ein wenig, weil ihm die Abenteuerlust fehlte, die doch zum Leben eines jungen Mannes zu gehören hatte.

Wenn sie mit ihren Eroberungen prahlten und sich selbst und die Freunde mit erlebten oder erfundenen Details ergötzten, saß er nur still dabei; es wäre ihm unmöglich gewesen, in dieser Weise von Lotte und seiner Liebe zu reden. Dabei fühlte er sich nicht besser als die anderen, nur schwächer, als Außenseiter.

Als ihn gegen Ende des Winters ein Freund, Baron Leutnant von Strachwitz, im Kasino fragte, wo er sich denn während der kalten Jahreszeit mit seinem Mädchen getroffen hätte, errötete er, peinlich verlegen über soviel Indiskretion. Aber Strachwitz lachte nur, klopfte ihm auf die Schulter und sagte: »Nun schnapp nicht gleich ein! Ich dachte nur gerade daran, ob ich euch nicht hätte helfen können. Deshalb frage ich. Nicht um dich zu kränken. Aber ich merke schon, du kommst auch allein zurecht. Vergiß es also.«

Aber jetzt war Egon von Stucken neugierig geworden. »Wie meinst du das?« fragte er. »Helfen?«

»Nun, du weißt doch, daß ich von meinem Alten Herrn eine Stadtwohnung habe, die ich allerdings nur gelegentlich benutze, weil ich meist in der Kaserne schlafe oder, wenn die Zeit reicht, nach Strachwitz hinausfahre.« Er winkte einem anderen Kameraden zu, der sich zu ihnen an den Tisch setzte. Das Gespräch wandte sich allgemeineren Themen zu, und Egon von Stucken begriff, daß er eine Gelegenheit verpaßt hatte.

Aber die Sache ging ihm nicht aus dem Kopf, und ein paar Tage später kam er von sich aus noch einmal darauf zurück. »Du hast mir neulich etwas von deiner Wohnung erzählt«, begann er, als er zufällig wieder mit Baron Strachwitz allein war.

Der verstand sofort. »Bist du interessiert?«

»Ja, sehr sogar.«

Der Baron klemmte sein Monokel ins Auge, musterte Egon kurz und erklärte: »Geht in Ordnung. Wir werden uns nach dem jeweiligen Dienstplan abstimmen.«

Seitdem hatten Egon von Stucken und Lotte Mielke eine Wohnung zur Verfügung. Sie war düster und altmodisch eingerichtet, roch muffig und war ständig leicht verstaubt, weil sie nur dann gründlich geputzt wurde, wenn der alte Baron Strachwitz zu einem Besuch in die Hauptstadt kam. Aber sie war viel besser als die billigen Quartiere, in denen sie sich bisher getroffen hatten. Hier konnten sie ungestört glücklich sein.

Lotte war keine raffinierte Geliebte. Alles, was sie von der Liebe wußte, hatte sie von Egon gelernt, obwohl sie nicht mehr unberührt gewesen war, als der Freund in ihr Leben getreten war. Aber sie hatte ihm das nie erzählt. Als Zwölfjährige hatte ein Onkel sie mißbraucht, doch dieses Erlebnis hatte keine große Bedeutung für sie gehabt. Sie hatte nicht einmal Widerwillen empfunden, nur einen entsetzlichen Schmerz. Dennoch war es nicht nur Erleichterung, die sie empfand, als dieser erwachsene Mann sie freigab, sobald er sich mit seiner jungen Frau wieder versöhnt hatte, sondern auch eine gewisse Niedergeschlagenheit. Es gab nun nichts mehr, was sie aus der Menge der anderen Mädchen ihres Alters heraushob, und es war ihr, als hätte sie in der ersten wichtigen Beziehung ihres Lebens versagt. Sie schämte sich der Kümmerlichkeit ihres mageren, bläulichblassen Kinderkörpers. Wären die Schmerzen, die ihr der Onkel zugefügt hatte, nicht so groß gewesen, hätte sie wahrscheinlich versucht, sich ihre Weiblichkeit durch die üblichen Spielereien mit gleichaltrigen oder wenig älteren Jungen zu beweisen. So aber waren Angst und Verkrampfung stärker als die Neugier und der Wunsch nach Selbstbestätigung.

Als dann die Zeit kam, in der die Ecken ihres Körpers sich rundeten und die Männer ihrem feuerroten Haar und dem Moschusduft ihres Körpers, von dem sie selbst nichts ahnte, nachliefen, war es keinem gelungen, auch nur einen Funken seiner Glut auf sie überspringen zu lassen, denn immer noch war sie nicht erwacht, sondern ein verängstigtes, erschrockenes, verstörtes Kind geblieben. Egon von Stucken hatte sie erobern können, weil er so zart in seinem Werben gewesen war, angstvoller noch als sie selbst, denn auch er, für den es bisher nur zwei Arten von Frauen gegeben hatte — die anständigen, also unerreichbaren Mädchen und die abgebrühten, berufsmäßigen Prostituierten —, war seiner nicht sicher gewesen und hatte sich ebensosehr vor der ersten körperlichen Vereinigung gefürchtet, wie es ihn dazu gedrängt hatte. Dann aber hatten sie sich gefunden, und es war für beide eine echte Erlösung gewesen, die sie von einem Trauma befreit hatte.

Für die beiden jungen Leute gab es immer nur Küsse, erst zärtliche, dann immer leidenschaftlichere Küsse, gefolgt von einer heftigen Umarmung. Und das Nachher, das zärtliche Beieinanderliegen, war für beide fast noch wichtiger. Für Lotte bedeutete es den Höhepunkt auch der körperlichen Liebe, ihm zur Erlösung zu helfen, und das machte sie so glücklich, daß es für sie unvorstellbar war, es könnte in der körperlichen Beziehung zweier Menschen für die Frau noch mehr, noch Beglückenderes geben.

Aber heute war sie anders. Er sah auf sie herab, ihr feuerrotes Haar fiel über das graue Kissen, sie hatte wie sonst auch die Augen geschlossen, aber ihr üppiger, schöngeschwungener Mund zeigte nicht das traumhafte Lächeln, das er so liebte, sondern war ernst und streng zusammengepreßt. Er wollte sie glücklich machen, er war von dem wilden Wunsch besessen, ihr wohlzutun und sie aus ihrer Erstarrung zu lösen.

»Bist du glücklich?« fragte er. »Spürst du, wie ich dich liebe?«

Da schlug sie die grünen, hellbewimperten Augen auf und sah ihn mit einem Blick an, der so klar und so nüchtern war, daß er ihn wie einen Schlag empfand. Er fiel schwer auf sie herab. Sie streichelte über sein kurzgeschnittenes Nackenhaar, wortlos, und er glaubte zu spüren, wie ihr Blick über ihn hinwegglitt. Er fühlte sich gedemütigt und hilflos.

Regen klatschte gegen die Fensterscheiben. Sein Zigarettenetui lag auf dem Nachttisch. Er tastete danach, klappte es auf und steckte sich eine der langen Papyros mit Hohlmundstück, die gerade groß in Mode gekommen waren, zwischen die Lippen und zündete sie an. Er legte die freie Hand unter den Kopf und blies große Rauchringe gegen die hohe, reich mit Stuck verzierte Decke.

Zum erstenmal schmiegten sie sich nun nicht aneinander, sondern lagen durch das harte Holz des Doppelbettes getrennt, und zwischen ihnen war eine Kluft, die von Minute zu Minute unüberbrückbarer zu werden schien. Sie konnte als erste das Schweigen nicht mehr länger ertragen. »Egon«, fragte sie mit brüchiger Stimme, »was hast du?«

Er gab keine Antwort und rührte sich nicht. Sie rollte zu ihm hinüber, barg den Kopf an dem vertrauten Platz in der Beuge seines Armes. Aber er machte keine Anstalten, sie an sich zu ziehen oder festzuhalten. »Egon!« sagte sie noch einmal und kuschelte sich an ihn.

»Du brauchst mir kein Theater vorzumachen«, sagte er hart, scheinbar unbekümmert darum, daß er sie dadurch von sich stieß; er richtete sich auf und drückte seine Zigarette aus. Er wäre jetzt gern aufgestanden, hätte sich angezogen und wäre gegangen. Aber er konnte sich noch nicht von ihr trennen, und er redete, obwohl er wußte, daß er sie mit seinem Schweigen viel tiefer getroffen hätte — aber er mußte einfach reden.

»Du fragst, was mit mir ist«, sagte er. »Dabei bist du es, die sich verändert hat. Ich habe das schon vorhin bemerkt. Wenn du mich nicht mehr liebst, brauchst du es nur zu sagen. Wir können Schluß machen. Jederzeit.« — Er hatte gehofft, daß sie protestieren und sich an ihn klammern würde, aber sie lag ganz still und sagte leise in ihrem rührenden Berlinerisch: »Ebent, det wird wohl det beste sein.«

»Verdammt!« brüllte er. »Sprich anständig! Ich weiß, daß du anständig sprechen kannst!«

Sie heulte los, und nichts hätte er weniger erwartet. Sie warf sich auf den Bauch, verbarg das Gesicht in den Armen und weinte laut und verzweifelt wie ein Schulmädchen. Sofort tat es ihm leid. »Lotte, meine süße Lotte, verzeih mir! Es war nicht recht von mir, dich so anzubrüllen. Ich habe es ja nur getan, weil ich ... ich habe so Angst, dich zu verlieren!« Er legte die Hand auf ihre Schulter, und spürte die Wärme ihres Körpers.

Sie stieß ihn nicht zurück, schluchzte aber weiter herzzerreißend. »Ach Jotte, ach Jotte ...«

Er packte sie jetzt mit beiden Händen und drehte sie zu sich herum, so daß er ihr in das tränenüberströmte Gesicht blicken konnte. »Wein doch nicht so, ich bitte dich«, flehte er, »es ist doch kein Grund ...«

Sie rieb sich, immer noch schluchzend, mit beiden Fäusten die verschwollenen Augen. »Du wirst froh sein, wenn du mir los bist!« stieß sie hervor.

»Was für ein Unsinn! Wie kannst du denn so was sagen! Ich liebe dich doch, Lotte, mein Lottekind!«

»Hat sich wat, Lottekind! Ick ha' so 'ne Angst, det ick bald selber wat Kleenet krieg!«

Er erschrak, aber er nahm sich zusammen. »Wahrscheinlich bildest du dir das nur ein«, sagte er.

Sie schniefte. »Nee, det...« Sie verbesserte sich, sagte in ihrem bemühtem Hochdeutsch! »Das glaube ich nicht. Mir ist paarmal morjens übel jeworden, und Muttern kiekt schon so komisch.«

Er hatte keine Ahnung, was das bedeutete. Zu Hause oder gar in der Kadettenanstalt hatte man nie darüber gesprochen, und die Kameraden setzten immer gewisse Kenntnisse voraus, so daß er niemals hatte fragen können, ohne sich eine Blöße zu geben. Mit den Pferden kannte er sich besser aus, aber er zweifelte, ob sich da Parallelen ziehen ließen. Einmal war er sogar dabeigewesen, als eine Stute geworfen hatte, und es war schlimm gewesen, zu zweit hatten sie ziehen müssen, bis sie das ungelenke Fohlen endlich draußen hatten. Er schauderte, wenn er daran dachte, daß seiner kleinen Geliebten etwas Ähnliches bevorstand. »Armes Lottekind«, sagte er und streichelte ihr sacht über das Haar.

Das hatte sie nicht erwartet. »Du bist so jut zu mir.« Sie nahm seine Hand und führte sie an ihre Lippen.

»Nicht doch«, sagte er beschämt, »hattest du denn gedacht, ich würde dir Vorwürfe machen? Es ist doch meine Schuld.«

»Nee, nee«, wehrte sie ab, »ick ha dir in die Bredulje jebracht.«

Ihm war fast übel vor dem, was da auf ihn zukam; aber er hielt sich tapfer. »Wann, glaubst du, wird es soweit sein?« fragte er.

»An Silvester is es passiert, jlob ick.«

Er rechnete nach. »Also etwa im September«, sagte er, ganz erleichtert, »bis dahin ist ja noch viel Zeit.«

Sie schüttelte den Kopf. »In zwee Monaten wird man et mir ansehen, spätestens, ick kann ja nich mit eenmal anfangen, mir zu schnüren, det würde Muttern gleich kurios finden. Und wenn man et erst sieht, wat dann? Ick sach ja nich, daß Vattern mir totschlagen täte, nee, det nich, damit würde der sich die Finger nich schmutzig machen. Aber rausschmeißen tun die mir janz gewiß, da kannste Jift drauf nehmen.«

»Dann brauchst du also zuallererst mal eine neue Bleibe«, sagte er und kam sich ungemein praktisch vor.

»Ebent«, bestätigte sie. »Aber woher nehmen, wenn nicht stehlen?«

»Laß das nur meine Sorge sein.«

»Hast du denn soviel Geld?«

»Ich werde es mir eben irgendwie beschaffen müssen.« Er zog sie wieder in die Arme, und ihr derber, junger Körper schmiegte sich endlich wieder in vorbehaltlosem Vertrauen an ihn. Ihre rauhen Lippen waren salzig von Tränen, und als er über ihr Hemd streichelte, wehrte sie sich nicht. Sie war ohne Berechnung, lächelte entspannt und schloß die Augen. »Jetzt haben wir nichts mehr zu verlieren«, flüsterte sie.

Egon von Stucken hatte sein Versprechen nicht leichtfertig gegeben. Er war sich durchaus bewußt, daß er Lotte jetzt nicht im Stich lassen durfte. Nur, wie er ihr helfen sollte, darüber zerbrach er sich vergeblich den Kopf.

Er hatte immer ausreichende Geldmittel zur Verfügung gehabt. Der Bankier pflegte Egons monatliche Löhnung durch einen nicht zu knapp bemessenen Wechsel aufzubessern. Aber er wäre ja auch tatsächlich mit der Löhnung allein nie ausgekommen, keiner seiner Kameraden konnte das. Dienst im Regiment Kaiserin Alexandra war Ehrendienst, und man durfte ihn sich nur erlauben, wenn man mit privaten Geldmitteln gesegnet war. Die Pferde und deren Pflege, die maßgeschneiderten Uniformen samt kostspieligem Zubehör, die Zivilanzüge, die man zudem brauchte, das alles wurde einem nicht geschenkt, und wenn man mit den Kameraden mehrmals in der Woche im Kasino beisammensaß, was unumgänglich war, durfte man sich auch nicht lumpen lassen. Ein Offizier vom Regiment Kaiserin Alexandra mußte großzügige Trinkgelder geben, das wurde einfach von ihm erwartet. Dazu kam, daß ständig für irgendein Jubiläum gesammelt wurde: für einen Geburtstag, den Jahrestag einer Ordensverleihung oder einer Schlacht, in der sich das Regiment ausgezeichnet hatte, die Hochzeit eines Kameraden, die Beförderung oder den Abgang eines Vorgesetzten; und auch dabei durfte man nicht knausrig sein. In manchen Monaten ging die gesamte Löhnung für derlei Nebenkosten weg. Nein, das Geld, das Egon von Stucken zur Verfügung hatte, reichte nur für seinen Bedarf und seine Verpflichtungen; ein paar Blumen oder ein kleines Schmuckstück für Lotte waren gerade noch drin, mehr nicht. Durch Sparen war das Geld, das er jetzt brauchte, nicht herauszuschinden.

Mama anpumpen? Das hatte er schon hin und wieder einmal versucht, wenn es bis zum Ende des Monats nicht gereicht hatte, doch nicht immer mit Erfolg. Elvira von Stucken führte mit Umsicht und Geschick ein großes Haus, doch sie neigte zur Verschwendung. Und der Bankier behielt die Übersicht über alle Ausgaben. Er war zwar nicht geizig, redete nicht drein, wenn seine Frau sich neue, kostspielige Garderoben anfertigen ließ, für einen Empfang zusätzlich zu dem ständigen Personal Lohndiener engagierte oder die Vorhänge vor den hohen Fenstern erneuern ließ; aber er wollte dann auch sehen, wo sein Geld geblieben war. Nein, wirkungsvolle Hilfe war von Mama nicht zu erwarten, und gerade jetzt, da immer neue Anschaffungen für Stefanies Aussteuer gemacht wurden, weniger denn je.

Natürlich hätte er sich direkt an seinen Vater wenden können, und selbst das erwog Egon von Stucken in dieser Notlage. Bestimmt hätte der Bankier helfen können, und er hätte es auch getan, aber nicht, ohne daß der junge Mann zuerst eine Generalbeichte hätte ablegen müssen. An dem Resultat einer solchen Unterredung konnte kein Zweifel bestehen; Egon von Stucken hätte das notwendige Geld nur unter der Bedingung bekommen, sich für alle Zeiten von Lotte zu trennen, womöglich gar mit der Auflage, sofort ein Mädchen der Gesellschaft, sei es Lisbeth von Panwitz oder eine andere, zu heiraten. So war ihm auch dieser Weg versperrt.

Er faßte einen verzweifelten Entschluß. Als er das nächste Mal mit seinen Kameraden im Offizierskasino zusammentraf, trug er sein ganzes Bargeld in Scheinen, gezählt und gebündelt, in seiner Brieftasche. Er brauchte nichts anzuregen, nur zu warten, denn immer kam der Moment, wo einer der Kameraden ein Spielchen vorschlug. Er selbst war kein Spieler und pflegte sich auch nur sehr selten an Spielen zu beteiligen. Auch diesmal zeigte er sich gelangweilt. Sie saßen nur noch zu fünft am Tisch, Baron Strachwitz war dabei und der sehr reiche junge Graf Königstein, der sofort ein Paket Spielkarten aus der Tasche zog und es verlokkend blättern ließ.

»Das sind doch alles nur Kindereien«, sagte Egon von Stucken betont gleichgültig. »Spaß macht es ja erst, wenn es um wirkliche Beträge geht.«

»Bist du wahnsinnig?« zischte Baron Strachwitz ihm zu. »Laß das nicht den Obersten hören! So etwas ist absolut verboten!«

»Wir brauchen ja nicht hier zu bleiben«, sagte Egon von Stucken, »aber natürlich, es war nur ein Vorschlag. Wenn ihr lieber bei euren Pfennigfuchsereien bleiben wollt...«

Graf Königstein, der ein leidenschaftlicher Spieler war, hatte den Köder schon aufgeschnappt, und Baron Strachwitz und die beiden anderen jungen Leutnants, Bodo von Hermannsdorf und Hartmut von der Heyden, glaubten, sich nicht mehr zurückziehen zu dürfen, ohne sich eine Blöße zu geben. Sehr rasch einigte man sich, in die Strachwitzsche Stadtwohnung am Spreegraben zu gehen. Egon von Stucken besorgte einige Pakete neuer Karten und Königstein den für solche Anlässe obligaten Champagner. Es schien Egon von Stucken ein gutes Omen, daß das Spiel gerade in der Wohnung stattfinden sollte, die ihm so vertraut war, und als er hinter Strachwitz eintrat, glaubte er, durch Staub und Muff hindurch den warmen Duft von Lotte Mielkes jungem Körper einzuatmen.

In der altmodischen Wohnung gab es weder Gas noch elektrisches Licht. Strachwitz zündete eine Petroleumlampe an und stellte sie auf den Biedermeiertisch. Die jungen Leute legten ihre Mützen und Handschuhe, die roten Capes und die Säbel ab. Der junge Hausherr holte Gläser aus einer Vitrine. Graf Königstein öffnete die Champagnerflasche, ließ den Korken mit lautem Knall gegen die Decke fliegen, wo er ein Stückchen der Stuckgirlande herunterholte, fing geschickt den ersten Schaum in einem der Gläser auf und schenkte weiter ein, ohne ein Tröpfchen des gekühlten Getränkes auf den Teppich zu vergießen.

Die jungen Herren lachten und riefen durcheinander wie ausgelassene Schuljungen, und Egon von Stucken hatte Mühe, sich dem leichten Ton der anderen anzupassen. Man rückte die mit verschossenem grünem Samt bezogenen Sessel näher an den Tisch heran, prostete einander zu und nahm Platz. Es dauerte eine Weile, bis man sich unter Witzen und Hallo darauf geeinigt hatte, daß Strachwitz als erster geben sollte. Er öffnete eines der versiegelten Pakete, zählte die Karten durch, begann lange und umständlich zu mischen, teilte das Paket schließlich in zwei Hälften von gleicher Höhe, die er nebeneinanderlegte und ineinanderblättern ließ. Dann begann er zu geben. Er tat es betont langsam und sorgfältig, so daß die Mitspieler jede seiner Bewegungen genau beobachten und sicher sein konnten, daß alles ganz korrekt zuging.

Nacheinander nahmen sie ihre Karten auf. Egon von Stucken hatte drei Buben, eine Dame und eine Zehn. Das war kein Blatt, mit dem man hochgehen konnte. Er stieß die Dame und die Zehn ab und ließ sich dafür zwei neue Karten geben; er erhielt wieder eine Dame, dazu eine Neun. Das war Pech. Wäre es ein harmloses Freundschaftsspiel um geringe Beträge gewesen, hätte er damit sein Glück versucht, so aber gab er in der zweiten Runde auf und beschränkte sich darauf, die anderen zu beobachten.

Einerseits war er froh, daß Königstein mit von der Partie war, denn der junge Graf galt als sehr reich; seine Familie hatte riesige Besitzungen in Ostpreußen. Anderseits aber würde es auch besonders schwer sein, ihn zu übertreffen. Bluffen ließ sich Graf Königstein gewiß nicht; er würde immer noch eine letzte Erhöhung riskieren, um die Karten des Gegners sehen zu können. Egon von Stucken war sich darüber klar, daß er nur bei einem wirklich guten Blatt eine Chance hatte, und auch dann nur, wenn Königstein selbst zumindest passable Karten hatte.

In der dritten Runde hatte Egon von Stucken ein gutes Full House, mit dem er etwas riskiert hätte. Aber diesmal gab Königstein in der zweiten Runde auf, und die anderen folgten seinem Beispiel. Egon gewann, ohne aufdecken zu müssen, aber sein Gewinn blieb gering.

Endlich, in der zwölften oder dreizehnten Runde — Strachwitz war inzwischen durch Bodo von Hermannsdorf abgelöst worden —, kam die Chance für Egon von Stucken. Er hatte drei Könige in der Hand, stieß die beiden Buben ab und unter den beiden neuen Karten, die er aufnahm, war der vierte König. Die fünfte Karte war eine Dame. Diesmal ging das Spiel hoch und höher. Hermannsdorf, Heyden und Strachwitz wurde die Sache zu heiß — aber Königstein stieg mit vollem Einsatz ein und erhöhte noch und noch. Egon von Stucken triumphierte innerlich. Das war der große Coup, auf den er gehofft hatte. Er hatte schon seine ganze Barschaft in den Topf geworfen und zögerte keine Sekunde, noch einmal mit einem Wechsel über dreihundert Mark zu erhöhen.

Da sah er den Anflug eines Lächelns um Königsteins schmale Lippen zucken, und urplötzlich überfiel ihn siedendheiße Angst. Wenn er nun selbst in die Falle gestolpert war? Wer garantierte ihm denn, daß Königstein am Ende nicht doch das bessere Blatt hatte? Dann wäre alles zu Ende. Selbstverständlich würde sein Vater die Spielschulden übernehmen, aber Lotte würde vergeblich auf seine Hilfe warten. Egon von Stucken geriet in Panik. Kalter Schweiß bildete sich auf seiner Stirn. Der Uniformkragen wurde ihm zu eng und er meinte ersticken zu müssen. Er war nahe daran, aufzugeben. Aber er biß die Zähne zusammen, schrieb noch einen Wechsel aus, diesmal über hundert Mark, und sagte mit brüchiger Stimme: »Ich möchte sehen!«

Graf Königstein deckte seine Karten auf, langsam, ja geradezu genüßlich, eine nach der anderen: ein As — ein zweites As — und noch ein As. Egon von Stucken war es, als schlösse sich ein eiserner Ring um seine Brust. Aber das vierte As, das er so gefürchtet hatte, kam nicht zum Vorschein, statt dessen die Karo- und die Cœur-Dame. »Full House!« sagte Königstein und sah seinem Gegner ins Gesicht.

Egon von Stucken warf sein Blatt auf den Tisch.

»Vier Könige!« rief Strachwitz. Minutenlang schrie und lachte alles durcheinander. Egon Stucken zitterte, als er Einsatz und Gewinn einstrich. Graf Königstein nahm den Verlust mit Haltung hin. Das Spiel ging weiter. Egon von Stucken mußte einige kleinere Verluste einstecken. Er hatte nicht den Mut, sein Glück noch einmal zu versuchen.

Nach einer halben Stunde erhob er sich, gab eine Verabredung vor und verabschiedete sich, ohne auf den Protest seiner Kameraden zu hören. Baron von Strachwitz brachte ihn zur Wohnungstür. »Du weißt, daß du Königstein eine Revanche schuldig bist«, sagte er ernsthaft.

»Darüber bin ich mir im klaren.« Egon von Stucken zögerte und bekannte dann: »Tatsache ist, daß ich das Geld sehr nötig brauche. Ich stecke in Schwulitäten.«

Strachwitz hielt die Petroleumlampe hoch, und sein riesiger, verzerrter Schatten stand bedrohlich auf der weißgekalkten Wand des Treppenhausgewölbes. »Weiber?« Egon von Stucken nickte stumm. »Hab' mir so was Ähnliches gedacht. Na schön, ich werde versuchen, Königstein das beizubringen. Er ist schließlich kein Unmensch.«

»Ich werde dir das nie vergessen, Strachwitz.«

»Versprich mir lieber, daß du das nicht noch einmal machen wirst, Stucken. In deinem eigenen Interesse. Spielen kann man sich nur erlauben, wenn man es nicht nötig hat. Es kann lebensgefährlich werden, wenn man in der Bredouille sitzt.«

Aber Egon von Stucken hörte schon nicht mehr auf die gutgemeinten Warnungen des Freundes. »Ja, ja, ich weiß«, sagte er zerstreut, »bis morgen dann!«

Er rannte die Treppe hinunter und hielt sich nicht einmal dann am Geländer fest, als es im Treppenhaus dunkel wurde. Er konnte an nichts anderes mehr denken als daran, daß er gewonnen hatte. Er wußte nicht genau, wieviel, aber über tausend Mark mußten es sein, genug, um ein ganzes Jahr lang für Lotte und ihr Kind zu sorgen. Er stieß das schwere Haustor auf, blieb stehen und atmete tief die frische Nachtluft ein, ohne sich von dem leicht fauligen Geruch, der vom Spreegraben hochstieg, stören zu lassen. Er war glücklich.

Stefanie von Stucken ahnte von den Problemen ihres Bruders nichts. Sie hätte auch dann nichts von ihnen erfahren, wenn sie nicht so sehr mit ihrem eigenen Kummer beschäftigt gewesen wäre. Es gab Gefühle und Tatsachen, über die in einer guten Familie nicht gesprochen wurde. Auch über ihre Enttäuschung hätte Stefanie höchstens mit der Freundin reden können. Mama gab ihr keine Gelegenheit zu Geständnissen, im Gegenteil, »Kontenance«, pflegte sie zu sagen, wenn sie entdeckte, daß Stefanies Augen vom Weinen gerötet waren, »du mußt lernen, Kontenance zu wahren, mein Kind. Nur Dienstboten lassen sich gehen.« Und Stefanie, die sich so sehr nach Trost und Zärtlichkeit sehnte, straffte gehorsam die Schultern und zwang sich zu einem Lächeln.

Lisbeth von Panwitz, die es so lange gewohnt gewesen war, sich bei Stefanie auszuweinen, hätte liebend gern jede Einzelheit der Romanze erfahren und bestürmte Stefanie immer wieder mit neugierigen Fragen. Aber merkwürdigerweise widerstand es Stefanie, sich nun ihrerseits der Freundin anzuvertrauen. Lisbeths Fragen und Zwischenrufe — »Ja, genauso war es bei mir auch!« — machten alles so profan, zogen eine zarte Liebesgeschichte, die für Stefanie den Zauber des ganz und gar Einmaligen hatte, ins Gewöhnliche und Alltägliche herab.

So gewöhnte sie sich daran, Lisbeth gegenüber weiter die Überlegene zu spielen. Es tat ihr wohl und weh zugleich, wenn die Freundin seufzend sagte: »Ich beneide dich, Stefanie, du bist so tapfer. Aber vielleicht liegt es auch daran, daß du noch gar nicht wirklich weißt, was Liebe ist. Was du für Justus Weigand empfunden hast, das war eben doch nur... wie soll ich sagen... eine Mädchenschwärmerei. Aber ich liebe nun einmal Egon! Du kannst dir nicht vorstellen, wie weh das tut.«

Törichte kleine Lisbeth, dachte Stefanie dann, wenn du wüßtest... Im übrigen hatte sie, so verfahren die Situation auch war, noch immer nicht jede Hoffnung aufgegeben. Zwar wagte es niemand mehr, seinen Namen in Anwesenheit des Bankiers auszusprechen, zwar hatte auch Justus Weigand selbst keinen Versuch gemacht, sich mit ihr in Verbindung zu setzen, es bestand nicht die geringste Aussicht, daß er sich um sie bewerben oder gar als Schwiegersohn wieder akzeptabel werden könnte — und doch war Stefanie nicht ganz und gar verzweifelt. Mit dem Optimismus ihrer Jugend und ihrer heiteren Natur hoffte sie auf ein Wunder. Noch nie im Leben war ihr etwas ganz und gar schiefgegangen, jeder große Wunsch hatte sich für sie über kurz oder lang erfüllt, und so schien es ihr unvorstellbar, daß sich das gerade in dieser entscheidenden Frage ändern sollte. Sie litt, aber sie war nicht ganz und gar unglücklich, dazu war sie zu jung.

Auch jetzt, als sie an einem Nachmittag Mitte März mit ihrer Freundin Lisbeth von Panwitz Unter den Linden spazierenging — mit schnellen, kleinen Schritten, damit nur ja niemand auf den Gedanken kommen konnte, sie wären zu ihrem Vergnügen unterwegs und etwa gar auf ein Abenteuer aus —, fühlte sie sich unglücklich und glücklich zugleich;

unglücklich, weil sie sich nach Justus Weigand sehnte, und glücklich, weil die Luft nach Frühling roch, die Linden die ersten grünen Knospen zeigten, weil es Spaß machte, einkaufen zu dürfen, nun schon fast erwachsen zu sein und zudem hübsch auszusehen.

Die beiden jungen Damen trugen Kostüme, deren Rocksäume eben noch leicht die Straße fegten, wie die Mode es vorschrieb; Stefanies war aus dunkelbraunem, Lisbeths aus dunkelblauem Samt. Die schmalen Taillen wurden durch einen winzigen Cul noch betont, und aus den spitzen Ausschnitten bauschten sich die seidenen Spitzenblusen. Beide trugen kecke, kleine, mit Federn geschmückte Hüte, Lisbeths balancierte auf ihrem dunklen, hochgesteckten Haar, und unter Stefanies Kopfputz ringelten sich hellbraune Schillerlocken. Über die schmalen Hände hatten sie lange Handschuhe gestreift, und mit den Spitzen ihrer mit Schleifchen geschmückten Stockschirme berührten sie leicht das Pflaster.

Sie sahen bezaubernd aus, und obwohl sie es sich nicht anmerken ließen, waren sie sich bewußt, daß sie die Blicke der flanierenden jungen Herren auf sich zogen, und sie genossen es — ohne das natürlich je vor sich selbst zuzugeben.

Mit leichtgeröteten Wangen erreichten sie das *Café Bauer* und verhielten, ohne daß sie es miteinander abgesprochen hatten, gleichzeitig den Schritt. »Ich bin ein wenig erschöpft«, sagte Lisbeth, »ob wir noch Zeit haben . . .?«

Stefanie zog ein zierliches goldenes Ührchen, mit Achat und Brillantsplittern besetzt, das ihr an einer langen Kette um den Hals hing, aus dem Ausschnitt ihres Kostüms und ließ den Deckel aufspringen. »Mama wird schon nicht schelten, wenn wir ein wenig später kommen«, sagte sie, »schließlich haben wir ja allerhand geschafft!«

Sie betraten das vornehme und düstere, ganz in Mahagoni gehaltene Lokal und kamen sich dabei sehr emanzipiert vor, obwohl es sich tatsächlich um kein Wagnis handelte, denn gerade das *Café Bauer* wurde fast ausschließlich von Damen besucht.

Ein Kellner mit vorgebundener weißer Schürze begleitete sie zu einem der hinteren Tische unter den berühmten Fresken, als Stefanie entdeckte, daß soeben nahe dem Fenster ein Tisch frei wurde. Entschlossen wandte sie sich nach rechts und lotste ihre Freundin mit sich, während der Kellner ihnen folgte, um ihre Bestellung entgegenzunehmen. Sie entschieden sich für Kakao und Torte, legten ihre Päckchen auf den freien dritten Stuhl und stellten ihre Schirme dazu. »Das nenne ich Glück«, sagte Lisbeth.

»Ja, aber ich habe ein bißchen nachhelfen müssen«, erklärte Stefanie. »Wenn es nach dir gegangen wäre, säßen wir jetzt da hinten und uns bliebe nichts als die Aussicht auf ein Meer von Hüten!«

Lisbeth sah sich im Raum um. »Die alten Damen scheinen sich nicht von ihren riesigen Rädern trennen zu können. Wenn du mich fragst, die sind längst passé.«

»Wer? Die alten Damen oder die Hüte?« fragte Stefanie. Beide hatten Mühe, nicht laut herauszuprusten. Lisbeth zog ein zu ihrer Spitzenbluse passendes seidenes Tuch aus der Handtasche und betupfte sich die Augen, die ihr vom unterdrückten Lachen feucht geworden waren. So kam es, daß nur Stefanie den jungen Mann sah, der mit eiligen Schritten an den langsameren Passanten vorbeidrängend die Straße entlangkam — schlank, groß und dunkelhaarig, die Hände in die Taschen seines Mantels gebohrt, den schmalen Kopf mit den hohen Jochbogen leicht vorgeschoben, die Augen gegen die Sonne zusammengekniffen. Stefanies Herz tat einen gewaltigen Sprung: Justus Weigand!

»Moment«, sagte sie mit einer Stimme, die ihr selbst fremd klang, »ich bin gleich wieder da!« Sie sprang auf, ergriff ihren langen Schirm und eilte auf die Eingangstür zu, wobei sie den Kellner, der gerade den Kakao servieren wollte, anrempelte, so daß die heiße braune Flüssigkeit auf die goldgerandeten Untertassen schwappte.

»Aber Stefanie«, rief Lisbeth, »was fällt dir ein?« Sie machte Anstalten, sich ebenfalls zu erheben, unterließ es dann aber, weil sie die mißbilligenden, belustigten oder auch nur neugierigen Blicke der anderen Damen auf sich gerichtet sah. Stefanie ist wirklich unmöglich, dachte sie und setzte ihr hochmütigstes Gesicht auf. Und diese Liebesgeschichte mit einem Bürgerlichen ... einfach indiskutabel! So unauffällig wie möglich spähte sie auf die Straße hinaus, um festzustellen, wohin Stefanie so schnell verschwunden sein mochte. Aber sie entdeckte die Freundin nicht mehr. Lisbeth war noch nie allein in einem Lokal gewesen. Sie begann sich sehr unbehaglich zu fühlen, und ihr Zorn gegen Stefanie wuchs. Mit kleinen Schlucken nippte sie an der heißen Schokolade, führte hin und wieder mit der Gabel ein Stückchen Torte zum Mund und war bemüht, sich ihre Unsicherheit nicht anmerken zu lassen.

Stefanie eilte inzwischen in ganz undamenhafter Hast in Richtung Schloß, so schnell es ihre kleinen Füße und ihr langer Rock zuließen. Sie holte Justus Weigand ein und hätte ihm am liebsten die Hand auf die Schulter gelegt, aber das wäre ganz und gar unmöglich gewesen. Sie überholte ihn und hoffte, daß er sie erkennen und ansprechen werde. Aber nichts dergleichen geschah. Sie wollte schon ihren Schritt verlangsamen, um es ihm leichter zu machen, ließ diesen Plan dann aber fallen, weil er ihr zu riskant erschien, und lief weiter, bis sie sicher war, einen gewissen Vorsprung zu haben. Dann blieb sie vor der Auslage eines Herrenausstattungsgeschäftes stehen. Einige Sekunden gab sie sich Zeit, um Atem zu holen. Dann wandte sie sich wie zufällig um und sah Justus Weigand auf sich zukommen. Aber offensichtlich hatte er sie überhaupt noch nicht bemerkt, denn sein Gesicht wirkte gleichzeitig zerstreut und gespannt wie immer, wenn er sich mit einem Problem beschäftigte, das nichts mit dem Augenblick und seiner Umwelt zu tun hatte.

Das erleichterte ihr die Sache. Sie ging geradewegs auf ihn zu und blieb wenige Schritte vor ihm wie überrascht stehen. Sie errötete, und das paßte genau zu dem Eindruck, den sie erwecken wollte. Jetzt konnte er sie nicht mehr übersehen. Er verhielt den Schritt, und das Aufleuchten seiner Augen, als er sie erkannte, war so spontan, daß sie ihm am liebsten um den Hals gefallen wäre. Statt dessen reichte sie ihm mit damenhafter Zurückhaltung die Hand und sagte: »Justus Weigand! Was für eine Überraschung...«

Da er nicht wußte, wieviel Mühe es sie gekostet hatte, diese Begegnung zu inszenieren, und deshalb auch nicht ahnen konnte, wie willkommen sie ihr war, brachte er nichts als ein ziemlich gequältes »Gnädiges Fräulein...« über die Lippen. Doch er hielt ihre Hand immer noch fest.

»Aber Justus«, sagte sie und spürte ein kleines Würgen im Hals, »ich hatte gedacht, wir wären gute Freunde.«

»Sind wir es denn noch? Ich meine, Ihr Herr Papa...«

»... hat keinen Einfluß auf meine Einstellung zu den Problemen des Lebens.«

Er lächelte in ihre braungoldenen Augen und konnte sich immer noch nicht entschließen, ihre Hand freizugeben. »Das haben Sie reizend gesagt, Stefanie.«

»Ich habe es ganz ehrlich gemeint.«

Erst jetzt wurde ihm bewußt, daß sie so, wie sie da Hand in Hand mitten auf dem Gehsteig standen, ein Hindernis für die anderen Passanten bildeten. Er zog sie zur Seite und ließ ihre Hand los. »Ich habe oft an Sie gedacht, Stefanie.«

»Und ich habe Sie sehr vermißt.«

»Ich konnte nicht mehr kommen. Arnold Scheer hat Ihnen sicherlich erzählt...«

»Er ist ein schlechter Freund. Sie sollten sich vor ihm in acht nehmen.«

»Ach, wissen Sie, ich mache mir da gar keine Illusionen...«

Sie schob ihr festes kleines Kinn vor. »Das verstehe ich nicht. Entweder jemand ist mein Freund, oder ich will nichts mit ihm zu tun haben.«

»Das sind sehr unorthodoxe Ansichten, Stefanie«, erwiderte er, »wenn Sie danach leben, wird Ihr Bekanntenkreis bald erheblich zusammenschrumpfen.«

»Sie machen sich wieder einmal lustig über mich! Das ist nicht sehr nett von Ihnen.« Ihre Augen verdunkelten sich.

»Aber — das wollte ich nicht, wirklich nicht, Stefanie. Ich bin so froh, Sie wiederzusehen, vielleicht hat gerade das mich ein bißchen übermütig gemacht. Was ich Ihnen eigentlich sagen wollte... ich stehe in Arnold Scheers Schuld, er hat mir die Druckkosten für meine Doktorarbeit bezahlt, deshalb kann ich nicht gut auf ihn böse sein, selbst wenn ich annehmen müßte, daß er mich bei Ihnen schlechtgemacht hat.«

»Das hat er versucht«, sagte sie immer noch heftig, »aber es ist ihm nicht gelungen.«

»Sie sehen bezaubernd aus, wenn Sie zornig sind.«

»Ich könnte heulen«, bekannte sie und wandte rasch ihr Gesicht ab, damit er ihre Tränen nicht sehen konnte.

»Stefanie«, sagte er, »ich möchte Ihnen so gern erklären, wie alles gekommen ist. Es war keine Lieblosigkeit von mir und keine Ungezogenheit, es gibt Probleme, zu denen muß man einfach Stellung beziehen, wenn man sich nicht selbst verachten will, verstehen Sie?«

»Ach, Justus, bitte...« Sie schluckte mit Anstrengung ihre Tränen hinunter. »Können wir uns nicht irgendwo treffen, wo wir in Ruhe über das alles reden können? Sie werden es gewiß recht undamenhaft finden, daß ich Sie um so etwas bitte, aber... es wäre mir so wichtig! Und jetzt habe ich leider gar keine Zeit mehr, meine Freundin Lisbeth wartet.«

»Ich wünsche mir das genausosehr wie Sie, Stefanie, mindestens genausosehr«, sagte er ernsthaft, »und ich finde es kein bißchen undamenhaft, sondern bewundernswert, daß Sie so viel Mut haben.«

»Morgen um vier«, sagte sie hastig, »hätte ich eigentlich Klavierstunde. Die könnte ich schwänzen. Könnten wir uns um vier Uhr treffen oder... haben Sie zuviel zu tun?«

»Nein, gar nicht«, sagte er rasch, obwohl er tatsächlich vor lauter Arbeit nicht wußte, wo ihm der Kopf stand, »natürlich werde ich kommen. Aber wo können wir...?«

»Im Zoo«, sagte sie, und mit einem raschen, kleinen Lächeln, das wie der Schatten ihrer früheren Sorglosigkeit war, fügte sie hinzu: »Beim Affenkäfig!«

Sie trennte sich so rasch von ihm, als fürchtete sie, er könnte sein Versprechen rückgängig machen. Er sah ihr nach, wie sie im Menschenstrom verschwand, eine mädchenhaft zarte Gestalt. In diesem Augenblick erkannte er, daß es Selbstbetrug gewesen war, wenn er sich vorzumachen versucht hatte, daß er seine Liebe zu ihr schon überwunden habe. Seufzend wandte er sich ab und ging weiter, und es dauerte Minuten, bis ihm wieder einfiel, wohin und weshalb er eigentlich unterwegs war.

Stefanie erreichte unterdessen das *Café Bauer,* wo Lisbeth mit verkniffenem Gesicht vor leeren Tassen und Tellern saß. »Da bist du ja endlich«, sagte sie, »ich wollte gerade gehen. Es ist wirklich rücksichtslos von dir, mich hier allein zu lassen. Ich bin mir ja wie auf dem Präsentiertablett vorgekommen.«

»Das tut mir leid«, murmelte Stefanie und senkte die Wimpern, damit die Freundin nicht den verräterischen Glanz in ihren Augen entdecken sollte.

»Nun, das ist ja wohl das wenigste, was man erwarten kann! Wo bist du überhaupt gewesen, wenn ich fragen darf?«

»Oh, mir ist nur plötzlich etwas eingefallen«, erklärte Stefanie, und dann, sehr erfreut, nun ihrerseits etwas gefunden zu haben, womit sie einen Gegenangriff starten konnte, fragte sie: »Aber wo ist denn meine Torte? Und auch meine Tasse ist leer! Ja, sag mal, hast du...«

»Was hätte ich denn sonst machen sollen, während ich die ganze Zeit hier allein herumsaß?« maulte Lisbeth.

»Nun, vielleicht hättest du nachdenken können, nicht wahr? Es gibt ja noch andere Möglichkeiten, sich die Langeweile zu vertreiben, als sich den Bauch vollzustopfen. Es ist mir neulich schon aufgefallen, daß du anfängst, Speck anzusetzen... jawohl, meine Liebe, und ich muß dir ehrlich sagen, es steht dir gar nicht. Natürlich kannst du es noch wegschnüren, aber bald...«

»Du bist infam! Oh, wie infam du bist!« rief Lisbeth wutentbrannt.

Mit Erleichterung stellte Stefanie fest, daß es ihr gelungen war, sie abzulenken. »Vielleicht ist das der Grund, warum Egon so wenig Interesse an dir zeigt«, behauptete sie herzlos. »Er hat mir einmal gestanden, daß er fette Frauen haßt, und deshalb...« Sie unterbrach sich, als sie sah, daß Lisbeth einem Zusammenbruch nahe war, und lenkte lachend ein: »Nu weene man nich gleich, Kleenes, ich habe ja nur Spaß gemacht! Es freut mich, daß dir meine Torte geschmeckt hat, und du bist bestimmt nicht zu dick. Ich war böse, weil du mich gleich mit Vorwürfen überschüttet hast, nur weil mir die Luft hier drinnen zu dick geworden ist... Ja, das war alles, ich mußte frische Luft schnappen, weil ich Angst hatte, sonst vom Stuhl zu fallen. Du hättest wirklich rücksichtsvoller sein können, meine Liebe!«

»Aber ich konnte doch nicht ahnen...«, stammelte Lisbeth, die nun gar nicht mehr wußte, was sie denken sollte.

»Das ist es ja eben«, konterte Stefanie, »du bist gleich auf mich losgegangen, ohne dich erst zu erkundigen, was tatsächlich geschehen ist. Aber ich will dir noch einmal verzeihen. Hast du schon bezahlt? Ich fürchte, wir müssen uns jetzt beeilen.«

Und sie begann, während Lisbeth noch mit dem Kellner abrechnete, ihre Päckchen einzusammeln, und wandte sich zur Tür. Sie konnte jetzt nicht rasch genug nach Hause kommen, denn auf keinen Fall wollte sie Mamas Mißtrauen erregen oder sich gar einem Verhör aussetzen. Sie wußte, daß ihre energische Mutter nicht wie Lisbeth zu verwirren oder gar einzuschüchtern war. Aber sie hatte Glück. Als sie die Wohnung in der Fürstenstraße betrat, berichtete ihr das Mädchen, Frau von Stucken sei von Frau Kommerzienrat Mehnert abgeholt worden und noch nicht zurückgekommen. Erleichtert huschte Stefanie auf ihr Zimmer, um die Begegnung mit Justus Weigand ihrem Tagebuch anzuvertrauen.

Indessen saßen Elvira von Stucken und Frau Kommerzienrat Mehnert in dem eleganten kleinen Salon der Frau Dorothee Thielemann, jede nippte an einem Gläschen Sherry, und die Frau Kommerzienrat konnte nicht umhin, immer wieder in die silberne Schale mit Konfekt zu langen und ein Stückchen nach dem anderen zu naschen, mit schlechtem Gewissen, denn ihre Formen entsprachen längst nicht mehr dem üppigen Schönheitsideal, sondern waren geradezu pompös zu nennen.

Die Damen plauderten über die üblichen Themen — Kinder, Dienstboten, Schneiderinnen, Mode —, aber das Gespräch war nicht so lebhaft wie sonst. Man war ja gewohnt, daß Dorothee Thielemann oft recht geistesabwesend sein konnte, aber diesmal war es anders. Auch die sehr lebendige Frau Bankier und die sonst so zungenfertige Kommerzienrätin gerieten immer wieder ins Stocken und schienen nicht zu wissen, wie sie die immer häufiger auftretenden Pausen überbrücken sollten. Frau Dorothee fiel das nicht auf; sie wartete auf nichts anderes, als daß ihre Freundinnen sich bald verabschieden würden, wollte aber nicht unhöflich sein und von sich aus den Anstoß dazu geben. So saß sie denn einfach da, die mageren Hände im Schoß, die übergroßen Augen weit geöffnet und doch fast blind für ihre Umgebung.

Die Frau Kommerzienrat und die Frau Bankier tauschten mehrmals vielsagende Blicke, räusperten sich, stießen sich sogar leicht unter dem Tisch an und begannen dann fast gleichzeitig.

»Meine liebe Frau Thielemann... Liebe Frau Dorothee...« Sie stockten wieder und sahen einander an.

Aber diesmal hatte Frau Dorothee das Bedeutungsvolle dieses gemeinsamen Anlaufs doch bemerkt. Sie erwachte aus ihren Träumen und fand in die Gegenwart zurück. »Ja — bitte?«

Frau Mehnert sprang hilfreich ein: »Um Ihnen zu helfen, liebe Frau Thielemann!«

»Ja?« fragte Frau Dorothee mit dem Ausdruck größter Verständnislosigkeit.

»Ich gebe zu, es ist eine ziemlich heikle Angelegenheit«, fuhr Frau von Stucken fort, »und es ließe sich darüber streiten, ob es uns überhaupt zusteht, uns da einzumischen...«

»Meine Liebe«, sagte Frau Mehnert, »Sie vergessen, daß Frau Thielemann ja gar nicht weiß, worum es überhaupt geht.« Sie preßte ihr Doppelkinn auf die Brust, was ihr Ähnlichkeit mit einem kampfbereiten Truthahn verlieh. »Es handelt sich um ein Gerücht, und es liegt eben in der Art solcher Gerüchte, daß diejenigen, die es betrifft, meist zuallerletzt davon erfahren.«

»Ja«, sagte Frau Elvira, »das haben Sie blendend ausgedrückt, meine Liebe!« Die Kommerzienrätin belohnte sich selbst, indem sie sich abermals ein Stückchen Konfekt zwischen die fetten Lippen schob.

»Ein Gerücht?« wiederholte Frau Dorothee, und auf ihren durchscheinenden Wangen begannen sich kreisrunde rote Flecken zu bilden. »Dann kann ich nur annehmen, daß es sich um...« Sie zögerte und sagte dann mit Überwindung: »Otto Thielemann handelt. Ich kann Ihnen versichern...«

Aber die Damen waren noch keineswegs bereit, ihre Beteuerungen entgegenzunehmen. Die Kommerzienrätin winkte ab und sagte, während sie das Stückchen Konfekt in die linke Backe schob, um nicht am Sprechen gehindert zu sein: »Um Ihren Gatten und um Sie, meine Liebe. Es heißt, daß Sie sich scheiden lassen wollen.«

Nun war es heraus. Eine bedeutungsvolle Stille trat ein, während der die beiden Besucherinnen Frau Dorothee, die sichtlich um Haltung rang, aus harten Augen beobachteten. Dann siegte Frau von Stuckens Gutmütigkeit. »Wir nehmen natürlich an«, sagte sie milde, »daß dieses Gerücht jeder Grundlage entbehrt, aber gerade deshalb sollten wir gemeinsam überlegen, wie wir ihm am besten entgegentreten können.«

Die Frau Kommerzienrat hatte inzwischen das Konfekt aufgegessen. »Ja, als wir davon hörten, da verständigten wir einander sofort und waren uns gleich darüber einig: die arme Frau Dorothee, wir dürfen sie in dieser Situation nicht im Stich lassen, es ist einfach unsere Pflicht, ihr zu helfen ...«

»... denn wo kämen wir hin, wenn man über eine anständige Frau ungestraft solche Dinge verbreiten dürfte?«

Frau Dorothee saß kerzengerade da. »Es ist ... Das alles ist ein Mißverständnis«, brachte sie mühsam heraus.

»Nun, habe ich es Ihnen nicht gesagt, Frau von Stucken?« triumphierte die Kommerzienrätin. Sie wandte sich der Hausherrin zu und legte ihr die fleischige, mit funkelnden Ringen beschwerte Hand auf das spitze Knie. »Daran zweifeln wir ja gar nicht, meine Liebe, so fassen Sie sich doch!«

»Ich meine es anders«, stammelte Frau Dorothee. »Es ist so schwer ... ich weiß nicht ... ich werde mich *wirklich* scheiden lassen!« Wieder entstand ein Schweigen. Frau von Stucken ließ ihr goldenes Lorgnon aufspringen und blickte Frau Dorothee, die keine zwei Meter von ihr entfernt saß, durch die funkelnden Gläser durchdringend an. Frau Mehnerts Hand streckte sich mechanisch nach dem lockenden Konfekt aus, zuckte aber im letzten Moment zurück, als verbreiteten die Süßigkeiten einen giftigen Dunst.

Frau Dorothee wand sich unter Frau von Stuckens durchbohrendem Blick. »Sie wissen ja nicht, was geschehen ist«, sagte sie hilflos, »wenn Sie wüßten ...«

»Es gibt nichts, was gravierend genug wäre, die gesellschaftlichen Konventionen zu mißachten«, erklärte Frau von Stucken mit Würde und ließ ihr Lorgnon in einer Art zuschnappen, die etwas erbarmungslos Endgültiges an sich hatte.

»Unsere Männer«, sagte die Frau Kommerzienrat, »sind nun einmal keine Heiligen, das wissen wir alle, auch wenn wir für gewöhnlich nicht darüber reden. Mein Mann hat im Lauf unserer Ehe so viele Affären gehabt, daß ich sie nicht einmal zählen könnte, ganz abgesehen davon, daß ich schon den bloßen Versuch, es zu tun, für entwürdigend hielte. Und was den Herrn Bankier betrifft...«

Frau von Stucken hob abwehrend die Hand. »Nicht, meine Liebe, bitte nicht. Wir wollen doch, bitte, immer das Dekor wahren!«

Die Kommerzienrätin hob die runden Schultern, die bei dieser unbedachten Bewegung aus der prallen seidenen Hülle des Kleides herauszuplatzen drohten. »Wie Sie wünschen, meine Liebe. Es geht ja auch nicht um Einzelheiten, sondern einfach darum, daß es die Aufgabe der Frau ist, die Familie zusammenzuhalten, keinen Skandal aufkommen zu lassen und den Herren der Schöpfung jenen sittlichen Halt zu geben, ohne den sie nun einmal ganz verloren wären.«

»Ein solcher Skandal!« zischte Frau von Stucken. »Denken Sie doch nur einmal an das hohe Vorbild, das die kaiserliche Familie uns gibt!«

»Aber Sie verstehen nicht! Er hat... Otto Thielemann hat...«, rief Frau Dorothee verzweifelt und gedemütigt, »mich in meinem eigenen Haus betrogen!«

Sekundenlang siegte die Neugier der Damen über ihre moralische Entrüstung. »Mit der Erzieherin?« fragte die Frau Kommerzienrat. »Ich habe dieser Person von Anfang an nicht über den Weg getraut. Sie hat etwas in ihrer Art...«

»Aber nein«, rief Frau Dorothee, »nicht das Fräulein! Wenn es noch das Fräulein gewesen wäre — aber es war das Stubenmädchen! Eine ganz gewöhnliche Dienstmagd!«

»Unausdenkbar!«

»Sie Ärmste!«

»Jetzt werden Sie doch begreifen, daß man nach alledem nicht von mir verlangen kann...«, begann Frau Dorothee.

Aber Frau von Stucken ließ sie nicht aussprechen. »Wir fühlen mit Ihnen, meine Liebe, seien Sie dessen versichert«, sagte sie streng. »Das Benehmen Ihres Gatten bedeutet tatsächlich einen unglaublichen Affront! Aber nichtsdestotrotz entbindet Sie das nicht von Ihren Pflichten. Ich nehme an, Sie haben diese Person aus dem Haus gewiesen.«

»Gewiß. Noch in derselben Stunde, als ich es erfuhr...«

»Ausgezeichnet. Damit aber sollte die Angelegenheit für Sie auch erledigt sein. Denken Sie doch an Ihre Kinder! Auf keinen Fall dürfen Sie Ihre schmutzige Wäsche in aller Öffentlichkeit ausbreiten. Dadurch würden die unschuldigen Kinder mit einem Makel behaftet, den ihnen niemand mehr abwaschen könnte.«

»Wenn Sie Ihren Gatten strafen wollen«, sagte die Kommerzienrätin, »so gibt es andere Möglichkeiten. Wir erwarten durchaus nicht von Ihnen, daß Sie ihm ohne weiteres verzeihen. Damit würden Sie der Sache der Frauen einen schlechten Dienst erweisen. Nein, lassen Sie es ihn nur büßen. Sie haben jetzt etwas gegen ihn in der Hand. Setzen Sie Ihre Forderungen durch, lassen Sie ihn zappeln...«

»Sehr richtig!« stimmte Frau von Stucken zu. »Und verzeihen Sie ihm erst, wenn Sie ihn ganz klein gekriegt haben. So habe ich es immer gemacht. Die Männer vertragen keine Nachsicht, sie wollen in der Frau ein moralisches Vorbild sehen, und das müssen wir ihnen auch geben.«

»Sie sind jetzt noch sehr aufgeregt«, sagte die Frau Kommerzienrat, »das verstehen wir ja gut. Aber fassen Sie um Himmels willen keine übereilten Entschlüsse, versuchen Sie erst einmal sich zu beruhigen!«

»Ja, fahren Sie ins Bad! Nach Pyrmont zum Beispiel. Oder nach Baden-Baden! Dort werden Sie sich erholen und nach einer Weile ganz bestimmt zu der Einsicht kommen, daß das Opfer, das von Ihnen verlangt wird, ja gar nicht so groß ist.«

»Ich kann aber nicht«, sagte Frau Dorothee mit Tränen in den Augen. »Ich kann es ihm niemals verzeihen ... niemals ...«

»Keine Frau verzeiht es je wirklich, wenn ihre heiligsten Gefühle verletzt worden sind«, erklärte Frau von Stucken. »Es gibt Kränkungen, die bohren sich wie ein Widerhaken in die Seele. Aber es kommt nur darauf an, daß die Ehe erhalten bleibt. Glauben Sie mir, Haß ist ein genauso starker Kitt wie Liebe!« Sie hatte ihre Stimme gedämpft, als spräche sie ein tiefes Geheimnis aus.

Es war fast ganz dunkel geworden in dem komfortabel und geschmackvoll eingerichteten Zimmer, und die Umrisse der Möbel waren kaum noch zu erkennen. Aber Frau Dorothee dachte nicht daran, die Lichter anzuzünden; sie saß in sich zusammengesunken und schluchzte leise vor sich hin.

Frau Kommerzienrat Mehnert griff nun doch wieder in die Schale mit Konfekt. »Denken Sie doch daran, was Ihnen immer noch bleibt«, sagte sie, bevor sie die Hand zum Mund führte: »Ihre gesellschaftliche Stellung, das schöne Haus, Reichtum, Schmuck, elegante Kleider, Reisen, die Kinder. Und wie wenig dafür von Ihnen verlangt wird ... Nur daß Sie Ihre ehelichen Pflichten erfüllen, nichts weiter.« Sie steckte das Konfekt zwischen die Lippen und begann geräuschvoll daran zu saugen.

»Ich kann nicht«, schluchzte Frau Dorothee, »ich kann nicht!« Und dann, ermutigt von dem Schweigen der anderen und der Dunkelheit, die ihr Gesicht verbarg, fügte sie hinzu: »Er ist mir so ... unsagbar ... widerwärtig!« Nach diesem Geständnis sank sie ganz und gar in sich zusammen.

»Ja, es ist widerwärtig«, bestätigte Frau von Stucken ruhig. »Sie wären keine Dame, wenn Sie es anders empfänden. Es gibt Momente, in denen jeder, auch der edelste Mann, zum Tier wird. Wir sind alle drei verheiratete Frauen, deshalb verletze ich wohl nicht Anstand oder Schamgefühl, wenn ich es offen ausspreche. Es ist ein Opfer, das von uns verlangt wird, ein großes Opfer, dessentwillen uns unsere Gatten nur um so mehr achten und uns danken müssen.«

»Wenn die Herren älter werden, werden sie auch ruhiger«, sagte die Kommerzienrätin genüßlich lutschend, »das hört man immer wieder. Der Jüngste ist Ihr Gatte gewiß nicht mehr, also sind es wohl auch nur noch wenige Jahre, die Sie durchzustehen haben.«

»Ich kann aber nicht mehr«, schluchzte Frau Dorothee. »Auch nicht ein einziges Mal mehr!«

Frau von Stucken zog ihre Handschuhe an und knöpfte sie sorgfältig zu. »Auch dann«, sagte sie, »gibt es immer noch eine andere Lösung als Scheidung. Mit einigem guten Willen läßt sich alles arrangieren. Wenn es allerdings an diesem Willen mangelt, müssen alle unsere guten Ratschläge in den Wind gesprochen bleiben.« Sie erhob sich und winkte Frau Kommerzienrat Mehnert mit den Augen, worauf diese ihrem Beispiel folgte. Frau Dorothee bemerkte es gar nicht.

»Wie wir leben«, sagte Frau von Stucken, »ist keine Privatsache. Es gibt eine preußische Tradition, die von uns verlangt, allen ein Beispiel zu geben.«

»Sehr richtig, meine Liebe«, stimmte die Kommerzienrätin zu, »in der heutigen Zeit, wo die Sozis immer unverschämter werden und die gehobenen Stände, ja sogar den Adel und das Kaiserhaus in den Schmutz zu ziehen suchen, ist das wichtiger denn je. Mein Gatte sagt immer...«

Ein Klopfen an der Tür unterbrach ihren Satz. Gleich darauf trat Clementine Hergert in den Salon. Sie machte ein paar impulsive Schritte, blieb dann aber, noch in der Nähe der Tür, stehen. »Sie sitzen im Dunkeln, gnädige Frau?« rief sie, und dann erst: »Entschuldigen Sie, ich wußte nicht, daß Sie Besuch haben! Guten Abend, Frau Kommerzienrat... guten Abend, Frau Bankier!«

»Wir sind im Aufbruch begriffen«, sagte Frau von Stucken, »wenn Sie so gut sein möchten, uns hinauszubegleiten.«

»Nur einen Augenblick! Ich werde sofort Licht machen...«, erbot sich Clementine.

»Danke, nicht nötig«, wehrte Frau von Stucken ab und rauschte an ihr vorbei in die erleuchtete Diele hinaus, und Frau Kommerzienrat Mehnert folgte ihr nach einem kurzen Blick auf die schluchzende Frau Dorothee.

Clementine stand nur eine Sekunde lang unentschlossen da, dann lief sie den beiden Damen nach und voraus, öffnete ihnen die Tür zur Eingangshalle, führte sie in die Garderobe und half ihnen in die Mäntel. Dann, als die Haustür hinter den Besucherinnen zugefallen war, rannte sie wieder hinauf, rief den Kindern zu, artig zu sein und auf sie zu warten, hastete in den Salon und zündete die Gaslampen an.

»Danke, Fräulein«, sagte Frau Dorothee tonlos und erhob sich mit abgewandtem Gesicht.

Aber Clementines Stellung im Hause Thielemann hatte sich, seit der Hausherr nicht mehr anwesend war, wesentlich verändert. Durch ihre Tatkraft und ihren starken Charakter war sie zum ruhenden Pol in der

Familie geworden und nahm sich, ohne sich dessen bewußt zu werden, Freiheiten heraus, die sie sich früher nie erlaubt hätte.

»Was wollten die Damen?« fragte sie jetzt. »Ich hoffe doch nicht, gnädige Frau, daß man Sie gekränkt hat!«

»Nein ... ja ... bitte, ich möchte darüber nicht sprechen«, stammelte Frau Dorothee und stürzte aus dem Zimmer.

Clementine sah ihr mit zusammengepreßten Lippen sorgenvoll nach. Dann klingelte sie dem neuen Stubenmädchen, das sie selbst in ihre Pflichten eingeführt hatte, bat sie, den Salon aufzuräumen, und gab ihr die notwendigen Anordnungen für das Abendessen. Daraufhin ging sie nach oben zu ihren Schützlingen, die im Kinderzimmer tobten, und mahnte sie zur Ruhe.

»Immer hat Mama Migräne«, rief der kleine Fritz aufgebracht, »und immer sollen wir still sein!«

»Du mußt Geduld haben«, tröstete Clementine und strich ihm über die braunen Locken, »bald wird Mama wieder so gesund und fröhlich sein wie früher.«

»Kommt dann auch der Papa zurück?«

Clementine legte ihm den Finger auf den Mund. »Pst! Darüber dürfen wir gar nicht reden!« Als sie merkte, daß Fritz noch etwas sagen wollte, rief sie schnell: »Wenn ihr jetzt brav seid, gehen wir morgen alle zusammen in den Zoo, wollt ihr?«

Die Kinder jubelten, und selbst Fritz war bereit, auf dieses Versprechen hin das Fräulein nicht mehr mit lästigen Fragen zu ärgern.

»Ich habe in der Zeitung gelesen, daß eine Menge ganz, ganz junger kleiner Tiere eingetroffen ist«, erzählte Clementine, während sie die Mäntel der Kinder wegräumte. »Löwen und Äffchen und Bären ...«

»Woher denn?« fragte Fritz sofort.

»Woher? Aus Afrika natürlich.«

»Kommen die kleinen Kinder auch aus Afrika?« fragte Fritz.

Sie sah ihn kopfschüttelnd an. »Was du nicht alles wissen willst. Natürlich kommen sie aus Afrika. Der Storch bringt sie mit.«

»Hat der Storch uns auch aus Afrika gebracht?« piepste die kleine Marie.

»Ja, woher denn sonst? Alle Kinder! Aber jetzt seid still. Wir wollen ganz, ganz leise auf Zehenspitzen hinuntergehen, so leise wie die Heinzelmännchen, daß uns niemand hören kann.«

Als Justus Weigand sich am nächsten Nachmittag durch das eiserne Drehkreuz in das Gelände des zoologischen Gartens schob, wurde ihm mit leiser Beschämung bewußt, daß er bisher nur ein einziges Mal, und zwar als grüner Provinzjunge, diesen Stolz der Berliner besucht hatte. Es hatte ihm seitdem an Zeit, Geld und auch — er mußte es sich ehrlich zugeben — an Interesse gefehlt, den zoologischen Garten zu besichtigen. Dabei, dachte er jetzt flüchtig, wäre es für ihn vielleicht ganz lohnend gewesen, denn gerade zwischen den von der Zivilisation noch kaum berührten Neugeborenen und den Tieren mußten doch Ähnlichkeiten bestehen, die der ärztlichen Wissenschaft vielleicht weiterhelfen konnten. Vielleicht würden sich durch exakte Beobachtungen von Tieren ganz neue Wege öffnen...

Aber er vergaß diese Idee so rasch, wie sie ihm gekommen war. Er konnte im Moment nicht sachlich denken. Er hatte keinen Blick für den Wapitihirsch, der mit seiner Herde ziemlich lethargisch hinter den eisernen Gittern seines Geheges stand, ebensowenig für das riesige Elefantenhaus, das mit seinen ornamentalen Mosaiken an eine islamische Moschee erinnerte, und er achtete nicht auf die Giraffen, die Zebras oder den Königstiger; er dachte nur an Stefanie von Stucken.

Je weiter er vorwärts schritt, desto größer wurde seine Angst, Stefanie würde ihr Versprechen vielleicht nicht wahr machen oder durch ein Machtwort ihrer Eltern verhindert sein. Aber dann sah er sie und erkannte sie sofort. Das helle braune Gelock, mit einer schwarzen Samtschleife am Hinterkopf zusammengefaßt, fiel ihr über den Rücken. Darüber thronte der unerläßliche kleine Hut, diesmal in Weiß, mit gerafften Schleiern garniert. Die Taille wirkte in dem hellgrauen, enggeschnittenen Kostüm so schmal, daß er dachte, er würde sie gewiß mit Daumen und Zeigefinger umfassen können. Jetzt wandte sie den Kopf ein wenig zur Seite, so daß er ihr zartes Profil mit der kleinen, leicht emporgeschwungenen Nase sehen konnte.

Langsam trat er näher und stellte erschreckt fest, daß die Schimpansen, deren Tun sie so aufmerksam beobachtete, Dinge trieben, die keineswegs für das Auge einer wohlerzogenen jungen Dame geeignet sein konnten. Völlig schamlos gaben sie sich ihrer Sexualität hin, so unbekümmert, daß selbst ein Müllkutscher bei diesem Anblick errötet wäre. Justus Weigand jedenfalls wurde rot, nicht um seiner, sondern um Stefanies willen, er bemühte sich, sich zu fassen, überlegte krampfhaft, was er jetzt sagen könnte, um die Situation zu entschärfen, und räusperte sich.

Erst jetzt bemerkte sie ihn. Stefanie wandte sich zu ihm um und sah ihn mit klaren Augen lächelnd an. »Sind sie nicht possierlich?« rief sie arglos.

Erleichtert begriff er, daß ihr das Wesen dieser äffischen Vergnügungen gar nicht aufgegangen war und sie die teilweise gerade perversen Paarungen für harmlose Spielereien hielt.

»Ja, sehr«, bestätigte er mit gepreßter Stimme.

Sie reichte ihm die Hand zum Gruß, er ergriff sie und zog Stefanie rasch mit sich fort, weg vom Affenhaus, auf die breite Allee, die das Freigelände in weitem Bogen durchzog. Sogleich ließ sie ihren Sonnenschirm aufspringen, um das zarte, reine Weiß ihres Teints zu schützen, wie sie es von klein auf gewohnt war. Er betrachtete sie hingerissen, sie hatte für ihn einen fast überirdischen Reiz.

»Ich bin so froh, daß Sie gekommen sind, Justus«, gestand sie ohne jede Koketterie und schwenkte dabei die Notenmappe in ihrer Linken.

»Mein kleines Schulmädchen«, sagte er zärtlich.

»Ich bin kein Kind mehr.« Das klang ein wenig ärgerlich.

»Ich weiß. Leider. Wir hätten uns schon als Kinder kennen sollen, da hätten wir wunderbar zusammen gespielt.«

»O nein! Ich weiß, wie große Jungens sind. Sie hätten mich kleines dummes Mädchen gar nicht beachtet.«

»Ich fürchte eher, Sie hätten Ihr Näschen über mich gerümpft. Sie wären die kleine verwöhnte Prinzessin gewesen, ich nur der schlecht angezogene, linkische Junge aus dem Hinterhaus.«

Sie lächelte zu ihm auf, und in ihren braunen Augen tanzten die kleinen goldenen Funken, die er so sehr liebte. »Sie müssen also zugeben, es ist doch besser, daß wir uns jetzt erst kennengelernt haben.« Und dann fügte sie hinzu: »Allerdings heißt es ja, daß Sie eine besondere Vorliebe für ganz, ganz kleine Mädchen haben...«

Er wußte sofort, worauf sie anspielte. »Sie tun recht, mich danach zu fragen, Stefanie, ich bin Ihnen noch eine Erklärung schuldig.«

Sie fiel ihm ins Wort. »Aber nein! Eine Erklärung schuldig! Wie steif und unfreundlich Sie sich manchmal ausdrücken. Sie sind mir gar nichts schuldig, Justus. Nur ich — ich bin nun einmal furchtbar neugierig. Das ist ungezogen von mir, ich weiß. Sie müssen mir das verzeihen.«

»Ich bin ja froh, daß Sie mir Gelegenheit geben, alles zu sagen... Ihr Vater schien ganz davon überzeugt, daß... und ich war so wütend, daß ich ihn dabei gelassen habe«, stotterte Justus Weigand, ehe es ihm gelang, sich zu fassen. »Tatsächlich ist Senta nicht meine leibliche Tochter, aber sie bedeutet mir sehr viel. Ich habe bei ihrer Geburt geholfen, unter sehr dramatischen Umständen. Sie verdankt mir das Leben, verstehen Sie? Und deshalb fühle ich mich für sie verantwortlich. Ich konnte doch nicht einfach sagen: So, jetzt lebst du! Sei dankbar dafür und sieh zu, wie du zurechtkommst! — Ich mußte mich doch auch weiterhin um sie kümmern. Ihre Mutter wollte nichts von ihr wissen. Aber es ist nicht etwa nur Mitleid, was ich für das Kind empfinde, sondern... es bedeutet mir eben sehr viel.«

»Ja, das verstehe ich gut«, sagte Stefanie sehr ernsthaft, aber wahrscheinlich hätte sie, wenn er ihr einen Mord gestanden hätte, dasselbe gesagt.

Sie waren indessen ein gutes Stück die Hauptallee hinuntergeschlendert. Jetzt blieb er stehen und rief: »Ich wußte es! Ich wußte, daß Sie mich begreifen würden, Stefanie! Sie ahnen nicht, wie glücklich mich das macht.«

»Ich habe es erst jetzt richtig verstanden, nachdem Sie es mir erzählt haben«, gestand sie, »aber ich habe nie daran gezweifelt, daß nur gute Beweggründe Sie zu dieser Anteilnahme getrieben haben konnten. Zu etwas Schlechtem oder Niedrigem sind Sie gewiß nicht fähig.«

Er war glücklich wie noch nie zuvor, glücklicher als in seinen intimsten

Augenblicken mit Amalie Hentschel oder anderen Frauen, die ihm bereitwillig körperliche Genüsse verschafft hatten, wie sie im Leben eines jungen Mannes seiner Zeit durchaus nicht selbstverständlich waren. Aber in dieser Sekunde waren alle diese Höhepunkte für ihn vergessen, und hätte man ihn daran erinnert, wären sie ihm flach und schal erschienen, nicht vergleichbar mit dem, was er für die junge Stefanie empfand, die so nahe vor ihm stand, daß er nur die Hand hätte auszustrecken brauchen, um sie an sich zu ziehen — und die doch für ihn völlig unerreichbar war.

»Wie ich dich liebe, Stefanie!« sagte er aus tiefstem Herzen. Er hatte niemals vorgehabt, ihr dieses Geständnis zu machen, das doch, wie er ganz klar begriff, zu nichts führen und ihnen beiden die Situation nur erschweren konnte. Aber nun, da er es einmal gesagt hatte, fühlte er sich erleichtert, und selbst wenn sie empört oder gekränkt gewesen wäre, er hätte es nicht bereut.

Doch sie hob nur ihr Gesicht zu ihm auf. »Ich dich auch, Justus«, sagte sie einfach, »vom ersten Augenblick an ... beim großen See im Tiergarten! Weißt du noch?«

Er blickte in ihre weitgeöffneten Augen. »Ich hätte es niemals zu hoffen gewagt!«

Es schien ihnen beiden, als wären sie die einzigen Menschen auf der Welt, auf ihrer ureigenen kleinen Insel, und doch war ihnen selbst in diesen Minuten größter Vertrautheit bewußt, daß sie eben doch nicht allein waren, sondern daß sie sich an einem öffentlichen Platz befanden, inmitten des zoologischen Gartens, in den es gerade heute viele Berliner gezogen hatte, verlockt von den ersten Strahlen der Frühlingssonne. Alte Männer saßen auf den Bänken und kauten an ihren Stullen, Spreewälder Ammen in ihren farbenfrohen Trachten schoben hohe, plumpe Kinderwagen vor sich her, kleine Jungen in Matrosenanzügen schlugen Reifen, und ihre Schwestern preßten die Puppen fest ans Herz, um sie vor jeder Bedrohung durch die wilden Bestien zu schützen.

Justus Weigand und Stefanie von Stucken durften sich nicht einmal unbeobachtet fühlen. Stefanie vergaß nicht einem Atemzug lang, wie unschicklich dieses heimliche Stelldichein war und welch ein Wagnis es bedeutete. Justus Weigand war mit den gesellschaftlichen Konventionen vertraut genug, um zu wissen, daß er sich nicht einmal die flüchtigste Zärtlichkeit, nicht einen längeren Händedruck oder gar einen Kuß, und wäre er noch so zart und leidenschaftslos, erlauben durfte, wollte er Stefanie nicht kompromittieren. »Es ist zum Heulen!« sagte er heftig.

»Und eben warst du doch noch so glücklich.«

Sie setzten ihren Spaziergang fort wie zwei Menschen, die sich durch Zufall getroffen hatten, und sprachen in einem so beherrschten Plauderton miteinander, als ginge es nur um durchaus gleichgültige, ganz alltägliche Dinge.

»Ich bin glücklich und verzweifelt zugleich. Wir haben keine Chance, Stefanie — nicht die geringste.« Er wartete ab, und erst, als weder Widerspruch noch Zustimmung von ihr kam, fuhr er fort: »Dein Vater würde uns niemals seine Einwilligung geben. Und selbst wenn ich dich entführte...«

»Ich würde dir folgen bis ans Ende der Welt.«

»Aber nicht einmal dort könnte ich dich ernähren!«

»Wenn du nur ahntest, wie wenig ich esse«, sagte sie mit dem Anflug eines Lächelns.

»Selbst das Wenige kann ich dir nicht bieten. Ich bin ein ganz armer Hund, Stefanie. Ich kann gerade mich und die kleine Senta durchbringen, vielleicht nicht einmal das. Es kann durchaus passieren, daß ich mich eines Tages doch von ihr trennen muß.«

»Wenn ich arbeiten würde...«, begann sie, unterbrach sich dann aber selbst. »Nein, sag nichts, du hast natürlich recht. Ich habe nichts gelernt außer ein bißchen Französisch, Klavierklimpern, Kochen, Haushaltführung, aber daraus kann man keinen Beruf machen. Gibt es denn gar keinen Ausweg?«

»Ich habe die ganze Nacht darüber nachgedacht... ich habe keine Lösung gefunden. Vielleicht, wenn ich deinem Papa gegenüber diplomatischer gewesen wäre...«

»Mach dir deshalb keine Vorwürfe«, sagte sie rasch, »ich kenne Papa. Du darfst nicht denken, daß ich ihn nicht liebhabe, aber ich weiß, wie er sein kann. Es ist seine Spezialität, den Gesprächspartner jederzeit ins Unrecht zu setzen, und er wendet diese Fähigkeit stets an, wenn er etwas erreichen will, auch uns, seiner Familie gegenüber. Egon ist niemals gegen ihn angekommen. Wie solltest du es dann?«

»Im Gegenteil. Ich gehöre wahrscheinlich zu den wenigen Menschen, die ihm einmal gründlich die Meinung gesagt haben. Aber gerade das wird er mir nie verzeihen.«

Sie hatten das Ende der Hauptallee fast erreicht und schlugen jetzt einen Nebenweg ein. Beide wußten nichts mehr zu sagen, weil sie fürchteten, daß jedes Wort ihren Kummer nur noch vertiefen würde. »Aber eines Tages«, sagte sie endlich, »wirst du Professor sein, ein berühmter Mann...«

»Vielleicht. Aber das kann noch zehn Jahre dauern, und es gehört eine tüchtige Portion Glück dazu.«

»Ich wäre dann gerade achtundzwanzig... wäre ich dir zu alt?«

Er blieb stehen und nahm ihre beiden Hände, er konnte einfach nicht anders. »Ich werde dich immer lieben, Stefanie, mein ganzes Leben!« schwor er.

»Dann werde ich auf dich warten.«

»Nein, Stefanie, tu das nicht! Warte nicht auf ein Glück, das vielleicht nie kommen wird. Niemand kann dir garantieren...«

Sie sah ihm gerade in die Augen. »Wie kommst du darauf, daß ich eine Garantie erwarte?«

»Stefanie!«

Er war nahe daran, sie — aller Vernunft und Vorsicht zum Trotz — nun doch in die Arme zu schließen ... aber da traf ihn ein heftiger Stoß gegen das Knie. Er ließ Stefanie los, trat zurück und brauchte unverhältnis mäßig lange, um zu begreifen, daß der Stoß durch einen Ball verursacht worden war, der jetzt vor dem Saum von Stefanies langem Rock lag. Justus bückte sich und stieß mit einem kleinen Jungen zusammen, der im selben Augenblick nach dem Ball griff. Sie sahen einander verblüfft an. Justus Weigand hatte den Ball erobert, und der kleine Junge rieb sich den schmerzenden Kopf. Er trug einen weißseidenen Anzug, dessen enge Hosen bis zu den Waden reichten und dort mit Perlmuttknöpfen geschmückt waren. Unter dem Kinn war ein breites dunkelblaues Band zu einer riesigen Schleife gebunden, und sein braunlockiges Haar war so lang, daß es ihm fast bis auf die Schultern reichte. Es war der kleine Fritz Thielemann, aber Justus Weigand kannte ihn nicht und konnte deshalb auch nicht ahnen, was in den nächsten Minuten auf ihn zukommen sollte.

»Guten Tag, Fritz«, sagte Stefanie gefaßt und reichte dem Jungen die Hand.

Fritz machte einen tadellosen Diener. »Guten Tag, Tante Stefanie!« Dann blickte er zu ihrem Begleiter auf. »Kann ich meinen Ball jetzt, bitte, wiederhaben?«

Da entdeckte Justus seine Cousine Clementine. Sie stand, die beiden kleinen Mädchen an der Hand, am Gitter des Eisbärkäfigs und blickte starr zu ihm herüber, hoch aufgerichtet, die Lippen fest aufeinandergepreßt. Sie war in diesem Augenblick geradezu schön: die stolze Haltung, das hocherhobene Haupt mit dem aufgesteckten tiefschwarzen Haar, die üppigen und doch festen Formen ihres Körpers. Justus Weigand sah das alles nicht; er spürte bei ihrem Anblick nichts als ein würgendes Unbehagen und das heftige Bedürfnis, Stefanie zu schützen. »Hallo, Clementine«, sagte er, und dann: »Gnädiges Fräulein, darf ich Ihnen meine Cousine Clementine Hergert vorstellen.«

Stefanie trat auf Clementine zu, ihrem damenhaft beherrschten Gesicht war nicht anzusehen, wie unangenehm ihr die Begegnung war. »Wir kennen uns«, sagte sie und reichte Clementine liebenswürdig die Hand, »das Fräulein betreut die Thielemannschen Kinder.«

Clementine war, obwohl sie, wie es ihrer Stellung entsprach, keinen Hut trug, doch um gut einen Kopf größer als Stefanie. Sie ergriff die ihr dargebotene Hand nicht, streifte Stefanie nur mit einem funkelnden Blick und wandte sich dann an Justus. »Hier vertrödelst du also deine Zeit«, sagte sie mit bebender Stimme, »und deiner guten Mutter und mir machst du vor, daß du weiß Gott was zu arbeiten hättest!«

Stefanie meisterte die peinliche Situation, indem sie die ausgeschlagene Hand erst Marie reichte und sich dann zu der kleineren Schwester hinabbeugte und sie liebevoll auf die Wangen küßte.

»Was fällt dir ein?« gab Justus Weigand, mindestens so wütend wie seine Cousine, zurück. »Wer gibt dir das Recht, mir Vorhaltungen zu machen?«

»Ich habe deiner Mutter versprochen ...«

»Ach was, meine Mutter kann niemals so etwas von dir verlangt haben!«

»Ich habe es freiwillig getan, weil ich mich für dich verantwortlich fühle.«

»Sie hätte nie im Traum daran gedacht, mir eine Aufpasserin wie dich zuzumuten!«

Stefanie von Stucken trat neben ihn. »Entschuldige, bitte, Justus, aber ich muß mich beeilen ...«

»Stefanie!«

Sie lächelte ihn an, aber in ihren Augen war jedes Strahlen erloschen. »Leb wohl, Justus ... mach's gut!« Er stand wie angewurzelt, einerseits wollte er Stefanie begleiten, andererseits mußte er mit Clementine ins reine kommen.

»Ihr duzt euch also«, sagte das Mädchen voll Bitterkeit, »und mir wolltest du vormachen ...«

»Ja, weil ich deine verdammte Eifersucht, deine Rechthaberei und deine Anmaßung nur zu gut kenne!« Erst jetzt merkte er, daß er den roten Ball noch immer in der Hand hielt, und schleuderte ihn voll Zorn von sich. Der kleine Thielemann rannte los und versuchte ihn wieder einzufangen.

»Fritz!« rief Clementine. »Sieh dich vor! Nicht so schnell!« Sie wartete ab, bis Fritz den Ball wiederhatte, dann erst stellte sie die entscheidende Frage: »Habe ich denn keinen Grund zur Eifersucht?«

»Du hast kein Recht dazu!«

»Das ist keine Antwort.«

»O doch, das enthält alles. Aber wenn du nicht verstehen *willst*, muß ich wohl deutlicher werden. Ich liebe Stefanie von Stucken.« Clementine zuckte zusammen, und ihre braunen, gesunden Wangen färbten sich plötzlich dunkelrot. »Aber diese Liebe hat mit meinen Gefühlen dir gegenüber nicht das geringste zu tun«, erklärte er.

»Weil ich dir gleichgültig bin.«

»Nein, sondern weil ich dich nicht liebe. Zwischen Gleichgültigsein und Nichtlieben ist ein gewaltiger Unterschied. Aber wahrscheinlich tröstet es dich, zu erfahren, daß Stefanie von Stucken für mich so unerreichbar ist wie eine Mondfee. An eine Verbindung zwischen uns ist überhaupt nicht zu denken.«

»Warum trefft ihr euch dann?« fragte Clementine, ebenso logisch wie hartnäckig.

»Um uns für alle Zeiten adieu zu sagen. Das müßte dich doch

freuen, wie? Also mach nicht so ein Gesicht, du hast allen Grund zum Lachen.«

»Ja, ich war selten so vergnügt«, sagte Clementine ironisch und nahm die beiden kleinen Mädchen fester an die Hand. »Komm, Fritz, wir wollen weiter!«

Justus Weigand vertrat ihr den Weg. »Wenn du *einem* Menschen ein Wort von Stefanie und mir erzählst oder auch nur den Kindern erlaubst, daß sie darüber plaudern...«

Sie warf den Kopf in den Nacken und sah ihm unerschrocken in die Augen. »Was dann?«

Ihm wurde klar, daß Clementine keinen Grund hatte, Stefanie zu schonen, und weit davon entfernt war, sich einschüchtern zu lassen. »Dann würdest du mein Leben aufs Spiel setzen«, behauptete er. »Du sollst wissen, daß Fräulein von Stuckens Bruder Offizier ist. Wenn er von dieser Begegnung erfährt, wird er mich fordern müssen.«

Die Verkrampfung ihrer Züge löste sich sofort. »Um Gottes willen, Justus, wäre das tatsächlich möglich?«

»Und ob! Aber es würde dir ja kaum etwas ausmachen. Vielleicht würde es dich sogar freuen, mich sterben zu sehen.«

»Wie boshaft du bist«, sagte sie, »und wie wenig du mich kennst.«

»Verzeih mir, irgendwie muß ich meinen Zorn ja auch loswerden, nicht wahr? Natürlich weiß ich, daß du zu so etwas nicht fähig wärst, du bist ein gutes Mädchen, und deshalb vertraue ich dir auch.« Er tat, was er bei Stefanie nie gewagt hätte: Er nahm sie in die Arme und küßte sie auf beide Wangen. »Übrigens habe ich ganz vergessen, dir zu danken.«

»Wofür?«

»Ach, du weißt schon...« Die Glocken der Kaiser-Wilhelm-Gedächtniskirche läuteten, es war fünf Uhr. Justus nahm es zum willkommenen Anlaß, sich zu verabschieden. »Tut mir leid, altes Mädchen, ich muß sausen«, sagte er, »mein Professor erwartet mich zu einer Besprechung!« Er lief davon, noch ehe er ganz ausgesprochen hatte.

»Wann...?« rief sie ihm nach. Aber das jetzt heftig einsetzende Glokkengeläut übertönte ihre Frage.

Justus Weigand wandte sich nicht ein einziges Mal mehr um. Er bog in die Hauptallee ein und rannte das letzte Stück, bis er den Eingang erreichte. Aber er sah Stefanie von Stucken nirgends mehr.

Als Stefanie nach Hause kam, wurde sie gleich an der Wohnungstür von ihrer Mutter empfangen. »Wie du aussiehst!« sagte Frau von Stucken mißbilligend, als sie entdeckte, daß Stefanies Wangen leicht gerötet und die Locken, die über der Stirn aus dem Hütchen hervorsahen, ein wenig zersaust waren. »Geh auf dein Zimmer und bring dein Haar in Ordnung. Und dann komm in den Salon, Papa und ich haben mit dir zu reden.«

Stefanie war durchaus nicht wohl zumute, als sie wenige Minuten später, jetzt ohne Hut, Schirm, Handschuhe und Notenmappe, dafür mit sorgfältig gekämmten Locken, den Salon betrat. Sie glaubte nichts anderes, als daß die Eltern von ihrem heimlichen Rendezvouz mit Justus Weigand bereits erfahren hätten und im nächsten Augenblick ein Donnerwetter über sie losbrechen würde. Um so erstaunter war sie, als ihr Vater mit ganz ungewohnter Sanftheit zu ihr sagte: »Mein großes Mädchen! Komm einmal her, setz dich zu uns... ja, hier neben Mama auf das Kanapee.«

Stefanie gehorchte. Es wurde ihr schon ein wenig wohler, aber sie war noch weit davon entfernt, beruhigt zu sein. Sie spürte etwas Bedrohliches auf sich zukommen.

»Du hast diesen Winter sehr viel Schönes erlebt«, erinnerte Herr von Stucken, »du hast Bälle mitgemacht, Theateraufführungen besucht, Opern, Kunstausstellungen. Außerdem hast du viele nette junge Männer kennengelernt...« Er stockte.

»Ja, Papa«, sagte Stefanie artig.

»Du brauchst nicht um die Sache herumzureden, Karl Friedrich«, mahnte Frau Elvira, »Stefanie ist kein Kind mehr, sie weiß, daß es nicht immer so weitergehen kann. Nicht wahr, Stefanie?«

»Ja, Mama«, sagte Stefanie, und ihre böse Ahnung wurde zur Gewißheit.

»Legationsrat Hugo Graf Donnersberg hat um deine Hand angehalten«, verkündete Herr von Stucken nach einer kleinen Pause feierlich.

Jetzt war es um Stefanies Haltung geschehen. »Was?« rief sie. »Ausgerechnet! Der dumme Kerl! Was bildet der sich nur ein!?«

Frau Elvira rückte von ihrer Tochter ab. »Etwas mehr Kontenance, mein Kind, und etwas mehr Respekt, wenn ich bitten darf! Graf Donnersberg ist eine sehr stattliche Erscheinung, ein kluger und ungemein gebildeter Mann...«

»... der eine glänzende Karriere vor sich hat«, unterstützte der Bankier seine Gattin.

»Außerdem ist er von gutem, altem Adel, und seine Familie steht dem Kaiserhaus sehr nahe«, spielte Frau Elvira ihren letzten Trumpf aus.

Stefanie wurde von all diesen Argumenten, gegen die nicht gut etwas einzuwenden war — denn einen stichhaltigen Grund für ihre Antipathie gegen den Grafen hätte sie beim besten Willen nicht angeben können —, einigermaßen verwirrt. »Aber ich mag ihn nicht«, sagte sie. »Er gefällt mir nicht. Er hat ein so anmaßendes Auftreten...«

»Larifari, das sind doch Kindereien«, erklärte Frau Elvira. »Jedes vernünftig denkende junge Mädchen würde sich durch den Antrag des Grafen hoch geehrt fühlen. Überleg einmal, wer du bist und wer er ist. Gewiß, du stammst aus einer guten, ehrenhaften Familie, aber dein Vater ist erst kurz vor deiner Geburt durch die Gnade Seiner Majestät in den

Adelsstand erhoben worden, und wenn deine Mama auch aus einer...«, Frau Elvira stockte und vergewisserte sich mit einem Blick auf ihren Mann, ob er es in diesem Zusammenhang einmal dulden würde, daß sie ihren nagenden, unausgesprochenen Kummer ans Licht zerrte, »...einer der ältesten Familien des Landes stammt, du weißt, ich bin eine geborene Komtesse Hachwitz...«

»Ich bin sicher, daß diese Tatsache deiner Tochter durchaus bekannt ist«, unterbrach der Bankier sie spitz.

»Verzeih, Karl Friedrich, aber ich möchte Stefanie nur klarmachen, daß der Antrag des Grafen ihr die Möglichkeit gibt, hinaufzuheiraten, in Kreise hineinzukommen, die mir nach meiner — nun sprechen wir es doch einmal ganz unmißverständlich aus — Mesalliance verschlossen bleiben mußten.«

»Aber mir liegt nichts an diesen Kreisen, Mama«, sagte Stefanie. »Ich habe mich bisher ohne sie durchaus wohl gefühlt...«

»Weil du keine Vergleichsmöglichkeiten hattest! Wenn ich nur den Glanz und den Zauber meiner Jugend schildern könnte... die prächtigen Feste...«

»... durch die sich deine Familie an den Bettelstab gebracht und dich zu einer, wie du zu sagen beliebtest, Mesalliance gezwungen hat!« fiel ihr der Bankier ins Wort.

»Nein, es waren durchaus nicht die Feste oder die übertriebenen Ansprüche meiner armen Mama, auf die du gewiß auch gern anspielen möchtest, die den finanziellen Ruin unserer Familie herbeigeführt haben, sondern Papas unglückselige Spielleidenschaft! Aber das sind Dinge, die uns beiden wohl klar sein sollten und die in diesem Zusammenhang unwichtig sind«, erklärte Frau Elvira mit strenger Stimme und lehnte sich dann, befriedigt über den eigenen autoritären Ton, gegen die steile Lehne des Kanapees.

Der Bankier öffnete den Mund zu einer Widerrede, aber seine Frau warf ihm durch die blitzenden Gläser ihres goldenen Lorgnons einen Blick zu, der ihn veranlaßte, schleunigst das Thema zu wechseln. »Du wolltest doch schon immer etwas von der Welt sehen, mein Kind«, sagte er statt dessen, »nun überleg doch: Dein künftiger Gatte steht im diplomatischen Dienst. Er wird möglicherweise bald ins Ausland abberufen, nach Paris, London, New York, vielleicht sogar nach Mexiko, Bangkok, Hongkong... es sollte mich doch wundern, wenn dich das nicht reizen würde!«

»Nicht in Gesellschaft von Donnersberg«, erklärte Stefanie entschlossen.

»Aber, mein Kind, du hast keine Wahl!« Frau Elvira ließ ihr Lorgnon zuschnappen. »Oder kannst du mir etwa einen anderen Bewerber nennen — keinen dahergelaufenen Habenichts, damit wir uns gleich richtig verstehen, sondern einen jungen Herrn von Stand mit entsprechenden Reputationen —, der sich ernsthaft um dich bemüht hätte?«

»Nein! Aber Donnersberg hat es nur getan, weil du ihn von Anfang an dazu ermutigt hast!«

»Weil er mir als der wünschenswerteste Schwiegersohn erschien, ja! Warum sollte ich ein Hehl daraus machen? Aber wenn du selbst geschickter gewesen wärest und durch dein freies Wesen und deine allzu vorwitzigen Bemerkungen nicht jeden immer wieder vor den Kopf gestoßen hättest, dann würdest du jetzt unter mehreren wählen können. Aber so...?«

Darauf wußte Stefanie nichts zu sagen. Sie saß mit hängendem Kopf da, unglücklich wie noch nie zuvor. Der Bankier legte ihr die Hand unter das Kinn. »Nun, sieh mich einmal an, mein Kind! Wäre dir der junge Strachwitz lieber? Hermannsdorf? Von der Heyden?«

»Ich möchte überhaupt nicht heiraten!« stieß Stefanie heftig hervor. Der Bankier zog seine Hand zurück und wechselte einen vielsagenden Blick mit seiner Gattin. »Jedenfalls jetzt noch nicht!« fügte Stefanie heftig hinzu.

»Mir scheint, wir haben dich nicht genügend aufgeklärt«, sagte Frau Elvira mit beherrschter Stimme. »Natürlich kannst du auch noch die nächste Saison durchtanzen, aber deine Chancen werden dann schon wesentlich geringer sein als in diesem Jahr, denn dann sind schon die neuen Debütantinnen auf dem Markt, und jede legt es darauf an, so schnell und so gut wie möglich unter die Haube zu kommen.«

»Sollen sie doch!« rief Stefanie verzweifelt. »Ich habe euch doch gesagt, daß ich keinen Wert darauf lege...«

»Still. Jetzt laß mich erst einmal ausreden. Wenn du dich jetzt nicht verlobst, wird tout Berlin sich fragen, warum es nicht geklappt hat, und natürlich wird man den Fehler bei dir suchen!«

»Sollen sie doch! Mir ist das ganz und gar gleichgültig!«

»Mein Kind«, sagte der Bankier, »ich sehe, du bist jetzt sehr aufgeregt. Geh auf dein Zimmer und versuche dich zu beruhigen. Wenn du zur Einsicht gekommen bist, kannst du dich bei mir melden. Bis dahin aber erwarte ich, daß du die Wohnung nicht verläßt.«

Stefanie sprang auf und rannte aus dem Zimmer, verzweifelt über die Ausweglosigkeit der Situation, die sie wohl erkannte, und doch erleichtert darüber, wenigstens noch eine Atempause gewonnen zu haben. Wieder allein mit ihrem Mann, sagte Frau Elvira: »Das war zu erwarten. Wir haben das Kind ein bißchen zu weltfremd erzogen. Aber beunruhige dich nicht, Karl Friedrich, ich bin sicher, daß Stefanie sich unserem Entschluß fügen wird.«

Der Bankier erhob sich. »Wenn sie sich nicht freiwillig fügt, müßte ich sie, so leid mir das tut, zwingen. Glaub mir, ich habe triftige Gründe. Sie sollte noch in diesem Sommer verheiratet sein. Vielleicht scheint dir das ein wenig überstürzt. Aber ich wäre sehr beruhigt, wenn ich sie so bald wie möglich gut und sicher versorgt wüßte.«

Frau Elvira fragte nicht nach seinen Gründen. »Ich werde mein möglichstes tun«, versprach sie nur.

»Das erwarte ich auch von dir. Es ist schon bedrückend genug, daß Egon sein Leben lang auf seine Apanage angewiesen sein wird.«

»Ganz gewiß nicht«, widersprach Frau Elvira hastig, »ich sehe nicht ein, warum nicht auch er eine gute Partie machen sollte!«

»Vorläufig trifft er jedenfalls keine Anstalten dazu.«

»Er ist ja noch so jung, Karl Friedrich, laß ihm doch Gelegenheit, sich noch auszutoben!«

»Das, scheint mir, hat er bereits in reichlichem Maße getan.« Der Bankier schnitt den Ansatz einer Entgegnung mit einer Handbewegung ab. »Deinem Wunsch folgend, Elvira, habe ich Egon Offizier werden lassen. Bitte, versteh mich richtig, ich mache dir deswegen keinen Vorwurf, zum Kaufmännischen war der Junge ja auch wohl ungeeignet.«

»Du müßtest stolz sein...«

Wieder ließ er sie nicht zu Wort kommen. »Ja, ja, das bin ich auch. Ich beklage mich über Egon in keiner Weise, das habe ich ja wohl ausdrücklich gesagt. Und ich denke, daß er eines Tages, wenn er sich erst die Hörner abgestoßen hat, ganz von selbst zur Vernunft kommen wird. Aber was Stefanie betrifft, so erwarte ich, daß man meinen Wünschen entgegenkommt!« — »Die auch die meinen sind, Karl Friedrich. Du kannst dich voll und ganz auf mich verlassen.«

Wenige Tage später saßen Justus Weigand und der kleine Hans Kändler friedlich zusammen an dem einfachen Holztisch in dem möblierten Zimmer bei der Witwe Göbern und lernten — der eine Physiologie, der andere deutsche Grammatik —, als plötzlich die Tür aufgerissen wurde und ein junger Mann hereinstürmte. In dem milchigen Lichtschein der Petroleumlampe konnte Justus Weigand nicht sogleich erkennen, wen er vor sich hatte. Er wußte nur, daß es nicht Arnold Scheer sein konnte, und sprang auf.

Gleichzeitig steckte die Wirtin ihr spitzes Gesicht ins Zimmer und rief: »Herr Doktor, Besuch für Sie!« Diese Anmeldung kam zwar zu spät, bot der Göbern aber immerhin Gelegenheit, ihre Neugierde zu befriedigen; so hoffte sie wenigstens.

Justus Weigand kniff die Augen zusammen. »Sie wünschen?« Da erst erkannte er Stefanies Bruder. »Herr von Stucken!« rief er überrascht. Der junge Offizier trat in den Lichtkreis, und Justus Weigand sah, daß er in Zivil und außerordentlich erregt war. Ihm schoß durch den Kopf, daß der Teufel, den er für Clementine an die Wand gemalt hatte, vielleicht lebendig geworden sein könnte und Egon von Stucken ihn tatsächlich zum Duell fordern wolle, Stefanies wegen. Aber da machte der unerwartete Besucher den Mund auf und sagte mit bebenden Lippen: »Es ist etwas Furchtbares passiert...«

»Um Gottes willen! Doch nicht mit Stefanie!?«

»Nein, das nicht, aber ... ich muß Sie inständig bitten, mich zu begleiten. Sofort. Es ist keine Minute zu verlieren.«

»Du siehst, Hänschen, ich kann beim besten Willen nicht mehr länger ...« Justus Weigand schlüpfte schon in seinen Mantel. »Die Lektion ist für heute beendet.« Er wollte zur Tür.

»Haben Sie nicht ... gewisse ärztliche Instrumente?« erinnerte Egon von Stucken.

»Doch, natürlich!« Justus Weigand wandte sich ins Zimmer zurück und zog zwischen Bett und Schrank die schwarze Bereitschaftstasche hervor, deren Inhalt er sich im Laufe der letzten Jahre selbst zusammengestellt hatte; er suchte in der Hosentasche nach dem Schlüssel, den er ständig bei sich trug. »Mal sehen ... worum handelt es sich denn?«

»Das werde ich Ihnen unterwegs erklären!«

Justus Weigand hätte gern genauere Hinweise gehabt, aber angesichts der Tatsache, daß die Witwe Göbern sich nicht von der Stelle rührte und auch der kleine Hans mit weit aufgerissenen Augen von einem zum anderen blickte, verzichtete er darauf.

»Also gehen wir«, sagte Justus, »bis morgen, Hänschen.« Er schob die Wirtin beiseite, die nur ungern den Weg zur Wohnungstür freigab. Egon von Stucken folgte ihm schnell.

»Um wen handelt es sich?« fragte Justus Weigand, als sie nebeneinander die ausgetretene Stiege hinuntereilten.

»Um eine Freundin von mir«, erklärte Egon von Stucken, »sozusagen meine kleene Jeliebte ...« Aber sein bewußtes Berlinerisch wirkte nicht so schnodderig wie sonst, es klang gequält.

Justus Weigand kam ihm zum Hilfe. »Ach so«, sagte er, »ich glaube ich weiß Bescheid.«

Egon von Stucken, der ihn nun überholt hatte, blieb stehen und sah zu ihm auf. »Aber wieso denn? Det vasteh ich nich ...«

»Ich habe Sie zufällig einmal mit dem Mädchen gesehen. Ich glaube, es war zu Silvester im *Cafe Greiff*. Ein sehr junges Ding mit leuchtendrotem Haar.«

»Ja, ja, det is sie.« Egon von Stucken lief schon wieder weiter. Justus Weigand mußte sich anstrengen, mit ihm Schritt zu halten. »Wo wohnt denn die Kleine?«

»Alexanderstraße ...«

Justus Weigand gelang es, Egon von Stucken mit ein paar Riesenschritten einzuholen; er packte ihn beim Arm. »Aber dann ... warum haben Sie gerade mich geholt? Es wäre doch viel einfacher gewesen ... es gibt Ärzte, die viel näher wohnen ...«

»Wir sind in fünf Minuten da. Ich habe die Droschke warten lassen.« Egon von Stucken riß sich los und rannte weiter, quer durch den Hinterhof dem nächsten Durchgang zu. Justus Weigand wurde schlagartig klar, daß da etwas sehr Unangenehmes auf ihn zukam. Er war nahe daran, sich zu weigern, diesen Fall überhaupt zu übernehmen. Wenn es sich nicht ausgerechnet um Stefanies Bruder gehandelt hätte, wäre er bestimmt nicht mitgegangen. So protestierte er nur, wenn auch nicht sehr energisch: »Ich bin ja noch gar nicht approbiert!«

Egon von Stucken reagierte in keiner Weise, sondern rannte nur weiter. Justus Weigand blieb nichts anders übrig, als ihm zu folgen. »Woher wußten Sie überhaupt, wo ich wohne?« rief er.

»Arnold Scheer hat et mir irgendwann mal jesagt.«

Egon von Stucken riß den Droschkenschlag auf. Jetzt war Justus Weigand endlich wieder bei ihm. »Hören Sie«, sagte er, »ich kenne da in der Alexanderstraße einen sehr guten Arzt, ich werde Ihnen jetzt seine Adresse geben... oder, bitte, von mir aus, wir fahren auch gemeinsam hin...«

»Aber sie stirbt!« schrie Egon von Stucken. »Begreifen Sie denn nicht, daß sie stirbt, wenn wir uns nicht beeilen?!«

Justus Weigand gab jeden weiteren Widerstand auf; wortlos stieg er ein. Egon von Stucken folgte ihm, nachdem er dem Kutscher eine letzte Anweisung gegeben und ihn zur Eile angetrieben hatte. Er stand noch auf dem Trittbrett, als die Pferde schon anzogen, schwang sich ins Innere und knallte den Wagenschlag hinter sich zu.

»Sagen Sie mir wenigstens, worum es sich handelt«, forderte Justus, »ich muß alles über den Fall wissen, jede Einzelheit. Wenn Sie mir etwas verschweigen, schaden Sie nur dem Mädchen.«

»Aber das will ich doch gar nicht! Warum sollte ich denn! Die Sache ist die, ich habe Lotte vor zwei Wochen bei einer gewissen Frau Kowalsky eingemietet, einer jungen, resoluten Person, die auf mich einen sehr guten Eindruck gemacht hat... bis dahin hat Lotte nämlich bei ihren Eltern gewohnt.« — »Wie alt ist Lotte?«

»Im Februar ist sie sechzehn geworden. Sie war immer gesund, und jetzt auf einmal... heute, als ich zu ihr kam...« Egon von Stuckens Stimme versagte.

»Was war da?«

»Sie war blaß... totenblaß. Die Nase ganz spitz. Und sie konnte nicht mehr sprechen, sie wimmerte nur.«

»Lag sie im Bett?«

»Ja, natürlich, ich sagte Ihnen doch...«

»Und Frau Kowalsky? Was hat die Ihnen erklärt?«

»Sie war sehr erschrocken. Sie sagte nur immer wieder, daß sie nichts damit zu tun hätte. Mehr konnte ich aus ihr nicht herausbringen.«

Justus Weigand schwieg, nagte nachdenklich an seiner Unterlippe und starrte durch das kleine Fenster der geschlossenen Kutsche auf die Straße hinaus, über der gerade die ersten Lichter angezündet wurden. »Im wievielten Monat ist sie?« fragte er.

»Was? Wieso?« stotterte Egon von Stucken. »Wie kommen Sie darauf, daß Lotte...?«

»Ja, ist sie etwa *nicht* schwanger?«

Eine kleine Pause entstand. Dann sagte Egon von Stucken mit spürbarer Überwindung: »Doch. Jedenfalls hat sie es mir gesagt. Ich verstehe von diesen Dingen nicht viel, müssen Sie wissen.«

»Im wievielten Monat?« wiederholte Justus Weigand unerbittlich.

»Ende des dritten oder Anfang des vierten, so genau weiß ich das nicht...« Egon von Stucken ballte die Hände. »Um ehrlich zu sein, ich habe selbst gleich an eine Komplikation gedacht.«

»Komplikation?« sagte Justus Weigand gedehnt. »Langsam frage ich mich aber wirklich — sind Sie so naiv oder tun Sie nur so?«

»Was wissen Sie?« fragte Egon von Stucken verzweifelt. »So sagen Sie es mir doch! Spannen Sie mich nicht so auf die Folter! Sagen Sie mir, was mit Lotte geschehen ist!«

»Ich kann erst eine Diagnose stellen, wenn ich das Mädchen untersucht habe«, erklärte Justus Weigand mit beherrschter Stimme. Aber er verfluchte sein Schicksal, das gerade ihn in diese scheußliche Geschichte hineinziehen mußte.

Der Rest der Fahrt verlief unter Schweigen. Kaum war die Droschke mit einem Ruck zum Stehen gekommen, sprang Egon von Stucken heraus und entlohnte den Kutscher. Justus Weigand folgte ihm langsamer. Er blickte an dem breiten, dreistöckigen Gebäude hoch, vor dem sie hielten, es war ein graues Haus mit schmuckloser Fassade, die jedoch gut proportioniert und durch hohe Fenster geschickt unterteilt war. Im Souterrain gab es rechts eine Bäckerei, links einen Bäckerladen. Der angehende junge Arzt folgte Egon von Stucken in das Treppenhaus, wo ihm der seltsame Geruch von warmen Backwaren und heißer Seifenlauge entgegenschlug, vermischt mit Dünsten von Schweiß und Kohl. An der Wohnungstür im dritten Stock, in den Egon ihn führte, war ein Schild aus weißem Email, darauf stand in verschnörkelten Buchstaben: *Ida Kowalsky.*

Noch ehe einer der beiden jungen Männer den Türklopfer betätigen konnte, wurde ihnen geöffnet. Ida Kowalsky erschien auf der Schwelle und ließ sie — nach einem kaum merklichen Zögern, verursacht durch die Anwesenheit Justus Weigands — eintreten. Sie wirkte in ihrem knöchellangen grauen Rock mit dem breiten schwarzen Gürtel und in der weißen, hochgeschlossenen Bluse so tüchtig und adrett, wie Egon von Stucken sie geschildert hatte. Aber Justus Weigand entging nicht der laszive Zug um ihren schmallippigen Mund und das unruhige Flackern ihrer Augen, die seinem forschenden Blick auswichen.

»Wie geht es Lotte?« fragte Egon von Stucken hastig. »Ich habe einen Arzt geholt...«

Ida Kowalsky beantwortete die erste Frage überhaupt nicht. »Bitte, Herr Doktor, treten Sie näher«, sagte sie statt dessen, »das Ganze ist ein furchtbares Unglück, aber Sie müssen mir glauben, ich habe nicht das geringste damit zu tun!«

»Ich erinnere mich nicht«, sagte Justus Weigand kalt, »Ihnen irgendeinen Vorwurf gemacht zu haben.«

»Lotte hat sich von Anfang an sehr wohl bei Frau Kowalsky gefühlt«, erklärte Egon von Stucken.

»Vielleicht zu wohl.« Justus Weigand sah, daß die junge Frau einen Stapel frischer Wäsche so unauffällig wie möglich verschwinden lassen wollte. »Was haben Sie denn da?« herrschte er sie an.

»Ach das, ich wollte nur ... das Bett frisch überziehen!«

»Dann nehmen Sie das Zeug nur mit, wir werden es gewiß brauchen können!«

Der Raum, den Lotte Mielke bei Ida Kowalsky bewohnte, war ein gutbürgerliches Eheschlafzimmer mit einem bequemen Sessel, einem Schrank, einer Waschkommode und den Doppelbetten, über denen im ovalen Rahmen ein Ölgemälde, *Elfen auf der Waldwiese*, hing. Lotte Mielkes rundes Gesicht war so weiß wie das Kissen. Sie hielt die Augen, die tief in den Höhlen lagen, fest geschlossen, die Lippen waren farblos, und die Nase wirkte erschreckend spitz.

Egon von Stucken kniete neben dem Bett nieder. »Lotte, hörst du mich? Ich bin es. Bitte, sieh mich doch an!«

Sie öffnete die Augen. »Egon«, sagte sie schwach.

»Mein Geliebtes! Wie fühlst du dich?«

»Ganz gut, Egon. Aber ich habe gar keine Kraft mehr. Sei mir nicht böse.« Jedes Wort kam mühsam über ihre Lippen.

»Lotte, warum sollte ich dir denn böse sein?«

»Ich habe es nicht gewollt, wirklich nicht.«

»Es ist wohl besser, wenn ich Fräulein Lotte jetzt erst einmal untersuche«, mischte sich Justus Weigand ein.

»Nein, nicht ... bitte, lassen Sie mich Egon alles sagen!« Sie richtete ihre grünen Augen, in denen jeder Glanz erloschen war, auf den Freund. »Ich wollte dir keine Last sein, weißt du. Nur deshalb. Und Ida sagte ...«

»Lüg nicht, du unverschämte Kröte!« schrie Ida Kowalsky. »Nichts habe ich gesagt, gar nichts!«

»Halten Sie den Mund«, befahl Justus Weigand, »und lassen Sie das Mädchen reden!«

» ... es wäre nichts dabei«, fuhr Lotte fort, »alle machten es so. Es tut mir leid, Egon, aber ... Sterben ist gar nicht so schlimm.« Sie schloß wieder die Augen.

»Sag doch nicht so etwas!« rief Egon von Stucken verzweifelt. »Du darfst nicht sterben ... du wirst nicht ...«

Justus Weigand half ihm hoch. »Es hat keinen Zweck«, sagte er sanft, »sie hört es doch nicht mehr ...«

»Ist sie tot!?« Es kam wie ein Aufschrei.

»Nein, nur ohnmächtig. Gehen Sie jetzt hinaus und lassen Sie mich das Mädchen untersuchen. Dazu haben Sie mich doch geholt, nicht wahr?« Er schob ihn aus dem Zimmer. Ida Kowalsky aber, die die Gelegenheit benutzen wollte, mit hinauszuschlüpfen, hielt er fest. »*Sie* bleiben hier!« Er zog die Tür ins Schloß. »Es schadet Ihnen gar nichts, wenn Sie sich ansehen müssen, was Sie angerichtet haben.«

»Aber ich habe es nicht getan! Sie selbst...!«

»Sie haben ihr dazu geraten, und das ist genauso schlimm. Wenn das Mädchen sterben sollte, werde ich Sie vor den Richter bringen, verlassen Sie sich darauf! Dem können Sie dann Ihre Märchen erzählen, vielleicht glaubt er sie Ihnen.« Er zog die Bettdecke zurück. Lotte Mielke lag in einer Blutlache. Er hatte es nicht anders erwartet, und doch verschlug es ihm für Sekunden die Sprache. »Wann?« fragte er und hatte seine Stimme kaum noch in der Gewalt.

»Gestern abend«, berichtete Ida Kowalsky stockend, »aber angefangen zu bluten hat es erst gegen Morgen...«

»Und Sie haben dabeigestanden, wie? Wahrscheinlich haben Sie ihr sogar geholfen!«

»Das können Sie mir nie und nimmer beweisen.«

»Lassen Sie es lieber nicht darauf ankommen, Frau Kowalsky.« Justus Weigand hatte das Handgelenk des Mädchens genommen und prüfte ihren Puls, der kaum noch zu spüren war. Er überlegte. Offensichtlich hatte Lotte Mielke schon viel zuviel Blut verloren, man konnte sie in diesem Zustand unmöglich bis zur Charité transportieren. Das Rütteln des Wagens hätte auf jeden Fall die lebensbedrohliche Blutung noch verstärkt. Nein, er hatte keine andere Wahl. Er mußte, hier auf der Stelle und innerhalb der nächsten Minuten, die Blutung zum Stillstand bringen, wenn er Lotte retten wollte. Er mußte einen Eingriff machen. Er hielt Ida Kowalsky davon ab, die blutgetränkten Tücher unter Lotte wegzuziehen. »Nein«, sagte er, »das hat keinen Zweck, kommen Sie, helfen Sie mir lieber die Kommode mitten ins Zimmer zu rücken... Kann man hier mehr Licht machen?«

»Ja«, sagte Ida Kowalsky, »wir haben Gas.«

»Dann zünden Sie, bitte, erst mal alle Lampen an, es muß so hell wie möglich sein.« Er trat an das unbenützte Bett, zog eine Matratze und einen Kopfkeil heraus und legte beides auf die Kommode. Dann ließ er sich von Ida Kowalsky ein frisches Laken geben, breitete es darüber, schloß seine Bereitschaftstasche auf, wählte unter den funkelnden Instrumenten einige aus und drückte sie Ida Kowalsky in die Hand. »Haben Sie in der Küche heißes Wasser?« — »Ja, immer.«

»Dann füllen Sie damit einen sauberen Topf, stecken Sie die Instrumente hinein und kochen Sie sie aus. Dann bringen Sie den Topf mit dem heißen Wasser und den Instrumenten wieder herein. Haben Sie mich verstanden?«

»Ja.«

»Bringen Sie mir eine saubere Schürze mit und schicken Sie Herrn von...« Im letzten Augenblick fiel ihm ein, daß sie vielleicht Egon von Stuckens Namen nicht kennen sollte, und verbesserte sich: »... den jungen Herrn zu mir herein.«

Egon von Stucken war fast genauso blaß wie Lotte.

»Es ist so, wie ich es mir gedacht hatte«, sagte Justus, »sie hat versucht, ihr Kind loszuwerden. Sie ist nicht mehr transportfähig, deshalb muß ich an Ort und Stelle versuchen, die Blutung zum Stillstand zu bringen. Ich muß eine Ausschabung vornehmen. Wenn sie keine lebenswichtigen Gefäße verletzt hat, könnte mir das gelingen.«

»Und wenn nicht?«

»Wird es eine sehr unangenehme Situation für uns alle. Aber daran wollen wir jetzt nicht denken. Ich brauche Ihre Hilfe. Glauben Sie, daß Sie dazu imstande sein werden?«

»Wenn es um Lotte geht...«

»Ja, nur um sie. Wir wollen sie jetzt aus dem Bett heben und auf die Kommode legen, und zwar so, daß der Unterkörper hoch, der Kopf nach unten gelagert ist. Ist das klar?«

»Jawohl.«

Aber trotz aller Tapferkeit schwankte Egon von Stucken, als er Lotte in ihrem Blut liegen sah, und Justus fürchtete ernstlich, daß er in Ohnmacht fallen würde. »Reißen Sie sich doch zusammen!« zischte er. »Machen Sie die Augen zu, wenn Sie den Anblick von Blut nicht ertragen können, Herr Offizier!«

»Es geht schon«, murmelte der junge Mann.

»Gut so. Dann fassen Sie sie bei den Beinen an, und ich werde den Oberkörper anheben. Moment mal!« Justus Weigand zog Lotte mit zwei geschickten Griffen das blutverkrustete Hemd über den Kopf.

Ida Kowalsky kam mit einem großen Kochtopf voll heißen Wassers in beiden Händen herein und stieß die Tür mit dem Fuß hinter sich zu. »Geben Sie mir, bitte, ein sauberes Hemd für die Patientin«, sagte Justus Weigand. »Nein, ziehen Sie es ihr nur selbst an... Nicht zu tief herunter, nur bis zur Taille... So! Und jetzt hau ruck!« Es war leicht, Lottes Körper auf die Kommode zu heben. Justus beobachtete, daß Egon von Stucken die Augen dabei tatsächlich geschlossen hielt.

Die Kommode war zu kurz, Lotte hatte selbst mit angezogenen Beinen nicht genügend Platz darauf.

»Kommen Sie hierher«, sagte Justus Weigand zu Egon von Stucken, »ja lassen Sie die Beine los und halten Sie den Kopf fest!« Er ging noch einmal an seine Bereitschaftstasche, zog Verbandszeug und eine Flasche mit Äther heraus. »Sie können sich jetzt auch noch als Narkosearzt betätigen«, sagte er. »Ich werde versuchen, die Operation ohne Narkose durchzuführen. Wahrscheinlich wird Fräulein Lotte gar nichts davon spüren.

Wenn sie aber wach werden sollte, stöhnt, schreit oder versucht, sich loszumachen, dann träufeln Sie ein paar Tropfen Äther auf diesen Lappen und halten ihn nur so, wie ich das jetzt mache, vor ihre Nase. Verstanden?«

»Ja.«

»Sonst haben Sie, wie gesagt, nichts zu tun, als ihren Kopf zu halten, damit er nicht herunterhängt. Sie können ruhig die Augen dabei schließen. Das Ganze wird in wenigen Minuten vorüber sein.«

Justus Weigand zog sich die Jacke aus, band sich die große weiße Schürze um, die Ida Kowalsky ihm reichte, und fischte einen Haken aus dem immer noch siedendheißen Wasser. »Sie haben nichts zu tun, Frau Kowalsky, als mir jedesmal, wenn ich Ihnen ein Zeichen gebe, den Topf hinzuhalten.« Er begann mit dem Eingriff, und Ida Kowalsky reichte ihm immer wieder die emaillierte Wasserschüssel.

Einmal stöhnte Lotte tief auf. Egon von Stucken fragte mit tonloser Stimme. »Soll ich...?«

»Lieber nicht.« Justus Weigand arbeitete schweigend weiter. Die Blutung wurde nach einer Weile wesentlich schwächer, kam aber nicht ganz zum Stillstand. Justus Weigand versorgte die Wunde. »Mehr kann ich nicht tun«, sagte er, »wir müssen sie in die Charité bringen.«

»Warum?« fragte Egon von Stucken. »Wieso denn? Ich dachte, Sie wollten...«

»Es ist möglich, daß alles in Ordnung ist«, sagte Justus Weigand, »ich hoffe es. Aber es besteht leider auch die Möglichkeit, daß es anders ist. Auf alle Fälle gehört sie jetzt in klinische Behandlung.«

»Aber...«

»Halten Sie sie noch weiter fest«, unterbrach ihn Justus, »und Sie, Frau Kowalsky, ziehen sie wenigstens notdürftig an, damit wir sie transportieren können. Ich gehe mir jetzt die Hände waschen.«

Als er zurückkam, war es Egon von Stucken und Ida Kowalsky gelungen, die immer noch ohnmächtige Lotte in einen Morgenmantel und ein großes Umschlagtuch zu hüllen. »Sehr gut«, sagte Justus, »und jetzt, Frau Kowalsky, holen Sie so schnell wie möglich eine Droschke, wir werden inzwischen Fräulein Lotte hinuntertragen.« Er zog sich die Jacke an, und prüfte noch einmal den Puls der Patientin. Er hatte Mühe, sich seinen Schreck nicht anmerken zu lassen — Lottes Puls flatterte nur noch ganz schwach.

Trotzdem fragte Egon von Stucken sofort: »Was ist? Geht es ihr schlechter?«

»Sie hat leider sehr viel Blut verloren«, entgegnete Justus Weigand ausweichend.

»Kann man das nicht irgendwie ersetzen?«

»Wie denn? Man kann ihr doch nicht einfach fremdes Blut einfüllen. Es sind Versuche dieser Art gemacht worden, aber sie sind bis jetzt alle schiefgegangen. Und ob das überhaupt zu etwas führt, wer weiß es?«

»Für Lotte käme es ohnehin zu spät«, sagte Egon von Stucken bitter.

»Seien Sie nicht zu pessimistisch. Junge Menschen haben oft eine erstaunliche Widerstandskraft.«

»Wenn sie nicht wieder gesund wird...«, sagte Egon von Stucken, »... ich würde es mir nie verzeihen.«

Die Droschke, die Ida Kowalsky vom Stand Alexanderplatz holte, war ein Automobil. Zu jedem anderen Zeitpunkt hätten sich die beiden jungen Männer darüber gewundert, denn es war die allererste Kraftdroschke, die es in Berlin gab, wie ihnen der Fahrer sofort wortreich versicherte. Aber mit der leichenblassen, immer noch bewußtlosen Lotte Mielke auf den Armen hatten sie keinen Sinn für die Errungenschaften moderner Zivilisation.

»Fahren Sie um Himmels willen vorsichtig«, mahnte Justus Weigand, »das junge Mädchen ist schwer krank!«

Der Fahrer schob die Schirmmütze noch um eine Spur verwegener schräg auf den Hinterkopf. »Nur keene Bange! Ich wer det Kind schon schaukeln! Wohin soll et denn jehn?«

»Zur Charité!«

»Jemacht, Meester!« Er wandte sich an Ida Kowalsky, die inzwischen ausgestiegen war, nachdem sie geholfen hatte, Lotte so bequem wie möglich im Fond zu lagern. »Und was is mit Ihnen, Madamken? Fahren Sie och mit?«

Ida Kowalsky schwankte sichtlich zwischen dem Wunsch, eine Autofahrt zu genießen, und der Angst, noch tiefer in diese peinliche Affäre hineingezogen zu werden. »Aber da müßte ich erst...«, sagte sie und griff sich an den Kopf, als wäre ihr jetzt erst eingefallen, daß sie ohne Hut war.

»Gar nichts müssen Sie«, erklärte Justus Weigand energisch, »los, steigen Sie ein! Wir werden Sie wahrscheinlich noch brauchen!« Ida Kowalsky folgte nur zögernd diesem unmißverständlichen Befehl. Egon von Stucken stand immer noch auf dem Trottoir.

»Los! Was ist? Worauf warten Sie denn noch? Wir haben keine Minute zu verlieren«, drängte Justus Weigand.

»Es tut mir wahnsinnig leid, aber mir fällt gerade ein... ich habe nämlich noch Dienst«, stotterte Egon von Stucken, »entschuldigen Sie mich, bitte, jetzt...«

Justus Weigand starrte ihn sekundenlang völlig sprachlos an. »Sie wollen kneifen?« fragte er dann.

Egon von Stucken, sehr blaß, mit von Tränen geröteten Augen, machte alles andere als eine gute Figur; er erinnerte in nichts mehr an den strahlenden, schneidigen Offizier, als den Justus Weigand ihn kennengelernt hatte. »Bitte, versuchen Sie doch, mich zu verstehen«, sagte er, »ich habe Verpflichtungen... ich muß doch auch...« Er reichte Justus Weigand einen zusammengefalteten Geldschein. »Für Ihre Auslagen! Ich darf mich dann doch in den nächsten Tagen bei Ihnen nach Lottes Befinden erkundigen?«

Justus Weigand würdigte ihn keiner Antwort mehr. »Fahren Sie los!« herrschte er den Chauffeur an. »Dalli!«

»Immer mit die Ruhe, Männeken«, gab der Angeherrschte gelassen zurück, »Ihnen hat wohl schon lange nich de Neese jeblutet?« Aber er schaltete doch, gab Gas, und ratternd und knatternd setzte sich das Auto in Bewegung.

»So sind nun die Männer«, sagte Ida Kowalsky, die auf dem Klappsitz hockte, verächtlich, »und für so einen wollte das arme Ding sich ruinieren!«

Lotte schlug kurz die Augen auf. »Egon«, hauchte sie, dann erkannte sie wohl, daß das männliche Gesicht, das sich besorgt über sie beugte, ein fremdes Gesicht war, und fiel sofort wieder in ihre tiefe Bewußtlosigkeit zurück.

»Seien Sie doch still!« sagte Justus Weigand zu Ida Kowalsky. »Oder bilden Sie sich ein, daß dieses Gerede auf eine Todkranke besonders ermutigend wirkt?«

Sie zuckte mit den Schultern. »Die hört ja doch nichts, und außerdem, was wahr ist, ist wahr. Der feine Kavalier hat gekniffen. Das haben Sie ja selbst gesagt.«

»Er war der Situation nicht gewachsen.«

»Das sind sie alle nicht. Erst große Töne, und dann, wenn's drauf ankommt, schwuppheidi, fort sind sie.«

»Sie sprechen anscheinend aus eigenen Erfahrungen«, entschlüpfte es Justus Weigand, aber er bereute es sogleich, denn ihm war klar, daß das nicht der richtige Weg war, die Frau zum Schweigen zu bringen.

»Werden Sie nur nicht persönlich«, sagte Ida Kowalsky prompt. »Was mich betrifft, ich bin eine anständige Frau und nicht so eine, die ...« Unter Justus Weigands drohendem Blick zog sie es doch vor, den Satz nicht zu beenden. »Ich bin Witwe«, trumpfte sie statt dessen auf.

»Dann sind Se den Seelijen aber schnell losjeworden«, mischte sich der Chauffeur in das Gespräch. »So 'ne zuckrige Puppe, wie Sie noch sind! Is et Ihnen nich manchmal recht einsam?«

»Sollte das mal der Fall sein, werde ich mich bestimmt an Sie erinnern!«

Der Chauffeur lachte, nicht im geringsten gekränkt. »Wie sind Se ihn denn losjeworden?« fragte er.

»Wen?«

»Ihren Seelijen natürlich. An wat is er denn jestorben?«

Ida Kowalsky zögerte einen Atemzug lang. Dann sagte sie herausfordernd: »Fleischvergiftung.«

»Na, da haben Se aber Jlück jehabt, det Se nich selber davon jejessen haben«, erwiderte der Chauffeur trocken.

»Das habe ich doch. Aber mir ist nur ein bißchen schlecht geworden.«

Jetzt konnte Justus Weigand sich nicht mehr länger beherrschen. »Das kann ich mir vorstellen.«

Sie funkelte ihn an. »Was wollen Sie damit sagen?«

»Det is doch janz klar, Madameken«, sagte der Chauffeur. »Wer die Buletten jemacht hat, der weeß och, wat drin is.«

Obwohl Justus Weigand dem Chauffeur im stillen recht gab, wollte er doch nicht zu weit gehen. »Jetzt halten Sie mal den Mund, Mann«, sagte er, »wir sind nicht auf einer Vergnügungsfahrt, sondern wir transportieren eine Todkranke. Verschieben Sie Ihre Auseinandersetzung, bitte, bis zur Rückfahrt!« Er blickte durchs Fenster und sah die Bauten der Charité. »Halten Sie sich rechts«, sagte er, »wir müssen zur Frauenstation zwei. Fahren Sie durch die Grünanlagen so nahe an das Gebäude heran, wie nur möglich.«

»Wird jemacht, Meester!« Die Kraftdroschke hielt wenige Meter vor dem bezeichneten Haus.

Justus Weigand bettete Lottes Kopf auf das Polster. »Warten Sie, bitte, einen Augenblick hier«, sagte er, »ich will sehen, ob ich eine Trage auftreiben kann.« Er holte eigenhändig eine mit Segeltuch bespannte Tragbahre aus dem Gerätezimmer im Erdgeschoß, erwischte zwei Diakonissen, die sich zu einer heimlichen kleinen Pause zurückgezogen hatten, drückte ihnen die Bahre in die Hände und befahl ihnen mitzukommen. Mit Hilfe von Ida Kowalsky bettete er die Kranke um und entlohnte dann den Chauffeur mit dem Geld, das Egon von Stucken ihm gegeben hatte. Es war ein Fünfzigmarkschein. Er nahm das Wechselgeld an sich.

Die beiden Diakonissen trugen Lotte Mielke ins Haus. »Wohin?« fragte die eine.

»Ins Untersuchungszimmer.«

Diensthabender Arzt war Dr. Kurt Besinger, ein schwammiger Mann Anfang Vierzig, dessen aufgedunsenes Gesich von zwei tiefen Schmissen entstellt war. Justus Weigand schilderte den Fall. »Die Patientin war nicht mehr transportfähig. Mir blieb nichts anderes übrig, als die Kürettage an Ort und Stelle durchzuführen.«

Dr. Besinger sah ihn nachdenklich an. »Sagen Sie mal, Sie kenne ich doch. Sie arbeiten doch bei Professor Hübner, wie?«

Justus Weigand hielt seinem Blick stand. »Ich werde sofort nach meiner Promotion als Assistent bei ihm eintreten.«

»So ist das also.« Dr. Besinger rieb sich die dicken Finger. »Wäre es unter diesen Umständen nicht naheliegend gewesen, einen approbierten Arzt zuzuziehen?«

»Mir schien ein sofortiger Eingriff unumgänglich.«

Auf eine Anordnung Dr. Besingers hin entkleideten die Diakonissen Lotte Mielke bis auf das Hemd und legten sie auf den Untersuchungsstuhl. Die Patientin war immer noch ohne Bewußtsein.

»Haben Sie ihr ein Narkosemittel gegeben?«

»Nein. Das schien mir bei ihrem geschwächten Zustand und dem großen Blutverlust zu gewagt.«

»Hatten wohl Angst, sie würde nicht mehr aufwachen?«

»Jawohl, Herr Doktor.«

Dr. Besinger zog seine prächtige goldene Taschenuhr und prüfte den Puls der Patientin. Er schob ihr das Hemd noch höher hinauf und horchte mit dem großen hölzernen Stethoskop ihr Herz ab. Dann wusch er sich umständlich die Hände und begann Lotte zu untersuchen. Justus Weigand spürte, wie ihm das Herz gegen die Rippen schlug, während er das Ergebnis abwartete. Endlich richtete sich Dr. Besinger auf. »Offensichtlich ein Abortus criminalis«, erklärte er.

»Ausgeschlossen«, entgegnete Justus Weigand hastig, »es handelt sich bestimmt um eine natürliche Fehlgeburt.«

»Aber der Uterus ist verletzt«, sagte er, »wie wollen Sie mir das erklären?«

Justus Weigand kämpfte mit sich. »Die Lichtverhältnisse waren sehr ungünstig«, sagte er dann, »es ist nicht auszuschließen, daß mir das bei der Kürettage selbst passiert ist.«

»Moment mal.« Dr. Besinger gab den beiden Diakonissen, die die Patientin inzwischen aus ihrer entwürdigenden Lage befreit hatten, einen Wink, das Zimmer zu verlassen. »Möchten Sie mir das, bitte, noch einmal wiederholen? Überlegen Sie es sich genau. Sie werden vor der Polizei aussagen müssen.«

Justus Weigand wußte, was auf dem Spiel stand. Sagte er jetzt die Wahrheit, so würde der Fall ein gerichtliches Nachspiel haben, in das auch Egon von Stucken hineingezogen werden würde. Blieb er aber bei seiner Behauptung und nahm er die Schuld auf sich, so konnte er damit unter Umständen seine eigene Karriere zerstören, denn ein junger Arzt, dem ein solcher Lapsus passierte, wurde damit für Professor Hübner und die Charité untragbar. Ihm fiel nichts Besseres ein, als an das vaterländische Gefühl des chargierten Mediziners zu appellieren. »Der Freund des Mädchens ist Offizier«, sagte er, »junger Mann aus bester Familie.« Und ohne sich wegen der folgenden Lüge Gewissensbisse zu machen, fügte er beschwörend hinzu: »Steht der kaiserlichen Familie sehr nahe. Ein Skandal muß unbedingt vermieden werden.« Er atmete auf, als Dr. Besinger unwillkürlich Haltung annahm. Er wußte, daß er das Spiel gewonnen hatte. Bei Professor Hübner hätte er mit einer solchen Darstellung keinen Eindruck gemacht.

»Verstehe«, sagte Dr. Besinger verschwörerisch, »belassen wir es also bei Ihrer ersten Diagnose. Protrahierter Abortus.«

»Danke.«

»Wo haben Sie gedient?«

Obwohl er wußte, daß das ein Minuspunkt für ihn war, antwortete Justus Weigand wahrheitsgemäß: »Ich hatte noch nicht die Ehre.«

Aber Dr. Besinger reagierte milde. »Es ist nicht jedermanns Sache, sich mit der blanken Waffe in der Hand dem Feind zu stellen.« Unwillkürlich fuhr er mit zwei Fingern über die eigenen Schmisse. Justus Weigand verzog keine Miene. »Was die Patientin betrifft, so werde ich eine Spülung mit desinfizierender Flüssigkeit vornehmen. Mehr ist im Moment nicht zu machen. Müssen abwarten, wie sich der Fall entwickelt.«

Als Justus Weigand am nächsten Tag in die Frauenstation kam, um sich nach Lotte Mielkes Befinden zu erkundigen, hatte sie hohes Fieber und erkannte ihn nicht.

»Hochgradige Gebärmutterentzündung«, erklärte die Oberschwester. »Wir müssen sie zur Operation vorbereiten.«

Justus Weigand erschrak. »Das ist bitter. Bei einem so jungen Ding.«

»Kein Grund, sentimental zu werden«, sagte die Schwester nüchtern. »Ein anständiges Mädchen, ja, das würde wohl traurig sein, wenn es erfährt, daß es nie im Leben Mutter werden kann. Aber bei so einer Person liegen die Dinge ganz anders. Die wird ja nur froh sein, wenn sie in Zukunft ohne Risiko...« Beinahe wäre ihr ein ordinäres Wort entschlüpft, das sich im Mund einer würdigen Diakonisse sehr schlecht ausgenommen hätte; es gelang ihr gerade noch, es zu unterdrücken. »Ist doch wahr«, murmelte sie, »warum soll man die Dinge nicht beim Namen nennen?«

»Wenn sie nur durchkommt«, sagte Justus Weigand.

»Machen Sie sich deswegen man keine Sorgen. *Die* Sorte kenne ich, die ist zäh. Die halten Strapazen aus, an denen eine anständige Frau längst zugrunde gegangen wäre.« Sie sah Justus Weigand so böse an, als hielte sie ihn für den Urheber von Lotte Mielkes Unglück. »Und wenn nicht, was macht das schon? Von *der* Sorte gibt es genug, die werden nie alle.«

Justus Weigand wußte, daß er im Kampf mit diesem alten Drachen unweigerlich verlieren würde; so zwang er sich zu schweigen. Er atmete auf, als sich die Oberschwester den ihr untergeordneten Diakonissen zuwandte, um ihnen ihre Anweisungen zu geben. Er nahm die Gelegenheit wahr, sich zu Lotte Mielke hinabzubeugen. »Lotte«, flüsterte er eindringlich, »so hören Sie mich doch... Ich soll Sie von Egon grüßen!«

Aber sie warf nur den fieberheißen Kopf hin und her ohne ein Zeichen des Verständnisses. Vielleicht ist es gut so, dachte Justus Weigand, als er den großen Saal verließ, in dem die Patientinnen, die mittellos waren, in ihren häßlichen Anstaltshemden lagen und ihn neugierig anstarrten.

»Na, wie wär's mit uns zweien, Jungchen?« rief eine noch junge Frau mit glanzlosem, blondgefärbtem Haar.

Justus Weigand war froh, daß er die Zeiten, in denen ihn derlei Obszönitäten noch zum Erröten gebracht hatten, bereits hinter sich hatte. Er musterte im Vorbeigehen die Blondgefärbte nur mit einem eisigen Blick.

Volle acht Tage hielt es Stefanie von Stucken in ihrem Jungmädchenzimmer aus, und sie hätte es wahrscheinlich noch länger ertragen, wenn Frau Elvira nicht vorläufig klug auf jeden weiteren Versuch, ihre rebellische Tocher zu beeinflussen, verzichtet hätte. Am ersten Tag ihres Arrests war Stefanie noch fest entschlossen gewesen, auf Biegen oder Brechen durchzuhalten, auch wenn ihre Eltern zu dramatischeren Maßnahmen greifen würden. Aber da nichts geschah, gar nichts, da man sie von früh bis spät in ihrem Zimmer sitzen und die Wände anstarren ließ, wurde ihr die Einsamkeit allmählich zur Qual.

Sie vertraute lange, sehnsüchtige und leidenschaftliche Ergüsse ihrem Tagebuch an. Sie las wieder in ihren Büchern, von denen ihr ohnehin jedes einzelne von der ersten bis zur letzten Zeile vertraut war, und benutzte die Zeit, um eine Handarbeit, eine Kreuzstichdecke mit einem sehr komplizierten Muster, fertigzustellen. Sie räumte ihren Schrank und die Kommode auf, stopfte ein paar zerrissene Strümpfe. Danach blieb ihr nichts, aber auch gar nichts mehr zu tun. Der einzige Mensch, mit dem sie hin und wieder einige Worte wechseln konnte, war Bertha, das große linkische Stubenmädchen, das ihr warmes Wasser und zu den Mahlzeiten auf einem Tablett Essen ins Zimmer brachte.

»Was gibt es Neues, Bertha?« pflegte Stefanie zu fragen.

»Nichts, gnädiges Fräulein.«

»Hat Egon nicht nach mir gefragt?«

»Der junge Herr hat sich in den letzten Tagen nicht zu Hause blicken lassen.«

»Und Fräulein von Panwitz?«

»War da. Aber die gnädige Frau hat sie fortgeschickt.«

»Und sie ist einfach wieder gegangen?«

»Die gnädige Frau hat gesagt, Sie wären krank. Ziegenpeter.«

»Ach so.« Stefanie schoß blitzschnell ihre nächste Frage ab, um Bertha zurückzuhalten. »Bitte, Bertha, reden Papa und Mama über mich?«

»Das weiß ich nicht.«

»Aber Sie müssen es doch hören, wenn Sie servieren!«

»Das hat mir die gnädige Frau verboten.«

»Sie kann Ihnen doch nicht verbieten, etwas zu hören!« rief Stefanie.

Aber Bertha nickte nur ernsthaft. »Doch. Sie kann.«

Später versuchte Stefanie, sich durch Bertha ein Buch oder eine neue Handarbeit zu beschaffen. Bertha hörte sich diese Wünsche an und versprach jedesmal, ihr Bestes zu tun — aber alles, was sie brachte, war immer wieder nur das Tablett mit dem Essen. Wenn Stefanie ihrer Enttäuschung darüber Ausdruck gab, bekam sie stets die gleiche Antwort: »Die gnädige Frau hat es verboten.«

»Aber können Sie denn nicht einmal etwas tun, ohne meine Mama zu fragen!?«

»Nein, das kann ich nicht, gnädiges Fräulein.«

»Mir zuliebe!«

»Es tut mir ja selbst leid!« Und Bertha hielt ihren Schürzenzipfel vor die Augen und stürzte aus dem Zimmer.

Natürlich vermutete Bertha, wie auch das übrige Personal im Haushalt des Bankiers, daß hinter Stefanies Zerwürfnis mit ihren Eltern eine romantische Liebesgeschichte stecken müsse. Aber sie wagte nicht, sich gegen ihre Gnädige zu stellen, die sie, als sie vor Jahren als unbedarftes und unerfahrenes Mädchen vom Lande in die große Stadt gekommen war, ganz nach ihren Vorstellungen gedrillt und zurechtgestutzt hatte. Bertha tat einfach das, was Frau Elvira von ihr verlangte, nicht mehr und nicht weniger, und füllte damit den Platz, auf den man sie gestellt hatte, zur allgemeinen Zufriedenheit aus. Sosehr sie das Fräulein auch bedauerte, sowenig kam es ihr in den Sinn, auch nur im geringsten gegen die Gebote der gnädigen Frau zu handeln, die doch in ihren Augen immer und in jeder Frage recht hatte. Alle Versuche Stefanies, das Mädchen für sich zu gewinnen, waren von vornherein zum Scheitern verurteilt. Aber obwohl sie das bald genug erkannte, trieb sie das Spiel beharrlich weiter, wenn auch nur um der Zerstreuung willen. Was blieb ihr sonst noch zu tun? Sie konnte am Fenster sitzen und auf die Brandmauern des gegenüberliegenden Hauses und in den kleinen Hof hinunterblicken, denn das war die ganze Aussicht, die ihr Zimmer bot. Sie konnte die Abfallkübel betrachten, hin und wieder eine streunende Katze beobachten, und es war schon ein Ereignis, wenn der Zweispänner in die Remise gefahren wurde. Lange Zeit befaßte sie sich mit der abenteuerlichen Idee, dem Kutscher eine Nachricht an Justus Weigand hinunterzuwerfen. Aber was sollte sie Justus schreiben? Und wie hätte er ihr helfen können?

Sie mußte sich bald genug eingestehen, daß ihre Lage hoffnungslos war. Dennoch zog sie sich immer hübsch an und frisierte sich sorgfältig, weil sie sicher war, daß ihre Mutter das Mädchen nach ihrem Verhalten ausfragen würde. Nur in den langen, schlaflosen Nächten ließ sie den Tränen freien Lauf. Quälender als alles andere war das Bewußtsein, daß sie ihr Gefängnis jederzeit hätte verlassen können, denn die Tür war niemals verschlossen. Sie brauchte nur auf die Klinke zu drücken und die wenigen Schritte bis zum Salon zu gehen, um aus ihrer Einsamkeit erlöst zu sein. Aber dieser Schritt in die Freiheit, das wußte sie, würde zugleich das Eingeständnis ihrer endgültigen Niederlage bedeuten und, wie es Stefanie schien, einem Verrat an ihrer Liebe und an Justus Weigand gleichkommen. Nein, nein! Sie konnte, sie durfte, sie wollte ihn nicht enttäuschen! Sie verließ ihr Zimmer nur, wenn dies unumgänglich war, und achtete stets darauf, keinem Menschen auf dem Flur zu begegnen.

Die meiste Zeit saß sie einfach da, die Hände im Schoß, starrte ins Leere, und allmählich gewann sie eine gewisse Technik darin, ihre Gedanken und Gefühle ganz auszuschalten. Anfangs hatte sie noch mit einigem Appetit gegessen, wenn auch nur, um die Zeit zu überbrücken. Aber allmählich fiel es ihr immer schwerer, ein paar Bissen hinunterzuwürgen, und dann ließ sie die verlockenden Speisen völlig unberührt.

»Aber, gnädiges Fräulein«, rief Bertha erschrocken, »Sie haben ja gar nichts gegessen!« Stefanie sah sie nur aus leeren Augen an, und gab keine Antwort.

»Richtig schaurig war es, gnädige Frau«, erzählte das Mädchen nachher. Aber noch blieb Frau Elvira hart. Erst als sie begriff, daß Stefanie von sich aus gar nicht mehr die Kraft aufbringen würde, den ersten Schritt zur Versöhnung zu tun, hielt sie eine weitere Aussprache für unumgänglich. Sie betrat, ohne sich anmelden zu lassen, Stefanies Zimmer und fand die Tochter genauso vor, wie Bertha es ihr beschrieben hatte: durchsichtig blaß, mit großen stumpfen Augen. Es ist etwas anderes, einen unglücklichen Menschen mit eigenen Augen zu sehen, als nur von ihm erzählen zu hören... Frau Elvira erschrak. »Stefanie!« rief sie bestürzt, und ihre Stimme verriet mehr Bewegung, als sie selbst wußte und wollte. »Stefanie, mein liebes armes Kind!«

Stefanie sprang auf, lief auf ihre Mutter zu und warf sich ihr in die Arme, hilflos schluchzend: »Mama... oh, Mama!«

Frau Elvira tröstete und beruhigte sie, während ihr selbst die Tränen über die Wangen liefen. »Wie konntest du uns das nur antun! Du hast uns solchen Kummer gemacht! Papa ist in den letzten Tagen um Jahre gealtert!«

Stefanie war nicht mehr die große, opferbereite Liebende, sondern nur noch ein verzweifeltes, verstörtes Kind. »Es tut mir so leid, Mama«, schluchzte sie, »bitte, verzeih mir!«

Sie weinten eng umschlungen und waren einander so nahe, wie seit vielen Jahren nicht mehr. Alle Spannungen, die sich aus Stefanies Drang nach Selbständigkeit ergeben hatten, waren vergessen, als hätte es sie nie gegeben. Dann drückte Frau Elvira ihre Tochter in den Sessel, in dem sie so viele verzweiflungsvolle leere Stunden verbracht hatte. »Setz dich, mein Liebling!« Sie wandte sich zur Tür.

Aber Stefanie sprang auf. »Bitte, Mama, laß mich nicht allein!«

»Ich will nur Anweisung geben, daß man dir etwas Gutes zu essen richtet, damit du wieder zu Kräften kommst!«

Tatsächlich war Frau Elvira so schnell wieder zurück, daß Stefanie keine Gelegenheit blieb, sich auch nur über Art und Ursache ihres Gefühlsumschwunges Rechenschaft zu geben. Die Mutter nahm jetzt selbst in dem Sessel Platz und ließ es zu, daß Stefanie sich neben sie auf das Fußbänkchen kauerte und den Kopf in die schweren Falten ihres Kleides bettete.

Frau Elvira strich ihrer Tochter durch das weiche, lockige Haar. »Du darfst nicht glauben, daß ich dich nicht immer verstanden habe, Stefanie. Jedes Mädchen, das eine glückliche Kindheit verbracht hat, scheut vor dem entscheidenden Schritt aus dem Elternhaus zurück. Mir ging es seinerzeit, als dein Papa um meine Hand anhielt, ganz genauso.«

»Aber du hast ihn doch sicherlich... geliebt.«

»Was ihr jungen Dinger euch so unter Liebe vorstellt! Das habt ihr doch nur aus den Romanen, und die haben gar nichts mit dem wirklichen Leben zu tun.«

»Aber man fühlt doch, ob man...«

»Bist du sicher, daß du dich so sehr auf dein Gefühl verlassen kannst? Hast du es schon einmal ausprobiert? Man begegnet einem jungen Mann, und man spürt, wie einem plötzlich das Herz klopft.« Frau Elvira machte eine bedeutungsvolle Pause. »So ist es dir doch sicherlich mit dem jungen Herrn Weigand gegangen?«

»Ja, Mama«, hauchte Stefanie.

»Schon bei der ersten Begegnung?«

»Ja...«

»Da siehst du ja, daß solche Empfindungen nicht wahr sein können. Du kanntest ihn ja noch gar nicht, du hattest nur sein Gesicht, seine Figur gesehen, und schon gefiel er dir. Ich muß selbst zugeben, daß er eine sehr sympathische Ausstrahlung hat — aber das hat doch nichts mit Liebe zu tun?«

»Ja, womit denn, Mama? Was ist Liebe?«

»Die Liebe kommt erst in der Ehe, wenn man gemeinsam das Leben meistert.«

»Und wenn sie nun nicht kommt, Mama?«

»Man kann auch ohne Liebe leben...« Sie spürte, wie Stefanie zusammenzuckte, und fügte besänftigend hinzu: »Du wirst Hugo Donnersberg liebgewinnen, da bin ich ganz sicher. Papa und ich haben ihn unter allen möglichen Bewerbern als den geeignetsten ausgesucht. Du glaubst mir doch, daß wir nur dein Bestes wollen, nicht wahr?«

»Aber ich kann ihn nicht ausstehen!«

»Das besagt gar nichts, mein Kind. Wie sagt man so schön? Was sich liebt, das neckt sich. Wenn du erst mit ihm verheiratet bist, wirst du sehen, was für ein prächtiger, hochanständiger Mensch er ist. Eines Tages wirst du uns dankbar sein, daß wir dir wider deinen Willen zu deinem Glück verholfen haben.«

Stefanie löste sich von ihrer Mutter und stand auf. »Vielleicht hast du recht. Ich gebe zu, daß ich gegenüber Graf Donnersberg voreingenommen bin...«

»Also...«

»Also gar nichts, Mama!« Noch einmal regte sich in Stefanie der Widerstand. »Vielleicht würde ich ihn eines Tages lieben. Vielleicht könnte ich mit ihm glücklich werden... Aber mir liegt nun einmal nichts an diesem Glück! Warum darf ich nicht darauf verzichten? Warum kann ich nicht bei euch bleiben?«

»Weil Papa und ich wünschen, daß du glücklich wirst.«

»Aber ich *bin* doch glücklich, Mama, wirklich! Mir fehlt es an nichts! Bitte, bitte, verstoßt mich doch nicht!«

Frau Elvira schüttelte in mildem Tadel den Kopf. »Du kannst manchmal Dinge sagen, mein Liebling... Wer spricht denn von Verstoßen? Wenn wir dich nur noch ein oder zwei Jahre zu Hause behielten, so wärest du am Ende bereit, jedem dein Jawort zu geben, der um dich anhält.«

»Nie.«

»Du wirst mir wohl glauben müssen, daß ich das Leben besser kenne als du. Du kannst dir nicht vorstellen, wie es einem sitzengebliebenen Mädchen in der Welt ergeht. Von den jüngeren verlacht...«

»Das wäre mir ganz gleichgültig!«

»Stefanie«, sagte Frau Elvira jetzt in strengerem Ton, »ich bin nicht zu dir gekommen, um mich mit dir zu zanken, sondern weil ich hoffte, daß du jetzt endlich vernünftigen Erwägungen zugänglich wärest. Wenn du es aber wünschst, so kann ich auch wieder gehen...« Sie erhob sich halb, als wäre sie drauf und dran, die widerspenstige Tochter erneut ihrer trostlosen Einsamkeit zu überlassen.

Das wirkte. »Bitte, nicht, Mama!« rief Stefanie. »Bitte, bleib! Ich will auch ganz ruhig sein, nur... ich kann mir eben nicht vorstellen, daß ich bei euch nicht glücklicher sein sollte als an der Seite eines ungeliebten Mannes.«

»Es ist merkwürdig, daß du gerade in diesem Punkt so wenig Phantasie hast. Mach dir doch klar, wie unnütz du dich fühlen würdest! Deine Freundinnen alle verheiratet... Übrigens, weißt du schon, daß Lisbeth sich demnächst verloben wird?«

»Nein. Mit wem? Hat Egon doch...«

»Egon hat *nicht*... und ich bin, ehrlich gestanden, recht froh darüber. Lisbeth ist ein liebenswertes Mädchen, auch eine recht gute Partie, aber mit meinem einzigen Sohn habe ich andere Pläne.«

»Aber sie war doch so in ihn verliebt!«

»Nein, Stefanie, das war bloß Jungmädchenschwärmerei, und das hat sie inzwischen auch eingesehen. Arnold Scheer hat um sie angehalten und ist von ihren Eltern sehr freundlich aufgenommen worden. Sobald er promoviert hat, soll die offizielle Verlobung stattfinden.«

»Arnold Scheer?!« wiederholte Stefanie fassungslos und ließ sich auf den Gobelinstuhl sinken.

»Das sollte doch für dich keine Enttäuschung sein«, sagte Frau Elvira. »Man sagt zwar, daß seine Familie Geld hat, aber dennoch...«

»Nein, ich bin gar nicht enttäuscht, Mama, nur maßlos überrascht!«

»Ja, und genauso würde es dich überraschen, wie schnell sich deine Freundinnen und die vorläufig noch so höflichen jungen Herren von dir abwenden würden, sobald du in die Kategorie der alten Jungfern hinübergewechselt bist!« Frau Elvira sah die schweigende Stefanie prüfend an. »Wenn du dir etwa einbilden solltest, Herr Weigand würde eines Tages deine Treue belohnen und dich, wenn er sich erst einen Namen gemacht hat, heiraten wollen, so hast du dich gründlich geirrt. Ist er erst zu Ansehen gekommen, wird er, wie alle Männer, ein junges, hübsches Gesicht einer alten treuen Seele vorziehen.«

Aber Stefanie hörte aus dieser langen Rede nur heraus, was sie hören wollte. »Du glaubst also auch, daß er ein großer Wissenschaftler werden wird, Mama? Warum hilfts du mir dann nicht bei Papa?«

»Ich habe dir geholfen! Öfter als einmal! Ohne mein Einwirken hätte Herr Weigand die Einladung nach Grunewald nie bekommen. Aber wozu hat er sie benützt? Um Papa zu beleidigen...«

»Er konnte nicht anders! Papa hat ihn herausgefordert!«

»Hätte er sich nicht zurückhalten müssen, wenn seine Gefühle für dich genauso stark wären wie die deinen für ihn?«

»Er kann nun einmal nicht lügen!«

»Sag lieber, er ist ungeschliffen und hat keine Manieren, er paßt nicht in unsere Kreise, und er paßt nicht zu dir! Mit ihm würdest du ganz gewiß todunglücklich werden!«

Stefanie schwieg, aber ihre leicht vorgeschobene Unterlippe und die kleine, steile Falte zwischen ihren Augenbrauen verrieten, daß sie noch nicht überzeugt war. Frau Elvira beugte sich vor und legte die Hand auf den Arm ihrer Tochter. »Stefanie«, sagte sie, »ich habe viel Geduld, das wirst du zugeben, nicht nur mit dir, auch mit Egon, manchmal sogar mit Papa. Glaube mir, ich würde dir vom Herzen gern noch ein Jahr Zeit lassen, ja sogar zwei, wenn ich nicht ganz sicher wäre, daß sich eine bessere Partie als Graf Donnersberg für dich nicht mehr ergeben kann. Ich habe, während du noch in der Schweiz warst, alle jungen heiratsfähigen Herren, die — gesellschaftlich gesehen — für dich in Frage kämen, unter die Lupe genommen...«

»Ich glaube dir ja, Mama!« fiel ihr Stefanie ins Wort. »Aber wenn Graf Donnersberg wirklich etwas an mir läge, dann könnte er doch auch ein wenig Geduld haben!«

Frau Elvira lächelte schwach. »Ich bin sicher, daß es ihn durchaus nicht zu einer Heirat drängt, er fühlt sich, soviel ich weiß, als Junggeselle durchaus wohl...«

»Aber dann...«

»Papa ist es, der dich so bald wie möglich verheiraten will! Das hat er mir ausdrücklich gesagt. Nach den Gründen konnte ich ihn nicht fragen. Aber wenn du dich nicht nur mit deiner eigenen Person beschäftigt hättest, dann wäre dir vielleicht aufgefallen, daß er in letzter Zeit sehr elend aussieht.«

»Du meinst, er ist krank?« fragte Stefanie erschrocken.

»Ich weiß nicht. Als ich ihn bat, einen Arzt aufzusuchen, brauste er auf. Er ist nicht mehr jung, Stefanie, er ist fünfzig. Wundert es dich da, wenn er seine einzige Tochter versorgt sehen will?«

»Darüber«, sagte Stefanie verwirrt, »habe ich nie nachgedacht.«

»Dann wird es Zeit, daß du es endlich einmal tust. Du bist immer Papas Liebling gewesen, von klein auf; er hat dir jeden Wunsch erfüllt und dich mehr verwöhnt als mir lieb war. Und nun, da er zum erstenmal etwas von dir verlangt — nur zu deinem Besten, mein Kind —, fügst du ihm zu den täglichen Sorgen noch eine solche Belastung hinzu ...«

Stefanie konnte nicht verbergen, wie betroffen sie war. Aber ehe sie noch etwas sagen konnte, wurde an die Tür geklopft.

»Entrez!« rief Frau Elvira. Bertha trat ein und brachte auf einem großen silbernen Tablett ein hohes, mit Chaudeau gefülltes Kristallglas und ein paar Biskuits. »Danke, Bertha!« Frau Elvira dirigierte das Mädchen mit einem einzigen kühlen Blick wieder aus dem Zimmer. Dann lächelte sie Stefanie zu. »Aber nun wollen wir nicht länger streiten, mein Liebling. Ich weiß, du wirst mein großes vernünftiges Mädchen sein. Ich kann also Graf Donnersberg bestellen, daß er sich das Jawort von dir holen darf?«

Noch zögerte Stefanie. Aber der zarte Duft des Weinschaums stieg ihr verlockend in die Nase, ihr Magen krampfte sich zusammen, und sie merkte erst jetzt, wie hungrig sie war. »Wenn du es für richtig hältst, Mama«, sagte sie gehorsam. Und dachte, traurig bei sich, daß sie Justus nun verraten hatte.

Lotte Mielkes Operation verlief ohne Komplikationen, aber dennoch glaubte tagelang niemand, auch Justus Weigand nicht, daß sie noch einmal zu Kräften kommen könnte. Als er nach ihr sah, bot sie einen erschreckenden Anblick. Ihre Haut war bläulichblaß, der früher so frische, üppige Mund war flach geworden und zeigte eine violette Tönung, die Wangenknochen wirkten unnatürlich hart und breit, und das rote Haar war glanzlos geworden, wirkte stumpf, ja häßlich. Ihr Puls war kaum noch zu spüren. Erschrocken beugte sich Justus über sie. Lottes Brust hob und senkte sich nicht mehr, und nur ein Zucken ihrer hellen, dichten Wimpern verriet, daß sie noch lebte. »Lotte«, sagte er eindringlich, »Fräulein Lotte ...« Er legte ihr die Hand auf die Stirn, die naß von kaltem Schweiß war. »Egon läßt Sie grüßen!«

Sie wiederholte den Namen, als wäre er ein Zauberwort, mit Lippen, die sich kaum bewegten: »Egon ...« Sie schlug die Augen auf, sah ihn mit einem Blick, der aus weiter Ferne zu kommen schien, an. Er wußte nicht, ob sie ihn erkannte und sich überhaupt an ihn erinnerte; aber ihm war es, als hätte sie begriffen, daß er nicht der war, nach dem sie sich sehnte.

Dr. Besinger zuckte mit den Achseln, als Justus ihn nach seiner Prognose fragte. »Bei dem ungeheuren Blutverlust«, sagte er, »besteht kaum noch Aussicht auf Genesung. Es grenzt schon ans Wunderbare, daß es uns geglückt ist, der Entzündung Einhalt zu gebieten. Wir mußten die Gebärmutter und den linken Eierstock entfernen. Da können Sie sich vorstellen ...«

Justus Weigand wußte genug. Er nahm keinen persönlichen Anteil an Lotte Mielkes Schicksal. Er hatte sie ja nicht gekannt, ehe Egon ihn zu ihr geholt hatte. Aber er war zornig, daß ein so junger Mensch sterben mußte, nur weil er aus Unverstand, Verzweiflung, innerer Not und Gewissenlosigkeit ein werdendes Leben getötet und sich selbst verletzt hatte. Egon von Stucken suchte ihn täglich mindestens einmal auf, um sich nach Lotte zu erkundigen. Manchmal erschien er frühmorgens, wenn Justus Weigand noch bei seinem Frühstück — einem altbackenen Brötchen und einer Tasse Muckefuck — saß, manchmal noch zeitiger, wenn Justus gerade erst aufgestanden war; an manchen Tagen kam er spät in der Nacht, je nachdem, wie es sein Dienstplan zuließ.

Justus Weigand hatte Mitleid mit ihm und Verständnis für seine Qual; trotzdem schien es ihm nach dem letzten Gespräch mit Dr. Besinger angebracht, Egon auf das unvermeidliche Ende vorzubereiten. »Lotte lebt«, erklärte er, »mehr läßt sich nicht sagen ...«

»Aber wenn sie lebt«, entgegnete Egon von Stucken, »dann heißt das doch ...« — »Gar nichts. Es hat gar nichts zu bedeuten.« Justus Weigand sah in die braunen, fast noch kindlichen Augen des jungen Offiziers, die ihn so sehr an Stefanie erinnerten. »Sie fragt nach Ihnen.«

»Nach mir?« Egon von Stucken schlug die Hände vor das Gesicht. »Oh, mein Gott!«

»Sie sollten zu ihr gehen«, riet Justus Weigand, »gleich morgen früh. Wenn Sie sich als Verwandter des Mädchens ausgeben, wird man Sie zu ihr lassen.«

Egon von Stucken wandte sich schweigend ab und trat ans Fenster, seine Schulterblätter zuckten. »Hat sie sich sehr verändert?« fragte er mit erstickter Stimme.

»Schwerkranke bieten selten einen hübschen Anblick.«

»Dann möchte ich ... sie lieber so in Erinnerung behalten, wie sie ...«

Nun riß Justus Weigand die Geduld. »Verdammt noch mal, es geht doch nicht nur um Sie! Denken Sie doch auch einmal an das Mädchen, dessen Leben Sie auf dem Gewissen haben!«

Egon von Stucken fuhr herum. »Ich habe niemals von ihr verlangt ...«

»Ja, das glaube ich Ihnen sogar. Aber haben Sie sich mal in die Situation eines so jungen Geschöpfes versetzt, das plötzlich Mutter werden soll? Das mußte für sie das Ende ihrer Freiheit, ihrer Jugend und aller Vergnügungen bedeuten, ohne daß sie sich dafür, wie es unter normalen Umständen der Fall ist, wenigstens ein bißchen Sicherheit einhandeln konnte, nämlich, daß der Mann, den sie liebte, ein Leben lang bei ihr bleiben und Sorgen und Leid mit ihr teilen würde. Sie haben sie dem Zorn ihrer Eltern entzogen. Das war gut gemeint. Aber wahrscheinlich haben Sie ihr damit den letzten Halt genommen ...« Justus Weigand mußte eine Pause machen, er hatte sich so in Zorn geredet, daß ihm die Luft ausging.

»Sind Sie jetzt endlich fertig?« fragte Egon von Stucken kalt.

»Noch lange nicht. Es gäbe noch eine Menge über das Thema zu sagen. Aber da Sie es nicht hören wollen, ist es wohl besser, ich schweige.«

»Ich bin nicht zu Ihnen gekommen, um eine Strafpredigt über mich ergehen zu lassen.«

»Nein, aber um sich nach Lotte zu erkundigen. Und ich sage Ihnen: Lassen Sie mich doch endlich mit der Sache in Ruhe. Ich habe für Sie und das Mädchen getan, was ich konnte. Gehen Sie doch selbst in die Charité und fragen Sie nach ihr. Lotte hat ein Recht darauf, das kann ich nur noch einmal wiederholen, Sie zu sehen.«

Egon von Stucken nahm seinen Helm, den er auf den Sessel gestellt hatte, stülpte ihn sich auf den Kopf und schnallte den Riemen fest. »Danke. Das war deutlich genug.«

»Anders hätten Sie mich wohl nicht verstanden.« Dennoch ertrug es Justus Weigand nicht, den anderen so gehen zu lassen. »Egon«, sagte er und gebrauchte zum erstenmal diese sehr persönliche Anrede, »besuchen Sie Lotte! Sie würden es später bereuen, wenn sie stürbe, ohne daß sie Sie noch einmal gesehen hätte!«

Egon von Stucken wandte ihm sein blasses, zerquältes Gesicht zu. »Ich kann nicht!« rief er. »Begreifen Sie denn nicht, daß ich es nicht kann? Ich kann doch nicht meinen Ruf, den Ruf meiner Familie und meines Regiments wegen einer solchen Torheit aufs Spiel setzen! Mein Name darf auf keinen Fall mit dieser Affäre in Zusammenhang gebracht werden!«

»Von diesen Dingen verstehe ich nichts, und ich bin froh darüber.«

»Justus, ich darf doch wiederkommen?«

»Das wäre sinnlos. Ich beginne morgen mit meinen Prüfungen, da bleibt mir weder Zeit noch Kraft, mich mit irgend etwas anderem zu befassen.«

Egon sah ihn an und schluckte schwer. Justus Weigand war darauf gefaßt, daß Egon noch einmal versuchen würde, ihn umzustimmen, und bereitete sich innerlich darauf vor, hart zu bleiben. Aber Egon von Stucken sagte nur: »Ich danke Ihnen trotzdem für alles.« Er machte eine Bewegung, als wollte er ihm die Hand reichen, unterließ es dann aber doch, wandte sich um und verließ mit steifen Schritten das Zimmer.

»Besuchen Sie Lotte!« rief Justus Weigand ihm noch nach.

Aber da fiel auch schon die Wohnungstür ins Schloß, und er war nicht sicher, ob der andere ihn noch gehört hatte. Jedenfalls hatte er ihm seine Meinung gründlich genug gesagt, und er hoffte, daß Egon nun, da er nicht mehr auf so einfache Weise etwas über Lottes Befinden erfahren konnte, sich doch zu einem Besuch in der Charité durchringen würde.

In den nächsten Tagen hatte Justus Weigand weder Zeit noch Gelegenheit, an Lotte Mielke oder Egon von Stucken zu denken, ja nicht einmal Stefanie oder seine Cousine Clementine kamen ihm in den Sinn. Die Prüfungen waren hart und langwierig, und da ihm viel daran lag, nicht nur gut, sondern sehr gut abzuschneiden, denn sein Wissen und sein Können waren alles, was er an Kapital besaß, konzentrierte er sich mit allen Kräften auf die ihm gestellten Aufgaben.

Justus Weigand war nicht unbescheiden, aber er unterschätzte sich auch nicht, und so war er kaum überrascht, als Professor Hübner ihn am letzten

Tag beiseite nahm und ihm zu verstehen gab, daß er sich ausgezeichnet gehalten habe. »Ich will Ihnen ja keinen Floh ins Ohr setzen, junger Kollege«, sagte er, »aber ich tippe auf ein *Summa cum laude.«*

Auch Arnold Scheer erfuhr, noch ehe die offiziellen Ergebnisse vorlagen und die feierliche Promotion stattfand, daß er, Scheer, gleichfalls bestanden hatte, wenn auch nur mit Ach und Krach. Doch ihm genügte das. Für die beiden jungen Männer war es ein hinreichender Anlaß, zu feiern, und sie taten es ausgiebig. Mit einer Gruppe anderer Doktoranden zogen sie durch die Stadt und landeten schließlich in einem zweifelhaften Lokal in der Nähe des Schlesischen Tores, wo jeder ein williges und billiges Mädchen fand, wenn er eines suchte. Auch Justus Weigand machte mit, obwohl er wußte, daß alles mit einem brummenden Kopf und einem bitteren Geschmack auf der Zunge enden würde. Aber dann, als er das blutjunge Mädchen mit den groben, schon etwas verlebten Zügen ansah, mußte er plötzlich an Lotte Mielke denken... Lebte sie noch? Hatte sie vor dem Tod ihren Egon noch einmal gesehen? War es ihr überhaupt zu wünschen, daß sie weiterlebte? Sie hatte doch kaum eine Chance, etwas anderes zu werden als eine dieser berufsmäßigen Prostituierten im dunkelsten, verrufensten Teil Berlins. Er nahm sich vor, gleich morgen in die Charité zu gehen, schaffte es aber erst am übernächsten Tag. Als er in den Saal der Frauenstation zwei kam, sah ihm aus Lotte Mielkes Bett ein fremdes Gesicht entgegen: eine Zigeunerin mit schwarzem, fettigem Haar, funkelnden Augen und gelber fahler Haut. Er hatte nicht mehr gehofft, Lotte Mielke unter den Lebenden zu finden, und doch erschrak er.

»He, Doktor«, rief ihm da eine der anderen Patientinnen zu, »wenn Sie unsere Lotte suchen, det Ass uff de Geije is umjezojen! Die liegt jetzt janz fein, direktemang am Fenster!«

Justus Weigand wagte sekundenlang nicht, es zu glauben, er fürchtete, es müsse sich um einen Irrtum handeln. Aber als er dann dem Hinweis folgte, fand er Lotte tatsächlich. Wäre ihr leuchtendes Haar nicht gewesen, er hätte sie wahrscheinlich nie erkannt. Sie hatte sich die Augenbrauen und die Wimpern geschwärzt, ihre Lippen glänzten unnatürlich rot, und auch der zarte Hauch auf ihren Wangen war nicht natürlich. Sie wirkte mit diesen künstlichen Farben, die keine Dame zu benutzen gewagt hätte, hübsch, das war nicht zu leugnen. Aber von der Frische und Ursprünglichkeit, die an ihr so fasziniert hatten, war nichts geblieben; sie schien ein anderer Mensch geworden zu sein. Justus Weigand entschied sich, kein Wort darüber zu sagen und so zu tun, als bemerkte er ihre Veränderung gar nicht. »Guten Tag, Fräulein Lotte«, sagte er, »jetzt bin ich mal gespannt, ob Sie sich überhaupt noch an mich erinnern.«

Sie betrachtete ihn mit einem sehr direkten Blick ihrer grünen Augen, die durch die schwarze Umrandung etwas Herausforderndes bekommen hatten. »Doch, ick erinnere mir«, sagte sie, »Sie sind der Doktor, der mich in det Loch hier jebracht hat...«

Justus Weigand zog sich einen der weißen Stühle heran und setzte sich neben ihr Bett. »Ich freue mich, daß es Ihnen so viel bessergeht, Fräulein Lotte, ich habe mir nämlich große Sorgen um Sie gemacht!«

Sie hielt ihren Blick immer noch unverwandt auf ihn gerichtet. »Det globe ick Ihnen sogar.«

»Das ist aber nett«, sagte er lächelnd.

»Ick weeß, Sie haben für mir jetan, wat Sie konnten!« Lotte Mielke verfiel unvermittelt in ein geziertes Hochdeutsch. »Im Gegensatz zu gewissen anderen Leuten.«

»Wen meinen Sie denn?«

»Das wissen Sie ganz genau. Versuchen Sie bloß nicht, mir etwas vorzumachen. Ida hat mir alles erzählt.«

»Jetzt verstehe ich überhaupt nichts mehr.«

»Na, dann muß ich Ihrem Gedächtnis wohl auf die Beine helfen! Sie werden doch nicht vergessen haben wollen, daß mein geliebter Egon sich verdünnisiert hat, kaum daß es zur Charité ging?«

»Ihr geliebter Egon«, sagte Justus Weigand mit Nachdruck, »hat sich wahnsinnige Sorgen um Sie gemacht.«

»Das habe ich gemerkt.« Lotte Mielke hob die schwarzgefärbten Augenbrauen. »An der Zahl seiner Besuche.«

»Nun seien Sie mal nicht unvernünftig, Lotte! Sie wußten doch von Anfang an, daß Egon gewisse Rücksichten zu nehmen hat. Er ist Offizier, er kann nicht einfach machen, was er will.«

»Er konnte nicht ein einziges Mal zu mir kommen?«

Justus Weigand wich ihrem Blick aus. »Es wäre jedenfalls ein großes Risiko für ihn gewesen.«

»Und ich? Habe ich nichts für ihn riskiert?«

»Lotte, ich verstehe ja, daß Sie jetzt verbittert sind...«

»Pah! Sie sind ein *Mann!* Was wollen Sie schon verstehen?«

»Wenn man sich verraten fühlt, tut das immer weh, egal ob man nun eine Frau oder ein Mann ist. Seien Sie nicht ungerecht. Egon liebt Sie sehr, ich bin ganz sicher.«

»Na und wenn schon!« sagte Lotte und bewegte die Schultern unter der grauen Hospitalkleidung in aufreizender Weise. »Was kann ich mir dafür schon kaufen?«

»Egon wird sich maßlos freuen, wenn er erfährt...«

»Das brauchen Sie ihm gar nicht zu sagen. Der soll bloß nicht wieder ankommen. Von dem ha ick de Neese voll!«

Justus Weigand nahm ihre Hand, die immer noch breit und kräftig war und Spuren harter Arbeit zeigte.

»Sie wollen wieder nach Hause zu Ihren Eltern? Das ist eine sehr gute Idee.«

»Quatsch. Die würden mir doch hochkantig wieder rausschmeißen.«

»Wenn Sie wollen, begleite ich Sie...«

Für Sekunden war die Frechheit aus Lotte Mielkes Gesicht wie weggewischt. »Das würden Sie tun?«

»Aber ja. Ich würde Ihren Eltern erklären...«

Lotte unterbrach ihn. »Ach, lassen Se man. Det is jut jemeint, aber ebent...« Mit sichtlicher Anstrengung zwang sie sich ins Hochdeutsche zurück. »Es liegt mir gar nichts daran. Wieder mit zwei Schwestern in einem Bett schlafen? Nee... Und Vatern dauernd betrunken...«

»Ich könnte Sie auch bei einer anderen netten Familie unterbringen.«

»Nur zu Ida soll ich nicht zurück, wie? Nachtigall, ick hör dir trapsen! Wat haben Sie denn gegen die Ida?«

»Ich könnte mir vorstellen, daß das nicht ganz richtig für Sie ist«, sagte er vorsichtig, denn er wollte sich den Rest ihres Vertrauens nicht verscherzen.

»Doch, das ist es«, sagte Lotte heftig, »das ist gerade recht so. Das ist genau das, was ich brauche. Ich bin lange genug gut gewesen, ein dummes Schaf, das sich hat ausnutzen lassen. Aber das ist jetzt vorbei. Ein für allemal. Jetzt weiß ich, wie man mit den Männern umgehen muß.«

Justus Weigand erhob sich. »Na, dann viel Glück, Lotte«, sagte er, »ich kann Ihnen nur wünschen, daß Ihre Rechnung aufgeht.«

»Worauf Sie sich verlassen können, Herr Doktor.«

Er glaubte Lotte Mielkes schrilles Lachen immer noch zu hören, als er die Tür des Krankensaals schon lange hinter sich geschlossen hatte.

Hugo Graf Donnersberg erwartete keine strahlende Braut. Er war sich auch völlig im klaren darüber, daß es ihm bisher nicht gelungen war, Stefanie von Stucken auch nur eine Spur von Sympathie abzuringen. Doch das störte ihn nicht; denn was er selbst für sie empfand, ließ sich gewiß auch nicht als leidenschaftliche Liebe bezeichnen. Dennoch wäre es falsch gewesen, ihm zu unterstellen, daß er sich aus purer Berechnung um Stefanies Hand beworben habe. Er wurde jetzt dreißig, und es war für ihn an der Zeit zu heiraten, wenn er nicht als Sonderling gelten oder sich ausschweifender, wenn nicht gar perverser Neigungen verdächtig machen wollte. Und er konnte sich nicht erlauben, irgendein beliebiges Mädchen zu heiraten. Er brauchte eine Frau, die ein großes Haus führen konnte, an seiner Seite repräsentierte, und von der zu erwarten war, daß sie ihm den Erben schenken würde.

Stefanie schien ihm für all diese Aufgaben hervorragend geeignet. Sie war jung, gesund, gut erzogen und hübsch. Hugo Graf Donnersberg schätzte ihre sprühende, lebendige, aufgeschlossene Art, die sie dazu zu bestimmen schien, auch in der großen Welt eine Rolle zu spielen, wenn sich erst eine gewisse Kleinbürgerlichkeit und Provinzialität abgeschliffen haben würde, die ihr, wie der Graf fand, jetzt noch anhaftete.

Es stimmte, daß Hugo Graf Donnersberg, falls er in seinen Entschlüssen tatsächlich ganz frei gewesen wäre, wohl eine junge Dame des Hochadels vorgezogen hätte. Schließlich war er in einer Welt aufgewachsen, in der Stand und Herkunft den Wert des Menschen entscheidender bestimmen als Begabung, Charakter oder Vermögen. Aber immerhin spielte Geld auch eine gewisse Rolle, denn alle angenehmen Dinge waren teuer und nur wenigen Privilegierten zugänglich, und da der Graf nicht eben reich war — er war der Jüngste von neun Geschwistern —, war er darauf angewiesen, ein Mädchen zu heiraten, das eine entsprechende Mitgift in die Ehe brachte. Die Töchter des Hochadels aber hatten entweder selbst wenig Geld, waren beschränkt, unansehnlich oder, wenn sie Adel, Schönheit *und* Vermögen aufzuweisen hatten, auf eine bessere Partie aus. Trotzdem galt er in weiten Kreisen als begehrter Junggeselle. Es gab genügend Schwiegermütter in spe, die ihn liebend gern in ihre Familie aufgenommen hätten, und junge Mädchen ohne Zahl, die mit Vergnügen die Gatten des stattlichen Grafen geworden wären; Mädchen, die noch erheblich mehr Geld in die Ehe hätten mitbringen können als das Bankierstöchterchen von Stucken.

Daß Hugo Graf Donnersberg sich dennoch gerade für Stefanie entschieden hatte, bedeutete, daß er für ihren Liebreiz und ihrem Charme durchaus nicht unempfänglich war. Auch jetzt, als Frau von Stucken ihm ihre Tochter zuführte, war er sehr beeindruckt von ihrer zarten, anmutigen Schönheit. Die Einsamkeit und das Fasten hatten ihre helle, klare Haut nahezu transparent gemacht. Sie hatte die Augen niedergeschlagen, als sie jetzt auf ihn zutrat, ja eigentlich mehr von der Mama zu ihm hingeschoben wurde; die kleine blaue Ader an ihrer Schläfe klopfte, und ihre Lippen waren sehr blaß.

»Stefanie, Graf Donnersberg möchte dich etwas fragen«, sagte Frau von Stucken; sie lächelte ihrem zukünftigen Schwiegersohn ermutigend zu und verließ mit rauschenden Röcken das Zimmer.

»Gnädiges Fräulein ... ich ... Stefanie ...«, stotterte Graf Donnersberg, der von einer Sekunde zur anderen seine weltmännische Überlegenheit verloren hatte.

»Bitte«, sagte Stefanie tonlos, »wollen wir uns nicht setzen?« Sie nahm in einem der reichgeschnitzten Sessel Platz.

Der Graf blieb vor ihr stehen. »Stefanie, bitte, Sie wissen es ja ... Machen Sie es mir doch nicht so schwer ...«

Sie zog mit der Schuhspitze langsam die bunten Ornamente des Teppichs nach und sagte gequält: »Aber das will ich gewiß nicht!«

Ganz plötzlich ließ er sich vor ihr auf das linke Knie sinken, nahm ihre Hände in seine, zog dann ihre rechte Hand an die Lippen und preßte sie hierauf an seine Brust. »Stefanie, ich bitte Sie ... werden Sie meine Frau!«

Sie blickte ihn endlich an, und als sie ihn in dieser theatralischen Pose vor sich sah, schien er ihr nur noch lächerlich. »Aber deshalb brauchen Sie doch nicht vor mir hinzuknien«, rief sie, entzog ihm ihre Hände und sprang gleichzeitig auf. »Natürlich will ich. Das war doch alles abgemacht. Glauben Sie denn, Mama würde Sie einer Absage ausgesetzt haben?«

Es gelang ihm, sein Gleichgewicht zu bewahren und sich mit einiger Eleganz wieder auf beide Füße zu stellen. »Stefanie«, sagte er, »du machst mich mit diesem Wort zum glücklichsten aller Sterblichen!«

»O nein, bitte, übertreiben Sie... übertreib doch nicht so! Ich weiß genau, daß Sie... daß du... eine Menge anderer Mädchen hättest haben können!«

»Aber ich habe eben nur meine kleine Stefanie gewollt!«

Er zog sie in seine Arme, sie ließ es widerstandslos geschehen, obwohl ihr Körper sich verkrampfte. Aber als er sie auf den Mund küssen wollte, wandte sie sich rasch zur Seite, so daß seine Lippen nur ihre Wange streiften. »Mein kleines Dummchen«, sagte er und zog sie nur noch enger an seine breite Brust. Stefanie war es, als müßte sie ersticken, aber sie wagte nicht, ihn wegzustoßen, und wahrscheinlich wäre es ihr auch gar nicht gelungen.

Frau von Stucken rettete sie schließlich, als sie die Tür des Salons aufstieß und ins Zimmer eilte, so schnell Anstand und gute Sitte es gerade noch erlaubten. »Kinder!« rief sie. »Was sehe ich? Ihr habt euch verlobt? Ich bin ja so glücklich, daß ich euch als erste gratulieren darf!«

Graf Donnersberg ließ Stefanie los, und sofort ließ sie sich von ihrer Mutter beruhigend streicheln. Dann küßte Frau von Stucken ihren Schwiegersohn. »Mein lieber Hugo... ich darf dich doch von jetzt an so nennen? Was für eine wunderbare Überraschung! Das muß sofort Papa erfahren...« Sie wandte sich zur Tür.

Stefanie, die Angst hatte, erneut mit ihrem Bräutigam im Salon allein bleiben zu müssen, rief: »Laß mich es ihm sagen, Mama! Bitte!«

»Natürlich darfst du das, mein Liebling, aber erst müssen wir ihn holen lassen!«

Zu Stefanies Erleichterung verließ Frau Elvira nicht das Zimmer, sondern zupfte nur an dem Klingelzug neben der Tür. Sekunden später betrat Bertha, das Zweitmädchen, den Salon.

»Gnädige Frau wünschen?« fragte sie mit einem ungelenken Knicks.

»Laufen Sie hinunter in die Bank, Bertha, und bitten Sie meinen Gatten, er möge zu uns kommen!«

»Sehr wohl, gnädige Frau«, sagte Bertha gut erzogen. Aber der rasche Blick, den sie von Stefanie zu Graf Donnersberg gleiten ließ, verriet, daß sie begriffen hatte, was hier gespielt wurde. Sie verzog ihren breiten Mund zu einem wissenden Grinsen, während sie sich umwandte und aus dem Zimmer stürzte.

»Mein Gott, das Personal!« stöhnte Frau Elvira. »Was für Mühe habe ich mir gemacht, dieses Mädchen zu erziehen. Aber ich fürchte, sie wird für uns nicht mehr lange tragbar sein.«

»Bloß weil jetzt ein Graf...«, entschlüpfte es Stefanie.

Aber Frau Elvira brachte sie mit einem ihrer gefürchteten Blicke durch das funkelnde Lorgnon sofort zum Schweigen. »Kontenance!«

Hugo Graf Donnersberg ergriff überraschend die Partei seiner Braut. »Stefanie hat gar nicht so unrecht«, sagte er, »du brauchst meinetwegen dein Leben wirklich in keiner Weise umzustellen, liebe Schwiegermama. Außerdem scheint diese Bertha doch eine gute Seele zu sein.«

»Ja, und Mama so treu ergeben«, stimmte Stefanie zu, dankbar für Hugos Verständnis. Als er sie jetzt neben sich auf das Kanapee zog, ließ sie es ohne Widerstand geschehen, und Frau Elvira beobachtete es mit Genugtuung.

»Ich freue mich, daß ihr beide euch so gut versteht«, sagte sie lächelnd, »das ist ein gutes Vorzeichen ... ah, und da kommt ja auch schon Papa!«

Stefanie wollte aufspringen und ihrem Vater entgegenlaufen, aber Hugo Graf Donnersberg hielt sie zurück. »Nein, das ist meine Sache«, zischte er, und laut sagte er: »Herr von Stucken, darf ich mir erlauben, Ihnen mitzuteilen, daß Fräulein Stefanie und ich uns soeben verlobt haben!« Er machte diese Meldung im Stehen, mit fast militärischer Akkuratesse, die von einem angedeuteten Hackenschlagen noch unterstrichen wurde.

Im Gesicht des Bankiers ging eine seltsame Veränderung vor. Es war, als glätteten sich von einer Sekunde zur anderen alle seine Falten; jede Spur von Überanstrengung und Müdigkeit wich aus seinem Gesicht.

»Oh, Papa«, rief Stefanie, und in dieser Sekunde meinte sie wirklich, ihr Opfer habe einen Sinn, »wenn ich gewußt hätte ...!« Sie lief zum Vater hin und warf sich ihm schluchzend an die Brust. Sie hörte das schwere, unregelmäßige Schlagen seines Herzens.

Der Bankier hielt die Tochter mit dem linken Arm umfangen und reichte die Rechte dem Schwiegersohn. »Mach mein kleines Mädchen glücklich, Hugo«, bat er.

»Es ist mein heißester Wunsch«, versicherte der Graf. Frau Elvira betrachtete mit tiefer Befriedigung das schöne Familienbild. So hatte sich denn diese Verlobung doch noch glatt und nach den bewährten Spielregeln abgewickelt,

»Wie wäre es, Karl Friedrich, wenn wir auf das Wohl des jungen Paares ein Glas Champagner trinken würden?«

»Eine famose Idee!« Der Bankier löste sich sacht aus der Umarmung seiner Tochter und schob sie ihrem Verlobten zu. »Ich werde sofort in den Keller ...«

»Nicht nötig«, wehrte Frau Elvira ab, »ich habe zufällig ...« Sie unterbrach sich selbst. »Nein, warum sollte ich lügen? Ich habe in weiser Voraussicht eine Flasche heraufbringen und kühlen lassen!«

»Tadellose Organisation, Mama«, lobte Hugo Graf Donnersberg, »du bist wirklich bewundernswert!«

»Ja, was wären wir ohne unsere Frauen, Hugo«, bestätigte der Bankier, »du wirst sehen, wenn du erst einmal ein, zwei Jahre verheiratet bist, wirst du dir das Junggesellenleben gar nicht mehr vorstellen können.«

»Nun, um ehrlich zu sein... ich habe schon jetzt jede Lust daran verloren!«

Stefanie versuchte dann, sich möglichst unauffällig in einen Sessel weitab von ihrem Verlobten zu setzen. Aber Frau Elvira warf nur einen kurzen Blick in ihre Richtung und durchschaute die Absicht. »Nun setz dich schon zu Hugo«, sagte sie, »du brauchst dich nicht zu genieren. Papa und ich wissen genau, wie einem jungen Brautpaar zumute ist.«

Graf Donnersberg nahm Stefanie bei der Hand und zog sie, ohne ihr Sträuben zu beachten, zu sich aufs Kanapee. »Es ist für sie alles noch ein wenig ungewohnt«, sagte er, »aber du brauchst keine Angst zu haben, meine Kleine, ich beiße dich schon nicht!«

»Das habe ich auch gar nicht befürchtet«, sagte Stefanie mit dem mühsamen Versuch, auf seinen Scherz einzugehen. Wie gern hätte sie ihm klargemacht, wie unangenehm es ihr war, Hand in Hand neben ihm zu sitzen und jedesmal, wenn er sich ihr zuwandte, seinen säuerlichen Atem riechen zu müssen. Sie wollte unter einem Vorwand aufstehen und sich einen anderen Platz suchen oder ihn mit einem Scherzwort von sich weisen. Aber zum erstenmal in ihrem Leben war sie einer Situation nicht gewachsen. Mit jeder Kränkung, die sie ihrem Bräutigam zufügte, würde sie den Vater verletzen und ihre Mutter enttäuschen. Mit Entsetzen erkannte sie, daß sie ihre Freiheit anscheinend verloren hatte.

Später, als der Champagner getrunken war, gelang es ihr, ein plötzliches Unwohlsein vorzutäuschen, und Graf Donnersberg nahm die Gelegenheit wahr, sich zu verabschieden. Stefanie mußte es sich noch gefallen lassen, daß er ihr seine feuchten Lippen auf die Stirn drückte und sie »mein Mäuschen« nannte. Eines war ihr so unerträglich wie das andere, aber sie ließ es mit starrem Lächeln über sich ergehen — einem Lächeln, das immer noch auf ihren Lippen lag, als sie diese Szene endlich überstanden und die Tür ihres Jungmädchenzimmers hinter sich geschlossen hatte.

Einige Minuten lang stand sie unbeweglich da. Es ist alles halb so schlimm, versuchte sie sich einzureden. Den meisten Mädchen geht es so. Und Papa war so glücklich. Ich habe ihn noch nie so glücklich gesehen. Es war ihm richtig anzusehen, wie stolz er war und wie erleichtert er sich fühlte... Doch dann, ganz plötzlich, war es um ihre Fassung geschehen. Tränen liefen ihr über die Wangen, sie warf sich bäuchlings auf ihr Bett und versuchte ihr verzweifeltes Weinen in den Kissen zu ersticken. Sie hörte nicht einmal, wie die Tür geöffnet wurde und Frau Elvira eintrat. »Ich habe dir einen Kamillentee...«, begann sie. Dann erst entdeckte sie, in welchem Zustand ihre Tochter war. »Um Himmels willen, Liebling, was ist denn?« rief sie, setzte rasch das Tablett ab und lief zu Stefanie hin.

Es dauerte lange, bis sie es mit Streicheln und tröstenden Worten so weit gebracht hatte, daß Stefanie ihr das tränennasse Gesicht zuwandte.

»Mama, ich bin so unglücklich!«

»Unsinn, Kind, du bist nur aufgeregt und übernervös, das ist alles. Du hast dich bisher so prächtig gehalten... komm, trink ein Schlückchen Kamillentee, das wird dir guttun!«

»Aber Mama — begreifst du denn nicht...«

»Ja, ja, ich weiß schon, du liebst ihn nicht, aber darüber haben wir doch nun schon hundertmal gesprochen...«

»Wenn es nur das wäre, Mama!« Stefanie setzte sich auf. »Ich empfinde nichts, gar nichts, wenn er mich anfaßt — nur furchtbaren Widerwillen!«

Frau Elvira zeigte sich keineswegs beunruhigt. »Um so besser, mein Liebling«, sagte sie gelassen. Stefanie sah sie entgeistert an; sie glaubte ihren Ohren nicht zu trauen. »Eine anständige Frau reagiert nun einmal so«, erklärte Frau Elvira, »und die Männer erwarten es gar nicht anders. Wenn sie ihr Vergnügen wollen, dann suchen sie es bei gewissen leichten Mädchen. In einer Ehe soll es ja nicht zugehen wie auf einem Rummelplatz. Da müssen Anstand und Sitte herrschen.«

»Mama, du meinst also... und ich dachte immer...« Stefanie stockte. War denn alles, was sie sich von der Liebe erträumt hatte, falsch gewesen? Was sollte sie sich denn dann unter der Ehe vorstellen? Noch nie hatte ihre Mutter mit ihr über diese Probleme gesprochen, und auch jetzt wagte sie nicht, die entscheidende Frage zu stellen. Sie war außerstande, die ihr anerzogene Scheu zu überwinden.

»Du sollst nicht soviel denken«, sagte Frau Elvira liebevoll, »davon wird ein Mädchen nicht hübscher, glaube mir.« Sie reichte Stefanie die Tasse mit dem faden Kamillentee, und gehorsam trank die junge Braut.

Wenige Tage später fand im Auditorium maximum der Universität Justus Weigands Promotion statt. Wie Professor Hübner vorausgesagt hatte, wurde ihm die Urkunde, die er aus den Händen Seiner Magnifizenz dem Rektor entgegennahm, verbrieft und besiegelt, daß er seine Studien *summa cum laude* abgeschlossen hatte. Anschließend feierte er mit einigen Kommilitonen bei Pilsner Bier und Sekt. Aber seine Freude war nicht so groß, wie er erwartet hatte. Er hatte so lange und so intensiv auf dieses Ziel hingearbeitet, daß er jetzt mehr Erschöpfung als Glück empfand. Leere breitete sich in ihm aus, und ein Gefühl überwältigender Sinnlosigkeit überkam ihn, gegen das er vergebens anzukämpfen versuchte. Der Alkohol machte ihn nur noch elender, und die gellenden Gesänge der anderen taten seinen Ohren weh. Ihr selbstgefälliges Schwadronieren schien ihm unendlich albern, ihre zweideutigen Witze ebenso abstoßend wie das jeweils prompt folgende Brüllen und Wiehern. Er wußte selbst nicht, was mit ihm los war. Litt er darunter, daß es niemanden gab, der sich wirklich mit ihm freute? Arnold Scheer hatte sich, leicht angeschlagen, von der Korona getrennt und war zu Lisbeth von Panwitz geeilt. Beneidete er ihn darum? Er wußte doch, daß diese Verbindung für beide nur eine Notlösung war.

Aber immerhin würde sich Lisbeth über den Erfolg ihres Zukünftigen wenigstens freuen. Justus Weigand fand sich sentimental und verachtete sich, weil er sich in Selbstmitleid gefiel, während er tatsächlich allen Grund hatte, mit dem Verlauf der Dinge zufrieden zu sein.

Als man das Lokal wechselte, machte er sich unauffällig aus dem Staub, sah die anderen mit dem nicht gerade erhebenden Gefühl davonziehen, daß sie ihn anscheinend überhaupt nicht vermißten. Aber als er allein war, begann er sich besser zu fühlen. Sein Kopf wurde klarer.

»Neueste Depeschen«, schrie ein Zeitungsjunge. »Geheimbund der Boxer gewinnt in China an Macht!«

Justus Weigand schenkte dieser Nachricht keine Aufmerksamkeit. Was in China geschah, war für ihn völlig uninteressant, es hätte sich genausogut auf dem Mond abspielen können. Er war ganz erfüllt von seinen eigenen Problemen und sehnte sich nach einem Menschen, mit dem er sprechen konnte und der ihm zuhörte. Clementine Hergert fiel ihm ein. Die würde Augen machen, wenn er jetzt plötzlich vor der Thielemannschen Villa auftauchte, so wie er war, leicht benebelt und in seinem guten schwarzen Anzug. Natürlich würde sie sofort Bescheid wissen, sie war ja nicht dumm, und sie hatte seit langem auf diesen Tag gewartet. Ganz sicher gab es keinen Menschen, der von Jugend an so eng mit ihm verbunden war wie Clementine, abgesehen natürlich von seiner Mutter und seinem Vater, aber die gehörten ja einer anderen Generation und einer anderen Welt an.

Justus Weigand war drauf und dran, Clementine zu besuchen, gerade dies und nichts anderes schien ihm plötzlich die Krönung des Tages zu sein, dessen Bedeutung sich für ihn ganz allmählich von selbst wieder ins rechte Licht rückte. Von heute an war er kein Student mehr, sondern ein junger Wissenschaftler auf dem Weg zu einem eigenen Lehrstuhl. Und Clementine hatte die Kraft und die Fähigkeit, das ganz zu begreifen und sich mit ihm darüber zu freuen. Schon wollte er sich in Richtung Tiergartenviertel wenden, als er das Geläute der Gedächtniskirche hörte. Er blickte zum Zifferblatt der großen Turmuhr hinauf: Es war halb sieben vorbei, eine halbe Stunde über die Zeit hinaus, um welche Frau Kändler mit der kleinen Senta auf ihn wartete. Zum erstenmal hatte er das Kind völlig vergessen. Aber jetzt machte er sich sofort auf den Heimweg, schuldbewußt und froh zugleich; froh darüber, daß es doch einen Menschen gab, für den er etwas bedeutete. Wenn Senta jetzt auch noch viel zu klein war, um die Spielregeln der Erwachsenenwelt erahnen zu können, so würde sie doch gewiß hoffentlich später einmal auf ihren Wahlvater stolz sein.

Er erreichte die Elsässer Straße, bog in den Toreingang des ehemals hochherrschaftlichen Hauses mit den riesigen Karyatiden ein und durchschritt den ersten Hinterhof, der zum Zeichen dafür, daß die Berliner den Frühling für angebrochen hielten, mit einigen kümmerlichen Buchsbäumchen in Kübeln geschmückt worden war. In der hereinbrechenden Dämmerung tobte eine Schar Kinder über das Pflaster, unter ihnen auch Hans Kändler, der künftige Gymnasiast. Justus Weigand wollte den kleinen Jungen, der selten genug Zeit zum Spiel mit gleichaltrigen und unbeschwerten Freunden hatte, nicht stören, aber Hans entdeckte ihn doch. Er stoppte mitten im Lauf, drehte ab und rannte auf Justus Weigand zu. »Wie war es?« schrie er. »Hat et jeklappt?«

»Aber sicher«, sagte Justus Weigand und fuhr ihm mit der Hand durch das verstrubbelte Haar. »Von heute ab kannst du Doktor zu mir sagen!«

»Det ha ick ja doch schon immer jetan!«

»Stimmt. Aber erst jetzt habe ich das Recht, den Doktortitel auch wirklich zu tragen.«

»Knorke! Und wie ham Se abjeschnitten?«

»Summa cum laude.«

Der zukünftige Lateiner begriff die Bedeutung dieser höchsten Note sofort. »Mensch«, sagte er beeindruckt, »det haut mir um!«

Justus Weigand lachte und ging die Stufen zur Schusterwohnung hinunter. »Det Kleene is schon jebadet!« rief Hans Kändler ihm nach.

»Tut mir leid, ja, ich weiß, ich habe mich verspätet«, sagte Justus Weigand, ohne sich noch aufhalten zu lassen, und öffnete die Tür, die in die Wohn- und Schlafstube der Kändlers führte. Hier unten war es schon fast dunkel, und jedesmal bedrückte es Justus Weigand, daß seine Senta in einer so beengten, lichtlosen Atmosphäre aufwachsen mußte. Aber daran war nun nichts zu ändern. Frau Kändler war eine brave und gutherzige Frau. Er mußte dankbar sein, daß sie die Pflege des Kindes übernommen hatte, und sie hatte ihm ohnedies versprochen, Senta, wenn das Wetter es irgend zuließ, tagsüber in dem alten Wägelchen in den Hof zu stellen.

»Guten Abend, Frau Kändler!« sagte er, während er die Stube betrat. Erst als er sich dem vergitterten Fenster näherte, erkannte er, daß außer der Schustersfrau noch eine zweite Person im Zimmer war — Stefanie von Stucken! Und im selben Augenblick wurde ihm bewußt, daß sie und keine andere es gewesen war, nach der er sich den ganzen Tag gesehnt hatte. Nur hatte er es vor sich selbst einfach nicht wahrhaben wollen. »Stefanie!« rief er glücklich.

Sie trug auf den hellbraunen Locken eine kleinen grauen Hut, dessen dichten Schleier sie zurückgeschlagen hatte. Die Jacke ihres Kostüms hatte sie ausgezogen und trug nun über dem Rock und der hochgeschlossenen seidenen Spitzenbluse eine weiße, gestärkte Schürze, die ihr wohl Frau Kändler geliehen hatte. Sie hielt die kleine Senta im Arm, die an ihrem Fläschchen nuckelte und aus großen wachen Augen in das Gesicht sah, das sich über sie beugte.

»Sie ist so lieb, deine Senta«, sagte Stefanie, »ich habe sie ganz allein gebadet und frisch gewickelt.« Als er darauf nicht sogleich etwas zu sagen wußte, fragte sie rasch: »Du bist mir deswegen doch nicht böse?«

»Ich wundere mich, daß du so etwas kannst. Du entwickelst immer neue, überraschende Talente.«

»Aber das habe ich doch im Pensionat gelernt! Allerdings ... wir durften immer nur an Puppen üben. Einen lebendigen Säugling halte ich heute zum erstenmal in den Armen.«

»Das Fräulein hat sich sehr geschickt angestellt«, lobte Frau Kändler. »Ich habe natürlich aufgepaßt wie 'n Schießhund.«

»Ja, das habe ich gemerkt«, sagte Stefanie lächelnd, »deshalb habe ich mir auch Mühe gegeben, recht gut abzuschneiden, wenn ich auch anfangs sehr aufgeregt war und meine Hände gezittert haben.«

»Und sehen Sie nur, was das Fräulein uns mitgebracht hat!« Frau Kändler breitete dicht vor dem Fenster ein rosa Kleidchen und ein schneeweißes Mäntelchen mit passendem Mützchen und passenden Handschuhen aus. »Darin wird unsere Kleine aussehen wie eine Prinzessin!«

»Dann warst also auch du es, die seinerzeit die Kleidungsstücke für Senta in die Charité gebracht hat!« rief Justus Weigand.

»Ja«, gab sie ohne Ziererei zu, »aber das waren nur alte Sachen, die ich selbst als Kind getragen habe und die Mama auf dem Dachboden aufbewahrt hatte. Aber das hier habe ich selbst gemacht! Das Kleidchen ist gestrickt, und das andere ist gehäkelt.«

Sie erschien Justus Weigand auf einmal sehr jung. »Und alles im Pensionat gelernt«, sagte er mit leichtem Spott.

Sie sah ihn aus ihren klaren braunen Augen sehr ernsthaft an. »Ich bilde mir gar nichts darauf ein, weißt du. Aber ich wollte so gern etwas für ...«, sie stockte, »... für die Kleine tun«, sagte sie dann, »und es war gar nicht so einfach, denn ich mußte alles heimlich machen und die Handarbeit immer ganz rasch verstecken, wenn jemand in mein Zimmer kam.«

Er war gerührt, empfand aber gleichzeitig jenes Unbehagen, das ihn immer überfiel, wenn er sich gegen seinen Willen zu Dank verpflichtet fühlte. »Dann wissen deine Eltern wohl auch nicht, daß du hier bist?« fragte er.

Sie sah ihn nur an, und er begriff, daß er kaum eine dümmere Frage hätte stellen können. »Verzeih«, sagte er, »ich bin ein bißchen durcheinander. Um ehrlich zu sein, ich habe einiges getrunken ...«

»Entschuldigen Sie mich, bitte, ja?« sagte Frau Kändler, deren Anwesenheit die beiden jungen Leute in den letzten Minuten ganz vergessen hatten . »Ich muß schnell noch einige Besorgungen machen.« Sie hatte sich ein Tuch um die Schultern gelegt, nahm jetzt ihren Korb und ließ Justus Weigand und Stefanie allein.

»Ich weiß, daß wir ausgemacht hatten, uns nicht mehr zu sehen«, sagte Stefanie, »und ich hatte nicht vor, unsere Abmachung zu brechen. Aber es ist etwas geschehen, weswegen ich dich sprechen muß.«

»Du brauchst dich doch nicht dafür zu entschuldigen, daß du gekommen bist ...«

»Nein, gewiß nicht, aber ich muß es dir erklären.«

Senta hatte das Fläschchen bis auf den letzten Tropfen ausgetrunken. Stefanie wischte ihr den Mund ab, hielt sie dann hoch und ließ sie ihr Bäuerchen machen. »Sie ist wirklich lieb«, sagte sie hingerissen, »und ob du's glaubst oder nicht, sie ähnelt dir, Justus.«

»Ich habe dir doch erklärt...«

»Ja, ich weiß, daß sie nicht wirklich deine Tochter ist! Aber könnte es nicht sein, daß sie dir ähnlich wird, weil du sie liebhast? Es ist ja auch mehr eine Ähnlichkeit im Ausdruck, nicht in den Zügen... Bitte, sieh mich nicht so an, Justus, es mag ja sein, daß ich törichtes Zeug schwatze, aber es tut so gut, einmal wirklich sagen zu können, was man gerade meint.«

Er nahm ihr das Kind ab, hob es hoch in die Luft und entlockte ihm damit ein vergnügtes Krähen. »Was du da eben sagtest, war für mich gar nicht komisch«, erklärte er, »oder nur insofern, als du etwas aussprachst, was ich selbst schon manchmal gedacht habe.« Er legte das Kind in sein Schubladenbettchen. »Genug für heute, mein Schätzchen! Morgen wird dein Papa wieder pünktlich da sein, um dich zu baden. Aber vielleicht war es für dich zur Abwechslung auch einmal sehr nett, von einer hübschen jungen Dame verwöhnt zu werden, wie?«

»Mein Gott«, sagte Stefanie, »schläft es da? Wenn ich das gewußt hätte! Irgendwo muß doch noch mein eigenes Kinderbett...«

Er fiel ihr ins Wort. »Lieb von dir, aber sinnlos. Sieh dich nur um. Hier ist einfach kein Platz mehr für ein weiteres Möbelstück. Sie muß zufrieden sein, daß sie überhaupt hier sein darf.«

»Und wie soll es werden, wenn sie größer wird?«

»Darüber mache ich mir jetzt noch keine Gedanken. Bisher ist es noch immer irgendwie weitergegangen.«

»Bisher«, sagte Stefanie, »warst du ja auch allein.« Sie sah, daß sein Gesicht sich verfinsterte, und fügte rasch hinzu: »Natürlich hast du recht. Irgendwie geht es immer weiter. Nur manchmal nicht so, wie wir es selbst erhofft hatten.« Sie band die Schürze ab und legte sie über einen Stuhl. Als er ihr in die Jacke half, wurde die Tür aufgerissen, und Hans Kändler und zwei seiner jüngeren Schwestern stürmten herein; sie stutzten, als sie Justus Weigand und der fremden Dame gegenüberstanden. Hans rang sich einen verlegenen Diener ab.

»Eure Mutter wird gleich wiederkommen«, sagte Justus, »paßt mir gut auf meine Senta auf!«

»Wird jemacht, Onkel Doktor«, versprach wichtig das eine der beiden Mädchen, während das andere mit offenem Mund Stefanie anstaunte.

»Auf Wiedersehen, Kinder«, sagte Stefanie freundlich und zog sich, während sie die Stube verließ, den Schleier vor das Gesicht. »Justus«, sagte sie über die Schulter zurück, »gibt es einen Ort, wo wir in Ruhe miteinander reden können?«

»Es gibt ein Bierlokal gleich um die Ecke.«

»Nein, dahin möchte ich nicht«, sagte sie entschieden. »Wohnst du nicht ganz in der Nähe?«

»Ja. Im zweiten Gartenhaus.«

»Dann laß uns dorthin gehen . . .«

Er zögerte. »Stefanie, ich weiß nicht . . .«

»Hast du Angst vor deiner Wirtin?«

»Ach wo! Die kann mir gestohlen bleiben. Ich ziehe ja ohnedies am Ersten aus. Es ist nur deinetwegen. Findest du es nicht selbst ziemlich ungewöhnlich, wenn eine junge Dame wie du . . .«

»Ich wußte nicht, daß Konventionen für dich so wichtig sind.«

»Sind sie auch gar nicht«, er war über sich selbst ärgerlich. »Verdammt noch mal, begreifst du denn nicht, daß ich dich nicht in eine zweifelhafte Situation bringen möchte? Daß ich dich beschützen will?«

»Wovor?« fragte sie arglos. »Wenn ich bei dir bin, kann mir doch nichts geschehen.«

»Du hast recht«, sagte er, »also komm.«

Sie schwiegen beide, bis sie den zweiten Hinterhof überquert und die Treppe zur Wohnung der Witwe Göbern hinaufgestiegen waren. Noch nie war Justus Weigand so froh darüber gewesen, daß sein Zimmer einen separaten Eingang hatte. Er schloß auf und ließ Stefanie vor sich eintreten. »Bitte, nimm Platz«, sagte er mit unwillkürlich gedämpfter Stimme, »ich werde gleich Licht machen!« Er führte sie zum Sessel, drückte sie sanft nieder, ging dann zum Tisch und zündete die Petroleumlampe an. »Siehst du«, sagte er, als die Lampe ihren milchigen Schein verbreitete, »jetzt wirkt alles gleich viel angenehmer.«

»Mir war kein bißchen unheimlich«, behauptete sie.

Er sah sie an. Sie saß in dem alten Sessel, als wäre sie hier zu Hause. Den Schleier hatte sie wieder zurückgeschlagen, und sie sah ihn aus klaren Augen lächelnd an. Es fiel ihm schwer, sie nicht in die Arme zu nehmen. »Um so besser«, sagte er mit gepreßter Stimme, »dann kann ich dich wohl ein paar Minuten allein lassen, ja?«

»Gewiß«, sagte sie, »aber, bitte, bleib nicht zu lange, wir haben wenig Zeit.«

Die Toilette lag jenseits des Ganges. Er lauschte mit angestrengter Aufmerksamkeit, als er hinüberging. Aber in der großen Wohnung war nichts zu hören als das stetige Tropfen eines defekten Wasserhahns in der Küche. Sonst schien alles wie ausgestorben. Diese Entdeckung beruhigte und irritierte ihn gleichzeitig. Er schob den Riegel hinter sich zu. Die Wirkung des Alkohols begann zu verfliegen, ließ ihn ernüchtert und hoffnungslos zurück. Er kam sich schmutzig vor und machte sich daran, so gut es in dem winzigen Raum möglich war, sich in dem runden emaillierten Waschbecken mit dem eiskalten Wasser zu waschen. Das schmale Handtuch, das die Wirtin all ihren Untermietern gemeinsam zur Verfügung stellte, hing noch nicht lange an seinem Platz, so konnte er es ohne Ekel gebrauchen. Er beugte sein Gesicht dem fleckigen kleinen Spiegel entgegen und fuhr sich mit beiden Händen glättend über sein dichtes braunes Haar. Dann ging er durch die lautlose Wohnung zu seinem Zimmer zurück.

Stefanie stand jetzt an seinem Tisch. Sie hatte Hut und Schleier abgenommen, und das Licht der Lampe zauberte goldene Reflexe in ihr hellbraunes Haar. Sie fuhr sacht mit der Fingerspitze über einen dicken Folianten und sagte: »Ich habe versucht, in deinen Büchern zu lesen, Justus, und bin mir dabei recht dumm vorgekommen. Kannst du das wirklich alles verstehen?«

»Ich habe ja viele Jahre darauf verwendet, es zu lernen«, sagte er. Sie trat einen Schritt auf ihn zu. Er wollte sie in die Arme nehmen, und er wußte, daß sie sich nicht wehren würde, ja vielleicht sogar darauf wartete. Aber er wagte es nicht, denn er war seiner selbst nicht sicher. »Mir scheint, wir sind ganz allein in der Wohnung«, sagte er und war sich noch nie so linkisch und verlegen vorgekommen.

»Ja?« sagte sie nur.

»Aber ich glaube, es ist trotzdem besser, ich schließe ab. Meine Wirtin könnte nach Hause kommen. Ich möchte nicht, daß sie dich hier überrascht.« Der Schlüssel steckte außen. Er holte ihn herein, steckte ihn ins Schloß, drehte ihn um. Danach wurde die Situation noch beklemmender. Er spürte mit jeder Faser seines Körpers, wie sehr er Stefanie liebte, und dennoch oder gerade deswegen wagte er es nicht, sie, die ihm so bedingungslos vertraute, auch nur zu berühren. »Setzen wir uns doch«, sagte er und spürte selbst, wie kalt seine eigene Stimme klang.

Sie nahm wieder in dem alten Sessel Platz, aber seine Spannung begann sich schon auf sie zu übertragen. Sie lehnte sich nicht mehr zurück, sondern saß sehr gerade auf der vorderen Kante, die Füße nebeneinander gestellt, die Hände auf den Knien. Er zog den Stuhl vom Tisch weg und schwang sich rittlings darauf. Alles, was er sagen wollte, schien ihm so banal, daß er lieber schwieg. Er sah sie nur an, mit einem hungrigen, forschenden Blick, und erst jetzt fiel ihm auf, daß ihre Haut sehr blaß war und unter ihren schönen braunen Augen bläuliche Schatten lagen — oder war es das Licht, das ihn täuschte? »Bist du krank gewesen?« fragte er. Sie schüttelte stumm den Kopf. »Hast du Sorgen?«

»Ach, Justus!«

Aus diesem kleinen Ausruf klang ein solches Leid, daß er erschrak. »Stefanie«, drängte er mit gepreßter Stimme, »willst du dich mir nicht anvertrauen?«

»Deshalb bin ich ja gekommen, nur ... ich hatte es mir nicht so schwer vorgestellt!« Sie lächelte und wandte rasch den Kopf zur Seite, weil ihre Augen feucht wurden. »Ich habe mich verlobt«, sagte sie erstickt.

Es war ihm plötzlich, als hätte er genau das und nichts anderes erwartet, und dennoch traf es ihn wie ein Schlag. Er empfand Zorn, Schmerz, Verzweiflung und Leid, aber auch Genugtuung darüber, es gewußt zu haben, und sogar Erleichterung, weil dies das Ende, das wirkliche Ende einer Neigung bedeutete, die von Anfang an hoffnungslos gewesen war; er empfand Mitleid mit Stefanie und Scham über sich selbst, weil sein Kummer getrübt war von egoistischen Erwägungen.

Sie atmete tief, und er sah, wie sich ihr junger Busen unter der Kostümjacke hob. »Warum sagst du denn nichts?« fragte sie.

»Was kann man darauf schon sagen?«

Sie wandte sich ihm zu, hatte sich wieder in der Gewalt und konnte sogar schon lächeln. »Es gibt eine Menge Möglichkeiten. Du könntest zum Beispiel sagen: Ich gratuliere! Oder auch: Wie konntest du mir das antun! Oder: Ich hab's kommen sehen! Oder: Wer ist denn der Glückliche!«

»Dies alles«, erwiderte er mühsam, »wäre wenig zutreffend oder wenig aufrichtig. Ich kann mir ja denken, wer es ist — Graf Donnersberg, nicht wahr? Es war nicht zu übersehen, daß deine Mama ihn immer ganz besonders hofiert hat. Und dir Vorwürfe zu machen habe ich kein Recht. Höchstens gratulieren könnte ich dir, denn der Graf ist gewiß ein Ehrenmann, und was er dir bieten kann, werde ich niemals erreichen.«

»Du sprichst wie Mama«, sagte sie, jetzt doch mit einem kleinen Zittern in der Stimme.

»Dann ist es schade, daß deine Mama mich jetzt nicht hören kann. Sie würde dann wahrscheinlich besser von mir denken.«

»Sie hat dich immer sehr geschätzt, Justus, du irrst dich, wenn du meinst, daß ... aber ...« Sie brach ab. »Es ist alles so kompliziert.«

»Du brauchst mir nichts zu erklären, Stefanie. Ich habe ohnehin alles verstanden. Deine Eltern wünschen dich verheiratet und *gut* verheiratet zu sehen. Und du wolltest nicht, daß ich es von einem Dritten oder gar aus der Zeitung erfahre. Das war sehr anständig von dir.«

»Aber Justus«, sagte sie, »Justus, deswegen bin ich doch nicht gekommen!«

»Nicht?«

»Justus, ich weiß gar nichts — und ich kann mit Mama nicht darüber reden. Was bedeutet es, verheiratet zu sein? Ja, ich weiß natürlich das Äußerliche, daß der Mann für seine Frau sorgen muß und das Geld verdient, daß sie sich um das Haus kümmert, daß sie miteinander leben, ausgehen, Gäste empfangen ... aber es ist doch nicht das Wirkliche, nicht wahr? Es muß da noch etwas anderes sein, worüber man nicht spricht. Oder bilde ich mir das nur ein?«

Er sprang auf. »Aber Stefanie, das ist doch kein Thema, über das du dich ausgerechnet mit einem Mann unterhalten kannst!«

»Aber mit wem denn sonst? Wen außer dir könnte ich denn danach fragen?«

Er zwang sich zu einem nüchternen, fast väterlichen Ton. »Stefanie, du bist kein Kind mehr ...«

»Gerade deshalb muß ich es endlich wissen! Denk dir nur, ich soll noch vor Jahresende heiraten, ohne daß ich mir darunter das geringste vorstellen kann!«

»Aber hast du denn nicht schon einmal zufällig etwas aufgeschnappt? Oder mit deinen Freundinnen darüber geredet?«

»O ja. Was glaubst du denn, worüber junge Mädchen sich am liebsten unterhalten, wenn sie allein sind? Im Pensionat wurde immerzu darüber gesprochen. Aber keine wußte wirklich etwas. Du wirst es wahrscheinlich kindisch finden, aber wir haben damals einander geschworen, diejenige, die als erste heiraten wird, muß den anderen alles erzählen...«

»Das ist gar keine dumme Idee«, sagte Justus und setzte sich wieder.

»Es hat nur nichts genutzt. Als erste heiratete Leonore, eine sehr gute Freundin von Lisbeth und mir, du kennst sie nicht. Das war vor Weihnachten. Lisbeth und ich waren Brautjungfern, und noch am Morgen ihrer Hochzeit erneuerte sie ihr Versprechen. Aber dann, als sie von der Hochzeitsreise zurückkam, da war sie völlig verändert. Sie behandelte uns wie kleine Kinder, sie schlug sich auf die Seite der verheirateten Frauen, wenn du verstehst, was ich meine. Plötzlich war sogar die Freundschaft zwischen uns zerbrochen!«

Justus Weigand biß sich auf die Lippen. Er wußte nicht, was und wieviel er diesem unschuldsvollen jungen Mädchen erklären sollte, aber er begriff auch, daß er sie nicht ohne eine Antwort gehen lassen konnte.

»Was verbirgt sich hinter alledem?« drängte Stefanie. »Etwas Schreckliches, nicht wahr? Denn sonst würde man es uns doch nicht so sorgfältig verheimlichen!«

»Nein, nein, da irrst du dich«, sagte er rasch, »es ist nichts Schreckliches, sondern etwas durchaus Natürliches...«

»Es hängt... mit dem Kinderkriegen zusammen, nicht wahr? Lisbeth sagte, sie entstehen, wenn man sich küßt... wenn sich die Lippen eines Mannes und einer Frau berühren. Aber ich habe das nie recht glauben können...«

»Es ist auch falsch«, sagte Justus. Er stand auf. Er hatte sich jetzt zu einem Entschluß durchgerungen und suchte unter seinen Büchern. »Warte, ich werde es dir zeigen...« Er schlug sein gynäkologisches Lehrbuch auf, ging zu ihr hin und legte es ihr auf den Schoß. »Das ist die schematische Darstellung der Frau. Sieh, hier im Unterleib liegen die Eierstöcke. Bis vor ungefähr achtzig Jahren wußte man das noch nicht. Erst Karl Ernst von Baer hat entdeckt, daß die Frau überhaupt Keimzellen produziert. Früher dachte man, die Frau böte nichts als eine Art Ackerboden, in den der Mann seinen Samen, ein winziges, aber schon fix und fertiges kleines Menschlein, hineinlegte.«

Sie sah hilflos und überwältigt zu ihm auf. »Ich verstehe das nicht... nicht so schnell!«

»Hier in den Eierstöcken«, erklärte er geduldig, »werden die Eizellen produziert. Der Samen des Mannes kommt hier herauf...« Er zeigte es ihr auf der Darstellung. »Wenn ein männlicher Samen und eine weibliche Eizelle sich vereinigen, entsteht daraus ein neuer Mensch. Er wird hier in der Gebärmutter eingebettet und wächst in ihrem Schutz heran. Wenn er groß genug ist, kommt er durch die Scheide, die sich durch die Wehen entsprechend erweitert, heraus.«

»Also nicht durch den Nabel?«

»Nein. Der Nabel hat damit gar nichts zu tun. Der Nabel ist der Ansatz der Nabelschnur, durch die das Kind mit der Mutter verbunden war und durch die es ernährt worden ist. Wenn es auf die Welt kommt, wird er abgenabelt, die Nabelschnur wird durchgeschnitten, zurück bleibt die Narbe, eben der Nabel.«

Er schwieg, sah auf ihren schlanken Nacken, den leicht geneigten Kopf mit den hellbraunen Locken herab und wartete darauf, daß sie weitere Fragen stellen würde.

»Sieht jede Frau so aus? Innen, meine ich?« fragte sie nach einer langen Pause.

»Ganz gewiß.«

Sie schüttelte leicht den Kopf. »Nein, ich glaube, bei mir gibt es das alles nicht«, sagte sie endlich.

»Doch, Stefanie. Paß mal auf, du hast doch sicherlich dein monatliches...« — er suchte nach einem Ausdruck, den sie verstehen würde — »... Unwohlsein?« Sie nickte. »Und deine Mama hat dir nie erklärt, was das zu bedeuten hat?«

»Nein. Hat es etwas... damit zu tun?«

»Ja, Stefanie. Bei diesem Unwohlsein werden die unbefruchteten Eizellen aus dem Körper ausgestoßen. Wenn eine Frau schwanger ist, bleibt die Periode aus.«

»Oh, Justus, und ich habe nie gemerkt... nie gewußt...«

Er schlug rasch das Buch zu und nahm es ihr weg. »Woher solltest du auch. Es war sehr tapfer von dir, mich danach zu fragen. Aber weine jetzt nicht, sonst müßte ich bereuen...«

»Nein, nein«, beteuerte sie hastig, »warum sollte ich weinen? Ich bin dir ja dankbar, daß ich es jetzt weiß...« Sie wischte sich verstohlen mit dem Handrücken über die Augen.

»Na, also«, sagte er und hoffte, daß sie es dabei bewenden lasssen würde.

Aber so geschickt und so rasch er den entscheidenden Punkt auch überspielt hatte, sie war trotz aller Verwirrung darauf aufmerksam geworden. »Und wie«, fragte sie, »kommen die Samen in meinen... in den Körper der Frau hinein?«

»Das«, sagte er ausweichend, »wirst du schon rechtzeitig merken, wenn es soweit ist.«

»Aber ich muß es jetzt wissen! Ich muß es *vorher* wissen, begreifst zu denn nicht?!«

Er seufzte tief. »Stefanie«, sagte er, »du hast doch gewiß schon einmal einen nackten Mann gesehen?«

Sie schüttelte energisch den Kopf. »Nie. Wie sollte ich denn? Justus, begreifst du denn noch immer nicht, wie ich erzogen worden bin? So dumm waren wir ja nicht, daß wir nicht gemerkt hätten, daß es da etwas geben muß. Sonst hätten doch nicht alle Statuen an einer bestimmten Stelle ein Blatt getragen, und in unseren Kunstbüchern sah man manchmal, daß es erst nachträglich davorgesetzt worden ist. Aber was dahinter war, das konnten wir uns doch nicht vorstellen!«

»Das kommt nur davon, daß ihr Großstädterinnen seid«, sagte er. »Wäret ihr auf dem Land aufgewachsen ...« Er begann wieder unter seinen Büchern zu kramen, fand, was er suchte, und brachte es ihr. »Da hast du den Anblick des großen Geheimnisses, wieder einmal schematisch dargestellt, natürlich. Dies hier, links und rechts, sind die Hoden, darin werden die Samen produziert, und dies hier ist das männliche Glied, der Penis.« Er schlug das Buch zu und nahm es ihr fort, denn er fühlte sich peinlich verlegen und gleichzeitig erregt, wie es ihm, der sich selbst für einen hartgesottenen Mediziner gehalten hatte, im Grunde gar nicht anstand.

Sie machte keinen Versuch, ihn zurückzuhalten. »Jetzt verstehe ich endlich«, sagte sie. »Mama hatte also doch recht. Es ist unangenehm, aber man übersteht es. Wenn man ein Kind haben will, muß es eben sein, man kann ja die Augen zukneifen und die Zähne zusammenbeißen. Drei-, höchstens vier- oder fünfmal im Leben, das ist doch nicht so schlimm, nicht wahr?« — Er drehte sich zu ihr um. »Stefanie!«

»Warum schreist du denn so mit mir?«

»Weil du nichts verstehst, gar nichts! Wenn Mann und Frau zusammenkommen, das ist nicht nur ... das ist keineswegs ein technischer Vorgang. Das geschieht, wenn man sich liebt! Wenn man ...« Sein Unvermögen, die richtigen Worte zu finden, ließ ihn fast verzweifeln.

Sie runzelte die glatte runde Stirn. »Aber Mama sagt, daß Liebe zum Heiraten gar nicht nötig ist, und ich kenne viele Paare, die sich gewiß nicht lieben und doch Kinder haben.«

»Oh, Stefanie!« Er fuhr sich unwillkürlich durch die Haare.

»Wenn es alles ganz falsch ist, warum hast du es mir denn dann so erklärt?«

»Stefanie, die Welt wäre längst ausgestorben, wenn es so wäre, wie du es dir jetzt vorstellst! Einen Mann drängt es auf diese Weise zu dem Mädchen hin, das er liebt ...«

Sie sah ihn aus großen Augen an. »Hast du es denn schon einmal getan, Justus?«

»Aber ja, Stefanie, jeder Mann tut es, jeder gesunde Mann ... und nicht nur einmal im Jahr, wie du dir einbildest. Es ist die schönste Erfüllung, die es für einen Mann geben kann.«

Stefanies Wangen brannten. »Und für die Frau? Was bedeutet es für die Frau?«

»Ich weiß es nicht, aber ich glaube ... auch für die Frau kann es sehr schön sein, für manche Frauen ist es das bestimmt.« Er dachte an Amalie Hentschel, ihren weißen, sinnlichen Körper, an ihre Leidenschaft, die ihn manchmal geradezu gedrängt hatte. »Es gibt leichtfertige Frauen«, erklärte er mühsam, »die es so gern tun wie die Männer, für die es genauso wichtig ist. Aber auch eine anständige Frau, wenn sie ihrem Mann vertraut und wenn sie ihn wirklich liebhat ... ich habe mir eine Ehe immer so vorgestellt, daß beide auch in diesem Punkt miteinander glücklich sein müßten.«

Sie streckte die Hand nach ihm aus und zog ihn zu sich auf die Sessellehne. Er legte den Arm um ihre Schultern, und sie barg den Kopf an seiner Brust. »Justus«, flüsterte sie, »zeig mir ... wie Mann und Frau miteinander glücklich sein können. Du bist der einzige Mann, mit dem ich ... ich habe doch Vertrauen zu dir — und ich habe dich lieb!«

Er strich ihr zärtlich über die weichen Locken und zog mit den Fingerspitzen die vollendete Rundung ihres kleinen Ohres nach. »Aber, mein Herz, ich bin nicht der Mann, den du heiraten wirst ...«

Sie erschauerte unter seiner Berührung. »Gerade deshalb, Justus. Ich möchte doch auch einmal — wenigstens einmal im Leben — glücklich sein ...«

Er beugte sich zu ihr hinab. Sein Mund fand ihre Lippen, die kühl, keusch und ganz unerfahren waren und sich ihm doch weich und widerstandslos öffneten. Sie hatte den Kopf in den Nacken gelegt, die Augen geschlossen. Er empfand so viel Zärtlichkeit für Stefanie wie noch für keinen Menschen zuvor, und doch löste er sich von ihrem Mund, bedeckte ihr Gesicht mit zarten, kleinen Küssen. »Ich liebe dich, Stefanie«, flüsterte er, »ich liebe dich, wie ich noch nie jemanden geliebt habe!« Er hob sie hoch. »Und deshalb werde ich dich jetzt nach Hause bringen!«

Aber sie klammerte sich an ihn. »Nicht«, flehte sie, »bitte, bitte, nicht ...«

Er biß die Zähne zusammen, und doch wollte er sie wieder in die Arme nehmen, sie hochheben — da hörte er draußen vor dem Zimmer die nur zu vertrauten, schlurfenden Schritte seiner Wirtin. »Herr Doktor«, sagte die Witwe Göbern, »ich bringe Ihnen Tee ...« Gleichzeitig wurde die Klinke von außen herabgedrückt. Justus Weigand und Stefanie standen beide wie erstarrt. Er spürte das Pochen ihres Herzens. Unfähig, ein Wort hervorzubringen, starrte er auf die Klinke, die sich auf und nieder bewegte.

»Herr Doktor, warum haben Sie denn abgeschlossen?« fragte die Witwe Göbern in anklagendem Ton.

Justus Weigand überlegte, ob er nicht einfach schweigen und somit den Eindruck erwecken könnte, noch gar nicht zu Hause zu sein. Aber dann wurde ihm bewußt, daß der Schein der Petroleumlampe, der durch den Spalt zwischen Schwelle und Tür auf den Gang hinausfiel, ihn längst verraten haben mußte. »Weil ich meine Ruhe haben will«, sagte er brummig. Er nahm Stefanies Hut, ihre Handschuhe, ihren Pompadour, drückte ihr alles in die Hände, begleitete sie zur anderen Tür, die direkt ins Treppenhaus führte, ließ sie leise hinaus und flüsterte ihr zu: »Warte unten auf mich! Ich gehe morgen zu deinem Vater!«

»Aber Herr Doktor«, zeterte die Witwe Göbern indessen, »das sind ja ganz neue Sitten! So etwas ist in meinem Haus nicht üblich!«

»Dann wird es höchste Zeit, daß Sie sich endlich daran gewöhnen!« Er drehte den Schlüssel um, öffnete die Tür mit einer heftigen Bewegung und rannte hinaus.

Die Witwe Göbern wich zurück, das Tablett kam ins Schwanken, die Tasse kippte um, und der dünne Tee pladderte auf den ausgetretenen Läufer. »Der schöne Teppich!« kreischte die Frau.

»Können Sie denn nicht aufpassen!« brüllte Justus Weigand.

»Wie konnte ich denn ahnen...! Wenn Sie dieTür nicht abgeschlossen hätten...«

»Es ist mein gutes Recht, die Tür abzuschließen, sooft und wann immer ich will!«

»Aber nicht, wenn Sie Damenbesuch haben!«

Justus Weigand und die Witwe Göbern starrten einander an, der junge Doktor überrumpelt und aufgebracht, die Wirtin triumphierend und doch mit dem unbehaglichen Gefühl, übers Ziel geschossen zu haben.

»Wie können Sie behaupten, daß ich Damenbesuch hatte?« fragte Justus mit gefährlicher Ruhe.

»Weil Sie gesehen worden sind! Zusammen mit einer jungen Dame. Sie war verschleiert, aber es war nicht Ihre Cousine.«

»Und weil Ihnen das eines von diesen dreckigen Klatschmäulern im Haus gesteckt hat, gab es für Sie natürlich nichts Eiligeres zu tun, als nachzuschnüffeln?«

»Es ist meine Pflicht!«

»Über die Moral Ihrer Untermieter zu wachen, wie? Aber das können Sie mir nicht weismachen, ich kenne Sie besser. Sie sind nichts als eine neidische, mißgünstige Person, die sich an anderer Leute Liebesgeschichten ergötzt, weil sie selbst zu kurz gekommen ist!«

Die spitze Nase der Witwe Göbern wurde weiß. Sie preßte, mit der rechten Hand noch immer das Tablett balancierend, die linke auf ihr Herz. »Aber Herr Doktor, das mir! Nach allem, was ich für Sie getan habe!«

»Was haben Sie denn schon für mich getan? Sie haben mir Ihre schäbige Kammer für teures Geld vermietet. Wenn ich Ihnen auch nur ein einziges Mal etwas schuldig geblieben wäre, hätten Sie mich mitleidlos auf die Straße gesetzt. Verdammt noch mal, versuchen Sie bloß nicht, mir etwas vorzumachen!« Er zog sich in sein Zimmer zurück, hörte noch, bevor er die Tür zuschlug, wie die Wirtin verstört sagte: »Aber man muß doch leben!«

Das hatte ihm gutgetan. Wenn sein Zorn auch eigentlich nicht der Wirtin, sondern ihm selbst gegolten hatte. Wie hatte er, der Stefanie so gern vor allen Unbilden des Lebens und allen Enttäuschungen beschützt hätte, sie nur einer solchen Situation aussetzen können! Er hätte sich von Anfang an nicht darauf einlassen dürfen, Stefanie mit in sein Zimmer zu nehmen. Sie wußte ja nicht, hatte ja nicht wissen können, welch einer Gefahr sie sich damit aussetzte. Wie mochte ihr jetzt zumute sein, nachdem sie sich wie eine Verbrecherin aus dem Haus hatte schleichen müssen?

Justus Weigand riß seinen Schal vom Haken hinter der Tür, verließ sein Zimmer durch den separaten Ausgang und stürmte die Treppe hinunter. Er rannte durch die beiden Hinterhöfe, schrie, ohne sich dessen bewußt zu werden: »Stefanie! Stefanie!« Aber er bekam keine Antwort. Er erreichte die Straße, lief noch ein ganzes Stück in der Richtung, in die sie sich gewandt haben mußte. Erst an der nächsten Ecke blieb er stehen und gab es auf. Er begriff, daß es sinnlos war. Wahrscheinlich hatte sich Stefanie längst eine Droschke genommen.

Inzwischen war es dunkel geworden. Die Lichter der Stadt brannten. Die Menschen, die jetzt noch unterwegs waren, ließen sich von der fieberhaften Unruhe des nächtlichen Gewimmels anstecken. Gewiß war Stefanie noch nie so spät allein unterwegs gewesen. Was würde sie zu Hause erwarten? Und würde sie ihr langes Ausbleiben erklären können?

Justus Weigand mußte den Impuls niederkämpfen, jetzt und sofort zu ihren Eltern zu gehen und das Mädchen, das er liebte, zu verteidigen. Doch sein Verstand arbeitete präzise wie immer und machte ihm klar, daß er Stefanie mit einem solchen Vorstoß eher schaden als nützen würde. Einen solchen Affront konnte er sich nicht erlauben. Aber sein Entschluß stand fest. Gleich am nächsten Tag würde er, wie er es ihr versprochen hatte, einen Vorstoß bei ihrem Vater wagen. Es gab für ihn nur noch ein Ziel, das einer Anstrengung wert zu sein schien: Stefanie heiraten zu dürfen. Er wußte jetzt, daß er sich selbst betrogen hatte, als er glaubte, freiwillig und um der Wissenschaft willen auf sie verzichten zu können.

Im fahlen Licht des nächsten Morgens jedoch erschien Justus Weigand der Plan, vor den Bankier von Stucken hinzutreten und seine Tochter für sich zu fordern, phantastisch und ohne jede Chance, ja nahezu undurchführbar. Und dennoch mußte er es versuchen, um ihret- und auch um seinetwillen. Er zog sich sorgfältig an, nahm Handschuhe und Chapeau claque und verließ sein Zimmer durch die Wohnung, vorbei an der Witwe Göbern, die ihm anklagende Blicke zuwarf, seinen Gruß nicht erwiderte und auf seine Entschuldigung zu warten schien. Aber er war entschlossen, ihr den Gefallen nicht zu tun; er hatte sich in den vergangenen Jahren oft genug über sie geärgert und manchen Protest unausgesprochen hinuntergeschluckt. Jetzt, da er kurz davor stand, sie für immer zu verlassen, sah er keinen Anlaß, auch nur ein einziges Wort zurückzunehmen. Es war höchste Zeit gewesen, daß ihr endlich einmal jemand seine Meinung gesagt hatte, fand er, und hoffte, daß seine Nachfolger es ihm danken würden. In der Elsässer Straße, gleich gegenüber, war eine kleine Druckerei, die Justus Weigand zuerst aufsuchte. Hier hatte er seine Dissertation in Druck gegeben und anschließend einen Auftrag auf hundert Visitenkarten erteilt: *Dr. med. univ. Justus Weigand.* Justus war nicht eitel, aber immerhin jung genug, daß er nicht darauf verzichten mochte, seinen ersten beruflichen Erfolg bis zur Neige auszukosten, wenn er das Geld auch ganz gewiß für nützlichere Dinge hätte ausgeben können.

Als er jetzt das Päckchen in die Hand nahm, die oberste Karte unter dem Papierband hervorzog und, in feinziseliertem Druck, seinen Namen las und davor den bedeutungsvollen Titel, errötete er vor Freude. »Sehr hübsch geworden«, lobte er den Meister, der ihn schmunzelnd beobachtet hatte, »ich nehme jetzt erst einmal zehn Stück heraus, den Rest hole ich mir im Laufe des Tages.«

»Det können Se halten, wie Se wollen, Herr Doktor!«

Justus Weigand fuhr mit der Pferdebahn bis zur Haltestelle Friedrichstraße/Unter den Linden und ging von dort aus zu Fuß bis zur Fürstenstraße. Vom gegenüberliegenden Trottoir aus betrachtete er das alte Haus der Stuckens, und die schlichte und würdevolle Fassade beeindruckte ihn mehr denn je. Es schnürte ihm die Kehle zu, und er war drauf und dran, die Flucht zu ergreifen. Aber er biß die Zähne zusammen und überquerte die Fahrbahn. Er war entschlossen, sich nicht einschüchtern zu lassen. Was konnte ihm Schlimmeres passieren, als daß ihn der Alte hinauswarf? Und dann würde er nicht schlechterstehen als zuvor.

Er stieß die schwere, messingbeschlagene Tür der *Privaten Commerzbank* auf und betrat mit forschen Schritten, die auf dem marmornen Boden hallten, das Innere. In dem riesigen Schalterraum herrschte eine Ruhe, die durch das verschwörerische Gemurmel zwischen Angestellten und Kunden nicht gestört, sondern geprägt wurde. Unwillkürlich trat Justus Weigand leichter auf, um den Lärm seiner Schritte zu dämpfen. Aber niemand beachtete ihn. Erst nach längerem Umsehen entdeckte er eine Tür mit der schlichten Aufschrift *Comptoir* und ging darauf zu. Er streckte schon die Hand nach dem schimmernden Knauf aus, als ihm ein streng blickender junger Mann mit schwarzen Schonern über den Ärmeln seines gutgeschnittenen dunklen Anzugs den Weg vertrat. »Sie wünschen, mein Herr?«

»Ich muß Herrn von Stucken sprechen«, erwiderte Justus Weigand mit fester Stimme.

»Worum handelt es sich?« Der junge Mann musterte Justus abschätzend von den Schuhspitzen bis zum Chapeau claque, den er unter den Arm geklemmt hatte, und bis zu dem braunen, sorgfältig gebürsteten Haar. »Sie wollen einen Kredit aufnehmen? Dazu muß ich Ihnen gleich sagen, daß wir ohne die nötigen Sicherheiten ...«

Justus Weigand fiel ihm ins Wort. »Erteilen Sie mir, bitte, keine unerbetenen Ratschläge«, sagte er kalt, »ich wünsche Herrn von Stucken in einer persönlichen Angelegenheit zu sprechen!« Er zog eine seiner nagelneuen Visitenkarten mit Zeige- und Mittelfinger aus seiner Westentasche und überreichte sie mit lässiger Arroganz.

Der *Dr. med. univ.* verfehlte nicht seine Wirkung. Der junge Mann klappte zusammen wie ein Taschenmesser und murmelte: »Einen Momang, wenn Sie sich, bitte, gedulden wollen, ich werde sehen, was ich für Sie tun kann...« Er verschwand durch die Tür.

Justus Weigand wich keinen Schritt zur Seite. Eine knappe Minute später tauchte der junge Mann wieder auf, verbeugte sich mit einer gewissermaßen neidvollen Ehrfurcht und sagte: »Der Herr Bankier läßt bitten... Wenn Sie mir folgen wollen?« Er führte Justus Weigand durch einen großen Raum, in dem einige Herren an Stehpulten emsig damit beschäftigt waren, Briefe zu kopieren und Zahlenkolonnen zusammenzurechnen. Der junge Mann pochte an eine Tür im Hintergrund des Raumes, öffnete sie nach einer geziemenden Wartezeit und meldete: »Herr Doktor Weigand!«

Justus trat ein. Die Tür schloß sich hinter ihm, und er sah sich dem Bankier Karl Friedrich von Stucken gegenüber, der ihn, mit dem Ellbogen auf ein mächtiges Stehpult gestützt und ihm halb zugewandt, aus seinen leicht vorquellenden blauen Augen kühl ansah.

»Guten Morgen, Herr von Stucken«, begann Justus Weigand hastig, denn er hatte sofort den Eindruck, daß es ihm nicht lange vergönnt sein würde, zu reden. »Entschuldigen Sie, bitte, daß ich Sie hier so ohne weiteres überfalle, aber...«

Der Bankier klopfte mit dem stumpfen Ende seines Federhalters auf die Schreibfläche des Stehpultes. »Ich bitte, zur Sache zu kommen!«

»Herr von Stucken... ich möchte Sie um die Hand Ihres Fräulein Tochter bitten!«

Im selben Augenblick, als es heraus war, hatte Justus Weigand auch schon das Gefühl, ein Sakrileg begangen zu haben. Der Bankier blickte ihn nur mißbilligend und unangenehm berührt an. »Meine Tochter ist bereits versprochen«, erwiderte er eisig, »und ich kann nicht einmal höflichkeitshalber behaupten, daß es mir leid tut. Sie sind nicht der Mann, den ich jemals als Schwiegersohn in Betracht gezogen hätte. Guten Tag.« Und er wandte sich ostentativ wieder seiner Arbeit am Stehpult zu.

Aber so wollte Justus Weigand sich nicht abspeisen lassen. »Herr von Stucken«, sagte er, »ich weiß, ich habe mich seinerzeit hinreißen lassen...«

»Das interessiert mich nicht«, schnitt ihm Herr von Stucken, ohne ihn anzusehen, das Wort ab. »Guten Tag.«

»Aber Sie werden mir doch wohl gestatten, daß ich Sie für mein damaliges Verhalten um Verzeihung bitte. Wenn ich auch in der Sache selbst recht hatte, so war mein Ton wahrscheinlich...«

»Herr!« Karl Friedrich von Stuckens blasses, schwammiges Gesicht überzog sich mit einer bedrohlichen Röte. »Wollen Sie es darauf ankommen lassen, daß ich Sie mit Gewalt aus meinem Comptoir entfernen lasse?«

»Herr von Stucken, ich liebe Ihre Tochter, und Ihre Tochter liebt mich! Ich gebe zu, daß ich ein armer Schlucker bin, aber immerhin bin ich Arzt, habe *summa cum laude* promoviert und habe, wie mein Professor mir versichert, eine glänzende wissenschaftliche Zukunft vor mir. Ich schwöre Ihnen, Sie würden es niemals bereuen müssen, mir Ihre Tochter anvertraut zu haben!«

»Dieses Thema ist für mich ein für allemal erledigt!«

»Aber es geht um das Glück Ihrer Tochter! Bitte, Herr von Stucken, verstehen Sie mich nicht falsch; selbstverständlich halte auch ich den Grafen Donnersberg für einen hochanständigen Menschen — aber Grundlage einer Ehe kann doch nicht nur die Achtung der Partner füreinander sein. Ich bin Mediziner, Herr von Stucken, lassen Sie mich offen sprechen: Eine Ehe ist ja nicht nur eine gesetzmäßige Verbindung zweier Partner verschiedenen Geschlechts, sondern sie ist in allererster Linie ein biologischer Vorgang, der...«

Weiter kam er nicht. Hochrot vor Zort betätigte der Bankier den vorhandenen Klingelzug so heftig, daß er abriß und ihm die Schnur in der Hand blieb; vorher aber mußte das schrille Läuten zumindest in dem nebenliegenden Büroraum sämtliche Herren alarmiert haben. »Sie niederträchtiger Bursche, Sie infamer Mensch, verschwinden Sie«, brüllte der Bankier, »oder ich werde Sie hinausprügeln lassen...« Er hob die Faust mit dem Klingelzug und ließ sie wie eine Peitschenschnur über Justus Weigands Gesicht sausen.

Halb blind und durch den Schmerz benommen, taumelte der junge Doktor zurück, ertastete hinter sich eine Klinke, die Tür öffnete sich, und er fand sich in einem kleinen halbdunklen Flur wieder. Er preßte sein Taschentuch vor das verletzte Auge, fand eine Tür, die ihn geradewegs in das Treppenhaus brachte, durch das der Privataufgang linker Hand hinaus zur Straße und rechter Hand nach oben in die Wohnung der Stuckens führte.

»Justus, was ist geschehen?« Stefanie, die auf der Biegung der Treppe gekauert hatte, sprang auf und lief zu ihm hin.

Er blieb stehen, rang nach Atem, stellte blinzelnd fest, daß sein Auge nur tränte und ihn elend schmerzte, aber sonst nicht verletzt war. »Nichts Besonderes«, sagte er, »nur daß dein Vater mich hinausgeworfen hat.« Als er ihr entsetztes Gesicht sah, fügte er hinzu: »Wie es ja wohl auch nicht anders zu erwarten war. Wir waren kindisch, uns hier irgend etwas zu erhoffen!«

»Aber du blutest ja, zeig her!« Sie nahm ihm das Taschentuch vom Auge. »Du bist verletzt! Wie konnte das geschehen?«

»Deinem Papa ist das Temperament durchgegangen. Ich nehme nicht an, daß es tatsächlich seine Absicht war, mich so zuzurichten.«

»Du mußt sofort zu einem Arzt.«

»Halb so wild. Das mache ich selbst.«

»Oh, Justus, das ist alles so schrecklich!« Tränen rannen ihr über die Wangen. »Jetzt wirst du Papa fordern müssen!«

»Ich... deinen Vater? Ich denke gar nicht daran!«

»Aber deine Ehre... ich dachte immer...«

»Was hat meine Ehre damit zu tun, daß dein Vater seine Nerven verloren hat? Ich bin kein Offizier und auch kein Edelmann, Stefanie, sondern ein einfacher, vernunftbegabter Bürger. Wem würde es nützen, wenn dein Vater mich über den Haufen schösse? Oder ich selbst am Ende deinen Vater versehentlich ins Herz träfe? Ich bin ein so schlechter Schütze, daß mir in dieser Hinsicht alles passieren könnte! Dann wäre dein Papa tot, und ich müßte auf irgendeiner Festung bei Wasser und Brot darben. Dir kommt das vielleicht romantisch vor — mir erscheint es nur ganz und gar idiotisch!«

»Ach nein, ich bin ja so froh, daß wenigstens das nicht...« Sie schmiegte sich in seine Arme. »Ich will nicht, daß du dein Leben aufs Spiel setzt, ich könnte es nicht ertragen!«

»Ja. Schließlich ist es das einzige, was ich jetzt noch zu verlieren habe.« Er drückte sein Gesicht in ihr weiches duftendes Haar. »Ich fürchte, für uns gibt es keine Hoffnung mehr.«

»Ich bin trotzdem glücklich«, flüsterte sie. »Glücklich, daß du es gewagt hast, noch einmal mit Papa zu reden! Ich habe dich vom Fenster aus kommen sehen, und da bin ich gleich heruntergelaufen. Jetzt weiß ich, daß du mich wirklich liebst, und das ist viel für mich; sehr, sehr viel; mehr darf ich vom Schicksal gar nicht verlangen.«

»Meine liebe, geliebte kleine Stefanie!«

»Leb wohl, Justus!« Sie bot ihm die Lippen, und er küßte sie noch einmal. Dann riß sie sich los und eilte die Treppe hinauf. Auf dem Absatz blieb sie noch einmal stehen, wandte sich zu ihm um und winkte ihm, eine schmale, fast noch kindhafte Gestalt, deren Gesicht er im Dämmern des Treppenhauses nicht mehr genau sehen konnte: ein zartes weißes Oval, in dem die braunen, klaren Augen vor Tränen glänzten, während der Mund zu lächeln versuchte. Auch er hob die Hand. Dann wandte er sich um und öffnete die Tür, die zur Straße führte. So und nicht anders wollte und würde er sie in Erinnerung behalten.

Justus Weigand war ein Mensch, der sich bis dahin großer Gefühle nicht für fähig gehalten und sie bei anderen eher mit leichtem Spott als mit Verständnis beobachtet hatte. Aber diesmal hatte es ihn erwischt, und seine Vernunft stemmte sich vergebens dagegen. Er stürmte durch die Straßen der großen Stadt, versuchte, sich in der heftigen Bewegung und dem ziellosen Laufen abzureagieren. Justus Weigand dachte gar nicht daran, sich unterzustellen, als es plötzlich anfing zu regnen, sondern rannte weiter, daß die Pfützen unter seinen Füßen hoch aufspritzten.

Der Regen verging so plötzlich, wie er gekommen war; von einer Sekunde auf die andere war der Himmel wolkenlos. Justus Weigands feuchte Kleidung dampfte in der Sonne. Er lief weiter und blieb erst stehen, als er sich in einer Gegend wiederfand, die er zu kennen meinte. Er blickte um sich. Die Straße war neu angelegt, aber noch kaum verbaut. Er entdeckte Baumgruppen, Bretterzäune, ging ein paar Schritte zurück bis zum Straßenschild und las: *Von-der Heydt-Straße*.

Er begriff jetzt; hier wohnte Clementine Hergert. Nur einmal war er hier gewesen, in der Silvesternacht. Jetzt, im hellen Licht des Frühlingstages sah alles anders aus. Dennoch war die Thielemannsche Villa nun, da er wußte, wo er sich befand, leicht zu finden, sie beherrschte die Straße.

Die Tür zum Vorgarten öffnete sich unter dem Druck seiner Hand. Er schritt den leicht gewundenen Weg entlang, auf dem die weißen Kiesel, frisch gewaschen vom Regen, wie Edelsteine funkelten und glänzten. Zu beiden Seiten wurde der Rasen schon grün, Krokusse, violett und dottergelb, leuchteten wie Ostereiernester unter den Büschen hervor.

Justus Weigand klingelte. Er überlegte nicht, was er sagen würde, wenn ihn ein fremdes Gesicht empfing, und war sich nicht einmal darüber im klaren, was er mit diesem Besuch eigentlich bezweckte; er handelte ganz instinktiv. Er war auch gar nicht überrascht, als Clementine selbst ihm öffnete. Es war ihm in dieser Minute, als hätte er alles, was da jetzt geschah, schon einmal in einem Traum oder in einem anderen Leben erlebt. »Tina!« sagte er und streckte, fast flehend, beide Hände nach ihr aus.

Ihre schwarzen Augen weiteten sich vor Erstaunen, und ihre Nasenflügel blähten sich leicht, aber sie beherrschte die Situation sofort. »Komm herein, Justus«, sagte sie, »du bist ja ganz naß! Und was ist mit deinem Auge passiert?«

»Ich bin gegen irgend etwas gestoßen.«

Sie merkte nicht, daß er log. »Das sieht dir ähnlich«, sagte sie, »durch die Straßen laufen und träumen.«

Als er auf die breite Marmortreppe zuging, die ins Obergeschoß führte, hielt sie ihn am Arm zurück. »Nein, wir bleiben unten, ich bring' dich ins Bügelzimmer. Du hast dir übrigens eine sehr günstige Zeit für deinen Besuch ausgesucht, die Kinder halten ihr Mittagsschläfchen, und auch die gnädige Frau hat sich hingelegt.«

»Ich habe mir gar nichts ausgesucht«, erklärte er, »ich kam zufällig hier vorbei, und da dachte ich ...«

Sie drückte seinen Arm. »Hauptsache, du bist da!«

Die riesige Küche war aufgeräumt und blitzblank geputzt; Mamsell

Auguste war auf einem Stuhl eingenickt, sie schaukelte mit dem Oberkörper sanft hin und her und schnarchte leise. Clementine wandte sich zu Justus um. »Pst! Es ist nicht nötig, daß sie uns hört!« Sie schob ihn ins Bügelzimmer und zog sachte dieTür hinter sich ins Schloß. »Zieh dich schon aus!« sagte sie. »Ich werde inzwischen die Mamsell überreden, sich oben, in ihrem Zimmer, niederzulegen. Hunger hast du doch sicherlich auch. Du siehst aus, als hättest du seit heute früh nichts mehr gegessen.«

»Ich soll mich ausziehen?« fragte er verdutzt.

»Ja, gewiß. Wie könnte ich denn sonst deinen Anzug trockenbügeln?« Erst jetzt wurde ihr das Zweideutige der Situation bewußt. »Sei nicht albern«, sagte sie barsch, um ihre eigene Verlegenheit zu überspielen, »schließlich kennen wir uns von Kind an, oder etwa nicht? Außerdem brauchst du gar nicht in deinen Unterhosen hier herumzusitzen, warte mal!« Sie begann in einem Flickkorb zu wühlen und brachte einen pflaumenblauen seidenen Hausmantel zum Vorschein. »Zieh das über«, sagte sie, »eine Hinterlassenschaft des gnädigen Herrn. Du kannst ihn übrigens behalten, wenn du willst. Ich kann mir nicht vorstellen, daß er ihn je holen wird oder daß Frau Thielemann danach fragt.«

Justus Weigand zog sein Jackett aus. »Sie sind also schon geschieden?«

»Ja. Aber das erzähle ich dir alles nachher.« Sie ließ ihn allein, und er tat gehorsam, was sie ihm aufgetragen hatte. Es war eine Wohltat, aus dem nassen Zeug zu schlüpfen und sich in schmeichelnde Seide zu hüllen.

Als Clementine zurückkam, ließ sie die Tür zur Küche hinter sich offen; Mamsell Auguste saß nicht mehr auf ihrem Stuhl, es war Clementine also offensichtlich geglückt, sie loszuwerden. Clementine trug in der einen Hand ein Paar Pantoffeln und in der anderen eine Schüssel, die sie auf den Bügeltisch stellte. »So ist es schon besser«, sagte sie. »Und was ist mit deinen Füßen? Sind die auch naß?«

»Ich glaube, nicht.«

»Zieh auf alle Fälle die Schuhe aus und die hier an.« Sie reichte ihm die Pantoffeln.

»Auch von Herrn Thielemann?«

»Nein. Von mir. Du weißt, ich habe von jeher auf großem Fuß gelebt.« Sie kniete vor ihm nieder und nahm seine Füße in die Hand. »Sind feucht«, konstatierte sie, »ich werde dir die Socken ausziehen und sie über dem Herd aufhängen. Bis ich den Anzug gebügelt habe, sind sie trocken.«

»Du bist sehr lieb zu mir.«

»Ich bin wie immer. Du hast mich nur in letzter Zeit sehr wenig beachtet.«

»Du weißt genau, meine Prüfungen... ich konnte einfach nicht...«

»Ich habe dir nichts vorgeworfen«, sagte sie trocken, »du brauchst dich nicht zu entschuldigen. Du hast gar keinen Grund, so empfindlich zu reagieren, wenn ich Tatsachen feststelle.«

»Entschuldige«, murmelte er, »ich bin heute ein wenig durcheinander.«

»Das scheint mir auch so.« Sie hatte sich, die Socken bereits in der Hand, zur Tür gewandt, als sie plötzlich stehenblieb und sich wieder umwandte. »Es ist doch hoffentlich nichts mit der Promotion schiefgegangen?« fragte sie.

»Wie kommst du darauf?« — »Weil du genau aussiehst wie ein Examenskandidat, der durchgefallen ist.«

»Der Schein trügt«, sagte er mit einem mühsamen Lächeln. »Gib mir mal meinen Rock her.« Er faßte in das Jackett, das sie ihm hinhielt, zog eine der Visitenkarten heraus und reichte sie ihr. »Gestern ist es passiert.«

»Wunderbar, Justus! Wie ich mich für dich freue!« Sie drückte ihm einen raschen, schwesterlichen Kuß auf den Mund. »Jetzt verstehe ich alles! Du bist verkatert, und deshalb...«

Er fiel ihr ins Wort: »Ich hätte dir niemals so viel Phantasie zugetraut, Tina. Ich hatte einfach die Idee, dich zu besuchen. Was ist daran so abwegig? Und daß ich etwas aufgeweicht wirke... nun, das kommt, weil ich in einen Frühlingsregen geraten bin.«

Sie ging in die Küche zurück und kam nach einiger Zeit mit einem Tablett zurück, auf dem sich ein Teller Suppe, ein Löffel und eine dicke Scheibe Brot befanden. »Eine gute Bouillon«, sagte sie und stellte alles auf eine Ecke des Bügeltisches, »sie wird dir sicherlich schmecken! Sie ist von heute mittag, ich habe sie nur aufgewärmt.«

»Danke, Tina.«

Sie tunkte ein sauberes Taschentuch in die Schüssel, die sie zuvor mitgebracht hatte. »Essigwasser«, sagte sie, »damit kannst du dein Auge kühlen. Oder meinst du, daß das zu scharf ist?«

»Die Verletzung ist ja nur äußerlich.«

»Gott sei Dank! Du solltst wirklich besser auf dich achten, Justus.« Sie zündete die beiden Gasflammen an, schob die schweren eisernen Bügeleisen hinein und breitete seine Hose mit sorgfältig übereinandergelegten Falten auf den Tisch.

»Du bist so praktisch«, sagte er mit freundlichem Spott.

Sie tauchte das Bügeltuch in die Schüssel, wrang es aus und legte es über die Hose. Dann nahm sie eines der Eisen vom Feuer, prüfte mit dem befeuchteten Zeigefinger, ob es auch heiß genug war, und begann zu bügeln.

Die heiße Suppe tat ihm gut; er merkte erst jetzt, wie hungrig er gewesen war. Die Gasflammen summten und verbreiteten eine angenehme Wärme. Längst vergessene Erinnerungen lebten auf. Er fühlte sich wieder als kleiner Junge, umhüllt von mütterlicher Liebe. Eine Bemerkung Clementines ließ ihn aufschrecken. »Du weißt, daß sich Stefanie von Stucken verlobt hat«, sagte sie. Sie sah ihn dabei nicht an, sondern hielt den Blick angestrengt auf das Bügeleisen gerichtet, das sie über den feuchten Stoff gleiten ließ.

Er holte tief Atem und erwiderte so gleichmütig wie möglich: »Ja. Mit Graf Donnersberg.«

»Du hast mir sehr leid getan, als ich davon hörte.«

»Unendlich rührend von dir«, sagte er scharf, »doch wenn ich mich recht erinnere, habe ich dir schon einmal unmißverstädlich zu verstehen gegeben, daß wir beide uns von Anfang an über das Aussichtslose unserer Liebe klar waren.«

»Ihr hättet auch niemals wirklich zueinander gepaßt.«

»Mag sein. Aber was hat es für einen Sinn, das Hätte und Wäre zu untersuchen, wenn die Tatsachen ihre eigene Sprache sprechen?«

»Ich versuche nur, dich zu trösten.«

»Danke. Es gibt Situationen, in denen kein Trost möglich ist.«

Sie ließ das Eisen sinken. »So tief hat es dich getroffen?«

»Noch tiefer. Wenn du dir einbildest, daß ich dir zuliebe meine Gefühle für Stefanie verleugne...«

»Als wenn ich das von dir verlangt hätte!«

»Gib es nur zu. Eine andere Erklärung für deine Sticheleien ist ja nicht denkbar.«

»Du hast recht«, gestand sie, »ich war sehr, sehr eifersüchtig. Aber nun ist es ja vorbei. Es ist nicht nötig, daß wir darüber sprechen.«

»Sehr edel von dir«, sagte er bissig und war unzufrieden mit sich selbst, weil er sich durchaus bewußt war, daß er allen Grund hatte, Clementine dankbar zu sein, und doch immer wieder dem Wunch nachgab, sie zu verletzten.

Sie hatte die Hose fertiggebügelt und nahm sich jetzt sein Jackett vor, aus dem sie zunächst alle seine geringfügigen Habseligkeiten — Bleistiftstummel, Kleingeld, die neuen Visitenkarten — heraustat, bevor sie es auf den Bügeltisch legte. »Ich nehme an«, sagte sie langsam, »daß du jetzt deine Eltern besuchen wirst.«

»Wie kommst du darauf?« fragte er erstaunt. Er hatte den Suppenteller ausgelöffelt und schob sich den letzten Brocken Brot in den Mund.

»Du weißt doch, daß es Tante Anna nicht gutgeht. Sie ist immer noch sehr schwach, nach der schweren Grippe, die sie diesen Winter hatte. Dein Vater macht sich Sorgen um sie.«

»Davon haben sie mir kein Wort geschrieben!«

»Gewiß wollten sie dich nicht während der Vorbereitungen für deine Prüfungen beunruhigen.« Sie wechselte die Bügeleisen aus. »Wenn du mir nicht glaubst, kann ich ja die letzten Briefe aus Görzen herunterholen.«

»Hältst du mich für so mißtrauisch? Ich weiß, daß du nie lügen würdest.« — »Um so besser. Dann wirst du also nach Hause fahren.«

»Ich hätte schon Lust«, sagte er nachdenklich; niemals war ihm diese Idee so verlockend erschienen wie an diesem Tag. »Es wäre gar nicht schlecht, sich mal wieder hinter den Ofen hocken zu können.«

Sie ließ das glühende Eisen zischend über den feuchten Stoff gleiten. »Wenn du dir Sorgen wegen des Reisegeldes machst, da kann ich dir aushelfen.«

»Lieb von dir, aber nicht notwendig. Ich gebe ja zum Ersten mein Zimmer bei der Witwe Göbern auf. Da wird bestimmt allerhand Kram abfallen, den ich verhökern kann, Studienbücher, die ich nicht mehr brauche, und dergleichen.«

»Wunderbar. Dann gibt es doch eigentlich nichts mehr, was dich hier zurückhalten könnte.«

»Du hast recht. Die Idee ist gut. Ich brenne geradezu darauf, in Görzen mit meiner neuen akademischen Würde zu paradieren.« Er sprang auf. »Kann ich mich endlich wieder anziehen?«

Sie lachte, und als sie ihre weißen, starken Zähne blitzen ließ, verschwand alle Strenge aus ihrem herben Gesicht; es wirkte von einer Sekunde zur anderen jünger, mädchenhafter, weicher. »Nun tu nur nicht so, als möchtest du am liebsten von hier aus zum Bahnhof stürmen!«

»Nicht gerade das, aber immerhin in die Elsässer Straße, nachsehen, was ich tatsächlich zu Geld machen könnte.«

»Dein Eifer ist rühmenswert! Aber bitte, laß die Hose ... ja, sie ist fertiggebügelt, aber wenn du sie jetzt gleich anziehst, wirst du sie völlig verknautschen.«

»Na, denn nicht«, sagte er resigniert und ließ sich wieder auf seinen Stuhl fallen. »Aber allmählich komme ich mir ein wenig lächerlich vor als pflaumenblauer Pascha.«

»Steht dir aber sehr gut, du solltest mal in den Spiegel sehen.« Clementine beugte sich tiefer über den Bügeltisch. »Das heißt, eigentlich gehörst du ja zu den Männern, die immer gut aussehen, ganz egal, wie sie sich kleiden.«

Er schlug die Arme übereinander, lehnte sich zurück und sagte mit bewußt blasierter Miene: »Nur weiter so. Ich bin bereit, dir mir zustehenden Huldigungen entgegenzunehmen.«

»Alberner Mensch.« Sie richtete sich auf und strich sich mit dem Handrücken eine Strähne ihres schwarzen Haares aus der Stirn. »Puh, ist das heiß!« sagte sie, um ihn nicht merken zu lassen, was sie erregte.

»Mir ist es gerade angenehm so«, erklärte er. »Glaubst du, daß meine Socken schon trocken sind?« — »Sieh einmal nach. Und nimm das Tablett mit in die Küche. Stell es einfach neben das Spülbecken.«

Als er zurückkam, sagte sie: »Weißt du, ich habe mir gerade überlegt ... das beste wäre wohl, du würdest den ganzen Sommer über in Görzen bleiben.«

Er bückte sich, um seine Socken anzuziehen. »Wie stellst du dir das vor? Du glaubst doch nicht, daß ich all die Jahre studiert habe, nur um mich jetzt auf meine Lorbeeren auszuruhen.«

»Das brauchst du ja nicht«, sagte sie, ohne ihn anzusehen. »Dr. Kumpmann würde sich sicherlich freuen, wenn du ihm ein wenig assistiertest. Du bist sehr blaß und sehr mager geworden, Justus, ein Sommer auf dem Land täte dir bestimmt gut.«

»Dr. Kumpmann!« wiederholte er. »Nachtigall, ick höre dir trapsen! Du hast also deinen alten Plan immer noch nicht aufgegeben?«

»Es ist nicht mein Plan«, sagte sie heftig, »aber ich weiß zufällig, deine Eltern rechnen damit, daß du eines Tages für immer nach Hause kommst. Aber selbstverständlich kannst du das halten, wie du willst, ich fühle mich nicht berechtigt, dir gute Ratschläge zu geben.«

Er lachte auf. »Seit wann bist du denn so zurückhaltend?«

»Lach mich nur aus, es ist mir ganz Ernst damit!« Sie drehte die Gasflammen ab, stelle die Bügeleisen auf die Asbestplatten zum Auskühlen und hing das Jackett über einen Bügel. »Aber du könntest mir wenigstens erklären, warum es dir so unmöglich erscheint, in Görzen zu bleiben.«

»Wenn ich mich recht erinnere, habe ich das schon einmal ausführlich getan.«

»Aber ich habe deine Gründe nicht eingesehen und sehe sie auch jetzt noch nicht ein.« Clementine machte eine kleine Pause. »Ist es wegen des Kindes? Stehst du immer noch mit der kleinen Senta in Verbindung?«

»Glaubst du etwa, ich hätte sie in den Mülleimer geworfen?«

»Sei nicht albern. Es ist doch wohl nicht ganz und gar abwegig, anzunehmen, daß du vernünftig geworden wärest und die Kleine ins Findelhaus gegeben hast.«

»Nein. Das habe ich nicht getan. Ich habe eine Pflegestelle für sie gefunden.«

»Schön«, sagte Clementine. »Aber gerade wenn du an die Kleine denkst, sollte Görzen für dich doch doppelt verlockend sein. Denk doch nur mal daran, um wieviel gesünder sie in unserem Dorf aufwachsen würde!«

Er runzelte die Stirn. »Du meinst, ich könnte sie mitnehmen? Daran habe ich, ehrlich gestanden, nicht einmal im Traum gedacht.«

»Dabei ist es doch naheliegend, findest du nicht?«

»Aber wer würde sie in Pflege nehmen? Meiner Mutter könnte ich sie doch bestimmt nicht aufbürden.«

»Nun ja«, sagte Clementine, ohne ihn anzusehen, »früher oder später würdest du ja doch einen eigenen Haushalt gründen...«

Er begriff, was sie ihm da anbot, und in seinem Zustand von tiefer Verzweiflung empfand er es als eine echte Versuchung. Er sah das Leben, das sie ihm nicht auszumalen, nur anzudeuten wagte, vor sich: Ein kleines Haus in der Heimat, er selbst von Krankenbesuchen mit dem Landauer heimkehrend — oder würde er sich sogar eines der neuen Automobile leisten können? —, Senta ihm entgegenspringend, ein schönes, starkes, lebendiges Kind, drinnen im Haus Sauberkeit, Ordnung, Gemütlichkeit, Clementine im Obstgarten beim Aufhängen der Wäsche, vielleicht schon ein eigenes Kind im Korbwagen neben sich; es war das Bild eines ruhigen, erfüllten Lebens, das sich ihm bot. Warum sollte er nicht zusagen? Wahrscheinlich war seine Berufung zum Wissenschaftler und Forscher gar nicht so unabdingbar, wie er sich bisher eingebildet hatte, sonst wäre er doch nicht bereit gewesen, sie für seine Liebe zu opfern. »Vielleicht ist das gar kein so schlechter Einfall«, sagte er langsam. »Aber erst werde ich jetzt mal nach Görzen fahren und die Eltern besuchen und mich umsehen. Dann möchte ich unbedingt wenigstens für ein Jahr als Assistent bei Professor Hübner bleiben, und dann ... ja, dann werden wir weitersehen!«

Jetzt erst wagte sie ihm wieder in die Augen zu sehen. »Justus ...«, begann sie.

Ein schrilles Klingeln aus der Küche unterbrach sie. »Die Gnädige!« rief sie, sofort alarmiert. »Ich muß hinauf, Justus, aber, bitte, warte auf mich. Ich komm' so schnell wie möglich zurück, um dir noch adieu zu sagen.«

Kaum war sie hinausgestürzt, begann er sich wieder anzukleiden. Er staunte darüber, wie ihn das Gespräch mit Clementine und ihre umsichtige und liebevolle Fürsorge auf seltsame Art getröstet hatten. Er wußte, er würde die Trennung von Stefanie nie ganz verwinden, aber er wußte auch, daß es außer seiner Liebe noch andere Gefühle und noch andere Ziele, um deren Verwirklichung zu kämpfen es sich lohnte, gab. Er legte den Morgenmantel in den Flickkorb zurück, schrieb ein paar freundliche Zeilen auf die Rückseite einer Visitenkarte, legte sie obenauf in den Korb und ging durch die Küche; denn trotz Clementines Bitte zu warten wollte er das Haus, in dem er sich nur heimlich aufgehalten hatte, so schnell wie möglich verlassen.

In dem Flur, der von der Küche zum Lieferanteneingang führte, traf er seine Cousine, die vom Vorderhaus heruntergerannt kam. »Oh, wie gut, daß ich dich noch treffe!« rief sie.

»Ich konnte nicht länger warten«, sagte er, »ich wollte nicht riskieren, von der Köchin entdeckt zu werden.«

»Die habe ich noch gar nicht geweckt!«

»Trotzdem. Ich habe Pflichten und du auch. Auf Wiedersehen, Clementine. Du hast heute viel für mich getan.«

Sie reichte ihm beide Hände. »Ich danke dir, Justus«, sagte sie, »daß du zu mir gekommen bist! Grüß deine Eltern von mir und melde dich wieder, wenn du zurück bist!«

»Wird gemacht, Tina!«

Sie lief an ihm vorbei und schloß den Hinterausgang auf. Für Sekunden nahm er sie in die Arme, weil er spürte, daß sie darauf wartete, und weil er seine Dankbarkeit nicht anders auszudrücken wußte. Dann eilte er davon. Als er sich an der Ecke des Hauses noch einmal umdrehte, sah er Clementine noch immer in der offenen Tür stehen; sie blickte ihm aus glänzenden Augen nach.

Frau Dorothee Thielemann war die Scheidung glänzend bekommen. Sie war geradezu aufgeblüht, ihr Gesicht zeigte eine frischere Farbe, und sie hatte sogar etwas an Gewicht zugenommen. Ihr Gemütszustand glich dem einer zu lebenslänglicher Haft verurteilten Zuchthäuslerin, der es wie durch ein Wunder gelungen war, nachträglich ihre Unschuld zu beweisen und die Freiheit wiederzugewinnen. An diesem Nachmittag machte sie sich mit besonderer Liebe zurecht, und Clementine, die seit dem Fortgang Otto Thielemanns zu ihrer Vertrauten avanciert war, half ihr dabei.

»Wenn das so weitergeht, gnädige Frau«, sagte sie und zog und zerrte an den langen Schnüren des Korseletts, »werden Sie sich lauter neue Kleider anschaffen müssen!«

»Wie gern ich das täte!« rief Frau Dorothee. »Ich habe die tristen Farben so satt! Vielleicht wird das eine oder andere Stück noch für Sie taugen, Fräulein.« Sie strich sich mit beiden Händen über die Taille. »Aber ich fürchte, heute müssen Sie noch einen oder auch zwei Zentimeter wegschnüren. Ich will mein weißes Musselinkleid anziehen, das ich so lange nicht mehr getragen habe.«

Clementine war plötzlich unbehaglich zumute. »Ist das nicht noch zu früh für diese Jahreszeit?« gab sie zu bedenken. »Sie werden frieren, gnädige Frau.«

»Aber nein doch, ich fahre ja im geschlossenen Wagen, und außerdem kann ich mir meinen indischen Seidenschal umlegen. Die leuchtenden Farben würden einen schönen Kontrast zu dem Weiß des Kleides geben. Ich nehme meinen neuen weißen Hut dazu, einen weißen Sonnenschirm...«

»Es hat eben noch geregnet!«

Frau Dorothee wandte sich, gefolgt von Clementine, die die Schnüre des Korseletts nichts loslassen wollte, zum Fenster und schob die schweren Stores beiseite. »Kein Wölkchen zu sehen! Warum wollen Sie mir den Spaß verleiden, Fräulein?«

»Ich bin froh, Sie so glücklich zu sehen«, murmelte Clementine.

»Und? Habe ich dazu nicht jeden Grund?«

»Gewiß, gnädige Frau!« Clementine begann — nach einem letzten Ruck — die Schnüre zu einer festen Schleife zu verbinden. »Nur sollten Sie sich hüten, Mißfallen zu erregen.«

Frau Dorothee wandte sich um. »Mißfallen? Wie soll ich das verstehen?«

»Gnädige Frau, die Menschen sind schnell bereit, zu verurteilen, wo sie nicht verstehen...«

Frau Dorothee warf den Kopf in den Nacken. »Niemand hat das Recht, über mich zu Gericht zu sitzen. Ich war eine vorbildliche Ehefrau, deren Gutgläubigkeit schmählich mißbraucht worden ist!«

»Gewiß, gnädige Frau«, sagte Clementine und senkte den Blick.

»Ich habe nichts und niemanden zu scheuen! Bitte helfen Sie mir in mein Kleid!«

Clementine nahm das weiße, ganz eng gearbeitete Kleid, das über und über mit Rüschen und Stickereien geschmückt war, half ihrer Herrin beim

Anziehen und machte sich daran, die hinteren Knöpfe zu schließen, von denen nahezu fünfzig vom Ende der Wirbelsäule bis zum Hals hinauf eng beieinandersaßen. Das Kleid hatte lange Ärmel und war bis zum Hals geschlossen; es wirkte ausgesprochen mädchenhaft. Frau Dorothee zupfte die Rüschen am Kragen und an den Ärmeln zurecht; sie drehte und wendete sich dabei vor dem großen Spiegel. »Nun, sagen Sie selbst, Fräulein, steht es mir nicht ausgezeichnet?«

»Es macht Sie ein wenig blaß, gnädige Frau.«

»Wie häßlich Sie sind! Warum können Sie mir nicht einmal ein bißchen schmeicheln?«

»Gnädige Frau...«

»Nein, schweigen Sie!« Frau Dorothee stampfte wie ein verwöhntes Kind mit dem Fuß auf. »Ich will nichts mehr hören. Lassen Sie mich allein!«

Clementine ging. Sie hätte Frau Dorothee gern noch energischer gewarnt, aber sie wagte es nicht, weil sie sich ihrer Stellung im Hause Thielemann stets bewußt blieb und sich darüber im klaren war, daß ihr eine Einmischung in die Privatangelegenheiten ihrer Herrin nicht zustand. Auch war sie sich nicht ganz sicher, ob ihre Bedenken wirklich begründet waren. Sie selbst hatte zum erstenmal in ihrem Leben eine Scheidung miterlebt. Deshalb hatte sie keine sichere Vorstellung davon, wie die Gesellschaft auf einen so ungewöhnlichen Schritt reagieren würde. Vielleicht, so dachte sie, rührten ihre Bedenken nur daher, daß für sie selbst eine Scheidung etwas ganz Unerhörtes war. Jedenfalls meinte sie, man sollte sich nach einem solchen Eklat so zurückhaltend und unauffällig wie möglich geben. Anderseits aber erinnerte sie sich nur zu gut an die düsteren Prophezeiungen des Rechtsanwalts Dr. Rosenbaum, und ihr war auch nicht entgangen, daß sich seit der Scheidung keine der Freundinnen mehr bei ihrer Gnädigsten hatte sehen lassen. Konnte das Zufall sein? Clementine war ehrlich bekümmert, denn sie mochte Frau Dorothee und fühlte sich, wie es in ihrem Charakter lag, auch schon für sie verantwortlich; aber sie sah sich außerstande, ihr zu raten oder zu helfen.

Als sie eine halbe Stunde später die Kutsche vorfahren hörte, lief sie mit den Kindern zu den vorderen Fenstern des Hauses und veranlaßte ihre Schützlinge, der Mama noch einmal zuzuwinken. Sie hatte gehofft, Frau Dorothee würde sich vielleicht doch noch für ein anderes Kleid entscheiden, aber darin sah sie sich getäuscht. Frau Thielemann erschien ganz in Weiß, so wie sie es sich vorgenommen hatte, mit weißen Handschuhen, weißem Beutel, einem riesigen wippenden weißen Hut und einem weißen Sonnenschirm, den sie für den kurzen Weg durch den Vorgarten aufgespannt hielt. Sie bemerkte das Winken ihrer Kinder nicht und reagierte auch nicht auf ihr Rufen.

»Wie schön Mama ist«, rief der kleine Fritz begeistert. »Fast so schön wie Tante Luise, als sie geheiratet hat!«

»Sei still!« protestierte seine Schwester Marie. »Wir wissen schon, daß du die Schleppe tragen durftest, während wir zu Hause bleiben mußten!« Sie beugte sich weit aus dem Fenster. »Mama! Mama!«

Clementine hielt sie beim Schürzenband fest. »Nicht so wild, Marie!« mahnte sie.

»Vielleicht will Mama auch wieder heiraten?« fragte Fritz nachdenklich.

»Du Dummer!« widersprach Marie, die von Clementine vom Fensterbrett herabgeholt und wieder auf die Beine gestellt worden war. »Wie kann sie denn! Sie ist doch schon mit Papa verheiratet!«

»Nein, sie ist geschieden«, erklärte Fritz mit wichtiger Miene.

Clementine war verblüfft, denn alle im Haus hatten sich bisher bemüht, den Kindern diese Tatsache zu verheimlichen. »Wie kommst du denn darauf?« fragte sie.

»Weil ich es gehört habe«, sagte Fritz.

»Was ist denn das... geschieden?« fragte jetzt Emma, genannt Emmchen, das jüngere der beiden kleinen Mädchen.

»Geschieden ist tot«, rief Marie. »Aber du brauchst gar nicht zu erschrecken, denn es ist nicht wahr. Papa lebt, und er hat uns lieb. Er ist jetzt nur auf einer Reise und wird schon wiederkommen, nicht wahr, Tine?«

»Natürlich lebt Papa«, sagte Clementine, »und wir werden ihn bald einmal besuchen.«

»Kommt er denn nicht hierher?« rief Marie.

»Nein, vorerst nicht.«

»Warum denn nicht?« fragte Emmchen.

»Das werde ich euch alles erklären, wenn ihr größer seid. Jetzt seid ihr noch zu klein, um es zu verstehen.«

»Aber ich bin größer als Emmchen und Marie!« rief Fritz.

»Das stimmt. Und weil du schon ein vernünftiger Junge bist, wirst du jetzt ganz rasch dein Mäntelchen holen und dich anziehen, denn wenn wir hier noch lange herumtrödeln, ist die schöne Sonne weg, und wir müssen den ganzen Nachmittag im Zimmer bleiben.« Diese Worte genügten, um die Kinder abzulenken. Fritz und seine beiden kleinen Geschwister rannten ins Kinderzimmer, um sich für den nachmittäglichen Spaziergang fertigzumachen, und auch Clementine zwang sich, für ihre Schützlinge vergnügt zu sein.

Frau Dorothee war nicht so unbefangen, wie sie sich Clementine gegenüber zu geben versucht hatte. Auch sie hatte die Warnungen Dr. Rosenbaums nicht vergessen, und auch ihr war aufgefallen, daß es nach der Scheidung sehr still um sie geworden war. Aber sie war nach ihrer unglücklichen Ehe nicht mehr bereit, irgendein Unrecht zu erdulden, sondern entschlossen, sich selbst ihr Recht zu holen und den Bann, in den sie geraten war, zu durchbrechen. Sie gab dem Kutscher Anweisung, in die

Fürstenstraße zu fahren. Sie wußte, daß Frau Elvira von Stucken heute ihren Jour fixe hatte, und sie malte sich jetzt schon mit Vergnügen, in das sich eine gewisse Bangigkeit mischte, aus, was die Hausherrin und ihre Gäste für Augen machen würden, wenn sie dort, ganz in Weiß, hübscher noch als früher, auftauchen würde.

Aber es sollte anders kommen. Als die Kutsche vor dem alten, würdigen Haus in der Fürstenstraße hielt und der Kutscher vom Bock stieg, um ihr den Schlag zu öffnen und ihr herauszuhelfen, sagte sie: »Sie brauchen nicht zu warten, Jan, holen Sie mich, bitte, in etwa einer Stunde hier wieder ab.«

Der Kutscher legte die Hand an den hohen Hut. »Sehr wohl, gnädige Frau!«

Frau Dorothee dachte, wie richtig es von ihr gewesen war, bei den Scheidungsverhandlungen hartnäckig um den Besitz des Wagens und des Gespanns zu kämpfen, obwohl Dr. Rosenbaum ihr geraten hatte, nicht darauf zu bestehen, da der Unterhalt einer Kutsche sehr kostspielig sei und sich für eine alleinstehende Frau nicht lohne. Das war auch ein Punkt, in dem der gute Dr. Rosenbaum unrecht gehabt hatte! Sie raffte, als sie die breite Treppe zum ersten Stock hinaufstieg, ein wenig ihren weißen Rock und klingelte dann.

Die große Bertha öffnete, sehr korrekt gekleidet — schwarzes Lüsterkleid mit weißer Schürze und weißem Häubchen. Ihr Lächeln erstarrte, als sie erkannte, wer da vor ihr stand. »Gnädige Frau«, stammelte sie, »oh ... ich ...«

»Bitte, melden Sie mich Frau von Stucken!«

»Das tut mir leid, gnädige Frau«, stotterte das große Mädchen verlegen, »die gnädige Frau empfängt heute nicht.«

»Aber, ich bitte Sie, Bertha, heute ist doch Donnerstag ... oder etwa nicht!«

»Doch, es ist Donnerstag ... aber die gnädige Frau empfängt nicht!«

Bertha machte eine Bewegung, als wollte sie Frau Dorothee die Tür vor der Nase zuschlagen, aber Frau Thielemann kam ihr zuvor, und es gelang ihr, sich in den Wohnungsflur hineinzudrücken. »Ist Frau von Stucken denn krank?« fragte sie und entdeckte im selben Augenblick, daß die Garderobe voll von Mänteln war. »Und was ist das?« fragte sie und deutete mit dem geschlossenen Sonnenschirm auf die Garderobe.

»Das ist ... das hat gar nichts zu bedeuten.«

»Aber ich bitte Sie, Bertha!«

»Die gnädige Frau ist gar nicht da!« Wie um Berthas Behauptung Lügen zu strafen, hörte man im selben Augenblick aus dem Salon helles Gelächter.

»Dann melden Sie mich, bitte, Fräulein Stefanie!«

»Das Fräulein ist auch nicht da«, beharrte Bertha und stellte sich breit vor der Tür auf, die in die inneren Räumlichkeiten führte, als ob sie notfalls bereit wäre, den ungebeteten Gast auch mit Gewalt auf die Straße zu setzen. »Ich darf Sie nicht hineinlassen, gnädige Frau«, sagte sie verzweifelt, »ich darf es wirklich nicht!«

Das war überdeutlich und viel schlimmer, als Frau Dorothee es sich in ihren bösesten Träumen ausgemalt hatte. Es war ihr, als bekäme sie plötzlich nicht mehr genug Luft, und es wurde ihr schwarz vor den Augen.

»Ogottogottogott!« rief Bertha und fing sie in ihren starken Armen auf. Für Sekunden verlor Frau Dorothee das Bewußtsein. Dann stieg der starke Duft von Riechsalz in die Nase, und gleichzeitig hörte sie die Stimme eines jungen Mannes: »Es scheint ihr schon besserzugehen.«

Frau Dorothee schlug die Augen auf und erkannte Egon von Stucken, der sich über sie beugte, während Bertha ihr das Riechsalz hinhielt. »Ich weiß nicht, was mich so echauffiert hat...« sagte sie mühsam.

»Wahrscheinlich haben Sie sich zu fest schnüren lassen«, sagte Bertha nüchtern, schlug sich aber fast gleichzeitig mit der Hand auf den Mund: »Ogottogottogott, entschuldigen Sie, bitte, ein Glück, daß das die Gnädige nicht gehört hat!«

Egon von Stucken konnte ein Lachen nicht unterdrücken, und Frau Dorothee wurde rot. »Jetzt sehen Sie aber wirklich schon wieder blühend aus, gnädige Frau! Darf ich Sie hinunterbegleiten?« Er bot ihr galant den Arm.

Erst in diesem Augenblick kam ihr der entsetzliche Affront, den sie im Hause Stucken hatte erleben müssen, voll zu Bewußtsein. »Nein, danke«, sagte sie steif, »bemühen Sie sich nicht. Ich finde meinen Weg schon allein.«

»Darauf möchte ich es keinesfalls ankommen lassen«, erklärte Egon von Stucken, »ich muß Ihnen doch wenigstens eine Droschke besorgen.«

»Danke, ich bin sehr gut zu Fuß.« Frau Dorothee wandte sich an das Mädchen, das vor Verlegenheit die weiße Schürze zwischen ihren großen Händen zerknüllte. »Mein Kutscher wird in etwa einer Stunde vorfahren, um mich abzuholen, Bertha. Sagen Sie ihm, bitte, daß er nicht auf mich zu warten braucht.«

»Sehr wohl, gnädige Frau«, versicherte Bertha und warf Egon einen hilfesuchenden Blick zu.

»Ein Grund mehr, Sie zu begleiten«, versicherte Egon von Stucken rasch. »Leider ist der Landauer in Grunewald, sonst würde ich...«

»Lassen Sie sich, bitte, durch mich nicht aufhalten. Ich bin sicher, daß Ihre Frau Mutter Sie schon vermißt...«

»Aber wo denken Sie hin, gnädige Frau«, rief Egon von Stucken mit mühsamer Fröhlichkeit. »Ich bin ja erst kurz vor Ihnen gekommen, und da erfuhr ich von Bertha, daß Mama nicht zu Hause ist. Sie sehen also, auch für mich gibt es nichts, was mich hier halten könnte.«

Frau Dorothee hätte ihm beinahe geglaubt, denn er war tatsächlich noch im Mantel. Aber da hörte sie wieder Gelächter aus dem Salon. Frau

Dorothee zuckte zusammen, zeigte aber, daß sie ihre Lektion gelernt hatte; sie gab vor, nichts bemerkt zu haben. »Ja, dann«, sagte sie beherrscht, »bin ich natürlich froh, wenn Sie mich begleiten wollen.«

Bertha konnte nicht verbergen, wie erleichtert sie war, Frau Dorothee auf diese Art loszuwerden. Eilfertig riß sie die Tür auf und rief: »Adieu und bald einmal wieder!«

Egon von Stucken griff zu Hut und Handschuhen, die er auf einem kleinen Tisch abgelegt hatte, und warf Bertha hinter Frau Dorothees Rücken mit einem leichten Kopfschütteln einen tadelnden Blick zu. »Die gute Bertha ist ein hoffnungsloser Fall«, erklärte er, während er neben Frau Thielemann die Treppe hinunterging. »Dauernd richtet sie die größten Verwirrungen an. Ich wundere mich manchmal, wie es Mama mit ihr aushält.«

Frau Dorothee sah ihn mit hochgezogenen Brauen von der Seite an. »So? Nun, ich für meinen Teil habe die gute Bertha immer für ein gefügiges Werkzeug Ihrer Frau Mutter gehalten.«

Egon von Stucken lachte seine Verlegenheit fort. »Ich finde es eher ungefügig!«

Als sie die Straße erreichten, war der Himmel noch immer so ungetrübt blau wie zuvor. Doch für Frau Dorothee hatte sich die ganze Welt verändert, und sie erschauerte in ihrem allzu sommerlichen Kleid.

»Sie frieren«, sagte Egon von Stucken sofort. »Ein heißer Kaffee oder ein Kognak würde Ihnen guttun.«

»Ja, sobald ich zu Hause bin«, erwiderte sie zerstreut.

Er wußte, wie übel man ihr mitgespielt hatte, und obwohl er bisher keine besondere Sympathien für die in seinen Augen uralte Frau aufgebracht hatte, die ihm überdies stets farblos, langweilig und beschränkt erschienen war, empfand er jetzt ehrliches Mitleid mit Dorothee Thielemann. Durch seine maßlose Leidenschaft für Lotte Mielke fühlte er sich zu jedem Menschen hingezogen, der gleich ihm die bürgerliche Norm verletzte. »Warum so lange warten?« fragte er. »Es sind nur wenige Schritte bis Unter den Linden. Wir könnten im Restaurant Dressel einkehren...« — *»Wir?«* Sie hob ihr schneeweißes Gesicht mit den weit aufgerissenen Augen zu ihm auf.

»Ja, wenn ich mir erlauben darf, gnädige Frau zu einem Gläschen einzuladen?« sagte er arglos.

Frau Dorothee faßte diese tatsächlich nur gut gemeinte Aufforderung völlig falsch auf. Noch immer verstört durch die Abweisung, die ihr soeben widerfahren war, fühlte sie sich so gedemütigt, daß sie nichts anderes glaubte, als daß der junge Herr von Stucken ein Abenteuer mit ihr im Sinne habe. Dieses Mißverständnis war um so naheliegender, als in all den Jahren ihrer Ehe kein Mann sich je unterstanden hätte, sie ohne ihren Mann einzuladen, und schon gar nicht in ein öffentliches Lokal. »Wie können Sie es wagen...«, stieß sie, außer sich vor Empörung, hervor.

Er begriff sofort, daß er einen Fehler begangen hatte, und sagte rasch: »Verzeihen Sie mir, bitte, gnädige Frau, ich wollte gewiß nicht...«

Aber sie war keiner Erklärung mehr zugänglich. »Gehen Sie!« rief sie. »Lassen Sie mich allein! Sie sind ein Flegel! Ich will Sie nie mehr wiedersehen!« Sie drehte sich um und eilte, so rasch es ihr bodenlanger Rock zuließ, die Fürstenstraße entlang.

Egon von Stucken widerstrebte es, eine Dame in solcher Verfassung allein zu lassen. Er machte einige Schritte hinter ihr her. Aber dann blieb er stehen und zuckte mit den Achseln. Er kam zu der Erkenntnis, daß ihm zum Retter der Verfolgten jedes Talent fehle. Wahrscheinlich würde er nur noch schlimmeres Unheil anrichten, wenn er Frau Dorothee auf den Fersen blieb. So entschloß er sich, lieber in die elterliche Wohnung zurückzukehren, wo Frau Elvira — selbstverständlich — wie immer ihren Jour fixe abhielt, dessen Mittelpunkt heute das Brautpaar Stefanie und Hugo Donnersberg bildeten, die nebeneinander auf dem Kanapee saßen, der Graf mit siegreicher Miene, hochgezwirbeltem Schnurrbart, das Monokel ins Auge geklemmt, Stefanie sehr blaß und mit einem erzwungenen Lächeln um den hübsch geschwungenen Mund.

Erst später, als die Gäste gegangen waren, kam Egon von Stucken dazu, seiner Mutter von dem Erlebnis mit Frau Dorothee zu berichten. Er tat es, weil er sich trotz allem schuldbewußt fühlte und das Bedürfnis hatte, sich diese Last von der Seele zu reden. Eine Strafpredigt Frau Elviras pflegte in solchen Fällen meist die Luft zu reinigen. Aber diesmal reagierte die Mutter ganz anders, als er erwartet hatte. »Es war zweifellos ein Fauxpas von dir, sie einzuladen«, sagte sie gleichmütig, »aber es wäre wirklich übertrieben, wenn du dir deshalb noch nachträglich Gedanken machen würdest. Eine Frau in einer solchen Situation kann sich wahrhaftig keine Empfindlichkeiten mehr erlauben. Sie wird sich das abgewöhnen oder sich in die Einsamkeit zurückziehen müssen. Es ist nicht deine Schuld, Egon. Alles was passiert ist, hat sie sich selbst zuzuschreiben. Wenn sie auf meine Warnungen gehört hätte...« Diese Stellungnahme war nicht dazu angetan, das Gewissen des jungen Leutnants zu entlasten. Aber da er nicht einmal imstande war, die Probleme zu lösen, die ihn ganz persönlich angingen, schob er die Erinnerung an diesen Zwischenfall von sich. Ohnehin sollte er bald durch andere, gravierendere Erlebnisse in Vergessenheit geraten.

Frau Dorothee, geschiedene Thielemann, aber lief den ganzen Weg von der Fürstenstraße bis zum Tiergarten zu Fuß und kam in völlig derangiertem Zustand daheim an; ihr schönes weißes Musselinkleid war schmutzig geworden, der Saum eingerissen, und der elegante große Hut saß ihr schief auf dem hochgesteckten Haar. Mamsell Auguste war die einzige, die sie kommen sah, weil sie zufällig durch die vergitterten Fenster des Souterrains blickte.

»Ich stand wie vom Donner gerührt«, erzählte sie später Clementine, als diese mit den Kindern vom Spaziergang zurückgekommen war und auf das Drängen der Köchin hin die Kleinen für einige Minuten allein gelassen hatte. »Wie eine Verrückte sah sie aus, ob Sie's nun glauben oder nicht. Wie so eine richtige Wahnsinnige. Blaß ist sie ja immer, unsere Gnädige, aber diesmal hatte sie eine ganz gruselige Farbe im Gesicht, fast grün war sie, wenn Sie sich das vorstellen können, und die Haare fielen ihr in die Stirn. Und Augen hatte sie, tellergroß, und schien doch gar nichts damit zu sehen! Natürlich wollte ich gleich hinauf, aber ich konnte keinen Fuß vor den anderen setzen, so sehr war mir der Schreck in die Glieder gefahren...« Mamsell Auguste mußte ihren dramatischen Bericht unterbrechen, weil ihr der Atem ausgegangen war.

»Ja und dann?« fragte Clementine, die begriff, daß ihre bösesten Ahnungen sich erfüllt hatten. »Erzählen Sie doch weiter, Auguste!«

»Dann war gar nichts mehr, Fräulein. Als ich mich endlich wieder rühren konnte und nach oben lief, da hatte sie schon aufgeschlossen und war drinnen im Haus. Ich habe meinen Kopf noch in die Garderobe gesteckt, aber vergebens.«

»Sind Sie denn sicher, daß die gnädige Frau überhaupt ins Haus hineingegangen ist?« fragte Clementine, der es leid tat, daß sie Frau Dorothee nach ihrer Heimkehr noch gar nicht gesehen hatte.

»Doch, das bin ich«, versicherte die Köchin. »Ich habe ja die Haustür ins Schloß fallen hören.«

Daraufhin machte Clementine sich sofort auf die Suche nach ihrer Gnädigsten, fand sie jedoch nicht. Dafür aber war die Tür des Boudoirs abgeschlossen, wo Frau Dorothee seit dem Weggange ihres Mannes zu schlafen pflegte; das große gemeinsame Schlafzimmer barg zu viele böse Erinnerungen für sie.

Clementine klopfte an. Erst noch etwas unsicher und zaghaft. Dann aber, als sich drinnen nichts rührte, mit immer größerem Nachdruck. »Gnädige Frau«, rief sie, »Gnädige Frau, so öffnen Sie mir doch, bitte! Ich bin es, das Fräulein!« Es kam keine Antwort. »Gnädige Frau«, rief Clementine, »ich möchte Ihnen doch beim Auskleiden helfen!« Aber auch mit diesem Angebot hatte sie keinen Erfolg. »Sind Sie krank, gnädige Frau? Fühlen Sie sich nicht wohl?« rief Clementine und setzte in ehrlicher Angst hinzu: »Ich werde Dr. Böhme kommen lassen!«

Das wirkte. »Nein, nein, keinen Arzt«, kam die erstickte Stimme Frau Dorothees von innen.

»Dann machen Sie mir doch, bitte, auf! Sie müssen ja auch etwas zu sich nehmen!«

»Nein, ich habe keinen Hunger. Ich bin müde. Gehen Sie, gehen Sie jetzt, lassen Sie mir meine Ruhe.«

Wohl oder übel mußte Clementine aufgeben, ohne daß sich ihre Bedenken zerstreut hätten. Am liebsten hätte sie die Tür aufgebrochen, aber das wagte sie denn doch nicht. Aber sie bat das neue Stubenmädchen, vor dem Boudoir zu warten und ihr sofort zu melden, wenn irgendein Geräusch von drinnen vernehmbar würde oder Frau Dorothee sich blicken ließe.

Doch nichts dergleichen geschah, und so bezog Clementine, nachdem sie mit den Kindern gegessen und sie zu Bett gebracht hatte, selbst Posten vor der verschlossenen Tür. Sie zog sich zu diesem Zweck einen Sessel heran, in dem sie es sich einigermaßen bequem machen konnte. Aber sie machte die ganze Nacht kein Auge zu. Immer wieder sagte sie sich, daß Frau Dorothees Erziehung und Lebensauffassung es nicht zulassen würden, selbst Hand an sich zu legen; sie war eine fromme, ja bigotte Frau. Aber dann fiel ihr wieder die geradezu euphorische Heiterkeit ein, die ihre Herrin seit der Scheidung an den Tag legte, und der Bericht, den die Köchin von ihrer Verfassung bei der Heimkehr gegeben hatte. So stark und gesund Clementine auch persönlich war, besaß sie doch genügend Einfühlungsvermögen, um sich vorzustellen, daß es im Leben eines Menschen Augenblicke geben kann, wo alle Schranken von Vernunft, Moral und Erziehung zusammenstürzen.

Erst als das frühe Licht des Tages durch die hohen, buntverglasten Fenster der Halle fiel, nickte sie ein wenig ein. Aber sie war sofort wach, als der Schlüssel von innen herumgedreht wurde. Sie sprang auf, glättete den Rock und führte beide Hände zum Kopf, um ihre Frisur in Ordnung zu bringen. Eine unendliche Erleichterung überkam sie, als sich die Tür öffnete und Frau Dorothee auf der Schwelle des Boudoirs erschien. Sie trug eines ihrer gewohnten, schlicht gearbeiteten Kleider aus schwerem, dunklem Stoff. Aus dem hohen Kragen stieg der dünne Hals, das Gesicht war schneeweiß, die Augen gerötet, und um den schmallippigen Mund lag ein Zug von Verkniffenheit, den Clementine noch nie zuvor an ihr bemerkt hatte. Die beiden Frauen starrten einander an, beide übernächtig, beide verwirrt und verlegen und im Augenblick außerstande, ein befreiendes Wort zu finden.

»Was tun Sie denn hier, Fräulein?« fragte Frau Dorothee endlich, und aus ihrer Stimme klang keine Spur von Dankbarkeit für Clementines treue Besorgnis.

»Ich hatte gedacht... Ich wollte zur Stelle sein, falls die gnädige Frau doch noch etwas gebraucht hätte.« — »Dann hätte ich ja läuten können.«

»Ja, gewiß, aber ich fürchtete, daß die Mamsell oder das Mädchen die Klingel vielleicht überhören würden.« Angesichts der starren Haltung ihrer Herrin wurde es Clementine unheimlich zumute. »Entschuldigen Sie mich jetzt, bitte, gnädige Frau«, sagte sie rasch, »ich werde nach den Kindern sehen.«

»Nein, bleiben Sie. Vielleicht ist es ganz gut, daß Sie da sind.« Frau Dorothee wies über die Schulter in das verdunkelte Zimmer. »Räumen Sie die Sachen fort«, sagte sie, »den Hut, das Kleid, den Schirm, alles. Ich will sie nie mehr sehen.« Sie ließ Clementine stehen und ging davon, mit steifen, fast marionettenhaften Bewegungen.

Clementine trat in das Boudoir, öffnete die Fenster und die Läden, ließ Licht und Luft in den stickigen, kleinen Raum und legte das Bett auf. Dann hob sie das Musselinkleid, das gestern noch so zauberhaft elegant gewesen war und jetzt nur noch einem armseligen Fetzen glich, vom Boden auf. Frau Dorothee hatte es sich, statt es aufzuknöpfen, mit einem Ruck vom Leib gerissen. Clementine prüfte den Stoff zwischen behutsamen Fingern. Für sie selbst, die wesentlich größer und stärker als ihre Gnädige war, taugte das Kleid nicht mehr, aber für Marie und Emmchen konnte sie daraus noch zwei schöne Kleider nähen; all diese feinen, handgearbeiteten Spitzen und Rüschen waren viel zu wertvoll, um weggeworfen zu werden. Die Schuhe allerdings waren zerrissen und konnten niemandem mehr nützen. Clementine nahm nur den Sonnenschirm und den großen weißen Hut. Dann läutete sie dem Mädchen, befahl ihr, im Zimmer Ordnung zu schaffen, die Schuhe wegzuwerfen und der Mamsell Anweisung zu geben, für die gnädige Frau ein gutes Frühstück zu bereiten.

Sie selbst lief hinauf in ihr Mansardenzimmer, um den Hut und den Schirm im Schrank zu verwahren. Aber sie konnte der Versuchung nicht widerstehen, sich vorher den vornehmen Kopfputz aufzusetzen und den Schirm für ein paar Sekunden zu spannen. Als sie sich so im Spiegel betrachtete, erkannte sie sich beinahe nicht wieder. Der lange Winter hatte das gesunde bäuerliche Braun ihrer Haut gemildert, das Großstadtleben ihre Züge verfeinert, und der große modische Hut tat das Seine dazu, sie in eine Dame zu verwandeln. Wenn Justus Weigand sie so hätte sehen können! Aber natürlich war nicht daran zu denken, daß sie diesen Hut und diesen Schirm auf der Straße würde tragen können; solche Attribute paßten nicht zu ihrer Stellung, standen ihr nicht zu. Aber später einmal — wenn sie erst Frau Doktor war! Clementine erglühte bei diesem Gedanken und kehrte ihrem Spiegelbild rasch den Rücken, weil sie sich ihrer plötzlich aufflammenden Hoffnungen schämte.

Seit Lotte Mielke in der Charité lag, hatte Egon von Stucken jede Verbindung zu ihr verloren. Er wagte es nicht, sie zu besuchen, weil er tödliche Angst davor hatte, sich und darüber hinaus seine Familie oder gar sein Regiment in einen Skandal zu verwickeln. Gleichzeitig aber litt er unter diesem Zustand der Entfremdung zu dem Mädchen, das er liebte, und genausosehr unter seiner eigenen Feigheit, in der er die Reste jener bürgerlichen Voreingenommenheit erkannte, die er längst überwunden zu haben glaubte.

Obwohl ihm Justus Weigand eine deutliche Abfuhr erteilt hatte, trieb es ihn doch wieder zu ihm. Er traf ihn im zweiten Hinterhof des großen Mietshauses in der Elsässer Straße, wo Justus gerade damit beschäftigt war, gemeinsam mit dem kleinen Hans Kändler einen primitiven Leiterwagen mit seinen wenigen Habseligkeiten zu beladen. »Morjen, Morjen, Herr Weigand«, sagte Egon von Stucken, einigermaßen verlegen.

Justus schenkte ihm nur einen halben Blick und machte sich sogleich wieder daran, die Bücher und Pakete auf dem Wagen festzuschnüren. »Morjen, Herr Leutnant«, gab er zurück.

»Bedaure sehr, daß ich Sie noch einmal überfallen muß...«

»Aber das tun Sie ja gar nicht, im Gegenteil.« Justus Weigand richtete sich auf und schenkte ihm ein schiefes Lächeln. »Ich kann momentan Ihre Hilfe sehr gut brauchen. Sie sehen ja, daß ich mich mitten im Umzug befinde.«

Egon von Stucken verstand nicht, daß der andere ihn verulken wollte. »Ich bin nicht deswegen zu Ihnen gekommen«, sagte er ernsthaft.

»Nicht?« Justus Weigand tat verwundert. »Dachte doch tatsächlich, Sie wollten die Gelegenheit beim Schopf nehmen, sich bei mir zu revanchieren.«

»Herr Weigand, ich weiß sehr gut, daß ich Ihnen Dank schuldig bin...«

»Nicht der Rede wert!« Justus Weigand ging um den Leiterwagen herum und ergriff die Deichsel. *»Allez hopp*, los geht's! Sie können Hänschen schieben helfen.« Er ruckte den Wagen an. Hans Kändler hatte den jungen Offizier, der in seiner eleganten Uniform vom Exerzierplatz in das Studentenviertel gekommen war, mit offenem Mund angestarrt. Erst als sich der Leiterwagen schon mehr als einen Meter bewegt hatte, besann sich Hänschen auf seine Pflichten, sprang nach und schob von hinten mit.

Egon beeilte sich, den beiden zu folgen, und war nach wenigen Schritten an Justus Weigands Seite. »Wie geht es Lotte?« forschte er. »Wann wird sie aus dem Hospital entlassen?«

»Keine Ahnung«, gab Justus Weigand trocken zurück.

»Bitte... ich muß es wissen!«

»Dann begleiten Sie uns doch! Wir sind gerade auf dem Weg zur Charité.«

Diese Aufforderung erfolgte nicht ohne Bosheit, denn Justus Weigand war sich völlig darüber klar, wie peinlich es dem jungen Leutnant sein mußte, an der Seite eines so lächerlichen Gefährtes gesehen zu werden. Aber er dachte, daß Egon von Stucken, der keinen Finger gerührt hatte, um Stefanie vor der Verbindung mit dem ungeliebten Grafen Donnersberg zu schützen, wohl eine Lektion verdient habe.

»Aber das ist unmöglich! Ich kann doch nicht so...« Egon von Stucken blickte an seiner Uniform hinab.

»Dann springen Sie in die Schusterwerkstatt hinunter«, riet Justus Weigand ungerührt. »Meister Kändler wird Ihnen gern eine Hose und eine alte Jacke leihen.«

»Au ja, det wird fein!« schrie Hänschen. »Denn kann sich Vatern als Jeneral vakleiden!« Justus Weigand lachte.

»Warum sind Sie so grausam zu mir?« fragte Egon von Stucken, der sehr blaß geworden war. »Was habe ich Ihnen denn getan?«

»Sie haben nichts für mich getan, und genau das nehme ich Ihnen übel.«

Justus Weigand blieb stehen. »Aber natürlich erwarte ich nicht, daß sie mir jetzt tatsächlich helfen oder uns auch nur begleiten.«

»Bitte, dann machen Sie sich auch nicht mehr länger über mich lustig!« sagte Egon von Stucken gequält.

»Nun denn, wenn Sie mich zwingen, ernsthaft zu sein, dann kann ich Ihnen nur eines raten: Vergessen Sie Ihre Lotte. Machen Sie einen dicken Strich unter dieses Kapitel.«

»Das kann ich nicht... niemals!«

»Sie müssen es, Egon«, sagte Justus Weigand mit großem Nachdruck. »Sie haben dieses halbe Kind ins Unglück gebracht. Ihr Leben hing an einem Faden.«

»Das war nicht meine Schuld!«

»Verstehen Sie mich doch nicht falsch. Ich will mich nicht zum Richter über Sie aufschwingen, und ich bin auch weit davon entfernt, Ihnen Moral zu predigen. Ich versuche nur, Ihnen klarzumachen, wie Lotte die Dinge sehen muß.«

»Sie weiß, daß ich sie liebe.«

»Dessen sollten Sie nicht so sicher sein. Ich habe sie am Krankenbett besucht, und ich muß Ihnen sagen, daß sie sich sehr verändert hat. Die Ereignisse haben ihr zugesetzt, sie fühlt sich von Ihnen verlassen.«

»Gerade darum muß ich sie sehen, um ihr klarzumachen...«

Justus wandte sich ab und zog seinen Wagen weiter. »Dann suchen Sie sie. Wahrscheinlich ist sie längst entlassen.«

»Nein. Ich habe überall nachgeforscht! Ich war in dem Blumenladen, in dem sie früher gearbeitet hat, ich habe mich bei den Nachbarn ihrer Eltern erkundigt, ich habe auch Ida Kowalsky aufgesucht — Lotte *muß* noch in der Charité sein!«

»Dann gehen Sie hin und besuchen Sie sie — obwohl es mir vollkommen Ernst war, als ich Ihnen riet, die Dinge auf sich beruhen zu lassen.«

»Aber Sie sind doch eben jetzt auf den Weg dorthin! Vielleicht können Sie einen Sprung hinaufmachen, und wir treffen uns dann... also sagen wir mal...«

Justus Weigand schnitt ihm das Wort ab. »Nein, das kann ich nicht. Ich bin in größter Eile. Ich stelle diese Dinge nur in der Kinderstation ab, weil ich mein Zimmer bei der Witwe Göbern aufgegeben habe. Anschließend muß ich zum Bahnhof. Ich fahre zu meinen Eltern.«

Der Leiterwagen rollte durch die Toreinfahrt und auf die Straße hinaus. Egon von Stucken blieb stehen, lief ein paar Schritte und blieb dann erneut stehen. »Herr Weigand, bitte...« rief er.

»Es ist eine aussichtslose Sache, es kann nur Unheil dabei herauskommen«, rief Justus Weigand über die Schulter zurück, »hören Sie auf mich, geben Sie auf!«

Dann rumpelte der Wagen auf die Fahrbahn. Egon von Stucken stand da und sah dem sonderbaren Gespann nach, dem schlanken, dunkelhaarigen Mann, der die Deichsel führte, und dem kleinen, blonden Jungen, der hinterdreinsprang, den Wagen schob und die Pakete immer wieder geraderückte, sobald sie ins Rutschen gerieten. Er beneidete die beiden von ganzem Herzen. Sie waren frei! Frei genug, um sich ihr Leben so einzurichten, wie es ihnen paßte. Sie mußten nicht auf das Urteil der Gesellschaft Rücksicht nehmen. Egon biß sich auf die Lippe, wandte sich ab und ging mit müden Schritten in die entgegengesetzte Richtung.

Ida Kowalsky holte Lotte Mielke nach deren Genesung aus der Charité ab; sie hatte das junge Mädchen schon während ihrer Bettlägerigkeit besucht. Nun endlich, da es soweit war, daß Lotte den verhaßten Krankensaal verlassen und das harte Spitalshemd wieder ausziehen durfte, brachte Ida Kowalsky ihr Unterwäsche und eines der Kleider mit, die Lotte früher getragen hatte. Aber es stellte sich heraus, daß ihr alles viel zu weit geworden war. Das ehemals knapp sitzende Kleid schlotterte geradezu um ihre mageren Glieder.

»O Jott, wat bin ick dürre!« rief Lotte ganz verzweifelt, als sie sich unter dem Gelächter und den spöttischen Zurufen der anderen Patientinnen umgezogen hatte.

»Sei man bloß nicht unglücklich darüber, det is keene Schande nich«, tröstete sie Ida Kowalsky. »Jetzt haste wenigstens 'ne Taille gekriegt, und du wirst sehen, wie schnell ick dir wieder aufjepäppelt habe.«

Lotte, noch immer sehr geschwächt, stiegen gleich Tränen in die Augen. »Sie sind so jut zu mir, Frau Kowalsky!«

»Nicht doch! Wie redest du denn, Kind? Sag Ida und du zu mir. Wir sind doch Freundinnen jeworden, oder nich?«

»Doch, Ida«, bestätigte Lotte gerührt, »du bist die einzige Freundin, die ich überhaupt auf der Welt habe. Der einzige Mensch, der sich um mich gekümmert hat.«

»Sag das nicht, Lottekind, es gibt noch andere Leute, die sich für dich interessiert haben...«

»Ja, der Dr. Weigand«, sagte Lotte, »der war 'n paarmal bei mir und hat mir auch Grüße von Egon gebracht.«

»Das ist ein guter Mensch, bloß hat er selber nichts. Wie ich dem seine ausgefransten Manschetten gesehen habe, da habe ich gleich gewußt, bei dem ist nischt zu holen.«

»Wie du immer so aufs Geld sehen kannst, Ida!«

Lotte verabschiedete sich rasch von ihren Bettnachbarinnen und eilte dann Ida Kowalsky nach. Es war ihr ganz sonderbar nach all den Wochen, die sie hier verbracht hatte, wegzugehen, ohne Gepäck und ohne eine einzige gute Erinnerung.

»Das muß man auch, aufs Geld sehen«, sagte Ida und schob, als sie draußen auf dem Gang waren, schützend die Hand unter ihren Ellbogen. »Geld ist das Wichtigste im Leben, weißt du. Wer kein Geld hat, der geht vor die Hunde, laß dir das gesagt sein. Geld ist alles, und Liebe ist jar nischt. Das mußt du dir ins Stammbuch schreiben, denn schaffst du es auch.«

»Du hast ja recht«, sagte Lotte, »und ich weiß das längst. Aber was den Doktor betrifft, so hat er mir doch das Leben gerettet. Und angeschwärzt hat er mich auch nicht. Wer weiß, ob einer mit heilen Manschetten so anständig gewesen wäre.«

»Da widerspreche ich dir gar nicht, Lottekind. Die feinen Pinkel sind immer die jemeinsten, das ist ein altes Lied. Wenn du den Doktor mal wiedertriffst, mit dem kannste's ja mal umsonst tun, da habe ich gar nichts gegen einzuwenden.«

»Als wenn der Wert darauf legen würde!«

»Sag das nicht. Umsonst tut's doch jeder gern. Aber nun komm schon! Ein bißchen schneller, wenn es möglich ist. Ich habe die Droschke warten lassen!«

»Wird denn das nicht sehr teuer?«

Ida Kowalsky hob die Achseln. »Was macht das! Ich habe es im voraus kassiert.«

»Von wem?«

»Von wem schon? Von deinem Freier natürlich! Wenn der schon zu fein war, dich zu besuchen, so ist er doch zum Zahlen gerade recht.«

»Aber Egon ist nicht reich. Er hat nie viel Geld gehabt.«

»Du armes Dummchen, du«, sagte Ida Kowalsky halb verächtlich, halb mitleidig. »Du hast wohl immer alles geglaubt, was dir die Männer gesagt haben? Aber das muß jetzt anders werden. Brauchst immer nur auf mich zu hören, ich kenn' mich aus. Der Stucken kein Geld? Daß ich nicht lache! Wo sein Vater doch Bankier ist.«

»Aber der hat ihn immer kurzgehalten, das weiß ich ganz genau.«

»Dann muß er eben zusehen, wie er seinem Alten die Pinke entsteißt. Aber wenn du ihm wieder um den Hals fallen und in Liebe machen willst, dann nur zu. Meinen Segen hast du. Aber dann such dir gefälligst auch eine andere Bleibe. Bei Idan is dann zappenduster.«

Sie hatten jetzt das Gelände der Charité fast durchquert. Der Rasen, die Büsche und die alten Bäume grünten, und die Linden hatten schon ihre ersten Blüten angesetzt, deren süßer Duft den Geruch von Karbol, Eiter und Schweiß verdrängte. Lotte löste sich von Ida, breitete die Arme aus, atmete tief und nahm den Frühling in ihre Lungen auf. »Nur keine Bange, Ida!« rief sie. »Diesmal werd' ich's schon richtig machen. Diesmal lass' ich mir nischt mehr entgehen! Erst wenn man mit einem Fuß im Grab gestanden hat, weiß man, wie schön es ist, auf der Welt zu sein — und daß man sich nicht wegwerfen darf für ein Butterbrot!«

»Amen«, parodierte Ida Kowalsky. »Das hast du gut gesagt! Aber behalte dir deine anderen Ergüsse für zu Hause, det kommt billiger.«

Als Egon von Stucken am nächsten Abend die drei Treppen zur Wohnung Ida Kowalskys in der Alexanderstraße hinaufkletterte, tat er es eigentlich ohne Hoffnung. »Haben Sie etwas von Lotte gehört?« fragte er, als die junge Witwe ihm die Tür öffnete. Sekundenlang zögerte Ida Kowalsky ganz bewußt, um ihn auf die Folter zu spannen, mit der Antwort.

»Es ist doch nicht etwa eine Wendung zum Schlechteren eingetreten?« fragte er sofort ganz erschrocken.

»Aber nicht doch. Man muß doch nicht immer gleich an das Schlimmste denken.«

»Also ... *haben* Sie Nachricht?«

»Mehr als das. Lotte ist aus dem Hospital entlassen.«

»Und wo ist sie?«

»Wo soll sie schon sein!« Ida Kowalsky wies mit dem Daumen auf eine Tür. »Da drinn ... in ihrem Zimmer!«

Einen Atemzug lag stand Egon von Stucken fassungslos. Dann stieß er Ida Kowalsky beiseite, stürmte an ihr vorbei und riß die Tür zu dem ehemaligen ehelichen Doppelschlafzimmer auf. Lotte musterte gerade prüfend ihre Erscheinung in dem großen Spiegel, der in die Tür des Kleiderschrankes eingelassen war. Sie wandte sich auch nicht um, als er hereinstürzte, sondern beobachtete ihn nur aus ihren schmalen grünen Augen durch den Spiegel.

»Lotte!« jubelte er und breitete die Arme aus.

»Tach, Egon«, erwiderte sie kühl. »Es wäre mir übrigens lieb, wenn du dir in Zukunft angewöhnen würdest, anzuklopfen, ehe du hier hereinkommst.«

Er ließ die Arme sinken und stand wie vom Donner gerührt da. »Aber, Lotteken, was ist denn mit dir?«

»Nischt is, daß du es nur weißt. Ich mag nur nicht, wenn einer wochenlang sich überhaupt nicht um mich kümmert und dann hier hereinplatzt.«

»Aber, Lotte, ich habe mich schon nach dir erkundigt ... Und Grüße habe ich dir auch ausrichten lassen! Viele Male sogar! Haben denn Herr Weigand und Frau Kowalsky dir gar nichts ausgerichtet?«

»Die läßt du wohl beide besser aus dem Spiel, die waren mir zu nichts verpflichtet und haben mich doch nicht im Stich gelassen, während du ...«

»Ach, Lotte, du mußt doch verstehen. Verzeih mir ...«

»Verstanden habe ich längst«, sagte sie und wandte sich langsam um, »und zu verzeihen gibt es gar nichts, denn das, was mir passiert ist, war bloß die Strafe für meine eigene Dummheit. Ich bin dir nicht böse, Egon, wirklich nicht. Und nun adieu, ich habe heute abend noch etwas vor!«

Er starrte sie an und erkannte sie kaum wieder. So verändert erschien sie ihm, daß er einen Augenblick lang glaubte, einer Fremden gegenüberzustehen, die sich als seine Lotte ausgab, um ihn zum Narren zu halten. Nichts mehr an dieser Unbekannten erinnerte ihn an das stämmige Mädchen mit dem runden, von Wind und Wetter geröteten Gesicht und den plumpen, von der Arbeit rauhen Händen. Die Lotte, die jetzt da vor ihm stand, war sehr schlank und gewiß um einen halben Kopf gewachsen. Sie trug ein Kleid aus schwerer, leuchtendgrüner Seide, das ihre schmale Taille betonte und die langen Schenkel der hohen Beine ahnen ließ. Der tiefe Ausschnitt gab alabasterweiße Haut frei und ließ mehr als nur den Ansatz ihrer kleinen, festen Brüste sehen. Ihr Haar war noch so feuerrot wie eh und je, aber sie trug es jetzt nicht mehr in schlichten Zöpfen um den Kopf gelegt, sondern es war onduliert und türmte sich zu einer hohen Frisur über ihrer breiten Stirn, in die ein kunstvoll gedrehtes Löckchen fiel. Ihr Gesicht war schmal geworden, die Augen schienen grüner als sonst und ausdrucksvoller — Egon von Stucken wußte nicht, daß diese Wirkung daher rührte, daß sie Wimpern und Augenbrauen geschwärzt hatte —, und die Lippen waren nicht mehr rissig, sondern wölbten sich weich, feucht und lockend rot.

»Wenn ich dir auf der Straße begegnet wäre«, sagte er benommen, »hätte ich dich kaum wiedererkannt!«

»Gefalle ich dir nicht?« Sie drehte mit einem koketten Schwung die schmalen Hüften.

»Du bist wunderschön!«

»Das freut mich. Du weißt, ich habe auf deinen Geschmack immer viel gegeben.«

»Lotte, bitte, nicht in diesem Ton! Du sprichst mit mir, als wenn ich dein Feind wäre!«

Sie wich zurück, als er sie in die Arme nehmen wollte. »Das wäre zuviel gesagt«, erklärte sie kühl. »Du bist mir nur gleichgültig geworden, das ist alles.«

»Das glaube ich dir nicht!«

»Nein? Wie hattest du denn gedacht, daß unsere Beziehungen enden würden? Wolltest du mich etwa zum Traualtar führen?«

»Lotte, ich bitte dich, du weißt genau ...«

Sie fiel ihm ins Wort »... daß davon nie die Rede sein konnte. Ganz gewiß weiß ich das. Du hättest ja für mich sonst dein geliebtes Regiment aufgeben und deine hochachtbare Familie vor den Kopf stoßen, ja du hättest vielleicht sogar arbeiten müssen! Was für ein Jammer das gewesen wäre! Nein, das konntest du dir nicht antun. Wie hätte es also enden sollen? Daß du mich eines Tages satt bekamst! Nicht wahr, das hattest du doch gehofft? Darauf sollte es doch wohl hinauslaufen.« Sie nahm eine Federboa aus dem Schrank und drapierte sie um ihre Schultern, die sich unter der grünen Seide spannten.

»Lotte, bitte, so laß dir doch erklären ...« stammelte er.

»Danke, nicht nötig.« Sie tat einen Schritt auf ihn zu und funkelte ihn aus ihren grünen Augen an. »Hast du denn immer noch nicht begriffen, daß es aus ist? Dein Pech, daß es anders kam, als du dachtest. *Ich* bin es, die dich satt hat! So etwas kann passieren, kleiner Leutnant. Nimm es nicht so tragisch.« Sie zog die langen Handschuhe über die durch die Krankheit weiß und weich gewordenen Hände mit den sorgfältig manikürten Fingern.

»Ich lasse mich nicht so abschieben!« rief er mit einer Stimme, die in knabenhaftem Trotz brach.

Sie knöpfelte die Handschuhe mit größter Gelassenheit zu. »Oh, dann bin ich aber gespannt, was du dagegen machen willst.«

»Schließlich... ich habe dir das Zimmer hier bezahlt!« schrie er hilflos und begriff im selben Augenblick, daß er einen schweren Fehler begangen hatte.

»Und mich mit«, sagte sie eisig. »So meinst du es doch? Du bildest dir ein, daß dir das das Recht gibt, wann immer du willst, hier aufzutauchen und deinen Spaß zu haben. Aber so billig tue ich es nicht mehr, Junge, daß du es nur weißt.« Sie wollte an ihm vorbei und zur Tür eilen.

Er vertrat ihr den Weg, packte sie an den Oberarmen und riß sie an sich. Sie kämpfte nicht gegen ihn, sondern bog, als er sie küssen wollte, nur den Oberkörper zurück. Seine Lippen glitten über ihr Kinn, über ihren Hals, vergruben sich im Ansatz ihrer Brüste und sogen sich fest. Er begehrte sie wie nie zuvor, mit einer wilden, verzweifelten Leidenschaft, die ihm fast die Besinnung raubte. Seine Hände glitten ihren Rücken hinab, verkrallten sich in den kleinen Rundungen ihres Gesäßes und preßten ihren Körper gegen den seinen. »Lotte«, stöhnte er, »meine geliebte Lotte! Wenn du nur wüßtest, welche Sehnsucht ich nach dir gehabt habe!«

Er glaubte, daß der Funke, der seine Begierde entfacht hatte, auch auf sie überspringen müsse. Statt dessen lachte sie nur auf, in einem heiseren, sinnlichen Lachen ohne jede Spur von Heiterkeit. Unwillkürlich lockerte er den Griff und hob den Kopf, um ihr ins Gesicht zu sehen. Sie war blaß wie zuvor, kühl wie eine Marmorstatue, und nur in ihren grünen Augen funkelte spöttisches Leben. Sie schwenkte ihr schmales Becken so, daß ihr vorgewölbter Leib seinen Unterkörper streifte. Egon hatte seit vielen Wochen keine Frau mehr besessen. Er verlor die Beherrschung. Lotte trat zurück. »Na, denn haste ja doch noch deen Vagnüjen jehabt, Kleener«, sagte sie verächtlich. Er konnte ihren Blick nicht mehr ertragen und schlug die Hände vors Gesicht. Er fühlte sich gedemütigt, lächerlich gemacht.

»Nu ween man nich«, sagte sie mit falscher Gutmütigkeit. »Det, wat du jehabt hast, war umsonst. Wenn du mehr willst, kannste wiedakommen. Aber mit Jeld.« Sie strich sich die schwere Seide über ihrem Schoß glatt, warf einen letzten prüfenden Blick in den Spiegel, zog die Boa höher hinauf und verließ das Zimmer.

Es dauerte noch einige Sekunden, bis Egon merkte, daß er allein war. Dann stürzte er auf den Flur hinaus, wo Lotte und die ebenfalls feingemachte und in Seide gehüllte Ida Kowalsky warteten. »Beeilen Sie sich gefälligst«, sagte die Wohnungsinhaberin, »ich möchte abschließen.«

»Lotte«, fragte er, »wo willst du hin?«

»Eigentlich geht es dir ja nichts an, aber ich will es dir trotzdem sagen. Ich suche mir einen Freier, der in Zukunft die Miete für mich bezahlt.«

»Aber, Lotte, das habe ich doch bisher... das werde ich auch weiter tun...«, stammelte er.

»Einen, der es mir nicht vorhält«, entgegnete sie kühl. »Einen, der weiß, daß ein junges Mädchen wie ich nicht nur pomadig herumsitzen, sondern auch was vom Leben haben will. Einen, der sich nicht schämt, mit mir gesehen zu werden.«

»Lotte, ich weiß, daß ich vieles falsch gemacht habe! Aber auch ich habe gelernt. Es soll in Zukunft anders mit uns werden, Lotte!«

»Hören Sie auf zu quasseln und sehen Sie zu, daß Sie sich fortmachen«, fuhr Ida Kowalsky dazwischen. »Das Fräulein Lotte ist auf einen wie Sie nicht angewiesen.« Sie öffnete die Wohnungstür. »Also ab jetzt!«

»Nicht, bevor Lotte mir nicht gesagt hat... Frau Kowalsky, lassen Sie mich noch einige Minuten mit Lotte allein!«

»Das könnte Ihnen so passen! Kommt nicht in die Tüte!« Ida Kowalsky trat auf den Flur hinaus, und Lotte folgte ihr. »Los, machen Sie schon! Oder wollen Sie, daß ich die Polente hole?«

Wohl oder übel mußte Egon von Stucken dieser massiven Aufforderung nachkommen. Ida Kowalsky schloß die Tür ab, die beiden Frauen gingen vor ihm her die Treppe hinunter, und er stieg ihnen mit tiefem Unbehagen nach, während sie unbefangen plauderten, als wenn er für sie gar nicht vorhanden wäre. Seine Erziehung verbot ihm, in aller Öffentlichkeit — und das Treppenhaus gehörte für ihn zur Öffentlichkeit — noch einen letzten Versöhnungsversuch zu wagen. Auf der Straße wandte sich Lotte ihm zu. »Sei so gut und hole uns eine Droschke«, sagte sie, genau mit dem Gehaben einer Dame von Welt.

Aber er war nicht bereit, das Spiel mitzumachen. *»Ich?«* erwiderte er böse.

»Na, denn nicht, lieber Onkel«, erwiderte Lotte ungerührt. Die beiden Frauen hängten sich ineinander ein und schoben in Richtung Friedrichstraße ab. Egon von Stucken empfand nur noch Haß gegen Lotte und Verachtung für sich selbst.

Nach diesem Erlebnis war Egon von Stucken entschlossen, Lotte Mielke nie mehr wiederzusehen. Sie war ja nicht mehr seine frische, gesunde ursprüngliche Lotte, das Mädchen, das ihn angebetet hatte, sie war verdorben und kalt geworden.

Egon von Stucken war kein guter Psychologe, aber er begriff doch ungefähr, wie diese Wandlung vor sich gegangen war. Sie hatte schon begonnen, als Lotte unter den Einfluß von Ida Kowalsky geraten war, die sie zur Abtreibung verleitet hatte. Zweifellos hatte die Tatsache, daß er sie nicht in der Charité besucht hatte und sie sich von ihm im Stich gelassen fühlte, ein übriges getan. Aber in erster Linie waren es die Reden und Ratschläge ihrer Leidensgenossinnen gewesen, die ihr alle ihre Illusionen geraubt hatten.

Und doch, fragte sich Egon von Stucken, hätte sie so rasch lernen und sich so leicht die Praktiken erfahrener Huren aneignen können, wenn es nicht von Anfang an in ihr dringesteckt hätte? Sie war nicht um einen Deut besser als die Strichmädchen vom Wedding, und wahrscheinlich würde sie auch bald auf diese Stufe herabsinken. Sie war nicht klug, auch wenn sie jetzt die Raffinierte spielte, nicht gebildet, auch wenn sie — fehlerhaft und geziert — Hochdeutsch sprach, ja sie war nicht einmal wirklich schön. Ihr feuerrotes Haar wirkte nun, da sie es sich brannte und zu einer komplizierten Frisur auftürmte, ausgesprochen ordinär, ihre Nase war plump, ihr Mund zu groß, die Lippen zu dick, und ihr Körper war so blaß und mager wie der eines blutarmen Kindes. Es gab nichts, was einen Mann von Geschmack an die Person hätte binden können.

Egon von Stucken war entschlossen, sich von Lotte zu lösen, mehr noch, er war überzeugt, die Lösung schon halbwegs vollzogen zu haben. Nachdem er sich in der Kaserne gewaschen hatte, konnte er nur noch mit Ekel an seine letzte Begegnung mit dem Mädchen zurückdenken. Vielleicht wäre es ihm auch tatsächlich gelungen, sie zu vergessen, hätte sich nicht die Erinnerung daran, als Mann versagt zu haben, tief und unauslöschlich in sein Gedächtnis eingeprägt. Es dauerte einige Zeit, bis ihm bewußt wurde, daß er, sobald er mit sich allein war, in Gedanken lange Gespräche mit Lotte führte, in denen er sie demütigte und sie dazu brachte, ihn auf den Knien anzuflehen, sie doch nicht zu verlassen. Nachts fand er keinen Schlaf. Immer wieder und wieder malte er sich aus, wie er sie mit männlicher Kraft überwältigte und wie sie in seinen Armen weich, glühend und hingebungsvoll wurde, sich ihm ganz und ohne Vorbehalte hingab. So deutlich sah er die Bilder seiner Phantasie vor sich, daß er manchmal vor Wollust laut aufstöhnen mußte und beinahe wieder in eine Angewohnheit aus der Kadettenzeit verfallen wäre, die er längst abgelegt zu haben glaubte. Er magerte ab, war sogar im Dienst zerstreut, gab beim Exerzieren falsche Befehle und mußte eine Standpauke seines Kommandeurs über sich ergehen lassen. Aber nicht einmal das machte Eindruck auf ihn.

Als er aus dem Zimmer des Majors trat, stand draußen auf dem Gang, wie zufällig, Leutnant von Strachwitz und rauchte ein Zigarillo. »War's schlimm?« fragte er teilnahmsvoll.

Egon von Stucken zuckte mit den Achseln. »Immer die alte Leier.«

»Nimm es nicht zu leicht, es kann auf Kosten deiner Beförderung gehen.« Baron Strachwitz reichte dem Freund sein geöffnetes Etui.

»Nein, danke. Mir ist der Hals ohnedies wie ausgedörrt.«

»Bist du krank?«

»Wie kommst du darauf?«

»Weil du in der letzten Zeit miserabel aussiehst. Das ist nicht nur mir aufgefallen.«

»Rührend von euch, daß ihr euch Gedanken über meinen Gesundheitszustand macht!«

»Stucken, wir sind ernstlich um dich besorgt.«

Sie schlenderten nebeneinander den Hauptgang entlang. Ein Feldwebel, der ihnen begegnete, grüßte zackig, sie dankten lässig.

»Dann wird es euch beruhigen, zu hören, daß mit mir alles in bester Ordnung ist«, erklärte Egon von Stucken.

»Schlägst du dir die Nächte um die Ohren?«

»Nicht einmal das.«

»Trotzdem möchte ich dir einen guten Rat geben: heirate! Es gibt nichts Gesünderes für einen jungen Mann in deiner Verfassung. Heirate ein nettes Mädchen aus gutem Haus, die eine anständige Mitgift mitbringt. Du wirst sehen, um wieviel besser du dich in einem geregelten und sorglosen Leben, wie es nur der Ehestand mit einer lieben und vermögenden Frau bietet, fühlen wirst.«

»Keine schlechte Idee«, lachte Egon von Stucken und meinte es ehrlich. »Werde mir die Sache durch den Kopf gehen lassen.«

Der Vorschlag des Freundes war bei Egon auf fruchtbaren Boden gefallen. Er redete sich ein, daß eine Ehe ihn wieder zum normalen Menschen machen und ihm sein seelisches Gleichgewicht zurückgeben würde. Er ließ die Mädchen im heiratsfähigen Alter, die für ihn in Frage kamen, vor seinem inneren Auge passieren, entschied sich halbwegs für diese, dann wieder für eine andere, endlich für eine dritte. Er war entschlossen zu heiraten, gleichgültig, wen, und sah plötzlich in der Ehe das Allheilmittel. Aber bevor er den ersten Schritt in dieser Richtung tat, mußte er noch einmal zu Lotte. Sie sollte wissen, daß sie ihn nun für immer verlieren würde, und sollte erkennen, was sie mit ihm verlor. Sie hatte ihm das letzte Mal deutlich zu verstehen gegeben, daß sie nicht mehr auf Liebe, sondern nur noch auf Geld aus war. Nun gut, auch das sollte sie haben. Von seinem Spielgewinn, von welchem er einen Teil Ida Kowalsky für die Miete zugesteckt hatte, war ihm noch eine beachtliche Summe übriggeblieben.

Erst trug er sich mit dem Gedanken, dieses Geld Lotte mit einer großen Geste hinzuwerfen, um ihr seine Verachtung deutlich zu machen. Dann aber überlegte er es sich anders. Wenn er sie noch einmal wirklich besitzen wollte, mußte er die Mauer, die sie um sich aufgerichtet hatte, durchstoßen, und das war nur möglich, wenn er ein ganz bestimmtes Gefühl in ihr weckte! Staunen oder Dankbarkeit. Also kaufte er beim Juwelier Spitteler Unter den Linden für Lotte ein Geschenk: ein schweres goldenes Armband. Danach war ihm auf einmal viel leichter ums Herz ... Wie kindlich hatte sich Lotte früher über das kleinste Geschenk freuen können, das er ihr mitgebracht hatte!

Eigentlich hatte er mit seinem nächsten Besuch bei Lotte noch einige Tage warten wollen, wenn auch nur, um sich selbst zu beweisen, wie wenig sie ihm noch bedeutete. Aber kaum hatte er das Schmuckstück erstanden, da war ihm, als brenne es ihm ein Loch in die Tasche. Er tauschte mit Graf Königstein den Dienst, um noch am selben Abend zu Lotte zu können.

Als er an Ida Kowalskys Wohnungstür klingelte und sich drinnen nichts rührte, stiegen ihm vor Enttäuschung, wie er mit Scham und Entsetzen merkte, Tränen in die Augen. Mit allem hatte er gerechnet, nur nicht damit, vor der verschlossenen Tür stehen zu müssen und keinen Einlaß zu finden. Er konnte es nicht verstehen, wollte sich nicht damit abfinden und klingelte wieder und wieder. Dann ging er mit polternden Schritten zurück zur Treppe, schlich sich auf Zehenspitzen wieder an die Tür und lauschte mit angehaltenem Atem. Er war sich völlig darüber klar, wie würdelos dies alles war, und diese Erkenntnis verstärkte seine Qual noch. Die Vorstellung, daß Lotte vielleicht doch zu Hause war und ihm nur deshalb nicht öffnete, weil sie in den Armen eines neuen Liebhabers lag, machte ihn fast wahnsinnig. Dann ging er. Aber er lauerte noch eine ganze Weile vor dem Haus, den Blick starr auf die Wohnung im dritten Stock gerichtet. Als sich jedoch weder eine Gardine bewegte noch der schwächste Lichtschimmer sichtbar wurde, gab er es schließlich auf.

Das letzte Mal waren Ida Kowalsky und Lotte Mielke in Richtung Friedrichstraße aufgebrochen. Das war für zwei abenteuerlustige junge Frauen ihres Kalibers wohl auch das Gegebene. Egon von Stucken wandte sich jetzt in dieselbe Richtung und blickte suchend in jedes Lokal, an dem er vorbeikam. Er war sich darüber klar, daß sein Unterfangen, zwei leichtlebige Geschöpfe inmitten einer Millionenstadt finden zu wollen, an Verrücktheit grenzte. Aber er hatte keine andere Wahl. Er mußte Lotte Mielke finden, auch wenn es die ganze Nacht dauerte. Fieberhafte Unruhe hatte ihn gepackt. Daß er sie tatsächlich entdeckte, war ein geradezu unwahrscheinlicher Zufall — ihm selbst schien es allerdings ganz selbstverständlich.

Er hatte das *Rokoko* betreten, ein kleines Lokal mit schäbiger Ausstattung und hohen Preisen, das von den Berlinern so gut wie gar nicht besucht, dafür aber von den Herren aus der Provinz, die einmal richtig auf die Pauke hauen und etwas erleben wollten, mit Vorliebe aufgesucht wurde. In dem Lokal war es immer dämmerig, so daß man nicht sehen konnte, wie abgewetzt der rote Plüsch der Sofas und Sessel war und daß die Mädchen, die für Stimmung sorgen und die Herren zum Geldausgeben animieren sollten, meist ältere und nicht einmal in ihren besten Jahren hübsch zu nennen gewesen waren. Am Piano saß ein glatzköpfiger Herr mit schlaffem, von Alkohol verwüstetem Gesicht und hämmerte auf die Tasten; die Art, wie er sein Monokel trug und hie und da mit einer eleganten Bewegung seine Manschetten zurückzuschieben pflegte, ließ erkennen, daß er bessere Tage gesehen hatte.

Egon von Stucken stand noch am Eingang und versuchte seine Augen auf das schwache Licht einzustellen, das von den rubinroten Ampeln verbreitet wurde, als auch schon ein Kellner, die Serviette unter dem Arm, auf ihn zuschoß. »Wünschen der Herr einen Tisch?«

»Nein, danke. Das heißt, ich weiß noch nicht. Ich suche eine Dame.«

»Damen haben wir hier jede Menge«, erklärte der Kellner feixend, »ich versichere Ihnen, Sie werden auf Ihre Kosten kommen.«

Egon von Stucken näherte sich den Nischen, die die Hauptattraktion dieses anrüchigen Lokals bildeten; hier konnten die Pärchen sehr weitgehende Zärtlichkeiten austauschen, ohne befürchten zu müssen, dabei gestört zu werden. Es genügte, wenn man vorher eine Flasche Champagner bestellte, dem Kellner ein entsprechendes Trinkgeld in die Hand drückte und den Vorhang zuzog. Egon von Stucken war sich darüber klar, daß er unmöglich jede einzelne der Nischen inspizieren konnte. Aber der Gedanke, daß hinter einem der muffigen roten Vorhänge vielleicht Lotte saß, womöglich auf den Knien irgendeines Provinzonkels, trieb ihn vorwärts.

Schon stellte sich ihm der Kellner in den Weg. »Aber nicht doch, mein Herr«, sagte er mißbilligend, »wir sind hier ein seriöses Unternehmen. Wo kämen wir da hin, wenn wir jeden zugucken ließen?«

Egon von Stucken ließ ein beachtliches Trinkgeld in die Jackentasche des Mannes gleiten. »Hören Sie mal, Sie könnten mir einen Gefallen tun...«

Der Kellner griff in die Tasche und zählte mit geübten Fingern nach, wieviel der Gast ihm hatte zukommen lassen. Dann sagte er: »Vielen Dank auch, Herr Baron, aber tut mir leid, daß ich trotzdem nein sagen muß. Wenn man sich nämlich nicht mehr auf unsere Diskretion verlassen kann, ist das ganze Geschäft im Eimer...«

»Ich suche ein ganz bestimmtes Mädchen...«

Der Kellner musterte ihn mißtrauisch. »Sie sind doch hoffentlich nicht auf einen Skandal aus?«

»Nein, nein. Ich war mit ihr verabredet, und wir haben uns verpaßt, das ist alles.«

»Tja, ich weiß nicht, wie ich Ihnen da helfen kann...«

»Wenn das Mädchen hier ist, so muß es Ihnen aufgefallen sein. Sie ist sehr schlank, fast mager, hat leuchtendrotes Haar und grüne Augen.«

»Ist sie noch jung? Dann paßt diese Beschreibung haargenau auf unser Fräulein Lolo...«

»Lolo?« Egon von Stucken zuckte zusammen, hatte sich aber sofort wieder in der Gewalt. »Ja, das muß sie sein!«

»Na, ich glaube nicht, daß die einer verpaßten Verabredung nachtrauert«, sagte der Kellner und fegte mit einer Serviette über einen leeren Tisch.

»Wo ist sie?« drängte Egon von Stucken. »Führen Sie mich, bitte, zu ihr.«

»Ich weiß nicht, Herr Baron, es wird wohl besser sein, wenn ich ihr sage, daß Sie da sind! Wen dürfte ich denn melden?«

Anerzogene Vorsicht ließ Egon von Stucken davor zurückschrecken, seinen Namen zu nennen. »Richten Sie ihr nur aus, ein guter Freund wartet«, sagte er.

»Klingt ein bißchen dürftig, wie?« meinte der Kellner.

»Also los, Mann, tun Sie schon, was ich Ihnen sage!« drängte Egon von Stucken. Der Kellner watschelte plattfüßig davon, den Kopf zwischen die

Schultern gezogen. Egon von Stucken ließ ihn nicht aus den Augen, weil er hoffte, durch ihn einen Hinweis auf Lottes Aufenthalt zu bekommen. Im Geist sah er sich schon in eine der Nischen stürmen und das Mädchen aus den Armen eines alten Kerls reißen.

Aber in diesem Augenblick schwang sich eine üppige, schwarzhaarige Frau, deren dicker weißer Busen durch das Mieder so hochgepreßt wurde, daß er aus dem tiefen, spitzenbesetzten Ausschnitt ihres Kleides beinahe herauszuspringen drohte, über die Brüstung einer Nische auf den staubigen Boden des Etablissements und schrie: »Cancan!«

Sofort wurde es lebendig. Aus anderen Nischen und von den wenigen besetzten Tischen im Saal wirbelten die Animierdamen nach vorn. Die üppige Schwarze drückte dem Pianisten einen Kuß auf den blanken Schädel und ließ gleichzeitig, wie Egon von Stucken beobachtete, ein Geldstück in die Tasche seines Fracks gleiten. Gleich darauf schlug der Glatzköpfige mit Verve in die Tasten, und schrille Mädchenstimmen trällerten die Melodie des französischen Modetanzes mit. Drei, vier, dann fünf hängten sich ineinander und bildeten auf dem Podium eine Kette. Sie hoben unter Gelächter und Gekreisch die Röcke, so daß die Herren tiefe Einblicke in ihre knisternden Dessous gewinnen konnten.

Egon von Stucken fand die Szene, die sein anerzogenes Schamgefühl verletzte, abscheulich. Am liebsten hätte er in eine andere Richtung geblickt, aber er brachte es — ihm selbst unbegreiflich, warum — auf einmal nicht fertig. Auf eine grausige Art fasziniert, starrte er auf die Beine der Mädchen, die sie jetzt emporwarfen, erst das linke, dann das rechte, rhythmisch, wenn auch nicht ganz im Gleichmaß. Jetzt hoben sie ein Bein, ließen den Unterschenkel baumeln, bewegten zappelnd den Fuß, wiederholten dann dasselbe mit dem anderen Bein, und schon begann das Schmeißen der ausgestreckten Beine aufs neue. Die Tänzerinnen stießen dabei spitze Schreie und hohe Juchzer aus, die eine mitreißende Ekstase vortäuschen sollten. Aber Egon von Stucken erkannte wohl, daß nur die Hitze in dem kleinen Bumslokal, die genossenen Getränke und die beachtliche körperliche Anstrengung die Mädchen zum Schwitzen brachten, von leidenschaftlicher Hingabe konnte nicht die Rede sein. Im Gegenteil, es war alles kalte und nicht einmal gekonnte Mache. Sobald eines der Mädchen von einer frischeren Kollegin abgelöst wurde, plumpste es erschöpft auf den nächsten Stuhl und rieb sich mit stumpfem, erschöpftem Ausdruck Schweiß und Schminke vom Gesicht. Plötzlich stand Lotte Mielke auf der Brüstung einer Nische. Egon von Stucken wurde auf sie aufmerksam, weil die Herren »Lolo!«, »Bravo Lolo!« und »Endlich!« riefen. Lotte beeilte sich nicht. Sie raffte mit größter Gelassenheit ihren Rock so hoch, daß jeder ihr violettes Strumpfband sehen konnte, in das sie nun einen zusammengefalteten Geldschein steckte. Zwischen dem Band, das ihre schwarzen Spitzenstrümpfe hielt, und dem winzigen, ebenfalls schwarzen Höschen schimmerte ein Streifen nackten weißen Fleisches.

Jetzt waren es die Männer, die schrien und johlten. Ein Paar behaarter Hände streckte sich nach ihr aus und wollte sie herunterheben. Lotte ließ den Rock sinken, richtete sich auf und wartete, bis die Hände so nahe waren, daß sie mit ihren Stiefelchen darauftreten konnte. Sie trat mit aller Kraft zu, bohrte ihren Absatz in die begehrende Hand, so daß ihr Besitzer schmerzvoll aufstöhnte. »Hände weg!« rief sie und: »Tisch frei!«

Der plattfüßige Kellner zog das Tuch von dem am nächsten stehenden Tisch, raffte Gläser, Aschenbecher, Teller und Besteck wie in einem Beutel darin zusammen — gerade noch zur rechten Zeit, denn jetzt machte Lotte mit weitgespreizten Beinen einen Schritt von der Brüstung zum Tisch hinunter, stand, ohne zu schwanken, auf der Platte und schrie: »Los, Charles, zeig, was du kannst!«

Der Pianist hämmerte mit frisch entflammter Energie in die Tasten. Lotte Mielke, genannt Lolo, führte nun auf dem kleinen Quadrat des Tisches ihre besondere Variante des Cancans vor. Erst langsam, fast genüßlich, dann immer schneller und schneller wirbelte sie den hochgerafften Rock, die Knie, die Füße, warf die Beine und zeigte, was sie hatte: ihr armseliges, aufreizendes, erbärmliches, blendendes, weißes Fleisch zwischen schwarzer Spitze und raschelnden Dessous. Sie bog den Kopf zurück, und ihre weiße Kehle wirkte so unzüchtig wie das nackte Fleisch ihrer Schenkel. Sie stieß kleine spitze Schreie aus, ihre feuerroten Locken lösten sich, züngelten wie Flammen um Stirn, Hals und Wangen. Die Männer johlten und schrien. Einige stiegen auf die Stühle, um ihr näher zu sein, andere gingen in die Hocke, um ihr noch besser zwischen die Beine sehen zu können.

Dann, mit einem letzten aufreizenden Schrei, sank Lotte mit gespreizten Beinen auf den Tisch, Arme und Kopf vornübergeworfen, stand geschmeidig, fast aus derselben Bewegung heraus, wieder auf und nahm lächelnd und ungerührt die Huldigungen der Männer entgegen, mit weißem, klarem, unbeteiligtem Gesicht, auf dem nicht ein einziger Schweißtropfen glänzte. Jemand reichte ihr ein Glas Champager, sie trank es durstig aus, hielt den leeren Kelch dem Spender hin, der ihn beflissen sogleich wieder füllte.

Egon war es gelungen, sich zwischen den Leibern der vielen Männer nach vorn zu drängen. »Lotte, bitte...«, sagte er.

Sie bemerkte ihn erst jetzt. »Lotte heeßt hier keener«, sagte sie spöttisch in ihrem breiten Berlinerisch.

»Dann von mir aus... Lolo! Es ist doch gleichgültig, wie du dich nennst!«

»Nee, mir is det durchaus nich schnuppe!«

»Bitte, komm herunter zu mir...«

»Det könnte dir so passen!« Sie hielt den spitzen Kelch schief und ließ den eiskalten Champagner auf Egons Kopf rieseln. Das johlende Gelächter ihrer Bewunderer belohnte sie für diesen Streich. Egon von Stucken schüttelte sich wie ein nasser Pudel. Aber nur für eine Sekunde war er aus der Fassung gebracht. Dann schlang er beide Arme um Lottes Beine, hob sie, während sie den Rest des Getränkes in seinen Nacken schüttete, vom Tisch und trug sie mit sich fort. Sie zappelte in seinen Armen und holte aus, um das leere Glas auf seinem Kopf zu zertrümmern.

»Lotte«, sagte er, »bitte, hör auf damit! Ich habe dir etwas mitgebracht ... etwas, das dich freuen wird!«

Sie gab ihren Widerstand auf, und er riskierte es, sie auf den Boden zu stellen. »Na, wat denn?« fragte sie.

Er holte das Etui aus seiner Hosentasche und ließ den Deckel aufspringen, so daß sie das schimmernde goldene Armband sehen konnte.

»Hui!« machte sie anerkennend und griff zu. »Is det echt?«

»Ich würde dir nie etwas anderes schenken«, versicherte er, zog das Etui aber rasch zurück und ließ es zuschnappen.

Sie drehte nachdenklich das leere Glas zwischen den Fingern. »Also doch«, sagte sie.

»Was soll das heißen?«

»Det du schon rüberlangen kannst, wenn du nur willst. Ida hat also recht gehabt.«

»Ja, die prächtige Ida«, sagte er. »Ihr verdankst du sicher auch, daß du dich in diesem famosen Etablissement prostituieren darfst.«

»Ich bin keene solche!« schrie sie und wollte das leere Champagnerglas abermals als Waffe gegen ihn gebrauchen.

Er fiel ihr in den Arm. »Laß das lieber«, sagte er drehte ihr die Hand um, bis sich ihr Gesicht vor Schmerz verzog. »Willst du das Armband nun haben... oder nicht?«

»Klar will ick det! Au, verdammt, laß mir los.«

»Nur, wenn du mir versprichst mitzukommen.«

»Wohin?«

»In das Zimmer, das ich dir gemietet habe.« Er gab sie frei.

»Aber det, was du möchtest, können wir doch auch hier tun. Oder ist es dir hier nicht fein genug?«

»Erraten. Also los, komm mit!«

Sie rieb sich ihr schmerzendes Handgelenk. »Erst muß ich mir von der Ida den Schlüssel holen.«

»Gut. Ich werde draußen warten.«

Sie zuckte mit den Schultern. »Na bitte. Von mir aus.« Sie rauschte davon. Aber er war ganz sicher, daß sie ihm folgen würde. Er klopfte auf seine Tasche, in der sich der Magnet befand, der sie unwiderstehlich anziehen würde.

Die frische Nachtluft war nach dem Geruch der verschwitzten und parfümierten Körper und dem Dunst von Alkohol, Rauch und Staub, den er in der letzten halben Stunde hatte einatmen müssen, eine Wohltat. Die Feuchtigkeit, die der vergossene Champagner auf seinem Haar und seinem Nacken hinterlassen hatte, begann sich zu verflüchtigen. Es gelang Egon, eine Droschke anzuhalten, und während er noch mit dem Kutscher verhandelte, wobei er die Tür des Etablissements keine Sekunde aus den

Augen ließ, erschien Lotte Mielke auf der Schwelle. Sie kam hastig heraus, als wenn sie befürchtete, ihn verpaßt zu haben, schlenderte aber, sobald sie ihn entdeckt hatte, mit betonter Gelassenheit heran.

Ihre Haltung amüsierte ihn. Aber das köstliche Gefühl von Überlegenheit sollte nur von kurzer Dauer sein. Als er ihr in die Droschke half und sie beim Einsteigen ihren Rock hob, so daß er für den Bruchteil einer Sekunde die feste Wade in dem schwarzen, durchbrochenen Spitzenstrumpf sah, spürte er wieder jene wahnsinnige Erregung in sich aufsteigen, die er fürchtete, verabscheute und dennoch gleichzeitig genoß wie ein Süchtiger das Gift, das ihn zugrunde richtet. Er folgte ihr nicht sogleich, sondern blieb stehen, rang nach Luft und versuchte, seine Erregung zu meistern.

Sie streckte ihre Hand aus der offenen Tür. »Nu mach schon, Junge«, sagte sie grob. »Wir wollen doch nicht die ganze Nacht hier vertrödeln.«

Es blieb ihm nichts anderes übrig, als dieser Aufforderung zu gehorchen. Er tastete sich auf den Platz neben ihr und zog den Wagenschlag hinter sich zu. Mit einem Ruck setzte sich die Kutsche in Bewegung, und Lottes leichter, abgemagerter Körper wurde gegen ihn geworfen. Egon wagte nicht, sie festzuhalten, ja nicht einmal, ihr ein Wort zu sagen — sie sollte nicht merken, was in ihm vorging. Aber sein stoßweiser Atem verriet ihn.

»Na, wie is et denn mit uns beeden?« fragte sie mit ihrer rauhen kleinen Stimme, die zu dem wenigen gehörte, was von der alten Lotte übriggeblieben war — ihre Stimme und der scharfe Geruch ihres jungen Körpers, den Parfüm und Seife nicht hatten abtöten können.

Er schwieg, obwohl er wußte, daß er jetzt hätte reden müssen, um sie abzulenken. Aber es wollte ihm nichts einfallen, und er fürchtete, daß ihm seine Stimme nicht gehorchen würde.

Lotte rückte näher zu ihm hin, und er erschauerte am ganzen Körper, als er ihre Hand zielstrebig an seinem Körper fühlte.

»Det ha ick mir jedacht«, sagte sie halb mitleidig, halb spöttisch. »Bei dir is et also wieder mal soweit!«

»Lotte, nicht ... bitte nicht!« stieß er verzweifelt aus.

»Nu hab dich man nicht wie eine Jungfrau! Ich mach' es dir, ja? Det is mir det Armband wert!« — Als sie sich in dem schaukelnden Wagen vor ihm auf die Knie sinken ließ, wußte er, daß sie auch diesmal gesiegt hatte.

Justus Weigand verlebte in Görzen einige unbeschwerte Tage. Er diskutierte mit seinem Vater, ließ sich von der Mutter verwöhnen, suchte Freunde aus der Jugendzeit auf und machte lange Spaziergänge über die im ersten Grün stehenden Roggen- und Kartoffelfelder. Überall begegnete man ihm mit Achtung und den freundschaftlichsten Gefühlen, aber nach dem ersten Überschwang der Begrüßung pflegte jedes Gespräch sehr bald zu verstummen; es stellte sich heraus, daß Justus Weigand wenig zu erzählen hatte, was die Görzener interessierte, und daß ihm selbst die vielen Erinnerungen an die Vergangenheit herzlich gleichgültig geworden waren.

Er sprach auch mit Dr. Kumpmann, begleitete ihn sogar hin und wieder bei seinen Krankenbesuchen und genoß die Fahrten mit dem leichten Wagen über das Land, bei denen er, wie damals als Junge, selbst kutschieren konnte. Aber obwohl er den alten Landarzt als Menschen sehr schätzte, erschienen ihm doch seine Behandlungsmethoden geradezu mittelalterlich. Dr. Kumpmann verschrieb mit Vorliebe Packungen mit kaltem, lauem oder heißem Wasser und zudem bei sämtlichen Magen- oder Darmbeschwerden unerbittlich Rizinusöl, denn — das war eine seiner ständigen Redensarten — »der schlechte Stoff muß aus dem Körper heraus«. Das schlimmste aber war, daß seine Patienten mit dieser Art der Behandlung durchaus zufrieden waren und gar nicht mehr oder gar etwas anderes erwarteten.

Obwohl Dr. Kumpmann sich meist darauf beschränkte, den Kranken in den Hals zu gucken, ihnen den Bauch abzutasten, das Fieber zu messen und den Puls zu fühlen, dauerte jeder seiner Besuche doch sehr lang, viel zu lang für die Ungeduld des jungen Doktors. Die Landleute erzählten dem Arzt, den die Alten seit ihrer Jugend kannten und der den Jungen fast allen auf die Welt geholfen hatte, so umständlich und ausführlich von ihren täglichen Sorgen und von den Hoffnungen, die sie in ihre Kinder setzten, daß Justus Weigand manchmal aus der Haut fahren wollte.

»Vertun Sie nicht zuviel Zeit?« fragte er einmal, als sie über eine Stunde am Bett einer Bäuerin verbracht hatten, die sich nur niedergelegt hatte, um ihren Mann dafür zu strafen, daß er erst in der Früh aus dem Wirtshaus heimgekommen war.

»Weil die Frau nicht wirklich krank ist?« fragte Dr. Kumpmann zurück.

»Nicht nur deshalb — überhaupt«, sagte Justus Weigand. »Natürlich weiß ich, daß man unter Umständen einer Krankheitsursache auf die Spur kommen oder aber eine genauere Diagnose nur stellen kann, wenn man den Patienten reden läßt.«

»Aber?« fragte Dr. Kumpmann. »Sie wollten sagen, daß ich dazu sowieso nicht imstande bin?«

»Nein, das nicht«, widersprach Justus Weigand hastig, »sondern nur, daß es doch zwecklos ist, den Leuten zuzuhören, wenn man bereits die Diagnose hat.«

»Zwecklos? Nein, bestimmt nicht. Jeder Mensch hält sich selbst für sehr wichtig, sozusagen für den Nabel der Welt. Er möchte, daß die anderen ihn genauso ernst nehmen, und wenn er krank ist, steigert sich dieser Wunsch noch. Es tut den Leuten gut, sich einmal auszusprechen. Und bei wem könnten sie das außer bei ihrem Doktor?«

»Vielleicht bei ihrem Pastor?«

»Ach was, der ist so alt und klapprig, daß er selbst nur noch als Patient in Frage kommt. Der ist heilfroh, wenn er seine Sonntagspredigt zusammenhat. Außer an sich und den lieben Gott kann der an nichts mehr denken.«

Justus Weigand schwieg und half dem Doktor auf den Kutschbock; es schien ihm besser, das Thema fallenzulassen. Aber nun war es Dr. Kumpmann, der nicht lockerließ. »Nein, vertane Zeit ist es gewiß nicht, die ich meinen Patienten widme. Ich wüßte gar nicht, wie ich sie besser anwenden könnte.«

»Vielleicht«, sagte Justus, während er sich neben Dr. Kumpmann auf den Bock schwang, »indem Sie sich über die neuesten Erkenntnisse der medizinischen Forschung orientieren würden?« Er biß sich auf die Lippen, denn er fürchtete, zu weit gegangen zu sein.

Aber der alte Arzt war durchaus nicht beleidigt. »Wozu?« fragte er. »Die Bevölkerung hier ist arm. Sie hätte gar keine Möglichkeit, teure Medikamente zu kaufen, selbst wenn ihnen damit geholfen werden könnte. Und außerdem — ob einer ein bißchen früher oder später ins Gras beißt, darauf kommt es in den meisten Fällen gar nicht an. Im Gegenteil, ein rascher Tod ist doch fast immer besser als langes Siechtum.«

»Sie wollen doch nicht etwa behaupten, daß die vielen ernsthaften Forscher, die sich darum bemühen, die Krankheitserreger zu entdecken und unschädlich zu machen, im Grunde sinnlose Arbeit leisten?« rief Justus Weigand bestürzt und ungläubig.

Dr. Kumpmann schmunzelte. »Für sich selbst bestimmt nicht. Denn wenn sie Glück haben, können sie auf diese Weise zu Ansehen und Geld, vielleicht sogar zu Ruhm kommen, und darauf haben es die meisten wohl auch abgesehen.«

Justus Weigand kitzelte mit dem Ende der Peitschenschnur das stramme Hinterteil des Gauls. »Ich hätte Sie nie für so zynisch gehalten, lieber Doktor«, sagte er. Das Pferd stemmte sich in die Sielen und zog an.

»Warten Sie mal erst ab, bis Sie so alt geworden sind wie ich, mein Junge. Dann werden Sie auch darauf kommen, daß die eigentliche Triebfeder allen menschlichen Tuns Ichsucht und die liebe Eitelkeit sind.«

Das Wägelchen ratterte über Stock und Stein, und Justus Weigand wurde bewußt, daß ihm der weite schlesische Himmel nicht das Gefühl der Freiheit und der grenzenlosen Möglichkeiten vermittelte, wie er es noch in den engen grauen Straßen Berlins selbstverständlich erwartet hatte. Er mochte Dr. Kumpmann und die Leute aus Görzen und Umgebung nach wie vor, aber sie schienen ihm engherzig, beschränkt und voller Vorurteile. Er erkannte, daß es ihm ganz und gar unmöglich war, sich hier niederzulassen, wie Clementine ihm geraten hatte und wie seine Eltern es sich von ihm erhofften. Es war nicht die Armut, die ihn abschreckte; Armut gab es auch in Berlin, vielleicht sogar in höherem Maße, und er selbst hatte sie am eigenen Leib zu spüren bekommen. Aber es war etwas anderes, in Berlin arm zu sein als in Görzen. In Berlin hatte jeder das Gefühl, daß es aufwärtsging und daß die Dinge in Bewegung waren. In Görzen beugten sich die Menschen ihrem Schicksal. Sie klagten und stöhnten höchstens — aber spotten und schimpfen wie die Berliner taten sie nicht, und sie versuchten schon gar nicht, ihre Lebensverhältnisse aus eigener Kraft zu ändern.

Görzen lag inmitten einer Tiefebene, deren Boden schwarz, schwer und fruchtbar war. Aber der Besitz des weiten Landes verteilte sich auf zwei Großgrundbesitzer, neben denen nur noch drei reiche Bauern selbständig existieren konnten. Alle anderen Bewohner waren Kätner, die entweder als Landarbeiter auf den großen Höfen arbeiteten oder als Leinenweber für Thielemann. Die meisten von ihnen hockten immer noch zu Hause vor ihren großen Webstühlen, die die dumpfen Stuben beherrschten, und wurden nach Stückzahl entlohnt. Der kleinere Teil arbeitete in der häßlichen modernen Fabrik mit den hohen Fenstern an den mechanischen Webstühlen im Akkord oder bei geregelter Arbeitszeit. Nur die ganz jungen Menschen zog es in die Fabrik, die älteren arbeiteten lieber zu Hause in ihren düsteren Katen — vierzehn und sechzehn Stunden am Tag und manchmal noch länger —, weil dann die ganze Familie mithelfen konnte und mithelfen mußte, selbst die schulpflichtigen und die noch jüngeren Kinder.

Gezahlt wurden immer nur Hungerlöhne, und doch war man froh, wenn man auf einem der Güter oder als Arbeiter bei Thielemann unterkam, denn die Bevölkerung wuchs rapid, und die Konkurrenz der noch genügsameren Polen war groß. Jahr für Jahr wanderten die Ärmsten, die Jüngsten und die Unternehmungslustigsten in die Kohlenreviere ab, wo die Arbeit noch schwerer und noch schmutziger war, wo sich aber doch eine gewisse Solidarität unter den Arbeitern herausbildete, die ihnen das Rückgrat stärkte. Nach Görzen verirrte sich nur hin und wieder ein roter Agitator, der regelmäßig festgenommen und abgeschoben wurde, ehe es ihm gelungen war, auch nur einen Funken Widerstand in der Bevölkerung zu entfachen.

»So geht es nun einmal zu auf der Welt«, sagte der alte Weigand, als sein Sohn mit ihm über diese Mißstände diskutieren wollte. »Als ich so jung war wie du, hatte ich auch den Kopf voller Flausen. Doch inzwischen habe ich einsehen gelernt, daß sich nie etwas ändern wird.«

»Aber, Vater«, rief Justus Weigand empört, »wie kannst du nur so etwas sagen! Alles ändert sich mit ungeheurer Geschwindigkeit! Nicht nur die Wissenschaft, auch die Technik macht Fortschritte...«

»... die sich aber auf die Lebensverhältnisse der Menschen überhaupt nicht auswirken«, fiel ihm sein Vater ins Wort.

»Das stimmt einfach nicht«, widersprach Justus Weigand. »Denk nur einmal nach. In deiner Jugend hat es nur Kerzen und Petroleumlampen gegeben...«

»Kienspan«, warf sein Vater ein.

»Noch miserabler. Heute aber hat man, jedenfalls in den Städten, überall Gasbeleuchtung, und jetzt ist man sogar schon dabei, zu elektrischem Licht überzugehen. Du darfst dir nicht einreden, Vater, daß die Dinge, die es hier in Görzen nicht gibt, deshalb auch anderswo nicht existieren.«

»Ich bin nicht so weit hinter dem Mond zurück, wie du zu glauben scheinst, mein Junge«, sagte der alte Lehrer, »ich sehe nur nicht den Vorteil, der für die kleinen Leute bei all diesen Errungenschaften herausspringen soll, die das Leben doch nur verteuern.«

»Sie machen es bequemer und menschenwürdiger.«

»Ja, für die, die sich solchen Luxus leisten können!«

»Vater, nun denk doch einmal richtig. So *ist* das doch alles gar nicht! Du hast ja das deutlichste Beispiel hier ganz vor der Nase. Die mechanischen Webstühle. Sie ermöglichen es, die Leinwand schneller und einfacher herzustellen. Sie müßte also billiger werden. Aber ich bezweifle, daß sie das je wird. Thielemann steckt das eingesparte Geld ein, und ein Teil davon wandert auch sicherlich in die Taschen der Zwischenhändler. Die Leinwand selbst bleibt so teuer, wie sie immer war...«

»Eben!«

»Ja. Aber das muß nicht so sein, Vater! Thielemann kann schneller produzieren als früher, mit weniger Arbeitskräften, er verdient mehr, also müßte er doch nach Adam Riese seinen Leuten auch mehr bezahlen. Warum tut er es nicht?«

»Er könnte es nicht einmal, wenn er wollte. Thielemann ist ein kleiner Mann, der den großen Herrn spielen möchte, vergiß das nicht. Niemals würde er es auf sich nehmen, unsere Großgrundbesitzer zu verärgern, denn er legt viel zuviel Wert darauf, von ihnen eingeladen zu werden. Wenn er aber seinen Leuten mehr zahlt, als die Herren Grundbesitzer ihren Tagelöhnern geben, dann ist es mit der Freundschaft aus. Begreifst du das denn nicht? Diese Herren jammern ja sowieso schon über die hohen Löhne und die niedrigen Preise, die für Agrarprodukte gezahlt werden, und darüber, daß die jungen Leute in die Stadt abwandern...«

»Das versteh' ich gut, Vater. Ich will sogar unterstellen, daß die Gutsherren auch ihre Sorgen haben, ich kenne mich zuwenig aus in dieser Materie. Aber es ist doch wohl nicht richtig, daß jede Last auf die Schultern der Ärmsten abgewälzt wird.«

»Weil sie die Schwächsten sind«, sagte der alte Weigand.

»Sie brauchten aber nicht schwach zu sein, wenn sie nur begreifen würden, worum es geht, und fest zusammenhalten...«

»Proletarier aller Länder, vereinigt euch?« fragte der Lehrer mit leichtem Spott.

»Warum nicht? Immer noch besser als: Proletarier aller Länder, laßt euch ausnutzen.«

»Also hör mal, mein Junge, ich weiß, du meinst es gut, aber solche Redensarten solltest du hier bei uns doch lieber nicht führen. Dadurch würdest du nicht nur dich, sondern auch deine Familie in einen schlechten Ruf bringen.«

Justus Weigand sprang auf. »Nur keine Angst, Vater«, sagte er. »Ich bleibe sowieso nicht hier! Ich könnte hier nicht einmal atmen, geschweige denn als Arzt praktizieren.« Er lief aus dem Zimmer und knallte die Tür hinter sich zu, kam aber Sekunden später wieder zurück. »Verzeih mir, Vater«, sagte er, »ich wollte dich nicht kränken.«

»Verstehe, mein Junge. Es ist dir hier alles einfach zu klein geworden. Ich bin aber trotzdem stolz auf dich oder gerade deswegen. Ich bin sicher, du wirst deinen Weg machen.«

Mit einer Anwandlung von Zärtlichkeit, wie sie unter den Männern der Familie Weigand sonst nicht üblich war, beugte sich Justus zu seinem Vater hinab und drückte ihm einen Kuß auf die kalte, vom Alter erschlaffte Wange. »Es tut mir so leid«, sagte er, »daß ich eure Hoffnungen nicht erfüllen kann.«

»Hast du deshalb den Streit heraufbeschworen?«

»Nein!« sagte Justus Weigand, fügte aber ehrlich hinzu: »Das heißt, bestimmt nicht *nur* deswegen.«

Der alte Lehrer lachte. »So ähnlich habe ich mir das vorgestellt. Aber du brauchst uns die Trennung weder durch einen Krach zu erleichtern noch durch falsche Hoffnungen zu versüßen. Mutter und ich sind zwar ziemlich alt geworden, aber kindisch sind wir deshalb noch lange nicht. Wir verstehen sehr gut, daß ein junger Mensch seine eigenen Wege gehen will. Ich habe ja auch die Auseinandersetzung noch nicht vergessen, die ich seinerzeit mit meinem Vater, deinem Großvater, hatte, als ich ihm sagen mußte, daß ich nicht, wie er sich's erhofft hatte, Pastor werden wollte.«

»Du hättest Pastor werden sollen? Davon hast du mir noch nie ein Wort erzählt.«

»Na ja, es hat sich ja zuvor auch noch nie so recht die Gelegenheit ergeben...« Der alte Weigand begann aus seiner Kindheit und Jugendzeit zu berichten, mit einer Lebendigkeit und Genauigkeit, die deutlich machte, daß er bereits eine Altersstufe erreicht hatte, wo ihm die längst entschwundene Vergangenheit viel näher war als die Gegenwart. Justus hörte zu, wenn auch mehr, um dem Vater eine Freude zu machen, als aus wirklichem Interesse; ihm schien dies alles so weit zurückzuliegen, daß er sich kaum recht vorstellen konnte, sich noch an die Zeit zu erinnern, da Preußen seine erste Verfassung erhielt und das Dreiklassenwahlrecht eingeführt wurde. An das wenige Jahre später erfolgte Verbot aller Arbeitervereine erinnerte er sich genauso scharf wie an die liberale neue Ära, die unter König Wilhelm I. begann, als er die Krone von seinem geisteskranken Bruder König Friedrich Wilhelm IV. übernahm.

»Na, siehst du«, sagte Justus Weigand, »das ist doch alles kaum fünfzig Jahre her, und wie hat sich die Welt inzwischen verändert!«

»Aber ein Mittel gegen Rheuma ist noch immer nicht gefunden worden... oder doch?«

»Nein, Vater. In diesem Punkt muß ich dich leider enttäuschen.«

»Nun, macht nichts. Im Gegenteil. Es wäre ja schade, wenn euch jungen Gelehrten nichts mehr zu forschen übrigbliebe. Das ist doch die Laufbahn, die du dir vorgestellt hast, nicht wahr?«

»Ja, Vater, es wird dir vielleicht vermessen erscheinen, aber ...«

»Papperlapapp! Was heißt hier vermessen! Jeder Mensch hat das Recht — er hat sogar die Pflicht, das Beste aus seinen Fähigkeiten zu machen. Und Fähigkeiten hast du, mein Junge, das habe ich immer gewußt.«

Justus' Mutter sah die Dinge anders. Als sie ihrem Sohn half, die alte Ledertasche zu packen, die sie eigens für ihn vom Dachboden geholt hatte — als junger Doktor konnte er doch unmöglich wie früher mit zusammengeschnürten Kartons auf die Reise gehen, und Vater und sie würden wohl kaum noch einmal den Heimatort verlassen —, sagte sie, ohne ihn anzusehen: »Ich habe mir so meine eigenen Gedanken über dich gemacht, Justus.«

Er nahm ihr den Stoß neuer, selbstgenähter Hemden aus der Hand. »Laß mich das machen, Mutter. Koffer packen ist eines der wenigen Kunststücke, die ich ganz allein fertigbringe.«

»Aber wie! Nein — gib her! Du willst doch nicht, daß alles noch einmal geplättet werden muß, wenn du in Berlin ankommst.«

»Ach, weißt du, in der Männerwelt, in der ich lebe, ist man in solchen Dingen nicht so heikel.«

Sie wandte ihm ihr blasses, rundes, faltiges Gesicht zu und sah ihn aus ihren lieben, noch ganz jungen Augen an. »Männerwelt? Willst du damit sagen, daß du überhaupt nie mit Frauen zusammenkommst?«

»Doch. Natürlich. Soweit sie Patientinnen sind oder Pflegerinnen.«

»Sonst nicht?«

»Aber, Mutter — was du so alles wissen willst!«

»Du darfst nicht vergessen, daß ich Tag und Nacht über dich nachdenke ... ja, wirklich Tag und Nacht. Und ich möchte mir so gern ein Bild davon machen, wie du in der großen Stadt lebst. Aus deinen Briefen geht so wenig darüber hervor, und was Clementine schreibt ... nun ja, sie war immer schon ein sehr verschlossenes Mädchen.« Sie ließ sechs Paar selbstgestrickter Strümpfe in der Tiefe der Ledertasche verschwinden.

»Clementine weiß gar nichts über mich. Wir haben uns während des ganzen Winters, wenn es hoch kommt, fünfmal gesehen.«

»Ja, das schrieb sie«, sagte Anna Weigand und zählte die neuen Taschentücher ab.

»Hat sie sich etwa über mich beklagt?«

»Du scheinst sie schlecht zu kennen, Justus. So etwas würde sie nie tun.«

»Dann verstehe ich nicht, worauf das Ganze hinaus soll. Es ist doch nicht deine Art, einfach so dahinzureden.«

»Es ist ... es kommt mir nur mal so vor, Justus ... Vater meint ja, daß nur dein Ehrgeiz dich nach Berlin zurückzieht ...«

»Ich bitte dich, Mutter, sag schon, was du sagen willst!«

»Sieh mir in die Augen, Justus ... steckt nicht hinter alledem eine Frau?«

»Nein!« Justus Weigand schrie es fast. »Entschuldige, bitte«, sagte er gleich darauf zerknirscht, »ich wollte dich nicht anschreien, es geht mir nur auf die Nerven, wenn...« Er unterbrach sich. »Warum lächelst du denn?«

»Weil du mir genau das verraten hast, was ich wissen wollte. Es gibt also in deinem Leben eine Frau. Oder sagen wir besser, ein Mädchen.«

»Ja, ja, ja«, bestätigte er gereizt. »Das war ja wohl nicht allzu schwer herauszufinden. Schließlich bin ich ein normaler Mann und keine Maschine. Es gibt ein Mädchen, das ich liebe, aber ich kehre nicht ihretwegen nach Berlin zurück. Sie hat sich nämlich gerade mit einem anderen verlobt.«

»O Justus«, sagte die Mutter erschrocken. »Wenn ich das geahnt hätte...«

Er schüttelte die Hand ab, die sie ihm auf den Arm gelegt hatte. »Schon gut, Mutter. Du konntest es nicht wissen. Genug davon.«

Aber Anna Weigand war nicht so leicht zu beruhigen. »Wahrscheinlich«, sagte sie, »hat sie sich für den anderen entschieden, weil er reicher ist als du. Und wenn das so ist, Justus, dann brauchst du ihr keine Träne nachzuweinen, denn ein wirklich gutes Mädchen...«

Er fiel ihr ins Wort. »Ach, Mutter«, sagte er, »was verstehst du denn davon? Sie hat sich für niemand anderen entschieden — man hat sie gezwungen, einen anderen zu nehmen!«

»Aber warum denn?« — »Weil ich ihren Eltern nicht gut genug war!«

»Na, so etwas! Das müssen ja sonderbare Leute sein, die an einem so prächtigen Jungen wie dir etwas auszusetzen haben, noch dazu, wo du jetzt Doktor bist. Zu schade, daß ich dich nicht nach Berlin begleiten kann. Ich würde zu gern mal dort hingehen und denen erzählen, was ich von ihnen denke!«

Justus Weigand lachte und faßte seine Mutter um die Taille. »Ja, das glaube ich dir gern, daß du den ehrenwerten Stuckens Bescheid sagen würdest. Du hast dich niemals einschüchtern lassen, nicht wahr?«

»O doch. Ich habe es mir bloß nicht anmerken lassen. Und außerdem: dein Vater hat immer das letzte Wort gehabt!«

»Ja, weil du großzügig genug warst, es ihm zu lassen. Ach, Mutter, wo finde ich noch einmal eine Frau wie dich?« Er wirbelte sie im Kreis herum.

Als er sie losließ, brauchte sie eine ganze Weile, um wieder zu Atem zu kommen. »Glaub nur nicht, daß ich dir dreinreden will, Justus. Aber manche Leute sagen, daß Clementine sehr viel Ähnlichkeit mit mir hätte... so wie ich in jungen Jahren war, versteht sich.«

Er wurde ernst. »Ich habe Clementine sehr gern, Mutter...«

»Das ist doch wunderbar!«

»Nein, das ist es nicht. Ich habe sie gern wie... wie eine Schwester. Aber ich liebe sie nicht, verstehst du? Erzähl mir jetzt, bitte, nicht, daß die Liebe erst mit der Zeit kommt. Ich weiß, was Liebe ist, denn ich habe sie erlebt. Es ist für mich ausgeschlossen, Clementine zu heiraten, nur weil ich die andere nicht kriegen konnte.«

»Aber das erwartet ja niemand von dir.«

»Doch. Clementine.«

»Dann solltest du ihr klipp und klar sagen...«

»Als wenn ich das nicht schon versucht hätte! Mehr als einmal, Mutter. Wenn ich bei ihr bin, dann...« Er zögerte, suchte nach Worten und war bemüht, ganz ehrlich zu sein. »... dann tut sie mir leid. Und nicht nur das. Für sie sind ihre Träume so wirklich, daß sie es geradezu fertigbringt, mich anzustecken. Ich fange schon selbst an, mir einzubilden, daß ich mit Clementine glücklich werden könnte. Ich kenne ja alle ihre guten Eigenschaften, ich weiß, daß sie tüchtig ist, anständig, verläßlich, intelligent... aber das allein genügt eben doch nicht. *Mir* genügt es nicht. Ich will entweder aus Liebe heiraten oder — warum soll ich dich anlügen, Mutter? — oder ein Mädchen, das reich genug ist, meine wissenschaftliche Karriere zu fördern. Du kannst mich jetzt für berechnend halten, aber im Grunde ist es wohl einfach so: Ich möchte heiraten, aber nicht geheiratet werden!«

»Das verstehe ich sehr gut, Justus, es war immer Clementines Fehler...« Anna Weigand unterbrach sich. »Schade, sie wäre schon die rechte Frau für dich gewesen.«

»Sie ist es eben doch nicht, Mutter. Wenn sie das nur einsehen wollte! Es gibt gewiß Männer genug, die sie gern nehmen. Aber solange sie sich einbildet, auf mich warten zu müssen... Ja, sie wartet tatsächlich auf mich, Mutter, kannst du dir vorstellen, wie mich das belastet? Solange sie von dieser Idee nicht loskommt, wird sie einen echten Heiratskandidaten nicht bemerken, selbst wenn sie über ihn stolpern würde!«

Anna Weigand ließ das Schloß der Tasche mit einem kleinen Knall zuschnappen. »Du hast wahrscheinlich recht«, sagte sie, »ich bin sehr froh, daß wir so offen darüber gesprochen haben. Mach dir wegen Clementine keine Sorgen mehr. Ich werde ihr schreiben, wie die Dinge wirklich stehen.« — »Du, Mutter?«

»Warum nicht?« Anna Weigand stemmte die Hände in die Hüften. »Ich werde ihr das ganz sicher mit größerem Zartgefühl beibringen als du. Und vor allem mit mehr Überzeugungskraft. Wenn ich ihr klarmache, daß es keinen Zweck hat, sich Hoffnungen zu machen, dann wird sie mir glauben.«

Er nahm sie in die Arme und küßte sie auf beide Wangen. »Ach, Mutter, du ahnst ja nicht, wie dankbar ich dir bin, daß du mir das abnehmen willst! Ich komme mir dabei zwar ein bißchen schäbig vor...«

»Ach was! Schämen muß sich nur Clementine! Ein Mädchen, das einem Mann so nachläuft, daß er es merkt... also, so etwas hätte es in meiner Jugend nicht gegeben. Wir waren da doch viel gesitteter und zurückhaltender.«

»Oder vielleicht auch geschickter?« fragte er lachend.

Sie zupfte ihn am Ohrläppchen. »Sei du ganz still, Justus! Warte nur ab. Auch du wirst noch deine Meisterin finden!«

In der Villa Thielemann war es sehr still geworden. Es gab keine Feste und keine Gäste mehr, und wenn die Hausglocke läutete, dann gewiß nur die am Lieferanteneingang. Die Pferde standen im Stall, die Kutsche war in der Remise; Frau Dorothee unternahm keine Ausfahrten mehr. Sie besuchte niemanden, verließ das Haus nur noch ganz selten und auch dann erst nach Einbruch der Dämmerung. Sie schien jedes Interesse an der Welt, in der sie lebte, verloren zu haben und schloß sich oft stundenlang in ihrem Boudoir ein, ohne daß jemand im Haus erfuhr, was sie dort tat. Weinte sie? Kämpfte sie gegen ihr Schicksal? Betete sie? Wenn sie aus der freiwilligen Klausur wiederauftauchte, wichen die Kinder vor ihrem geisterhaft starren Gesicht und dem verlorenen Blick ihrer übergroßen Augen zurück. Aber sie merkte es nicht einmal.

Die Führung des Haushaltes lag jetzt vollkommen in den Händen Clementines, die sich zwar in dieser neuen Rolle sehr gut gefiel, aber dennoch immer wieder versuchte, ihre Herrin zur Anteilnahme zu zwingen. Doch welches häusliche Problem sie auch immer an Frau Dorothee herantrug, nie erreichte sie mehr als ein gedankenloses Zuhören und den Bescheid: »Machen Sie das, wie Sie es für richtig halten, Fräulein. Sie wissen besser als ich, was zu tun ist.«

Für die energische Clementine war solche Apathie schwer zu verstehen und noch schwerer zu ertragen. Mit brennender Sehnsucht wartete sie auf eine Nachricht von Justus, und je mehr Wochen seit ihrer letzten Begegnung verstrichen, desto größer wurde ihre Hoffnung, daß es läuten und der Mann, den sie liebte, vor ihr stehen würde. Oft hatte sie sich schon ausgemalt, wie es sein würde, wenn er sie endlich, endlich bitten würde, seine Frau zu werden... Sie war sich darüber im klaren, daß er ihre Gefühle nicht in gleichem Maße erwiderte. Aber das störte sie nicht; sie war ganz sicher, eines Tages würde er begreifen, daß nur sie und keine andere die richtige Frau für ihn war. Jetzt, da alles vorüber war, konnte sie sogar mit ein bißchen Mitleid an Stefanie von Stucken denken. Es fiel ihr schwer, sich vorzustellen, jemals auf ein so junges, unbedarftes und verwöhntes Geschöpf eifersüchtig gewesen zu sein. Jetzt, nachträglich, erschien es ihr, als hätte Stefanie nie eine Chance gehabt. Arme Stefanie, dachte sie aus dem Gefühl ihrer Überlegenheit heraus.

In dieser seelischen Verfassung traf sie der Brief ihrer Tante aus Görzen wie ein Keulenschlag. Clementine Hergert und Anna Weigand kannten einander so gut und standen sich so nahe, wie es nur bei Frauen möglich ist, die denselben Mann lieben und zu jedem Opfer bereit sind, wenn es darum geht, ihn glücklich zu machen. Es hatte zwar von jeher eine gewisse unterschwellige Rivalität zwischen den beiden geherrscht, aber ihre Liebe zu Justus Weigand war so groß, daß weder Clementine daran gedacht hätte, den Anspruch der Mutter zu schmälern, noch Anna Weigand daran, den Sohn für sich behalten zu wollen. Ohne daß sie ein Wort darüber verloren hätten, waren beide schon vor langer Zeit stillschweigend dahin übereingekommen, daß Clementine Frau Dr. Weigand werden sollte; sie war von ihren potentiellen Schwiegereltern geradezu zu dieser Aufgabe erzogen worden.

Wenn also Anna Weigand schrieb, sie sei nach einem offenen Gespräch mit ihrem Sohn zu der Überzeugung gekommen, daß Justus in absehbarer Zukunft nicht an eine Heirat dächte, so *mußte* Clementine das glauben; sie hatte weder Grund, ihre Tante für mißgünstig oder boshaft zu halten, noch konnte sie an ihrer Menschenkenntnis zweifeln. Dennoch durfte sie sich nicht ihrer Enttäuschung, ihrem Schmerz und ihrer Verzweiflung hingeben, denn die Kinder mußten beaufsichtigt werden, die Köchin erwartete ihre Anweisungen für das Mittagessen, und das Stubenmädchen, das eine kostbare Vase hatte fallen lassen, war mit der gebotenen Strenge zurechtzuweisen.

Erst am frühen Nachmittag, als die Kinder schliefen, kam Clementine dazu, in ihr Mansardenzimmer zu flüchten und den Brief ihrer Tante noch einmal genau zu lesen.

Es tut mir leid, daß ich Dir Kummer bereiten muß, liebe Tina, schrieb Anna Weigand, *aber es scheint mir beser, Du weißt, woran Du bist, als daß Du Hoffnungen nachhängst, die sich nie erfüllen werden. Nach einem langen und sehr offenen Gespräch mit Justus bin ich zu der Überzeugung gekommen, daß er nicht heiraten wird, jedenfalls in den nächsten Jahren. Ich habe nicht versucht, ihm hierin zu widersprechen oder ihn umzustimmen, denn er ist ein erwachsener Mann und muß seine eigenen Entscheidungen treffen. Du weißt, wie sehr ich gewünscht habe, daß es anders gekommen wäre, und ich bin nach wie vor der Meinung, daß Du die Frau bist, die ihn hätte glücklich machen können. Mag sein, er wird eines Tages erkennen, daß er an seinem Glück vorbeigelaufen ist. Aber ich werde das wohl nicht mehr erleben, ich werde dann längst unter der Erde liegen, und Dir, liebe Tina, wird es auch nichts mehr nutzen. Auch für Dich wird es zu spät sein. Du wirst Deine Kraft an fremde Menschen vergeudet haben, die Dich für ihre Dienste bezahlen. Du wirst ein spätes Mädchen geworden sein, und – das weißt Du so gut wie ich – späte Mädchen heiratet man nicht, es sei denn, sie bringen ein Vermögen mit in die Ehe. Wenn Justus die wissenschaftliche Laufbahn einschlägt, wie er es sich vorgenommen hat, dann kann es sein, daß er sich eines Tages für eine Frau mit Geld entscheiden wird. Das Wenige, das Du geerbt hast, genügt da nicht, auch nicht, was Du Dir im Laufe der Jahre zusammensparen könntest. Wenn du auf meinen Rat hören willst, Tina, und ich meine es wahrhaftig gut mit Dir, dann heirate jetzt, solange Du noch jung bist, heirate so bald wie möglich, heirate einen einfachen, anständigen und guten Mann. Vielleicht ist es besser, Du kommst nach Görzen zurück, denn hier wissen wir von jedem, wer er ist und woher er kommt, während es in Berlin doch so viele schlechte Menschen gibt, man liest ja täglich davon in den Zeitungen...*

Anna Weigands feine, sehr korrekte Handschrift begann vor Clementines Augen zu tanzen, es war ihr, als bohrten sich die spitzen Buchstaben — Haarstrich auf, Schattenstrich ab — wie winzige vergiftete Dolche in ihr Bewußtsein.

Clementine hatte das Bedürfnis, sich über ihr Bett zu werfen, das Gesicht in die Kissen zu vergraben und sich hemmungslos auszuweinen. Aber sie tat es nicht, denn selbst in diesem Augenblick — unbeobachtet in der Einsamkeit ihrer Kammer — schrak sie davor zurück, sich gehenzulassen. Sie war ein erwachsener Mensch, beinahe schon ein spätes Mädchen, wie Anna Weigand ihr mit Recht geschrieben hatte. Sie konnte und durfte sich nicht aufführen wie ein schwärmerischer Backfisch, der mit seiner ersten Liebesenttäuschung nicht fertig wird. Clementine preßte die Lippen zusammen, warf den Kopf mit dem schweren dunklen Haar in den Nacken, verließ ihr Zimmer und stieg die Treppe hinunter. Im Vorbeigehen warf sie einen Blick zu den Kindern hinein. Marie und Emmchen schliefen, Fritz blätterte in einem Buch. Sie schalt ihn nicht, sondern legte nur den Finger an die Lippen. Verschwörerisch ahmte Fritz die Geste nach.

Während Clementine in die Halle ging, schoß es ihr durch den Kopf, daß Fritz nun bald zu groß sein würde, das Zimmer noch mit den Mädchen zu teilen. Konnte sie ihn überhaupt noch erziehen, oder gehörte nicht vielmehr ein Lehrer ins Haus? Sie nahm sich vor, darüber mit Frau Dorothee zu sprechen, obwohl sie schon wußte, daß sie ihr weder einen Rat noch eine Entscheidung zutrauen konnte. Sie durchquerte die Halle, öffnete die Tür zum ehemaligen Herrenzimmer und setzte sich an den schweren geschnitzten Schreibtisch. Es kam ihr gar nicht zum Bewußtsein, daß dies noch vor wenigen Monaten das Reich Otto Thielemanns gewesen war, das sie niemals aus eigenem Antrieb betreten hätte. Jetzt saß sie mit größter Selbstverständlichkeit an dem Platz des ehemaligen Hausherrn. Für Clementine war er jetzt vertraut. In einer schweren eisernen Kassette bewahrte sie hier die Gelder auf, die sie zur Begleichung der fälligen Rechnungen zur Hand haben mußte. Hier zahlte sie der Mamsell, dem Zweitmädchen und dem Kutscher ihre Löhne aus, hier führte sie auch das Wirtschaftsbuch.

Sie überzeugte sich, daß die Tinte in dem schweren kleinen Faß aus grünem Marmor nicht angetrocknet, sondern leichtflüssig war, und probierte eine Feder aus. Dann nahm sie einen der weißen Büttenpapierbogen, die Otto Thielemann hinterlassen hatte, legte ihn ein wenig schräg vor sich hin, um dadurch das Absinken der Zeile, zu dem sie erfahrungsgemäß neigte, von vornherein zu korrigieren, und schrieb:

Liebe Tante Anna, alles, was Du mir über Justus schreibst, habe ich schon seit langem gewußt. Du irrst Dich, wenn Du glaubst, daß ich mir Illusionen gemacht hätte oder daß Du mich warnen müßtest. Die schwärmerische Neigung, die ich als junges Ding zugegebenermaßen für Deinen Sohn empfunden habe, ist längst dahin. Du wirst es vielleicht sonderbar finden, aber der Gedanke an eine Heirat ist mir genauso fremd wie ihm. Auch ich liebe meine Freiheit und meine Selbständigkeit. Mach Dir also meinetwegen keine Gedanken. Ich werde ganz bestimmt nicht nach Görzen zurückkehren und Dich vor die Aufgabe stellen, mir einen Mann zu suchen. Hier in Berlin werde ich gebraucht, hier fühle ich mich wohl. Auch ohne Mann und auf die Gefahr hin, ein spätes Mädchen zu werden. Warum drückst Du Dich übrigens so zurückhaltend aus und schreibst nicht gleich das, was Du denkst? Nämlich, daß ich auf dem besten Weg bin, eine alte Jungfer zu werden? Aber vielleicht werde ich Euch alle eines Tages noch überraschen...

Als Clementine diese Zeilen zu Papier gebracht hatte, fühlte sie sich schon besser. Sie las den Brief durch und fand ihn gut, schrieb die Adresse auf das Kuvert, faltete das Blatt zusammen und steckte es in den Umschlag. Aber Anna Weigand würde aus jeder Zeile dieses Briefes ihren Zorn, ihre Trauer und ihre Verzweiflung herauslesen...

Als Clementine vom Briefkasten zurückkam, traf sie in der Halle Frau Dorothee, deren Gesichtsausdruck weniger nachtwandlerisch wirkte als gewöhnlich. Deshalb hielt sie die Gelegenheit für günstig, ein Problem anzuschneiden, das nicht länger totgeschwiegen werden konnte.

»Gnädige Frau...« sagte sie. Frau Dorothee nickte ihr zu und schwebte weiter. »Gnädige Frau, bitte, ich muß mit Ihnen sprechen.«

»Worüber denn nun schon wieder?« fragte Frau Dorothee müde.

Clementine, die ganz sicher war, Frau Dorothee seit über eine Woche mit keiner Frage belästigt zu haben, unterdrückte einen Seufzer. »Gnädige Frau, morgen ist der erste Sonntag im Monat!«

Frau Dorothee wandte ihr das kleine, spitze Gesicht zu. »Das mag sein«, entgegnete sie völlig desinteressiert.

»Ich möchte Sie an die gerichtliche Verfügung erinnern, wonach...« Clementine wußte nicht weiter. Frau Dorothee hatte verboten, daß der Name ihres geschiedenen Mannes in ihrer Gegenwart ausgesprochen wurde, und niemand hatte es bisher gewagt, dieses Tabu zu brechen. Clementine nahm einen neuen Anlauf. »Es ist abgemacht, daß die Kinder jeden ersten Sonntag im Monat ihren Vater treffen sollen!«

Eine rote Welle ergoß sich wie eine Sturzflut über Frau Dorothees durchscheinendes Antlitz. »Ich erinnere mich nicht«, sagte sie und wollte gehen.

Clementine vertrat ihr den Weg. »Aber sie *müssen* es wissen, gnädige Frau! Bitte, denken Sie doch nach! Noch vor wenigen Tagen bekamen Sie von Dr. Rosenbaum einen Brief, in welchem er Ihnen dringend riet, die getroffenen Abmachungen ja nicht zu verletzen!«

»So, schrieb er das?« — »Ja.«

»Dann wird es wohl so sein, Fräulein. Ich habe den Brief nicht gelesen.«

»Ja, es ist so, gnädige Frau. Glauben Sie mir, ich würde Ihnen das alles gern ersparen, aber wir müssen uns überlegen, wo die Begegnung statt-stattfinden soll...«

Zum erstenmal seit langem zeigte Frau Dorothee wieder einen Anflug von Interesse. »Ich möchte das nicht«, sagte sie. »Ich will nicht, daß meine Kinder ... wir brauchen nicht weiter darüber zu reden.« Sie wandte sich ab.

Clementine faßte sie beim Arm. »Gnädige Frau«, sagte sie beschwörend, »so geht das nicht. Herr ... ich meine, der Vater hat das Recht, seine Kinder ...«

»Nein. Das hat er nicht.«

»Das Gericht hat es so beschlossen, gnädige Frau. Wenn wir uns nicht danach richten, können die Kinder von der Polizei abgeholt werden ...«

Jetzt endlich sah ihr Frau Dorothee ins Gesicht. »Sie wollen mich erschrecken, Fräulein!«

»Nein, ganz gewiß nicht. Dr. Rosenbaum schreibt es ja. Wenn Sie den Brief nur gelesen hätten!«

Ein bitteres kleines Lächeln spielte um Frau Dorothees blasse Lippen. »*Sie* haben es ja getan, Fräulein, das ist ja wohl die Hauptsache.«

»Wenn Ihnen der Gedanke wirklich so zuwider ist«, sagte Clementine nachdenklich, »gäbe es wohl eine Möglichkeit ...«

»Und die wäre?«

»Wenn Sie zusammen mit den Kindern verreisen würden. Vielleicht in ein Bad ...«

»Nein. Sie wissen, wie ich solches Menschengewimmel verabscheue.«

»Oder zu ihren Eltern.«

»Nein!« Für Sekunden zuckte ein solcher Schmerz über Frau Dorothees Gesicht, daß Clementine begriff: Auch das eigene Elternhaus war Frau Dorothee durch die Scheidung verschlossen.

»Verzeihen Sie«, murmelte sie, »ich wußte nicht ...« Es wurde ihr bewußt, daß sie Frau Dorothee noch immer festhielt, eine Vertraulichkeit, die ihr trotz der ungewöhnlichen Situation nicht zustand; sie ließ die Hand sinken.

»Ja, alle Welt hat mich verlassen«, sagte Frau Dorothee tonlos. »Man behandelt mich wie eine Ausgestoßene, eine Verbrecherin. Und doch, auch wenn ich gewußt hätte, wie alles kommen würde, ich hätte es auf mich genommen.«

»Das verstehe ich gut.«

»Ja, ich weiß. Ich bin sehr froh, daß Sie bei mir geblieben sind, Fräulein.« Wieder wollte sie sich zum Gehen wenden.

»Bitte, gnädige Frau«, sagte Clementine beschwörend, »wir haben ja noch nicht zu Ende gesprochen!«

»Wozu? Machen Sie alles so, wie Sie es für richtig halten. Ich verlasse mich ganz auf Sie.« Frau Dorothee ging eilig weg, es sah beinahe wie Flucht aus und war es im Grunde ja auch.

Clementine blieb stehen, mit zusammengepreßten Lippen und schlaffen Armen, und sah der Davoneilenden nach. Dieses Gespräch war wie all die anderen verlaufen. Was hatte sie anderes erwarten können? Frau Dorothee hatte ihr einmal mehr die Verantwortung zugeschoben, weil sie sie für stark, umsichtig und vernünftig hielt. Alle hielten sie dafür, die Kinder, das Personal, auch Tante Anna aus Görzen und Justus Weigand. Niemand ahnte, wie sie sich nach einer Schulter sehnte, an die sie ihren Kopf lehnen konnte, nach einem Arm, der sie hielt, einem Menschen, der bereit und imstande war, ihr die Sorgen, wenn schon nicht abzunehmen, so doch zumindest mit ihr zu teilen. Aber sie war allein, unsagbar allein. Doch kein Laut kam über ihre Lippen.

Am nächsten Morgen war Clementine Hergerts Entschluß gefaßt. Jedenfalls soweit es das Arrangement des Wiedersehens zwischen Otto Thielemann und den Kindern betraf. Es war ausgeschlossen, Otto Thielemann in die Von-der-Heydt-Straße kommen zu lassen; eine Begegnung zwischen ihm und seiner geschiedenen Frau hätte allzu leicht zu einem Eklat geführt, wenn nicht gar zu einem Nervenzusammenbruch Frau Dorothees. Clementine wollte, daß dieser Tag für ihre Schützlinge so friedlich wie irgend möglich verlaufen sollte.

Obwohl sich Otto Thielemann früher kaum um die Kinder gekümmert hatte und diese ihm gegenüber niemals Zärtlichkeit gezeigt hatten, schienen sie den Vater nun, da er aus ihrem Leben verschwunden war, doch sehr zu vermissen. Clementine hatte das schon bald nach der Scheidung feststellen müssen, zuerst mit Unwillen, dann mit Bestürzung, schließlich mit Besorgnis. Sie hatte gehofft, die Kinder würden mit der Zeit ihren Vater vergessen, aber das Gegenteil geschah: Immer öfter sprachen sie über ihn, und immer bohrender wurden ihre Fragen.

Gerade weil Clementine mit Frau Dorothee über diese Entdeckung niemals sprechen konnte, war sie um so mehr beunruhigt. Obwohl sie selbst Otto Thielemann verabscheut hatte, wurde es ihr doch bewußt, wie unnatürlich es war, daß sie die Kinder immer wieder ermahnen mußte, unter keinen Umständen im Beisein der Mutter vom Vater zu reden oder gar nach ihm zu fragen. Das machte die seltenen Stunden, in denen sich Frau Dorothee den Kindern widmete, für Clementine und wahrscheinlich auch für die Kleinen selbst zu einer Qual. Durch das ihnen völlig unverständliche Verbot wurden sie der Mutter gegenüber unsicher und verkrampft. Also gab es nur eine Möglichkeit: Fritz, Marie und Emma mußten zu Otto Thielemann gebracht werden.

Clementine war eine Frühaufsteherin, und so verließ sie gegen sechs Uhr morgens fix und fertig angezogen die Mansarde. Der Telefonkasten hing im Herrenzimmer, gleich neben der Tür an der Wand. Erst als sie die Kurbel schon in der Hand hatte, fiel ihr ein, daß es doch wohl noch zu früh sei, um zu telefonieren. Sie ging in die Küche hinunter, wo Mamsell Auguste dabei war, frischen Kaffee aufzubrühen, und nahm mit ihr zusammen das erste Frühstück ein, dankbar dafür, daß die Köchin, noch reichlich verschlafen, nicht so gesprächig war wie sonst. Heute wäre ihr das Geschwätz über die »arme Gnädige« und die »armen kleinen Häschen« noch mehr auf die Nerven gegangen als sonst.

Mamsell Auguste war der einzige Mensch in der Villa Thielemann, ja in der ganzen Riesenstadt Berlin, mit dem sich Clementine über die Vorgänge im Haus und, wenn auch etwas zurückhaltender, über ihre eigenen Hoffnungen und Pläne aussprechen konnte. Dennoch blieb in Clementine nach jedem solchen Gespräch ein bitterer Nachgeschmack zurück; sie hatte das Gefühl, sich etwas vergeben zu haben.

Um Punkt sieben Uhr trat Clementine wieder ans Telefon, diesmal kurbelte sie durch, und als sich das Fräulein vom Amt meldete, nannte sie die Nummer von Dr. Rosenbaums Privatwohnung. Es dauerte eine ganze Weile, bis der Rechtsanwalt an den Apparat kam, und dann klang seine Stimme alles andere als freundlich. »Hallo! Hallo!« brüllte er. »Wer ist da?«

Die Membrane zitterte. Clementine hielt den Hörer ein Stück vom Ohr ab. »Schreien Sie, bitte, nicht so, ich kann Sie sonst nicht verstehen!«

»Wer spricht denn da? Was wollen Sie denn?«

»Clementine Hergert...«

»*Wer?* Kenn' ich nicht...«

»Ich bin das Fräulein bei Thielemanns...«

»Ach so! Warum haben Sie das nicht gleich gesagt?« Jetzt klang die Stimme schon wesentlich milder.

»Weil Sie mir keine Gelegenheit dazu gegeben haben.«

»So? Habe ich nicht? Na, kann sein. Was ist das auch für eine Art, einen schwer arbeitenden Menschen am Sonntagvormittag aus dem Bett zu holen?«

»Ich bin schon seit einer Stunde auf.«

»Das sieht Ihnen ähnlich.« Mit plötzlicher Besorgnis setzte er hinzu: »Hören Sie mal, es ist doch hoffentlich nichts passiert?«

»Nein«, sagte Clementine, »aber heute ist der Tag, an dem Herr Thielemann zum erstenmal seine Kinder sehen darf. Sie haben doch der gnädigen Frau deswegen noch einmal geschrieben...«

»Nun, wie stellt sie sich dazu?«

»Am liebsten möchte sie es überhaupt verhindern...«

»Habe ich mir gedacht!«

»Aber ich habe ihr klargemacht, daß das nicht geht.«

»Braves Mädchen!«

»Und um unnötigen Ärger zu vermeiden, habe ich mir überlegt, daß es das beste wäre, Herrn Thielemann nicht hierherkommen zu lassen, sondern die Kinder zu ihm zu bringen...« Sie machte eine kleine, erwartungsvolle Pause.

»Sehr gut. Ausgezeichnet!« lobte der Rechtsanwalt. »Sie werden das also übernehmen?«

»Ja, aber ich weiß nicht, wo er wohnt.«

»Im *Bristol*!«

»Und Sie müssen ihn, bitte, verständigen, daß er nicht hierherkommt, sondern die Kinder im Hotel erwartet.«

»Wann könnten Sie dort sein?«

»Gegen zehn, wenn das früh genug ist. Sie können dann den ganzen Tag mit ihm zusammenbleiben, und zu einer verabredeten Zeit würde ich sie abends wieder abholen.«

Rechtsanwalt Dr. Rosenbaum räusperte sich. »Was stimmt daran nicht?« fragte Clementine sofort.

»Es ist vollkommen richtig, den Beschluß des Gerichtes zu respektieren... nur, um die Wahrheit zu sagen, ich sähe es nicht sehr gern, wenn die drei Thielemännchen allein bei ihrem Vater bleiben würden. Die Scheidung selbst ist zwar ohne Komplikationen über die Bühne gegangen, aber... hm ja... selbst die beste Scheidung kann nicht gutmachen, was in einer schlechten Ehe vermasselt worden ist.« Plötzlich begann er wieder zu brüllen. »Herrgott, Mädchen, nun machen Sie es mir doch nicht so schwer! Ihre Gnädige haßt Herrn Thielemann doch noch immer, oder etwa nicht?«

»Doch«, gab Clementine zu.

»Na, und wie stellen Sie sich vor, daß es umgekehrt aussieht?«

»Sie meinen, er könnte versuchen, die Kinder aufzuhetzen?« Obwohl Clementine allein im Zimmer war, hielt sie unwillkürlich die Hand vor den Mund, damit nur ja kein Unbefugter mithören konnte.

»Selbstredend. Das ist das wenigste, auf das wir gefaßt sein müssen. Herr Thielemann ist ein ziemlich unberechenbarer Herr. Er könnte auf die Idee kommen, die Kinder bei sich zu behalten...«

»Aber so sehr hängt er doch gar nicht an ihnen!«

»Nicht deshalb! Aus Rache, Mädchen, aus Rache! Lernen Sie die Menschen kennen!«

Clementine wurde es ganz elend bei dem Gedanken, einen vollen Tag mit Otto Thielemann verbringen zu müssen. Erinnerungen, die sie längst vergessen zu haben glaubte, drängten sich ihr auf. Ihr wurde siedend heiß vor Scham, obwohl sie ganz allein war. Hier in diesem Raum war es gewesen — nein, sie wollte nicht mehr daran denken! »Nein! Nein! Nein!« sagte sie laut.

»Was heißt hier nein?«

»Ich kann nicht.«

»Natürlich können Sie, wenn Sie nur wollen. Und Sie werden wollen, weil Sie ein anständiger und vernünftiger Mensch sind. Außerdem kann Ihnen dabei gar nichts passieren. Die Kinder sind ja immer dabei, und die sind... ehem... der beste Schutz Ihrer Tugend!«

»Jetzt machen Sie sich auch noch lustig über mich.«

»Ach wo. Sie dürfen sich nur nicht einreden, daß Sie da wer weiß was riskieren. Ich verstehe schon, daß Ihnen die Sache unangenehm ist. Schließlich weiß ich genug über den ehrenwerten Herrn Thielemann. Aber es wäre doch gelacht, wenn Sie mit so einem alten Roué nicht fertig würden. Kopf hoch, Mädchen! Rufen Sie mich heute abend an und erzählen Sie mir, wie es gewesen ist! Einen guten Tag wünsche ich Ihnen!«

»Ich danke, auf Wiedersehen«, sagte Clementine ganz benommen. Aus dem Hörer quäkte das Freizeichen. Clementine nagte an ihrer Unterlippe. Sie hatte auf Unterstützung gehofft, statt dessen war ihr eine neue Last aufgebürdet worden. Unwillkürlich seufzte sie, bevor sie den Hörer einhängte.

Aber ihre Niedergeschlagenheit verflog rasch. Sie hatte jetzt eine Aufgabe, und sie war entschlossen, sie zu bewältigen. Nichts lag Clementines Naturell weniger, als müßig zu warten und geduldig zuzusehen, wie sich die Dinge entwickelten. Sobald sie tätig sein konnte, fühlte sie sich stark. Sie dachte angestrengt nach, legte sich einen Plan zurecht, verwarf ihn wieder und entwickelte einen neuen. Sie lief die Hintertreppe hinunter, an der Küche vorbei, in den Garten hinaus und zur Remise hinüber, wo der Kutscher oberhalb des Stalles sein Zimmer hatte. Sie warf Steinchen gegen sein Fenster, war schon halb und halb entschlossen, die schmale Treppe hinaufzusteigen und ihn zu wecken, als sein Gesicht am Fenster erschien. Zu ihrer Überraschung war er durchaus nicht mehr stoppelbärtig und ungewaschen, sondern bot in dem frischen weißen Hemd, das ihm am Hals offenstand, einen durchaus erfreulichen Anblick. Als er Clementine sah, schmunzelte er, öffnete das Fenster und rief hinunter: »Damenbesuch? Das nenne ich aber 'ne freudige Überraschung!« Er zwirbelte die Spitzen seines blonden Schnurrbarts.

»Leise«, rief Clementine mit gedämpfter Stimme, »die Gnädige schläft noch. Kommen Sie runter.«

Das Gesicht verschwand am Fenster, nach einer Weile wurde die schwere Stalltür von innen geöffnet, und Herr Jahn, der Kutscher, erschien auf der Schwelle. »Na kommen Sie rein, Frollein«, sagte er.

Der Stall hinter seinem Rücken war dunkel, und eine Wolke durchaus nicht unangenehmer, aber sehr animalischer Gerüche schlug Clementine entgegen. Sie wich einen Schritt zurück. »Nein, lieber nicht. Wir können auch hier reden.«

»Gewiß können wir das. Aber ich dachte, Sie wollen mir 'n Geheimnis anvertrauen.«

»Ich... Ihnen? Sie sind wohl verrückt?« rief Clementine empört.

Er grinste. »Still«, parodierte er sie, »die gnädige Frau könnte uns hören!«

Clementine wußte selbst nicht, wie böse sie ihn aus ihren runden schwarzen Augen anfunkelte. »Ich verbitte mir, daß Sie in einem solchen Ton mit mir reden«, sagte sie. »Mir scheint, Sie haben in letzter Zeit zu wenig zu tun gehabt, aber das soll von nun an anders werden. Striegeln Sie die Pferde und bringen Sie den Wagen auf Hochglanz. Ich wünsche, daß Sie Punkt halb zehn in tadelloser Livree vorfahren.«

Der Kutscher ließ sich nicht aus der Ruhe bringen. »Zu Befehl, Gnädigste«, sagte er und markierte ein ironisches Hackenzusammenschlagen.

»Ich bin keine Gnädige, sondern Fräulein Clementine. Sie sind lange genug in diesem Haus, um das zu wissen.«

Der Kutscher zwinkerte. »Schön. Aber bisher haben wir noch nie Gelegenheit gehabt, uns mal so janz vertraulich, so unter vier Augen, zu unterhalten.«

Sie wollte schon wieder auf ihn losgehen, aber gerade noch rechtzeitig wurde ihr bewußt, daß es durchaus nicht im Sinn ihres Arrangements lag, sich mit dem Kutscher zu zanken. »Herr Jahn«, sagte sie so liebenswürdig, wie es ihr möglich war.

»Fräulein Clementine?« gab er mit gleicher Freundlichkeit zurück.

»Herr Jahn, Sie sind seinerzeit von Herrn Thielemann eingestellt worden, aber bei der Scheidung hat das Gericht Sie ... nicht eigentlich, sondern die Pferde und den Wagen ... der gnädigen Frau zugesprochen.«

»Ist mir hinreichend bekannt!«

Clementine runzelte die Stirn. »Sie haben manchmal so eine komische Art, sich auszudrücken ...«

»Habe ich beim Militär gelernt«, sagte Otto Jahn nicht ohne Stolz, »habe es bis zum Oberfeldwebel gebracht.«

»Ach so«, sagte sie und wunderte sich, daß sie den Kutscher, den sie bisher immer nur als eine Art Inventarstück zur Kenntnis genommen hatte, plötzlich mit anderen Augen sah; er mochte an die vierzig Jahre alt sein und sah trotz seiner bullenhaften, untersetzten Figur nicht einmal schlecht aus. Er spürte ihr Interesse sofort, zog mit einem Ruck den Bauch ein, drückte die Brust heraus und ließ die Muskeln seiner Oberarme spielen.

Sie lächelte, als sie es bemerkte. »Und eitel sind Sie auch!«

»Zujejeben, aber ...«

»Hören Sie jetzt auf mit dem Unsinn! Was ich Ihnen klarzumachen versuche, ist folgendes: Sie gehören jetzt zum Haushalt der Gnädigen und unterstehen nicht mehr Herrn Thielemann!«

»Nun sagen Sie mal, Frolleinchen, für wie dämlich halten Sie mich eigentlich?«

Clementine ließ sich nicht beirren. »Es könnte sein, daß Sie in eine Situation geraten, in der Sie plötzlich nicht mehr genau wissen, wem Sie zu folgen haben. Wir fahren nämlich heute — zu Herrn Thielemann. Mit den Kindern.«

»Ach so ist das.« Herr Jahn wurde plötzlich ernst und kratzte sich am Kinn.

»Machen Sie sich, bitte, klar, Herr Jahn: Sie unterstehen einzig und allein der Gnädigen, die ich vertrete. Herr Thielemann hat Ihnen keine Befehle zu geben, er geht Sie überhaupt nichts mehr an. Sie tun also immer das, was *ich* Ihnen sage, auch wenn Herr Thielemann Ihnen einen gegenteiligen Befehl erteilen sollte, ja selbst dann, wenn er so tut, als wollte er

Ihnen einen Wunsch von mir übermitteln. Darauf dürfen Sie sich auf gar keinen Fall einlassen. Nur wenn *ich* Ihnen persönlich sage, was Sie zu tun haben, tun Sie es. Und ich werde es Ihnen selbst sagen! Haben Sie mich verstanden?«

»Aber klar doch. Feldwebel Otto Jahn hört auf Ihr Kommando!«

»Gut so, Herr Jahn.«

Er reichte ihr seine breite, derbe Hand hin. »Sie könn' sich auf mich verlassen, Frollein!«

Sie zögerte einzuschlagen, aber dann tat sie es doch. Sie konnte es sich nicht leisten, den einzigen Bundesgenossen, den sie hatte, vor den Kopf zu stoßen. Sie lächelte dem Kutscher noch einmal zu und lief dann ins Haus zurück.

Einen Augenblick lang hielt sie sich an der offenen Küchentür auf. »Ist das Frühstück für die Kinder fertig?«

Mamsell Auguste wies mit dem Kinn auf ein volles Tablett. »Da steht's. Sie brauchen es nur noch hinaufzubringen.«

»Danke, das werde ich tun.« Clementine überblickte das Tablett, prüfend, ob auch alles vorhanden war, und stellte fest, daß die Eierlöffel fehlten. Sie öffnete eine Schublade und nahm das vergessene Besteck heraus. »Hat die gnädige Frau schon geklingelt?«

»Wo denken Sie hin«, gab die Köchin zurück, »vor neun kommt die doch nie hoch und an einem Sonntagmorgen schon gar nicht.«

Clementine ärgerte sich über den respektlosen Ton der Köchin. »Die gnädige Frau schläft nachts sehr schlecht, deshalb ist es verständlich, daß sie morgens so lange wie möglich liegenbleibt.«

»Von mir aus«, maulte Mamsell Auguste, »ich will nichts gesagt haben.«

»Ich dachte nur, daß sie heute vielleicht zur Kirche hätte gehen wollen«, sagte Clementine.

Mamsell Auguste ließ das Messer sinken, mit dem sie Kartoffeln geschält hatte, und sah Clementine an. »Komisch! Erst jetzt, wo Sie das sagen, fällt es mir auf. Früher war die Gnädige doch immer ganz wild aufs Kirchengehen. Erinnern Sie sich nur, wie oft sie sich mit dem Herrn deswegen gestritten hat. Und nun auf einmal ist Schluß. Als ob sie sich nicht nur von den Menschen, sondern auch von Gott verlassen fühlte.«

Eine Sekunde lang war auch Clementine betroffen, aber dann hatte sie sich wieder in der Gewalt. »Ich fahre heute mit den Kindern zu Herrn Thielemann«, sagte sie, »die Gnädige weiß es, aber sprechen Sie trotzdem nicht mit ihr darüber, sondern sagen Sie einfach, ich hätte mit den Kindern einen Ausflug gemacht.«

Mamsell Auguste ließ die geschälte Kartoffel in den Wassertopf fallen. »Na, dann viel Spaß!«

Die Kinder waren wach und quicklebendig, als Clementine nach ihnen schaute. Sie entschied sich, sie erst in Ruhe frühstücken zu lassen, sie dann zu waschen und anzuziehen, bevor sie ihnen verriet, wohin es gehen sollte. Später beglückwünschte sie sich zu diesem Einfall. Es dauerte auch so noch lange genug, bis die drei ihre Teller geleert hatten.

Marie und Emma wurden in Höschen, Hemdchen, Leibchen, Unterröckchen, Strümpfchen und die neuen weißen Spitzenkleider gesteckt, und dann mußten noch die Stiefelchen geschnürt und die langen Haare zu Locken gebrannt werden. Zum Schluß band Clementine in Maries dunklen Schopf eine riesengroße rosa Schleife, in Emmchens hellblonde Locken einen blauen Propeller, um den Bauch bekamen beide breite Schärpen, ebenfalls in Blau und Rosa, die auf dem Rücken verschlungen und breitgezupft wurden.

Inzwischen hatte Fritz es schon bis zur Unterwäsche gebracht. Er wurde jetzt noch von Clementine eigenhändig in die dunkelblaue Matrosenhose mit weißer Bluse, schwarzer Krawatte und riesigem eckigem Kragen gesteckt, während die beiden Mädchen steif wie Puppen auf ihren Stühlchen saßen, nur ja darauf bedacht, ihre weiße Pracht weder zu beschmutzen, noch zu zerknittern. Fritz ließ es sich nicht nehmen, sich die Matrosenmütze mit den wehenden Bändern und der goldenen Beschriftung *S. M. S. Helgoland* selbst aufzusetzen; Clementine mußte sie dann allerdings noch zurechtrücken. Auch die beiden kleinen Mädchen bekamen Hüte auf, die so steil gesetzt wurden, daß sie weder die Lockenpracht noch die schönen Schleifen verbargen.

Dann endlich konnte Clementine daran denken, sich selbst hübsch zu machen. Sie mußte sich entschließen, die Kinder allein zu lassen, und ganz rasch nach oben auf ihr Zimmer zu laufen. Sie setzte sich ihren kecken kleinen Hut hoch oben auf das prächtige dunkle Haar und befestigte ihn mit zwei Hutnadeln, nahm Handschuhe, Handtasche und Sonnenschirm. Bei einem letzten prüfenden Blick in den Spiegel stellte sie fest, daß ihr bräunliches Gesicht die Farbe eines reifen Boskopapfels angenommen hatte; es glühte. Aber es kam heute weniger denn je darauf an, wie sie aussah. Außerdem hoffte sie, daß der Fahrtwind ihre Wangen kühlen würde. Schnell griff sie zu ihrem Pompadour, sah nach, ob sie alles, was sie brauchen würde, mithatte: Geld, Taschentücher, Schlüssel; dann rannte sie hinunter, wo die Kinder schon ungeduldig auf sie warteten. »So, jetzt müssen wir leise, ganz leise wie die Heinzelmännchen aus dem Haus schleichen!« flüsterte sie.

»Warum denn?« fragte Fritz sofort. »Ist Mama krank?«

»Nein, sie ist nur müde, sehr müde. Sie hat heute nacht schlecht geschlafen.«

»Dürfen wir ihr denn heute nicht guten Morgen sagen?« fragte Marie.

»Nein. Heute nicht.«

»Walum?« fragte Emmchen, die das R zuweilen noch nicht richtig aussprechen konnte.

»Das werde ich euch erklären, wenn wir draußen sind«, antwortete

Clementine. »Still jetzt. Wer noch weiterplappert, muß zu Hause bleiben!«

Die Kinder folgten ihr die Treppe hinunter, jedes den Zeigefinger fest auf die Lippen gepreßt. Sie hielten tatsächlich durch, bis ihnen Clementine die Haustür öffnete und sie in den Vorgarten ließ. Als sie die Kutsche mit den glänzend gestriegelten Pferden und Herrn Jahn in einer eleganten blauen Livree sahen, ging der Jubel los. Sie rannten um die Wette, jeder wollte der erste sein, und Emmchen wäre beinahe der Länge nach hingeschlagen, wenn es dem Kutscher nicht gelungen wäre, sie noch im letzten Augenblick aufzufangen. Er übergab das Kind Clementine, die es in den offenen Wagen setzte und dann Marie hinaufhalf. Fritz konnte schon allein hochklettern, und Clementine nahm neben ihm Platz, so daß alle vier einen guten Ausblick hatten.

Die Kinder konnten sich nicht so schnell von der freudigen Überraschung erholen. »Wir dürfen Kutsche fahren, das ist famos!« rief Fritz und hüpfte auf seinem Platz auf und ab. »Sind wir deshalb so geschlichen? Weil Mama es nicht wissen durfte? Gewiß hätte sie es uns nicht erlaubt.«

»Was du nur redest, Fritz«, sagte Clementine. »Natürlich weiß Mama von unserer Ausfahrt. Aber wenn ihr jetzt nicht ganz still sitzt...«

»Wohin fahren wir denn? Wohin?« rief Marie.

»Das kommt darauf an. Wenn ihr jetzt weiter so herumhüpft, dann fahren wir nirgend hin und steigen gleich wieder aus. Aber wenn ihr mir versprecht, ganz ruhig und brav zu sein, dann...«

»Was dann?« — »Dann besuchen wir Papa!«

Der Jubel, der dieser Ankündigung folgte, war groß, und Clementine war froh, daß Frau Dorothee ihn nicht hören konnte; ihr hätte die Freude der Kinder tief ins Herz geschnitten. Sie gab dem Kutscher das Zeichen loszufahren.

Clementine Hergert war noch nie in ihrem Leben in einem Hotel gewesen, aber sie ließ es sich nicht anmerken. An jeder Hand eines der beiden Mädchen, Fritz auf den Fersen, betrat sie hocherhobenen Kopfes die im viktorianischen Stil gehaltene Halle des *Bristol*. In Sekundenschnelle gelang es ihr, sich zu orientieren; sie trat an den Empfangstisch linker Hand. Ein grauhaariger Herr im Cut verbeugte sich zuvorkommend. »Was kann ich für Sie tun, gnädige Frau?«

Es schmeichelte zwar ihrer Eitelkeit, daß er sie für eine Dame hielt, aber sie wollte auf keinen Fall mehr scheinen als sein. »Ich bin keine Gnädige«, stellte sie richtig. »Bitte, benachrichtigen Sie Herrn Thielemann, daß das Fräulein mit den Kindern gekommen ist.«

Der Empfangsdirektor verzog keine Miene, winkte einem Pagen herbei und gab den Auftrag weiter. »Wenn Sie inzwischen Platz nehmen wollen, liebes Fräulein«, sagte er mit gleichbleibender Freundlichkeit, in die sich allerdings jetzt eine winzige Spur von Herablassung mischte.

»Danke«, sagte Clementine kühl. Die beiden Mädchen immer noch fest an der Hand, ging sie weiter in die sehr vornehme, düster wirkende Halle hinein.

»Ich fülchte mich«, jammerte Emmchen.

»Sei nicht dumm«, tröstete sie Fritz großspurig, »hier gibt es keine Räuber und Wölfe, und wenn so einer käme, dann schösse ich ihn gleich tot. Piff, paff, puff!«

»Du hast doch gar kein Gewehr«, sagte Marie, die auch etwas ängstlich war.

»Hört auf, euch zu streiten, das schickt sich nicht«, mahnte Clementine. »Jetzt setzen wir uns hier ganz anständig und brav hin und warten, bis Papa kommt. Marie, gib auf dein Kleidchen acht! Fritz, hör mit der dummen Schießerei auf, du belästigst die anderen Herrschaften!«

Clementine setzte sich in einen hochlehnigen Gobelinsessel und nahm die kleine Emma auf den Schoß, die sofort am Daumen zu lutschen begann. Fritz und Marie kletterten auf zwei Plüschsessel.

»Nicht Daumen lutschen, Emmchen«, befahl Clementine. »Komm, jetzt setz dich mal schön aufrecht hin und sprich mir nach: Warum!«

»Walum?«

»Wir wollen versuchen, ganz schön deutlich und richtig zu sprechen, Emmchen, damit Papa sieht, was du inzwischen alles gelernt hast! Also sag mir nach: Lieber Papa!«

Aber Emmchen war viel zu nervös, um jetzt aufmerksam zu sein. »Liebel Papa«, wiederholte sie rasch und fragte im selben Atemzug: »Wann kommt liebel Papa?«

Clementine seufzte. Eine Zeitlang hatte die kleine Emma ganz richtig gesprochen, das falsch ausgesprochene R war, so glaubte sie, nur eine schlechte Angewohnheit, und sie gab sich die Schuld, daß sie es der Kleinen nicht austreiben konnte. Auf jeden Fall fiel es auf sie zurück. Dabei wäre sie so gern stolz auf ihre Schützlinge gewesen und hätte mit ihnen paradieren wollen.

»Fritz, ich bitte dich«, sagte sie streng, »räkle dich doch nicht so! Das würdest du doch zu Hause auch nicht tun!«

Der Page kam die breite Mitteltreppe herunter, sah sich suchend um und eilte dann auf Clementine zu. »Herr Thielemann läßt Sie bitten, zu ihm hinaufzukommen«, sagte er mit einer kleinen Verbeugung.

Er hatte noch nicht ganz ausgesprochen, da war Fritz auch schon aufgesprungen und rannte auf die Treppe zu.

»Fritz, hiergeblieben!« rief Clementine und fügte, zu dem Pagen gewandt hinzu: »Richte Herrn Thielemann, bitte, aus, daß wir hier unten in der Halle auf ihn warten!«

»Das habe ich doch schon getan, Fräulein!« sagte der Junge in einem Ton, den er sich einer Gnädigen gegenüber gewiß nicht herausgenommen hätte.

»Herr Thielemann scheint es aber nicht richtig verstanden zu haben, deshalb mußt du dich noch einmal bemühen!«

Der Page verbeugte sich knapp und machte sich wieder auf den Weg nach oben. Fritz hangelte am Treppengeländer herum. Clementine stand auf, setzte Emma in den Sessel, ging um einen der riesigen Kandelaber herum, die den Aufgang schmückten, und packte Fritz beim Genick. »Schäm dich«, sagte sie, »du bist doch ein großer Junge! Kannst du denn nicht einmal fünf Minuten stillsitzen?!«

»Warum gehen wir denn nicht hinauf, wenn Papa uns holen läßt?«

»Darum nicht«, erwiderte Clementine kurz angebunden. »Setz dich jetzt endlich ruhig hin, oder wir fahren sofort wieder nach Hause!« Es kam ihr vor, als wenn alle anderen Gäste in der Halle sie mißbilligend und spöttisch beobachteten. Sie war zornig, nicht auf die Kinder, sondern auf sich selbst. Es war dumm von ihr gewesen, sich auf dieses Unternehmen einzulassen. Ja, hätte sie die Kinder nur abzugeben brauchen, dann wären die Dinge anders gewesen, aber so! Ihr graute, wenn sie an den langen Tag dachte, den sie vor sich hatte, mit Otto Thielemann, und sie zweifelte keinen Augenblick daran, daß die Aufforderung, zu ihm nach oben zu kommen, eine Falle gewesen war. Die Kinder spürten Clementines Ärger und wagten nicht mehr aufzumucken.

Dann endlich erschien Herr Thielemann. Fritz entdeckte ihn als erster. »Papa!« rief er und ließ sich von seinem Sessel rutschen. Aber er wagte nicht, auf den Vater zuzulaufen, sondern blieb wie angewurzelt stehen. Auch die beiden Mädchen zeigten sich jetzt, trotz aller Vorfreude, verschüchtert. Clementine nahm sie bei der Hand und führte sie zum Fuß der Treppe. Dort ließ sie sie los und sagte: »Gebt eurem Papa die Hand und machte einen artigen Knicks!«

Aber keines der Kinder rührte sich von der Stelle. Sie standen nur da und blickten mit großen Augen zu ihrem Vater auf.

Otto Thielemann hatte sich verändert; er wirkte sportlicher, jünger, freier und unternehmungslustiger. So schien es Clementine jedenfalls, der es nicht leichtfiel, ihre Überraschung zu verbergen. Sie konnte nicht sogleich entscheiden, worin diese Wandlung lag. Kam sie daher, daß seine gelbliche Haut jetzt von der Sonne gebräunt war? Oder lag es einfach an dem neuen, eleganten Anzug, den sie noch nicht an ihm kannte? Die enge Hose und die lange Jacke waren beide aus hellgrauem Flanell, die Jacke an den Kanten und Revers schwarz paspeliert; dazu wirkten die graue Melone, der Stockschirm mit der silbernen Krücke und die grauen Wildlederhandschuhe passend und elegant, die weißen Gamaschen und das leuchtendrote, mit einer großen Perle geschmückte Plastron zwar sehr modisch, aber nicht mehr ganz vornehm. Mochte ihn das Verhalten seiner Kinder auch enttäuschen, so war Otto Thielemann doch klug genug, es sich nicht anmerken zu lassen. Elastisch sprang er die Stufen hinunter. Jetzt erst bemerkte Clementine den Pagen, der ihm, mit Paketen beladen, folgte.

»Hallo, junger Mann«, sagte Otto Thielemann und reichte seinem Sohn die Hand. »Wie geht's? Wie steht's?«

Fritz riß die Matrosenmütze ab und verbeugte sich gut erzogen. »Danke, bestens, Papa«, sagte er mit aufgesetzter Männlichkeit, »famos, dich mal wiederzusehen.«

Otto Thielemann legte Fritz die Hand auf die dunklen Locken. »Es will mir scheinen, daß du ein ganzes Stück gewachsen bist, Junge!«

Marie hüpfte indessen ungeduldig von einem Fuß auf den anderen. »Papa, Papa, ich will dir auch guten Tag sagen!«

Otto Thielemann wandte sich lächelnd seiner Tochter zu. »Guten Tag, Marie, hübsch siehst du aus!«

Marie nahm den Rocksaum in beide Hände und drehte sich im Kreis. »Fräulein hat mir das Kleidchen selbst genäht! Mir und Emmchen auch eins!«

»Da sieh mal einer an!«

Jetzt meldete sich auch Emma, die sich ganz dicht an Clementine schmiegte, zu Wort: »Bist du denn auch unser wirklicher Papa?« fragte sie und sprach zu Clementines Erleichterung das Wort mit den zwei R ganz richtig aus.

Otto Thielemann beugte sich zu ihr hinab. »Warum sollte ich es nicht sein?«

Emma wich noch ein Stückchen weiter zurück und versuchte, ihr Gesichtchen in Clementines Rock zu verstecken. »Weil du keinen Schnullbalt mehr hast!«

Alle lachten, und Fritz schrie: »Emmchen hat recht!« Auch Clementine wurde es jetzt bewußt, daß Otto Thielemann sich den Schnurrbart hatte abnehmen lassen, und wahrscheinlich war es das, was ihn so fremd und jung erscheinen ließ.

»Nun, ich hatte gehofft, daß ich euch so besser gefallen würde«, sagte Otto Thielemann, und als die Kinder verlegen schwiegen, setzte er fragend hinzu: »Habt ihr euren Papa denn überhaupt noch lieb?«

»Ja«, sagte Fritz und Marie einstimmig, und als Clementine der kleinen Emma einen Schubs gab, piepste auch sie ihr »Ja!«

»Brav. Dann gebt mir jetzt einen Kuß, und dann dürft ihr sehen, was ich euch mitgebracht habe!«

Die Kinder lächelten verlegen und stießen sich schüchtern gegenseitig an; sie waren von ihrer Mutter her nicht an Zärtlichkeiten gewöhnt und konnten sich nicht so schnell überwinden, dem fremd gewordenen Vater an den Hals zu fliegen.

»Na, wird's bald!« sagte er. »Erst ein Kuß und dann ein Geschenk! Wer jetzt nicht ganz rasch zum Papa kommt, dem könnte es leicht passieren, daß er leer ausgeht!«

Diese Drohung wirkte. Die Kinder küßten ihn gehorsam, und jedes bekam bestimmte Pakete übergeben, die Otto Thielemann dem Pagen abnahm. Mit freudigem Eifer machten sie sich daran, die Verschnürungen zu lösen und die Hüllen aufzureißen. Fritz und Marie liefen zu diesem Zweck an den kleinenTisch, an welchem sie eben noch gesessen hatten, während Emma sich mitten auf dem Teppich niederließ. Clementine beobachtete mit steinernem Gesicht die kleine Szene.

»Tja, tut mir leid, daß wir hier Unruhe machen«, sagte Otto Thielemann, »deshalb hätte ich die Kinder auch gern zuerst in meinem Salon begrüßt.« Clementine würdigte ihn keiner Antwort.

»Oh, Pardon«, sagte Otto Thielemann mit übertriebener Bestürzung, »erst jetzt fällt mir ein, Fräulein... wie konnte ich nur vergessen, Sie zu begrüßen! Was für eine Freude, Sie wiederzusehen! Können Sie mir noch einmal verzeihen?«

»Guten Tag, Herr Thielemann.«

»Na, sehen Sie, so ist es schon besser! Nun lachen Sie doch ein bißchen!«

»Mir mißfällt diese Szene«, erklärte Clementine eisig.

Er folgte der Richtung ihres Blicks. »Aber wieso? Was denn? Verstehen Sie denn nicht, daß ich den Kindern eine Freude machen wollte?«

»Wenn Sie ihnen nur noch ein bißchen Zeit gelassen hätten, hätten Sie Ihren Kuß auch ohne... naja... Erpressung bekommen.«

Otto Thielemann lachte. »Immer noch die alte, strenge Clementine? Aber ich habe auch Ihnen etwas mitgebracht, und ich gebe es Ihnen, ohne auch nur die allerkleinste Bedingung daran zu knüpfen!« Er griff in die Innentasche seiner Jacke und holte wie ein Zauberkünstler einen hauchdünnen, blau-grün-orange gemusterten Seidenschal hervor, ließ ihn verlockend vor Clementines Augen tanzen.

Ihre Augen wurden groß, aber sie panzerte sich innerlich gegen die Versuchung. »Nein, danke«, wehrte sie ab, »das kann ich nicht annehmen.«

»Aber ich bitte Sie, Fräulein, zieren Sie sich doch nicht! Eine kleine Aufmerksamkeit... ein Dank dafür, daß Sie sich meiner Kinder angenommen haben, weiter ist es doch nichts.«

»Ich werde von der gnädigen Frau bezahlt.«

»Und was glauben Sie, womit? Doch auch nur von *meinem* Geld!«

»Das ist etwas ganz anderes, und Sie wissen es genau. Bitte, Herr Thielemann, um der Kinder willen, seien Sie nett und stecken Sie das wieder ein.«

Für den Bruchteil einer Sekunde verfärbte sich Otto Thielemanns Gesicht, dann hatte er sich wieder in der Gewalt. »Ich? Was soll ich denn damit?« sagte er mit ausdrucksloser Stimme. »Nein, wenn Sie keinen Wert darauf legen, werfe ich's eben fort!« Er knüllte das Tuch zusammen und warf es in einen der schmiedeeisernen Papierkörbe.

Clementine spürte, wie sie blaß wurde. Sie wußte nicht genau, wieviel ein solches Tuch kostete, aber sie war sicher, daß sie mindestens drei Monate hätte arbeiten und auf jede andere Ausgabe verzichten müssen, um es sich kaufen zu können. Und Otto Thielemann warf es achtlos weg! Aber es war nicht einmal das. Würde er es verbrannt oder in einen Gully geworfen haben, hätte sie sich nicht so geärgert. Aber daß sich, sobald sie die Halle verlassen haben würden, jemand vom Hotelpersonal, wahrscheinlich dieser unverschämte Page, der den Vorgang mit schlechtverhohlener Neugier beobachtete, darauf stürzen und es an sich nehmen würde, dieser Gedanke machte sie krank.

Thielemann beobachtete sie mit einem mephistophelischen Lächeln. »*Jetzt* können Sie es sich noch holen!« sagte er.

Wortlos wandte Clementine sich ab, beugte sich zu Emmchen hinab und half ihr, eine wunderschöne Puppe mit Porzellankopf, echtem Haar und Klappdeckelaugen aus der Verpackung zu befreien. Außerdem hatte sie noch einen blauen Ball bekommen und Marie einen roten und dazu die gleiche Puppe, nur mit einer dunklen Perücke und einem anderen Kleid. Fritz hatte schon selbständig einen Dampfer — zum Aufziehen — ausgewickelt und außerdem noch einen bunten Reifen mit einem Stock. Alle drei waren von dieser unverhofften Bescherung hellauf begeistert. Clementine sammelte die Papiere und Kartons ein und warf sie in den schmiedeeisernen Korb.

Otto Thielemann hatte inzwischen erfahren, daß Jahn mit der Kutsche draußen wartete, und schlug nun vor, gemeinsam nach Wannsee zu fahren. Clementine hätte um der Kinder willen lieber Halensee mit seinem Rummelplatz, den Würstchenbuden und Karussells gewählt, aber sie erhob keinen Einwand. Es konnte ihr nur recht sein, wenn die Wagenfahrt so lange wie möglich dauerte.

Jahn wartete schon neben dem Wagenschlag, als sie das Hotel verließen, und begrüßte seinen ehemaligen Herrn mit militärischer Höflichkeit. Otto Thielemann klopfte ihm auf die Schulter. »Bin sehr froh, Sie bei dieser Gelegenheit mal wiederzusehen«, sagte er, »habe Sie manchmal vermißt.«

Clementine, die Emmchen in den Wagen hob, beobachtete, daß Thielemann ein Geldstück in Otto Jahns Tasche verschwinden ließ. »Danke, gnädiger Herr«, sagte der Kutscher.

»Werde Sie, hoffe ich, bald von dieser Weiberherrschaft erlösen können«, erklärte Otto Thielemann jovial. Er stieg als letzter ein und setzte sich zwischen die beiden Mädchen. Jahn schloß den Schlag, kletterte auf den Bock, und los ging die Fahrt, bei der die Kinder öfters die Plätze wechselten und viel und mit wachsender Vertrautheit mit dem Vater redeten.

Clementine sagte nur das Notwendigste. Als die Innenstadt hinter ihnen lag, ließ ihre innere Anspannung nach, und als sie an der Havel entlangrollten, begann auch sie den schönen Tag ein wenig zu genießen.

Das Strandhotel in Wannsee war ein eher vornehmes als volkstümliches Etablissement. Selbst heute, am Sonntag — der zudem der erste wirklich warme Vorsommertag war —, war es zwar gut besucht, aber durchaus nicht überfüllt, und das gewählte Publikum benahm sich in keiner Weise vergnügt, sondern dezent und ruhig. In dem großen Speisesaal bewegten sich die Kellner leise und gewandt auf dem glänzenden Parkett zwischen den blendendweiß gedeckten Tischen; man hörte nur gedämpftes Geplauder, Gläserklirren, hin und wieder ein halblautes Lachen und selten den Ausruf eines Kindes, das von den Erwachsenen sofort ermahnt wurde. Clementine hätte ihren Zöglingen einen fröhlicheren Tag gegönnt, aber zum Glück waren es Fritz, Marie und Emmchen gewohnt, sich in der Welt der Großen tadellos, wie kleine Erwachsene, zu benehmen, und sie machten ihre Sache gut. Sie löffelten mit Anstand die Suppe, gaben gehorsam Antworten auf die Fragen des Vaters, sagten »Nein, danke«, oder »Ja, bitte«, ganz wie Clementine es sie gelehrt hatte. Dabei dehnte sich draußen vor den hohen Fenstern der blaue See, auf dem die Segelboote kreuzten und die weißen Privatjachten der reichen Wassersportler schaukelten.

Erst als Fritz sich durch Braten, Gemüse und Nachspeise hindurchgefuttert hatte, hielt er es nicht mehr aus und begann ungeduldig auf seinem Stuhl hin und her zu rutschen.

»Dürfen wir jetzt, bitte, Boot fahren?« fragte er.

Otto Thielemann lachte. »Ja, jetzt dürft ihr!«

»Famos!« Ehe der Vater noch ausgesprochen hatte, war Fritz schon vom Stuhl gesprungen.

»Halt«, sagte Clementine, »hiergeblieben! Du hast zu warten, bis wir alle fertig sind und der Vater die Tafel aufhebt.«

»Aber Papa hat doch...«

»Bitte!« Clementine wandte sich an Otto Thielemann. »Da wir nicht alle in einem Boot Platz finden, werden wir, denke ich, zwei Partien bilden. Wen von den Kindern möchten Sie bei sich haben, Herr Thielemann?«

Er sah ihr direkt ins Gesicht. »Um die Wahrheit zu sagen... am meisten ist mir an Ihrer Gesellschaft gelegen, Fräulein!«

Clementine errötete unter seinem Blick, und sie ärgerte sich, daß es ihm — trotz ihres festen gegenteiligen Entschlusses — doch wieder gelungen war, sie zu verwirren. »Das ist unmöglich«, erwiderte sie mit erzwungener Sachlichkeit, »wir können die Kinder nicht allein...«

»O doch, ich kann...«, rief Fritz, der dem Gespräch mit gespannter Aufmerksamkeit gefolgt war.

»Kinder haben nur zu reden, wenn sie gefragt sind«, fuhr Clementine ihn an. Ruhiger fügte sie hinzu: »Wenn Sie einverstanden sind, Herr Thielemann, wird Fritz mit Ihnen rudern und ich mit Marie und Emmchen.«

»Ich habe eine viel bessere Idee«, sagte Otto Thielemann, »wir kommandieren den Kutscher an die Ruder! Ich würde nie zulassen, daß diese zarten Hände durch Schwielen verunziert werden!« Er zog ihre Hand zum Mund und drückte einen heißen, feuchten Kuß darauf.

Clementines Wangen brannten. Sie war es nicht gewohnt, Wein zu trinken, aber Otto Thielemann hatte ihr so lange zugesetzt, bis sie sich seinem Wunsch, mit ihm anzustoßen, nicht hatte entziehen können. Es wäre unhöflich gewesen. »Bitte lassen Sie das!« sagte sie und zog ihre Hand zurück.

»Aber, aber! Warum so ängstlich?« spöttelte er. »Sie haben doch wirklich nichts zu befürchten, meine Liebe.«

»Ich hasse Ungehörigkeiten«, entgegnete sie heftig.

Er überhörte ihre Rüge, als ob sie gar nicht gefallen wäre. »Wie wär's jetzt noch mit einem Kaffee? Und einem Kognak?« Er hob die Hand, um den Kellner herbeizuwinken.

»Nicht für mich«, erklärte Clementine hastig und stand auf. »Kommt, Kinder, wir werden draußen auf den Papa warten.« Die Kinder rutschten erleichtert von den hohen Stühlen.

»Vergessen Sie nicht, dem Kutscher Bescheid zu sagen«, erinnerte Otto Thielemann mit einem zynischen Grinsen.

Clementine nahm die Gelegenheit wahr, ihre Schutzbefohlenen zur Toilette zu bringen und sich selbst zu erfrischen. Unterdessen überlegte sie, wie es jetzt weitergehen sollte, und kam zu der Einsicht, daß es viel besser war, Jahn zu holen, als Otto Thielemann durch offenen Widerstand noch mehr zu reizen; die Gegenwart des Kutschers konnte für sie nur einen Schutz darstellen. Sie schickte Fritz mit ihrem Auftrag zu dem wartenden Wagen und stapfte, mit Emmchen auf dem Arm und Marie an der Hand, durch den feinen rieselnden Sand zum Bootsverleih am See hinunter. Bald darauf erschien Fritz und brachte nicht nur Jahn, sondern auch seinen kleinen Dampfer mit, was bei Marie, die Ball und Puppe in der Kutsche hatte lassen müssen, einen Tränenausbruch hervorrief. Emmchen, der der gewohnte Mittagsschlaf fehlte, begann ebenfalls zu weinen. Es war schwierig, die Mädchen, die beide übermüdet und überdreht waren, zu beruhigen. Erst das Angebot Jahns, jetzt gleich mit ihnen loszurudern, ließ die Tränen versiegen. Natürlich zog Fritz eine Schnute und wollte auch mit. Aber Clementine packte ihn beim Handgelenk und sagte eindringlich: »Du mußt bei mir bleiben, Fritz. Du bist doch ein großer Junge, ich brauche deinen Schutz.«

»Wovor?« fragte er und sah sie aus großen Augen an.

»So eine Bootsfahrt kann gefährlich werden«, behauptete Clementine, »ich kann in Not geraten, über Bord fallen. Es kann ein Sturm aufkommen. Jedenfalls möchte ich mich nicht ohne männlichen Schutz auf den See hinauswagen.«

»Aber du hast doch Papa!«

»Ich habe zu dir mehr Vertrauen, Fritz!«

»Das kannst du auch haben, Tine«, versicherte der Junge großmütig. »Solange ich bei dir bin, brauchst du dich nicht zu fürchten.«

»Das weiß ich, Fritz!« Sie setzte ihm die Mütze zurecht.

Der Junge, der ungeduldig zum Strandhotel hinübergeschaut hatte, rief: »Da kommt Papa!«

»Dann steigen wir ins nächste Boot«, sagte Clementine, die es richtig fand, Herrn Thielemann vor vollendete Tatsachen zu stellen. Sie saßen beide schon im Boot, das der Verleiher noch an der Kette hielt, als Herr Thielemann den Pier erreichte. Es blieb ihm nur die Wahl, entweder zu ihnen herunterzuklettern oder allein am Strand zurückzubleiben. Er zog seine Jacke aus, legte sie über den Arm und sprang ins Boot. »Das haben Sie fein eingefädelt«, sagte er, als er sich auf die knarrende Holzbank niederließ.

Sie tat arglos. »Nicht wahr? Sie wollten mich doch so gern hinausrudern!«

Otto Thielemann schluckte, als er den großen Blick seines Sohnes auf sich gerichtet sah. Der Verleiher stieß die Boote ab, Otto Thielemann ergriff die Ruder und beförderte das Fahrzeug mit unregelmäßigen, bald aber sicherer werdenden Schlägen auf das weite Wasser hinaus, das im Sonnenlicht schimmerte. Clementine winkte Marie und Emmchen zu, deren Boot einen Augenblick lang in Sicht kam, bis sich wieder ein Segel dazwischenschob. Fritz beugte sich über das Heck, ließ seinen Dampfer ins Wasser und zog ihn an der Schnur nach.

»Er schwimmt!« rief er. »Seht nur, Tine... Papa... er schwimmt!«

Otto Thielemann hängte die Ruder ein und wischte sich mit einem Tuch den Schweiß von der Stirn. »Das setzt einem zu, wenn man keine körperliche Arbeit gewohnt ist«, sagte er.

»Tatsächlich?« entgegnete Clementine spöttisch. »Und ich hatte Sie immer für so stark gehalten.«

»Das bin ich nur dort, wo es darauf ankommt!«

Um nicht mit ihm reden zu müssen, wandte sie sich dem Jungen zu. »Sei vorsichtig, Fritz, beug dich nicht zu weit hinaus!«

Otto Thielemann legte seine gelbliche Hand mit dem sehr stark behaarten Rücken und den langen dünnen Fingern auf ihre Knie. »Clementine, warum sind Sie so zu mir?« fragte er. — Sie schüttelte seine Hand ab wie ein ekelerregendes Insekt. »Rühren Sie mich nicht an!«

»Haben Sie denn solche Angst, daß Sie schwach werden könnten?«

»Sie sind von Sinnen!«

»Nein, ich bin im vollen Besitz meiner Geisteskräfte, und ich sehe die Dinge ganz klar. Sie und ich, Clementine, wir beide gehören zusammen. Wir sind aus dem gleichen Holz geschnitzt, das weiß ich seit langem.«

»*Attention – l'enfant!*« mahnte sie mit einem Blick auf Fritz.

»Ach, der Junge hört uns doch nicht, der ist mit sich selbst beschäftigt...«

»Aber *ich* will solche Worte nicht hören!«

Otto Thielemann machte Anstalten, aufzustehen und sich zu ihr zu setzen. Sie merkte es gerade noch rechtzeitig und rief: »Bleiben Sie, wo Sie sind, oder...«

»Oder was?«

»Ich springe auf und bringe das Boot zum Kentern!«

Er erhob sich ein wenig. »Sie würden niemals das Leben des Jungen ...« Doch als er Clementines entschlossenen Ausdruck sah, ließ er sich wieder auf den Sitz zurücksinken. »Nun gut, aber Sie werden mich nicht daran hintern, Ihnen endlich all das zu sagen, was ich auf dem Herzen habe.« Clementine preßte die Hände vor die Ohren. »Und Sie werden mir zuhören — sonst werde *ich* das Boot zum Kentern bringen.«

Clementine ließ die Hände sinken und sagte resigniert: »Mir bleibt, scheint es, nichts anderes übrig.«

»Sie wären, schon als ich noch in der Von-der-Heydt-Straße lebte, nur zu gern die Meine geworden ...«

»Das bilden Sie sich nur ein!«

»Lassen Sie mich ausreden! Aber es stört Sie, daß ich ein verheirateter Mann war. Dieses Hindernis, Clementine, ist inzwischen weggeräumt. Haben Sie noch nie darüber nachgedacht?« — »Ich bin frei, Clementine, ein freier Mann... fast so frei wie ein Junggeselle! Sie vergeben sich nichts mehr, wenn sie meinen Antrag annehmen ...«

»Lassen Sie uns umkehren!« bat Clementine.

Aber er schenkte ihr kein Gehör. »Sie sind von meiner Frau beeinflußt, Sie geben mir allein die Schuld am Scheitern unserer Ehe«, sagte er mit einem Anflug von Bitterkeit, »aber das stimmt nicht. Können Sie sich vorstellen, wie es ist, mit einer eiskalten Person verheiratet zu sein, einer prüden, gefühllosen Frau, die selbst das in der Ehe durchaus Erlaubte als Sünde betrachtet? Nein, Sie können es nicht, dazu haben Sie selbst viel zuviel Feuer, Clementine! In Ihnen schlummert eine Leidenschaft, die nur geweckt zu werden braucht, um ...«

»Ich bitte Sie, hören Sie auf damit«, fiel sie ihm ins Wort. »All dies führt zu nichts, kann zu nichts führen!«

»Und wenn ich Ihnen gestehe, daß ich Sie brauche? Ich bin nicht dazu gemacht, allein zu leben, ich brauche eine Frau, die es versteht, mich an sich zu fesseln, die mir einen Halt gibt, die... Clementine, ich will Sie nicht mißbrauchen, bitte, sehen Sie mich doch an! Es ist mir ganz Ernst. Ich bitte Sie, meine Frau zu werden!« Er ließ sich auf ein Knie nieder, umfing ihre Hüften und sah flehend zu ihr auf.

Sie machte eine Bewegung, als wenn sie ihn fortstoßen wollte, unterließ es dann aber doch; für Sekunden war sie völlig überwältigt. Er hatte ihr einen Heiratsantrag gemacht! Wenn sie ja sagte, würde sie nicht mehr länger Clementine Hergert sein, die mittellose Erzieherin, sondern sie würde Frau Thielemann werden. Sie sah sich in reicher Ausstattung in einem Coupé erster Klasse nach Görzen zurückkehren, das sie so armselig, mit einem Köfferchen in der Hand, verlassen hatte. Wie würden die Görzener sie bestaunen und beneiden, wie würden sie vor ihr kriechen! »Frau Fabrikant« hinten und »Frau Fabrikant« vorne, und Tante Anna würde es leid tun, daß ihr Sohn sich diese Partie hatte entgehen lassen.

Und erst Justus! Wahrscheinlich würde er nun erst begreifen, was er für eine Dummheit gemacht hatte, nicht um sie zu werben. Sie stellte sich das törichte Gesicht vor, das er machen würde bei dem Versuch, das Unbegreifliche zu begreifen. »Du — die Gattin des Fabriksbesitzers?«

Otto Thielemanns Hände waren von ihren Hüften geglitten, streichelten ihre Fußgelenke und fuhren unter dem Rock die Beine hinauf, mit sanften, kreisenden Bewegungen. Sie ließ es sich gefallen, immer noch viel zu beeindruckt, um einen klaren Gedanken fassen zu können. »Warum«, stieß sie endlich hervor, »warum wollen Sie mich heiraten?«

»Weil ich dich brauche«, flüsterte er, »und weil ich dich begehre...«

»Aber es gibt so viele Mädchen, die...«

Seine rechte Hand umklammerte ihre Wade, die Finger seiner Linken hatten ihr Ziel erreicht.

»Nein«, sagte sie, »nein!« Aber eine seltsame, ziehende Schwäche überfiel sie, die sie ganz wehrlos machte.

»Warum wehrst du dich denn?« raunte er, »du möchtest es ja selbst, ersehnst es schon seit langem! Wir schicken die Kinder nach Hause zurück, und du kommst zu mir, noch heute. Ich halte, was ich dir versprochen habe, das schwöre ich dir. Gleich morgen früh werden wir das Aufgebot bestellen. Soll meine Frau doch sehen, wie sie ohne dich fertig wird!«

»Nein!« Mit einer gewaltigen Willensanstrengung löste sich Clementine aus dem Bann, der sie umfangen hielt. Sie trat Otto Thielemann mit ihrem freien Fuß so heftig vor die Brust, daß er das Gleichgewicht verlor und nach hinten fiel. Seine Hände krallten sich an ihrem leinenen Unterrock fest und versuchten, sie zu sich hinabzureißen. Aber sie war stärker. Sie klammerte sich mit beiden Händen an die Ruderbank und trat jetzt auch mit dem anderen Fuß nach ihm.

»Ich weiß, was Sie wollen!« rief sie. »Es kommt Ihnen nur darauf an, Ihre Gattin zu demütigen und sich an ihr zu rächen, weil sie Ihnen die Tür gewiesen hat. Aber dazu brauchen Sie nicht mich, dazu können Sie sich jede hergelaufene Person von der Straße nehmen! Warum nicht Rosa Janowitz? Die paßt doch zu Ihnen, und ihr Kind würde endlich einen Vater haben!«

Er rappelte sich mühsam hoch. »Du Kanaille«, zischte er, »das wirst du mir büßen!«

»Sie können mir gar nichts tun, ich habe nicht die geringste Angst vor Ihnen!« Jetzt erst wurde ihr bewußt, daß der kleine Fritz schon seit einiger Zeit kläglich zu schreien begonnen hatte. »Was ist denn, Junge, was hast du?«

»Mein Boot... mein schönes Boot...«

Sie sah, daß ihm die Schnur, an der er das Boot gehalten hatte, aus der Hand geglitten war, wahrscheinlich in dem Moment, als sie seinen Vater zurückgestoßen hatte. »Weine nicht«, sagte sie entschlossen, »wir fangen es wieder ein! Lassen Sie mich an die Ruder, Herr Thielemann, weg da!« Sie balancierte zur Ruderbank.

Otto Thielemann überließ ihr seinen Platz, ein geschlagener und gedemütigter Mann, der ihrem Willen nichts mehr entgegenzusetzen hatte. Sie legte sich in die Riemen und tat ein paar kräftige Schläge. »So, jetzt halte Ausschau, Fritz, sag mir, in welche Richtung ich rudern muß.«

»Links! Oh, es ist schon so weit weg!«

»Wir holen es ein!«

»Ja, wahrhaftig, wir kriegen es! Vorsicht, Tine, jetzt ganz langsam, sonst rammst du es!«

Clementine ließ die Ruder sinken, und das große Boot schoß an dem kleinen vorbei. Fritz, der halb über den Bootsrand hing, bekam es zu fassen und zog es hoch.

»So, nun laß es aber nicht wieder vom Stapel laufen, sondern behalte es drinnen! Guck mal, ob du Jahn und die Mädchen irgendwo siehst... Ja, dort draußen fahren sie! Wink ihnen mit der Mütze, damit sie uns sehen. Ich rudere jetzt zurück.« — »Schon?«

»Ja. Alles Schöne hat ein Ende. Sei froh, daß du dein Dampfschiff wiederbekommen hast!«

Otto Thielemann schwieg, bis sie das Ufer erreicht hatten. Dann hatte er seine Fassung wiedergewonnen. »Ich nehme an, jetzt haben wir alle wieder Hunger bekommen«, sagte er mit ausdrucksloser Stimme, »wie wäre es mit einem Picknick?« Er schlüpfte in sein Jackett.

»Die Kinder sind müde«, widersprach Clementine, »es wäre besser...«

»O nein! Sie vergessen, daß ich den ganzen Tag mit ihnen zusammenbleiben darf!« Er ließ den Deckel seiner goldenen Repetieruhr aufspringen. »Wir haben noch viel Zeit!«

»Dann könnten wir im Strandhotel...«

»Nein! Picknick habe ich gesagt, und ein Picknick will ich haben!«

Inzwischen war auch das Boot mit dem Kutscher und den beiden Mädchen gelandet; Jahn reichte die Kleinen, eine nach der anderen, zu Clementine hinauf.

»Sie, Jahn, werden mich zum Hotel begleiten«, bestimmte Herr Thielemann, »und Sie, Fräulein, können inzwischen mit den Kindern einen schönen Picknickplatz aussuchen!«

Der Kutscher warf Clementine einen fragenden Blick zu. »Ja, gehen Sie schon«, sagte sie, nahm die kleinen Mädchen bei der Hand und wandte den Männern den Rücken.

Es dauerte nicht lange, dann rief Fritz, der unermüdlich vorausgeeilt war: »Kommt her, schnell, hier ist es famos für ein Picknick!« Er hatte eine kleine Lichtung zwischen Büschen und Kiefern entdeckt, die sich nur zum See hin öffnete und ganz mit weißem, feinem, sauberem Sand bedeckt war. Hier ließ Clementine die kleine Emma zu Boden, und alle vier machten es sich auf dem warmen Sand bequem.

»Jetzt gibt es gleich Kakao und Kuchen«, sagte sie, als sie zu den beiden Großen zurückkam, »und dann geht's heim. Ihr wart alle drei sehr brav heute. Bitte, seid es auch weiter und versprecht mir eines: Wenn euer Papa vielleicht möchte, daß wir nachher noch etwas spielen oder laufen, dann bleibt immer ganz in meiner Nähe, ja?«

»Walum?« fragte Emmchen.

»Weil hier kein Weg und kein Steg ist und man sich leicht verlaufen kann, denn alle Büsche und Bäume und Sandplätze sehen gleich aus. Es wäre doch schlimm, wenn wir nach Hause zurückkehrten und feststellen müssen, daß eines von euch verlorengegangen ist.«

»Nur keine Bange, Tine, wir passen schon auf dich auf«, sagte Fritz. Ganz plötzlich überfiel Clementine der Verdacht, daß der kleine Bursche doch etwas von dem, was vorhin im Boot zwischen ihr und seinem Vater vorgegangen war, mitbekommen hatte...

Aber eine weitere Auseinandersetzung mit Otto Thielemann, die sie befürchtet hatte, fand nicht statt. Als er, gefolgt von Jahn, der Kuchenpakete und Kannen schleppte, am Platz angelangt war, hatte er es plötzlich eilig und wollte das Picknick, das er doch selbst gewünscht hatte, so schnell wie möglich hinter sich bringen. Er horchte nicht mehr auf das Geplapper der Kinder, stellte keine einzige Frage und schenkte Clementine keinen Blick. Sie hatte den Eindruck, daß ihn eine Verabredung, die er vorübergehend vergessen hatte, in die Stadt zurückzog und daß er es schon bereute, sich überhaupt um sie bemüht zu haben. Diese Mutmaßung verletzte, jeder vernünftigen Einsicht zum Trotz, ihre weibliche Eitelkeit.

Die Kinder, um ihren gewohnten mittäglichen Schlaf gebracht und angesteckt von der Nervosität der Erwachsenen, waren sehr ungezogen. Fritz beschmierte sich mit Sahnetorte, Marie goß Kakao über ihr längst nicht mehr blütenweißes Kleidchen, und Emma quengelte und wollte überhaupt nicht essen.

Alle waren erleichtert, als das ungemütliche Mahl im Freien endlich überstanden war und man sich zum Aufbruch rüsten konnte. Fluchtartig lief man zu der beim Strandhotel wartenden Kutsche zurück, vornweg Herr Thielmann, hinter ihm Clementine, mit Emmchen auf dem Arm und der jammernden Marie an der Hand, dann der Kutscher mit den Resten des Picknicks, Kannen, Tellern, Tassen und als letzter Fritz, der sich immer wieder umdrehte und fasziniert das veränderte Bild betrachtete, das der zuvor noch so spiegelglatte und trügerisch harmlose See jetzt bot. Welle auf Welle brach sich am Ufer, mit weißen Gischtktronen geschmückt, die Ruderboote, die noch draußen waren, schaukelten gefährlich, die Segel blähten sich knatternd, und eine weiße, dunkelgrau und schwefelgelb gesäumte Wolkenwand zog von Osten herauf.

Im geschlossenen Wagen fuhren sie in die Stadt zurück. Emmchen schlief auf Clementines Schoß, und auch Marie fielen bald die Augen zu. Einmal berührten sich versehentlich Clementine und Otto Thielemanns

Knie; beide zuckten zurück, als ob sie sich verbrannt hätten. Als der Wagen in der Von-der-Heydt-Straße hielt, war Fritz als einziger von den Kindern noch wach und verabschiedete sich dankend von seinem Vater mit einem artigen Diener, das Dampfschiff unter dem Arm.

Otto Thielemann stieg nicht mit aus und überließ es dem Kutscher, Clementine zu helfen, die Bälle, den Reifen, und die schlafenden kleinen Mädchen ins Haus zu tragen.

»Danke, Herr Jahn«, sagte Clementine, »fahren Sie bitte Herrn Thielemann jetzt noch ins Hotel, kommen Sie aber so rasch wie möglich wieder.«

»Sehr wohl, Fräulein.« Als Clementine schon halb die Treppe hinaufgestiegen war, rief er ihr nach: »Ich hätte Ihnen etwas zu erzählen!«

Clementine blieb stehen und blickte über die Schulter zurück. »Ja?«

»Nicht hier. Wenn Sie später vielleicht mal zu mir rüberkommen würden...«

»Nein, ich glaube kaum, daß ich dazu Zeit haben werde«, erwiderte sie und ließ ihn stehen.

Tatsächlich hatte Clementine nicht vor, den Kutscher aufzusuchen, und hätte es unter normalen Umständen auch gewiß nicht getan. Sie hatte mit dem Mann ja bis tags zuvor noch nie ein privates Wort gewechselt. Aber die Ausfahrt und der Heiratsantrag Otto Thielemanns, mochte er nun ernst gemeint sein oder nicht, hatten sie in eine ihr ganz ungewohnte Erregung versetzt, die auch nicht abklingen wollte, als die Kinder endlich ins Bett gebracht waren, ohne Abendessen, aber nach einer gründlichen Wäsche, und Frau Dorothee Bericht erstattet worden war.

Das Wetter war umgeschlagen. Es hatte ein kurzes, aber heftiges Frühlingsgewitter gegeben, und nun prasselte der Regen auf das Dach. Clementine, die erst jetzt dazu kam, in ihrem Mansardenzimmer das Ausgehkostüm gegen ein einfaches Hauskleid zu vertauschen, öffnete das Fenster. Durch den schimmernden Regen drang warmer Lichtschein aus dem Stall herüber. Warum sollte sie eigentlich nicht rasch hinüberlaufen? dachte sie. Wahrscheinlich wird es ja gar nichts so Interessantes sein, was Jahn mir zu sagen hat, aber es ist doch immer besser, man weiß Bescheid. Er war doch lange genug mit Thielemann allein zusammen. Thielemann könnte etwas über mich gesagt haben. Sicherlich ist es nichts von Bedeutung, aber ehe ich es nicht weiß, werde ich doch keine Ruhe finden... Sie nahm ein großes Dreieckstuch aus dem Schrank, schlug es sich um Kopf und Schultern und eilte die Hintertreppe hinab. In der Tür zum Garten blieb sie noch einmal stehen und mußte ein Gefühl von Unentschlossenheit überwinden. Dann rannte sie los.

Jahn hatte den Stall schon ausgemistet und den Pferden neue Streu gegeben; jetzt war er dabei, ihnen Hafer in die Krippen zu schütten. Er sprach auf die Tiere ein und schien gar nicht zu bemerken, daß Clementine hereingestürmt kam und sich das nasse Tuch vom Kopf riß. Sie beobachtete ihn, wie er die Haferschütte an ihren Platz zurückstellte und den

Wassereimer ausspülte. Er tat alles mit ruhigen und bedachtsamen Bewegungen, ohne Hast. Die Ärmel seines weißen Hemdes hatte er aufgerollt, die kräftigen Muskeln seiner Unterarme spielten im Licht der Stalllaterne, die an einem Deckenbalken schwang. Die Pferde malmten und stampften.

»Jahn!« rief Clementine. »Herr Jahn!«

»Augenblick, Frollein«, sagte er, ohne sich umzuwenden, »bin gleich soweit.«

Sie fuhr sich mit beiden Händen in ihr schwarzes, hochgetürmtes Haar. »Ich habe wenig Zeit, Jahn...« Er schien sie nicht zu beachten. »Entweder sagen Sie mir jetzt, was Sie zu sagen haben, oder...«

»Oder was?«

»Oder ich gehe.«

Jetzt endlich drehte er sich zu ihr um, wandte ihr sein breites Gesicht mit der flachen Nase, den schlauen kleinen Augen und dem buschigen blonden Schnurrbart zu. »Das täten Sie nie, Frollein«, erklärte er gelassen.

»Und warum nicht?«

»Sie sind viel zu neugierig.«

»Das ist nicht wahr! Wie kommen Sie dazu, so etwas zu behaupten?«

»Alle Frauen sind es«, sagte er ruhig. »Aber deshalb keine Feindschaft nicht. Ich bin ja froh, daß Sie gekommen sind.« Er trat nahe vor sie hin und stemmte seine Fäuste rechts und links von ihr gegen die hölzerne Wand.

Clementine war irritiert, wollte sich aber nicht die Blöße geben, Angst zu zeigen. »Also los«, sagte sie betont forsch, »was wollten Sie mir erzählen.«

Er war untersetzt und kräftig, kaum größer als sie selbst, und dennoch wirkte das Lächeln, mit dem er sie anblickte, als käme es ein wenig von oben herab. Clementine wand sich unter seinem Blick. »Oder haben Sie mir nichts zu sagen? Dann lassen Sie mich gefälligst gehen!«

»Nicht so hastig, Frollein«, sagte er. Er roch nach Schweiß, nach Männlichkeit und nach Ammoniak wie seine Pferde.

»Werden Sie nicht unverschämt«, sagte sie und spürte mit Schrecken, daß ihre Stimme gepreßt und unsicher klang. »Wenn Sie mir nicht sofort sagen...«

»Der Herr ist scharf auf Sie«, erklärte er bedächtig. »Aber das wissen Sie ja selbst.«

»Hat er Ihnen das gesagt?«

»Er hat von mir verlangt, daß ich mich um die Kinder kümmern soll, damit er Sie in Ruhe hernehmen kann. Aber ich habe nein gesagt. Nichts zu machen, Herr. So hatten Sie es mir doch befohlen, nicht wahr?«

»Das war... das war sehr anständig von Ihnen, Jahn.«

»Nee. Anständig überhaupt nicht. Kein Hengst läßt eine Stute, auf die er selbst scharf ist, einem andern...«

»Jahn«, wimmerte sie, »bitte, lassen Sie mich doch gehen!« Sie stemmte beide Hände gegen seine Brust.

Er wich um keinen Zoll zurück. »Aber das willst du doch gar nicht«, flüsterte er heiser. »In Wirklichkeit willst du es gar nicht. Du willst es wissen, und du sollst es erfahren...«

Sie kämpfte gegen ihre eigene Schwäche und gegen die Kraft des Mannes, sie kämpfte, obwohl sie wußte, daß sie verloren war, aber sie wehrte sich mit Zähnen und Nägeln gegen die unausbleibliche Niederlage. Er hob sie hoch, warf sie in das gebündelte Heu und war schon über ihr. Für Sekunden flammte die jähe Hoffnung in ihr auf, doch noch zu entkommen. Sie bekam Luft und versuchte, die Knie anzuziehen, um ihn fortzustoßen. Da trieb er ihr mit beiden Händen die Beine auseinander, sie hörte das scharfe Reißen ihrer Unterwäsche und fühlte gleichzeitig einen wilden Schmerz, als er in sie eindrang. Sie schrie, und ihr Leib bäumte sich auf. Dann verebbte ihr Widerstand, und die Qual wurde zur Erlösung. Es dauerte kaum eine Minute, dann war es vorbei. Er stöhnte wild auf — fiel schwer und schlaff auf sie nieder. Sie weinte und merkte es selbst erst, als ihr die salzigen Tränen in den Mund rannen. Er rollte sich zur Seite und zog ihren Kopf an seine Brust. »Du mußt nicht weinen, Mädchen«, murmelte er, »das ist nun mal so und muß so sein...«

Sie preßte ihr Gesicht an sein Hemd und bemühte sich, ihr Schluchzen zu unterdrücken.

»Du bist eine gute, kräftige Stute«, sagte er, »du hast mir vom ersten Augenblick an gefallen. Das Frollein Clementine, habe ich mir gedacht, die wäre eine für dich! — Aber du hast mich ja gar nicht gesehen in deinem Stolz, hast deinen Kopf immer hoch getragen, über alles weggeguckt, was menschlich ist. Es war an der Zeit, daß jemand kommt und dir zeigt, was du wirklich bist. Eine Frau, nichts weiter. Wie es in der Bibel heißt: Du sollst dem Manne untertan sein.«

Allmählich versiegten ihre Tränen. Sie fühlte den starken Arm, der sie hielt. War es das, was sie sich immer gewünscht hatte? War sie am Ziel?

»Du bist kein Mädchen, mit dem man sich nur amüsiert«, sagte er, »und ich denke auch, du hast deine Ersparnisse auf der hohen Kante. Hier bei Thielemanns ist für uns beide keine Zukunft. Die gnädige Frau wird sich Pferde und Wagen nicht mehr lange leisten können, du wirst es sehen. Aber ich habe schon alles vorbereitet. Ich werde in ein Fuhrunternehmen in Schöneberg einsteigen. Wir können heiraten, sobald du willst.« Sie löste sich von ihm und erhob sich mühsam. »Was ist?« fragte er. »Paßt dir etwas nicht an meinen Plänen?«

Sie strich sich die Spreu vom Kleid. »Ich weiß nicht«, sagte sie, »ich muß mir das alles erst durch den Kopf gehen lassen.«

»Du bist die erste, zu der ich was von Heiraten sage.«

Clementine richtete sich kerzengerade auf. »Und du meinst wohl, ich müßte dankbar dafür sein?«

»Du hast Glück, daß du an einen so anständigen Kerl wie mich geraten bist.«

Sie legte sich das große Tuch um Kopf und Schultern. »Laß mir Zeit«, sagte sie und stieß die Tür auf.

»Du bildest dir wohl immer noch ein, du könntest einen Besseren kriegen?« rief er ihr nach. Sie hörte es wohl, aber sie antwortete nicht und wandte sich auch nicht mehr nach ihm um.

Der erste Weg nach seiner Rückkehr aus Görzen führte Justus Weigand in die Elsässer Straße. Schon im Zug hatte ihn eine solche Sehnsucht nach der kleinen Senta überfallen, daß er es kaum noch erwarten konnte, sie wiederzusehen.

Im Hinterhof tobten wie immer die Kinder. Justus sah den Weidenkorb in der Nähe des Kellerfensters stehen und stürzte darauf zu. Die kleine Senta lag auf dem Rücken. Sie hatte sich bloßgestrampelt und war eifrig damit beschäftigt, die Zehen ihres nackten Füßchens mit den Händen zu untersuchen und in den Mund zu stecken. Ihre Haut war rosig und gesund, das kupferrote Haar glänzte, und sie erschien ihm größer und schöner, als er sie in Erinnerung gehabt hatte. »Senta!« rief er. »Mein Liebling!«

Frau Kändler kam die Treppe vom Souterrain hochgestiegen. »Das ist aber schön, daß Sie wieder da sind, Herr Doktor!«

»Ich habe ihnen auch etwas Gutes mitgebracht. Machen Sie nur die Tasche auf«, rief er, »die Wurst ist für Sie und die Speckseite auch!«

Sie blickte, über die geöffnete Ledertasche gebeugt, zu ihm auf. »Aber, Herr Doktor«, sagte sie, »das brauchen Sie doch selber!«

»Ach was! Ich werde mich ab sofort von den Schwestern verwöhnen lassen! Was glauben Sie, wie gern die einen jungen Doktor nudeln!«

Jetzt erst fiel ihm auf, daß Frau Kändler, die, als er Berlin verließ, noch hoch schwanger war, wieder schlank geworden war. Sie deutete seinen besorgten Blick richtig. »Ja«, sagte sie, »ich habe mein Kleines verloren. Im siebten Monat. Es hat gelebt, als es zur Welt kam. Aber es war doch noch zu schwach und zu klein.«

»Das tut mir furchtbar leid, liebe Frau Kändler!«

Sie seufzte lächelnd. »Ja, für mich war es auch ein Schmerz, obwohl... es ist schwer genug, vier Gören satt zu kriegen, und mit Senta sind es sogar fünf...« — »Sie macht Ihnen hoffentlich nicht zuviel Mühe?«

»Nein, das tut sie nicht. Im Gegenteil, gerade jetzt bin ich sehr froh, daß ich sie habe. Vielleicht habe ich sie so lieb, daß für mein eigenes gar kein Platz mehr in meinem Herzen war.«

»So etwas dürfen Sie nicht sagen«, widersprach er. »Außerdem ist das alles nur Einbildung. Die Kinder kommen, ganz egal, ob sie nun gewünscht sind oder nicht.«

Frau Kändler faltete die Hände unter der Schürze. »Ja, und es heißt, daß sie ein Segen sind. Aber wenn man sie nicht gerade nur so aufwachsen lassen will, sondern wenn man sie etwas Rechtes werden lassen möchte, dann sollten es doch nicht so viele sein. Jedes zehrt von der Kraft der Mutter, das eine reißt dem anderen den Bissen vom Mund weg, und zum Schluß... Verstehen Sie? Ich habe meine Kinder alle lieb, weiß der Himmel, und ich werde auch jedes, das noch kommt, liebhaben, und doch wünsche ich mir manchmal, daß es Gott nun genug sein lassen möge.«

»Es müßte eine Methode geben«, sagte Justus nachdenklich, »durch die man den Geburtensegen einschränken könnte.«

»Die gibt es seit langem«, erwiderte Frau Kändler lächelnd, »aber bei der mögen die Männer nicht mitmachen, und ich kann es ihnen auch gar nicht verdenken. Wozu hat man eine Frau? Immer nur für die Familie schuften, das ist zuwenig. Der Meine verspricht mir immer wieder, mich in Ruhe zu lassen, und nimmt es sich auch vor. Aber dann, am Samstag abend, wenn er recht froh ist, daß er die Arbeit hinter sich und wohl auch einen Tropfen getrunken hat, dann überkommt es ihn, und ich habe nicht das Herz, nein zu sagen, trotz all der Ängste, die ich dabei ausstehe.«

»Ich meine es anders«, sagte Justus und legte Senta wieder in das Körbchen zurück. Er packte den vorbeisausenden Hans beim Kragen. »He, Bürschchen, willst du mich denn nicht begrüßen?«

Der Junge wurde purpurrot. »Herr Doktor«, sagte er erschrocken, »ich habe Sie gar nicht gesehen!«

Justus Weigand lachte. »Wenn du die Arbeit genauso wichtig nimmst wie das Spiel, dann kann noch etwas Großes aus dir werden. Wann wollen wir beide uns mal wieder treffen? Oder brauchst du keine Hilfe mehr?«

»Mein Mann und ich haben uns überlegt«, redete Frau Kändler dazwischen, »ob Sie ihn nicht in der Werkstatt unterrichten könnten, Herr Doktor. Tagsüber werden Sie wohl keine Zeit haben, und ihn abends zur Charité laufen zu lassen, da sind wir doch zu ängstlich.«

Justus Weigand war einverstanden, und sie machten aus, daß er sich den Jungen jeden Abend nach Sentas täglichem Bad vornehmen sollte. »Mein Mann wird dabei gewiß nicht stören«, versprach Frau Kändler, »nur ganz still zuhören möchte er, denn er interessiert sich für alles, was Hans lernt. Er hätte in seiner Jugend auch gern studiert, nur hat es damals auch für einen strebsamen Jungen gar keine Möglichkeiten gegeben.«

Justus versprach, sich nicht stören zu lassen. Er stieg auch noch in die Schusterwerkstatt hinab und begrüßte den Meister. Er war so froh, wieder in Berlin zu sein. Seine gute Laune wirkte geradezu ansteckend.

Die nächsten Tage und Wochen waren so bis zum Rand ausgefüllt, daß sie ihm wie im Flug vergingen. Da war die Arbeit für Professor Hübner, der von seinen Assistenten viel verlangte und ihnen, da er selbst einen großen Teil seiner Zeit an Forschungsarbeiten verwendete, eine große Verantwortung auflastete. Dazu kam die eine Stunde am Tag, für die Justus Weigand der kleinen Senta ein Recht einräumte, und die andere, in der er Hans Kändlers Schularbeiten überprüfte und dem Jungen, wenn er Schwierigkeiten hatte, half. Die Abend- und Nachtstunden widmete er seinen eigenen Forschungen. Er stellte Tabellen über die geistige, seelische und körperliche Entwicklung der Säuglinge auf, mit dem Ziel, seine Theorie zu untermauern, wonach liebevoll und persönlich betreute Kinder weniger anfällig für ansteckende Krankheiten und Seuchen waren als nur korrekt und unpersönlich gepflegte.

Justus Weigand verfolgte auch die Idee einer natürlich Geburtenregelung, die ihm im Gespräch mit Frau Kändler gekommen war, weiter. Er versuchte von jeder Schwangeren, die in die Charité kam, herauszubekommen, zu welchem Datum sie empfangen hatte und in welcher Beziehung dieses Datum zu der letzten Menstruation stand — eine mühselige Arbeit, denn die wenigsten Frauen konnten darüber genaue Angaben machen. Aber Justus gab nicht auf, denn es schwebte ihm vor, daß zwischen Menstruation und Befruchtung ein Zusammenhang bestehen müsse. So kam er kaum noch dazu, über sich selbst und seine privaten Probleme nachzudenken, und er war im Grunde froh darüber. Manchmal schreckte er nachts aus dem Schlaf, und plötzlich war die Erinnerung an Stefanie von Stucken wieder ganz wach und die Erkenntnis, was er alles mit ihr verloren hatte. Und dann war es ihm, als könnte er nie mehr im Leben wirklich glücklich werden.

Stefanie von Stucken hatte inzwischen ihre offizielle Verlobung gefeiert, mit allem Pomp, der für die einzige Tochter eines Bankiers nur denkbar war. Das Fest, das im Landhaus in Grunewald stattfand, war der Höhepunkt der ausklingenden Saison gewesen. Stuckens hatten aufgeboten, was Reichtum ermöglichen konnte, und Hugo Graf Donnersberg hatte seinen Namen, seine hocharistokratische Verwandtschaft und seine Beziehungen zum Kaiserhof spielen lassen. Stefanies Jungmädchenträume waren bei diesem Ereignis wahr geworden; es stellte sie in den Mittelpunkt der Berliner Gesellschaft. Tragisch war nur, daß sie selbst über diese Träume längst hinausgewachsen war und an äußerlichem Pomp keine Freude mehr finden konnte.

Blaß, gefaßt und lächelnd stand sie den Tag und die darauffolgenden durch, die sie immer wieder an die Seite ihres künftigen Gatten zwangen. Gemeinsam suchten sie die Möbel für ihr Heim aus, kauften Geschirr, Teppiche und Vorhangstoffe ein, stellten die Gästeliste für die Hochzeit zusammen und arbeiteten den ganzen Gang der unerläßlichen Zeremonie aus. Der Graf war sehr zufrieden mit seiner jungen Braut, die sich ohne Widerstand seinen Wünschen fügte und nie eigenen Willen oder Geschmack durchzusetzen versuchte. Er fühlte wohl, daß diese Gefügigkeit nicht der Liebe, sondern einer ungeheuren Gleichgültigkeit entsprang, aber das beunruhigte ihn nicht. Ihm genügte es, daß sie gehorchte und sich anpaßte, gleichgültig, aus welchen Gründen, und es befriedigte ihn, daß seine Familie ihn zur Wahl seiner Frau beglückwünschte — in der Aristokratie macht Stefanie durch ihre abweisende, kühle und verschlossene Art einen weit stärkeren Eindruck, als sie ihn als temperamentvolle glückliche Braut hätte hervorrufen können; ihre Distanziertheit gab ihr ein damenhaftes Flair, das sie früher nicht besessen hatte.

Aber da er ihr im Lauf der Verlobungszeit keinen Schritt näherkam, begann Graf Donnersberg sich unversehens aufrichtig in sie zu verlieben; jedenfalls kam es ihm so vor. Tatsächlich versuchte er wohl nur seine verletzte männliche Eitelkeit zu heilen. Die jungen Leute waren niemals allein, und so kam ihr der Um- und Aufschwung seiner Gefühle gar nicht zum Bewußtsein.

Eines Tages war er länger als üblich in der Fürstenstraße geblieben, und als er sich verabschiedete, war das Haustor schon verschlossen. Stefanie fand nichts dabei, ihn mit dem Schlüssel hinunterzubegleiten. Frau Elvira wollte Einspruch erheben, unterließ es dann aber doch; es sollte ihr nur recht sein, wenn sich das junge Paar endlich ein wenig näherkam und ihre Tochter aus ihrer Lethargie erwachte.

Stefanie ging, die Lampe in der Hand, vor dem Grafen her die breite Treppe hinunter. An der Haustür reichte sie ihm die Lampe und schloß auf. Sie erwartete, in der offenen Tür stehend, daß er nun gehen würde. Statt dessen aber stellte er die Lampe auf eine der untersten Treppenstufen und blieb. »Es ist lieb von dir, daß du mich begleitet hast«, sagte er.

»Jemand mußte dich doch hinauslassen«, entgegnete sie teilnahmslos.

»Du hättest es ja auch Papa überlassen können.«

»Er war sehr müde und Mama auch. Hast du nicht bemerkt, daß beide in der letzten Stunde schon einige Male gegähnt haben?«

»Soll das heißen, daß ich zu lange geblieben bin?«

»Jedenfalls ist es jetzt Zeit, daß du gehst.«

Er nahm sie in die Arme. »Stefanie, warum bist du nur so grausam zu mir? Was habe ich dir denn getan?«

Sie leistete keinen Widerstand, schmiegte sich aber auch nicht an ihn, sondern blieb steif und ablehnend. »Ich verstehe nicht, was du meinst«, murmelte sie.

»O doch, du weißt das sogar sehr genau. Bald werden wir für immer vereint sein, und doch verhältst du dich mir gegenüber abweisender als zu einem Fremden.«

»Du *bist* mir ja noch fremd.«

»Nein, das bin ich nicht. Du kennst mich lange genug, und wenn du mich nur ein bißchen liebhättest...«

Jetzt versuchte sie, sich aus seiner Umarmung zu befreien. »Von Liebe war zwischen uns nie die Rede!«

»Aber das ist unnatürlich, Stefanie! Ich will gern warten und geduldig sein, aber du solltest mir doch ein kleines bißchen Mut machen!«

»Ich ahnte nicht, daß es irgend etwas geben könnte, das du fürchtest.«

»Dich, Stefanie, deine Kälte ... deine grauenhafte Kälte!« Seine starken Arme preßten ihren schlanken Körper an sich.

»Laß mich los«, flehte sie, »du tust mir weh ...«

»Nicht, bevor du mir einen Abschiedskuß gegeben hast!«

Sie hob den Kopf, und ihre Lippen berührten flüchtig seine Wange. »Nicht so!« sagte er und drückte seinen Mund auf ihre Lippen. Seine Zunge schnellte vor, aber Stefanie hielt die Zähne fest aufeinandergebissen. Er legte seine weiche, große Hand auf ihren Busen, streichelte ihn und krallte schließlich die Finger in ihr festes Fleisch.

Sie schlug ihm ins Gesicht. »Wie ekelhaft du bist«, schluchzte sie auf, »wie abscheulich!«

Er ließ sie los, sagte gepreßt und immer noch keuchend: »Entschuldige, bitte. Es war nicht meine Absicht, dich zu verletzen.«

»Aber du hast es getan!« zischte sie. »Wie kannst du es wagen, dich so zu benehmen?« — »Aber wir sind doch verlobt!«

»Und das, glaubst du, gibt dir ein Recht, mich so zu behandeln?«

»Aber ich habe doch nur ...«

Sie stampfte mit dem Fuß auf. »Geh jetzt, bitte, geh mir aus den Augen! Ich kann deine Gegenwart keine Sekunde länger ertragen!«

Er verbeugte sich kurz und ließ sie allein. Schluchzend kauerte sie sich auf die Treppe. Sie wußte sehr wohl, daß sie ihn für eine Schuld büßen ließ, die er gar nicht begangen hatte. Aber es linderte ihre Verzweiflung und ihren Zorn nicht, daß sie sich im Unrecht wußte. Seine plumpen Zärtlichkeiten waren ihr nur deshalb so unerträglich, weil sie einen anderen liebte. Der bloße Gedanke daran, daß sie bald für immer mit ihrem Bräutigam zusammen sein würde, mit ihm ins Bett gehen und mit ihm aufstehen mußte, bereitete ihr körperliche und seelische Qualen.

Als sich Schritte näherten und die Haustür ins Schloß fiel, fuhr sie hoch. Sie glaubte nichts anderes, als daß Hugo Donnersberg zurückgekommen sei. Der riesige Schatten eines Mannes wurde an die Wand des Treppenhauses geworfen. Dann erkannte sie, daß ihr Bruder heimgekommen war. »Ach, du bist es, Egon«, sagte sie erleichtert.

»Was machst du denn hier?« fragte er erstaunt. »Wartest du auf jemanden?«

»Ich habe Hugo hinausgelassen.« Sie warf sich in seine Arme. »Du kannst dir nicht vorstellen, wie verzweifelt ich bin, Egon. Sag mir jetzt nicht, daß er es ehrlich mit mir meint, das weiß ich. Aber ich kann ihn nicht ertragen. Seine ganze Art, sein Gehabe und sein Wesen sind mir zuwider.«

Er klopfte ihr beruhigend auf den Rücken. »Du wirst dich daran gewöhnen.« — »Niemals! Genausogut könnte ich mich daran gewöhnen, Abend für Abend eine Kröte mit ins Bett zu nehmen!«

»Jetzt übertreibst du aber, Kleines!«

»Nein, Egon. Und ich meine, *du* müßtest mich doch verstehen ... Könntest du denn eine Frau heiraten, die dir zuwider ist?« Sie versuchte in dem spärlichen Licht den Ausdruck seines Gesichtes zu enträtseln. »Vielleicht könntest du's«, sagte sie. »Vielleicht empfinden Männer in diesen Dingen anders. Aber wenn es so ist, warum zwingt man *dich* nicht, dir eine Frau zu suchen? Warum muß ausgerechnet *ich* es sein, die sich opfert?«

»Vielleicht wissen die Eltern gar nicht...«, begann er voll Unbehagen.

»Und ob sie es wissen! Ich habe sie ja angefleht, mir das zu ersparen!« Sie legte beide Hände auf seine Schultern. »Egon, kannst du mir nicht helfen? Du bist ihr Stolz, und du bist ein Mann. Auf dich werden sie hören!«

»Was sollte ich denn für dich tun?« sagte er müde. »Ich, der ich mir selbst nicht zu helfen weiß?«

Sie wurde sofort hellhörig. »Hast du Kummer?«

»Ich bin verzweifelt.«

»Wegen einer Frau?«

»Ja, das auch. Aber vor allem habe ich Schulden. Sehr hohe Schulden.«

»Sprich mit Papa darüber!«

»Das kann ich nicht. Er würde fragen und bohren, bis er herausbekommen hätte, wie es dazu gekommen ist, daß ich Schulden gemacht habe. Dann würde er tief in die Tasche greifen, um alles wieder auszubügeln...«

»Siehst du!« — »... aber er würde mir auch das Versprechen abnehmen, mein Leben zu ändern. Und gerade das kann und will ich nicht.«

Sie trat einen Schritt von ihm zurück. »Es gibt also eine Frau, die dich in hohe Geldausgaben stürzt?«

»Nein, so ist es nicht. Ganz und gar nicht«, sagte er hastig. »Sie will nicht, daß ich ihretwegen in Schwierigkeiten komme. Sie will überhaupt nichts von mir wissen, verstehst du? Ich habe ihre Liebe verscherzt. Aber ich komme nicht von ihr los.«

»Das muß schlimm sein«, sagte Stefanie.

»Es ist die Hölle.«

»Wenn ich könnte, *ich* würde dir helfen.«

»Du kannst, Stefanie — wenn du willst!«

»Du meinst, ich soll mit ihr reden?«

»Nein, nein, das würde nichts helfen. Kein Wort ist stark genug, sie mir zurückzubringen.«

»Ja, aber dann...«

»Stefanie«, sagte er und wandte sein Gesicht so, daß es im Schatten lag, »du hast doch Schmuck, wertvollen Schmuck...«

»Ja, natürlich.«

»Es ist mir schrecklich, daß ich dich darum bitten muß, aber... würdest du ihn mir leihen?«

»Wozu?« fragte sie verständnislos.

»Ich könnte ihn versetzen und hätte wieder Geld! Keine Angst, du bekommst alles wieder, was du mir leihst, sobald ich aus dem Schneider bin...«

»Aber ich verstehe nicht...«

»Ich kann dir das nicht erklären! Du mußt mir einfach glauben. Mir helfen oder mich zugrunde gehen lassen...«

»Ist es so schlimm?« fragte sie leise.

»Noch schlimmer. Du glaubst doch nicht, es fällt mir leicht, dich um so etwas zu bitten. Aber wenn du meinst, daß du es nicht tun kannst...«

»Wie kommst du auf so etwas! Natürlich sollst du meinen Schmuck haben, mir liegt nichts daran. Ich wünschte, mir fehlte auch nur Geld, um mein Leben in Ordnung zu bringen...«

»Du bist ein Engel«, sagte er und nahm sie mit brüderlicher Zärtlichkeit in die Arme. »Wann gibst du mir die Sachen? Heut abend noch?«

»Du hast Glück. Ich habe meine Schmuckkassette gerade auf meinem Zimmer. Wenn sie im Banksafe wäre, müßte ich Papa fragen...«

»Nein, nein, niemand darf etwas davon wissen, nur du und ich, versprich mir das!«

»Und wenn Mama wünscht, daß ich etwas davon anlege? Eine Kette oder einen Ring?«

»Dann mußt du eine Ausrede erfinden. Es ist ja nicht für lange, Stefanie, nur für ein paar Tage. Wenn alles gutgeht, hast du deinen Schmuck schon übermorgen zurück.«

»Und wenn es schlechtgeht?«

»Daran wollen wir gar nicht denken. Ich bin sicher, daß ich es diesmal schaffe.«

»Was, Egon? Bitte, sag mir doch...«

»Es wäre zu umständlich, dir das zu erklären. Vertrau mir deinen Schmuck an und überlaß alles andere mir, ja? Hol ihn, ich werde solange in der Garderobe auf dich warten.«

»Gut«, sagte sie, »wenn es dir nützt...«

Erst später, als sie ihm die Kassette schon gegeben hatte, wurde ihr klar, daß er, anstatt ihr zu helfen, die eigenen Sorgen aufgebürdet hatte. Ihre ganze Kindheit war sie verwöhnt und behütet worden, aber jetzt, wo sie zum erstenmal Verständnis und Liebe brauchte, war sie ganz auf sich gestellt.

Egon von Stucken hatte ursprünglich vorgehabt, den Schmuck der Schwester erst am anderen Morgen zu versetzen. Aber in dem Augenblick, da Stefanie ihm die kleine, mit rotem Saffianleder bezogene Kassette überreichte, hatte ihn große Unruhe erfaßt. Er mußte sein Glück zwingen, so bald wie möglich, noch heute, noch diese Nacht. Die Gelegenheit war günstig. Seine Eltern hatten sich schon zurückgezogen, als er die Wohnung betrat. Er mußte nicht einmal lügen oder sich eine Entschuldigung ausdenken, um wieder verschwinden zu können. Er klopfte am Zimmer seiner Schwester an und sagte, als sie den Kopf heraussteckte: »Verrate niemandem, daß ich da war, hörst du?«

»Du willst schon wieder fort?«

»Je eher ich es hinter mich bringe, desto besser. Wenn alles gutgeht, hast du deinen Schmuck schon morgen wieder zurück.«

»Ach, das eilt doch nicht so«, sagte sie.

»Mir schon. Und wenn ich mein Glück gemacht habe, dann werde auch ich dir helfen, Stefanie, verlaß dich drauf.«

Aber sie hatte wenig Hoffnung. »Lieb von dir, daß du das sagst«, erwiderte sie. »Warte, ich werde dich hinauslassen.«

Nebeneinander liefen die Geschwister durch das kalte, düstere Treppenhaus hinunter, das nur von der kleinen Lampe erleuchtet wurde, die Egon von Stucken trug. Dann schloß Stefanie die Haustür mit dem schweren alten Schlüssel auf, ein flüchtiger Kuß, und Egon stand allein, die Schmuckkassette unter dem Mantel eng an die Brust gedrückt, auf der nächtlichen Straße. An der Ecke Unter den Linden nahm er sich eine Droschke und ließ sich zum Schlesischen Tor bringen. Er sah wohl ein, daß es klüger gewesen wäre, zu Fuß zu gehen, anstatt sein letztes Bargeld für die Fahrt auszugeben, denn wenn es ihm nicht gelang, noch in dieser Nacht Geld aufzutreiben, geriet er in eine sehr unangenehme Lage. Aber seine Ungeduld war zu groß, als daß er sich lange mit vernünftigen Überlegungen hätte aufhalten mögen. Es trieb ihn voran, weiter, er wollte und mußte so schnell wie möglich ans Ziel kommen. Beim Schlesischen Tor stieg er aus, entlohnte den Kutscher und wandte sich nach links, dem eigentlichen Dirnen- und Verbrecherviertel zu.

Obwohl er in Berlin geboren und fast ein Vierteljahrhundert in dieser Stadt gelebt hatte, war ihm dieses Quartier bis vor kurzem noch völlig fremd gewesen. Erst seit ihn das qualvolle Fieber seiner selbstzerstörerischen Leidenschaft für die rothaarige Lolo, die einmal seine geliebte kleine Lotte gewesen war, gepackt hatte, besaßen selbst die dunkelsten Gegenden der Millionenstadt keinen Schrecken für ihn. Unbekümmert ging er über das rumplige, verfallene Pflaster der düsteren Gäßchen, vorbei an den schmalen, baufälligen Häusern, in deren halboffenen Türen Dirnen und Zuhälter auf Kundschaft lauerten.

Egon von Stucken marschierte so sicher voran, daß niemand auf den Gedanken kam, ihn anzusprechen oder aufzuhalten. Er kannte sein Ziel und hatte es nach etwa zehn Minuten erreicht, ein niedriges Häuschen, das sich zwischen zwei größeren duckte. Das Tor war verschlossen, und die Fenster waren mit eisernen Läden gesichert. Es lag in absoluter Dunkelheit da. Dennoch schlug er mit beiden Fäusten gegen die Tür, schrie: »Aufmachen! Frau Koltschak, lassen Sie mich ein!«

Sein Ruf gellte durch die Gasse. Aus den anderen Häusern trat allerhand Gesindel, aber von drinnen war nichts zu hören als das klägliche Miauen eines Kätzchens. Egon von Stucken gab nicht auf. Er schlug weiter gegen die Tür und brüllte.

Egon von Stucken versuchte es noch einmal, ein letztes Mal, und endlich tat sich etwas. Der Riegel eines eisernen Fensterladens im ersten Stock des Hauses wurde innen zurückgezogen, dann der Laden aufgestoßen, und ein weißes Gesicht mit wirrem grauem Haar wurde im Schein einer flakkernden Kerze sichtbar. »Frau Koltschak — endlich!« rief Egon von Stucken. »Ich möchte Ihnen etwas bringen.«

Sie hielt die Kerze mit ausgestrecktem Arm weit hinaus, um erkennen zu können, wer denn überhaupt mit ihr sprach. »Ach, du bist's, Jungchen...«

»Lassen Sie mich hinein, bitte!«

»Hast du das Geld?«

»Nein, aber dafür etwas anderes, etwas sehr Schönes, Frau Koltschak!«

Wortlos schloß die Alte erst den Laden und dann das Fenster. Das Haus lag wieder dunkel und tot wie zuvor da. Egon von Stucken war nicht sicher, ob sich Frau Koltschak einfach wieder ins Bett gelegt hatte. Er wartete. Endlich wurde die Tür geöffnet, sehr vorsichtig, nur einen Spalt breit, eben groß genug, daß er hindurchschlüpfen konnte. Er stand der Alten gegenüber, die die Tür sofort wieder hinter ihm verriegelte. »Die Menschen sind schlecht, Jungchen«, murmelte sie, »man muß vorsichtig sein, besonders bei Nacht.« Sie schlurfte vor ihm her über die ausgetretenen Steine des Ganges in das kleine Kontor.

Er war schon mehrfach hier gewesen, hatte seine goldene Uhr und den schweren alten Siegelring mit dem Wappen derer von Hachwitz versetzt und den Schmuck bei der nächsten Löhnung, oder wenn das Glück ihm gelacht hatte, wieder ausgelöst. Bei Tag war ihm alles grau, abstoßend, schmutzig erschienen, jetzt aber, zur nachmitternächtlichen Stunde, wirkte die alte Frau mit dem unheimlich weißen Gesicht und dem grauen, verfilzten Haar geradezu unheimlich.

Frau Koltschak nahm auf einem alten abgewetzten Sessel hinter dem Tisch Platz und wies Egon einen erbärmlichen Küchenstuhl an. »Setz dich, Junge«, nuschelte sie, »laß sehen, was du mitgebracht hast.« Man mußte gut hinhören, um zu verstehen, was sie sagte. Sie hatte keinen einzigen Zahn mehr im Mund.

Egon von Stucken knöpfte den Mantel auf, stellte die Kassette vor sie auf den altväterlichen Schreibtisch, zog das Schlüsselchen, das Stefanie ihm mitgegeben hatte, aus der Westentasche und schloß auf. Frau Koltschak öffnete das Kästchen, nahm die Ringe, Ketten, Armbänder und Ohrringe aus ihrem Bett von blauem Samt und ließ sie durch ihre weißen, spinnendürren Finger gleiten. »Woher hast du das alles, Jungchen?« fragte sie. »Von einer Freundin?« — »Nein, von meiner Schwester.«

»Dann hast du sicher auch ein Briefchen mit, in welchem sie dir bestätigt, daß du mit ihrem Schmuck tun und lassen darfst, was du willst.«

»Nein«, sagte er, »daran haben wir überhaupt nicht gedacht. Aber ich habe ihr gesagt, daß ich ihn versetzen will, weil ich dringend Geld brauche.«

»Ja, das sagst du, und ich kann es dir glauben oder nicht.«

»Ich nehme es auf meinen Eid, Frau Koltschak... ich beschwöre es bei meiner Ehre!«

»Ja, ja, bei deiner Ehre. Aber wie lange wirst du die noch haben? Wo das Geld fehlt, ist auch die Ehre schnell dahin, Jungchen.«

»Ich gebe Ihnen mein Wort...«

»Ja, ja, dein Wort, das soll für alles gut sein. Aber ein Wort bedeutet nichts, gar nichts. Geld, das ist etwas, Besitz, der hat Wert, aber ein Wort?« Sie warf den Schmuck mit betonter Achtlosigkeit wieder in das Kästchen zurück. »Was willst du denn für den Kram haben?«

»Tausend Mark«, sagte er kühn.

Sie klappte den Deckel der Kassette zu. »Komm wieder, wenn du nüchtern bist.«

»Aber ich habe nichts getrunken, ganz gewiß nicht! Der Schmuck ist mehr als tausend Mark wert, mehr als das Doppelte. Tausend Mark hat allein die Kette gekostet, die mein Vater meiner Schwester zu ihrer Verlobung geschenkt hat.«

»Wenn dein Vater ein so reicher Mann ist, dann laß dir das Geld doch von ihm geben.«

»Bitte, Frau Koltschak, haben Sie ein Herz!«

»Und wer hat ein Herz für mich alte Frau, wenn die Polizei kommt und das Diebesgut bei mir findet?«

»Frau Koltschak, wie oft soll ich Ihnen noch sagen, daß die Sachen nicht gestohlen sind!«

»Ich gebe dir vierhundertfünfzig Mark, und du unterschreibst mir, daß du fünfhundert bekommen hast...«

»Vierhundertfünfzig? Das ist viel zuwenig, das ist ja geradezu lächerlich!«

»Mehr kann ich dir nicht geben.«

Sie feilschten noch eine Weile hin und her. Egon von Stucken bemühte sich ohne jede Hoffnung, den Preis hinaufzutreiben, und tat es nur noch deshalb, weil er sich nicht so leicht geschlagen geben wollte. Er wußte wohl, daß er der harten gierigen alten Frau in keiner Weise gewachsen war, aber er hätte noch zu ganz anderen Bedingungen unterschrieben, nur um Bargeld in die Hand zu bekommen.

Die Alte war zu vorsichtig, ihm zu zeigen, wo sie ihr Geld aufbewahrte. Sie verließ das Zimmer, schloß die Tür hinter sich zu. Er hatte den Eindruck, daß sie die Treppe hinaufging, wagte aber nicht, ihr nachzuspionieren. Wenig später kam sie mit dem abgezählten Geld, einem schmalen Bündel schmieriger, abgegriffener Scheine, zurück. Er steckte es ein, ohne nachzuzählen, unterzeichnete die Quittung, die sie ihm umständlich ausschrieb, und nahm dann ihre Quittung in Empfang. »Hör auf meinen Rat, Jungchen«, nuschelte die Alte, als sie ihn zur Tür brachte, »geh nach Hause, steck dir das Geld unters Kopfkissen und leg dich schlafen. Morgen früh kannst du es vermehren, heute nacht wirst du es verlieren.«

Egon von Stucken hatte es längst aufgegeben, seine Standesgenossen zu einem Spielchen zu animieren. Die jungen Offiziere spielten um des Spieles willen, aus Leidenschaft, um die Langeweile zu töten oder um sich über eine amouröse Niederlage hinwegzutrösten. Für Egon von Stucken, der gewinnen mußte, weil er Geld brauchte, waren sie nicht die richtigen Partner. Er verstand es weder, mit unbewegter Miene zu verlieren, noch dachte er daran, eine glücklich gewonnene Summe sogleich wieder mit seinen Freunden zu verprassen.

Er wollte gewinnen, um Lotte Mielke Geld, viel Geld zu Füßen legen zu können. Für ihn, der die Wandlung ihres Wesens nicht miterlebt, sondern ganz plötzlich einer völlig veränderten Lotte gegenübergestanden hatte, war es unvorstellbar, daß sie ihn nicht mehr lieben sollte. Er war ganz sicher, daß unter dem harten Panzer, in den sie sich zurückgezogen hatte, ihr Herz doch noch ebenso heiß und liebevoll für ihn schlug wie früher und daß alles gut werden würde, wenn es ihm nur gelang, diesen Panzer zu sprengen.

Doch Lotte Mielke behandelte ihn wie einen beliebigen Freier. Sie nahm ihm das Geld ab, das er ihr brachte, und gab ihm ihren Körper dafür, nur ihren Körper, kein gutes Wort und keine persönliche Geste. Hätte sie ihn mit Vorwürfen und zornigen Worten überschüttet, so hätte er sich zur Wehr setzen können, aber mit ihrem eiskalten Zynismus wurde er nicht fertig. Immer wieder verließ er sie, zwar körperlich befriedigt, aber seelisch tief enttäuscht, und seine Gefühle, weit davon entfernt, sich abzukühlen, entbrannten immer heißer für das käufliche und letztlich doch unerreichbare Mädchen.

Längst hatte er Kontakt mit Berufsspielern aufgenommen, Männern, die wie er nicht um des Vergnügens willen spielten, sondern weil sie die Arbeit scheuten und lieber ihrem Glück vertrauten. Er war nicht sicher, ob diese Männer, die die Karten mit unglaublich geschwinden Fingern mischten und abhoben, nicht mit Tricks arbeiteten, ja in nüchternen Augenblicken war er dessen sicher. Aber Beweise hatte er keine, und so fiel es ihm nicht schwer, sich immer wieder selbst zu belügen.

Das Lokal, in dessen Hinterstube man sich mit Gleichgesinnten und Gimpeln zu treffen pflegte, lag nur wenige hundert Meter entfernt, im Schlesischen Viertel. Seine neuen Freunde waren es auch gewesen, die ihn mit Frau Koltschak bekannt gemacht hatten, als er wieder einmal sein letztes Bargeld verspielt hatte. Aber jetzt war seine Brieftasche wohlgefüllt, und eilig schritt er aus, den Spazierstock fest umklammernd, um ihn notfalls als Waffe zu gebrauchen, denn in dieser gottverlassenen Gegend schien ihm ein Überfall nicht ausgeschlossen.

Er atmete auf, als ihm das Licht des *Roten Uhu* entgegenleuchtete, und legte die letzten Schritte fast im Lauf zurück. Er betrat die niedrige, verqualmte Schenkstube, deren hintere Wand mit zahllosen patriotischen Bildern, meist Zeitungsausschnitten, geschmückt war. Der Wirt, ein massiger, fleischiger Mann in Weste und Hemdsärmeln, stand unter einem farbenfrohen Porträt in Ölkreide, das Kaiser Wilhelm II. darstellte, und wusch Gläser. Bei Egon von Stuckens Eintritt, der sich in Kleidung und Benehmen so sichtlich von den anderen Gästen unterschied, trat für eine Sekunde Stille ein. Aber der Wirt wies mit einer Kopfbewegung auf die Tür zum Hinterzimmer. »Gehn Sie nur rein, Herr Baron.«

Egon von Stucken folgte dem Wink und öffnete die Tür. Noch mehr Qualm schlug ihm entgegen, vermengt mit dem Geruch von Schweiß und abgestandenen Bierresten. Bei seinem Eintritt verschwanden blitzartig die kleinen Geldtürme von der Platte des runden Tisches, und die Spielkarten wurden zusammengeworfen. »Na, so wat!« rief ein junger Mann, den Egon von Stucken unter dem Namen Fritz Küfer kannte. »Det is jar nicht die Polente, sondern bloß der Baron!« Er schob sich mit einer einstudierten Bewegung eine blonde, pomadige Schmachtlocke aus der Stirn.

»Können Sie nicht anklopfen wie jeder normale Mensch?« fragte ein älterer Herr mit grauem Spitzbart, der wegen seines Aussehens und seiner gewählten Art, sich auszudrücken, nur »Der Professor« genannt wurde.

»Entschuldigen Sie, bitte«, sagte Egon von Stucken und zog sich einen Stuhl an den Tisch.

»Wie is et?« fragte ein athletischer Mann mit einer schwarzen Klappe vor dem einen Auge. »Wollen Sie bloß kiebitzen, oder machen Sie mit?«

»Wie hoch ist der Einsatz?« frage Egon.

»Eine Mark.«

»Ich erhöhe auf zwei!« Er warf einen Schein auf den Tisch. »Wer kann mir wechseln?«

»Mensch, Sie ham wohl Ihre Jroßmutta ausjeraubt!« sagte Fritz Küfer nicht ohne Ehrfurcht.

Der Professor wechselte den Schein, und das Spiel begann. Egon von Stucken spürte förmlich, wie das Glück heute auf seiner Seite stand. Er bekam nicht nur gute, sondern tatsächlich die besten Blätter, erhöhte dauernd den Einsatz und zwang die anderen zum Aufgeben. In einer knappen Stunde hatte er sein Anfangskapital verdoppelt. Die anderen Spieler stülpten ihre Taschen um und zeigten, daß sie blank waren. Nur der Professor holte noch ein Bündel Scheine aus der Innentasche seines speckigen Mantels und sagte: »Mich werden Sie so schnell nicht kleinkriegen, mein Lieber!«

Egon von Stucken hatte rote Wangen bekommen. »Um so besser!« sagte er. »Heute ist mein Glückstag! Es wäre verflucht, wenn ich da keinen Partner fände!«

Der Wirt brachte eine Lage Bier und Schnaps herein. Egon von Stucken nahm sie auf seine Rechnung.

»Ick würde ja auch noch gern mitmischen«, sagte Fritz Küfer, »bloß fehlt et mir an die nötige Pinke.«

»Kein Problem«, erwiderte der Professor, »ich nehme auch Wechsel an. Vorausgesetzt, daß der Baron damit einverstanden ist.«

»Ich weiß nicht«, sagte Egon von Stucken, kritisch von einem zum anderen sehend, »besteht denn da je Aussicht, daß man auch Geld zu sehen kriegt?«

»Aber klar doch, Mann«, versicherte Fritz Küfer. »Ick habe da 'n paar Puppen loofen, bei denen brauche ich nur abzukassieren, und schwupp liegt det Jeld auf'm Tisch.«

»Wenn es Sie beruhigt«, erklärte der Professor, »werden wir einen sehr frühen Fälligkeitstermin einsetzen, sagen wir den ersten Mai.«

»Det ist jut! Erster Mai ist immer jut!« rief Fritz Küfer. »Et tut sich wat, wenn det Proletariat marschiert, da bin ick janz sicher flüssig!« Er unterschrieb den Wechsel, den der Professor ihm auf einem herausgerissenen Notizblatt aufgesetzt hatte, mit einem schwungvollen Krakelfuß und nahm dafür grinsend hundert Mark entgegen. Das Spiel ging weiter, aber jetzt waren nur noch Egon von Stucken, der Zuhälter und der Professor daran beteiligt. Fritz Küfer spielte unverschämt riskant und hatte nach einer knappen Viertelstunde sein Geld bereits verloren. Egon von Stucken hätte gern gesehen, daß er ausschied, aber die anderen schienen es für selbstverständlich zu halten, daß diesmal er, Egon, ihm Geld auf einen Wechsel vorschoß, und er konnte sich diesem Druck nicht entziehen.

»Jeben Sie mir man jleich zwohundert, Baron«, forderte Fritz Küfer, »bei dem, wat Sie schon einjestrichen haben, dürfte det Ihnen doch nich schwerfallen.«

Egon von Stucken gab nach, wenn auch mit Unbehagen. Er spielte, um Geld zu gewinnen, und nicht, um es gleich wieder auf fragwürdige Weise loszuwerden.

Der Professor gab. Egon von Stucken hatte zwei Könige, eine Dame, einen Buben und eine Zehn. Er stieß alle Karten bis auf die Könige ab und ließ sich drei neue geben, hatte zu seiner freudigen Überraschung vier Könige in der Hand. Fritz Küfer und er boten sich gegenseitig immer höher hinauf, der Professor hielt noch einige Runden mit, dann paßte er. Egon von Stucken hätte jetzt von Küfer verlangen können, seine Karten aufzudecken, und er spielte auch mit diesem Gedanken. Aber er war sicher, daß der andere blufften. Er hoffte, ihn so weit hinaufzutreiben, daß er endgültig aus dem Spiel ausschied. Der Professor, der über Bargeld verfügte, schien ihm ein geeigneterer Gegner. Aber Fritz Küfer war nicht kleinzukriegen, er zog unentwegt nach. Als er die zweihundert Mark auf den Tisch geblättert hatte, schrieb er sich selbst noch einmal einen Wechsel über dreihundert Mark aus und legte mit unerfindlicher Zuversicht das Papierchen auf den Tisch. Egon von Stucken zog mit dreihundert Mark nach und verlangte die Karten des anderen zu sehen.

»Da müssen Sie noch wat draufjeben!« rief der Zuhälter. »Aber ick will et jnädig machen!« Er schrieb einen letzten Wechsel über fünfzig Mark aus und legte ihn dazu.

Egon von Stucken mußte mit ihm gleichziehen. Fritz Küfer deckte seine Karten auf. Vier Asse! Er hatte gewonnen. Egon von Stucken fühlte, wie ihm körperlich übel wurde. Er stürzte einen Schnaps hinunter. Sekundenlang revoltierte sein Magen, dann hatte er den Schock überwunden. Ohne mit der Wimper zu zucken, sah er mit an, wie Fritz Küfer das Geld und die Wechsel einstrich, die Papiere zerriß und seinen Spielpartnern das geliehene Geld zurückgab.

»Det nenne ick Jlück!« triumphierte der Zuhälter. »Kalle, sieh zu, daß der Budiker uns noch 'ne Lage bringt, die schmeiße *ick*! Nee, besser noch, hol uns jleich 'ne Flasche Klaren!« Er begann die fettigen Karten zu mischen. »Na, meine Herren, wie wäre et mit die Revanche?«

»Ich wünsche neue Karten«, sagte Egon von Stucken mit steinernem Gesicht.

Der Zuhälter sprang auf. »Soll det heeßen, det Se mir beleidijen wollen?!«

»Setzen Sie sich«, sagte der Professor gelassen, »der Baron hat ganz recht. Wenn es um so hohe Summen geht, müssen die Karten tadellos sein. Kalle, Sie gehen noch einmal zum Wirt und lassen sich ein neues Paket Karten geben.« Er wandte sich mit einer angedeuteten Verbeugung Egon von Stucken zu. »Vorausgesetzt natürlich, daß der Herr Baron nicht aufgeben will.«

Aber Egon von Stucken, dem alles bis auf seinen Einsatz — das Geld, das er von Frau Koltschak für den Schmuck seiner Schwester erhalten hatte — durch die Finger geronnen war, konnte und wollte nicht aufhören.

»Mache selbstverständlich weiter mit«, verkündete er aus einem aufkommenden Trotz heraus.

Kalle brachte die neuen Karten, Fritz Küfer schenkte die Schnapsgläser voll, der Professor mischte und wartete mit dem Austeilen, bis sie in dem verrauchten Hinterzimmer allein waren, die drei Spieler und Kalle, der Mann mit der schwarzen Klappe, der sich zwischen Egon von Stucken und den Professor setzte. Egon von Stucken spielte jetzt vorsichtig und machte kleine Gewinne. Allmählich kehrte seine Zuversicht zurück, er wagte einen kleinen Bluff, der gelang, bluffte abermals und hatte wieder Erfolg. Dann endlich hatte er wieder ein gutes Blatt in der Hand, drei Asse und zwei Könige. Der Professor trieb ihn hoch hinauf, und Egon von Stucken machte mit, weil er sicher war, daß der andere bluffte und er dessen Blatt unbedingt sehen wollte. Aber dann lag sein ganzes Geld auf dem Tisch, er konnte nicht mehr mithalten.

»Ich würde Ihnen raten aufzugeben«, sagte der Professor.

»Wat denn, wat denn? Lassen Se sich doch dat nich einreden!« rief Fritz Küfer, der längst gepaßt hatte, dazwischen. »Schmeißen Se einfach ein Wechselchen dazu, genau wie ick et jemacht habe!«

Egon von Stucken befolgte den Rat. Er schrieb einen Wechsel über dreihundert Mark.

»Genug des bösen Spiels!« sagte der Professor und legte sein Blatt auf den Tisch — vier Damen! Er hatte gewonnen.

Egon von Stucken war es, als wenn die Welt über ihm zusammenstürzte. Er hatte alles verloren und dazu noch dreihundert Mark Schulden gemacht. Wie sollte er Stefanie unter die Augen treten, die ihm so vertrauensvoll ihren

Schmuck überlassen hatte? Der erste Mai war in fünf Tagen — wie sollte er das Geld bis dahin auftreiben? Er hatte nicht nur Geld verspielt, das ihm nicht gehört hatte, auch jede Hoffnung auf Lotte Mielke war dahin, denn wie sollte er ihr ohne einen Pfennig in der Tasche gegenübertreten?

Der Professor mischte die Karten. »Sie haben selbstverständlich unbeschränkten Kredit, wenn Sie weiterspielen wollen, Herr Baron«, sagte er.

»Es ist sehr anständig von Ihnen, mir noch eine Chance zu geben«, sagte Egon von Stucken mit gebrochener Stimme.

»Aber, aber! Damit gehe ich doch kein Risiko ein. Ein Offizier, noch dazu Bankierssohn, ist mir für jeden Betrag gut.«

Egon von Stucken schluckte. »Sie scheinen sich sehr genau über mich erkundigt zu haben.«

»Man will doch wissen, mit wem man es zu tun hat. Besonders, wenn es um Geld geht.«

»Und was weiß ich von Ihnen?«

»Ich gebe zu ... sehr wenig! Aber ich verlange ja auch nicht, daß Sie mir einen Kredit einräumen.«

Zum erstenmal überkam Egon von Stucken das Bewußtsein, daß er in diesem unscheinbaren Mann mit dem speckigen schwarzen Anzug, den abgestoßenen Manschetten und dem ungepflegten grauen Bart einen gefährlichen Gegner hatte. Er war nahe daran, aufzustehen und zu gehen. Aber dann tat er es doch nicht, weil er seine einzige Chance darin sah, das Geld, das er verloren hatte, zurückzugewinnen. Anfangs sah es auch ganz so aus, als wenn ihm das gelänge. Er konnte seine Wechsel wieder einlösen und dazu dreihundert Mark an sich nehmen. Er war kein eigentlicher Spieler und hätte in diesem Moment ganz sicher Schluß gemacht, wenn er nicht mindestens fünfhundert Mark gebraucht hätte, um den Schmuck seiner Schwester einzulösen. Dann verlor er wieder, schrieb erneut Wechsel aus, gewann wenig, verlor viel, verlor, verlor ... und als der Morgen graute, häufte sich schließlich ein Berg von Papieren vor dem Professor.

»Jetzt sollten Sie es, meine ich, doch genug sein lassen», sagte der alte Mann. »Sie haben über hunderttausend Mark verloren.«

Egon fuhr auf und starrte den anderen aus vor Anstrengung und Übermüdung geröteten Augen an. »Das ist nicht wahr!«

»Ich schiebe diesen Ausdruck des Mißtrauens Ihrer Erregung zu«, erklärte der Professor gelassen, »und ich bin gern bereit, mit Ihnen gemeinsam die Beträge der Wechsel, die Sir mir ausgestellt haben, zu addieren.« Er glättete die Zettel und begann sie sorgfältig aufeinanderzulegen. »Einhundert, zweihundert, fünfhundert ... tausend ...«

Fast besinnungslos vor Verzweiflung stürzte sich Egon von Stucken auf die Papiere, die hoch aufwirbelten, wollte sie an sich reißen, sie zerfetzen. Doch ehe er noch dazu kam, wurde er von hinten gepackt und zurückgerissen. Der Zuhälter und der Mann mit der schwarzen Klappe vor dem Auge hatten sich auf ihn gestürzt.

»Aber, aber!« sagte der Professor mit mildem Tadel. »Herr Offizier!« Er sammelte in aller Ruhe die Wechsel wieder ein, genierte sich auch gar nicht, sich auf dem schmutzigen Boden niederzulassen und auf allen vieren unter den Tisch zu kriechen, während die beiden anderen Egon von Stucken eisern umklammert hielten; er bündelte die Scheine, steckte sie in die Innentasche seines schwarzen Mantels und stülpte sich einen Chapeau claque auf, der schon reichlich verbeult war. »Guten Abend, Herr Baron«, sagte er, »vielmehr, guten Morgen! Sie kennen ja den Termin, und ich bin sicher, Sie werden ihn einhalten. Sonst müßte ich nämlich die Papierchen...« er klopfte sich an die Brust, »... Ihrem Kommandeur schicken!«

»Ich kann das Geld unmöglich auftreiben.«

»Das sollte mir leid tun... meinetwegen, denn ich könnte den Zaster sehr gut brauchen, und auch Ihretwegen, denn es wäre das Ende Ihrer Karriere. Guten Morgen, die Herren!«

»Aber... wo soll ich...?« stammelte Egon von Stucken.

»Das ist eine vernünftige Frage. Sehen Sie, so gefallen Sie mir schon besser! Wir treffen uns hier, im *Roten Uhu*, abends acht Uhr. Und ich hoffe, Sie kommen nicht auf die schlechte Idee, Polizei mitzubringen. Vergessen Sie nicht, daß wir... ehem... lichtscheue Existenzen sind, die gar nichts zu verlieren haben, während für Sie alles auf dem Spiel steht.« Der Professor lüftete noch einmal seinen Hut, dann ging er endgültig. Aber die beiden anderen Kerle warteten noch, bis er einen guten Vorsprung hatte, ehe sie Egon von Stucken losließen.

Egon zog sich mechanisch Kragen und Krawatte zurecht, griff zu Mantel, Hut und Handschuhen und verließ das Hinterzimmer, ohne die beiden Kumpane eines Wortes oder auch nur eines Blickes zu würdigen. In der Gaststube lag eine Magd auf den Knien und schrubbte den hölzernen Boden mit grüner Seife. Die Stühle waren auf die Tische gestellt. Kalter Rauch hing in Schwaden in der Luft.

Der Wirt, mit übernächtigten Augen und schwarzen Stoppeln am Kinn, zog den Riegel zurück und ließ den späten Gast ins Freie. »Morjen, Herr Baron, wünsche ein' juten Tach ooch!«

Egon von Stucken taumelte in die schmale Gase hinaus, die jetzt, im gnadenlosen Licht des heraufziehenden Tages, noch verkommener und elender wirkte als bei Nacht. Ihm war sterbenselend.

Lotte Mielke und Ida Kowalsky waren erst vor einer knappen halben Stunde nach Hause gekommen. Sie hatten sich abgeschminkt und gewaschen, Lolo hatte ihr üppiges rotes Haar gebürstet und zu einem dicken Zopf geflochten, sie hatte ihr Kleid ausgezogen, sich von ihrem Mieder befreit, ihre Strümpfe heruntergerollt und trug jetzt nur noch ihr leinenes Hemdchen, während Ida Kowalsky sich in einen nicht mehr ganz sauberen seidenen Morgenmantel gehüllt hatte. Die beiden Frauen saßen in der Küche. Lolo hatte ihre Füße in eine Blechschüssel mit Wasser gestellt, Ida goß sich einen Kaffee, halb Muckefuck, halb echte Bohnen, auf. »Magste ooch 'nen Schluck, Herzchen?« fragte sie.

Lolo schüttelte den Kopf. »Nee, lieba nich. Kaffee macht mir immer so munter.«

Ida zündete sich eine Zigarette an. »Wie oft habe ich dir schon gesagt, du sollst dir angewöhnen, anständig zu reden.«

Lolo reckte sich gähnend. »Nich jetzt! Ick bin zu müde!«

Ida goß sich, die Zigarette im Mund, die schwarze Brühe in eine dickwandige Tasse, tat drei Löffel Zucker dazu und einen tüchtigen Schuß Milch. »Das ist eine Sache des Prinzips«, sagte sie. »Wenn du erst mal begriffen hast, daß eine Dame doppelt soviel verdient wie so 'ne hergelaufene Göre ...«

»Na, bis dato kann ich über meine Kasse nicht klagen!«

»Jetzt hör sich das mal einer an!« Ida schlug die Augen zum Himmel. »Was hast du denn schon verdient? Von die paar Puseratzen könntest du ja nicht mal satt werden! Wenn nicht dein kleiner Leutnant wäre ...«

»Aber denn habe ich doch noch ... oder etwa nich?«

»Der hat ja nischt, Mädchen, begreifst du das denn nicht? Lohnt sich nicht, für den die Beine breitzumachen. Ja, wenn du ihn immer noch lieben würdest, denn könnt ich's verstehen ...«

»Nee, Liebe is nich, da kannste Gift drauf nehmen.«

»Glaub' ich dir sogar!« Ida Kowalsky setzte sich an den Küchentisch, stemmte die Arme auf und schlürfte von dem siedendheißen Kaffee. »Bloß ... denn kapiere ich nicht, warum du dir nicht einen zahlungskräftigeren Herrn auftust ... einen, der wirklich was springen lassen kann!«

Lotte massierte sich die Waden. »Und wenn ick dir jetzt frage, ob de so einen kennst, denn sagste wieder nee, aber du kennst 'nen fixen Jungen, der mich mit einem zusammenbringen kann.«

»Na und? Was ist daran falsch?«

»Daß ich keinen Luden brauche. Das ist falsch dran! Ick kenne mir da aus. Wenn ich doppelt so ville vadiene als wie jetzt, denn nimmt der mir det Dreifache ab.«

»Kann sein«, gab Ida Kowalsky gelassen zu, »aber das nutzt alles nichts. Du brauchst einen, der dich beschützt und für dich kassiert, sonst kommst du nie auf'n grünen Zweig.«

»Hast *du* denn einen?«

»Nein, Herzchen, aber ich bin auch nicht so eine wie du. Ich bin eine Witwe mit Pension und habe es nicht nötig, mir mein Geld auf der Straße zu verdienen.«

»Du tust gerade so, als wenn ich dir die Miete schuldig wäre!« sagte Lolo — plötzlich ganz Dame — und warf ärgerlich ihren roten Zopf in den Nacken.

»Nein, das nicht, so bin ich ja gar nicht, und das weißt du ganz genau. Du kannst hier bei mir bis in die Puppen wohnen, auch wenn du keinen Pfennig zahlst. Ich will dir ja nur helfen, daß du ein leichteres Leben hast und dir nicht mehr die Füße wundzutanzen brauchst.«

»Hast schon recht«, sagte Lolo, »das wäre wirklich was. Bloß ... ich schaff' das auch ohne Luden! Schmeiß mir mal das Handtuch rüber! Du wirst schon sehen. Eines Tages werde ich mir einen auftun, daß dir die Augen aus dem Kopf fallen!«

Sie hörten beide gleichzeitig das Klingeln an der Wohnungstür. »Nanu?« sagte Lolo. »Kriegste so früh Besuch? Denn will ich aber mal schleunigst ...«

»Bleib! Das kann allerhöchstens der Gasmann sein oder so 'n Hausierer!« Ida Kowalsky ließ den Kaffee stehen und schlurfte in ihren ausgetretenen Pantoffeln zur Tür. Lolo folgte ihr neugierig, auf bloßen Füßen. Sie klemmte sich zwischen die zwei großen Schränke, die im Entree standen, und blinzelte um die Ecke. Als Ida die Wohnungstür öffnete, hörte sie sagen: »Sie, Herr von Stucken? Um diese Zeit? Also, das geht nun wirklich zu weit!«

Mit einem Satz war Lolo aus ihrem Versteck und stieß die Freundin zur Seite. »Wat denn, wat denn?« rief sie. »Det is mein Besuch, oder etwa nich?«

»Bist du verrückt geworden, Lolo?« zischte die Kowalsky.

Aber Lolo beachtete sie gar nicht. »Komm nur rein, Junge, haste mir wat mitjebracht?«

Grußlos und mit schweren Schritten trat Egon von Stucken über die Schwelle. »Jotteken!« rief Lolo. »Wie siehst du denn aus? Was haben sie mit dir anjestellt! Was haste jemacht?«

»Mit mir ist es aus«, sagte er erschöpft. »Ich muß mir eine Kugel durch den Kopf schießen.«

»Aber doch nicht hier!« rief Lolo. »Das wirst du mir nicht antun, Junge! Mit der Polizei wollen wir nichts zu tun haben!«

»Ist das alles, was du mir zu sagen hast?«

Sie stemmte die Hände in die Hüften. »Was denn sonst noch? Hast du vielleicht gedacht, ich würde deinetwegen in Tränen ausbrechen?«

Er sah sie an. Nie, seit sie aus der Charité zurückgekommen war, hatte sie so der Lotte Mielke geähnelt wie in diesem Augenblick; der Lotte, die er so gut gekannt hatte: dem liebevollen, naiven, unverdorbenen jungen Ding. Aber erst jetzt, als sie in dem einfachen Hemdchen, mit blankem Gesicht, den roten Zopf über der Schulter baumelnd, vor ihm stand, erkannte er auch, daß sie nie mehr das Mädchen werden würde, das er so sehr geliebt hatte. Zum erstenmal sah er die Kälte in ihren grünen Augen und den bösen Zug um ihre vollen Lippen. Er trat einen Schritt auf sie zu.

»Bleib mir vom Leib«, schrie sie, »oder ...« — »Oder was?«

»Ida!« schrie sie. »Hilf mir doch! Ida!«

Ida Kowalsky machte eine Bewegung, als ob sie Egon von Stucken anfallen wollte, ließ es dann aber achselzuckend sein. »Ich werde mich hüten, mich noch einmal in deine Privatangelegenheiten zu mischen«, sagte sie, »vielleicht tut dir sogar eine kleine Abreibung mal ganz gut!« Sie wandte sich ab und ging zurück in die Küche.

Egon von Stucken packte Lolo brutal beim Handgelenk und zerrte sie mit sich in das Schlafzimmer. Sie wehrte sich aus Leibeskräften, aber bloßfüßig und halb nackt, wie sie war, gelang es ihr nicht, ihn mit ihren wilden Schlägen und Tritten zu verletzen. Aber es gelang ihr, ihm mit den Nägeln der freien Hand quer übers Gesicht zu kratzen, winzige Blutströpfchen bildeten vier häßliche rote Spuren. Er packte sie und warf sie auf das Bett. Sie trat nach ihm, er riß sie hoch und schlug ihr mit dem Handrücken auf die Wange. Sie schrie auf, ihre grünen Augen weiteten sich in entsetztem Erstaunen. Unbarmherzig schlug er noch einmal zu. Sie schwankte und fiel zu Boden. »Du Aas!« brüllte er. »Du verdammte Kanaille!«

»Nicht«, wimmerte sie, »bitte, bitte, nicht!« Sie hielt schützend den Unterarm vor das Gesicht. Ihr Hemdchen war während des Handgemenges hochgerutscht, entblößte ihre weißen, festen Schenkel.

Begehren überfiel ihn, wilder und heftiger, als er es je gekannt. Ein Begehren, in dem keine Liebe mehr und nicht ein Fünkchen Zärtlichkeit waren, sondern nur noch Haß, Selbstverachtung und Verzweiflung. Er warf sich über sie und nahm sie auf dem harten Boden des Zimmers. Sie stöhnte auf und kam ihm mit hochgewölbtem Leib entgegen. Er sah auf sie nieder, auf ihr zuckendes Gesicht mit dem weitgeöffneten Mund, und genoß den Triumph, für den er seine Ehre geopfert hatte. »Sieh mich an!« keuchte er. »Du Hure, sieh mich an!«

Sie öffnete die Augen, von denen jetzt fast nur noch das Weiße sichtbar war. »Du!« stöhnte sie. »Oh, du!«

Er hatte sie bezwungen, jetzt, da sie ihm nichts mehr bedeutete. Ein wollüstiger Krampf zog ihren Körper zusammen, sie warf den Kopf nach hinten, schrie auf. Für Sekunden waren sie in einer zuvor nie gekannten Wollust vereint. Dann war es vorbei. Er erhob sich, während sie wie eine zerbrochene Puppe liegenblieb. »Leb wohl«, sagte er, »ich gehe.«

»Egon«, flüsterte sie, »bitte, bleib bei mir!«

Er blickte auf sie nieder und empfand Ekel. »Es ist vorbei«, sagte er heiser.

Sie richtete sich auf, kroch zu ihm hin und umklammerte seine Knie. »Du darfst dir nichts antun, Egon, bitte, versprich mir das! Laß uns zusammen ein neues Leben anfangen!«

»Mit dir?« fragte er voll Abscheu.

»Ja. Ich würde für dich arbeiten, ich würde alles tun...«

»Auf den Strich gehen, nicht wahr?«

»Ich würde alles tun, was du willst!«

»Das kann ich mir vorstellen. Dann hättest du wenigstens eine wunderbare Entschuldigung für dein Luderleben! Ich verzichte. Mit einer Hure wie dir will ich nichts zu tun haben.«

»Egon, aber ich liebe dich doch!«

»Du hast mein Leben ruiniert, das genügt.«

»Egon, ich...«

Mit einem Ruck befreite er sich aus ihrer Umklammerung. Sie fiel mit dem Gesicht zu Boden. Er verließ das Zimmer und die Wohnung. Und wußte, daß es diesmal für immer war.

Clementine Hergert war den Kutscher Otto Jahn seit jenem Zwischenfall im nächtlichen Stall ganz bewußt aus dem Weg gegangen. Sie schämte sich nicht und nahm ihm auch nichts übel, aber sie mußte erst mit dem, was ihr zugestoßen war, fertig werden, es paßte nicht in das Bild, das sie sich von sich selbst gemacht hatte. Sie war durchaus überzeugt, daß es Jahn mit seinem Heiratsantrag ernst gemeint hatte. Wenn er auch nicht wußte, daß sie außer ihren Ersparnissen noch über eine kleine Erbschaft verfügte, war sie für ihn eine gute Partie. Die Frage war nur, ob er für sie der richtige Mann war.

Clementine lebte noch nicht lange genug in Berlin, um sich den Maßstäben der Großstadt angepaßt zu haben. Für sie war noch immer das Urteil der Provinz, die Meinung Görzens ausschlaggebend. Sie mußte selbst zugeben, daß man in ihrem Heimatdorf eine Verbindung zwischen ihr und einem langgedienten Soldaten und künftigen Fuhrunternehmer als vollkommen passend ansehen würde. Was die Leute sagen würden, konnte sie sich nur zu gut vorstellen: »Weigands Clementine ...«, so nannte man sie, denn da sie im Lehrerhaus aufgewachsen war, hatten sich die Dorfbewohner nie die Mühe gemacht, ihren eigentlichen Nachnamen zu behalten, »... Weigands Clementine hat ja früher einmal große Rosinen im Kopf gehabt, aber jetzt ist sie doch zur Vernunft gekommen. Sie kann von Glück sagen, daß sie noch einen so braven Mann erwischt hat, höchste Zeit, daß ihr jemand den Hochmut austrieb.«

Aber gerade das gefiel ihr nicht. Den Mann, den sie wollte, hatte sie nicht bekommen. Sollte und mußte sie deshalb auf all ihre Pläne und Hoffnungen verzichten? Sie war sicher gewesen, zu Höherem geboren zu sein, aber plötzlich war durch den rücksichtslosen Zugriff eines Jahns alles ins Schwanken geraten. Sollte und mußte sie sich dem Mann unterwerfen, nur weil er dieses eine Mal der Stärkere gewesen war? Sie liebte ihn nicht, dessen war sie ganz sicher, das, was sie für ihn empfand, war etwas ganz anderes als ihr Gefühl für Justus Weigand. Dennoch fühlte sie sich zu dem Kutscher hingezogen, auf eine geradezu animalische Art, die sie noch mehr als alles andere beunruhigte.

Manchmal, wenn sie abends allein in ihrer Mansardenkammer lag, war sie drauf und dran, sich ein Tuch über die Schultern zu werfen und so, wie sie war, zu ihm in die Remise hinüberzulaufen. Sie sehnte sich danach, seine starken Hände auf ihrem Körper zu fühlen, sehnte sich nach seiner Männlichkeit, die so viel Kraft ausstrahlte. War nicht das, was er ihr bot, das Leben, das wirkliche Leben? Waren nicht ihre Träume dagegen schwächliche, unausgegorene Phantasien eines nicht einmal mehr jungen Mädchens?

Seit sie Justus Weigand verloren hatte, blieb ihr nur noch die Wahl zwischen einer Ehe mit diesem einfachen, verläßlichen Mann — eigene Kinder, Geborgenheit, ein Leben voller Arbeit und Sorgen — oder dem

Versuch, aus eigener Kraft sich selbst zu vervollkommnen. Sie hatte sich schon erkundigt, es gab in Berlin einige Möglichkeiten für intelligente Mädchen, etwas dazuzulernen; zum Beispiel den Lette-Verein, die Abendkurse der Humboldt-Akademie oder der Lessing-Hochschule. Vielleicht würde sie sogar in einen Gymnasialkurs bei Helene Lange aufgenommen werden? Wenn sie nur strebsam genug war, würde sie sogar das Abitur nachholen können, Lehrerin werden, technische Assistentin oder wenigstens Sprechstundenhilfe eines Arztes. Den Görzenern würde sie damit gewiß auch nicht imponieren, denen bedeutete die Karriere eines berufstätigen Mädchens nichts, für die galt eine Frau nur so viel wie der Mann, der sie zum Altar führte. Und in diesem Punkt dachten auch die sonst so aufgeschlossenen und weltoffenen Berliner nicht anders; Frauen gehörten ihrer Meinung nach an den Herd, oder, bestenfalls, in den Salon, aber nicht in den Beruf. Und doch wußte Clementine, daß sie mit ihren Bestrebungen nicht alleinstand. Immer mehr Universitäten öffneten auch Frauen ihre Pforten. Man stand am Beginn eines neuen Zeitalters, das möglicherweise auch ihr den Weg zur akademischen Bildung freigab.

Wenn Clementine nur daran dachte, bekam sie heiße Wangen. Sie gestand sich nicht ein, daß ihr Ehrgeiz nicht nur Bildungshunger war, sondern immer wieder von der Hoffnung angefacht wurde, wenn nicht Justus Weigands Liebe, so doch wenigstens seine Hochachtung zu erringen. Aber sie kam sich dabei selbst ein wenig verrückt vor, und da sie niemanden hatte, mit dem sie darüber reden konnte, verstärkten sich ihre Zweifel von Tag zu Tag. Dies wäre ein Anlaß gewesen, zu Justus Weigand zu gehen und ihn um Rat zu fragen. Aber beim bloßen Gedanken daran, daß er die Art ihrer Beziehungen zu Otto Jahn erraten könnte, schoß ihr das Blut in den Kopf.

Als Mamsell Auguste ihr einen Brief in die Hand drückte, ahnte sie nicht, daß er ihr die Entscheidung bringen würde. Sie riß den Umschlag auf der Stelle auf, nahm den starken weißen Bogen heraus, ohne sich von der Köchin abzuwenden, und las die wenigen Zeilen, die der Kutscher in seiner sauberen, wenn auch ein wenig ungelenken Schrift auf das Papier gesetzt hatte.

Liebe Clementine, schrieb er, *ich habe jeden Abend auf Dich gewartet. Glaube nicht, daß ich nur meinen Spaß mit Dir haben wollte. Du bist schon die Richtige für mich. Du brauchst Dich wegen das, was vorgefallen ist, nicht zu schämen, das gehört dazu, auch wenn Du es noch nicht gewust hast. Komm in den Stall. Ich habe Dir nähmlich etwas Wichtiges zu sagen. Dein Otto.*

Sie starrte auf den Brief, und von einer Sekunde zur anderen verflog alle Zuneigung, die sie für Jahn empfunden hatte. Er hatte es fertiggebracht, in diesen gewiß sehr sorgfältig und mit viel Bedacht abgefaßten Brief drei Fehler hineinzubringen — den falschen Fall nach wegen, gewußt mit s und nämlich mit h. Das war zuviel. Clementine war nicht kleinlich, sie wäre durchaus imstande gewesen, dem Mann, den sie liebte, sogar ein Verbrechen zu verzeihen. Aber sie konnte sich nicht darüber hinwegsetzen, daß der Mann, der sie heiraten wollte, die deutsche Orthographie nicht beherrschte. Es war zuviel. Über dieses Stöckchen konnte sie nicht springen.

»Na, was schreibt er denn?« wollte Mamsell Auguste, die sie beim Lesen beobachtet hatte, wissen.

»Er wird unverschämt«, sagte Clementine kurz, knüllte den Brief zusammen und ließ ihn in der Schürzentasche verschwinden. Noch am selben Nachmittag suchte sie Frau Dorothee auf, die in ihrem verdunkelten Boudoir lag, ein Tuch mit Essigwasser auf der Stirn, und an einer Migräne litt. »Gnädige Frau ...«

»Bitte, seien Sie doch nicht so laut, Fräulein!«

Clementine dämpfte ihre Stimme. »Gnädige Frau, ich muß mit Ihnen über Herrn Jahn sprechen.«

»Über wen?«

»Über Otto Jahn, den Kutscher.«

»Ich bitte Sie, quälen Sie mich doch nicht mit solchen Lappalien! Sehen Sie denn nicht, wie ich leide?«

»Ich bedaure unendlich, gnädige Frau, aber der Kutscher muß fort, oder ich kann nicht mehr länger in Ihrem Haus bleiben.«

Jetzt wurde Frau Dorothee hellhörig; sie richtete sich auf dem Ellbogen auf, so daß ihr das nasse Tuch von der Stirn rutschte. »Hat er Sie ... belästigt?«

»Jawohl, gnädige Frau.«

»Dann entlassen Sie ihn. Auf der Stelle. Ich dulde solche Dinge in meinem Haus nicht.«

»Aber, gnädige Frau, ich kann doch nicht so ohne weiteres ...«

»Sie haben meine Ermächtigung. Der Kerl soll nicht eine Stunde länger in meinen Diensten bleiben.«

»Ja, aber wäre es nicht besser, wenn Sie selbst ...?«

»Tun Sie, was ich Ihnen gesagt habe, und belästigen Sie mich nicht länger. Bitte, lassen Sie mich jetz allein!«

Clementine begriff, daß sie nicht mehr erreichen konnte. Sie schickte das Stubenmädchen zur Remise hinüber, um den Kutscher zu holen. Sie selbst erwartete ihn im ehemaligen Herrenzimmer hinter dem Schreibtisch. Als er kam, hatte sie seine Papiere schon zusammengesucht, seinen Geburtsschein und sein Militärzeugnis. Er klopfte an, bevor er eintrat, und nahm, gleich neben der Tür, Haltung an, die Mütze unter dem Arm. Dann erkannte er Clementine, sein breiter Mund verzog sich zu einem Lächeln, der blonde, buschige Schnurrbart sträubte sich geradezu vor Vergnügen, und er schlenderte unbekümmert näher. »Ach, du bist es, Liebchen«, sagte er, »und ich dachte schon, die gnädige ...«

»Ich habe Sie im Auftrag der gnädigen Frau kommen lassen, Herr Jahn«, erklärte Clementine eisig.

»Nanu? Soll das ein Witz sein?«

»Es ist mir durchaus nicht zum Spaßen zumute, und ich bitte Sie, ihren Ton mir gegenüber auf der Stelle zu wechseln.«

Sein Gesicht lief rot an. »Donnerlüttjen, was nimmst du dir heraus?« brüllte er und schlug so heftig mit der geballten Faust auf den Tisch, daß das Tintenfaß und die Schreibgeräte tanzten.

»Sie stehen hier nicht vor Ihrer Kompanie, Jahn«, sagte Clementine unerschrocken, »reißen Sie sich zusammen.«

Er stemmte beide Fäuste auf die Platte des Schreibtischs und beugte sich vor, sein Gesicht war so nahe vor ihr, daß sie seinen heißen Zwiebelatem riechen konnte. »Was?«

Aber sie wich keinen Millimeter zurück. »Ich könnte Sie des Verbrechens der Notzucht anklagen!«

»Ja, tu das nur«, höhnte er, »dann werde ich aussagen, daß du selber es so gewollt hast, daß du scharf auf mich warst wie sonst noch was und dich jetzt nur rächen willst, weil...« Er stockte.

»Sprechen Sie sich nur aus«, sagte Clementine. »Erklären Sie es mir nur ganz genau, was für einen Grund ich haben sollte, mich an Ihnen zu rächen.«

»Weil ich dich nicht heiraten wollte!«

»Ach, wirklich? Diese Lüge würden Sie also auf Ihr Gewissen nehmen? Sehr ehrenhaft, tatsächlich bewunderungswürdig«, sagte sie mit beißender Ironie. »Nur schade, daß Ihnen dieser Meineid gar nichts hülfe. Sie scheinen den Brief vergessen zu haben, den Sie mir durch die Köchin zustecken ließen und der eine ganz andere Sprache spricht.«

»Du Hexe«, fluchte er, »du gottverdammte, elende schwarzäugige Hexe!« Die Ader an seiner Stirn schwoll gefährlich an, aber er zog den Kopf zwischen die Schultern.

»Sie sehen also, es ist besser, Sie lassen es nicht auf eine Entscheidung vor Gericht ankommen...«

Er fiel ihr ins Wort. »Du würdest es nicht fertigbringen, mich anzuzeigen, niemals! Das würde dein verdammter Stolz nie zulassen!«

»Wer weiß«, sagte sie und konnte sogar lächeln. »Sie haben mich jetzt schon mehr als einmal falsch eingeschätzt, nicht wahr? Sie sollten sich nicht auf Ihre Menschenkenntnis verlassen, sonst könnten Sie Ehre und Freiheit verspielen.«

Er richtete sich hoch auf, Bauch hinein, Brust heraus. »Was willst du eigentlich von mir?« fragte er, und seine Stimme klang heiser vor unterdrückter Wut. »Weshalb hast du mich kommen lassen?«

Es war ihr durchaus bewußt, daß er, wie er so in seinen alten Reithosen und dem verblichenen Hemd vor ihr stand, ein prächtiges Mannsbild war, und sie vergrub ihre Nägel in die Handflächen, um sich durch den Schmerz zu ernüchtern und das Spiel durchzuhalten, das sie selbst begonnen hatte. »Nichts, was Sie überraschen könnte«, sagte sie beherrscht. »Ich habe den Auftrag, Sie zu entlassen. Darauf waren Sie ja wohl gefaßt.«

»Aber warum? Warum ausgerechnet jetzt? Da steckst doch du dahinter, du verfluchte schwarzhaarige Hexe!«

»Ich sehe keinen Anlaß, den Entschluß der gnädigen Frau vor Ihnen zu rechtfertigen. Hier sind Ihre Papiere, den Lohn für diesen Monat haben Sie bereits bekommen. Die gnädige Frau wünscht, daß Sie noch heute Ihre Sachen packen und verschwinden. Adieu!«

»Das wirst du bereuen, du verdammte Hexe, das wirst du...« Er machte eine Bewegung, als ob er um den Schreibtisch herum kommen und sie packen wollte.

Aber blitzschnell, mit einem einzigen Griff, hatte sie die Reitgerte Otto Thielemanns in der Hand, die, zusammen mit seinem Offizierssäbel, die Wand hinter ihr schmückte. »Rühren Sie mich nicht an!« rief sie. »Oder...« Sie hielt die lederne Gerte hoch erhoben.

Er sah sie an, wie sie da vor ihm stand, hochaufgerichtet, mit funkelnden Augen, und er fand sie begehrenswerter denn je. Aber er begriff, daß sie entschlossen war, sich ihm zu entziehen, und daß sie nicht davor zurückschrecken würde, ihn tatsächlich zu schlagen. »Eines Tages«, sagte er mit schwerer Zunge, »wird es dir leid tun, daß du mich so behandelt hast. Aber dann wird es zu spät sein. Viel zu spät.« Er riß die Papiere an sich und stampfte aus dem Zimmer. Clementine stand regungslos und sah ihm mit fest zusammengepreßten Lippen und glühenden Augen nach. Erst nach einer ganzen Weile wurde sie sich bewußt, daß sie die Reitgerte noch immer wie zum Schlag erhoben in der Hand hielt. Mit einer müden Bewegung hängte sie sie an ihren Platz zurück.

Es war neun Uhr abends. Justus Weigand hatte die Arbeit des Tages hinter sich gebracht und auch den Gang in die Elsässer Straße, wo er mit seiner Pflegetochter gespielt und die Hausaufgaben des kleinen Kändler kontrolliert hatte. Jetzt stand er im weißen Kittel in Professor Hübners Labor in der Charité, das Auge an das Okular eines Mikroskops gedrückt, mit der rechten Hand die Schraube drehend, um eine möglichst klare Einstellung zu bekommen, und fluchte vor sich hin. Er war so mit seinen Untersuchungen beschäftigt, daß er nicht einmal aufblickte, als Arnold Scheer, eleganter denn je, einen Spazierstock mit Silberknauf schwingend, den hellerleuchteten Raum betrat. »Guten Abend, alter Junge«, grüßte er.

»'n Abend«, gab Justus Weigand geistesabwesend zurück.

»Warum fluchst du denn wie ein Kümmeltürke?«

»Sieh dir das an!« Justus Weigand winkte den Freund, ohne das Auge vom Mikropskop zu heben, zu sich heran.

Arnold Scheer drängte ihn beiseite. »Zeig her!« Er blickte erst durch das Mikroskop und dann zu Justus Weigand auf. »Was soll das sein?«

»Ein Blutstropfen! Schau ihn dir nur genau an!... Jetzt paß auf!« Er nahm den Objektträger unter der Linse weg und schob einen anderen darunter. »Und nun diesen da! Erkennst du einen Unterschied?«

»Die Farbe ist anders. Gelb.«

»Das meine ich nicht. Noch einen Unterschied.«

Arnold Scheer blickte lange und angestrengt auf das Präparat. »Kann keinen feststellen«, sagte er schließlich.

»Ich auch nicht. Und genau das ist der Grund, warum ich fluche. Dieser Blutstropfen stammt nämlich von einem an tödlicher Gelbsucht erkrankten Säugling, der andere war von seiner Mutter. Ich hatte die Theorie aufgestellt, daß die tödliche Gelbsucht bei Säuglingen deshalb auftritt, weil sich das Blut der Mutter mit dem des Kindes nicht verträgt.«

»Bißchen kühn«, sagte Arnold Scheer, wider Willen beeindruckt.

»Fand Professor Hübner auch. Aber leider, diese Theorie läßt sich durch nichts beweisen.«

»Weil sie purer Unsinn ist. Fast alle Säuglinge erkranken an Gelbsucht. Nur bei einigen tritt diese Krankheit so stark auf, daß die zarte, kindliche Konstitution ihr nicht gewachsen ist, und dann stirbt der kleine Patient.«

»Ja, ja«, sagte Justus Weigand, »das ist die althergebrachte, aber keineswegs wissenschaftlich befriedigende Erklärung. Ich bin ganz sicher, eines Tages wird sich herausstellen...« Jetzt, zum erstenmal, sah er den Freund voll an und unterbrach sich mitten im Satz. »Du, Scheer? Wo kommst du denn her? Ich dachte, du wärst in Krefeld?«

Arnold Scheer lachte. »Es freut mich ungeheuer, daß du endlich geruhst, meine Existenz zur Kenntnis zu nehmen. Also ehrlich, mein Sohn, ich hatte schon den Eindruck, daß du auf dem besten Wege bist, dich zum Musterexemplar eines zerstreuten Professors zu entwickeln.«

»Ob zerstreut oder nicht, es wäre mir durchaus angenehm, wenn ich den Professor schaffte.« Justus Weigand klopfte dem anderen freundschaftlich auf die Schulter. »Nimm es mir nicht übel, ich war vorhin tatsächlich so in mein Problem vertieft, daß es mich wahrscheinlich nicht einmal in Erstaunen versetzt hätte, wenn Seine Majestät persönlich hier im Labor aufgetaucht wäre.«

»Genau das meine ich. Du warst ja immer schon ein Unikum, aber allmählich übertriffst du dich selbst.«

»Wir beide sehen das Leben von verschiedenen Seiten«, sagte Justus Weigand friedlich, »aber ich glaube nicht, daß wir uns deswegen anblaffen müssen.«

»Entschuldige, Justus, das war nicht meine Absicht. Es war nur der recht sonderbare Empfang.«

Justus setzte sich auf die Ecke eines Labortisches. »Verstehe vollkommen. Also berichte. Seit wann bist du wieder in Berlin? Oder warst du etwa gar nicht fort? Und was führt dich zu mir?«

Arnold Scheer hatte den Mantel geöffnet; jetzt langte er in die Innentasche, holte ein ledernes Etui heraus, klappte es auf und bot Justus eine Zigarre an. Der griff zu, bedankte sich, drehte die Flamme eines Bunsenbrenners höher und entzündete die Zigarre. Auch Arnold Scheer steckte sich eine zwischen die fleischigen Lippen, gab sich aber selbst Feuer mit einem Streichholz. »Um mit dem Anfang zu beginnen«, sagte er, »doch, ich war zu Hause. Habe mich gebührend feiern lassen und bin erst gestern wieder zurückgekommen, höre und staune, im Automobil, gemeinsam mit meinen alten Herrschaften. Heute habe ich sie mit den Panwitz bekannt gemacht, und morgen soll meine offizielle Verlobung mit Lisbeth steigen.«

Justus Weigand paffte genüßlich. »Na, dann kann man ja wohl nur in jeder Beziehung gratulieren.«

»Kann man, kann man. Lisbeth ist ein Prachtmädchen, gute Mitgift, erste Familie und so weiter. Trotzdem fällt mir der Abschied von der Junggesellenfreiheit verständlicherweise nicht ganz leicht, und deshalb bin ich zu dir gekommen, Vertrauter meiner wilden Jahre, um noch ein letztes Mal im ollen Berlin mit dir zusammen kräftig auf die Pauke zu hauen. Also los, schmeiß den Kram da hin, zieh dich an und komm mit!«

Justus Weigand war durchaus nicht danach zumute, sich eine Nacht um die Ohren zu schlagen. »Ach, weißt du, Arnold ...«, begann er unbehaglich.

»Stell dich nicht an wie eine alte Jungfer! Man ist nur einmal jung, und hinter deinen stinkenden Retorten kannst du noch ein ganzes Leben lang stehen.«

Justus öffnete den Mund, aber er kam gar nicht dazu, noch etwas zu sagen. »Widerspruch wird nicht geduldet«, erklärte Arnold Scheer, »ich brauche einfach nach all dem familiären Mief einen vernünftigen Menschen, mit dem ich losziehen kann.«

Unhöflichkeit lag nicht in Justus Weigands Art, und er war sich auch durchaus bewußt, daß er den Doktorgrad ohne Arnold Scheers finanzielle Hilfe längst noch nicht, wenn überhaupt je geschafft hätte; er fühlte sich ihm immer noch verpflichtet. »Ich gebe mich geschlagen«, bekannte er und rutschte von der Kante des Labortisches.

»Also ... wo gehn wir hin?«

»Mach du einen Vorschlag!«

»Ich habe eine Idee: wir suchen genau die Etablissements auf, die wir früher als Studenten zu beehren pflegten. Beginnen wir gleich mit dem guten alten *Café Greiff.«*

»Einverstanden. Muß dich nur bitten, dich ein paar Minütchen zu gedulden, bis ich mich in Schale geworfen habe.«

»Darf ich mitkommen? Würde gern mal sehen, wie du jetzt haust.«

»Du wirst enttäuscht sein.« Justus Weigand drehte die Gaslichter ab. »Da ist kaum ein Unterschied zu meinem früheren Zimmer in der Elsässer Straße. Nur daß ich die Witwe Göbern überstanden habe. Ich kann dir versichern, es gibt hier einige Schwestern, die sich die Hacken ausreißen, wenn es darum geht, mir einen Gefallen zu tun.«

»Beneidenswert. Du brauchst also nur zu wählen, welche du jeweils mit deiner Gunst beehren willst.«

»Sag doch nicht so was! Du sollst dich doch gut genug im Krankenhausbetrieb auskennen, um zu begreifen, daß intime Beziehungen hier nur böses Blut machen würden. Nein, nein, ich führe ein geradezu mönchisches Dasein. Weibergeschichten bringen immer nur einen Haufen Komplikationen mit sich...«

Zwanzig Minunten später saßen die beiden ungleichen Freunde nebeneinander auf dem roten Plüschsofa vor dem riesigen Spiegel im *Café Greiff.* Arnold Scheer war noch dicker als früher und strahlte von der Spitze seiner blankgewichsten Lackschuhe bis zu der beginnenden Glatze satte Selbstzufriedenheit aus; Justus Weigand war noch immer der magere, hohlwangige junge Mann mit dem hungrigen Blick in den tiefliegenden blauen Augen und dem vollen braunen Haar, das nie glatt liegen wollte, sondern sich ewig widerspenstig sträubte. Arnold Scheer hatte eine Flasche Sekt bestellen wollen, aber Justus hatte ihn zurückgehalten und für den Anfang um ein Pils gebeten. Beide hatten ihre ersten Gläser mit einem einzigen durstigen Zug geleert und waren nun schon beim zweiten.

»Phantastisch ist das, hier mit dir zu sitzen!« Arnold Scheer schlug dem Freund mit der flachen Hand knallend auf den Oberschenkel. »Du ahnst ja nicht, wie ich dich um deine Freiheit beneide! Du kannst tun und lassen, was du willst...«

»Ja, soweit mein Geldbeutel und meine Zeit es zulassen. Ich glaube nicht, daß du ernsthaft mit mir tauschen möchtest.«

»Doch. Du ahnst nicht, wie mich das Leben in der Provinz schon jetzt anödet. Mir fehlt der Berliner Rummel, verstehst du?«

»O doch! Ich selbst...«, begann Justus.

Aber Arnold Scheer ließ ihn nicht ausreden. »Siehst du da hinten die süße Kleine mit der Federboa?« flüsterte er. »Du, die will was von mir! Die hat mir eben ganz deutlich ein Äuglein geknipst!«

»Sollen wir sie an unseren Tisch holen?«

Arnold Scheer verzog das Gesicht. »Ich weiß nicht recht. Schließlich will ich mich ja morgen verloben. Kommt mir so vor, als würde sich das nicht recht gehören, wie?«

Justus Weigand lachte. »Du entwickelst ein überraschendes Feingefühl!«

»Spotte du nur, du kannst dich eben einfach nicht in meine Situation versetzen. Unsereiner hat gesellschaftliche Verpflichtungen, die...« Er nahm einen tiefen Schluck aus seinem Glas. »Du, da fällt mir gerade ein, du hast dich doch mal eine Zeitlang für die kleine Stucken interessiert...«

Justus Weigands Gesicht verschloß sich. »Du weißt, daß ich mir da niemals ernsthafte Hoffnungen gemacht habe.«

»Sehr gescheit von dir. Aber es war ein offenes Geheimnis, daß sie selbst eher hinter dir her war.«

»Ach, Unsinn!«

»Nein, nein, ich weiß genau, wovon ich spreche. Deinetwegen hat sie mir einen Korb gegeben.«

»Ich bitte dich, Arnold, laß doch die alten Geschichten.«

Arnold Scheer schlug dem Freund abermals aufs Knie. »Aber ich bin dir ja gar nicht böse, ganz im Gegenteil! Ich bin dir unendlich dankbar. Weißt du denn überhaupt, daß du mich da, ohne es zu wissen, vor einem Riesenreinfall bewahrt hast?«

»Verstehe kein Wort.«

»Das kommt davon, daß du dich wie ein Maulwurf in deine Arbeiten vergräbst. Sonst wüßtest du nämlich, was die Spatzen von allen Dächern pfeifen. Selbst ich bin bereits orientiert, obwohl ich erst gestern zurückgekommen bin!«

»Möchtest du so freundlich sein, mir endlich zu sagen, wovon du eigentlich redest?«

»Daß die private Commerzbank des Herrn von Stucken in ihren Grundfesten schwankt. Was heißt hier schwankt? Daß sie in allen Fugen kracht!«

»Das ist doch nicht möglich!«

»Ja, das habe ich zuerst auch gedacht. Aber bei näherem Hinhören kommt was anderes raus. Der ehrenwerte Bankier hat, wie du sicherlich wissen wirst, sehr große Kredite an Bauunternehmer vergeben. Dagegen ist natürlich in einer aufstrebenden Stadt wie Berlin nichts zu sagen. Daß er sein Privatvermögen ebenfalls in Bauspekulationen gesteckt hat, war schon leichtsinniger, aber, immerhin, es hätte ja gutgehen können. Bloß hat der Arme Pech gehabt. Du kennst doch das Bayrische Viertel, wo solche modernen Riesenwohnblocks mit ungeheuren Kosten errichtet worden sind. Nur... niemand will sie beziehen! Weil es heißt, sie seien auf Hochwassergrund gebaut. Ob das nun stimmt oder nur übles Gerede ist, bleibe dahingestellt. Jedenfalls liegen die dort hineingesteckten Gelder vorläufig mal fest, ohne Zinsen zu bringen oder sich sonstwie zu rentieren...«

»Von dieser Sache habe ich gehört«, sagte Justus Weigand, »nur wußte ich nicht, daß der Bankier Stucken...«

»Hör mich nur erst weiter an! Das Tollste kommt ja erst noch! Unser Freund Egon hat es fertiggebracht, in einer einzigen Nacht eine enorme Summe zu verspielen, der reine Wahnwitz, sag' ich dir, man spricht von hunderttausend Mark. Das scheint mir zwar ein bißchen übertrieben, aber immerhin, ein gewaltiger Batzen muß es schon gewesen sein. Und dann, statt sich wie ein anständiger Mensch eine Kugel durch den Kopf zu knallen und die Sache damit aus der Welt zu schaffen, hat er noch den Mut, vor seinen Papa zu treten und von ihm die Tilgung dieser Ehrenschuld zu verlangen. Auf sein Erbteil hin, verstehst du? Daß der Alte momentan alles andere als flüssig war, wußte Egon natürlich nicht.« Arnold Scheer trank sein Glas aus und winkte dem Kellner. »Herr Ober, nu bringen Se mal 'ne Flasche Schampus, ja? Aber eisgekühlt, wenn ich bitten dürfte!«

»Arnold, ich bitte dich, erzähl weiter!« bat Justus Weigand, der sehr blaß geworden war.

»Ich wußte ja, die Chose würde dich interessieren. Also paß auf.

Väterchen Bankier sagt kein Wort, blättert die hunderttausend Märker auf den Tisch, und Egon kann seine Schulden bezahlen. So weit, so gut, aber wie immer in solchen Fällen wird die Geschichte ruchbar. Ein paar wichtige Leute, die dem Bankier ihr Geld anvertraut haben, verlangen es zurück. Der Gute zahlt, solange es geht. Aber dann kommt der Moment, wo nichts mehr da ist, womit er zahlen könnte, und bumsfallara, der Konkurs ist da!«

»Was für ein Glück für Stefanie«, sagte Justus Weigand mit gepreßter Stimme, »daß sie wenigstens verlobt ist. So wird Graf Donnersberg sie vor dem Schlimmsten schützen können.«

»Junge, Junge«, sagte Arnold Scheer, »kennst du die Welt so schlecht? Was glaubst du denn, warum der Donnersberg ausgerechnet die junge Stucken genommen hat? Na, warum wohl? Weil er Geld brauchte. Ohne Geld bedeutet sie ihm weniger als nichts, ist sie zu einer bloßen Belastung für ihn geworden. Ich gehe jede Wette ein, daß der ehrenwerte Herr Graf sich sang- und klanglos zurückziehen wird.«

Justus Weigand stand wortlos auf, nahm seinen Mantel vom Ständer und zog ihn über.

»Was soll das?« rief Arnold Scheer. »Wo willst du hin? Bist du wahnsinnig geworden?«

»Ich muß fort«, sagte Justus Weigand, »leb wohl, Arnold, und Dank für alles.«

»Aber was fällt dir denn eigentlich ein? Du kannst mich doch nicht einfach so sitzenlassen, wo ich doch gerade erst den Champagner bestellt habe!«

»Lade dir jemand anders dazu ein ... vielleicht die reizende Kleine mit der Federboa?«

Arnold Scheer sprang auf. »Das werde ich, und wenn du zerplatzt!«

»Mich kränkst du damit nicht, Arnold, höchstens deine Braut, das heißt, falls sie jemals etwas davon erfahren wird!« Er verbeugte sich kurz und ging zur Tür.

Arnold Scheer sah ihm mit offenen Mund nach. »Dieser Lümmel«, stieß er endlich hervor, »dieser unverschämte, undankbare Lümmel! Das hat man nun davon. Komm du noch mal und versuch mich anzupumpen, dann wirst du aber auf Granit beißen.«

Justus Weigand drehte sich nicht einmal mehr um. Klirrend fiel die Tür hinter ihm ins Schloß. Arnold Scheer erhob sich, zog sein Jackett glatt und näherte sich dem Mädchen, das seine Aufmerksamkeit erregt hatte. »So allein, mein Fräulein? Würden Sie mir die Ehre erweisen, bei mir Platz zu nehmen?« fragte er galant.

»Eigentlich«, sagte die Kleine, »erwarte ich ja meine Freundin ...«

»Das macht nichts. Ihre Freundin soll uns jederzeit willkommen sein.«

»Ja dann«, sagte die Kleine, »weil Sie das so nett gesagt haben ...« Sie erhob sich, legte ihre Hand auf Arnold Scheers Arm und ließ sich von ihm zu seinem Tisch führen.

Die Bank in der Fürstenstraße war hell erleuchtet und wirkte geradezu festlich. Justus Weigand bemerkte es schon, als er aus der Droschke stieg. Es schien ihm seltsam, denn er hatte ein dunkles und totes Haus erwartet. Aber dann wurde ihm klar, daß die Illumination nichts anderes zu bedeuten hatte, als daß noch fieberhaft gearbeitet oder auch verhandelt wurde, um zu retten, was zu retten war.

Die Haustür war unverschlossen. Er stürmte die Treppen zur Wohnung hinauf und klingelte heftig. Das Mädchen Bertha öffnete ihm. Ihr großflächiges Gesicht war sehr blaß. »Die gnädige Frau empfängt niem...«, sagte sie, als sie Justus Weigand erkannte. Weiter kam sie nicht. Er stieß sie zur Seite und stürzte in den Salon, der ihm von längstverflossenen Besuchen her so vertraut war.

Frau Elvira saß auf dem Kanapee, ein Spitzentüchlein vor die Augen gedrückt, und schluchzte heftig. Stefanie hatte einen Arm um die Schulter der Mutter gelegt und versuchte sie zu trösten. Die Katastrophe schien die beiden Damen buchstäblich aus heiterem Himmel getroffen zu haben, das zeigten ihre der Situation durchaus nicht angepaßten Toiletten. Frau Elvira trug ein hochgeschlossenes Kleid aus schillernder Seide, durch das sich die Stäbe ihres Korsetts abdrückten, und Stefanie war ganz in schneeweißen Musselin gehüllt.

»Aber ich habe Ihnen doch gesagt...« rief Bertha, die Justus Weigand eingeholt hatte, packte ihn beim Arm und versuchte ihn zurückzureißen. »Gehen Sie, gehen Sie schnell!«

Stefanie hob den Kopf mit dem seidigen goldbraunen Haar und sah Justus an. Ihr Gesichtchen, weißer noch als der Musselin, glühte, als sie ihn erkannte. »Justus!« Sie erhob sich und kam fast wie eine Schlafwandlerin auf ihn zu.

Er nahm sie in die Arme. »Mein Liebling«, flüsterte er, »was mußt du nur durchgemacht haben. Ich habe es eben erst erfahren, sonst wäre ich schon früher gekommen.«

Sie schmiegte sich an seine Brust. »Wie gut, das du da bist«, flüsterte sie immer wieder, »wie gut! Ich bin so froh!«

Frau Elvira war völlig abwesend. Sie beachtete die beiden gar nicht. Bertha beobachtete das Paar eine Zeitlang mit weit aufgerissenen Augen; dann plötzlich verklärte ein verständnisinniges Grinsen ihr derbes Gesicht, und sie zog sich lautlos zurück.

»Ich muß sofort mit deinem Vater sprechen«, sagte Justus Weigand, »jetzt wird er mich nicht mehr abweisen können. Ich nehme an, er ist unten in der Bank?«

»Nein«, sagte sie, den Kopf noch immer an seiner Brust, »er hat sich in seinem Zimmer eingeschlossen.«

»Aber ich hatte den Eindruck, daß unten...«

»Ja, Papa hat Dr. Rosenbaum beauftragt, die Geschäfte abzuwickeln. Dr. Rosenbaum hat sofort eine Versammlung der Hauptgläubiger einberufen.«

Sie hob ihr Gesicht zu ihm auf. »Bitte, frag mich nicht, was das zu bedeuten hat. Ich verstehe von diesen Dingen gar nichts. Ich weiß nur, daß Papa völlig verstört ist. Du würdest ihn nicht wiedererkennen.«

»Aber ich muß mit ihm sprechen, jetzt, auf der Stelle. Ich muß ihm begreiflich machen, daß wir uns lieben und daß wir zusammengehören ...«

»Er würde das nicht einmal verstehen«, sagte sie bitter. »Er hat immer nur in Zahlen gedacht, und nun, wo die Rechnung nicht aufgeht, ist die Welt für ihn zusammengebrochen. Wenn du mich wirklich liebst, Justus ...«

»Das darfst du nicht eine Sekunde in Frage stellen!«

»Verzeih mir!« Sie hob sich auf die Zehenspitzen und küßte ihn auf den Mund. »Ich tue das ja auch gar nicht. Ich habe nie an deiner Liebe gezweifelt. Vielleicht wirst du es albern finden, ich habe nicht gewagt, mit jemandem darüber zu sprechen ... aber ich wußte, daß du kommen würdest. Ich war dessen ganz sicher.«

Er nahm ihr Gesicht in beide Hände. Als er sie freigab, hielt sie noch sekundenlang die Augen geschlossen. Dann sagte sie: »Du mußt Egon suchen, Justus. Um ihn mache ich mir die meisten Sorgen. Er war völlig außer sich.«

»Hast du eine Ahnung, wo ich ihn finden kann?«

»Er wollte zu Donnersberg. Ihn zur Rede stellen, weil er mir einen Abschiedsbrief geschrieben hat.« — »Dieser Schuft!«

Sie hob die Achseln. »Ich habe nie ein Hehl daraus gemacht, daß ich ihn nicht liebe. Welche Verpflichtung hatte er also mir gegenüber?«

»Als Ehrenmann ...«

Sie legte ihm die Hand auf den Mund. »Nein, nein, sprich nicht wie Egon. Für die meisten Männer ist die Ehe ein Geschäft, an dem sie das Interesse verlieren, sobald sie merken, daß es sich nicht lohnt. Das hat nichts mit Ehre zu tun.« Sie lachte, mit blassen Lippen, als sie sein erstauntes Gesicht sah. »Du wunderst dich, daß ich so etwas sage? Ich hatte viel Zeit, nachzudenken, weißt du? Die Ehre ist nur halb so wichtig wie das Leben. Bitte, hol Egon nach Hause. Du mußt ihn vor sich selbst schützen.«

Hugo Graf Donnersberg bewohnte eine Junggesellenwohnung am Werderschen Markt, in nächster Nähe des Schlosses und des Kaiser-Friedrich-Palais. Das Haus selbst war alt, die Räume hoch und groß, ursprünglich ohne Komfort, aber von hier aus war es nur ein Sprung zu den Linden, zum Kasino oder ins Metropoltheater, und der Graf wußte die kulturellen Errungenschaften der Großstadt wohl zu schätzen. Er hatte sich seine Wohnung nach und nach aus eigenen Mitteln und auf Pump bequemer gestaltet, hatte ein Bad, ganz in rosa Marmor, einbauen lassen, riesige Öfen aus Kacheln der Berliner Porzellanmanufaktur setzen lassen, die Böden mit dicken Teppichen belegt und die herrlichen alten Stuckarbeiten an den Decken mit zarten Goldstrichen hervorheben lassen.

Er liebte sein kleines »Monrepos«, wie er es nannte, und das war einer der

Gründe, warum er sich erst so spät und nicht ohne Überwindung zur Ehe entschlossen hatte. Betreut von seinem ehemaligen Offiziersburschen, dem Diener Friedrich, fehlte es ihm an nichts. Jede Frau war schon verführt, wenn sie in sein ganz in Weiß und Rosa gehaltenes Schlafzimmer mit dem riesigen runden Diwan trat, einer Extravaganz, die der zweideutigen Situation sogleich etwas geradezu verführerisch Unwirkliches gab.

Auch heute lag er auf seinem geliebten Diwan, allerdings allein, den Rücken auf einen Berg von Kissen gestützt, in einem rotseidenen Hausmantel, ein goldgesticktes Käppchen auf dem schütteren Haar. Lange Pfeife mit Meerschaumkopf. Kognak.

Der Diener erschien lautlos auf der Schwelle. »Herr Graf...«

»Was gibt's?« fragte Donnersberg, ohne von seinem Roman aufzublicken.

»Herr von Stucken möchte Herrn Grafen sprechen!«

»Du Esel! Habe ich dir nicht gesagt, daß ich ungestört bleiben will?«

»Herr von Stucken ist sehr aufgeregt, er sagt, es gehe um Leben und Tod.«

»Ein Grund mehr, ihm die Tür vor der Nase zuzuschlagen«, sagte Donnersberg unwirsch.

»Wie Herr Graf befehlen«, sagte der Diener mit steinernem Gesicht, kehrte um und verließ stelzenden Schrittes das intime Gemach. Aber in der Tür prallte er mit Egon zusammen, der seine Ungeduld nicht mehr länger hatte bezähmen können. Er war in Uniform und trug den eleganten roten Waffenrock des Regiments Kaiserin Alexandra. »Hugo, ich muß dringend mit dir reden!« sagte er erregt.

»Das hat mir mein Diener bereits gemeldet. Laß uns allein, Friedrich. Bitte, setz dich, Egon.« Der Diener ging, aber Egon von Stucken blieb stehen. — »Du wirst das Heiratsversprechen, das du meiner Schwester gegeben hast, selbstverständlich einlösen«, sagte er.

Hugo Donnersberg räkelte sich auf dem Kissenberg. »Ich habe deiner Schwester in dieser Sache bereits eingehend geschrieben.«

»Ich kenne den Brief und kann zu deiner Entschuldigung nur annehmen, daß du ihn unter dem Einfluß eines Schocks verfaßt hast.«

»Deine Annahme ist falsch!« Hugo Donnersberg hielt in der einen Hand die Pfeife, mit der anderen zwirbelte er die Enden seines rotblonden Schnurrbartes. »Ich habe mich nach reiflicher Überlegung zu diesem Schritt entschlossen.«

Egon von Stucken wollte sich auf ihn stürzen, aber der andere hielt ihn mit einer gebieterischen Bewegung seiner rosigen, gepflegten Hand zurück. »Moment! Ich bin dir zwar keine Erklärung schuldig, will sie dir aber trotzdem geben. Aus alter Freundschaft sozusagen. Stefanie ist ein bezauberndes Mädchen, und niemand bedauert es mehr als ich, daß es mit unserer Verbindung nicht geklappt hat. Aber mein Lebensstil erfordert Opfer. Ich kann mir die Ehe mit einer mittellosen Person einfach nicht erlauben. Ich stecke sowieso schon bis über die Ohren in Schulden. Dafür solltest du doch Verständnis haben!«

»Und was soll aus Stefanie werden?«

»Nun, es gibt doch gewiß irgendwelche Verwandte, bei denen sie Unterschlupf finden kann, und wenn nicht, müßte es doch zumindest möglich sein, ihr eine Stellung als Gesellschafterin, Vorleserin oder Gouvernante zu verschaffen.«

»Du Schuft!«

Hugo Donnersberg legte die Pfeife fort und läutete mit einer kleinen silbernen Klingel. »Du verwechselst die Begriffe, mein Lieber«, sagte er gelassen, »nicht ich bin schuldig am Unglück deiner Schwester, sondern du. Du allein bist es, der den Ruin deiner Familie heraufbeschworen hat, und ich wundere mich, daß du überhaupt noch die Frechheit besitzt, in dieser Uniform herumzulaufen. Es kann nur eine Frage der Zeit sein, bis du von deinem Regiment geschaßt wirst. Ich an deiner Stelle hätte längst freiwillig den Abschied eingereicht.«

Der ganze Haß und die Verachtung, die Egon von Stucken für sich selbst empfand, übertrug sich auf den Grafen, dessen Zynismus ihn zum Äußersten reizte, gerade weil er sich eingestehen mußte, daß sehr viel Wahres an dem war, was der andere ihm an den Kopf warf. Am liebsten wäre er ihm an die Gurgel gesprungen und hätte ihn geschüttelt. Aber es war ihm unmöglich, einen liegenden und offensichtlich wehrlosen Menschen anzugreifen.

Der Graf schien seine Gedanken zu erraten. »Ich warne dich, rühr mich nicht an!« sagte er. »Und bilde dir nicht ein, daß ich auf eine tätliche Beleidigung deinerseits mit einer Forderung reagieren würde. Ich denke nicht im Traum daran, mich mit dir oder deinesgleichen zu duellieren. In meinen Augen bist du nicht mehr satisfaktionsfähig.«

»Du herzloses, kaltblütiges Ungeheuer!«

»Beschimpf mich ruhig, wenn es dich erleichtert. Aber wenn du nur noch einen einzigen Schritt auf mich zumachst, werde ich dich von meinem Diener verprügeln und die Treppe hinunterwerfen lassen. Achtung! Er steht schon hinter dir.«

Egon von Stucken fuhr herum und blickte in Friedrichs steinerners Gesicht. Was blieb ihm übrig? Er mußte einsehen, daß Graf Donnersberg sich weder umstimmen noch herausfordern lassen würde, und auf das Risiko einer Schlägerei mit einem Menschen wie dem Diener Friedrich konnte er sich auf keinen Fall einlassen. Er drehte sich zu Hugo Donnersberg um, verbeugte sich mit einem angedeuteten Zusammenschlagen der Hacken und sagte: »Guten Abend. Ich bedauere es sehr, dich gestört zu haben.«

»Aber das macht doch nichts, alter Junge, habe volles Verständnis für deine Situation!« rief der Graf, sichtlich erleichtert, diese peinliche Unterredung hinter sich gebracht zu haben. »Nimm es nicht zu tragisch. Das beste in solchen Fällen ist immer noch eine Radikaloperation. Kopf ab, und die Damen, die dich heute noch verachten, werden dich bedauern.«

Unten vor dem Haus stieß Egon von Stucken mit Justus Weigand zusammen. »Wie gut, daß ich Sie hier noch treffe«, rief der junge Arzt und faßte ihn beim Arm, »laufen wir, daß wir die Droschke, die mich hergebracht hat, noch erwischen... He, Kutscher!« Und er winkte dem davonfahrenden Wagen nach.

»Was ist passiert?« fragte Egon von Stucken unwillig und überrumpelt. »Und wohin wollen Sie mich bringen?«

»Nach Hause natürlich, und passiert ist nichts weiter, als daß ich mich mit Ihrer Schwester verlobt habe.«

Die Droschke hielt, Justus Weigand schob Egon von Stucken hinein und rief dem Kutscher zu: »Zurück zur Fürstenstraße!« Dann setzte er sich neben seinen zukünftigen Schwager. »Sie sehen also, Ihr Gang zu Graf Donnersberg war völlig überflüssig. Das Problem Ihrer Schwester hat sich auch ohne Ihr Zutun gelöst, und so wird es noch mit manch anderen Problemen sein, die Ihnen im Augenblick unlösbar erscheinen.«

»Sie und Stefanie?«

»Was finden Sie daran so sonderbar? Sie sollten doch schon vor langer Zeit bemerkt haben, daß wir uns lieben.«

»Aber Stefanie ist jetzt arm.«

»Ich weiß. Sonst hätte ich es ja auch nicht gewagt, um sie anzuhalten. Jetzt kann ich hoffen, daß Ihr Vater mir nicht noch einmal den Stuhl vor die Tür setzt.«

Egon von Stucken sah ihn von der Seite an. »Ihre Munterkeit geht mir auf die Nerven. Sie sprechen wie ein Arzt am Bett eines unheilbar Kranken.«

»Der Vergleich ist nicht schlecht. Ich bin schließlich Arzt, und meine Munterkeit mag etwas Berufsmäßiges an sich haben. Aber ich kann Ihnen versichern, daß Sie durchaus nicht krank sind, sondern ein geradezu fabelhaft gesunder junger Mensch.«

»Und was nutzt mir meine verdammte Gesundheit?«

»Eine ganze Menge. Wenn der Sturm erst vorüber ist, werden Sie doch ein neues Leben anfangen wollen. Sagen Sie mir nur nicht, daß Sie es nicht übers Herz bringen können, den Rock da auszuziehen. Ich erinnere mich noch sehr gut an ein Gespräch, in dem Sie mir bekannten, daß dieser gewiß höchst ehrenvolle Beruf Sie überhaupt nicht befriedigt.«

»Es ist etwas anderes«, sagte Egon von Stucken langsam, »ob man von sich aus den bunten Rock an den Nagel hängt oder ob man mit Schimpf und Schande davongejagt wird.«

»Ein Unterschied in der Methode besteht zweifellos«, erwiderte Justus Weigand gelassen, »aber im Endeffekt bleibt es sich gleich. Ich wette, wenn Sie den ersten Schreck überwunden haben, werden Sie feststellen, wie wunderbar es sich leben läßt... ohne Geld, ohne Uniform und ohne Ehre. Sie werden endlich wirklich frei sein. Lockt Sie das denn gar nicht?«

»Sie wollen mich nur davon abhalten, die notwendigen Konsequenzen zu ziehen«, sagte Egon von Stucken düster.

»Sagen wir lieber: die völlig sinnlosen Konsequenzen, die Ihnen im Moment notwendig erscheinen. Was haben Sie sich denn vorzuwerfen? Es stimmt, daß Sie durch Ihre Spielschulden der Bank Ihres Vaters den Todesstoß versetzt haben. Aber die Dinge standen auch vorher schon herzlich schlecht, nur daß weder Sie noch jemand anders es ahnte. Ich bin der Meinung, daß der Ruin so oder so nicht mehr aufzuhalten gewesen wäre.«

»Ich habe den Schmuck meiner Schwester versetzt...«

»... und Sie haben sie um ihre Mitgift gebracht! Aber glauben Sie mir, Stefanie ist Ihnen von Herzen dankbar, daß sie Donnersberg auf diese Weise losgeworden ist. Egon, denken Sie doch nicht immer nur an sich! Es ist eine Menge Unglück über Ihre Familie gekommen, und zugegeben, nicht ohne Ihre Schuld. Aber wollen Sie jetzt alles noch schlimmer, Ihre Eltern und Ihre Schwester noch unglücklicher machen? Ziehen Sie die verdammte Uniform aus, werfen Sie Ihre Waffen in die Spree, lassen Sie uns ein Abschiedsgesuch aufsetzen und überlegen, wie es weitergehen soll. Übrigens, da wir jetzt bald miteinander verschwägert sind, wäre es angebracht, daß wir einander duzen... Laß mich als den Älteren damit anfangen! Egon, Menschenskind, siehst du denn nicht, wie blödsinnig es ist, ausgerechnet das zu tun, was eine gewisse Gesellschaftsschicht von einem erwartet? Selbstmord ist immer die feigste und dümmste Lösung. Kopf hoch! Wir werden uns gemeinsam etwas Besseres ausdenken!«

Egon von Stucken drückte die Hand seines Schwagers. »Du bist ein guter Freund, Justus.«

»Na, siehst du, und darauf wärst du ohne dieses Malheur nie gekommen. Ich wette, du hast mich seinerzeit innerlich manchmal einen krummen Hund geschimpft. Wie geht es übrigens Lotte Mielke?«

»Das ist vorbei.«

»Um so besser für dich. Noch eine Last, die du losgeworden bist. Es ist eine alte Weisheit: wenn man ganz parterre ist, kann es nur noch aufwärtsgehen!«

Stefanies Augen leuchteten auf, als Justus Weigand und ihr Bruder zurückkamen. »Ich bin so glücklich«, rief sie. »Ich weiß nicht, wem von euch beiden ich am liebsten um den Hals fallen würde! Mama, sieh doch, Egon ist wieder da!« Frau Elvira hob die tränenschweren Augen. »Mein Junge«, sagte sie, »mein armer, guter Junge!«

Er küßte sie flüchtig. »Schon gut, Mama. Ihr müßt mich jetzt für ein paar Minuten entschuldigen.«

»Egon«, sagte Stefanie, sogleich alarmiert, »du wirst dir doch nichts antun?«

»Keine Sorge, Schwesterchen, diesen Star hat mir dein geliebter Justus kunstgerecht gestochen. Nein, ich werde nur seinen Rat befolgen, mich in Zivil werfen und mein Abschiedsgesuch verfassen. Ich müßte lügen, wenn ich behaupten wollte, daß es mir das Herz bricht.«

»Bist du sicher, daß er sich nichts antut?« flüsterte Stefanie.

»Er hat es mir versprochen. Weiß Mama schon... von uns beiden?«

»Ich habe versucht, es ihr beizubringen. Aber ich bin nicht sicher, ob sie es verstanden hat. Sie ist von ihrem eigenen Kummer völlig überwältigt. Sie hat immer so viel Wert auf das Dekor gegeben, die Ärmste.«

Es klingelte an der Wohnungstür. Unwillkürlich zuckte Stefanie zusammen. »Wer mag das nun wieder sein?«

Justus Weigand drückte sie in einen Sessel. »Ich werde hinausgehen und nachsehen. Beunruhige dich, bitte, nicht. Wenn es etwas Unangenehmes ist, bringe ich es schon in Ordnung.« Als er in den Vorraum trat, hatte Bertha gerade die Tür geöffnet und einen eleganten Herrn mit dunklen Augen hereingelassen. Justus Weigand vertrat ihm den Weg. »Wer sind Sie und was wollen Sie?« — »Die gleiche Frage könnte ich Ihnen stellen.«

»Ich bin der Verlobte Fräulein Stefanies.«

»Aber doch nicht Graf Donnersberg? Soviel ich mich erinnere...«

»Nein, Dr. Justus Weigand.«

Das gelbliche Gesicht des älteren Herrn erhellte sich zu einem überraschten Lächeln. »Das freut mich, freut mich ungeheuer!« Er reichte Justus Weigand die Hand. »Ich bin Dr. Rosenbaum, Fräulein Stefanie wird Ihnen von mir erzählt haben.«

»Entschuldigen Sie vielmals«, sagte Justus Weigand sehr verlegen, »ich habe mich anscheinend wie ein Idiot benommen.«

»Ganz und gar nicht.« Dr. Rosenbaum ließ sich von Bertha aus dem Mantel helfen. »Wollen wir nicht weitergehen? Als Mitglied der Familie wird es Sie doch interessieren, was ich erreicht habe.« Er rieb sich die Hände. »So, dann können wir wohl... Wo ist denn der Herr Bankier?«

»Hat sich in sein Zimmer eingeschlossen.«

»Nun, dann werden wir ihn heraustrommeln müssen.« Dr. Rosenbaum betrat den Salon, begrüßte Frau Elvira, schenkte ihr einige beruhigende Worte und gratulierte Stefanie.

Egon von Stucken kam herein. Er hatte sich umgezogen und hielt ein Schriftstück in der Hand, das er dem Rechtsanwalt reichte. »Ich wäre Ihnen dankbar, Herr Doktor, wenn Sie sich das einmal ansehen würden. Mein Abschiedsgesuch. Ist es so richtig?«

Dr. Rosenbaum studierte das Dokument. »Durchaus korrekt.« Er streckte die Hand nach dem Umschlag aus. »Wenn Sie erlauben, werde ich es noch heute nacht befördern lassen, so daß Ihr Kommandeur es gleich morgen früh in Händen hat. Je schneller man solche Dinge erledigt, desto besser.«

»Ich danke Ihnen.«

Dr. Rosenbaum faltete den Bogen zweimal, steckte ihn in den Umschlag und ließ ihn in seiner Jackentasche verschwinden. »Wenn ich euch junge Leute so ansehe«, sagte er, »meine ich, Sie haben ein Recht, so bald wie möglich zu erfahren, wie die Dinge stehen. Es ist mir gelungen, einen Konkurs der Bank abzuwenden.«

Jetzt wurde auch Frau Elvira hellhörig. »Lieber Herr Doktor...«

»Allerdings wird sie nicht im Familienbesitz bleiben, sondern in Zukunft von einem Konsortium geleitet werden«, fuhr er ohne den Zwischenruf zu beachten fort. »Die kleinen Gläubiger werden, wenn sie es wünschen, auf der Stelle ihre Einlagen zurückerhalten, die großen haben sich bereit erklärt, auf einen Kompromiß einzugehen. Der Grundbesitz des Bankiers, die Spekulationsobjekte, das Haus im Grunewald und das Stammhaus decken zwar die Forderungen nicht ganz, jedenfalls nicht im Augenblick, aber ich bin sicher, daß die Herren Gläubiger damit, auf weite Sicht gesehen, noch ein gutes Geschäft gemacht haben, und sie selbst wissen es auch. So ist also niemand geschädigt worden, außer Ihnen, versteht sich. Da ich den ausdrücklichen Auftrag des Herrn Bankiers hatte, eine ehrenvolle Ablösung der Verpflichtungen zu bewirken, konnte ich für Sie nicht mehr als ein Minimum erreichen. Fräulein Stefanie wird selbstverständlich ihre Aussteuer behalten können, und ein paar tausend Mark Mitgift werden auch noch herausspringen, etwas Bargeld auch für den Herrn Leutnant.«

»Ich habe kein Recht...«, protestierte Egon von Stucken.

»Aber Sie haben es notwendig, junger Herr! Was wollen Sie in Berlin anfangen, ohne einen Pfennig Geld in der Tasche?«

»Ich werde nicht hierbleiben.«

»Sehr gut, um so besser, Sie werden also ins Ausland gehen. Nach Amerika? Na, sehen Sie, habe ich es doch erraten. Aber dann brauchen Sie zumindest das Geld für die Überfahrt. Im übrigen haben Sie zwar eine große Torheit begangen, denn es war eine Torheit, um solche Unsummen zu spielen, und dazu noch mit Ganoven. Aber man hätte diesem Gesindel niemals die volle Summe auszuzahlen brauchen, das haben die bestimmt nicht erwartet, für einen Bruchteil des Geldes hätte man ihnen die Wechsel abkaufen können.«

»Ich... das ist wahnsinnig nett, daß Sie mir das sagen.«

»Nein, nein, bedanken Sie sich nicht. Ich bin nur ein nüchterner Anwalt, der es für seine Pflicht hält, die Dinge beim Namen zu nennen. Aber jetzt entschuldigen Sie mich, bitte, Herr von Stucken wird mich wohl erwarten.«

»Darf ich Sie zu Papas Zimmer bringen?« erbot sich Egon von Stucken.

»Nein, danke, ich finde den Weg schon allein.«

»Mama«, sagte Stefanie, »hast du gehört? Es ist alles gar nicht so schlimm. Ich darf meine Aussteuer behalten, und eine kleine Mitgift bekomme ich auch...«

»Großartig, Liebste«, sagte Justus Weigand, »dann werde ich bald eine Praxis eröffnen können.«

»Und ich schüttle den Berliner Staub von meinen Füßen und fahre nach Amerika!« sagte Egon von Stucken.

»Mama, liebe Mama, so hör doch endlich auf zu weinen!« bat Stefanie. »Nur, weil wir nicht mehr reich sind...«

In diesem Augenblick hörten sie alle einen dumpfen Knall. Die beiden jungen Männer sahen einander an und stürmten auf den Gang hinaus. Dr. Rosenbaum stand vor Herrn von Stuckens Zimmer. Sein Gesicht hatte eine grünliche Farbe angenommen. »Ich habe ihn gebeten, mir zu öffnen, und dann...«

Wie auf Kommando warfen sich Justus Weigand und Egon von Stucken gemeinsam gegen die Tür, die beim dritten Ansturm nachgab. Der Bankier von Stucken hatte hinter dem Schreibtisch gesessen, als er sich eine Kugel durch den Mund ins Gehirn gejagt hatte. Jetzt war sein Kopf nur noch eine blutige, unkenntliche Masse. Die Pistole, seiner Hand entglitten, lag auf dem Teppich. Für Sekunden hatte Justus Weigand die Vision des Bankiers, wie er ihn gekannt hatte, dieses so würdigen und würdevollen Mannes. Diesen Tod hatte er nicht verdient.

Justus Weigand wandte sich ab, atmete tief und stellte sich mit ausgebreiteten Armen vor den Schreibtisch. »Bitte«, sagte er, »bleiben Sie draußen, es ist nicht nötig...«

Aber Egon von Stucken und Dr. Rosenbaum hatten schon gesehen, was geschehen war. »Es ist meine Schuld!« stammelte der Sohn. »Ich habe Papa in den Ruin getrieben, ich habe...«

»Hör auf damit«, mahnte Justus Weigand. »Deine Selbstvorwürfe nützen jetzt niemandem mehr. Reiß dich zusammen!« Er drängte die beiden Herren aus dem Zimmer. »Wir müssen verhindern, daß die Damen ihn so sehen, das ist jetzt das wichtigste.«

Dr. Rosenbaum wischte sich mit einem weißleinenen Taschentuch den Schweiß von der Stirn. »Können Sie das verstehen?« fragte er benommen. »Er hätte Direktor der Bank bleiben können, er hat nichts verloren als seinen Besitz.«

»Es war meine Schuld« sagte Egon von Stucken. »Ich hätte die Konsequenzen ziehen müssen. Statt dessen...«

Justus Weigand fiel ihm abermals ins Wort. »Rede dir doch so etwas nicht ein. Du weißt ganz gut, daß dein Tod die Lawine genauso ins Rollen gebracht hätte wie die verdammten Spielwechsel...«

»Vollkommen richtig«, bestätigte Dr. Rosenbaum.

»Man muß die Polizei benachrichtigen«, sagte Justus Weigand.

Dr. Rosenbaum seufzte. »Das werde ich übernehmen. Ich werde unten von der Bank aus anrufen. Ich kenne den Herrn Polizeipräsidenten. Es darf auf keinen Fall zu einem Eklat kommen, sonst wäre alles vergeblich gewesen.«

»Meinen Sie denn, daß es möglich sein wird, den Tatbestand zu verheimlichen?« fragte Egon von Stucken.

»Alles ist möglich, wenn es um große Summen geht. Ich werde mich nach besten Kräften bemühen. Bitte, kümmern Sie sich um die Damen.«

Stefanie stand in der Tür und starrte ihnen entgegen. Ihre Augen wirkten in dem geisterhaft blassen Gesicht dunkel und riesengroß. Justus Weigand nahm sie wortlos in die Arme. »Papa ist tot«, sagte sie mit tonloser Stimme,

»du brauchst es mir nicht zu sagen. Jetzt habe ich nur noch dich.« Dann schwanden ihr die Sinne.

Sie hörte nicht mehr, wie Frau Elvira aufschrie. »Karl Friedrich, wie konntest du mir das antun! Nie, nie werde ich mir verzeihen, daß ich dich alleingelassen habe..., daß ich nur an die Schande gedacht habe, als du mich brauchtest! Laß mich durch, ich will ihn sehen... ich muß zu ihm...«

Egon von Stucken vertrat ihr den Weg. »Aber Mama, bitte, so beruhige dich doch...«

Justus Weigand hatte seine Braut aufgefangen. Jetzt hob er sie hoch und trug sie zum Kanapee.

Als Stefanie wieder zu sich kam, lag sie in ihrem Jungmädchenzimmer auf dem Bett. Jemand hatte sie entkleidet, ihr Mieder gelöst und sie zugedeckt. Ihr erster Blick fiel auf Justus Weigand, der sich einen Sessel an ihre Seite gezogen hatte. Sie streckte die Hand nach ihm aus, und ihre Fingerspitzen berührten zaghaft sein Knie. »Bist du es wirklich?«

»Ja«, sagte er, »und ich werde dich nie mehr verlassen.«

»Es war also... kein Traum?«

»Nein«, sagte er und ergriff ihre eiskalte Hand.

Sie klammerte sich an ihn. »Was ist mit... Papa?«

»Sie haben ihn schon geholt. Die Polizei war da und hat die üblichen Fragen gestellt. Sie werden dich und Mama nicht belästigen. Dr. Rosenbaum, Egon und ich haben unsere Aussagen gemacht. Die Polizisten waren sehr verständnisvoll.«

»Der arme, arme Papa...«

»Ja«, sagte er, »es ist furchtbar. Aber wenn ein Mensch so etwas tut, dann ist er nicht mehr ganz bei Sinnen, weißt du? Dein Vater war gewiß schon seit langem krank.«

»Meinst du?«

»Ja. Ganz gewiß. Schon vor Monaten fiel mir auf, daß er offenbar kurz vor einem Schlaganfall stand. Arterienverkalkung. Er hätte wohl so oder so nicht mehr lange zu leben gehabt.«

»Wahrscheinlich hast du recht.«

»Ganz bestimmt sogar.«

»Und Mama?«

»Hat eine prächtige Gesundheit und wird sich von dem Schrecken sehr bald erholen. Ich habe Bertha zur Apotheke geschickt, damit sie für dich und Mama etwas Beruhigendes besorgt.«

Eine Weile lag Stefanie ganz still, mit weit offenen Augen. »Justus«, sagte sie endlich, »ist es ein schweres Opfer für dich, daß du deine Forschungen aufgeben und praktischer Arzt werden mußt?«

»Ich hatte ja die Wahl«, sagte er, »und ich habe mich für dich entschieden. Ich würde es immer wieder tun.«

»Was wird deine Cousine sagen, wenn sie es erfährt?«

»Clementine?« Er fühlte sich überrumpelt und suchte sich herauszureden. »Ich habe ihr niemals Hoffnungen gemacht.«

Stefanie ließ nicht locker. »Aber sie war doch in dich verliebt! Erinnerst du dich? Damals im zoologischen Garten...«

Er fiel ihr ins Wort. »Nein, nein, das siehst du ganz falsch! Es war mehr eine...« Er unterbrach sich. »Also, ich weiß es selbst nicht. Sie hatte es sich einfach in den Kopf gesetzt. Aber ich glaube, sie gehört zu den Frauen, die im Grunde genommen besser ohne Mann auskommen.«

»Gibt es die wirklich?«

»Bei Clementine ist es mir jedenfalls immer so vorgekommen. Sie kann sich nicht anpassen. Es muß alles nach ihrem Willen gehen.«

»Arme Clementine!« sagte Stefanie mit einem Seufzer.

»Das will ich gar nicht einmal sagen. Sie wird gewiß auf ihre Art glücklich werden. Sie ist das vernünftigste Frauenzimmer, das ich kenne. Ich bin sicher, es wird dir gelingen, ihre Freundschaft zu gewinnen.«

»Das wäre schön.« Sie schwiegen beide, während ihre Finger sich sanft berührten.

»Und Senta?« fragte Stefanie aus ihren Gedanken heraus. »Die nehmen wir zu uns, sobald wir erst verheiratet sind, ja?«

»Wenn es keine zu große Belastung für dich ist?«

»O nein. Ich muß sie ja lieben, weil du sie liebst.« Stefanie richtete sich auf. »Justus, ich weiß, es klingt häßlich, was ich jetzt sage, zumal Papa noch nicht einmal unter der Erde ist, aber du sollst es wissen, denn wir wollen doch niemals Geheimnisse voreinander haben...«

»Ja, mein Herz?«

»Ich bin froh, daß alles so gekommen ist. Nicht, daß Papa gestorben ist. Gewiß nicht, das weißt du. Nur — niemand außer dir würde ein armes Mädchen wie mich wollen. Aber für dich mußte ich erst arm sein, damit du mich nicht nur willst, sondern auch nimmst. Und nun, Liebster, bin ich... ach, liebster Justus...«

Er sah sie nur an. Glück braucht keine Worte.